古井由吉
自撰作品
一

杏子・妻隠
行隠れ
聖

河出書房新社

古井由吉自撰作品　一

目次

杳子

『杏子・妻隠』河出書房新社、一九七一年一月

一

杏子《ようこ》は深い谷底に一人で坐っていた。

十月もなかば近く、峰には明日にでも雪の来ようという時期だった。

彼は午後の一時頃、K岳の頂上から西の空に黒雲のひろがりを認めて、追い立てられるような気持で尾根を下り、尾根の途中から谷に入ってきた。道はまずO沢にむかってまっすぐに下り、それから沢にそって陰気な灌木の間を下るともなく続き、一時間半ほどしてようやく谷底に降り着いた。ちょうどN沢の出会いが近くて、谷は沢音に重く轟いていた。

谷底から見上げる空はすでに雲に低く覆われ、両側に迫る斜面に密生した灌木が、黒く枯れはじめた葉の中から、ところどころ燃え残った紅を、薄暗く閉ざされた谷の空間にむかってぼうっと滲ませていた。河原には岩屑が流れにそって累々と横たわって静まりかえり、重くのしかかる暗さの底に、灰色の明るさを漂わせていた。その明るさの中で、杏子は平たい岩の上に軀を小さくこごめて坐り、すぐ目の前の、誰かが戯れに積んでいった低いケルンを見つめていた。

岩ばかりの河原をゆっくり下ってきた彼の視野の中に、杏子の姿はもっと早くから入っていたはずだった。もう五時間ちかく人の姿を見ていない男の目の中に、岩の上にひとり坐る女の姿は、はるか遠くからまっすぐに飛びこんできてもよさそうだった。三日間の単独行の最後の下りで、彼もかなり疲れてはいた。疲れた軀を運んでひとりで深い谷底を歩いていると、まわりの岩がさまざまな人の姿を封じこめているように見えてくることがある。そして疲れがひどくなるにつれて、その姿が岩の呪縛を解いて内側からなまなましく顕われかかる。地にひれ伏す男、子を抱いて悶える女、正坐する老婆、そんな姿がおぼろげに浮んでくるのを、あの時もたしか彼は感じながら歩いていた。その中に杳子の姿は紛れていたのだろうか。それほどまでに、杳子の軀には精気が乏しかったのだろうか。

そればかりでない。あの時、女の姿を目にしてから、立ち止まるまでのほんの僅かな間にも、彼の心の中にはかすかな昏迷があった。二十歳をすこし越えたばかりの、まだ固まりきってない若い男の心には、谷の中でなくても、しばしば昏迷の瞬間がはさまるものだ。彼は女の姿を目にとめた。そして《ああ、あんなところに女がいるな》と頭の隅でつぶやいて歩きつづけ、次の瞬間にはもう、左手の急斜面からごうごうと落ちてくるN沢の、なにか陰にこもった響きに気を奪われていた。このN沢ではときどき遭難が起る。N岳へ伸びる尾根からこの沢へ迷いこむ者がよくある。彼が知っているだけでも五人、この沢で踏み迷って転落している。そのうちの一人は途中で滝から落ちたあと、無意識のまま二日かかってこの出会いまで降りてきて、O谷をふらついているところを、通りがかりのパーティーに保護された。顔にはほとんど外傷もなかったのに、翌日駆けつけた実の兄にもすぐには弟と見分けられなかったほど、顔つきが変っていたという。

彼が立ち止まって目を見はったのは、そんな思いの中からだった。

ゆるやかに傾く河原の、二十米《メートル》ほど下手から、女の蒼白《あおじろ》い横顔が、それだけ、彼の目の中に飛びこんできた。それは人の顔でないように飛びこんできて、それでいて人の顔だけがもつ気味の悪さで、彼を立ちすくませた。ところが、顔から来る印象はそれでぱったり跡絶《とだ》えてしまって、彼はその顔を目の前にしながら、いままで人の顔を前にして味わったこともない印象の空白に苦しめられ、徐々に狼狽に捉えられていった。

人の顔ならば、いつでも、誰にも見られていない時でも、たえず無意識のうちに発散させている体臭にも似た表情があるものだ。そんな表情まできれいに洗い流されたように、その顔は谷底の明るさの中にしらじらと浮んでいた。そうかと言って、よく山の中で疲労困憊した女の顔に見られるように、目鼻だちが浮腫《むく》みの中へ溺れていく風でもなく、目も鼻も唇も、細い頤も、ひとつひとつはくっきりと、哀しいほどくっきりと輪郭を保っている。女はすこし手前に積まれたケルンを見つめていた。たしかに見つめてはいるのだが、その目にはまなざしの力がない。そして顔全体がまなざしの力によってひとつの表情に集められずに、目の前のケルンを見つめるほどにかえってケルンの一途な存在に表情を吸い取られて渺《びょう》とした感じになってゆき、未知の女の顔でありながら、まるで遠くへ消えていくかすかな表情を記憶の中からたえずつかみなおそうとするような緊張を、行きずりの彼に強いた。彼の緊張がすこしでもゆるむと、その顔は無表情どころか、物体のおぞましさを顕わしかける。そのたびに彼はそこにいるのが人間であることの証しを、自分が立てなくてはならないとでもいうような気持に追いこまれて、逃げ腰ながら、目だけは一心に女の横顔を見つめ、そして知らず識らずのうちに自分自身の記憶を幼い頃のほうにむかって探っていた。しばらくして、《泣き疲れて、庭の隅にかがみこんで石ころを見つめている子供の顔だな》と彼はつぶやいた。そしてようやく凝視をゆるめて女の全身を見まわした。

軀にはまだしも表情があった。まだ少女のような軀つきだった。女はリュックサックを背につけたまま、小さな腰を岩の上につらそうにのせ、肌色のアノラックにつつまれた上半身を前へ傾けて、両腕を胸の前で組みかわしていた。細い肘がくぼめられた下腹を両脇からきゅうっと押えつけ、たがい違いになった手のひらが肩から腕のあたりをいとおしげにさすっていた。黒いスラックスをはいた脚は太腿をきつく合わせていたが、膝から下がなにか困りはてたように互いに外側へゆるく開き、キャラバンシューズのつま先が地面の砂利の中へひしひしと喰いこもうとしている。そんな姿勢から、顔がどことなく全身の防禦の構えにそぐわない感じで、まるで何かに引き渡されたように前に差し出されている。それでも全身を見まわしてまた顔を見つめると、顔はもうはじめに見たときほど無表情ではなくなっていた。女は眉をかすかに顰《ひそ》めて、唇を細くひらき、軀の内側の痛みをじっとこらえているように、目の前に積まれたケルンに見入っていた。そこにいたわるべき病人のいることに彼はようやく気がついて、若い登山者らしい態度を取りもどし、女のほうにむかって足を踏み出した。

山靴に触れて小石がひとつ転がり出し、女のほうにむかって五、六米落ちて、勢い尽きて止まった。女が顔をわずかにこちらに向けて、彼の立っているすこし左のあたりをぼんやりと眺め、何も見えなかったようにもとの凝視にもどった。それから、彼の影がふっと目の隅に残ったのか、女は今度はまともに彼のほうを仰ぎ、見つめるともなく、鈍いまなざしを彼の胸もとに注いだ。気がつくと、彼の足はいつのまにか女をよけて右のほうへ右のほうへと動いていた。彼の動きにつれて、女は胸の前に腕を組みかわしたまま、上半身を段々によじり起して、彼女の背後のほうへ背後のほうへと消えようとする彼の姿を目で追った。

女のまなざしはたえず彼の動きに遅れたり、彼のところまで届かなくなったり、彼の頭を越えて遠くひろがったりしながら従いてきた。彼の歩みは女を右へ右へとよけながら、それでいて一途に女から遠ざかろうとせず、女を中心にゆるい弧を描いていた。そうして彼は女との距離をほとんど縮めずに、女とほぼ同じ高さのところまで降りてきて、苦しそうに軀をこちらにねじ向けている女を見やりながら、そのまま歩みを進めた。

その時、彼はふと、鈍くひろがる女の視野の中を影のように移っていく自分自身の姿を思い浮べた。というよりも、その姿をまざまざと見たような気がした。歩むにつれて、形さまざまな岩屑の灰色のひろがりの中に、その姿は女のまなざしに捉えられずに段々に傾いて溺れていく。漠とした哀しみから、彼も女を見つめかえした。すると女の姿も彼のまなざしにつなぎとめられずに表情をまた失い、はっきりと目に見えていながら、まわりの岩の姿ほどに訴えてこない。彼はすでに女の姿を背後に打ち捨てて歩み去るこころになった。

それから、まわりの岩という岩がいまにも本性を顕わして河原いっぱいに雪崩れてきそうな、そんな空恐しい予感に襲われて、彼は立ち止まった。足音が跡絶えたとたんに、ふいに夢から覚めたように、彼は岩のひろがりの中にほっそりと立っている自分を見出し、そうしてまっすぐに立っていることにつらさを覚えた。それと同時に、彼は女のまなざしを鮮やかに軀に感じ取った。見ると、荒々しい岩屑の流れの中に浮ぶ平たい岩の上で、女はまだ胸をきつく抱えこんで、不思議に柔軟な生き物のように腰をきゅうっとひねって彼のほうを向き、首をかしげて彼の目を一心に見つめていた。その目を彼は見つめかえした。まなざしとまなざしがひとつにつながった。その力に惹かれて、彼は女にむかってまっすぐに歩き出した。

後になって、お互いに途方に暮れると、二人はしばしばこの時のことを思い返しあった。二人はそのつどそのつど、この奇妙な出会いをきれぎれな言葉で満たしあった。

谷を降りてくる彼の山靴の音を、杳子も早くから耳にしていたという。ただ、物音がとうからはっきり耳に聞えていて、その音に注意も惹かれているのに、それをどうしてもつかめないことがある。たとえば浅い眠りの中で、誰かが玄関の戸をくりかえし叩いているのを耳には聞いているのだけれども、何と言ったらいいのだろう、それをひとまとまりの思いにつかみ取ることがどうしても出来なくて、じれったくて寝床の中で軀をよじらせるみたい、それからぼんやりしてしまうみたい、そんな風……、と杳子は説明した。

足音が近くまで来て止んだ時、その時はじめて、杳子はハッとした。誰かが上のほうに立って、彼女の横顔をじっと見おろしている、その感じが目の隅にある。たしかにあるのだけれど、それが灰色のひろがりの、いったいどの辺に立っているのか、見当がつかない、見当がつかないから顔の動かしようもわからない。

「頭をぐるっとまわして見わたしてみればよかったのに」彼はある時杳子に言ってやった。

「それがすぐに出来るぐらいなら、あんなところに坐っていなかったわよ」と杳子は笑った。

うっかり顔を上げて、もしも人の姿がなかったら、もしも人の姿が前景に立って灰色の傾きを支えてくれなかったら、岩屑がいちどに目の中へ、頭の中へ雪崩れこんできて、それっきり自分は、ダメになってしまう、そんな気がしたという。

杳子がK岳の頂上を降りはじめたのは十一時前で、途中ほとんど休まずにやって来たということだから、彼女はあの岩の上でおよそ三時間も坐っていた計算になる。彼女は彼と同じ道をたどって、陰気な灌木の中から谷底に降りてきた。河原に立ったとき、彼女は谷底にのしかかる圧力を軀にじかに感じ取ったという。両側からずり落ちようとする山の重みにひずんで、河原の地面が尾根や平地とは違った弾力で彼女の歩みを受け止めた。岩がどれも土の中にこもる力に押し上げられて、浮き上がりぎみに、不安定に横たわっていた。その力は地面だけではなくて、空間にもみなぎっていた。谷底に降り立った瞬間、彼女はプールの水の中に頭から飛びこんだ時の、あの水圧の鼓膜にかかる感じを受けた。そのせいか、近くの沢の出会いから轟いてくる水音も、なにか緊張した薄膜に隔てられたみたいに、騒々しいのにじかに迫ってこない。杏子はひどく背をまるめて歩いている自分に気がついた。疲れはそれほどでもなかった。そのまましばらく歩いて、あの平たい岩のところまでやって来て、杏子はリュックサックから水筒を出そうと思って、まず岩の上に腰をおろした。

岩に腰をおろして、灰色のひろがりの中に軀を沈めたとたんに、杏子はまわりの重みが自分のほうにじわじわと集まってくるのを感じて、思わずうずくまりこんでしまったという。実際に重みが自分の上にのしかかってきたわけではなかったけれど、周囲の岩が自分を中心にして、ふいに静まりかえった。谷底のところどころに、山の重みがそこで釣合いを取る場所があって、そんな一点に自分は何も知らずに腰をおろしてしまった。そう彼女はとっさに思った。そして自分が生身の軀でそんなところに坐っていることに空恐しさを覚え、そして、そんな畏れに顫《ふる》える子供みたいな心を自分が岩の重みの間でまだ残していることにまた空恐しさを覚え、彼女はしばらく顔を上げられなかった。

それから顔を上げて見まわすと、周囲の様子が変っていた。河原の岩という岩が、一斉に流れ落ちる感じになった。どの岩も前と同じに静止しているのだけれど、静止していることが、かえって流れ落ちる感じの迫力を凄くした。ちょうどスキーでまっすぐに滑ってくるとき、勢いよくうしろへ流れていたまわりの景色がふいに動かなくなって、速度感がふっと違った感じになって胸の内側へじかに迫ってくる。そして全身がきゅうっと固く締まる。あの時の切迫感、スキーの先端で静まりかえる雪面の迫力、耳を切る風の物狂わしさ、それが静かに横たわる岩のひとつひとつの中にひそんでいる。

しかたなしに杏子は視界を狭めて、目の前のわずかなひろがりに限り、その中の岩をひとつひとつ丹念に見つめて、流れ落ちる感じを押えようとした。すると流れは止むことは止んだけれど、そのかわりにひとつひとつの岩が——どう言ったらいいのかしら、と杏子は遠い目つきになって、それからぎごちない言葉でもどかしそうに説明しはじめた——、ひとつひとつの岩が垂直の方向ばかり強くて、どぎつくて、水平の方向がとても弱くて、頼りなくなってしまった。彼女の坐っている岩をのぞいて、どの岩もひたすらに、頑《かたく》なに垂直の方向をめざしていて、その上にのっかって休もうとするものがあれば、岩角を立てて振り落そうとする。大きな岩から、小さな石ころまで、どれもこれも落ちよう落ちようとひしめいて、お互いに邪魔しあってようやく止まっている。そして流れを止められて、重くのしかかられて、険しい表情をしている。こんなひしめきが、どうしてこの軀を支えてくれるだろう。立ち上がったら、もう一気に駆け下りるよりほかにない。でも、すぐに立ちすくんでしまいそうだ……。

途方に暮れて、杳子は岩の上に坐っていた。そして遠い、ぼんやりとした気持になった。大分たってから、彼女はまた物を思いはじめた。ところが、いろいろなことを考えているうちに、自分の中心をつかめなくなった。灰色のひしめきにそって、彼女の思いはきれぎれに流れただよい、あちこちで物憂げにつぶやいている。その思いの数だけ彼女はあちこちにいて、そしてどこにもいない。思いはほんのしばらく宙に浮んで、すぐに岩のひしめきに流されてしまい、そしてまたしばらくすると別なところから浮んで、静まりかえった岩の間で、子供みたいなしまりのない声でつぶやき出す。

いつのまにか杳子は目の前に積まれた小さな岩の塔をしげしげと眺めていた。それが道しるべだということは、その時、彼女はすこしも意識しなかったという。どれも握り拳をふたつ合わせたぐらいの小さな丸い岩が、数えてみるとぜんぶで八つ、投げやりに積み重ねられて、いまにも傾いて倒れそうに立っている。その直立の無意味さに、彼女は長いこと眺め耽っていた。ところが眺めているうちに、その岩の塔が偶然な釣合いによってではなくて、ひとつひとつの岩が空にむかって伸び上がろうとする力によって、内側から支えられているように見えてきた。ひとつひとつの岩が段々になまなましい姿になり出した。それにつれて、それを見つめる彼女自身の軀のありかが、岩の塔をかなめにして末広がりになってしまい、末のほうからたえず河原の流れの中へ失なわれていく。心細くて、杳子は自分の軀をきつく抱えこんだ。軀の感じはまだ残っていた。遠い遠い感じで、丘の上から自分の家を見おろしているみたいだった。

「そんな感じ……。それともすこし違うみたい」と杳子は言い、今度はほとんど正反対なことを喋り出して、彼に首をひねらせた。

あの時ぐらい、杳子は自分がここにあることを鮮やかに感じ取ったことはなかったと言う。杳子はかすかな感じのする軀を抱えこんで岩の塔を見つめていた。ただ見つめているだけでなかった。彼女は見つめながら自分の力を岩の中へ、その根もとへゆっくり注ぎこんでいった。すると岩はひとつひとつ内側からいよいよ円みを帯び出して、谷底の薄暗い光の中で、ほんとうに混り気のない生命感となって、うつらうつらと成長しはじめた。杏子も岩と一緒にうつらうつらと成長する気持になった。杏子は幸福を感じた。

「幸福だって……」

彼は思わず聞きかえした。杏子はこっくりうなずいた。彼は半分わかるような気がしたが、またたずねた。

「しかし僕が降りてきた時には、君の姿は、充実だとか、幸福だとか、そんな風にはとても見えなかったけれど」

杏子は額に手を当てて考えこんだ。しばらくして、彼女はポツリと言った。

「幸福というより、やっぱりつらかったわ。二度とあんな風になりたくない」

岩の塔を見つめているうちに、杏子はもう畏れは感じなくなった。自分のありかが岩の河原にひろがってしまったような心細さももうなかった。ただ、彼女のまわりには、相変らず沢山の岩がどれもこれも重く頑固に横たわっていて、お互いに不機嫌そうに引っ張りあって釣合いを保っている。その網の目にくりこまれてしまって、彼女は身動きがとれなかった。立ち上がろうものなら、網の目の釣合いが破れて、迂闊《うかつ》者の彼女の中へ、岩という岩の怒りが雪崩れこんでくる。人間であるということは、立って歩くことなんだなあ、と杏子は思ったという。立ち上がって、どれも自分とひとしい重みをもつ物たちの間で、生意気にも内と外を分けて、遠い近いを分けて、自分勝手な視野をつくって、大きな頭を細い首の上にのせてうつらうつらと歩きまわることなのだ。だけど、内と外に分けたとたんに、畏れが内側に流れこんで、いっぱいに満ちて、姿全体にどこか獣くさい感じをあたえる。自分はもうここから立ち上がらない。この次に自分がここから動くのは、この河原の岩がいちどきに雪崩れだす時。その時、自分はもう岩のひとつになりきって、何も感じないで、沢山の岩たちと一緒にごうごうと叫びあって落ちていく……。そう杏子は思った。そして足が段々に砂利の中に埋まっていくのを感じた。

そこへ足音が近づいてきて、彼女のすぐ上のあたりで止んだ。

あたりの物音が沢のざわめきだけにもどると、杏子はハッとして、思うようにならない姿勢から、ようやく顔をおおよその見当へ向けた。岩屑のひしめきが傾き上がっていくその中に、男がひとり立っていた。

《いるな》と杳子は思った。しかしいくら見つめても、男の姿は岩原に突き立った棒杭《ぼうぐい》のように無表情で、どうしても彼女の視野の中心にいきいきと浮び上がってこない。《いるな》という思いは何の感情も呼び起さずに、彼女の心をすりぬけていった。杳子は疲れて目をそむけた。それから、視線がまだこちらに注がれているのを感じて、また見上げた。すると、漠とひろがる視野の中で、男の姿がついと動き出した。そのとたんに……。

その事を話すたびに、杳子はやさしくて残酷な顔つきになる。杳子は彼の胸に軀を強く押しつけてきて、顔だけを彼の肩からすこし離して、目にいたわりの光を浮べながら、乾いた声で、言葉をすこしも柔らげずに喋り出す。

……そのとたんに、杳子の目は男の姿をはじめて視野の中心に捉えた。男は二、三歩彼女に向かってまっすぐに近づきかけて、彼女の視線を受けてたじろぎ、段々に左のほうへ逸れていった。男は杳子から遠ざかるでもなく、杳子に近づくでもなく、大小さまざまな岩のひしめく河原におかしな弧を描いて、ときどき目の隅でちらりちらりと彼女を見やりながら歩いていく。細長い軀の、背を歎みたいにもっさりまるめて、まるで薄い氷の上をそろそろと渡るみたいに、おさない目もとに不安を剝き出しにしている。ところが男が歩いていくにつれて、灰色のひろがりが、男を中心にして、なんとなく人間くさい風景へ集まっていく。そのさまを杳子はいかにも珍しいものを目にする気持で見まもった。あの人はどんなにわが身をいとおしく思っていることだろう、と彼女は驚嘆した。わが身をいとおしく思って、そのために不安に苦しめられて、その不安をまたいとおしく思って、岩屑のひしめきにたちまち押し流されてしまいそうなちっぽけな存在のくせして、戦々兢々と彼女をよけていく。それでも、そうやって男が歩いていくと、彼女にたいしては険しい岩々が、彼のまわりには柔らかに集まって、なま温かい不安のにおいを帯びはじめる。杳子はそのさまをしばらくしげしげと眺めていた。そして男のあまりにも露《あら》わなわが身いとおしさに、あまりにも露わな不安の表情に、まるで夜道で酔漢とすれ違った時のようにおぞ気をふるいながら、《立ち止まって。もし、あなた》と胸の中で叫んでしまった。すると男はいきなり岩の間で立ちすくみ、いったんは逃げ出しそうな構えを取ったけれど、やがてぼんやりとこちらを向き、大きくて臆病な獣みたいに、潤んだ目でおそるおそる近づいてきた。

　杏子が見たとおり、彼は岩の上の女にむかって近づいていく途中、ありとあらゆる迷信めいた思いに苦しめられた。女は岩の上にむこう向きに坐り、まうしろに当る方向から近づいてくる彼にむかって、両腕で覆った上半身を細い腰のくびれから精いっぱいにひねって、おまけに背を強く反らして、頭を斜めうしろへ垂らすようにして彼を見つめていた。彼がそばに立つと、女は急に小さくなり、固い姿勢から彼の顔を黙って見上げた。その姿が痛々しくもあり、すこし気味も悪くて、彼は緊張したた白い喉のあたりに目を注ぎながら、ゆっくり女の前にまわった。彼が動くにつれて、女は軀をほぐして、胸の前に当てていた腕をおろして左右に垂らし、まっすぐに顔をさし伸べて彼を仰いだ。それから女は立ち上がり、立ちくらみしたように、彼の左肩に顔を近づけてきた。

「麓まで連れて行ってください」

　杏子は低い柔らかな声で彼に言った。


　彼が右肩をさし出すと、杏子は自然に彼の右腕につかまってきた。彼は黙ってすぐに歩き出した。杏子は軀をすこしこごめて、ぬかるみを踏むような足どりで歩いた。腕から重みがすこしも伝わってこない。杏子の軀はほのかな温《ぬく》みとなって彼の軀のそばに漂い、彼の歩みにつれて、流れるように従いてきた。緊張の後で、彼も口がきけなかった。

　河原をしばらく下ると、沢が段々に左から迫ってきて、道は右岸の荒れた山肌を、人ひとりしか通れない細さでくねり上がりはじめた。彼は杏子の手を右腕からほどいた。すると、杏子は岩の間にかがみこんでしまい、うらめしそうに彼を見上げた。彼はかまわずに杏子に背を向けて登り出し、そして十米ばかり登ったところで振り返って、頤を軽くしゃくり上げ、従いてくるよう促した。杏子は黙って頭を横に振った。だがもう一度頭を振りかけて、彼女は彼の目を見つめた。その目を捉えて、彼は鋭く見つめかえした。すると杏子はゆっくりと腰を上げ、彼の視線をたぐり寄せるようにして登ってきた。

　そんな事を何度もくりかえして、かなりきつい上り下りを一時間あまり続けたのち、二人はようやく、頂上の社にたいして下の宮にあたる神社へ入る吊橋のところまで降りてきた。橋のたもとで、杏子はまた地面にかがみこんでしまった。そこで、彼は杏子にむかってはじめて口をきいた。

「こんな橋を一人で渡れないようじゃ、もう二度と山に来れないよ」

「もう来ません」と杏子は地面を見つめてつぶやいた。「それどころか、自信を失って、街の中さえ満足に歩けなくなるから……」

なぜそんな残酷なことを言うのだろうと自分で訝《いぶか》りながら、彼はうずくまる杏子の背からザックをはずしてやり、それを片手にぶらさげて一人で吊橋をすたすたと渡り、むこう岸にザックをふたつ放り出して、また橋の中途まで引き返した。杏子は顔をちょこんと上げて、彼の振舞いを目で追っていた。彼は橋の真中に立って、つとめてのびのびとした姿勢を取り、《渡っておいで》と目で合図した。もうさっきからの繰返しで、杏子は彼に見据えられると、ほとんど反射的に立ち上がって、ぎごちない足どりで橋を渡り出した。杏子が近づいて来るにつれて、彼は杏子の視線をしっかり捉えたまま、じわじわと岸にむかって後ずさりした。そうして杏子を橋の中途近くまでおびき寄せた時、彼はふと《まるで犬だな》と思った。

すると杏子は立ち止まった。そして彼から目を離して、踏み板の隙間から、四米ほど下の急流をのぞきこんだ。その軀にまた茫然とした感じがさしてきた。しかし立ちすくんだようには見えなかった。むしろ、固くこごんでいた軀はほぐれてふてぶてしくなり、背をまっすぐに伸ばし、膝をゆるく曲げ、両側のロープに指先だけを軽く掛け、彼のことなぞ眼中にないという風に、うっとりと流れに見入っていた。吊橋の上に立ち止まって、足もとの急流を見つめると、橋全体が水しぶきを上げて、上流にむかって勢いよく滑り出す……。

「下を見るんじゃない」と彼は思わず大声で叫んだ。

杏子はゆっくり顔を上げて、怪訝な面持ちで彼を眺めやり、それからしかたなさそうに、投げやりに歩き出した。今度は彼のほうが固くなって、杏子を見つめてそろそろと後退してゆき、後向きに岸に飛び移って杏子を待った。踏み板をあと二枚余すところまで来て、杏子はほんとうに立ちすくんだ。「もう、大丈夫」と彼は岸から両腕をさし伸べた。すると杏子は笑いとも顰《しか》め面ともつかない濃厚な表情を浮べたかと思うと、そのまま、棒を倒すように、彼の胸の中めがけて倒れこんできた。重い軀にのしかかられて、彼は地面に尻もちをついた。

「危いことをする人だなあ」

と彼はまだ軀をあずけて息をついている杏子を地面か

ら抱き起しながら、杏子の立っていた踏み板を見やった。彼がとまどって、もしも手を出すのが一呼吸遅れていたら、杏子の軀は板を踏みはずして転落しかねないところだった。

　杏子は橋のほうに目もやらずに、上気した顔を風の吹いてくるほうにむけて、ほつれた髪をしきりになぜつけていた。

二

二度目に杏子に出会ったのも偶然だった。

O沢のことからもう三カ月あまり経って、一月も末に近い或る日、杏子は駅の連絡階段を彼のほうにむかって、人ごみを掻《か》き分けてまっしぐらに駆け降りてきた。

　彼はホームの白線のへりに立って電車を待っていた。ちょうど彼の目の前に、線路ひとつ隔てて、反対方向の電車が止まっていた。その中から杏子はむかいのホームに立つ彼の姿を目にとめて、扉のしまる寸前にホームへ走り出たのだという。

　彼のほうも杏子の顔をちらりと目にとめてはいたようだった。乗り降りの客にざわめく車内を窓の外から眺めながら、彼は谷で出会った女の、あの渺《びょう》とかすむ顔を思い浮べていた。しかしそれがはっきりとした記憶となる前に、電車は吊皮につかまって所在なげにこちらを眺める人間たちの、どれも彼と同じような顔つきを窓ごとにおさめて、ゆっくり動き出した。草色の流れが曖昧に彼の目を惹きつけてホームを滑り出て行った。そしてそれと入れ違いに、同じ草色の流れがホームの先端から滑りこんできて、ひらきかけた記憶を蹴散らすように、彼のすぐ鼻先で大きな車体となってむこう側のホームを覆い隠した。その寸前、そのホームの階段を子供のような人影が勢いよく駆け上がっていくのを、彼は見た。やがてその人影は夕暮れに近い陽に赤く染まった連絡橋の窓をひとつひとつ黒く横切って、こちらのホームにむかって走ってきた。そこまでは彼は見るともなく目で追っていた。それから、すぐ目の前で開いた扉に気を奪われた。

　乗客たちが扉から流れ出てきて、そのまま速足で階段に向かおうとして、ふと顔を上げて迷惑そうに歩みをゆるめた。見上げる男たちの目に、一斉に軽い好奇心の光がさしてくる。男たちの目の動きにつれて、高い足音が階段をおおわらわに駆け降りてくるのが聞えた。《女だな……》と彼はスカートの裾をあられもなく振り乱して駆け降りてくるハイヒールの女の姿を思い浮べたが、目の前の男たちの顔に自分自身の好奇心を見たような気がして、わざわざ振り向いて見る気にもならず、ちょうど扉にむかってざわざわと動き出した乗客について歩き出した。すでに発車のベルが鳴っていた。その時、雑踏の中から、覚えのある柔らかな温みが彼の右腕のすぐうしろに近寄ってきた。肘のところを軽くつかまれたのを感じて振り返ると、白いコートを着た少女が彼のそばからついと一歩退いて、ていねいに頭を下げた。人違いをされたのかと彼は思った。すると少女は彼の目を見つめて、上気した顔を右へすこしかしげ、

「いつぞやは、大変、お世話になりました」としかつめらしく言った。細くて、すこし甲高い声だった。

少女と並んで地下道を歩いている時にも、彼はまだ、やっぱり別人ではないかという思いから離れられなかった。足音がまるで違う。少女は彼の右側を一歩ほど遅れて歩いていた。先の尖った靴がときどき彼の目の隅に入り、あたりのざわめきの中で冴《さ》えた音を規則正しく立てていた。輪郭たしかな足音とでも言ったらよいのだろうか、それが自分の鮮明さに自分で苦しむように、ときどき苛立たしげにステップを踏んだ。そのたびに彼は振り向いた。すると、切れ長の目が彼に見つめられてすこしたじろぎ、それから、視線が小枝のように弾ね返ってきて彼の目を見つめて微笑んだ。あの日、谷底に坐っていた女の、目と鼻と唇と、細い頤に柔らかく流れ集まる線を、彼はまたひとつずつ見出した。あの時、漠とひろがった顔全体の無表情の中で、それぞれの表情を守って孤立していたひとつひとつが、今では小さな顔の、内側から輝き出る生彩の中に所を得て、互いに緊張しあっていた。しかしたえず生彩をあらたにしていないと、たちまち漠とひろがってしまいそうな、不安定な感じがどこかにある。彼はそれとなく足を速めたり遅めたりした。気紛れな彼の歩みに合わせて、冴えた足音が相変らず規則正しく雑踏の中で響いた。

あの日、吊橋のたもとから終着駅のホームまで、二人は一言もお互いのことをたずねあわなかった。ほとんど口もきかなかった。知りあったばかりの若い男女のように喋りあうには、出会いがすこしばかり異常すぎた。それに、その夜のうちに家にたどり着くには、喋るひまもなく歩かなくてはならなかった。細かい雨に煙る桑畑の間を、二人は大きなビニールの合羽を一緒に頭からかぶって、ひたすら歩いた。杳子は彼の右腕の下で、いるか

いないかわからないほどの温みのひろがりとなって、足音をすこしも立てず、それでも彼の足に合わせてよく歩いた。一時間ほどして、二人はようやくバスに間に合った。バスの中でも、二人は急行の時刻を気にして前方の闇ばかり見つめていた。バスを降りて列車に乗りこむまでの間も、走りづめだった。ようやく座席に落着いて、次の駅で弁当を買ってやると、杏子は「ありがとう」と言って羞《は》ずかしそうに笑い、ものを食べるところを彼の目から隠すように窓のほうに軀を向けて弁当を三分の一ほど食べ、それから茶を啜《すす》りながら窓の外の暗闇を眺めていたかと思うと、うつらうつらとまどろみはじめた。そしてときどきハッと頭を起しては微笑み、微笑んではまどろみしているうちに、段々に腫《は》れぼったい顔つきになって眠りこんでしまった。終着駅まで杏子は眠りっぱなしだった。駅の構内で別れる時も、二人は「大丈夫……」——「ええ、大丈夫、ありがとうございました」と言葉をかわしただけだった。杏子の姿が人の流れの中に紛れてしまってから、ようやく、彼は名前さえ告げあわなかったことに気づいた。

杏子については、彼の右腕になじんだほのかな温みしか残らなかった。ちょうど雨の中で気紛れに猫を抱き上げて、それから置いてきたような感じだった。珍しい体験として意識することさえほとんどなかった。

あの頃の彼自身も、かならずしも尋常な状態にあったとは言えない。夏休みからもう学校にも出ないで、ほとんど家にひきこもりきりだった。ひどい時には、十日もつづけて食事時以外は自分の《子供部屋》に閉じこもって、退屈を知らなかった。言ってみれば、これも自己没頭という病いである。しかしこの健康な病いも昂じてくると、外のことにたいする甚だしい冷淡さをもたらした。それればかりか、皮肉なことに、どうかすると現在の自分自身にたいする、自分自身の体験にたいする、奇妙な無頓着にもつながっていきかねなかった。

まれに、彼はあの谷底の出来事を思い出した。そして明日にでも学校に出かけて行って、友達にその話をしてみたいという気になった。友達はその話を面白がるにちがいない。そうすれば、迂遠な道ではあるが、あの出来事は彼自身にとってようやくひとつの体験となるにちがいない。そしてこれからもひきつづき幾つかの事を体験していくだろう自分自身に、また興味をもてるようになるかもしれない。

ところが、あの出来事を細かに思い出そうとすると、彼はかならず不快なものにつきあたる。あの女の目にときどき宿った、なにか彼を憐れむような、彼の善意に困惑するような表情だった。《あの女は、あそこで、自殺するつもりだったのではないか》という疑いが浮びかけた。すると記憶が全体として裏返しになり、彼は女の澄んだ目で、幼い山男のガサツな、自信満々な振舞いを静かに見まもる気持になった。あの女は若くても彼と同じ年、むしろ彼よりも三つ四つ年上の女として、最後には彼の記憶の中に落着いた。

喫茶店の席にむかいあって坐ったとき、彼はまた相手の年齢をつかめなくなった。椅子の上で、上半身をゆったりと支えて、腰がにわかに女くさくなった。しかし色の白い腕には透きとおったうぶ毛がいっぱいに生えていて、艶のない肌にそって流れている。全体になんとなく年齢のない軀つきで、蒼白くくすんだ精気をそこはかとなく発散して、かすかな不快感を彼に覚えさせた。彼はまた自殺のことを思い出した。彼は自殺者について彼流のイメージをもっていた。自らの命を断とうとする人間は、男にしても女にしても、その時、年齢というものを洗い流されて、老人とも未成年ともつかない蒼白さにつつまれる……。

「お蔭さまで、元気になりました」と女は細い声で言った。

「お蔭さまって……」と彼は相手の言葉の意味をつかみかねて口ごもった。

「病気だったのです」

「何の病気ですか」

「高所恐怖症」

耳障りな言葉が、小さなふっくらとした唇から、ほとんど楽しげに響き出てきた。

「高所恐怖症って、そんな病気の人が、なんで山になんか登ったのです」

「気がつかなかったのです」

「谷底まで降りてきて、そこでようやく……」

「おかしいですね」

「山の頂上では何ともなかったのですか」

「ええ、とても幸福《しあわせ》でした」

起りかけた好奇心が、《幸福《しあわせ》》という言葉のつぶてをくらって、ひょいと首を引っこめた。女は下を向いた。はた言葉が跡切れると、女の声の甲高さが耳に残った。はたの人が聞いて甲高いと感じるほどではけっしてなくて、むしろ細く澄んだ声とでもいうべきだが、あの谷底での低い、ふくらみのある声に比べると、耳にして痛々しかった。彼の困惑を知ってか知らずにか、女は下をむいて一人で微笑んでいた。ときどき顔をかすかに顰め、左肩をすこし傾けて軀をよじる癖があるのに、彼は気づいた。

「頂上では何ともなくて、谷底に降りてきてから高所恐怖症にかかるというのは、どういうことなのだろう」

そう彼はたずねて、初対面同然なのに、心の内側にわたることを、しかも一方的にたずねてばかりいるという関係を奇妙なものに思った。女は顔を上げて、彼の肩ごしに遠くを見つめて考えていたが、それから柔らかな声になって答えた。

「谷底って、高さの感じが集まるところではないかしら。高さの感じがひとつひとつの岩の中にまでこもっていて、入ってくる人間に敵意をもっているみたいな……」

谷底の気味の悪さを端的に言いあらわされて、彼は相手の顔を見つめなおした。すると女は顔を赤くして、

「よくわからない」と鼻にかかった声で言った。そして軀を伸ばして椅子の背にもたれかかり、珍しいところに連れてこられた子供みたいに、薄暗い店の中をあちこち見まわしはじめた。遠くから遠くへ視線を移すたびに、彼女の目はいったん彼の前にもどってきて、観察する彼の目を段々に見つめかえし、遠くから近づいてくるようにぼんやり微笑んだ。横顔が彼のほうに向きかかるたびに、彼は岩の上に坐っていた女の横顔を思い浮べかけたが、思い浮べきらぬうちに、女の顔はもう彼にまともに向かって親しげに笑いかけている。その笑顔の無防備さに彼は呆れた。だが笑顔にひきかえ、彼女の喋る言葉のほうはぎごちなく、沈黙の中からそのつどどぎまぎと投げ出すような風だった。そのために二人のやりとりは、医師と患者の対話の響きをすこしばかり帯びてきた。

「高所恐怖症って、そんなに急に現われるものですか」

「いいえ、山に登る前から、すこしあったのです」

「でも、はじめて気がついたと言ったでしょう」

「ええ、高所恐怖症だと気がつかなかったのです」

「どうして」

「それが変なんです。高いところにいる時はちっとも感じないんです。かえって気持が晴れるぐらい」

「いいですか、高いところに立つとすくむのが、高所恐怖症ですよ」

「ええ、でも、平たいところにいる時に感じるんです。ときどきなんですけど、どうして立っていられるのかわ

からなくなって……」

それから、彼女はだしぬけに奇妙なことを喋り出した。

「もしもお部屋の床がレンズみたいにふくらんでいたら、お部屋の中にいるのがとてもつらいでしょう。それから、ほら、床がすこし傾いていたら落着かないでしょう。そんなところでお話ししたり、お茶を飲んだり、御飯食べたりするのはイヤだと思って、ちゃんとした場所に出ようとずんずん歩いて行くのだけれど、どこまで行っても地面が傾き上がっていくんです。皆、どうして、こんなところで暮していられるのって叫びたくなるけれど、皆、平気そうなので、困ってしまう……」

喋るにつれて、顔に表情がなくなってゆき、言葉に熱がこもるにつれて、声が逆に棒調子になっていく。まるで眠りの薄膜のむこうから一所懸命に喋りながら、段々に睡気の中へ沈んでいくみたいだった。目や鼻や唇がまたまとまりを失って、ひとつひとつ奔放な感じになった。胸へ抱き寄せてしまいたくなるような、奇妙に煽情的なところがあった。

「ほんとに、そう感じるんですか」と彼は心配になってたずねた。

するとその女はにこやかな表情を取りもどし、膝の上をさすりながら、成熟した女の声で答えた。

「ええ、わたし、嘘を言ってるようですわ。ほんとかと聞かれれば、ほんとじゃないってお答えするのが正しいと思います。ただ、そんな風に言ってみたくなるだけなんです。わたし、自分の病気のことをひとに喋ると、いつでも嘘をついてしまうんです」

何も知らない、知る必要もない彼をいたわるような口調を、彼は感じた。そして言うべき言葉が見出せなくて、ついガサツな言葉を吐いてしまった。

「高所恐怖症なんかじゃないね、それは」

「そう、違いますわね。高所恐怖症じゃありませんね」

女はあっさり否定して微笑んだ。

店を出て地下道にもどって来ると、女が彼と同じ年だともう知っていながら、彼の目にはその姿がまた少女のように見えてきた。女は今度は彼の二、三歩前を、見るからにしなやかな脚で歩いていた。コンクリートの床を叩くように踏む細い靴から、弾力が全身に満ちわたって、細い軀をいよいよ快活に見せた。ところが、分れ道や地下鉄の雑踏にさしかかるたびに、女の足どりは覚束なくなる。足音が止み、女はぼんやりした目であたりを見まわしはじめる。何かを確めようとしている風だった。いましがた店の中ですこしばかり気圧されたことへの仕返しに、彼は黙って女のそばを通り抜けて、変わらぬ足どりで先へ進んだ。しばらくして、彼が心配になり出す頃、うしろからまた冴えた足音が小走りに近づいてきて、彼を追い越し、二、三歩前でことさらに嬉々と弾みをつけて歩いた。

そんなことをくりかえしながら、駅の改札口を入ってしばらく進んだ時、杏子はふいに立ち止まって振り向いた。そしてあの柔らかな温みのひろがりが彼の胸もとにまたすうっと近寄ってきて、細い甲高い声で言った。

「来週の今日、あの時間に、あのお店で待っててもいいですか」

彼はいまのいままで、まるで別れれば自然にまた出会えるみたいに、これから先のことをすこしも考えていなかった自分の迂闊さに驚いた。

次の週になってみると、杏子の《あの時間》というのが、彼にはわからなくなった。たぶんあの店に着いた時刻のことを言ったのだろうが、しかしこの前いったい何時ごろ彼女に出会ったのか、だいたいあの日、自分は何時ごろ家を出て、どれぐらいの間ひとりで街の中を歩きまわって、そして何時ごろあのホームに立っていたのか、はっきりしなかった。じつに久しぶりに彼は自分の一日の行動を時間と引き合わせてみた。しかし杏子の《あの時間》は三時半か四時半、およそ一時間あまりの幅ができてしまった。

いろいろ考え合わせたあげく、四時と見当をつけて、彼は四時すこし前に店に来た。杏子はこの前と同じ隅の席で、椅子に腰を浅くかけ、軀をぎごちなく前へ折り曲げて坐っていた。膝の上でハンドバッグを両手に握りしめ、暖房のきいた店の中で、まだコートを着たままだった。すぐに帰らなくてはならないわけを説明しに来たように見えた。そのつもりで彼は近づいて行った。杏子はまだかなり遠くから足音を聞きつけて顔を上げ、しばらく彼の顔を無表情に見つめ、それから目を輝かした。そして彼がむかいに坐ると、まるでいま彼と一緒に着いたばかりみたいにコートを脱いで、椅子に深く腰を入れて額をこちらへ傾けてきた。

次の週も、杏子はこの前と寸分違わぬ恰好で彼を待っていた。一人で都会に出てきた田舎娘が、迎えの人が来ないので、駅のホームのベンチで小さくなって坐っているみたいだと彼は思った。

椅子に腰をかけたまま軀をゆるくくねらせてコートを脱いでいる杏子を見つめながら、彼はたずねた。

「どうしてコートを着たままでいるの」

「なんとなく落着かなくて」

杏子はコートから肩を抜いて、すこしつらそうな顔で言った。それから、彼がその答えに不満そうな顔をしているのを見て、つけたした。

「それに、わたし、寒がりなんです。風の冷たい日に家に帰ってくると、玄関からすぐに応接間に入って、コートを着たままでガスストーブの前にしばらく坐ってるの」

彼は杏子の家のことを思いやった。杏子は七年前に両親を相次いでなくしている。現在、彼女は両親の残した家で、姉夫婦と一緒に暮していることだった。しかし彼は杏子の家のことを知りたくはなかった。二人はお互いの家の話をはじめから暗黙のうちに避けていた。

その次から杏子はコートを脱いで待っているようになった。しかし椅子に浅く、ほとんど縁《へり》に近いところに腰をかけて、細い軀を固くこごめる姿勢は、判で捺《お》したように同じだった。お互いに沈黙をすこしも苦にしないとわかると、二人ともあまり口をきかなくなり、沈黙の中からきれぎれの言葉を間遠にさし出しあって時を過した。まれに、二人の言葉はたわいのない話題をめぐって弾むことがあったが、そんな時でも、杏子の声は細くて、こころもち甲高く、甲高いままに消え入りそうになる。話しこんでいる最中でも、ふと言葉の端を呑みこんで、そのまま平気で黙りこんでしまう癖があった。だが二人は病み上がりの人間どうしのように、心の動きの曖昧さを許しあった。

《病気》のことに触れると、杏子の言葉はことに曖昧になる。山の中で彼に出会ったおかげで元気になった、と彼女はくりかえし言った。そのくせ、《病気》がいちばんひどかったのは、山から帰ってきてひと月ほどの間だったと言う。彼がその矛盾をつくと、《あなたにホームで出会ってから、元気になった》と言いなおしたり、《山からもどって来てから、いつも、あなたの顔を思い出していた》とか答えにもならないことを言ったりしたあげく、また、彼のおかげで自分がどんなに元気になったかを潤んだ目で語り出す。彼はそれに反論する。

「何度も言ったように、僕は君を麓まで降ろしただけだよ。僕が通りかからなくても、もうしばらくすれば、君は一人で降りてきたさ」

「それはだめだったわ。たとえ一人で降りてこれても、もうだめだったわ」

「無事に降りてくれれば、それでいいじゃないか」

「あなたのおかげで、元気になりました」

「僕は君の病気とやらをなおした覚えはないよ」

「でも、なおったんです。あれから、何もかも、とても静かに見えるようになりました。目にしっくりなじんで、とてもきれい。きれいすぎて、もったいないみたい」

《あれから》というその時点が、彼にはどうしてもわからなかった。しかし首をかしげながら、やはり心を動かされた。


ところがある日、杳子に逢いに地下道をやって来て、地下道からいつもの店につづく狭い階段を昇ろうとすると、途中の踊り場にむかってひらいた店の入口の前で、杳子がハンドバッグを胸に抱えてうろうろと歩きまわっていた。顔にまた霞《かすみ》のようなものがかかり、そのくせ細い軀がひどく苛立っていた。階段の下に立ち止まって見ているると、杳子はひとしきり踊り場をうろつきまわったあと、濃い茶色のガラス扉に額を押しつけるようにして店の中をうかがった。その姿を内側からドアガールが目に止めてドアをさっとあけ、いつまでも入って来ようとしない杳子の横顔をとげとげしい目でながめた。しかし杳子はそれにはすこしも煩わされずに、腰をすこしかがめて、あいたドアの隙間から薄暗い店の奥をためつすがめつのぞきこんでいた。腹を立てたドアガールがドアの把手《とって》を離し、ドアが杳子の鼻先で勢いよく閉じた。すると杳子は軀を起してハンドバッグを胸の前に抱えなおし、踊り場をまたひとしきりうろつきまわった。それから壁にもたれかかり、足もとに視線を落して動かなくなった。

彼が前に立つと、杳子は目を上げて喜色満面になった。そして彼の腕を取り、店の中がおかしいとでも言いたげに、ドアのほうへしきりに目をやって彼を促した。やくざ風の男たちでもたむろしているのだろうと察して、彼は杳子をうしろにかばって店の中に入った。見まわすと、店の中は別に変わった様子もなく、いつも二人の坐る隅の席に中年の男女が坐って話しこんでいる。《何があるの……》と彼は杳子のほうを振り返った。杳子は彼のうしろに身を隠そうとするでもなく、中年の男女の坐っているほうを無遠慮に見つめていた。

「席がふさがっているの」と杳子は哀しげな声で言った。

「ほかに席はいくらでもあるじゃないか」

「いつもの席じゃないと、行き違いになると思って」

「馬鹿だな。どこかに坐ってれば、見つかるにきまってるだろう」

「それはそうだけど、でも席がたくさんあって、どれに坐っていいかわからなくて……」

　彼は啞然として空席の点々とちらばる広い店を見まわした。そしてそれ以上は何もたずねないで、空席を選び出して杏子を坐らせた。奇妙な偏執の一端を見せてしまったことを羞かしく思ってか、杏子はその日はほとんど口をきかなかった。彼も途方に暮れて、杏子を前にして、あの谷底のことを一人で思い返していた。

　二時間ほどして店を出ると、彼はふと同じ事の繰返しがつらくなって、いつものように地下道に降りずに、階段を昇って夜の大通りに出た。杏子は階段のところでちょっととまどって、いつもより軀を寄せて従いてきた。大通りから裏路に入って、わざと人通りの多いところから多いところへ、彼はやたらに角を曲がって歩きまわった。喧噪の中を、柔らかな温みのひろがりが彼の右脇にぴったり寄りそって、足音を立てずに従いてくる。どこまでも従いてくる。そのことが奇妙に思われて、彼は立ち止まった。杏子も自然に足を止めて彼の顔を見上げた。ちょうど左手に、周囲の店に比べて、どことなく沈んだ感じの店があった。

「この次はこの店で逢おう」と彼は店の扉を指さした。

「困るわ……」と杏子は額に手を当ててつぶやいた。

「どうして。それじゃ、夕方でなくて、昼間の二時にしよう。かならず先に来て待っている」と彼は譲らぬ構えを見せた。

　杏子はうらめしそうな目で彼の顔を見た。それから頭をゆっくりまわして周囲を眺め、眉をきつく顰《ひそ》めて近くの店や看板をひとつひとつ見つめ、道にそって左右に目をやって曲り角をひとつふたつと細い声で数えた。そして「あれが大通りね」とたずね、首をかしげて「あれを左に行くと駅ね」と確め、それから、「ええ、いいわ」と緊張した面持で彼にむかってうなずいた。

　その日、彼は約束の時間よりも早めに来て杏子を待った。入口に近い席に腰をおろして、内側から淡い茶色に透けるガラスをとおして歩道をながめていると、約束の時間にほとんど遅れずに杏子は大通りのほうからやって来た。杏子はガラス一枚を隔てて彼のすぐ目の前に立ち止まって、店の看板と、それから扉を眺めた。唇が細かく動いて、店の名前を口の中でくりかえしつぶやいている様子だった。やがて杏子はよその玄関に近づく女の、あのしかつめらしい顔つきになって、コートの襟もとを軽く左手で押えて扉に歩み寄った。ところが四角い色ガラスの中にまっすぐに立つと、彼女は息を呑むように、目の前に白いペンキで大きく書かれた三つの片仮名を見つめ、段々に薄膜のかかったような顔つきになった。そして軀を軽くのけぞらして店全体を見まわし、首をかしげ、曖昧な足どりで立ち去った。彼は後を追おうとしたが、そこへボーイが盆を片手にやって来て彼の前にふさがるように立ったので、いったん浮した腰を沈め、見まもる気持になった。

まもなく、杏子はむこう岸の歩道をゆっくり引き返してきた。真剣な顔がこちら側の店の看板をひとつひとつ確めてはうなずいていた。そして店の真向かいで彼女の足はためらいがちになり、いまにも歩道を降りてこちらへやって来そうな表情になって、また通り過ぎた。

後姿が人ごみに紛れてしまわないうちに声をかけなくてはと彼は思った。しかし物蔭から一方的に見つめることとの奇妙な戦慄が、彼の腰を椅子に釘づけにした。あの足どりは一途に遠ざかっていく足どりではない。どうせ見覚えのあるこの店の印象に引かれてまたやって来るだろう、と彼は見まもりつづけた。

思ったとおり、しばらくすると、杏子ははじめの道をいかにも目的ありげな速足でやって来て、憔悴した感じの横顔を見せて、あっという間に彼の前を通り過ぎた。今度はガラスの内側の彼の存在とはまったくかかわりのなさそうな一途な足どりだった。何を見つけたのだろうと茫然と見送っているうちに、後姿は人の流れに紛れてしまい、その途端に彼には杏子との事がすべて夢のように思えてきた。

大分してから、杏子の後姿の消えたあたりをまだ見やっている彼にむかって、杏子が目を薄く閉じて、白い顔をざわめきの中にひっそりと差し伸べて、一歩一歩吊橋を踏みしめるような足どりで近づいてきた。店の前まで来ると、彼女はこの前の夜、彼と一緒に立ち止まったのと同じところに、ちょうど同じ恰好で立ち止まって、薄目のままあたりをゆっくり見まわした。彼は我に返って椅子から腰を浮した。すると杏子はいきなり目をあけて、路地の気配を窺う猫のような目つきになったかと思うと、さっと店の扉を押しあけて入ってきた。そしてまっすぐに彼の目を捉えて、甘ったるい笑いを浮べて肩で息をついた。

「同じようなお店ばかりでわからなくなっちゃって……」

そう言って、杏子は彼の前の椅子に腰から横ずわりに沈んだ。

「この前、そこに立って、むこう側のお店ばかり見てたでしょ。だから、こちら側のお店にぜんぜん見覚えがなくて」

「嘘をいえ」と彼は杏子の言葉をなかば理解してしまいながら、その理解を払いのける気持で言った。

「中から見てたぞ。はじめにこの店の前でぴったり立ち止まっただろう。店のドアをすぐ近くから見つめていたじゃないか」

杏子の目が険しくなった。険しさを目に残したまま、彼女は困惑の笑いを浮べた。彼はもうひとつ追いこんでみた。

「片仮名でたった三つの名前だよ。ほら、茶色のガラスに、白ペンキで大きく書いてあるだろう。あの名前を、この前、君の耳もとではっきり言ったはずだ」

杏子はまだ笑っていた。答えがわからなくて途方に暮れている風ではなくて、はっきりしすぎるほどはっきりした答えを口に出したものかどうかと、相手を見定めている顔だった。それから、杏子はすこししゃがれた声で喋り出した。

「近くから見つめたから、わからなくなったのよ。字がただの字になってしまって、三つの字をまとめて名前を読み取るのは、容易なことじゃなかったわ。おまけに、やっと読み取ったら、響きが違うじゃないの。あたし、家を出てから道々くりかえしその名前を口の中で唱えてきたのよ。あなたがこの前言った名前を」

「同じ言葉の響きが、そんなに違ってたまるものか」

「まるで違う響きだったのよ」

「だから、どう違うんだ」

「はじめて耳にした感じよ。お店全体まで違った風に見えてきて、見た覚えがないような気がしてきて、どうしてもドアを押して中に入れなかったの」

杏子は溜息をついて下を向いてしまった。膝の上に手を置いて、肩をおとして、いかにもしおらしい恰好だが、斜めにそむけるようにうつむけた顔には、自分の生理の中に閉じこもって挺子《てこ》でも動かぬという風がある。腰が急に太くなって、片意地な無表情の下から、女の起きぬけのふてぶてしい顔が透けて見えてきた。

「わかるよ、それは」と彼は言ってしまった。とにかく沈黙を破って、別な方向から攻めてみるつもりだった。ところが、「わかるよ」とうなずいたはずみに、彼は杏子の感覚の中へなかば引きずりこまれてしまい、日頃口にしないような言葉で、大まじめに杏子をなじりはじめた。

「しかし、かりに響きがまるで違っていたとしてもだよ、同じ言葉とはわかっていたんだろう。それなら、その名前の店の中で僕が待っているというぐらいなことは、頭で考えてわかりそうなものじゃないか。それがわかっているなら、実感がついてこなくても、ドアを押しあけて入ってくるべきなんだ。毎日、電話をかけるだろう。学校で教室番号をたしかめて中へ入るだろう。同じ事を君は平気でやってのけているんだよ」

するとこ杏子は顔を上げて、彼の目をじわじわと見つめかえした。

「でもねえ、あなた、かりにあなたがどこかの、見た覚えも聞いた覚えもないお店の前に立って、中であたしが待っているはずだと頭だけで判断して、それだけで中に入ってこれる。大きな建物があって、長い暗い廊下を歩いているとするわ。両側に同じような扉がずらあっと並んでる。そのどれかの中へ、あたしが中で待っているはずだと頭で考えるだけで、あなたは入っていける」

なにか粘っこい感触の声だった。

「ここだと、すこしでも感じたら、目をつぶって飛びこんで来りゃあいいんだ。違った扉なら、そんな感じがするはずはない」

彼の声のほうがかえって幼く瘠せ細っていく。やはりねっとりと湿りをふくんだ声で、杏子は彼の言葉を押しのけた。

「ここだっていう感じがうっすら残っていたから、かえって、中に入れなかったのよ。ここだと感じてドアをあけて、もしもぜんぜん違ったお店だったら、どうするの。あとは、そこいらじゅうのお店のドアをあけてまわるより、ほかになくなってしまうじゃないの」

そう言って杏子は両方の掌で頰をつつんで、額にきつい縦じわを寄せて黙りこんだ。彼を探して店から店へうろつきまわる女の姿を思い浮べて、彼は途方もない重荷を背負わされたような気持になって、また谷底の出会いのことを思い返した。

「重症の方向音痴だよ、君は」と途方に暮れた口からおよそ無意味な言葉がこぼれた。

すると、杏子の顔が輝いた。

「そうね、方向音痴ね」と杏子は細い甲高い声で言って、いつもの少女めいた細い軀を左右にくねらせた。

その変容ぶりに、彼は呆気に取られた。

「というより、選択音痴だな」と彼はまた無意味にも言いなおした。

「そう、選択……音痴」と杏子は嬉々として飛びついてきた。

この前の高所恐怖症の時と逆になったことに気づいて、彼は憮然《ぶぜん》とした。しかし女を中途半端なやり方で追及する醜さに耐えられなくなって、彼は杏子の快活さにのっかっていった。

「すこし鍛えなおしてやろうか」

「ええ、鍛えなおしてちょうだい。お願いよ。このままじゃ困るわ」

また別な店を指定してやろうかと彼は思いかけたが、また同じことの、また判で捺したような反復を予感して、陰惨な気持になった。

「内側と外側ってのは、気味が悪くていけないなあ」

「吊橋の時みたいに助けてほしいの」

その言葉に、彼はたわいもなく心を動かされた。

三

それ以来、彼は杏子の病気に惧《おそ》れを抱くようになった。すると、それに感応したように、杏子の病気はまたもとの少女の固さの中に閉じこもってしまって、あの成熟した女の素顔をしばらくは顕わさなくなった。

あの時期のことを思い出すと、春先の陽ざしの中で無気力に寝そべっている彼のまわりを、杏子はたえず硬質の足音を立てて一人で跳ねまわっていたような気がする。

二人は薄暗い喫茶店で逢うのをやめて、明るい陽のもとで公園めぐりをするようになった。公園めぐりで杏子が鍛えられるとは、もちろん彼も信じていたわけではなかった。それでも、乗物を幾度か乗り継いで或る場所まで行って、また間違いなく戻ってくるということは、喫茶店で向かいあって過すよりは、はるかにひと仕事という感じがあり、それだけ杏子に良い作用をもたらしそうに思えたのだ。三月に入って、杏子の女子大もとうに春休みになっていたので、二人は三日に一度ずつ逢った。

午前中は神経の具合がずうっといいと杏子が言うので、待合わせは早い時刻になった。待合わせの場所は広くて見とおしのきくところを選んで、彼がかならず先に来て待っているようにした。二、三度くりかえすと、時刻と場所はおのずから定まった。通勤の流れがひとしきり過ぎた九時半から十時の間、或る駅前広場の、いつでも人の動きのいくらかすくないひと隅で、彼はベンチに坐って新聞を読んでいる。ちょうどひと通り読みおえる頃、杏子は改札口に姿を現わして、ベンチの方向も見定めずに、人の流れをまっすぐにつっきって彼のほうにやって来る。

杏子が彼のそばにパタンと腰をおろすと、「さて、今日はどこにする」と彼はたずねる。杏子は暗誦《あんしょう》をさせられる小学生みたいに、公園の名前をつぎつぎに並べ立てる。そのくせ、どれとも決めて来ないのだ。どれかすぐに決めるように彼は促す。すると杏子は鈍い声になって、あれでもない、これでもないとやり出し、放っておくと、顔つきがすこしばかり途方に暮れてくる。しかたなしに彼はどれでもいいからひとつを取り出してみる。「それがいいわね。どうして気がつかなかったのかしら」と杏子はもどかしそうに軀をよじる。

それから、《準備運動》がはじまる。都会育ちの彼は場所を聞けばどう行くのかすぐに見当がついたが、わざと杏子にそこへ行くまでの道を言わせる。杏子も都会育ちだけあって、たいていは道を知っていた。ただ、その数え方が異様に綿密だった。たとえば、「地下道を通って二番線」と言って、「それとも一番線だったかしら」と考えこみ、「やっぱり二番線、そう、まちがいなく」と重々しく断定を下す。一番線も二番線も同じホームであり、それに、彼女も通いなれた駅だから目をつぶって行ってもホームの左右を取り違える惧れはないはずなのに、どうでもいいホームの番号を、彼女は気にかけるのだ。それから、電車に乗ってどこそこまで、とただそれだけ言えば済むのに、彼女は途中の駅を数えはじめる。乗換の駅については、「階段を降りて改札口を出て右、右へ五十米《メートル》ほど行って階段を昇ってまた右……」などと、降り口ひとつ違えば全部狂ってしまう道順をていねいにたどっていく。しかし彼が驚嘆するのは、それからだった。説明が国電から郊外線に及んで、もし彼女が前に行ったことのある場所であると、杏子は十以上ある途中の駅でも、ひとつひとつ数え出し、数えぬく。ざわざわとうごめく群衆の頭の上のどこか一点に目を凝らして、小さな顔を無表情になるまで緊張させ、前へ差し出した両手の指を一本ずつゆっくり折って、杏子は数えつづける。彼は手の出しようもなく見まもる。

それが終って、「それでは、連れて行っていただきましょうか」と彼が腰を上げると、杏子は自分から駆け出して、やたらに人に突き当ってはよろけながら、出札口の人ごみの中へ飛びこんでいく。いつでも、あまりにも細かい説明を聞かされたばかりなので、彼は心配な気持で見送る。しかし遠ざかっていく後姿には、《あたしに、やらせておいて》と彼の危惧を払いのけるような負けん気なところがあり、ときにはたまたま道を塞《ふさ》いだ大の男を肘で軽く押しのけたりした。走り去る女を見送って突っ立っているのも具合が悪くて、彼は杏子の姿の消えたあたりの人ごみにそれとなく目を注ぎながら、そこを中心にゆるい弧を描いて、改札口のほうへ足を運ぶ。まもなく杏子は上気した顔で、買った切符を得意そうに右手に差し上げて、人ごみの中から飛び出してくる。そしてベンチにむかって五、六歩走って立ち止まり、軽い狼狽に捉えられて、きょろきょろと彼を探す。いつでも同じだった。

目的地に着くまで、杏子の細い軀は緊張しつづけだった。しかしいったん公園に入って、表の騒音が塀や木立に遮られて遠くなり、僅かばかりの静かさを円く囲んで柔らかなざわめきに変ると、杏子はみるみるほぐれて快活になっていく。一歩ごとに飛び跳ねるような足どりで彼女は歩いた。そんな時でも、彼女の軀の動きは滑らかな流れに乏しく、いわば折れ線ばかりから成っていて、キュッキュッと向きを変えるたびに、その折れ目に爽やかな精気がみなぎった。そして立ち止まると、動きの余韻のように、女らしさが、細い軀にすうっとさしてくる。しかしほんのしばらくでも余計に立ち止まっていると、その軀は糸をゆるめられた操り人形のように急にぎごちなくなりかかる。それを意識してか、杏子は絶え間なく動きまわった。澄んだ硬質の足音を響かせて彼の先をずんずん行き、いきなりくるりと引き返してきて黙って彼とすれ違い、しばらくするとまたうしろから追いかけてくる。その動きの中で、二人はようやく気楽に言葉を投げたり、受けたりすることができた。杏子の神経に障りそうな事でも、彼は平気で口にした。杏子も軽快に打ち返してきた。

「学校の行き帰りにも、いつも駅の数をかぞえているの」

「そうよ。あなたがそばにいて邪魔しないから」

「毎日、ぴったり数が合って、嬉しいだろう」

「はい、大変、しあわせです」

「それはそうだろうよ。毎日、何かを確めようとして、ぴったり確められる人なんて、そうざらにないからね。僕が真剣になって数え出したら、きっと、毎日、数が合わないと思うよ」

「そうなったら、あたしのところに、おいでなさい」

　喋っている間も、杏子は彼のそばで、彼のまわりで、ひっきりなしに軀を動かしていた。こんな妙なやりとりもあった。

「君の部屋はどこにあるの」

「二階に陣取ってるの」

「階段はちゃんとあがれる」

「十に一度は這ってあがっております」

「段を数えながら」

「足で数えても、手で数えても、十四段。ときどき十三段になるの。なんど数えても十三段、それから階段の上の暗がりでひと休みして、もう一度数えると、十四段にもどっている。ひと休みしている間、あたし、暗がりの中で煙草を吸うのよ」

　ときどき彼は自分たちの間にも男女の緊張が動いていることを忘れて、すこしばかり露骨なことを口走ることがあった。

「そんな方向音痴じゃ、好きな人に接吻するとき、唇のありかもわからないだろう」

「自分の唇のありか。それとも、相手の唇の……」

「試しにそこから首を伸ばして、僕の唇に触れてごらん」

「飛んでる蝶々に、接吻してごらんなさい」

「そのうちに、つかまえてやるから」

「あたし、石になってやるから」

　無邪気めかした喋り方だったが、目の中には嫌悪が動いていた。

　公園の中をひとまわりして、ベンチに並んで腰をおろすと、彼は急に疲れに襲われる。杏子と逢うようになってからも、今まで一人で引きこもっていた時期の習い性が続いて、毎晩、彼は寝床の中で何を考えるわけでもないのに窓の白む頃まで寝つかれなかった。牛乳屋の音を耳にして、不眠に蝕《く》いあらされた軀にようやく睡気がさしてくるとき、彼にとって、もう何時間かしたらまた起き上がって杏子に逢いに出かけるなどということは、思いもよらぬ不可能事に近かった。ところがいよいよ睡気にはまりこんでいこうとすると、いつもの広場で彼の姿を見つけられずにうろつきまわっている杏子の姿が、蒼白い陰惨な横顔が、目の前に浮んで彼を悩ました。眠りこもうとする人間の気儘さから、彼は杏子の存在を重荷と感じた。杏子に逢いに来る日は、いつも三時間ほどしか眠っていない。

疲れのせいで、話もすこし重苦しくなる。

「君はいつでもこんな風なの。行きたいところにも、一人で行けないの」

「学校にはちゃんと行ってるわ」

「慣れた道だからね。それは別として、その道から逸れる時はどうなの。たとえば、学校の帰りに、ちょっとデパートに寄ってみようなんて思うことはあるだろう」

「最近は、あなたに逢いにくるほかは何処《どこ》にも出かけないようにしているから、わかりません」

「かりに学校の友達と喫茶店で待合わせたとしたら」

「たぶん、大丈夫だと思います」

「それなら、なぜ……」

「なぜって……、あなたが待っていると思うと、はじめてあなたに出会った時みたいに、まわりの感じがよそよそしくなって、あんな遠いところで落合うなんてとてもうまく行きそうにもないって思えて、家を出る時からもうおかしくなるの」

「それじゃ、なぜ来るの、なぜ来るって約束するの」

「吊橋のところで、あなた言ったでしょう。こんなところを一人で渡れないようでは、もう街の中も満足に歩けなくなるって」

「あれは、あの時だけのことだよ」

彼は杏子の言葉を無気力に払いのけた。杏子との関係が、急に危険なものに感じられた。杏子の言うとおりだとすれば、彼女をいま病気につなぎとめているのは、ほかならぬ自分自身じゃないか、と彼は思った。あの谷底で、杏子は病気の最悪の状態の中にうずくまりこんでいた。ちょうど野獣が狭いところにまるまって、病いが自然に通り過ぎていくのを待っているみたいに。そこへ彼がやって来て、黙って通り過ぎればよかったのに、立ち止まって彼女を見つめた。二人は見つめあった。ことによると、あの時、杏子の中で、自然に流れ過ぎるはずだった病気が、他人の目に見つめられて小さな石みたいに凝固してしまったのかもしれない。彼は杏子の病気を見つめて、視線でたぐり寄せ、たぐり寄せして、彼女を麓まで連れてきた。おまけに、吊橋のたもとでもう一度うずくまりこんだ杏子を立ち上がらせて、彼の目を見つめさせて吊橋を渡らせた。それだから、いま、彼を前にすると、彼のまなざしを感じると、彼女の中で病気の核がふくらみ出すのだ。しかし二度目に、階段を駆け降りてきたのは、杏子のほうじゃないか……。

たまたま杏子の醜怪な病いの目撃者になってしまった自分自身の存在を、自分で重荷と感じて、彼は黙りこんでしまう。彼の脇で杏子は小さな腰を堅いベンチの上に浅くのせて、軀中にみなぎる精気をもてあまして、一人でたえず軀のどこかを細かく動かしている。そのうちに、彼は憂鬱さのあまりうつらうつらしはじめる。杏子はベンチから立ち上がって、歯切れのよい足音を響かせてしばらく彼のまわりを跳びまわっていたかと思うと、ふっと姿が見えなくなる。しばらくすると、杏子は花壇のむこうから嬉々として走ってきて、彼の前にピョンと両足を揃えて立ち止まり、「一人で、ひとまわりしてきた」と得意そうに言う。


ある日、広い池のほとりのベンチに坐って何時ものようにまどろんでいると、むこう岸の水辺にそって、春の光の中を、萌黄色《もえぎ》のブラウスが鮮やかな輪郭を保ってゆっくり動いていくのが目に入った。目で追っていると、やがて彼のちょうど真向かいの水辺に、正午の明るさを背負って人影が細く立ち、通りがかりにふと足を止めて何かを眺める女の姿となって、こちらを向いていつまでも動かなかった。彼のかたわらには、杏子の脱ぎ残したコートがきちんと四角にたたまれ、軀の温《ぬく》みの感じをまだ折り目に宿していた。杏子の顔つきは濃い蔭となってわからなかったが、全身が何かを怪しむように静まりかえってこちらをしげしげと見つめている。彼はまどろみの中にまだなかば捉えられていて、見つめかえすことが出来ずに、ただ一方的に見つめられていた。見つめられることの気味の悪さを、彼は知った。ただ一方的に見つめられて、彼の軀はベンチの上で、およそ無表情な、ただひたすら存在に耽る獣じみた生命へ押し戻されていく。《あの人に見られていたのか……》という驚きと、そして嫌悪が女の軀にひろがっていく。醜悪な目撃者の眼を潰してやりたい。そんな衝動を彼は思いやった。そして自分がただここにいるという恥かしさから、重い無恥な軀をぬうっと動かして脚を組みかえた。

するとと明るい水のひろがりの上で、杏子はすうっと右手を高く上げて、「オーイ」と細い甲高い声で呼んだ。しばらく茫然と杏子を見まもって、杏子の声の余韻が静かさの中に呑みこまれてしまった頃、彼は重い軀からようやく右手を曖昧に上げて答えた。「オーイ」と杳子の声がまたむこう岸から上がって、静かさの中で一点の響きとなって孤立した。彼はまた中途半端に手を上げた。するすると萌黄色のブラウスが水辺にそってするすると動き出した。杳子は速足でしばらく歩いて、また立ち止まって「オーイ」と呼び、それからくるりと向きを変えて左へしばらく歩いて「オーイ」と呼び、また右へ引き返して「オーイ」と呼び、その度に長い間をおいてぼんやり手を上げる彼を中心にして、池のほとりをぐるぐると歩きまわっていつまでも飽きない様子だった。

またある日、彼が河原の草の上に平たく寝そべって、地面の温みの中から冷たい風をとおして空の光を見つめていると、杳子はいつのまにか川べりに出て、河原石の群がる中にしゃがみこんで、石をひとつひとつ積んで塔をこしらえていた。

砂の中になかば埋もれた平たい石を土台にして、形さまざまな石が五つ六つ、段々に小さ目に、左へ傾いて倒れそうになるまで積まれ、その上にいきなり二まわりも大きな石が、右へ半分はみ出しそうにのせられて、危うい釣合いを取った。そしてその石をまた土台にしてまた小さ目の石が、大小の順も、形の釣合いもかまわず無造作に積まれて、右へ傾きかけては左へ傾きながら、細々とくねり上がっていく。

杳子はちょうど、しゃがんだ軀の額よりも高くなった天辺のコブシ大の石の上に、また不釣合いに大きな石を両手でのせようとしているところだった。しゃがんだまま腰を軽く浮して、石を両手で目の上へ差し上げるようにして塔の天辺にそっと近づけ、杳子はふときかん気な目つきになり、その石を天辺の石の中心よりもわざと左へ大きくずらしてのせた。そして両手をさっと離し、軀を低く小さくこごめて、ぐらぐらと左右に揺れる塔を見つめた。

塔はひと石ひと石、いまのせられたばかりのように動揺に怯《おび》えながら、全体として不安に満ちたなまなましい成長の気配を帯びて、空にむかって伸び上がり、さらに音も立てずに伸び上がっていくように見えた。

彼はふと杳子という存在を感じ当てたような気がして起き上がり、杳子のそばに行って、一緒にかがみこんで石の塔をながめた。しばらくして彼は杳子の肩に手をかけて、

「おいで。もう帰ろう」と声をかけて立ち上がった。杳子は動かなかった。彼に手を取られてようやく立ち上が

った時にも、彼女はまだ石の塔に見入っていた。背中に腕をまわして連れて行こうとすると、顔に怯えの影が走った。彼は石の塔のそばに行き、「このままじゃ、だめだね」と言って、石をひとつひとつ降ろして下に積み、低い安定した山をこしらえてやった。杏子はようやく軀をほぐして歩きはじめた。

二時を過ぎると、二人はもう帰路につくことにしていた。その時刻になると、いつでも陽ざしが鈍って、強い風が埃を運んで吹きつけはじめる。そして杏子の軀から急に精気がなくなる。来る時の緊張も苛立ちも、もうなかった。杏子は立てたコートの襟の中に頤を埋めて、こころもち前かがみの姿勢で風の中を歩いている。足音がすこしも立たない。同じ風の中を、女たちがあちこちで眉を顰《ひそ》めて歩いている。風が吹きつけて来ると、女たちは風から顔をそむけてたじろぐ。だがぴったりと貼りついたコートの中で、吹き流れる裾を押える手の下で、彼女たちの軀はかえって羞恥心からのがれてふくらみ出す。それにひきかえ、杏子は吹きつける風の中に無表情な顔をさらしたまま、まるで風の向きさえ知らぬように髪とコートを勝手になぶらせて、同じ前かがみの姿勢を保って歩きつづける。疲れた軀を一歩ごとにうしろへ置き残して、漂い流れていくような感じだった。その姿を女たちの姿と見くらべると、彼は思わず杏子に声をかけたくなる。

《おい、わかったよ。君はそんな風に軀をないがしろにするもんだから、自分のありかがはっきりしなくなるんだよ。だから、行きたいところにも、一人で行けないんだ》

しかしそれは口に出さずに、彼は杏子を右腕の下に包んでやる。重さの感じがすこしも腕に伝わってこなかった。

三月も末になって、街なかの或る自然公園が、公園めぐりの最後になった。

その前の帰り路、彼は黙りこんでいる杏子に腹を立てて、すこしばかり残酷な気持になり、だしぬけに次の場所を彼のほうから指定した。そしてそこへ行く道順をいつもの杏子のやり方で細かく教えてやり、一人でそこまで来るように申し渡した。杏子はうらめしそうな目を上げて彼の説明をじっと聞いていた。真剣な顔つきが説明の終った後にもほどけないので、彼は心配になって、「わからないの」とたずねた。「わかります。前に行ったことがある」と杏子はうなずいた。

時間どおりに彼はやって来て、車の往来のはげしい通りから公園の中に入り、囲いこまれてかえって旺盛になった原生林の間をしばらく歩き、ちょうど林の底に沈んだ感じの小さな暗い池のほとりまで来て、ベンチに腰をおろした。

約束の時刻を十分過ぎても、杏子は来なかった。

二十分ほどして、杏子の来ないのを訝っているうちに、彼は困ったことに気がついた。さっき通り抜けてきた駅の構内が、数年前に彼が来た時と、階段の位置も改札口の向きもすっかり違っている。ホームに降りたとき、彼は階段のありかがわからなくて一瞬とまどったが、たちまち構内の改装ぶりに目を奪われてしまって、「きれいになったもんだなあ」とただ舌を巻きながら杏子のことも考えずに階段を昇った。そして改札口を出ると、前に来た時の感じをおのずと思い出して公園のほうへ歩き出した。しかし杏子に教えた道順は、今の駅では、改札口のところからもう向きが正反対になる。

三十分しても、杏子は来なかった。むかし自分で来た時のことを思い出してくれればいいが、と彼は願った。しかしこの前、電車の中で彼の説明に一心に耳を傾けていた杏子の顔が、しきりに目にちらついた。あの分では、杏子はやはり自分の記憶に頼らずに、彼に教えられたとおりの道順を几帳面にたどって、改札口から正反対の方向へずんずん行ってしまう。歩いて十五分とは教えておいたが、杏子のことだから、自分の足が遅いのだと思って、三十分ぐらい一所懸命に歩いてしまうかもしれない。

すぐに後を追ってみようか、と彼はベンチから立ち上がりかけた。しかし駅の構内で杏子のことを思い出しもせずに周囲の改装ぶりに目を見はっていた自分のことを考えると、いまさら杏子を追いかけてつかまえたところで何にもならないような気がして、また坐りついてしまった。今から追いかけても、杏子は見つからない。それよりも、杏子がどこかを迷い歩いているのなら、自分はこの場を動いてはならない。おそらく杏子はここまで来れないだろう。しかし一度来た道を駅まで引き返すことぐらいは出来るはずだ。それから電車に乗って家へ帰ればいい。彼自身は、とにかく閉園まぎわまでここにいることにした。

一時間しても、杏子は来なかった。彼は自分たちが住所も電話番号も教えあっていなかったことに気づいて驚いた。考えてみれば、この先、杏子と連絡の取りようもない。杏子はもう電車に乗っているに違いない。杏子はまた雑踏の中へ紛れてしまった。

それでも、彼はベンチを動かなかった。杏子が紛れてしまっても、自分はいるべきところにいなくてはならない。そう彼は思った。

それからしばらくして、杏子は林の間のゆるい坂道を彼のほうにむかって駆けて来た。駆けて来た勢いで、杏子は彼のまわりを一周ぐるっとよろけまわり、彼の前に立ち止まって荒い息をついた。目をぎらぎら輝かせて、妙に上機嫌な様子だった。

「悪いことしたね。だいぶ迷っただろう」と彼はあやまった。

するとするの杏子は息を止め、眉を吊り上げて、激しく頭を振り出した。

「すぐ、わかった。すうぐ、わかりましたよだ」

耳に障る甲高い声だった。杏子はゼンマイ人形みたいにいつまでも頭を振りつづけた。

「もう一時間以上たってるよ。さては、出かけるのが遅れたな」

「とんでもない。十五分前にちゃあんと駅に着いてました」

「そう……。それじゃ、一時間半も迷い歩いたんだね」

「迷い歩きなんかしない。すぐにわかった。すうぐに、わかりました」

神経がだいぶ昂ぶっているのを見て取って、彼は杏子をベンチに坐らせた。二人はしばらく黙りこんだ。杏子は細い軀をひっきりなしに左右によじっては顔をきつく顰《しか》めた。それから、彼は道に迷った杏子の心細さを後からでも慰めてやりたい気持になって言った。

「前に来た時のことを思い出したんだね」

「この前のこと……。そんなの覚えてないわ」

「人に聞いたの」

「人になんか、聞くもんですか」

「それじゃ、どうしてここまで来れたの」

「なに言ってるの。あなたが、教えてくれたんでしょう」

「でも、あれは左右が逆だったんだよ」

「左右が逆……」

そうつぶやく杏子の軀から、精気がすうっと引いていくのがわかった。《しまったな……》と彼は胸の中で舌打ちをした。顔に薄膜がかかり、杏子は彼の前で、三十分か一時間前にどこかここから遠いところで途方に暮れて立ちつくした時の気持の中へ、また沈んでいく様子だった。だがすぐにまた精気がいら立たしげに軀に満ちてきた。

「なぜ信じてくれないのよ。すぐにわかったって言ったでしょう。すこしも迷いなんかしなかったわよ。ここが駅から遠かっただけなのよ。それに、そんなに時間もかかっていないじゃないの。腕時計なんか見て、なによ」

紅潮した顔に、暗い顰め面と少女のようなあどけなさが、目まぐるしく入れ替った。そのうちに杏子はふと目を輝かして、胸の前で腕を組みかわして可憐な仕草をつくったかと思うと、ベンチから立ち上がって言った。

「それじゃ、一人でこの公園の中をちゃんとひとまわりして来るから見てて」

そして彼の止める暇もなく駆け出し、十米ばかり駆けてからふいに立ち止まってあたふたと引き返してきて、彼の足もとの砂利を両方の手のひらにいっぱいに摑み取って、気むつかしげに一人でつぶやいた。

「目じるしを置いてこなくちゃ」

もう物に憑かれた顔つきだった。両手のコブシをぎゅうっと握りしめて、杏子は林の中へ走りこんでいった。遠い喧噪に囲まれて静まりかえった林の中に、輪郭の固い足音がしばらく鳴り響いて、それからぱったり止んだ。

彼はベンチに坐って待った。勢いよく走っていったにしては、杏子はなかなか戻って来なかった。そのうちに、彼は木蔭から見つめられているような気がして、杏子の消えたあたりの葉むらに目を凝らした。だが見つめているうちにそこにいる気配が濃く感じられた。杏子のひそんでいる気配は段々に薄れて、葉むらはただの葉むらになり、そのかわりに、林のどこかでしょんぼり坐っている杏子の姿が目に浮んだ。《どれ、探しに行くか》と彼は立ち上がった。すると背後で足音が響いて、杏子がはじめにやって来た道を、はじめとそっくり同じ恰好で嬉々として駆けてきた。

彼の前まで来ると、杏子はくるりと彼の背後にまわって両手を彼の腰に当てがい、額を背中につけ、息を弾ませてぐいぐいと押して来た。そして彼の軀を半回転させて、いましがた彼女の走り去って行った方に向かせたかと思うと、「自分で行って確めておいで」と叫んで、物凄い力で彼を前へ突き出した。よたよたと足を送りながら振り返って見ると、杏子は右手を腰にあて、左手を横にまっすぐに伸ばして、「今度は、こっちから行くわよ。いいい、ここで落合うのよ」と叫んで左手の茂みの中へ消えた。

分れ道にさしかかるたびに細いほうの道を捨てながら、林の中の道をたどっていくと、なるほど、ところどころにある石のベンチのどれも左手前の隅に、ひとつまみの砂利がきちんとのせてある。遠いところからの、慎しい、几帳面な信号のような表情をしていた。

速足でひとまわりして池のほとりに出ると、ちょうど左手の茂みの中から飛び出してきた杏子と鉢合わせになった。杏子は躯を固くすくめてキャッキャッと笑った。そして笑いのおさまらないうちに、「今度はあなたがそっち、あたしがこっち」と別の道を指図して、彼に物を言う暇も与えず、また茂みの中へ走りこんだ。もうすっかりはしゃぎきっていた。彼も言われるままに、怪訝な表情を杏子に見せずに走り出す。杏子の遊戯に乗って行くよりほかになかった。彼がとまどえば、そのとたんに、杏子の振舞いはあまりにも物狂わしいものになってしまう。

こうして二人は林の中をそれぞれ違った方向へ走り去っては、別に足並みを合せているわけでもないのに、池のほとりでほとんど同時に落合い、同じことを何度もくりかえした。やがて二人は池のほとりの拠点を捨てて、どこで落合うとも決めずに、それぞれ好き勝手に歩きまわりはじめた。十分おきぐらいに、二人の道は交叉した。杏子はおよそさまざまな方向から彼の姿を見つけて走り出てきて、彼が手を伸ばしてつかまえようとすると、笑いの中にかすかな嫌悪をのぞかせて、彼のそばをすり抜けて姿を消してしまう。

いつのまにか、彼の気持は杏子の遊戯になじんだ。すると杏子のありかが、目には見えなくても、林の中をたえず動きまわる一点の気配として、確かに伝わってくるように感じられた。ときには、茂みという茂みが杏子のひそむ気配を宿してふくらむことがあった。

その気配が、しばらくして、ぱったり跡絶えた。林の静かさが急にうつろになった。そのとたんに、彼は自分自身がつかめなくなって不安を覚えた。彼もうつらうつらと歩き出した。二人はいつまでも出会わなかった。

そうして長いこと歩いて、彼は林の中の四つ辻にさしかかった。すると彼の径と斜めに交わるもう一つの径を、むこうから杏子が例のすこし前かがみの姿勢で、自分の躯をたえずうしろに置き残すように、足音をすこしも立てずにやって来るのが見えた。《ああ、いるな》とぼんやり思いながら、彼は木の幹の蔭に躯を寄せて杏子をやり過した。それから、四つ辻をまわらずに径からすぐに笹藪の中に入り、藪の中から足音をころして杏子の後をつけた。笹がざわざわと音を立てて彼のありかを知らせた。それでも杏子の後姿には、振り向きそうな気配がなかった。

彼はわざと段々に足音を荒くしてゆき、それでも杏子を没頭から逸《そら》すことができないと知ると、藪の中から出て速足で杏子を追った。藪を出るとき、獲物に忍び寄る獣のようなものを自分の内に感じて彼はすこしためらったが、足をゆるめずに進んで杏子と並んだ。そして足並みをあわせてしばらく歩いてから、まだ彼に気づかずに歩きつづける杏子を右腕の下にすっぽりつつみこみ、そのままましばらく進んだ。それから、彼は右手を杏子の胸にまわして、徐々に歩みをゆるめた。杏子は足どりを変えずにさらに五、六歩進み、段々に胸にかかる力を感じて、頭を起して立ち止まった。そして白い喉の肌を風にさらして、遠くの人間を見る目つきで、彼を見上げた。その何の表情もない唇に、彼は唇を近づけた。杏子の唇は受け止めるでも拒むでもなく、感触をなにか漠としたひろがりの中へぼかしてしまった。彼は杏子の軀を右腕で強く抱きしめかけた。やはり何の反応もなかった。彼は力をゆるめて、杏子と触れるか触れぬかに軀を寄せあった。

そのまま、杏子の唇が固い輪郭を取って、彼の唇にかすかに応えるまで、彼は杏子の軀を腕の中につつんでいた。

四

彼自身にとっても、自分の軀をじかに感じ取ることのむしろすくない一時期だった。肉体的な衝動に駆り立てられた覚えもほとんどなしに、まるでそうでもしなければ杏子の感覚の昏乱《こんらん》の中でお互いの関係が保てないとでもいうように、彼は杏子の軀に触れることになった。ところが杏子の軀はそのとたんに、ただ互いに見つめ合っていた時よりも、かえって彼にとって遠い、表情のつかみがたいものになってしまった。そして素肌まで触れ合っていながら杏子をつかみ取れないでいる彼自身の軀も、ときどきふっと遠いものに、あわてたぐり寄せなくてはならないもののように感じられることがあった。

初めは、杏子の《発作》にたいする苛立ちの気持からだった。

二人は公園めぐりをあれきりやめて、また以前のように週に一度街なかの喫茶店で逢って、お互いにほとんど口もきかずに、夕方から二時間ばかりの時を過すようになっていた。杏子の神経はあれからずっと安定して、彼に逢いに来る途中、道に迷うようなこともなかった。病気を呼び起すだけの結果に終った公園めぐりのことも、林の中で唇を触れあったことも、どちらも痕跡を残さずに通り過ぎてしまったかのように、杏子ははじめに街の中で出会った時と、すこしも変りのない姿で彼の前に坐っていた。店の中で向かいあっているかぎり、何事も奇妙なぐらい以前と変りがなかった。しかしいったん二人して外へ出ると、彼は杏子のために周囲にたいして神経をたえず張りつめるようになった。杏子も彼の緊張を感じ取って、今度はそのために軀の動きが固くなった。いつのまにか二人は人通りの中で足音を立てずに歩いている。まるで二人して杏子の病気の動静をじっと窺《うかが》っているようだった。そうして三十分も歩くと、彼は疲れはてた。かといって、店を出てすぐに杏子を家に帰す気になれなかった。杏子もすぐに帰ろうという素振りを見せなかった。

店を出ると、これから杏子と何をしたものかと、彼は途方に暮れてしまう。以前女友達とやったことをひとつひとつ思い出してみたが、ごくたわいのない遊びのどれを取ってみても、杏子にとって危険でないものはないように思えた。杏子は彼がそばにいる以上、彼のそばを離れて一人で自然に動きまわることができない。彼は杏子がそばにいる以上、杏子が彼のそばを離れて一人で歩きまわるのを安心して見ていられない。そうやって二人して杏子の病気を守りあいながら、二人は段々にまたあの最初の谷底のような、最初の喫茶店のいつも決まったあの席のような、二人だけの孤立した時間と場所の中へ押しこまれていく。そんな気が彼にはした。

ある夜、杏子のために気を張りつめているうちに、周囲の何でもないいとなみが、ひとつひとついかにも困難な業として目に映ってきた。まわりの人間たちが、杏子と逢っていない時の自分自身が、いかに自由闊達に時を過しているかを思って、彼は驚嘆し、懐しさに似た気持を覚えた。たえず神経を緊張させている人間には、余人がほとんど無意識に過してしまうほどの時間が、荒涼としたひろがりとなる。そのひろがりを彼は自分もじつはその余人の一人でありながら、杏子がそばにいるばかりに、軀にじかに感じ取った。そしていつもの別れる時刻にまだ十五分ばかり余して、ふいに杏子を担いきれない気持になって立ち止まった。杏子もほとんど同時に足を止めた。二人はたまたま周囲よりも一段薄暗くなっている曲り角から、むこう岸の賑わいを眺めやる恰好になった。杏子は彼の気持をすぐに感じ取ったらしく、軀をこころもちかがめ、うつむけた白い額の下から、ひとり考えこむ目つきでむこう岸の人の動きに見入っていた。それから彼女は溜息をついて軀を伸ばし、彼にむかってつらそうに笑った。そして柔らかな声で、彼の気持をとりなすように言った。

「どこか食事に連れて行って。お腹がすいたわ」

杏子の口からはじめて聞く言葉だった。その言葉に、彼は奇妙に心を和まされた。

レストランのテーブルについた時、杏子は男友達と食事に来た若い娘なみに無邪気にはしゃいでいた。おしぼりで手を拭く、メニューを見る、好き嫌いをたずねあう、料理を選んで注文する。何でもない行為のひとつひとつに杏子は喜びを覚える様子だった。彼のほうもひとつひとつの行為につれて日常のいとなみの自然な雰囲気が二人のまわりに復元されていくような落着きを覚えた。ところが料理が二人の前に並び、彼がナイフとフォークをつかって肉を一切れ口に運びかけてひょいと前を見ると、杏子はテーブルの上に手も出さずに、固い表情で彼の手もとを見つめている。「どうしたの」と彼は杏子の失調をひと目で見て取りながら、わざと何気ない調子で言って食べつづけた。ナイフとフォークを動かす彼の手に、杏子の視線はつきまとって離れなかった。「どうしたのさ」と彼は顔を上げて今度はいくらか鋭くたずねた。杏子はぎごちない笑いを浮べて、ようやく表面を取り繕った。そのくせ目だけは微笑みから遊離して真剣に彼の手もとを見つめている。ことさらに無邪気めかした口調で彼女は答えた。

「だって、ナイフとフォークを食べてるように見えるんですもの」

声がすでに甲高いガラス質の響きを帯びていた。自分で自分の言葉に神経を逆なでにされたように、杏子は眉を顰《ひそ》めて目を落した。彼も思わず自分の両手に握られたナイフとフォークを見つめた。杏子の目に映っている二つの醜怪な金具を、彼はふっと思い浮べた。そして手が重くなるのを感じながら、杏子にせめて妥協を求める気持で言った。

「冗談を言ってないで、さめないうちに食べろよ。せっかく来たんじゃないか」

「そうね」と杏子は目を上げてうなずいた。そして両手をつらそうにテーブルの下から出して、いったんテーブルの上に置き、それから目の前のナイフとフォークをひとつずつ、長いことかかって取り上げて皿の上に近づけた。ごく自然な慣れた手つきだが、両脇をつぼめて肘を固く折り曲げているせいで、ナイフとフォークは皿の上の食物と遠いかかわりしかない、彼女自身を責める道具みたいに、露骨な感じで白い手の中から突き出て宙にかしいだ。

「誰も見てないから」と彼は杏子になりかわって周囲にそっと目を配り、フォークを派手に動かして肉を二口三口たてつづけに頰張った。それでも杏子の手は動かなかった。ナイフとフォークの先端が螢光燈の光を集めて細かく顫《ふる》えていた。杏子は遠い目つきになって、彼の肩ごしに壁のほうを見やりながら、ねっとりとした声でつぶやいた。

「あたし、だめ、できない。こんなむつかしいこと」

心ならずも彼は苛立った。彼の目の前にいながら、杏子が自分の病いの中へ一人で耽りこんでいくことが、以前ならいざ知らず、今ではもう許せない気がした。

「食べなさい」と彼は声をころして命令した。

杏子は軀の痛むところに固いものをじわじわと押しつけられたみたいに、目をつぶって口を軽く開き、軀を左右によじった。

「食べなさい」と彼はもう一度命令した。

すると杏子は腕をつぼめたまま背をまるめ、軀ごと傾けて行くようにして、ナイフとフォークを皿に近づけた。そして獣じみた姿勢から手つきだけは爽やかに、肉を小さな賽《さい》の目に切って口もとに運んだ。小さな唇が円くつぼめられて、急に分厚い感じになり、細かく顫えるフォークの先端から肉切れをぬうっと包み取った。頰が恥かしさを耐え忍んでひっそりと動いた。目は皿のすこしむこうのテーブルクロースの染みに注がれていた。ときどき頰の動きが止まって、白い喉の肌がふくらみ、目が潤んでくる。そうして軀の内側の痛みをじっと感じはかるようにして、杏子はすくんだ軀の中へ食べ物をすこしずつ送りこんでいく。そんな杏子のむかいで、彼はとうに失せた食欲をことさらに健やかそうに響かせて、騒々しく皿の上のものを平らげていった。杏子をいたわる一方で、杏子の病気を、その自己没頭のふてぶてしさを憤る気持が、理不尽に募ってきた。彼が食べ終えたとき、杏子はようやく四分の一ほど食べたところで、皿の上でナイフとフォークをじっと止めて頬をゆっくり動かしていた。それから杏子は上目づかいに彼の顔をのぞきこみ、首をかるくかしげ、唾液に濡れた声で、

「もう、カンベンして……」と哀願した。

それから二時間ほどして、二人はそのレストランから遠くない一室で、薄暗がりの底に冷えた軀をふたつ並べて、窓のすぐ下を通り過ぎては急にどこかで消える幾組もの男女の足音を聞いていた。薄い毛布が二人の軀を四月の夜気の冷たさから隔てていたが、その下にいつまで経っても温みが集まってこないのを、彼は訝っていた。シーツも乱れてなくて、はじめに素肌を触れた時のよそよそしさをまだ保っていた。冷たい毛布とシーツの間に横たわって、彼の軀は内側からの存在感を失って、不安な輪郭の感覚だけに痩せ細っていった。カーテンをとおして滲《にじ》んでくる街燈の光の中で、杏子は毛布のへりから痛々しい肩をのぞかせて、目を大きく開いて天井の暗がりを見つめていた。軀を寄せあっているのに、温みがすこしも伝わってこない。気がつくと、杏子の手が彼の肘のところを指先でかるくつかんでいた。街の中を歩いていて、ふいに方向を見失って軀を寄せてくる時と、すこしも変りがなかった。

レストランを出て口もきかずに歩く彼の後から、杏子は黙って小走りに従いてきた。杏子の裸体を目の前にしたとき、その思いがけない豊かさに彼は気圧された。いままで杏子を痩せこけた神経病みの少女みたいにあつかってきたことの仕返しを、ここで受けるような気がした。ところが軀の豊かさを顕わすと、杏子はかえって普段よりも痩せ細った少女の顔つきになって、投げやりな物腰で自分の軀を寝床に横たえた。ちらちらと顫える瞼と、彼の首を抱きしめる腕と肩の線が、幼くて痛々しかった。しかし素肌を触れ合う胸は彼の軀の熱を呑みこんで冷たくひろがり、何の表情も伝えてこない。ぎごちなく開いた腰の醜い感触が、いつまでも融けずに残った。

ともすれば大道の真中で茫然と立ちつくしてしまう杏子に、自分自身の軀のことを気づかせてやりたい、そして自分自身のありかを確かにしてやりたい。そんなはじめの欲求が、情欲の引いてしまった後にも、まだ蒼白く残っていた。杏子の軀は彼のすぐそばで、温みも伝えずに、重く横たわっている。杏子の病気は彼の軀にすこしも揺がされずに生きながらえるのだろうか、と彼は考えた。それとも彼の軀の無力さを知って、いよいよ奔放に

溢《あふ》れ出るのかもしれない、と彼は惧《おそ》れた。彼の肘をつかんでいる指先のかすかな表情を残して、杏子の軀は遠く、つかみがたくなった。いましがた肌を触れ合っていたことも、もう信じられなかった。手を伸ばして杏子の腰のくびれをさわってみると、じっと天井を見つめる顔に見捨てられて固く無表情にふくらむ軀に、鳥肌が一面に細かく立っていた。

「服を着ようか」と彼は言った。

杏子は言われるままに頭を起して、毛布の下からまた豊かな軀を顕わし、羞かしがる風もなく彼の目の前にかがみこんで、玩具でもしまう子供のようなしかつめらしい顔つきで、肌着をひとつひとつ身につけていった。

二人はやはり以前と同じように喫茶店で逢って時を過した。杏子の軀つきも動作も以前と変りがなかった。彼自身も杏子と向かいあって坐っていると、自分たちがすでに軀のつながりのできた男女であるということに得心がいかなかった。二人は依然として越えられない距離を間に置いて、お互いに沈黙の中からときどき見つめあい、それ以上の触れ合いを知らなかった。この頃から二人は頻繁に最初の谷底の出会いのことを語りあった。二人の話はたえず喰い違って、互いにつかみあえなくなり、長い沈黙をおいてまた最初から細々と出なおした。彼女の言うことを理解できずに記憶の断片をやたらに並べ出す彼の顔を、杏子は沈黙の中に引きこもってしげしげと見つめた。すると彼女の軀は、素肌を触れ合っている時よりも、かえって女くさくなっていくように見えた。

以前と違った事と言えば、杏子が待合わせの時刻にすこしでも遅れると、彼は途中で失調に陥ってうろついている杏子の姿をなまなましく思い浮べて、いても立ってもいられない気持になるということだった。心配からではなかった。そうではなくて、その姿が彼自身の恥辱にじかにつながって来るように思えるのだ。十分と待たせずに杏子は喫茶店の扉をおずおずと押し開けて入って来る。そして戸口のところでいかにも孤独な姿で立って、左手を口もとに当てて店の中を見まわし、長いことかかってようやく彼を見つけ出して近づいて来る。彼のそばまで来ると、杏子は腰をこころもちうしろに引いて彼の顔をのぞきこみ、自分の軀を羞じているような曖昧な笑いを目もとに浮べる。その姿に彼はかすかな嫌悪を感じた。自己嫌悪に近い気持だった。

表へ出ると杏子は急に軀を固くした。歩調が乱れて、彼女は彼の腕にしがみついてくる。以前には不安に苦しめられている時でもただ彼の肘にかるく指先を触れるだけで、ときどき全身で伸び上がるようにして周囲を見まわす余裕もあったのに、今では軀の重みを彼の腕に傾けて、全身の動きにともすれば置き残されそうになる足をあたふたと送りながら、まるで穴倉から表の世界をのぞくように、真剣と茫然の入り混った目を彼の肩の近くで大きく見開いている。はたから見れば、なるほど、軀のつながりが出来たばかりで、人中でもその恍惚の余韻に浸っている若い男女どうしのように見えるかもしれない。そう思いやって彼は憮然《ぶぜん》とした。ところが二人の姿をちらりと見やっては通り過ぎて行く人間たちの皮肉な目つきを見ているうちに、同じ目つきの繰返しに暗示をかけられるのか、彼は段々に自分たちが彼らの目に映るとおりのものになってしまってもかまわないような、そのつもりになれば今すぐにでもなれるような気がしてきて、彼の腕にひたすら重みをあずけている無表情な軀に情欲を感じはじめる。直接的な情欲ではなくて、相手の軀をすぐそばに置きながら、なかば想像の領分に踏みこんでいて、いっそう淫らな情欲だった。それに、杳子の軀を担いきれないという途方に暮れた気持が入り混る。彼の足は自然この前の部屋のほうへ向いていく。

同じ事の繰返しだった。部屋の中に二人して閉じこもると、何もかも最初の時のとおりだった。興奮というよりも、焦りから熱くなる彼の軀の下で、杳子は人ごみの中を歩く時と同じように腕をからませてくる。しかし不安の表情はそこだけに留まって、彼女の軀は彼の焦りに応える表情を何ひとつ見せず、ただ彼にされるままに従順に横たわっている。杳子と並んで仰向けにかえると、彼の軀は毛布の下でしきりに肌寒さを覚えて、一刻も早く服に包まれることを求めた。かたわらでは杳子の裸体がそんな肌寒さに苦しむ様子もなく、自らひえびえと横たわっている。この軀がいったん外に出ると彼の腕にすがりつかずには歩けないことを思うと、彼はまた杳子の病気の揺がしがたさを見せつけられて、今まで疑ってみたこともない軀というものの現実味への信頼を逆に揺がされた。杳子と並んで帰り路をたどっていると、彼は自分の軀が重みを失って、うしろへ置き残されていくような奇妙な感じを覚えた。すると、人の流れの中で自分のありかを確めて方向を見定めていくことが、すこしばかり困難に感じられた。そんな彼の腕に、杳子が一心にすがりついている。ところが、駅の構内で《さよなら》を言うと、杏子はとたんに一人立ちになって、彼の存在などすこしも必要としないように、頭をコトンと垂れて真直に歩み去っていく。

ある日、いつものように杏子と軀を並べて横たわっているとき、彼はとうとう同じ事の繰返しに耐えられなくなって、天井の暗がりにむかってつぶやいた。

「僕の力じゃ、君をどうすることもできないらしいね。僕が君のそばにいなくなりさえすれば、君はまた一人でちゃんと歩けるようになるのだろう」

杏子は黙って天井を見つめていた。公園の午前の光の中を跳ねまわっていた杏子の姿を彼は思い浮べた。そしてあの軀を自分の無力な軀で汚してしまって、重い無表情な塊りに変えてしまったことに哀しみを覚えた。哀しみから、彼は軀を起して杏子に近づけた。冷たくひろがる杏子の軀の、左の胸のふくらみと左の腰のくびれだけが、彼の肌にかすかに触れてきた。それ以上は軀を寄せずに、彼は不安定な姿勢のまま目を閉じて、孤立した乏しい接触に感じ耽った。しばらくして彼は杏子が低い吐息を洩らしたのを耳にしたが、それにも逸されずに肌の感覚を一心に凝らしていた。すると、遠くから今にも消え入りそうに点っていた感触が、彼の冷えた肌にそってゆっくり動き出した。思わず軀を固くすると、杏子の軀の暗いひろがりの中から、ときどきゆるいうねりに押し上げられて来るように、みぞおちの薄い頼りなげな肌や、細い肋骨《あばら》のふくらみや、腋の下の粗い感触がひとつひとつ浮んで来て、彼の肌に触れてはまた沈み、そして段々に全身が彼にむかってひとつの表情を帯びはじめた。二人は肌を押しつけ合わずに、それぞれ素肌の冷たさを保ったまま、軀を重ねた。腰の醜い感触がすこしずつ和らいで、全身のゆるやかな流れの中へ融けていった。

そのあと、二人は初めて毛布の下に温みをひとつに集めて、まるめた軀を寄せ合ってまどろんだ。すると、いつのまにか湿り気を帯びて毛布の外にひろがる暗闇の遠く近くから、女の声がときおり柔らかにふくらむのが聞えた。それを耳にしながら、彼はいましがたの歓びの余韻が闇の中に細かく沁《し》みわたって、あちこちで谺《こだま》しているように感じてまどろみつづけた。

目を覚ますと、杏子がこちらに白い背を向けて肌着をつけていた。ひとつひとつ丁寧に身につけながら、自分の軀をいつくしんでいるように見えた。

表に出て、何組かの男女とすれ違って、裏路をしばらく歩くと、杏子がふいに軀を寄せてきて耳もとでささやいた。

「あそこはもうやめて、別なところにして。だって、あちこちから声が……。なんだか、二人だけのことじゃないみたいなんですもの」

疲れを芯につつんだ、ふくらみのある女の声だった。見ると、遠くからさして来る街燈の蒼い光の中で、杏子の顔はもうひとつの光を内側からぼうっとひろげて微笑んでいた。足音がしっとりと響き、指先だけが彼の右腕に触れていた。


五月になっていた。杏子の肌が香りはじめたのを彼は感じた。物の香りのふくらみ出す夜ばかりではなかった。昼なかでも杏子が陽の光の中から物蔭に入ると、その香りが柔らかな波となってひろがってくる。街なかを歩いている時でさえ、杏子が何かを目に止めて上半身をひねって振り返り、スカートの襞《ひだ》がかすかに揺れると、彼はその香りを喧噪の中から嗅ぎ分けられるような気がした。

杏子の身のこなしは自由になった。こころもち肉づきを増した細い脚が軀の重みを自然に運んで、一歩ごとに地面の弾力を吸い取って、小さく締まった胸のふくらみに伝えた。漂い流れる感じも、遠くから糸を引かれているような快活さも、陰気さも、もうなくなっていた。一足ごとにぬかるみに深く踏みこんでいくような陰気さも、もうなくなっていた。杏子は彼のそばで四方に目をゆったり配って歩いている。ときどき彼が見つめると、見つめかえすともなく、彼にむかって睡たげに笑った。一人で買物に行ったり、学校の帰りに友達と映画に行ったり、画廊に行ったり、クラス会でビアホールに行ったり、そんな報告が段々に多くなった。

杏子が旅館の近くの路上でささやいたことを、彼は若い男らしく極端に受け止めた。夜の性のいとなみは場所をどこに選ぼうと、無数の男女の陰湿な歓びと痛みの蔭から脱れられない。そう考えて、彼は昼日中の、しかも郊外の住宅街の真只中に、杏子との場所を見つけ出した。三月に杏子と訪れた或る公園からすこし離れたところに、控え目な看板にさえ気づかなければ古ぼけた屋敷と見分けのつかない旅館があったことを、彼は記憶の隅に留めていた。公園のすぐ近くの、一目でそれとわかる何軒かの家にひきかえ、ここはそれらしい改築もほどこされてない。この家が旅館となった経緯を思いやると、さすがに不愉快な想像を掻《か》き立てられかけたが、昼間にはほかに客もないらしくて、空家のような静かさが家中を領していたので、彼は余計なことに思いをやらないことにした。

　電車を降りて改札口を出ると、彼は人目に立たないように杏子を後にして一人で速足で歩き出す。静かな午後の住宅街の間を、細い舗装道路が真直に公園のほうに伸びている。途中で振り返ると、もう百米も離れたところを、杏子がひっそりと歩いている。初夏の陽ざしが灰色の道に降りそそいで、道いっぱいに陽炎《かげろう》を燃やし、そのゆらめきの中で杏子の服の淡い色彩が明るくひろがって、かすかに上下に揺れながら、今にも蒸散してしまいそうに見えた。杏子が失調に陥らずに一人で道を歩みきってくれればいいがと、とうに消えたはずの危惧がまた彼の中に甦ってくる。それと同時に、淡い色彩のひろがりの中に彼は杏子の軀を、肌を触れ合っている時に劣らずなまなましく感じ取る。そして杏子にまた背を向けて歩き出すと、二人の軀を隔てている距離が奇妙な実体感を帯びて、彼の感覚にほとんどじかに訴えてくる。一足先に部屋について、電燈の光の中で杏子を待つ間に、その距離はまだ実体の感じをほのかに帯びたまま段々に縮まり、やがて廊下に足音がして、杏子がこころもち頰を火照らせて入ってくる。電燈を消して薄暗がりの中で軀を寄せあう時にも、距離の緊張がまだ残っていた。


姿勢の崩れる前に杏子は彼の軀をかわして、奥の間の、一段と濃い暗がりの中へのがれて行く。しばらく間をおいて中に入ると、こちらに背を向けて部屋の隅にかがみこんでいた杏子が軀を起して、両方の腕を乳房のすこし下あたりに曖昧に重ねて腰をすこし後へ引き、近づいてくる彼を上目づかいに見つめた。そして彼が近づいてくるにつれて、胸を開いて、上半身を宙にあずけるように軀を伸ばしていく。雨戸の隙間からさしこむ細い光のすじが、窓のすぐ外の木の葉の色を蒼く溶《と》かして、白い肌の上に流した。ただまっすぐに立っているだけの緊張が、畳の上に爪先立った足の指から、柔らかな肩の線に至るまで、全身に満ちわたっている。そのさまを、彼はいつでもいかにも珍しい物を前にしたような気持で眺めた。

　低い声を洩らす時でも、杏子の肌はまだ冷たさを保って、彼の肌からひっそり遠のいて悶えていた。その冷たさを通して、鎖骨のくぼみや、二の腕の内側や、乳房から脇腹へ流れる線や、腰の骨の鈍いふくらみなどの感触が、性の興奮につつまれずに、たえず遠くから長い道をたどって集まってくるように、一点ずつ孤立して伝わってくる。その感触にむかって、彼はやはり性の興奮とほんの僅かずれたところで、一点ずつ肌の感触を澄ませていく。

肌の感覚を澄ませていると、彼は杏子の病んだ感覚へ一本の線となってつながっていくような気がすることがあった。道の途中で立ちつくす杏子の孤独と恍惚を、彼はつかのま感じ当てたように思う。

……杏子は道をやって来て、ふっと異なった感じの中に踏み入る。立ち止まると、あたりの空気が澄みかえって、彼女を取り囲む物のひとつひとつが、まわりで動く人間たちの顔つきや身振りのひとつひとつが、自然な姿のまま鮮明になってゆき、不自然なほど鮮明になってゆき、まるで深い根もとからたえずじわじわと顕われてくるみたいに、たえず鋭さをあらたにして彼女の感覚を惹きつける。杏子はほとんど肉体的な孤独を覚える。ひとつひとつの物のあまりにも鮮明な顕われに惹きつけられて、彼女の感覚は無数に分かれて冴えかえってしまって、漠とした全体の懐しい感じをつかみとれない、自分自身のありかさえひとつに押えられない。それでも杏子はかろうじてひとつに保った自分の存在感の中から、周囲の鮮明さにしみじみと見入っている。そして真直に立っているのがようやくのくせに、《ああ、きれい》と細く掠《かす》れた声でつぶやく……。


岩の上に坐る杏子と目を見つめあって、岩屑の流れの中をじりじりと歩いた時の緊張が、ひどく切ない求めの感情となって甦ってきた。いつでも、杏子の病気の深みと完全にひとすじにつながりあったように思う瞬間がある。しかし杏子の感覚の中へもう一息深く分け入ろうとすると、糸は微妙にほぐれて、性の興奮の中へ乱れていく。それでも同じ事の繰返しに、今度は彼は歓びを覚えた。

そんな繰返しに耽って、彼の軀は杏子とのいとなみを重ねてもいっこうに成熟しないで、いつまでも若い男らしい求めの中に留まっていた。それにひきかえ、杏子の肌は素肌の冷たさを相変らず保ちながら、彼の知らぬ間に、病気を内に宿したまま女として成熟していた。

ある日、杏子は寝床の中で彼のほうに向きなおって、片方の頰を枕の中に深く埋めたままたずねた。目がいつもより粘っこい光を宿していた。

「あなた、子供、きらい……」

彼はとっさに妊娠のことを思って、そんなたずね方に眉をひそめた。それを見て取って、杏子は彼をたしなめる口調でまた言った。

「そうじゃないのよ。ただ子供が好きか、嫌いか、それだけを聞いたのよ」

安心すると、そういう事をたずねられた若い男の例として、彼の答えは小生意気になった。

「そうだなあ。電車の中なんかで親子三人づれが並んで坐っているのを見ると、可笑しくてたまらなくなる。こっちに男がいるだろ。こっちに女がいるだろ。どっちも似ても似つかない顔をしている。なのに、間に坐ってる子の顔を見ると、両方の親がそっくりそのまま同居してるんだからね。まるで作為の露骨なモンタージュみたいで、それでいて自然なんだから、自然って奴はよっぽど道化た露悪家だよ。それにしても、よくもまあ人前に顔を三つ並べていられるもんだ」

すると杏子は苦笑を浮べて彼の顔から目をゆっくり逸し、暗がりにむかって一人でつぶやいた。

「あたしは、きらいよ。自分みたいな人間がもう一人、どこかを歩いているのを思い浮べると、鳥肌が立つ。地下牢にでも閉じこめてやりたいわ」

彼はただ、杏子が、《あたしも》と言わなかったことを訝しく思っただけだった。

その帰り、もう身支度を終えて腰を浮しかけた彼をよそに、杏子は旅館のうす汚い鏡台の前にぺったり横ずわりになって、急に輪郭のゆるんだ軀をゆるくくねらせて、いつまでも髪をとかしていた。

五

七月に入って間もない或る日、喫茶店で向かいあって坐っていると、杏子は彼のワイシャツの胸もとあたりにじっと目をやって、「その身なり、暑苦しいわね。もっと涼しいポロシャツを買ってあげるわ」と年上の女みたいに言うと、彼の返事を待たずに腰を上げた。

あまり気のむかない彼に先立って杏子は大股の歩みでデパートに入り、売場に近づくにつれて真剣な目つきになっていった。

彼のポロシャツを見定めようとする杏子の顔は、恋人のために何かを買おうとする女の、実生活の片端を喙《くちばし》でつついて無邪気らしさを楽しんでいる顔つきからほど遠く、身内の者のために、すこしでも良い品を、すこしでも安く求めようとする女たちの、あの気むつかしい表情を顕わしていた。身につける品を贈られるということは、軀を触れ合うよりも、もっと濃厚な関係を結ぶことなのかもしれない、とそんな事を胸の中で思いながら、彼は杏子からすこし離れて立っていた。

売場の女が段々に不機嫌な顔つきになっていくのもかまわず、杳子は次々に別のポロシャツを取り出させた。女がひとつの品をしきりにすすめているその最中にも、杳子はもうひとつの品にひょいと手を伸ばして、それを彼の胸にあてがって、マネキンでも見るような目つきで彼の軀を眺めまわした。彼は何をあてがわれても、「これ、いいんじゃないの」と同じ返事をくりかえしていた。売場の女も説明をないがしろにされた苛立ちを慇懃な笑いで繕って、繕うというよりもむしろ顕わして、「それもお似合いでございますね」と同じ言葉をくりかえしていた。杳子はそれにすこしも気がつかない様子で、彼の胸に当てたポロシャツに険しい目を注ぎ、黙って首をかしげ、また新しいのを取り出させた。

そのうちに、杳子の目が鈍く内にこもりはじめたのに、彼は気づいた。見ると、今までせわしなくシャツを次から次へと摑んでいた手の動きが急に緩慢になり、置いたばかりの品をすぐにまた取り上げたり、取り上げかけたのをパタンと落してまた別な品を引き寄せかけたり、中途半端なことをくりかえしていた。《なあに、この人》と言わんばかりに眺めやる売場の女の前で、杳子の顔はずるずると放心の中へ沈みこんでいくようだった。唇だけが負けん気に結ばれていた。売場の女がショーケースから「もうひとまわりしようか」と彼は止めに入った。二人の立ち去るのを待つ構えに半歩退いて軽く目礼し、二人の立ち去るのを待つ構えになった。それでも杳子は意味もなくポロシャツを手に取っては置くことを止めなかった。だがしばらくすると彼女はふいに根が尽きたように溜息をついて、ショーケースの上に散らかったシャツを両手でまとめて女のほうへ押しやり、「お世話さまでした」とこれだけは爽やかに言って歩き出した。杳子の後を追いながら、売場の女のほうに軽く頭を下げると、女は丁重にお辞儀を返しながら、唇の隅で笑った。《自分のものは、自分で選んだらどうなの》という目つきだった。

どこへ行くつもりか、杳子は男物の売場をまっすぐに抜けて足早に歩いて行った。彼も五、六歩後から足早に、杳子と歩調をぴったり合わせて従いて行った。まさに、急に気持の行き違いができて、しかも離れられない男女の図だな、と彼は思って、もう大分前から観察の構えを取っている自分に気づいた。

そのうちに杳子の足どりが重くなった。何か考えごとをしはじめたように、彼を近寄せて何か言いたそうに、杳子は段々に歩みをゆるめ、それから、ふいに彼の存在など眼中になげな孤独な後姿になって立ち止まり、ハンドバッグを胸の前にまわして両腕に抱えた。すると、その腕の中から、ハンドバッグが杳子の軀をつたって滑り落ちかけた。杳子はすくみこむように膝を折り、上半身をきゅうっと前へ傾けて、くぼめた腹のところでハンドバッグを受け止めた。そしてそのままバッグを下腹に押しつけて動かなかった。前へ傾けた上半身に引かれて緊張したワンピースが、背中から腰の線をあらわに透かし、幾重もの深い皺を腰のくびれから、くぼめた腹の内側にむかってどぎつく寄せた。いくらしっかり抱えても、バッグがたえず下腹からずり落ちそうだと言うように、膝がいよいよ不安そうな表情で撓《たわ》んだ。

　ほんの僅かな間だった。やがて杳子は背を伸ばし、ハンドバッグを胸の前に抱えなおして歩き出した。だが五、六歩も行くと、彼女はまた及び腰になって段々に左のほうへよろけて行き、左手の壁に片肘をついて、軀の重みをひっそりとあずけてまた動かなくなった。その軀が段々に壁にそってずり落ちていくような気がして、彼は傍観から我に返って杳子のそばに歩み寄り、自分の軀で杳子の姿を人目から遮《さえぎ》った。そして壁に身を寄せてハンドバッグの中を調べる連れの女を肩ごしにのぞきこむような風を装って、杳子の耳もとに顔を寄せた。「どうした」とたずねると、杳子は目を薄く閉じた顔を上げて、後へ引いた腰から上半身を斜めに押し上げるようにして彼のほうに伸ばし、細い長い吐息を洩した。彼は思わずあたりを見まわして、誰もこちらを見てないことを確めた。

　とりあえず、彼は杳子の肘をつかんで彼女の軀を壁から引き離した。杳子はもたれかかって来ないで、彼に肘を支えられて、軀をゆるい《く》の字に曲げてそろそろと足を運んだ。目はあまり大きく見開かれて表情が失せていた。固く結ばれたまま、生唾をたえず呑みこんでいるように動く唇が、ひとりでに赤く熟れて、女くささを剝き出しにしていた。ときどき杳子は立ち止まって、頭をゆっくりまわして店内の人の動きを見まわした。その放心も露わな姿を人目につかせないために、彼も杳子の頭の動きに合わせて、二人して何かを探しているように店内を見まわした。すると同じ動きにつれて、彼は杳子の病気とまた一本の線でつながっていくような気がした。しかしまた歩き出すと、彼は杳子の病気がいつのまにか成熟した女の軀の重みをそなえていることに驚かされた。以前のように軀が消え入って行く感じも、一人立ちできないただの物の重みへ還っていく感じももうなくて、杳子の軀は歩むにつれて、ちょうど胸を抱え膝をすこしつぼめて寝床へわが身を運んでいく時のような、女の肉体感をあらわにしていった。しばしば杳子はよろけて、そのまま違った方向へ逸れて行こうとする。彼が肘をつかんで引き寄せると、杳子は彼の腕の中からあたりのざわめきの中へ、かすかに恍惚とした感じで軀をくねらせて、細くかすれた声を胸の奥から洩した。そのたびに彼は杳子の病気が自分たちの秘め事をあばいて、人中を一人で歩き出そうとしているように思えて、空恐しい気持になった。

しばらくして彼はようやく階段を見つけ出して、杳子を導いて踊り場まで降りてきた。そこで彼はまた憂うな気持になった。踊り場は両側から降りてくる階段を集めて、まさに舞台のようにひろがっていて、そこから幅の広い階段が地階のフロアーにむかって傾いていた。その階段のへりまで来て杳子は立ち止まり、地階の人の動きをぼんやり見まわした。とんでもないところに立ち止まってくれたものだ、と彼は途方に暮れた。そして一刻も早く二人して地階の人ごみの中へ紛れてしまおうと焦って、杳子の腕のつけねをつかみなおして彼女をそばに引きつけた。すると杳子は軀を引き寄せられながら頭をすうっと彼から遠ざけて、怪訝そうな目で彼の顔を見つめたかと思うと、肩を左右によじって彼の腕からすり抜け、啞然《あぜん》として立っている彼の胸を両手で力一杯に突いた。

「なによ、あんたなんか」

粘っこいつぶやきが、まうしろへよろける彼の耳に入ってきた。軀を立て直すと彼はもう手を出す気力も失せて、すこし離れたところから、杳子と地階の客たちの様子とを等分に見まもった。

杳子は背を伸ばして胸をひろげ、おまけに腹をフロアーにむかってすこし突き出すように立っていた。階段の際に立ち止まって、人目に姿をさらしながら、どこへ行こうかとひとりで思案している女の図だった。フロアーのあちこちで男たちが何人か足を止めて、それぞれ鈍い訝りの表情を浮べて彼女を見上げていたが、その目にはっきりとした関心の光が差してくる前に、またうつむいてそれぞれの道を急いだ。

やがて杳子は目を足もとにしおらしく落して、自然な女の足どりで階段を降りはじめた。彼は召使いのように黙ってそばに寄った。腕をさし出すと、杳子は素直につかまってきた。

喫茶店にもどって、「もう大丈夫……」とたずねると、

「何のこと」と杳子は聞き返した。

「何のことって……、だって変だったじゃないか」

「すこしも変じゃなかったわ」

心外そうな声だった。しかし目の前の杳子を見ると、失調の過ぎた後の安堵に耽っている様子が、椅子に深くもたれかかった背からも、ジュースをすこしずつ啜《すす》る口もとからもありありと窺《うかが》えた。

「これから、すこし気をつけなくてはね」

杳子の安堵を乱したくなくて、彼はそれで話を切り上げようとした。ところが杳子は無実を訴えるように突っかかってきた。

「何のことよ。あたし、どうだったっていうの」

「一人で歩けなくなっただろうが……」

「あれは、ちょっと気分が悪くなっただけよ」

病気について、杳子の口から初めて聞く陳腐な言訳だった。

「なにも隠すことはないだろう」と彼はしらじらとした気持でつぶやいた。

「病気はもうなおりました」と答えて杳子は不貞くされた顔を、きちんとそろえた豊満な膝の上へうつむけた。

二人はそれきり黙りこんだ。

それ以来、彼は杳子と街なかに留まっている時間を出来るかぎり短くすることにした。この次には、杳子の病気は人目も憚らず女の叫びを上げるかもしれない……、そんな奔放な想像が彼を怯えさせたのだ。

人中に出来るだけ留まっていないようにすると、二人のいとなみはおのずと例の場所に限られてきた。二人の関係をいよいよ外にむかって閉ざしていくことに、彼は歓びを覚えた。昼下がりの駅に降り立っていつもの家にむかう時にも、彼はもう杳子を後にして道を急ぐような中途半端なことはしなくなった。重い夏の陽ざしの中を、彼は杳子を病人のように腕の中につつんでゆっくり歩いた。そして例の家のすぐ前まで変わらぬ足どりでやって来て、それからふいに陽ざしの中から濃い蔭の中へ二人して身を寄せた。小さな植込みの後にじっと立っていると、すぐ後から来る人も光と蔭の落差に目を晦《くら》まされて、二人の行く方に気づかないで通り過ぎていく。

しかしそうして閉じこもってみると、彼は今までの自分たちの性のいとなみが、表で互いに離れて緊張しあっ

て過す時間によって、どれほど感覚の清潔さの中へ支え上げられていたかを知らされた。暗がりの中で杏子と軀を近づけあうとき、人中でハンドバッグを下腹に押しつけて膝を撓めて立ちすくむ杏子の姿が急になまなましく目の前に浮んで、感覚とは別なところで彼をひどく掻き立てた。あの日の杏子の発作の淫靡なものが、人目にたいするこわばりから解き放たれて、いちどきに暗い部屋の中へ流れこんでくる。杏子の軀ばかりか、彼の軀も変化してきた。彼の軀は以前の輪郭の固さを失い、それとともに素肌の澄んだ感覚も失ってしまった。その分だけ二人は前よりも奔放に肌を押しつけあうようになった。杏子の軀は今では熱っぽい湿り気をたえず肌に流して、日を重ねるごとに女くさい羞らいを顕わすようになった。彼はいっそ杏子と一緒に彼女の病気の中へ浸りこむことを願った。しかし病気の核のようなものにひんやりと触れることは絶えて無くなった。病気そのものはあれ以来、不貞くされた女のように沈黙しつづけていた。

そのかわりに、杏子はかえって頻繁に自分の病気のことを口にするようになった。シーツに深く沈めた軀から天井を見つめて、「近頃また調子が悪くって」などと杏子はいきなりつぶやく。どんな具合かとたずねると、「軀が重たくって、立って歩くのがしんどくって」と彼女は枕の上で頭をゆっくり左右に振る。つらさを愚痴る声にも、物憂い充足感がこもっていた。

前みたいに自分のありかがはっきりしなくなるというようなことはなくなった。それどころかはっきりしすぎて、どうしようもない。まるで置きっぱなしにされた重石みたい、と杏子は溜息まじりにつぶやく。ひとりで部屋にこもって自分の軀をつくづく見ると、胸のところといい、腰のまわりといい、自分の軀と思えないほど太くなっている。それはいいのだけれど、何でもない動作にいちいち妙な感じがつきまとうのはかなわない。たとえば手を耳のうしろにやって髪をなぜつけていると、どこかで小肥りの女の人が誰かと噂話をしながら知らず識らず片手を項《うなじ》にまわして痒《かゆ》いところを掻いている。そんな姿を自分の手の動きに感じる。御飯を盛った茶碗を手にすると、箸をもったほうの手が御飯粒みたいな白さとふくらみを帯びてきて、なんだかしきりに羞かしがっているようで、そのくせとても厚かましい感じで、ひとりでにそそくさと動き出す。畳から立ち上がる時の腰の感じ、階段を降りる時の腿の感じ、何かを床から拾い上げる時のくぼめたお腹の感じ、どれもこれも、もう子供の二人もありそうな女の人の感じになって、動作にすこし遅れて躯の内側からじわじわひろがってくる。といっても、躯が他人のものになってしまうみたいじゃなくて、どれも自分のもの、どれも自分のものという実感はなまなましいのに、なにか自分の力には余る重みのような気がして、困ってしまう……。

「困ってしまう……」とかすれた声を胸の中へ呑みこんでしまって、杏子の顔はむしろ陶然となっていくように見える。枕から頭をすこし起してそちらを見ると、盛上がったタオルの下で、杏子は躯をくねらせている。


そんな事が週に一度くりかえされた。ひと月ばかりして、ある日、重い躯をいかにももて余している風にくねらせている杏子の姿を見ているうちに、彼はふと彼女のふだんの暮しのことが気になってたずねた。

「一日、何をして過しているの」

「部屋にこもって横になってるの、たいていは」

杏子は彼に見られているのにも気づかずに躯を動かしつづけた。

一日中、二階の窓をぜんぶあけ放って、杏子は窓ぎわのソファーの上に躯をゆるく折り曲げて横になっている。壁の一面が天井の高さまで書棚になっていて、父の遺した古い本が、誰が読むでもないのにいっぱいにつまっていて、重みを部屋の真中にむかって傾けているみたいに、自堕落な感じで立っている。彼女の躯も重いし、壁の本棚も、机もテーブルも椅子も、みんな重たくて、自分の重みを自分で支えるのがつらくて、いっそお互いに重みをあずけあってしまおうかと思っていながら、やっぱり自分の重みで立っている。以前にはまわりの物が妙にどぎつく迫ってきて、その間で彼女自身が無くなってしまうような気がして、瘠せた躯をきゅうっと抱えてテーブルの前でうずくまりこんでしまう。そんなことが年に一度か二度あった。そうやって躯の底のほうから沁《し》み出てくる不安な気持をじいっと煮つめていって、それでもってようやくまわりの物のどぎつさと釣合いを取っていた。そのうちに段々とぼんやりしてきて、すこしでも躯を動かしてはいけないという緊張を残して、あとは何もかも睡たさの中に融《と》けてしまう。迫ってくる物の量をできるだけすくなくするために、厚いカーテンをおろして部屋の中を暗くしていたけれど、夏の最中でもすこしも汗を掻かなかった。それなのに、今では窓を残らずあけて、部屋の境のドアもあけて、吹き抜けの中に横になっていても、肌がじっとり汗ばんでくる。まわりのものが彼女の中へ雪崩れこんでくるみたいな不安はもうない。物は物で、それぞれつらそうに自分の重みに耽っている。彼女の軀もソファーを押しつけて、恥かしくなるほどひたすらに横たわっている。

「それがどうしてつらいのさ。つらかったら、立ち上がって、何でもいいから働くことだよ」と彼は言った。

「それがねえ」と杏子の声は粘っこい尾を引いた。

「それが、立ち上がって何かをしようとすると、途方に暮れてしまうのよ。病気はたしかに良くなった。良くなったから、はやく自分の生活を形づくらなくては、とは思うのよ。でもねえ、起き上がる気がしないの。できれば、このままいつまでも寝そべっていたい」

「なぜ……」

「なぜって、起き上がって歩き出すと、自分がこのままの軀で、別な人間になっていくみたいな気がするんですもの。……ちょっとした仕草に、お姉さんの仕草が、すうっと重なってくるの」

杏子のただ一人の肉親であり保護者である、九つ違いの姉のことだった。五年前に結婚して、今では三つと一つになる男の子がいるという。

「お姉さんに似てくれれば結構なことじゃないか」

姉のことを口にする時の杏子のひややかさに、彼は以前から姉妹の間の緊張をうすうすと察していたが、谷底でうずくまっていた杏子と、立派に一家をきりまわしているという姉との距離を思って、ついそんな口のきき方をしてしまった。

「お姉さんに似てたまるもんですか」

杏子は低く押しころした嗄《しやが》れ声でつぶやいて、憎々しげな目で天井を見つめた。こちらが月並みな受け答えでもしたら、ヒステリックな嘲笑へ爆発しそうな気配だった。彼は他人の家のことについ喙をつっこんでしまった時のばつの悪さを感じて口をつぐんだ。そしてお互いの家のことをろくろくたずねあいもしないで、こうしてひとつ床に軀を並べて横たわっていることを、はじめて後暗い行為と感じた。

だがしばらくすると杏子はくるりと彼のほうに向きなおり、シーツに両肘をついてタオルの下から白い胸をゆっくり起したかと思うと、急に淫らな光のこもる目を彼の顔に近づけてきた。そして二人のほかに人の気配もない暗がりの中で、声をひそめてささやいた。

「あの人、むかし、おかしかったのよ」

彼は思わず眉をひそめた自分に気づいて、杏子の目から顔をそむけた。それをたしかに見たはずなのに、杏子はさらに彼のほうに身を乗り出してきて、片方の乳房を彼の二の腕のあたりに押しつけ、片腕を彼の首に捲きつけ、唇を耳に触れるばかりにして喋り出した。

「ちょうど今のあたしと同じ年の時だわ。あの人、家から駅まで歩いて十分ほどの道を、三十分かけても駅に行きつけなくて、梟《ふくろう》みたいな目をして家にもどってくるのよ。いい、角をたった三度曲がるだけの単純な道よ。道順を言わせると、ちゃんと言えるのよ。それが、いざ道をたどっていくと、途中でいつもと感じが違って、わからなくなってしまうんですって。まだ元気だった母を相手に、なんともまあ深刻な顔して嘆いているのを横から聞いていると、噴き出しそうだったわ……。いい、途中に煙草店があるの。最初の目じるしよ。ああ、ここが煙草店だなあ、って思って近づいていくの。そして前まで来ると、そのお店の感じがいつもとぜんぜん違う。それで、どうしてもそこを通り越して前に進めなくて、しかたなしに家の前まで引きかえして、はじめからやりなおすの。今度は煙草店のほうを見ないように、じっと我慢して来て、すぐ前まで来てパッと目を上げる。そうすると、ぜんぜん見た覚えもないお店なんですって。なんどもなんども同じ事をくりかえしてるの、毎朝。……でも、じつは何もかもわかってたのよ。正気だったのよ、あの人は。ただ強情で、身勝手で、毎日一度自分の感じ方を通さなくては気が済まなかったんだわ。その証拠に、いったん駅まで送って行ってもらうと、あとはケロリとなって学校へ行って、ちゃんと戻って来るんですもの」

彼は唖然とした。同じようなことを病んでいるはずの杏子の、いったいどこに、そんなひややかな現実感覚がひそんでいるのだろう。そんな目をもっているとしたら、なぜ自分の病いを同じように見つめないのだろう。それとも、そんな風に自分を見つめながら、それでも失調が起るとひたすら苦しんでしまうのだろうか。ひとしきり喋ると杏子は彼から軀を離して仰向けにかえって、「ああ……」と溜息をついて目を閉じた。ところがまたしばらくすると彼女はひょいと頭を起して、なにかとても面白くて汚らしい話を思い出したというように、粘っこい笑いを浮べて顔と胸を同時に寄せてきた。

「そのうちに夏休みに入ってね、おもてに出なくても済むようになったのはいいのだけれど、そうしたらあの人、毎朝道でやっていたことを、家の中に持ちこんでしまったのよ。家族こそいい迷惑だわ。ちょっとしたことでも、あの人ったら、きまった順序を踏まなくては終えられないの。朝起きて着物をきるでしょう。誰でも知らず識らずに毎朝その人なりの順序を守ってるわね。それをあの人は、まるではじめての衣裳をつける時みたいに、ひとつひとつ確めてやって行かなくては気が済まないの。ボタンをはめる時にすこしでもチグハグな気持になったらもう大変、肌着からやりなおしよ。階段を降りるにも、かならず右足から踏み出して、一段ずつていねいに、不安そうに踏んで降りてくる。それなのに途中で、ほら、階段を駆け降りてくると足がもつれるでしょ、あんな風に足のリズムが乱れて、前へのめりそうになって立ち止まってしまう。それからいちばん上の段まで引きかえして、またやりなおし。それがおかしいのよ。降りてくる時はあんなに慎重だったのに、引き返す時にはタッタタと一息に昇ってしまうんだから」

「いちいちそんな事をしてたら、一日が終らないだろう」

　彼はいつのまにか杏子の話に引きこまれてたずねた。二人して遠い第三者の話をしているような感じだった。

「それがよくしたものよ」と杏子は自然に話を継いだ。「……凡帳面なくせに、どこかがすっぽり抜けてるのよ。三十分もかけて着物をつけて降りてきたくせに、洗面を忘れてしまって、そのまんま朝御飯のテーブルについたり、お風呂に入る支度を一時間もかかってやっておいて、そのまんま寝てしまったり」

　そして杏子は彼の耳もとで低い声で笑い出した。響きの乏しい、底意地の悪い笑いが、そばで黙りこんでいる彼をよそに、暗がりの中でいつまでも続いていた。姉が今の杏子と同じ年だったというから、杏子は十二歳の少女だった。階段の中途で立ちつくしている女を、癇の強そうな少女が瘠せこけた軀を階下の暗がりにひそめて険しい目で見つめている。その目は、現在の杏子をまだ遠くから見つめているのかもしれない……。

　杏子はふいに笑いを振り落して、また声をひそめて喋り出した。

「ひと月もすると、あの人、とうとう自分の部屋の中にこもりきりになってしまったの。いま、あたしが陣取っている部屋よ。暑いのにカーテンをしめきって、部屋の真中のテーブルにうっぷして、何時間でもじいっとしてるの。家族が、父と母とあたしが、一緒になってあの人の生きる邪魔をしてるっていうのよ。寝てるうちに、枕もとにきちんと脱ぎそろえておいた着物の、重ね方をちょっと変えたとか。知らないまに、スカートのウエストをすこし細くして、あの人の腰の感じを太くしようとしたとか。家具の位置を皆してすこしずつずらして部屋の感じを不安定にしてしまったとか。言い出したらもう聞かなくて、人が説得しようとすると気狂い猫みたいに目をむいて、それから、テーブルの前にうずくまってしまう……」

杏子の声は段々にぼんやりしてきた。むかし姉から受けた迷惑を今になってまだ嘆いているようでもあり、自分自身の病いの依怙地さに自分で苦しんで訴えるようでもあり、言葉の端々が不分明な感情の中へ呑みこまれていく。テーブルの前にうずくまる気持に思い耽っているように、杏子は言葉を跡切ってしばらく黙っていた。それからまた前の調子を取りもどして喋り出した。

「それで、わたしが食事をもって行かされるの。部屋の中に入ると暗くて、あの人、テーブルの上に胸をぺったり伏せて頭を抱えこんでいる。だけど、腰のところが妙に細長く伸びていて、テーブルから遠く離した椅子の上にお尻が別な生き物みたいにのっかってるの。お盆をテーブルの上にのせて声をかけても、軀をすこしも動かさない。そのくせ、一時間ぐらいして来てみると、食べ物がきれいになくなっている。トイレに行きたくなると、一人ですうっと降りてくるのよ。足音が聞えると、母もあたしも障子をぴったり閉めて物音を立てずにいるの。顔を出そうものなら大変よ。あの人、ものすごい勢いで階段をかけ上がっていく」

無意識のうちに杏子は細い爪をしきりに彼の肩の肌に立てていた。

「お風呂のほうは、どうしても入ろうとしなかったわ。それだもんで、五日もすると夏のことだから部屋の中に臭いがこもりはじめて、お盆を両手で支えて入っていくと、胸が悪くなりそう。すこしでも早く出て行こう。そう思ってお盆をテーブルのいちばん近い隅に置いて、鼻に手をあててドアのところまで後ずさりしてきて、……それからいざ外へ出ようとすると、いつでも、この人こんな臭いの中でどうしていられるのかしらって、つい見てしまうの。そうすると、おかしなものよ。そんな臭いでもすこし鼻に馴染《なじ》んできて、あの人の軀がとても満足そうに見えてくるの。自分の病気にうずくまりこんで、自分の臭いの中に浸りこんで……。ああいうのが、淫らっていうのよ。醜悪よ、けだものよ……」

喋るにつれて杏子は頭を彼の軀から段々に起して、しまいには彼の上で鎌首をもたげるような恰好で、部屋の隅の濃い蔭のほうを物狂わしい目で睨《にら》みつけた。そして言葉をもう見つけ出せなくて、しばらく肩で喘いでいたが、ふいに自分の口にした《淫ら》という言葉に自分で掻き立てられたように、彼の首すじに顔を押しつけてきた。そして唇を彼の肌に軽く触れたままささやいた。

「あの人、あの時はまだ、からだの事を知らなかったのよ」

彼の肌にそって杏子の軀のふくらみが流れ動きはじめた。彼はその胸に両手を当てて力一杯に押しのけた。

さっきまでタオルを柔らかに盛り上げて横たわっていたところに、杏子は輪郭の鈍い軀で仰向けに転って、彼の目をおずおずとのぞきこんだ。それから彼女はようやくハッとした様子で軀を起し、蒲団の上に両膝をつき、タオルを引き寄せて胸から下を隠して、彼を見つめかえした。

「はねつけないで」と杏子は細い甲高い声で言った。

「血を分けた姉さんの病気のことを、そんな風に言うものじゃないよ」

「あたし、病気なんかじゃないわ」

彼には通らないはずのことを、一所懸命に言い張る杏子の顔を見て、彼は自分の言葉の心なさを感じたが、それよりも早く、《谷底のことを思い出してみろ》という言葉が彼の目から洩れていた。杏子はタオルを胸にきつく押し当てて、つらそうに軀をよじった。

「病気の中へ坐りこんでしまいたくないのよ。あたしはいつも境目にいて、薄い膜みたいなの。薄い膜みたいに顫《ふる》えて、それで生きていることを感じてるの。お姉さんみたいになりたくない」

「姉さんは健康になったのだろう。今では一家の主婦で、二児の母親じゃないか」

「それが厭なの。昔のことをすっかり忘れてしまって、それであたしの病気を気味悪そうに見るのよ」

「それでいいんだよ。健康になって病気のことを忘れるのは、しかたないことじゃないか」

「病気の中にうずくまりこむのも、健康になって病気のことを忘れるのも、どちらも同じことよ。あたしは厭よ」

杏子は蒲団の上に正坐して、タオルを膝の上に落し、胸を露わにしたままうつむいた。肩から胸への線があわれで、自分の軀を忘れて哀しみに耽っている子供の姿を思わせた。

六

半月ほどして、二人はしばらく逢わずにいることに決めた。

八月も末になっていた。自分一人の夏休みを取り返そうと、彼はすぐに山奥の安宿にむかって出発した。何冊かの本と山登りの用具を一式そろえて列車に乗りこんだ時には、彼はやはり解放感を覚えた。しかし宿に落着いてみると、何をする気力も失って、一日中部屋にこもって食事時から食事時へとただうつらうつらと過すだけになった。惰眠に耽る彼の軀の中を、沢音が高くなり低くなり流れつづけた。谷の早い夕暮れが始まって、夏の精気の引いた柔らかな空気の中に、穂先から黄ばんでいく草のにおいが細かく満ちわたる時刻になっても、彼はまだ部屋の隅で、立てた膝の影をうす汚れた壁に投げてまどろんでいる。ときどき沢音が谷に満ちきって、流れ動く感じをふと失ってしまう。するとその静かさの中で、杏子の嘆いた重い肉体感が、彼の上にも乗り移ってくる。

夜が更けて、厚い蒲団にくるまって谷の暗闇に耳を傾けていると、彼の軀は疲れの中で静まったまま、杏子のことを思った。さまざまな杏子の姿が思い浮んだ。しかしどれもすぐに沢音の中に紛れてゆき、最後にはひとつ、膝でタオルをゆるやかに盛り上げて夏の午後の物憂さの底に横たわり、軀の重さに感じ耽っている杏子の姿が残った。杏子の軀は病気を内につつんで、そのまま成熟して落着くことを願っている。彼の心が先へ先へ進もうと苛立ちさえしなければ、杏子の軀は癇の強い少女みたいに瘠せ細ることも、淫らな女みたいに肥満した感じを帯びることもない。杏子の病気をなおしてやろうという思い上がりは、彼の中からとうにきれいに消えていた。病気が快方に向かうことも、悪化することも、彼は望まなかった。良くなること、悪くなること、それはどちらも杏子を破壊することのように思えた。杏子は自分の軀の重さを嘆く必要はない。彼は、すくなくとも彼の軀は、いまのままの杏子と、同じような繰返しにいくらでも耐えられる、それに歓びさえ感じることができる……。

宿の住所を知らせて行ったので、十日目に杏子から手紙が来た。

——いつまでも横になっているわけにもいきませんので、そろそろ立って暮すよう心がけています。椅子にきちんと腰をかけて、午後の暑い時間を過していると、首から上を薄い空気の中へ差し入れているみたいな気持がします。人間とは立って歩くもの、横になってばかりいては、病人か獣です。夕方になって陽ざしが柔らかくなると、家を出て近所を散歩します。道に迷うことはないけれど、見なれたはずの風景がすこしどぎつい感じで、ときどき顔を顰《しか》めてます。しっかり歩くには、あなたの困りはてたような、すこしおかしな顔を、前のほうに思い浮べることが必要です。　杳子

手紙を読み終えてしばらくして、彼は自分の顔が杳子の言うおかしな顔にこわばっているのに気づいた。谷底で杳子と見つめあって岩の間をじりじりと歩いた時の、吊橋の上で杳子の視線をたぐり寄せながら後ずさりしていった時の、あの顔だった。その日から、彼はまどろみの中の安定を失って、昼間は無為に苦しめられ、夜は不眠に苦しめられ、また神経を苛立たせはじめた。ちょうどその日から天候が変って、雨が降りつづきになったせいかもしれない。谷間の秋のひえびえとした湿気は、寝ころんでまどろみ過すには居心地が良くなかった。彼は壁にもたれて膝小僧を抱え、窓からおもての雨を眺めて時を過した。一匹の羽虫がこちら岸から飛び立って、降りしきる雨に叩かれながら沢の上を低く渡っていく。それをじいっと目で追っては、彼はまた神経を苛立たせた。夜になると、雨の音は沢の音とひとつになって、重くざわめき立って谷の暗闇を流れた。その中にまた杳子の姿が浮んだ。杳子はすでに起き上がって、前の方に浮ぶおかしな顔にむかって、すこし前へかがめた軀をそろそろと運んでいる。歩調が乱れると、彼女の軀は固くなり、偏執の光が目にさしてくる。そうかと思うと、彼女の足どりは急に投げやりになり、もてあました軀をやはりどこかヒステリックな目つきでうつらうつらと引きずっていく。緊張と弛緩《しかん》のたえず入れ替る夢遊の姿が、暗闇のざわめきのあちこちに蒼白く浮んでは、前の方を見つめてしばらく歩き、またざわめきに押し流されて消えていく。

無理をする必要はない、と彼は杳子に返事を出してみようとも思った。しかし昼間は彼女の姿が思い浮べられなくて、机にむかう気にもなれない。夜になると杳子の存在が重荷になって彼の心にのしかかってくる。谷のざわめきのあちこちで蒼白い姿がまた徘徊しはじめる。

そうして彼はさらに五日、谷の宿に留まった。六日目

にもまだ雨が降っていた。その翌日杏子と逢う約束だったので、彼は雨の谷をバスで降って駅のある町に出た。何の役にも立たなかった本と登山用具をチッキで送り出してしまうと、彼は濡れたレインコートをひっかけただけの軽装で、隣の町へちょっと用を足しに行くみたいにディーゼルカーに乗りこんだ。

その翌日、家を出ようとすると、雨の降り出しそうな空模様でもなかったが、肌をなぜる風が湿っぽくてうすら寒かったので、彼はゆうべ玄関の壁にだらりと掛けておいたレインコートをまたひっかけた。レインコートは谷間の湿気をまだ含んで彼の肌に余計に冷たく触れた。だが一度着てしまうと脱ぐのも面倒で、彼はそのまま出かけた。

目じるしの店の前に立って待っていると、杏子も白いレインコートを着てやって来た。雲はまだ大分高くて、街の中を見まわしても、レインコートなどを着ているのは二人だけだった。杏子は人ごみの中からゆっくり出て来て、病み上がりの女のように、回復の安堵とも痛みの余韻ともつかない笑いを浮べた。軀はまた前の細さにもどっていたが、それはもう前のように隅々まで苦しげに緊張した細さではなくて、いったんひろがり出た肉体感の影を柔らかな輪郭に漂わせていた。手首の内側やふくらはぎの肌が蒼白く澄んで細い血管を透していた。全体に肌が薄く透明になって、病熱に洗われた肉体をひっそり包んでいる感じだった。

杏子は自分の軀のそんな透明さを自覚して、それをいつくしんでいるように、彼と並んでそろそろと足を運んだ。

ほかに杏子を連れて行くところもないので、彼の足は自然にいつもの部屋のほうへ向いた。杏子は両手をコートのポケットにつっこんで、額をうつむけて従いてきた。だがしばらくすると、彼女は人通りの中で両足を揃えて立ち止まった。

「今日は海辺に行きましょう」と杏子は澄んだ声で言った。

海という言葉に呼び起されて、ひとすじの鋭い線が、水平線が、彼の情欲の生温《なまぬる》いひろがりの中を走った。水平線を仰いで杏子と二人だけで砂浜に立つ気持を思って、彼は痛みに近いものを軀に感じた。海の面が照りわたるような天気ではなかった。それにもう一時を回っていて、遠出をするには遅すぎる時刻だった。彼は杏子の神経を危うんでたずねた。

「あれから、外出したことがあるの」

「今日がはじめてよ」

「急に無理をしないほうがいいんじゃないか。だって、海っていうところは……」

「あたし、あなたが帰って来たらまず海辺に行こうって、一人で閉じこもっている間ずうっと考えていたのよ」

あどけない言葉だったが、彼に甘える響きはすこしもなく、考えつめた決意を静かにつきつける口調だった。杏子は人どおりの多い歩道の真中に立って、通行人が彼女の前で迷惑そうに足踏みしても、半歩もそこから動こうとしなかった。離れている間に杏子がなにか一事をずうっと考えていたということに、彼は気おくれを感じた。それに加えて、帰ってきて早々単純に軀を触れ合うことを求めた自分を羞じて、彼は口ごもった。

「どこへ行こうか。天気も悪いし、時間も遅いし……」

「あなたが決めることよ」

そう言って杏子は歩き出した。いつもの部屋への道から逸れると考えただけで、もう杏子の失調への惧れから足どりの乱れがちな彼をよそに、杏子は背を伸ばして、行く先も知らないくせに顔をまっすぐ前に向けて進んだ。


長距離電車の窓ぎわの座席に、杏子は進行方向にむかって、彼は逆方向にむかって坐った。杏子の隣にはよそ行きの着物をきたおかみさん風の女が、彼の隣には勤め人風の中年男が坐って、電車は走り出した。十五分も行ったとき、彼は杏子の神経をまた危ぶみはじめた。杏子の姿勢はさきほどまでの闊達さを失って、またぎごちなくなっていた。座席にきちんと腰をかけ、固くつぼめた膝の上に両手を置き、その指先のあたりを見つめて、彼女は身動きもしなかった。座席の背にも、窓ぎわにも軀をもたせかけようとしない。そうやって軀のバランスをひとりで一心に保とうとしているせいか、電車の振動さえ彼女の軀は揺すらずに素通りするように見えた。立っている客もかなり多い騒々しい雰囲気の中にあって、その姿はまるでがらんとした広間にひとり坐らされている少女のように、奇妙に周囲から切り離されていた。うつむけた額に、窓の外を飛びすさる電柱やガードが目まぐるしく影を走らせた。鉄橋にさしかかると、荒々しい鉄骨の影が、固くすくめた軀を次々に斜めに削《そ》ぎ抜いた。そのたびに杏子は左の頬をかすかに引きつらせた。たった一米ほど手前から、彼は手の出しようもなくはらはらと見まもった。せめて杏子が膝をそんなに固くつぼめずに、もうすこし楽に前へ出せば、二人の膝小僧が触れ合って、たった一点の接触のおかげで二人ともよほど落着けるのに、と彼は杳子の依怙地さをうらめしく思った。

そのうちに、隣の男がときどき週刊誌から目を上げて、杳子のうつむけた額から、小さくつぼめた胸にそって腰のあたりを眺めまわしているのに、彼は気がついた。杳子の姿のしおらしさを賞玩して、あの娘は処女だろうか、などと思いやっている目つきだった。男はやがて軽く掻き立てられた情欲のなごりを運んで、電車を降りて自分の暮しにもどっていくだろう。そのなごりが無意識のうちに周囲の人間たちにたいする、たとえば家族にたいする優しさとなって現われるかもしれない。寝床に入って明かりを消すとき、杳子の姿がふっと浮ぶかもしれない……。杳子のために神経を張りつめるつらさから、彼はふと隣の男の無責任な立場がうらやましくなって、男と並んで、男と同じ目つきで杳子の姿を眺めまわした。すると、二人して杳子を汚しているようなおぞましい気持になって、彼は思わず杳子から目をそむけた。そして軀のつながりまであるのにここでこうして離れ離れに坐っている自分たち二人にたいする罰のように、今度は自分が次の駅で黙って立ち上がって降りてしまうさまを想像した。自分がいなくなったあと、杳子はこのままどこまで行ってしまうだろう、とホームに立って、遠ざかる電車を見送る気持を、彼は思いやってみた。見捨てられた淋しさは彼のほうに残った。彼は杳子を見まもることに疲れて目をつぶった。

目を覚ますと、隣の女が杳子に大きな声で話しかけていた。杳子はうつむけた顔を女のほうになかば向け、女の膝のあたりに無表情な目を注いで、女の早口を一所懸命に聞き取ろうとしていた。何かたずねられるたびに、杳子はそれがすぐにはつかみ取れないらしくて、しばらく心細そうに考えこみ、それからあたふたと返事をした。どうやら、つかみ取らずにただ言葉を返していればいい問いまで、いちいちつかみ取ろうとするらしくて、杳子はくりかえし軽い放心に陥り、それから女の目にせかされて、あわてふためいて何もかも素直に答えてしまう。そうやって彼女は行きずりの女によって、大勢の人間たちの間で、年齢やら、学校やら、住居やら、彼にたいしてもすぐには話さなかった一身上のことを次々に答えさせられていった。女はそんな田舎娘のような幼さが気に入ったらしい。それにまた、杳子に両親がないと聞いて同情をそそられたらしく、保護者然たる口ぶりになって大きな声で人生論をやりはじめ、一人で感慨に浸り、そのうちに自分で言った冗談に自分でおかしくなって、金歯の目立つ口を大きく開いて笑い出した。杏子は片方の頰を泣き顔のように崩して、声を立てずに女の笑いに和していた。女は笑うだけ笑うとひょいと笑いを止めて溜息をつき、どことなく物哀しい顔つきになって窓の外を眺めていたが、いきなり杏子のほうを向いて言った。

「ああ、お腹がすいたわね」

「ええ、そうですね」

杏子は釣りこまれて答えてしまった。女は膝の上の手さげの中をごそごそと探りはじめた。しばらくすると女は皺だらけの紙袋を取り出して中をのぞきこみ、「ああ、ひとつしかないわね。半分ずつにしよう」と言ったかと思うと、赤らんだ大きな手でアンパンを取り出して二つに割り、アンのはみ出たほうの半分を杏子の手に押しつけた。杏子は思わず受け取ってしまってから、途方に暮れた目で、はじめて彼を見た。

《いいから、食べなさい》と目で答えてやるよりほかになかった。すると杏子はまず唇を細く開いて、それからパンを細かくちぎって、まるで薬を吞む時のように口もとに近づけ、唇の間から指先で口の中へ押しこんだ。三歳の子供よりもたどたどしい、見るも無残な物の食べ方だった。しかしいったんパンを口にふくんで、ゆっくりと頰を動かし出すと、杏子の顔はいままでのたどたどしさが信じられないほど不貞くされたしぶとさを顕わし、年齢を超えて女くさくなっていった。目だけが彼の好奇心を見据えようとするように、物を食べる羞恥の中からひっそりと彼の目を見つめていた。彼はふと、杏子が物を食べるところをこれで三度しか見ていないことに気がついた。一緒にレストランに入る時も、はじめての時のことを思い出すのか、杏子は彼ひとりにだけ食べさせておいて、自分はなにか飲物を注文して、グラスの縁からただ唇を濡らすようにすこしずつ啜っている。そんな杏子が乗物の中で物を食べさせられるつらさを思いやって、彼は杏子の手からパンを取って隠してやる隙を狙った。だが女が口をもそもそと動かしながらしきりに杏子に話しかけるので、手を出す機会もなかった。やがて物を食べる杏子の顔つきは、つらそうなまま、隣の女に遠く似通ってきた。


海辺に着くと、空は街なかよりも低く垂れていた。たえず動く雲の割れ目から、ときおり光の条が斜めに降りて、うねりの間に明るさの帯をひろげたが、立ち止まって眺めているうちに、灰色のひろがりに呑みこまれて消えた。空と海と、ただ濃淡の異なる二つの灰色のひろがりを、水平線が鈍く分けていた。

電車を降りてから杏子は沈みこんで、何を言ってもはかばかしい返事がなかった。きれぎれな言葉をつぶやく声に、まだいましがたのパンの粘りが残っていた。口の中の甘酸っぱさを呑み下そうと、杏子はときどき白い喉をふくらまし、そして目を潤ませた。

二人は曲がりくねったいくつもの小さな入江にそって、岩ばかりの浜を歩いた。杏子は彼の差し出す手にすがろうとしないで、彼よりも海寄りに道を取り、大小さまざまな岩を細い靴でひとつひとつ踏みしめて歩いていた。十米ほども進んでは、彼女は立ち止まって目の前にひろがる岩を見わたし、次にどの岩を踏むかに彼女の歩みの持続がかかっているように、真剣に考えこむ顔つきになった。岩の上にこころもち爪先立ちになって、杏子の軀は緊張のために灰色のうねりの前で瘠せ細っていく。だが右足が次の岩を選び出して踏み出すと、瘠せ細った軀はまた円みを取り戻し、柔らかな影を胸から腰に流して、岩から岩へそろそろと運ばれていく。形さまざまな岩を、さまざまな歩幅から踏むたびに、足もとの岩を見つめる杏子の目の真剣さをよそに、さまざまな女体の表情が生まれた。それを眺めながら、彼は歩みに没頭する杏子の斜めうしろから、十米ほど離れて従いていった。

杏子が岩の上にほっそりと立って次の岩を見定めているとき、空の光が変って、彼女のうつむけた額のはるか上のほうで水平線がにわかに鋭さを増すことがあった。すると、くっきりと立つ杏子の軀と水平腺とを残して、水のひろがりも岩のひろがりも漠としてつかみ難くなり、杏子のありかを見定める拠りどころとして、遠近も定かでない、ほとんど異なった空間の中にあるような一条の水平線のほかには、何ひとつ存在しないように思われた。そのたびに彼は杏子の身になって、こんな荒涼とした岩の間を、空と水のひろがりにまともに生身を晒しながら、まっすぐに立って歩くことのつらさを感じた。そして杏子が顔を上げて周囲の荒涼さに気づいたりしないよう、いつまでも足もとに目を凝らしているよう、ひたすら願った。

だが岩の上から杏子が彼のほうを振り向いて微笑みかけるとき、杏子の存在は、離れて立つ彼に生温くまつわりついてくる。視線を合わせているだけで、彼の軀は風の中で内側から泡立った。灰色の水が杳子のむこうで滑らかにふくれ上がって、杳子をのせて彼のほうに寄せてくる。彼は杳子の胸のあたりを見つめた。すると岩の上で杳子はつらそうに笑って頭を振った。左右にゆっくり揺れる頭からほつれた髪が彼のほうへ流れ、コートの裾が温い翳《かげ》をつつんでふくらんだ。背中から風に吹きつけられて、杳子は困りはてた顔で軀をくねらせ、下腹を彼のほうに突き出した。それでも彼女は頭を振るのをやめず、いまにも崩れそうな姿勢をこらえていた。

拒まれて、彼の情欲は聞き分けがなくなり、小児のにおいのする哀しみとなって、自分のほうから杳子の軀にまつわりつこうとした。彼は風に逆って杳子のそばに歩み寄り、岩の上に両足を揃えて細く立つ軀の、腰のくびれに片腕をまわした。すると杳子は彼の腕の中から伸び上がるようにして、風の中へ胸をきつく反らし、水平線のほうにむかって目を大きく見開いて澄んだ声で言った。

「今までの辛抱が無駄になるわ」

「もとどおりになっても、いいじゃないか」

そうささやいて、彼は自分の声の濁りにおぞ気をふるった。だが腕はかえって強く杳子の腰を抱きしめていた。杳子は遠くを見やったまま、彼の腕をゆっくりほどいて、彼を置いてまた歩き出した。足もとばかり見つめて、岩をひとつひとつ踏みながら歩いていく後姿を見送っていると、杳子が一人でひたすらに自分の病気の中へ歩み入って行こうとしているように思えて、彼はかすかな憎しみを覚えた。

杳子は立ち止まらなくなった。

やがて道は岩の間を抜けて砂浜に出た。杳子の歩みは砂の中にめりこんで、いくらか覚束なくなった。彼は杳子のまうしろから、やはり十米ほど離れて、白い片意地な項《うなじ》を見やりながら従いて行った。砂浜はそれほど広くなくて、しばらく行くと、山側から流れこむ細い川にさえぎられた。渡る橋はなくて、道は流れにそって、すでに黒々と海にむかって迫り出しはじめた右手の高い崖のほうへ続いている。崖の上で車が小さな光のひろがりを闇の中に押して走って行くのが見えた。杳子は川のほとりに立ち止まって左右を見まわした。後姿に、茫然と立ちつくす表情があった。その後姿にむかってゆっくり近づきながら、彼は急に暗さが砂の上に降りてくるのを感じた。それから、彼は自分がいつのまにか足音をころして歩いているのに気づいて立ち止まった。

杳子が振り返った。顔つきが変っていた。目は大きく開ききって、まなざしの力を失い、唇が厚くふくらんで、女くささを哀しげに漂わせている。始まったな、と彼は思った。だが二人のほかには誰もいない砂浜の、ひろびろとした暗がりにつつまれて、彼はすこしも狼狽を感じなかった。砂の上に立ったまま自分一人の惧《おそ》れの中にうずくまりこんで、彼はその中から杳子を見つめた。杳子は暗がりに白い顔を浮べて、彼のほうに近づいて来た。そして彼のすぐ前まで来て、足もとに目を落し、彼のそばをすうっと通り過ぎて行った。

しばらく間をおいて彼は杳子の後に続いた。杳子は一歩ごとに砂のひろがりを細い靴の先端で二つに分けるように慎重に足を運んでいた。そして海に沿って、いましがたやって来た方向へまっすぐに歩み去ろうとして、たえず僅かずつ海のほうへ逸れて行き、しばらくすると暗い水にまともに向かって立ちつくした。それから彼女はどこか物狂わしい激しさで軀を左のほうへよじ向け、また左にむかって歩き出す。

杳子と足なみを合わせて従いていくと、砂浜をまっすぐに歩み抜こうとする彼女の意志が、痛いほどに伝わってきた。杳子の目指すものが、砂浜のへりに突出している細長い岩であることに、彼はやがて気がついた。杳子は海から軀をよじ向けるたびに岩の方向を見定める。しばらくは真直に岩に向かって歩いている。しかし自分の足もとばかり見つめて歩くので、おそらく靴の先端にかかる砂の感じまでいちいち確めて歩くので、ときどき連続感を失って足の踏み方にとまどい、二、三歩ふてくされたようによろめき、そのたびに水のひろがりのほうへ吸い寄せられていく。海に向かうとき、杳子の後姿は怖れにつつまれていた。砂の上へ軀をねじり倒すようにして左へ向きなおるとき、彼女の顔は醜く歪んでいた。

しばらくして彼は同じ繰返しを見かねて、海に向かって立ちすくむ杳子の前にまわって背で海を遮《さえぎ》り、凍えた軀を腕に抱き取った。また胸を突き飛ばされるかと思うと、杳子は彼の腕の中で固さをほぐし、「あなた、いたのね」とつぶやいて息をついた。彼は杳子を腕の下につつんで海に背を向けさせ、崖にむかって歩き出した。

ところが砂の尽きるところまで来たとき、杳子は歩みを止めて、彼の腕の中で軀をまわして海のほうに向き直り、重く静まった水平線を指さして言った。

「あそこまで行って帰ってくるから、あなた、ここから動かないでいてね」

声の底に、依怙地な意志がひそんでいた。

暗い水に向かって杏子が背をまっすぐに伸ばして歩き出すと、彼の目には砂浜が途方もないひろがりに見えてきた。杏子は五、六歩進んでは立ち止まった。そしてその後姿は何度歩みをくりかえしても同じ輪郭の鮮明さを保って、いっこうに水辺に近づかないように見えながら、非連続的な感じで小さくなっていった。やがて彼の正面で、黒い滑らかなうねりの中に、白い姿が細長く立った。杏子は長いこと彼に背をむけて海を眺めていた。それから躯をゆっくりこちらにまわして、いくらか散漫な感じで、彼の姿を探しはじめた。彼は片手を上げて自分のありかを知らせた。杏子はしばらく彼のほうをためつすがめつ眺めていたが、やがて黒い水を背負って歩き出し、一歩ごとに左右にすこしずつ振れながら、ほぼ一直線に近づいてきた。

二十米ほどの距離から、彼は杏子の目をとらえて見つめた。杏子も彼の目を見つめて砂の上を渡ってきた。だが二人の距離が十米足らずに縮まったとき、杏子の視線が彼の目のほうを指しながら、ときどき彼の目を通り越して遠くを眺めやる表情になるのに、彼は気づいた。《またそばを擦り抜けて行くな》と彼は胸の中でつぶやいた。そして急に冷えた気持になって、《いまに逸れるぞ。ほら、左へ傾き出した》と杏子の歩みを見まもった。するとと杏子はふいに支えをはずされたように躯をこごめてよろけ出し、左へ左へとよろけながら彼の目を険しく睨みかえした。

やがて杏子は彼から目を離し、両腕を胸の前で組みかわして、砂の上にかがみこんだ。そして膝を砂の中に埋め、躯を低く前へ傾けて、砂の表面に立ちこめるほのかな明るさを透すように目を凝らし、長いことかかってようやく彼の目をまた探り当てた。そして杏子の声とも思われないひどい嗄れ声で言った。

「あたしを観察してるのね、あなた。勝手になさい。だけど、あなたがあたしを観察すると、あたしも自然にあなたを観察することになるのよ。どちらかだけということはないのだから……。ほら、あなたが砂の流れに乗って、こちらを見つめながら、段々に逸れていくのが、よく見える」

杏子の目に射すくめられて、彼は躯を動かせなかった。大分してから杏子はようやく目を伏せた。そして一人で砂の上に模様を描いて戯れはじめた。彼はおそるおそる近づいて彼女の前にかがみこみ、両手を腕の下に差し入れて抱き起した。彼の腕の中で杏子は一度激しく足掻いたが、あとは無表情に重みをあずけて抱き起されるままになった。

七

その帰り道、杳子ははじめて彼に家の電話番号を教えて、一週間したら電話をしてくれるようにと頼んだ。「何時頃かけようか」とたずねると、しばらく考えこんで、「やっぱり夜にして」と言う。またしばらく彼と逢わずにいるつもりのようだった。彼のほうも、しばらくは杳子と逢う気力が起りそうにもなかった。

一週間目の夜に電話をかけると、杳子に似た声が受話器の中から細く響き出てきた。杳子の声とはすこし違うなと聞き分けて、「Sという者ですが、ヨウコさんは御在宅でしょうか」と初めて口にする《ヨウコさん》という言葉にぞっとするような異和感を覚えながら言うと、「少々お待ちください」という無表情な声とともに受話器がコトリと台の上に置かれて、足音がたしかに階段を昇っていった。そのまましばらく応答がなくて、ときどき子供の叫ぶ声と、それをたしなめる母親の声が伝わってきた。

大分してから、いきなり物蔭から喋り出すように声が流れ出てきて、「どうしたの」と訝しげにたずねた。はじめの声よりもはるかに聞き慣れない声だった。「どうしたのって、この前、電話をしてほしいと言ったから……」と彼は相手をつかめない心細さから口ごもった。すると声はすこし遠くなって、「何してるの、そこで。あっちに行きなさい」と苛立たしげに叫び、それからまた近くなって、「姉の子が柱の蔭から顔をふたつ突き出して、こっちを見てるのよ」と彼にむかって訴えた。

杳子とはじめて電話で対してみると、自分たちの間では言葉というものが、それだけではいかに物の役に立たないかを、彼はあらためて思い知らされた。海辺での杳子の振舞いをまだ気に病んで、「あれから、調子はどう」と彼がたずねると、「とても元気よ」と杳子は憂鬱そうに答えて黙りこんだ。言葉が跡切れると、顔を合わせている時と違って、二人を結びつけるものは何もない。彼は不器用な問いをくりかえした。杳子は月並みな返事をポツリポツリと受話器の中に流しこんで、言葉の跡切れることに何の苦痛も感じてない様子だった。そのうちに、肝心な話のつぎほを失って苛立っている彼をよそに、杳子はとりとめもない調子で学校の試験のことを喋り出した。

……試験がはじまってからは、家にいる間はずうっと自分の部屋にこもって、教科書やノートを見ているけれど、もう二カ月以上なにもしないでいたので、いくら読んでも頭に入らなくて、ただ字面をくりかえし目でたどって、それで一日が終ってしまう。結局からっぽの頭で学校へ行く。試験の始まる前に教室でもう一度ノートを見ても、自分の手で書いたものなのに、さっぱり目になじまない。それなのに、試験が始まると三十分ぐらいで答案が書けてしまう。書き終えた答案を顔から離してつくづくと見ると、その几帳面な字面が不愉快で、破り棄てたくなる。ためしにもう一度読んでみると、自分で書いたことが、自分でもう読み取れない。ぼんやり眺めているうちに試験が終ってしまう。友達がそばに寄って来て、あれはどうだったの、これはどうだったとたずねる。そうすると、また答えられる。それから家に帰って、勉強を終えて、夜おそく風呂に入っていると、その時になって、答案に変な事を書いてきたような気がしてくる。どうしてもそう思えてくる。そうすると心配で洗い場にしゃがみこんでしまう。なんだか自分で自分の軀のありかがわからなくなって、シャボンを軀半分につけたまま、しばらく動きがとれない……。

試験のことを語るのとまったく同じ投げやりな調子で、杏子は風呂場でかがみこんでいる自分のことを語った。

結局、杏子の状態をはっきりつかみかねて、彼はいくらか憮然《ぶぜん》とした気持で、あまり長電話にならないうちに話を切り上げることにする。すると杏子はその間たいして嬉しそうな声も響かせなかったくせに、また明日の晩も電話してくれるようにと言う。

電話をかけると、かならず杏子の姉が出た。彼は一種の闖入者として、その家の主婦から立腹なり拒絶なりを聞き取ろうと一瞬耳を澄ます。しかし杏子の姉の声は最初の時と同じように無表情だった。「少々お待ちください」と言って受話器をコトリと置く間合さえ、まるで正確に測られているように同じだった。それに解せないことは、杏子の電話に出るのがいつでもひどく遅いことだった。彼女の部屋がよほど遠くにあるのかとも思ってみたが、しかし受話器のそばから階段を上がって行く足音が毎晩たしかに聞える。

四日目の夜、彼は長い間待たされることにとうとう腹を立てて、杏子が電話口に出るといきなり、「君の部屋は、いったい、どこにあるの」と詰問した。「どこにって……」と杏子はむつかしい問いをだしぬけにつきつけられたようにつぶやいて黙りこんだ。失調を誘発してしまったかと思って、「それじゃ、電話はどこにあるの」と彼は問いなおした。すると杳子は急にいきいきとした声になって、電話の位置を細かに説明しはじめた。

「玄関を入るとタタキになっていて、上がると四帖半のタタミ、右手に応接間の扉、その前を過ぎると廊下が奥のほうへ続いていて……」

「僕はこれから君の電話のところまで行こうとしてるわけじゃないんだよ。ただ電話がどこにあるか、それだけを言ってくれればいいんだ」

そうは言ったものの、考えてみれば、家の内のことを知らない人間に、電話のありかをほんとうに教えようとすれば、そんな説明のしかたしかない。省略を知らない杳子を彼は哀しく思った。杳子は黙りこんだ。「たとえば階段の前とか……」と彼は助け舟を出した。すると杳子はまたいきいきと続きを喋り出した。

「ええ、廊下に入るとすぐ右手、いえ、あなたのほうから見て左手が階段で、階段をひとつ、ふたつ……、五段上がるとここに来るの」

「階段の途中に電話があるの」

急な階段の中途に杳子が細い軀で突っ立って受話器を耳にあてているさまが、いかにも奇怪な光景となって目の前に浮んだ。

「いいえ、踊り場なの。だいぶ広いのよ。隅っこに電話の台がおいてあるの。ここから階段が向きを変えて二階に続いているの。父が晩年に二階の書斎に閉じこもることが多かったもので、電話をここに置くことにしたの」

杳子の声がすこし遠くなった。顔を受話器から離して、階段を見上げているらしかった。

「それで君の部屋はどこ」と彼はその隙をとらえてたずねた。

「階段を上がって左手よ。右手が父の書斎」と杳子は遠い声のまま答えた。

「それじゃ、なぜすぐに降りて来ないの」彼はすかさず問いつめた。

「すぐに降りて来るじゃないの」

声の中にまた依怙地な響きがこもっていた。

その翌日、夜の八時頃に電話をすると、杳子の姉がいつものように電話に出て、「少々お待ちください」と受話器を置いたあと、しばらくして遠くで「ヨウコ、ヨウコさん」と呼ぶ声が暗くこもって聞えた。肩に手をかけて揺さぶっているような声だった。するといきなり、「なにを叫んでるのよ、あなた。そんな顔をして」と甲高い叫びが上がって、低い顫《ふる》え声があわただしくかわされたかと思うと、スリッパの音が階段を駆け降りてきた。足音は電話のそばで止まった。そして受話器の中が静まりかえると、「もしもし」と杏子の細い声が流れ出てきた。

「どうしたのさ」と彼はその声を抱き取るようにたずねた。すると、

「ちょっと、おたずねしたいことがあるのですけれど、Sさん」

と固い顰め面をありありと感じさせる声が返ってきた。ほんの一瞬、彼の内に昏乱があった。彼はその声に、ついと彼から距離を取って彼を見知らぬ人間のように見つめる杏子を思い浮べた。そして「Sさん」という呼びかけに、彼女の病気の残酷さを感じ取ってぞっとした。

「おたずねしにくいことなのですが、姉としてやはり心配で」

姉の声だと気づくと、彼はとまどうより早く、杏子との関係を詰問してくるなと身構えた。しかしどんなに身構えたところで、結局は何もかも白状してしまって、その上、《ヨウコさんと結婚するつもりです》などと月並みなことを口走ってしまいそうな気がした。ところが、杏子の姉は電話口でひとつ深い溜息をつくと、他人の耳もとに急に口を寄せてくるお喋り女みたいに、声をひそめてささやき出した。

「この頃、杏子の様子がすこしおかしいこと、おもてでお気づきになりません」

「この頃と言いますと」と彼はひややかに問いを放り返した。

「この一週間ほどなんですけど」

「さあ、もう十日以上会っていませんので」

「そうですか」

声が跡切れて、杏子の姉は一人で考えこむ様子だった。それからハッと相手の存在に気づいたように、声を繕って喋り出した。

「じつは試験勉強に根をつめ過ぎましてね。ここのところすこしノイローゼぎみなんですの。体力がないのに、小さい頃から人いちばい負けん気で、ついつい無理をしてしまうんです。いったんこうと決めたら、もう聞かなくって」

そして杏子の姉はまた声をひそめた。ひそめた声がか

えって近くなったところを見ると、受話器に口を押しつけるようにして喋っているらしかった。

「部屋に入っていくと、睨みつけるんです。まるで親のかたきが入ってきたみたいに。そのくせ、私に御飯を部屋まで運ばせて、食欲は意外に旺盛なんですよ。どういうんでしょう。若い娘のくせに、五日もお風呂に入らないで」

若い娘が、五日も、風呂に入らない、という言葉から、それだけで世にもおぞましい不潔感が漂ってきた。彼は単純な言葉の組合わせの暴力に驚いた。そして言葉に汚された杏子が哀れに思えて、《五日ぐらい風呂に入らなくて、どうだって言うんです》と叫びそうになった。その時、

「ああ、あんなところに立ってる。怖い顔でこっちを睨んでいる」と杏子の姉がかすれ声でつぶやいた。それから、

「ヨウコ、何してるの。Sさんからお電話よ。いつもいつもお待たせして申し訳ないでしょう」と成熟した女の艶のある声が響いた。

それと同時に、扉がバタンと閉ざされる音が聞えた。しばらくして、杏子の姉の声がなれなれしく話しかけてきた。

「Sさん、ごめんなさいね。私がお話ししているのを見て、部屋の中へ入ってしまったんです。強情な子で困りますわ。もう一度お電話くださらない。今度は私は出ないようにしてますから……」

わざと四時間もおいて、夜中の十二時過ぎに、彼はまた電話をかけた。通話音を聞きながら、彼は杏子の家の暗闇の中に単調なベルの音が響きわたるさまを思い浮べた。音は踊り場から階段を下って家族たちの眠りの中に響き、階段を昇って、机にうっぷしている杏子の暗い存在感の中で輪をひろげる。白い肌に汚れをためて、自分自身の臭いの中にうずくまりこんで、杏子は遠い無表情な信号の繰返しを訝っている。彼の顔をぼんやり思い浮べては融かしながら、それでも耳を傾けている。それからゆっくり立ち上がって、階段を這うようにして降りてくる……。

大分してから、受話器がはずれた。

「あなた……」と杏子はいきなりたずねた。

「お風呂に入らないんだってね」と彼も前おきなしに言った。

「もう五日になるかしら。毎日入ることなんかないって

わかったわ。山に行く時と同じよ」

「でも、やっぱり気持が悪いだろう」

「軀はいくら汚れても不潔じゃないわ」

「それはそうだけど、このまま行ったら、昔のお姉さんと、同じになってしまうじゃないか」

「あの人のことなんか、知らないわよ」

「とにかく、風呂には入れよ」

「イヤよ」

その声に彼は掻き立てられた。彼のこころは暗く泡立たずに、細い線のようになって杏子の姿を求めた……。杏子は清潔な部屋の空間に背を向けて自分の汚れの中にうずくまっている。「イヤよ」という声とともに、彼女は軀を起した。すると杏子をつつむ空間が、その自然らしさがそのままどぎつくなる。杏子は自分自身の蔭の中にまだなかば軀を浸し、両膝を床について背をまるめ、周囲のどぎつい自然らしさをこらえている。それから杏子は蔭の中から上半身を光の中に差し上げ、宙に胸を反らして苦しみ出す。緊張した胸から腰への線がそれ自身あまりの鮮明さに苦しんでいる。だが悶えをくりかえすうちに、輪郭がすこしずつやさしさを増してゆき、それにつれて光のどぎつさが杏子の軀のまわりから段々に和らいでいく……。彼は思わず杏子にむかって言った。

「いますぐ君のところへ行こうか」

杏子はしばらく考えこんでから言った。

「明日、おいで。三時頃。このままで待っているから」

杏子の声を寝床から聞いていたのか、翌日、杏子の姉が彼の来訪を待ち構えていた。三時すこし過ぎに玄関の呼鈴を控え目に押すと、二度と鳴らさせずに扉が内側から開かれて、杏子によく似た顔が隙間からのぞいた。

「Sさん、ですね。杏子にお会いになる前に、ちょっとお話がありますので」と杏子の姉はささやいて、階段のほうの気配をうかがいながら彼を玄関の脇の応接間に導いた。彼も思わず知らず足音を忍ばせて、杏子の姉の案内に従った。

杏子の姉と向かいあって坐った時、彼は杏子とはじめて喫茶店で向かいあった時の、かすかな不快感を呼び覚まされた。二児の母というので、腰の線の鈍くなりかけた女の姿を思い描いてきたが、杏子よりもむしろ細いぐらいの軀が、まるで夏瘠せのなごりにまだ苦しんでいるように、着くたびれたワンピースの中でつらそうに胸で息をついていた。内側から着物をふくらまして、着物に精気を吹きこんでいるとでも言うような、女の軀のあの充実の感じがない。そのくせ軀のどこを見ても女くさくて、白くくすんだ女の生理感みたいなものを無頓着に漂わせている。艶のない蒼白い腕に透明なうぶ毛がいっぱいに生えて、肌に貼りついて流れているのが、彼の目を惹いた。始めの頃の杏子の腕にも、そんなうぶ毛が生えていた。しかし近頃の杏子の腕には、そんなものを見た覚えがなかった。

杏子の姉は椅子に浅く腰をかけ、膝の上に両手を置き、上半身を固く前に傾けて目を伏せていた。寒い日に杏子が表から戻ってきてコートを着たままストーブの前に坐っているという部屋と、同じ部屋だった。あの頃の杏子と今の杏子、今の杏子と目の前の姉の姿を思いくらべて、彼は杏子の中で時に浸されていくもの、浸されずに残るものを漠然と思いやりながら、杏子の姉に何か決定的なことをたずねられる前に、杏子をつかみなおそうとした。「妹がいつもお世話になっております……」などと皮肉にしかなり得ない挨拶をひとしきり几帳面にやって彼を困らせたあと、杏子の姉はようやく顔をまともに彼に向けて微笑むと、とたんに三十過ぎの女性らしい闊達な態度になって、年下の彼にたいして如才のない調子で喋り出した。

「ゆうべは変なところを電話でお聞かせしてしまって、びっくりなすったでしょう。姉妹喧嘩の一端なんです。あの子の強情さは、おわかりでしょ。それとも、Sさんにはやさしいのかな……。おまけに私がいい年をして、ほんとなら夫婦喧嘩のほうに精を出すべきなのに、妹の強情さを見せつけられるとついつい……。私たち、九つも年が離れてましてね、それだけ離れていると私の娘時代には喧嘩にもならなくてよかったんですけど、そのかわりにあの子が成長するにつれて、私のほうがもう頭打ちですこしも成長しないものだから、段々に年の差が縮まってきたみたいで、ここ数年になってようやく姉妹喧嘩がシレツになってきたんですの」

ゆうべの電話の与えた印象を取り繕うために、それだけのために自分をあんな風にして呼び入れたのだろうか、と彼は訝った。妹の男友達にたいして、しかも初対面で、ばかに気さくな喋り方だった。自分の家にいわば闖入してきた若い男の人柄を見定めようとするでもなく、世の娘の親たちがよくするように初対面の挨拶もそうそうに相手の男の素姓について無遠慮にさぐりを入れようとするでもない。彼を妹の《恋人》として、まるで学生どうしのようなやり方で、あっさり認めているような風さえある。彼の怪訝そうな顔つきも見ずに、杏子の姉は喋りつづけた。

「私たち、姉妹どうしのことになると、とたんに二人とも二十歳《はたち》頃の精神年齢にもどってしまうんですよ。両親がないのが、いけないんでしょうね。私の結婚する前の年に、両親とも続いて亡くなりましてね。そのせいで、あの子の場合は人並みに親に反抗する時期を逸してしまうし、私の場合は結婚生活が娘時代と、同じ家の中で曖昧につながってしまいましたの。何と言ったらいいのかしら、両親に死に別れたのに、かえって両親の家から精神的に独立していない感じなんです。ふだんは子供の世話で娘時代の気分どころじゃないのに、廊下なんかで妹とふいに顔を合わせると、すうっと二十歳頃の気分に戻ってしまうことがあって……。ええ、私が二十歳ならあの子は十一のはずで、また喧嘩にもなりようのないはずなんですが、それが二人とも同じ年頃の娘みたいに、双子みたいになって睨み合うんですよ」

初対面の挨拶からそんな話まで、いくつかあるはずの段階を一気にとばして、杏子の姉が自分の家の、それもかなり内側に属しているはずのことを彼の前に展《の》べていくことに、彼は落着かない気持にさせられた。ゆうべの電話のことで、彼はもうこんな風に前置きの要らぬところまで杏子の家の中に巻きこまれてしまっているのだろうか。それとも、杏子の姉は彼と杏子との関係を感じ取って、もう前置きは必要としないと見ているのだろうか。しかしそうだとすれば、彼が杏子の病気のこと、ひいては姉妹の間の奇妙な緊張のことまですでに知っていると、姉は当然睨んでいるはずだろうから、それにしては双子云々の言葉は、こだわりがなさすぎる。やはり姉は姉でしかなくて、保護者にはなり得ないのだ。そう彼は結論して、他人の家のいわば綻びを眺める第三者のひややかな立場にひとまずこもろうとした。しかしそう結論してみると、いままで、杏子の病気の根のひとつに相違ない家の重荷を出しぬいてやるようなつもりで、杏子を家のことから離れたところへ離れたところへと導いてきた自分のやり方が、保護者らしい保護者をもたない杏子の弱みにつけ入っているように思えて、彼は姉にたいしても後めたさを感じた。彼のとまどいをようやく見て取って、杏子の姉は話をもとに戻した。

「ほんとに、びっくりなさったでしょ」

「いいえ、ノイローゼなら僕も慣れてますから」

そう言ってしまってから、彼は相手がせっかく姉妹喧嘩のたわいなさの中に包みこんでしまおうとしているゆうべの出来事の核心に、わざわざ耳障りな言葉で触れてしまった自分の不器用さに腹を立てた。杏子の姉は《おやおや》という風に目を大きく開いて彼の顔を眺めやった。

「それじゃ、ノイローゼどうしのおつき合いね」

「ノイローゼなら僕のほうが上手です」

同じような会話をいつか杏子自身ともかわしたことがあるような気がした。たしか同じ言葉で彼は杏子の病気を紛らわすのを手伝ったことがある。反復の気味の悪さを感じながら、彼はまたゆうべの出来事に触れて行った。

「五日ぐらいお風呂に入らなくても、心配することはないと思いますが」

杏子の姉が軽く眉を顰《ひそ》めた。そして笑いを口もとに残したまま窓の外に目をやって、こころもち甲高い声で言った。

「この家はむかしから毎日お風呂に入る習慣なんですの。父が潔癖な人でして……」

彼は闖入者としての自分をあらためて強く意識した。そして身の置きどころのない気持から、若い男のたわいもない自己誇示にはしった。

「僕などは、山に行くと、十日も軀を洗わないことがあります」

「まあ、不潔」

杏子の姉は若い娘のようにあどけなく叫んで目を輝かせた。それから彼女は一段とうち解けた口調になって、彼の山歩きのことや、大学のことや、専門のことや、要するに知りあったばかりの学生どうしがたずねあうようなことを、次々に興味深そうにたずねた。そして唐突な転換にとまどいながらも、年上の女の如才のない関心によって調子に乗せられた彼が、いつだか山で遭った滑稽な出来事を話すと、彼女は細い軀をよじって笑いこけ、それから彼のことをS君と呼びはじめた。S君と言われて彼はさすがに呆気に取られて、杏子に来訪を知らせもせずに姉と喋りこんでいる奇妙さにまた苦しめられ出した。腕時計を見ると、杏子と約束した時刻をだいぶまわっている。彼はおずおずと目でたずねた。

するとと杏子の姉は目を膝に落して、また最初のぎごちない姿勢にもどり、しばらく考えこむ風をしてから、二階のほうへ目をやって、小声で切り出した。

「妹を病院にやりたいんです」

「そんな必要はないと思います」

答えが反射的に口から出てきた。しかし彼も声をひそめていた。杏子の姉ははじめて探る目つきになって彼の目を見つめた。杏子の姉ははじめて探る目つきになって彼の目を見つめた。《杏子の病気のことは、よく知ってます》ということろで、彼は見つめかえした。杏子の姉はまた目を膝の上に落し、ゆっくり頭を左右に振り出した。

「いいえ、あのままではいけません。お医者さまもそうおっしゃってます」

うつむけた額に杏子と同じ依怙地さが顕われていた。杏子の姉は暗がりにこもってひっそりと嘆くような口調で喋りつづけた。

「本人が自分からすすんで行ってくれれば、これにこしたことはありません。でも可哀そうにあの子には、自分がいま病気にかかっているのだということがわからないのです。病院に行くようにすすめると、鼻に皺を寄せて私をせせら笑って、そんなに邪魔なら家を出ていってあげるなんて言い出して、取りつく島もないんです。お医者さまがおっしゃるには、妹のような場合はとりわけ入院のさせ方が大事なのだそうです。無理やり連れてくると、患者の心に抵抗が残って、治療の効果が上がらないということです。で、本人があのとおりだから、……おなじ騙すにしても、親しい人、心を許した人が騙すのじゃなくてはいけない。つまり、本人が騙されたと気づいても、騙した人の愛情は信じられる。そんな風だとだいぶ違うのだそうです」

杏子の姉の求めていることがようやくはっきりした。しかし彼女が患者という言葉を口にしたことに、彼は肉親の残酷さを感じて、杏子を守ってやりたいと思った。それと同時に、闖入者であったはずの自分の中に姉妹の関係がいきなり逆に闖入してきたことに、彼は困惑を覚えて、矛盾した気持から詰問の口調でたずねた。

「お姉さんでは、なぜいけないんです」

杏子の姉はうつむいたままでまたゆっくり頭を振った。いましがたと寸分違わぬ仕草だった。何を言おうと、どう強く言おうと、同じ凝り固まった仕草が返ってくるような気がして、彼はすこしばかりひるんだ。

「私たちはお互いに似すぎているんです。だから、いったんいがみ合い出すと、お互いにお互いが身近にいることがそれだけでもう耐えがたいというところまで行ってしまって、しばらく元どおりになれないのです。いさかいの種はとうになくなってしまっても、何でもない仕草や表情が、それだけでお互いを苦しめて……」

彼は杏子の姉の言葉を理解してしまった。そしてその方向から反駁する道を閉ざされて、杏子のために、若さまる出しの言葉で単刀直入に切りこむよりほかにすべがなくなった。

「彼女が病気だと、ほんとうに言えますか」

「あの子は病気です」

「人のこころが病気だとか、健康だとか、そんなにはっきり決められるものでしょうか」

「あの子は病気です」

「何をめやすに、そう決めるんです」

「あの子が病気であることは間違いありません。なぜって、私もむかし病気だったことがあるんです」

《杏子がいま病気で、あなたがいま健康だと、どうして言えるんです》

そう言おうとして彼は口をつぐんだ。最初の晩に電話をとおして聞えてきた子供の声が彼の耳の中に甦ってきた。静まった家の中に、子供のいる気配が濃く満ちわたるような気がした。彼の言葉はみるみる詭弁へ色褪せていった。たしかにこの暮しから見れば、杏子は病気であり、病気なら病院へ行かなくてはならない。しかしその暮しに根ざしている杏子の姉のほうがまるで自閉症の女みたいに、何を言われても、そっくり同じ表情で、同じ返答を依怙地にくりかえしている。その前で、彼は杏子の《病気》を抱きかかえて途方に暮れた気持になった。するとと杏子の姉は柔和な表情を取り戻して、依怙地な若い男をさとすように語りかけてきた。

「お願いだから、妹を説得してちょうだい、健康にしてやってちょうだい。あの子はあなたが好きなんです。電話の後、階段を昇って行く足音が軽いのよ。あなたもヨウコをお好きなのでしょう」

「ええ、それは、好きです」

彼は仏頂面でうなずいて、本人の前で一度も口にしたことのない言葉を、姉の前であっさり言わされたことに気づいて唖然とした。二人は揃って天井の隅のほうへ目をやって、杏子のこもる部屋の気配を二人してうかがった。コトリと物の触れ合う音が伝わってきた。

それから杏子の姉は立ち上がって応接間の扉をあけて、薄暗い廊下のほうにむかって中年の女の声をふくらませて、「ヨウコ、ヨウコさん、Sさんがおいでよ」と叫んだ。そして彼に顔を向けて、一人で階段を昇っていくようにと目配せした。

八

片隅に電話台の置いてある真四角の踊り場から向きを変えて階段を昇っていくと、杳子の姉の一家の住まう階下の雰囲気からいきなり隔てられて、彼はふと場所の意識を眩《くら》まされ、まるで初めて来た家ではなくて勝手を知った家の、幾度となく通いなれた階段をたどっているような気がした。階段を昇りきったところで左手の扉をゆっくりあけると、薄暗がりの中から、階下よりも濃密においが彼の顔を柔らかくなぜた。かなり広い洋間の、両側の窓が厚地のカーテンに覆われ、その一方のカーテンが三分の一ほど引かれて白いレースを透して曇り日の光を暗がりに流していた。その薄明かりのひろがりの縁で、杳子はこちらに横顔を向けてテーブルに頰杖をついていた。白っぽい寝間着姿だった。その上から赤いカーディガンを肩に羽織っている。戸口に立つ彼の気配を感じると、杳子は頭を掌の中に埋めたまま、彼のほうを向いて笑った。湯から上がりたてのような、ふっくらと白い顔だった。

「どうしたの」という言葉が二人の口から同時に洩れた。だがどちらも答えを求める気はすこしもなく、いつものように自然にテーブルに向かいあって坐り、目だけを動かして、お互いの軀を物珍しげに眺めあった。

テーブルからすこし遠めに置いた椅子に杳子は尻をあずけるようにのせ、腰から上をぬうっと前へ伸ばして、テーブルに肘だけでもたれかかっていた。いつだか病気の頃の姉について彼女の語ったとおりの恰好だった。しかし杳子の軀は固さに苦しんでいる様子も、重さに苦しんでいる様子もなく、どことなく自足した感じで重みを椅子とテーブルに分けていた。水色のネグリジェがたしかに薄汚れている。薄い布地が軀の円みにぴったりついた肌着を透かしていたが、その肌着も純白ではなかった。ゆったり開いた襟からのぞく肌も、気のせいか、いつもより濃く濁った光を漂わせている。だが不潔な感じも、淫らな感じもなく、杳子にも彼にも馴れ親しんだ穏和《おとな》しい動物を、二人して眺めているような気持だった。

「大変な恰好じゃないか」

「このままで待ってるって、ゆうべ、言ったでしょう」

「いつから、そんな恰好をしてるんだい」

「寝間着を脱がなくなってから、今日で三日目。肌とキレの温かさがすっかりひとつに馴染《なじ》んで、いい気持よ」

「汚い子だなあ。臭ってくるよ」

そう言って彼は薄暗い空気を胸いっぱいに吸いこんで見せた。たしかにたえず沁《し》み出る体液の、無恥なにおいがかすかにこもっていたが、それも段々に鼻に馴染んで円みを帯びていった。いかにも人がここにこもっているというにおいだな、と彼は素朴な感慨を抱いた。杏子もネグリジェの胸をふくらまして、ゆっくり息を吐きながら、物憂げに目を細めて笑った。あっさり彼は秘密を売り渡してしまった。

「姉さんが、病院に行くよう君を説得してくれって言ってたよ」

「あなたが行けって言えば、今すぐにでも行くわよ」

「病院に行ってどうなるの」

「健康になるのよ」

「健康になるって、どういうこと」

「まわりの人を安心させるっていうことよ」

投げやりというよりも、病気と和《なご》んで、こうしてこのままでもいられると確めた満足感の中で、あとは家族の心配のことも考えて、成行きを待っているという風だった。五日前から杏子が昔の姉のように風呂に入ろうとしなくなったわけが、彼にはわかる気がした。おそらく杏子は自分の病気の根を感じ当てたのにちがいない。そして何をやっても、何をやられても一生変えようのない自分のあり方を知って、階下の姉にむかって、自分を病人として病院に送りこんでもかまわないと合図を送っていたのだ。そう思うと、いかにも自足した様子の杏子を前にして、彼はまた見捨てられた気持になり、テーブルにそって軀を杏子のほうに伸ばした。杏子は彼の顔を見つめて、しばらく掌の中で首をかしげていたが、それから頬杖をゆっくり倒して唇を近づけてきた。唇を触れ合っていると、暗がりに閉じこめられた子供の、汗と涙の混ったにおいがじかに伝わってきた。目を細く開くと、依怙地さを失った肌に、毛穴がひとつひとつ開いていた。

「病院には行かなくてもいいんだよ」と彼は唇を触れたまままささやいた。

「このままじゃ、やっぱり、やって行けないのよ」と杏子は姉と同じことを言った。

「やって行けるさ。心配するな」

「この部屋に、こうしてずっと閉じこもっていればね」

「街の中を歩く時でも、この部屋と同じ暗さを、君のまわりにこしらえてやるよ」

「それが出来ても、この暗さはいつまでも運びきれないのよ。ここに閉じこもりきりでいるのでなければ」

「このままの気持で、やることだけは、普通の人間と同じことを几帳面に守っていればいいんだよ」

「あなたは健康な人だから、健康な暮しの凄さが、ほんとうにはわからないのよ」

そう言って杏子は彼を慰めるように唇を強く押し当てた。あなたにはわからない、という言葉で杏子に拒まれたのは、これが初めてだった。

その時、階段から杏子の姉の上がってくる足音がした。彼は杏子から顔を離そうとした。すると杏子は逆に顔を近づけてきて、唇を触れながら目を大きく見開いて足音に耳を傾けていた。それから彼女は唇を彼の耳もとにまわして、「あの人のすることを、細かく見ててちょうだい」とささやき、顔を引いてもとの頬杖にもどった。

「ヨウコさん、お茶ですよ」という声がして扉が静かに開き、敷居のむこうに杏子の姉が両手に盆を支えて立った。そして頬をこわばらせて杏子の寝間着姿を睨みつけた。杏子は頬杖の中から悠然と見つめかえした。

「まあ、なんて恰好してるの。お化粧のひとつもしてお迎えしなくてはいけないお客さまでしょう。S君に嫌われますよ」

目のきつさに反して、声は寝間着姿で男友達と向かいあっている妹のだらしなさを、むしろ色気のない幼さとして大目に見ているような調子だった。彼だけが敷居のむこうに比べて部屋の中の薄暗いのに困惑して、椅子から立ち上がった。

「もう御挨拶は済ましましたから、どうぞお楽に、S君」と姉は気さくに言って入ってきた。その時には、姉を観察するようにとの杏子の言葉を、彼はもう忘れていた。ところが、姉が敷居をまたいで二、三歩足を運んだとき、彼はその足どりの、妙にこちらの神経を疲れさせる固さに、目を惹きつけられた。海辺の杏子の、波打ち際にむかって一歩一歩、そのつど砂のひろがりを自分の歩みで分けるように進んだ、あの足どりと同じだった。紅茶とショートケーキをのせた細長い四角の盆を両手で支えて、まっすぐに伸ばした背から頭をいきなり前へ垂れ、杏子の姉はまるで盆を一ミリでも傾けてはならないとでもいうように足を運んでいた。思わず知らずその緊張に染まって眺めると、盆の左端の下に分厚い台布巾がぴったりはさまれていて、その分だけ釣合いを取りにくくしている。

テーブルのそばまで来て彼と杏子の間に立つと、杏子の姉はまっすぐに伸ばした軀をそのままそろそろと前へ傾けて、盆を杏子の近いほうの角に近づけた。そして盆の左端とテーブルの間に手をあてがい、一瞬息をこらす目つきをして左端から台布巾をすうっと抜き取り、紅茶の表面に波も立てずに盆をテーブルの角にきっちり置いた。それから彼女は二つ折りにした台布巾をつかんで右腕をいっぱいに伸ばし、テーブルを遠いほうの端から木目にそって拭きはじめた。腕の力をかけられて細い手首がきゅうっとしない、細かく顫《ふる》えながら左から右へじじり動いた。そうして右端まで丁寧にむらなく拭き取ると、台布巾を左端へもどして手前にすこしずらし、同じことを三度くりかえして四度目に台布巾を裏にかえし、動こうともしない妹の肘を険しい目でちらりと見やった。そして妹の陣取っているところを四角く拭き残してまた四度目に台布巾を折りかえし、もう三度でテーブルを手前の端まで拭ききった。それからおまけにもう一度台布巾を裏に返すと、盆を右へずらしてその跡も丁寧に拭き取り、ようやく顔を上げて、台布巾を片手に、まだ引こうとしない妹の肘を横目で未練そうに眺めやった。杏子がテーブルのそばに立つ彼にむかって目の隅で笑った。

　それから杏子の姉は紅茶のカップとケーキの皿をひとつひとつ両手に取って、一心不乱に釣合いを取りながら二人の前に整然と並べた。並べ終えると彼女はテーブルから顔を遠く離して全体を見わたし、杏子のカップに手をかけてちょっと左へずらし、それから顔を起してしばらく物も言わずに首をかしげていたが、また手を出しかけた。すると杏子が頭をぐいと斜めに振った。姉は怯えたように出しかけた手をひっこめて、顔をすこし紅潮させてテーブルから一歩退き、またにこやかな顔になった。

「きたならしい恰好でお相手、ごめんなさいね。病気見舞いだと思ってちょうだい。それじゃ、ごゆっくり」

　杏子の姉は頭を深く下げて、扉のほうへ軀をまわした。彼は立ったまま見送った。どこか放心したような足どりで杏子の姉は扉に近づき、敷居をまたごうとして右手の棚の上の花瓶に目を止め、片手で花のさし加減をなおした。そして花瓶にむかってひとつ重々しくうなずいて敷居のむこうに片足を踏み出し、もう出て行くばかりの姿勢になってまた立ち止まり、そのまま、客のいるのも妹のいるのも忘れたように、額に気むつかしげな皺を寄せてしばらく花をいじっていた。

　やがて規則正しい足音が階段をゆっくり沈んでゆき、彼はほっとした気持で軀をテーブルのほうにもどして腰をおろした。見ると、いつのまにか杏子は右手にスプーンを短刀のように握りしめて、物狂わしい目つきをしていた。

「ごらんなさいな」と杏子は甲高い声で言った。そして勝ち誇ったように椅子から腰を浮してテーブルの上に身を乗り出し、スプーンの先端を逆手に突き出して、自分のショートケーキのクリームの泡の真中に立つ真赤なイチゴを指した。そして彼の視線をスプーンの先に惹きつけておいて、スプーンを握った手を一直線に伸ばし、彼のカップのかすかに湯気の立ち昇るその中心のあたりを指し、手を右へずらして彼のケーキのイチゴを指し、それから手をまた一直線にもどして自分のカップを指した。何のことだかわからなくて彼がぼんやり眺めていると、杏子の目はゆらゆらと燃え上がり、手が自動機械のように何度も同じ動作をくりかえした。

「何のことなの」と彼は杏子が彼の手もとからいきなり本物の狂気へ滑り落ちていくような気がして、おそるおそるたずねた。すると杏子は彼を叱りつけた。

「あたしの顔なんか見てないで、スプーンの先を見なさい。ほら、ここと、ここと、ここと、ここ」

　そう言って彼女はスプーンをもうひとまわりさせ、それからまた勝ち誇った顔になって叫んだ。

「ほら、ちょうど矩形《くけい》になってるでしょうが」

　言われてみれば、なるほど四つの点が正確に矩形を結んでいる。おまけにどの辺も、テーブルの辺とほぼ平行をなして、テーブルの四角の中に相似の四角をきちんとおさめている。姉にたいしてか、妹にたいしてか、彼はおぞ気をふるって、杏子にむかって嘆願するように言った。

「そんな意地の悪いことをするものじゃないよ。無意識にやったことじゃないか」

「無意識だから気味が悪いのよ」

　そう言って杏子は前に置かれたカップと皿を思いきりまちまちの方向へ押し出して、目を伏せて、いやいやをするように頭を振った。だがしばらくすると杏子はまた顔を上げて、底意地の悪い笑いを浮べて彼にむかって言った。

「あなた、いまあの人のことを観察してたでしょう。あなたが何を見たか、言ってあげようか」

　そして声をひそめて、いましがたの姉の一挙一動を、彼の見たよりももっと細かく、もっとどぎつく言ってみせた。杏子の目の冷たさに彼は恐怖に近い感情を覚えた。その目を両手で覆ってやりたい衝動にかられた。だがその時、彼は杏子がいましがたまで、姉が部屋にいる間ずっと、奥のほうへ視線をあずけたままでいたことに気づいた。彼の物問い顔を見て杏子は答えた。

「見てなくたって、わかるのよ。いつだって、何もかも、おんなじなんですもの。学校のお友達がたまに遊びに来る時も、あたしの御飯をここに運んでくる時も、いまあなたが見たのと同じことが、そっくりくりかえされるのよ。花をいじるのも同じ。あの花はあたしの領土への、あの人の橋頭堡なのよ。それとも架橋かな、病気の姉妹の……」

声が最後に泣き声のようになって、杏子は両手で顔を覆った。だがしばらくして手を離すと、杏子はもう目の吊り上がった顔になって、姉を罵りはじめた。

「いいえ、あたしはあの人とは違うわ。あの人は健康なのよ。あの人の一日はそんな繰返しばかりで見事に成り立っているんだわ。廊下の歩きかた、お化粧のしかた、掃除のしかた、御飯の食べかた……、毎日毎日、死ぬまで一生……、羞かしげもなく、しかつめらしく守って……。それが健康というものなのよ。それが厭で、あたしはここに閉じこもってるのよ。あなた、わかる。わからないんでしょう。そんな顔して……」

そう言われて、彼は自分の顔がいつかの《おかしな》顔にまたこわばるのを感じた。谷底のことが、吊橋のことがまた思い浮んだ。しかしここは何とかして杏子を宥めなくてはならない。そう思って、彼は自分の分別をまくし立てた。

「癖ってのは誰にでもあるものだよ。それにそういう癖の反復は、生活のほんの一部じゃないか。どんなに反復の中に閉じこめられているように見えても、外の世界がたえず違ったやり方で交渉を求めてくるから、いずれ臨機応変に反復を破っているものさ。お姉さんだってそうだろう。そうでなくては、一家の切りまわしなんかできないもの」

「そうね、あなたの思っている人生というのは、そちらのほうなのね。でも、どんなに外の世界に応じて生きていたって、残る部分はあるでしょう。すこしも変らない自分自身に押しもどされる時間が、毎日どうしたって残るでしょう。そこでいつも同じことを、大まじめでくりかえしているのよ。あたしの思う人生は、こちらのほうよ」

「生きているということが、そういうことなんだから、しかたのないことじゃないか。それとも、君は生きてることを憎んでるの」

「憎んでる。お姉さんを見る時は」

杏子は下を向いてしまった。ケーキと紅茶が杏子の憎む反復の中でもっとも屈辱的な反復を、物を食べる時の癖の反復をほのめかして、杏子の前に嘲弄的な表情で並んでいた。これで四度目だったな、と彼は胸の内で思った。しかし物を食べるところを他人に見られたがらない杏子の気持をようやくはっきり理解しながら、せっかくの紅茶のさめていくのを見ると、彼はやはり途方に暮れた。そんな事で途方に暮れる自分をどうしようもなかった。

「食べようよ」と彼はつぶやいてしまった。

するとと杏子は顔を上げて、あまりにも素朴な言葉に触れて困惑したように笑い、それからしかたなさそうにフォークを取って、ショートケーキのクリームを端から崩しはじめた。

杏子はテーブルに肘をついて、フォークをつまんだ手を手首からぐったり垂らし、フォークの先でクリームをちょっと掬っては口もとに運んだ。ほんの僅かなクリームにも、唇が円められて急に分厚い感じになり、フォークの先をぬうっと包み取った。閉じた唇の奥で舌がゆっくりのたうつのが頬に顕われ、その動きがとまると、喉もとの柔らかな肌がだるそうにふくらんで、口の中のものを呑み下した。そして杏子は胸で息をついた。甘えで紛らわしようもない反復の羞かしさを、彼女は彼の前でひっそり耐えていた。それを見て彼は口の中に物をふくんだまま、声をかけた。

「君の癖なら、僕は耐えられるような気がするよ」

「そうねえ……」と杏子はフォークを宙に止めてつぶやき、彼の言葉にか、自分の声のぬめりにか、また困りはてたように笑い、軀をかすかに左右によじった。自分自身からの脱れがたさをなかばつらがり、なかばひえびえとそれに浸っているという風だった。

「いまのあたしは、じつは自分の癖になりきってはいないのよ。あたしは病人だから、中途半端なの。健康になるということは、自分の癖にすっかりなりきってしまって、もう同じ事の繰返しを気味悪がったりしなくなるということなのね。そうなると、癖が病人の場合よりも露わに出てくるんだわ。そんな風になったら、あなたはあたしに耐えられるかしら……」

「どこの夫婦だって、耐えてるじゃないか」

「自分の癖の露わさで、相手の癖の露わさと釣合いを取っているのね。それが健康ということの凄さね」

「二人とも、凄くなってしまえばいい」

杏子は眉をひそめた。彼は自分の食べかたを意識してぎごちなくなった。二人は黙りこんで、お互いに自分の羞かしいいとなみの中に耽った。声を立てずに、息さえころして食べていると、自分自身の盲目的な生命の中に斜めに浸りこんで、目だけ外に出して我身を見つめているような孤独感があった。しばらくして杏子はクリームの中から露出したイチゴをフォークの先でつつきながら言った。

「むかしお友達が、好きな人のちょっとした癖を思い出すと、ただもう幸福な気持になるって言ったことがあったけれど、あたしにはそれがどうしてもわからなかった……」

杏子はいつまでもイチゴをつついては転がしていた。それから目を上げて、彼の食べるさまをいたましそうに眺めやりながら、また言った。

「だけど、あなたに出会ってから、人の癖が好きになるということが、すこしわかったような気がする」

「どんな癖だろうね。僕は健康人だから、わからない」

物を食べる頑な哀しみの中から、彼は目を上げずに答えた。杏子の言葉を撥ねつけるのではなくて、嫌悪の中からようやく差し伸べられた彼女のやさしさを、理解したという気持からだった。杏子も彼の言葉を誤解せずに受け止めた。

「そうね……。あなたには、あたしのほうを向くとき、いつでもすこし途方に暮れたようなところがある。自分自身からすこし後へさがって、なんとなく稀薄な、その分だけやさしい感じになって、こっちを見ている。それから急にまとわりついてくる。それでいて中に押し入って来ないで、ただ肌だけを触れ合って、じっとしている……。いつも同じだけど、普通の人みたいに、どぎつい繰返しじゃない」

彼はそうではない時の自分の姿を思った。杏子のそばにいながら自分ひとりの不安に耽って、無意識のうちに同じ癖を剝き出しにして反復している獣じみた姿を……。そして彼のそばで眉をかすかに顰《ひそ》めてそれに耐えている杏子の心を思いやった。しかしその思いは胸の中にしまって、杏子の差し出した言葉を彼はそのまま受け取った。

「入りこんで来るでもなく、距離を取るでもなく、君の病気を抱きしめるでもなく、君を病気から引張り出すでもなく……。僕自身が、健康人としても、中途半端などころがあるからね」

「でも、それだから、ここでこうやって向かいあって一緒に食べていられるのよ。あたし、いま、あなたの前で、すこしも羞かしくないわ」

そう言って杏子はフォークで至るところを突き刺されて崩れかけたイチゴを指先でつまんで口の中に押しこみ、赤く濡れた唇を二匹の別な生き物のように動かした。それから彼女はふと女くさい手つきになってフォークの柄を指先できゅうっとつまみ、ケーキを崩して頰ばり、テーブルの上に目を注ぎながら静かな音を立てて食べはじめた。彼は杏子に合わせて音を立てて食べながら、内側から自分の頰の動きを、同じ物哀しげな表情の、同じ鈍重な反復をじっと感じ取っていた。そうして薄暗がりの中で二人して同じ反復に耽っていると、軀を合わせている時よりも濃い暗い接触感があった。しかしそれをお互いに見つめあう目が残って、暗がりの中に並んで漂って、お互いのおぞましさをいたわりあった。二度と繰返しのきかない釣合いを彼は感じた。

食べ終えると杏子は立ち上がって、しばらくためらうようにテーブルの上を見つめていたが、いきなり残酷な手つきで自分の皿と彼の皿を、自分のカップと彼のカップを重ね合わせて、テーブルの真中に置いた。上のカップが下のカップの中で斜めに傾いで、把手《とつて》を宙に突き出したまま落着いた。二人は顔を見合わせた。

杏子は一刻の時も惜しむように窓辺へ行って、三分の一ほど開いた厚地のカーテンをレースの上に引き、濃くなった暗さの中に白く顔を浮せて、壁ぎわの長椅子に軀を沈めた。

どうせ続かない釣合いをひと思いに崩してしまおうと、二人は軀を押しつけあい、ときどき息をひそめてはまだ釣合いの保たれているのを訝り、やがて釣合いの崩れ落ちる歓びの中へ奔放に耽りこんだ。

軀を起すと、杏子は髪をなぜつけながら窓辺へ行ってカーテンを細く開き、いつのまにか西空にひろがった赤い光の中に立った。

「明日、病院に行きます。入院しなくても済みそう。そのつもりになれば、健康になるなんて簡単なことよ。でも、薬を呑まされるのは、口惜《くや》しいわ……」

そう嘆いて、杏子は赤い光の中へ目を凝らした。彼はそばに行って右腕で杏子を包んで、杏子にならって表の景色を見つめた。家々の間をひとすじに遠ざかる細い道のむこうで、赤みをました秋の陽が瘠せ細った樹の上へ沈もうとしているところだった。地に立つ物がすべて半面を赤く炙《あぶ》られて、濃い影を同じ方向にねっとりと流して、自然らしさと怪奇さの境目に立って静まり返っていた。

「ああ、美しい。今があたしの頂点みたい」

杏子が細く澄んだ声でつぶやいた。もうなかば独り言だった。彼の目にも、物の姿がふと一回限りの深い表情を帯びかけた。しかしそれ以上のものはつかめなかった。帰り道のことを考えはじめた彼の腕の下で、杏子の軀がおそらく彼の軀への嫌悪から、かすかな輪郭だけの感じに細っていった。

妻隠

『杳子・妻隠』河出書房新社、一九七一年一月

アパートの裏手の林の、夏草の繁みを掻き分けて老婆は出てきた。

林といっても、クヌギの樹が十二、三本も伐《き》り残されたわずか五十坪たらずの空地にすぎず、秋になって葉が落ちると視線はたちまちむこう側へつきぬけてしまう。そして石を投げれば届きそうなところに細い砂利道が通り、その道にそって小さな建売りの二階家が、階下も階上も広さの変らぬ窮屈な恰好ながら、それぞれ一戸建ての尊厳を精いっぱいに示してひしめいているのが見える。その間にはさまれて、空地は明日にでも同じような安普請の家にあっさり塞《ふさ》がれてしまう運命を待っているというふうである。それでも夏の盛りともなれば、自然はいかに包囲されていてもやはり自然だけあって、ことさらに旺盛に、ことさらに淫らがましく生い繁って、すぐ目と鼻の先の新興住宅地の眺めをすっかり覆い隠してしまい、アパートの側からは、一見、すこしばかり奥行きのありそうな林に見えた。

夏には誰も踏みこまない繁みの中から白い姿が浮び上がり、夏草に着物の裾を絡み取られてか、立ち止まって足もとに目を落した。軀を軽くよじって裾のうしろを眺める姿の、襟元からのぞいた肌がやさしかった。それから、片手で裾をからげ、もう片手で草を押し分け、すこし及び腰で出てくるのを見ると、老婆だった。皺くちゃに老いさらばえた感じではなく、色白の小肥りですこぶる健康そうだが、足の運びのたどたどしさはやはり年寄りだった。

寿夫《ひさお》はアパートの横手の共同の流し場の近くに立って、正午の陽光を白く照り返す埃の中から、この一週間寝こんだおかげで鈍くふやけた目で繁みの奥をのぞきこんでいた。夏草の中から着物姿の女が出てきたという最初の訝りは、見まちがえからというよりも、炎天下にポツンとひとり立つ病み上がりの男の立ち暗みのようなもの、なかば自分から抱き寄せた錯覚、ほとんど幻想に近いものだった。なにか大事なものを汚されたような、自分で汚してしまったような気持で、彼は渋面をつくって老婆を見まもった。内股の歩みで近づいてくる老婆の、腰のあたりにまだなんとなく漂う女臭さが、彼の不快感を静かに掻き立てつづけた。

寿夫の視線を受けて老婆はかるい脅えの表情を見せて立ち止まった。そしてにわかに年寄り臭く腰をこごめ、目の前に立ちはだかるような具合に立つ寿夫にむかって、卑屈な媚《こび》をふくんだ目つきで笑いかけた。寿夫は右へ一歩動いて老婆のために道をあけてやった。そして相変らず渋面を守っていた。すると老婆は上目づかいに彼の顔をしげしげとのぞきこみ、そのまま、まるで若い男の依怙地さを自分の善意で有無を言わせず包みこんでしまおうとするように、ためらいのない足どりでまっすぐに近づいてきた。そして彼のまん前に立つと、あらためて近くからにこやかに笑いかけ、ぞっとするような若々しい声でたずねた。

「ヒロシ君、家にいる」

年寄りのくせに、どこで習い覚えてきたのか、若い仲間どうしのような、馴々しい物の言い方である。

「さあね、この家のもんじゃないから……」

素気なく答えたつもりで、寿夫の口調も思わず相手の馴々しさに染まっていた。ここは、《隣のアパートの者なので、わかりかねますが》といんぎんに答えておけば済むことだった。

「ああ、そう。そうなの……」と老婆は何のつもりか空とぼけた顔でしきりにうなずきながら、アパートの隣の一戸建ての平屋のほうへ、ちらりちらりとあてつけがましい流し目をやった。

老婆のたずねているのは、そこに住みこんでいる若い職人たちの一人のことである。職人というよりも、建築工事のどこか小部門だけをもっぱら請負ってやっている小さな工務店の若い者たちで、どれも地方の出らしく、求人に苦しむ親方がわざわざ高い家賃を払ってここに一軒小さな家を借りて寮がわりに六、七人住まわせている。この一週間、会社を休んで床についている間に、寿夫ははじめて隣家の若い男たちの暮しに耳を傾けるようになった。毎朝、アパートの夫婦たちがまだ床についている時刻におもてが騒がしくなり、畑のへりにつくられた共同の流し場で口をすすぐ音、東北なまりの大きな話し声、突拍子もなく始まる流行歌などが賑やかに入り乱れ、やがてガランガランと工具を小型トラックの荷台に放りこむ音がしたかと思うとエンジンがかかって、毎朝きまってヒェーッという奇声とともに、男たちをのせた車が走り去る。それからアパートの勤め人たちの家庭の一日の暮しが始まる。夕方になると朝の騒々しさがまた車に乗って戻ってきて、流し場で水を浴びる音、互いに罵りどづきあう声、賄《まかな》いの小母さんの声などが近所の取り澄ました静かさを揺り、一時間もすると旺盛な食欲の音がアパートの二階まで手に取るように伝わってくる。食事が済むとテレビの音がボリュームいっぱいにふくらんで寿夫の眉をひそめさせるが、有難いことに長くは続かない。戸外の重労働で疲れもし荒《すさ》みもした若い軀には、テレビの娯楽さえ理屈が多くてまどろっこしすぎるのか、三十分もすると男たちはもう飽きてしまってどやどやと外に出ていく。畑にそって荒っぽい話し声が遠ざかってゆき、新開地の夜の静かさの中に消えると、入れかわりにアパートの部屋部屋から、いままで隣の賑やかさに掻き消されていたテレビの音が聞えてくる。アパートの居住者らしく遠慮深く音量をしぼっているのだが、そのかわり隣の男たちのテレビよりもはるかにしつこく、低い音ながら深夜まで切れることなく続いて、慣れない病気のあとでいくらか過敏になっている寿夫の神経を悩ませる。それから二時間もすると、また畑にそって男たちの酔声が戻ってくる。その声は上機嫌なのか、激しく言い争っているのか、遠くからは聞き分けがつかず、段々に近づいてきてそのまま歓談の声になったり、喧嘩の叫びになったりする。畑のほとりの暗がりに立ち止まって長いことどなり合っていることもあり、揃って鼻歌まじりに家の中に入ったかと思うまもなくドタンバタンと取っ組合いが始まることもあり、取っ組合いのそばから唐突として卑猥な合唱が湧き起ることもある。しかしいずれにしても、ものの十五分ぐらいで男たちの声はぱったり止んでしまう。騒ぐだけ騒いで、ヒューズが飛んだみたいに寝てしまうらしい。

「あんたたち、仕事、休みなんでしょう。それとも今日は日曜でも出なのかい」

黙ってそっぽを向いている寿夫の顔を老婆はさぐるようにのぞきこんだ。なんだか鎌をかけているような具合である。

「この家のもんじゃないって、言ったでしょう」

と突っ撥ねたものの、いったん付いてしまった馴々しさを剝ぎ取ることができず、かえってそれらしい口調になってしまった。

「ああ、そうだったっけね」と老婆は彼の困惑をなだめるみたいにまた何度もうなずいてみせた。

考えてみれば、なるほど隣の男たちと間違われてもしかたのない恰好をしている。細身のズボンにサンダルをつっかけ、じかに着こんだアロハまがいのシャツの前をはだけて、その端を腹のところで無造作に結びあわせて、まさにいいおニイさんの夏の出立ちである。それにしても、筋肉の弛《ゆる》んだ蒼白い腕や胸や、日頃の不節制の上にこの一週間の病気と惰眠ですっかり張りの失せた顔などを、いったいどう見ているのだろう。三十に近い年齢のことも、すでに妻帯者であることも、年老いた女の目はおのずと見抜きそうなものだ。しかし隣の男たちの中にも、しばしば季節労働者か渡り者の職工か、けっこう年をくっていて、その分だけ陰気な感じの男が混っているのを見かけることがある。いろんな境遇の変転があってもいいわけだ。この婆さんにしても彼にむかって《あんたたち》と呼びかけておいて、その彼が目の前にいるのに、《今日は出なのかい》などとたずねるところを見ると、かならずしも彼を男たちの仲間に数え入れてはいないようだ。見なれない男だし、職工らしくはないけれど、どうせどこかを飛び出してきた新入りだろう、とそれぐらいに思っているに違いない……。そんなことを考えているうちに、彼はふいに、見まちがえられていることに奇妙な喜びを覚えはじめた。自分のさまざまな有り得る分身が世間にはぐれて渡り歩いているのを見るような気持がした。そればかりか、声をかけてくれる人なら誰にでもすがりつきたくなるような不安さえ、ほのかに感じはじめた。彼の仏頂面がすこし弛んだらしい。

「ヒロシ君、いるんでしょう。ねえ、ちょっと呼んできてよ」

老婆はじわじわと寿夫の目をのぞきこんだ。どうやら男たちはこの老婆を避けているらしい。もちろん若い男たちが老婆の来訪など喜ぶわけがない。静まりかえった男たちの家のほうに目を配りながら、老婆は寿夫にむかって、あんたにもヒロシ君と同じように目をかけてあげると言わんばかりに、秘密めかした目つきで笑っていた。

「さっき、皆でどこかに出かけたけど」

はっきりしない返事しかできないことを残念に思う気持が、寿夫のうちにあった。実際に、男たちはついさっきそろって派手なシャツを着て、濃いサングラスをかけて、肩で風を切って出かけたところだった。

「ほんとう……」老婆の目もとがすこしばかり険しくなった。

「ほんとだよ。嘘だと思ったら家の中のぞきこんでみてよ」そんな物の言い方が自然に口から出て来たことに、彼は我ながら驚いた。疑われたことをほとんど憤慨するような口調である。老婆はさすがに信用したらしかった。

「そうかい。また遊びに行ったの。ヒロシ君も一緒だね」

寿夫は思わずこっくりうなずいた。老婆は畑にそって遠くをじっと見つめて、ヒロシの行く方を思いやっている様子だった。年寄りの嫌われ者のくせに、どうして若い者に余計な世話をやくのだろう。そう思うそばから、年寄りにこれほどまで気にかけられている男に、彼はおかしな羨望を覚えた。

年上の仲間たちからヒロシ、ヒロシと呼ばれている少年の顔を、寿夫は早くから見覚えていた。男たちの間に姿を見かけるようになったのは去年の春からである。言葉からするとあきらかに東北の出で、おそらく中学を出てすぐにここに紹介されて来たのだろう。去年の夏ごろには、おもての流し場でパンツひとつになって水浴びをしているところに、寿夫と妻の礼子が畑ぞいの道を入ってくると、あわてててタオルを胸にあてて家の中に逃げこむほどの純情さだった。朝晩、男たちが集まると、ヒロシ、ヒロシとぞんざいに呼ぶ声が幕なしに飛びかった。怒鳴りつける調子、からかう調子、犬でもちょっと呼び寄せてみるような調子がせわしなく入れかわり、呼ばれるたびに少年は返事とも抗議ともつかず喉の奥でウウッと唸るような声を発しながら、やはり都会で数年を経た年上の男たちの意地悪さにはかなわないのか、言われるままに引きずりまわされているようだった。夜おそく寿夫が外から戻ってくると、しばしば男たちの家の、家じゅうの明かりがあかあかと燈って、酒盛りの声がわんわんと内にこもっている。そして畑のへりの暗がりで、少年が呑みなれない酒に苦しんで海老のように軀をまるめている。それが、冬の初めの或る夜、少年が例によって無理やり深酒させられて畑のへりにかがみこんでいると、男たちの家の窓がガラリとあいて、筋骨隆々たる裸身が厳めしく腕組みして窓のところに立ち、通りかかった寿夫を傲然とやり過しておいて、いきなり黄色い声を張り上げた。

「ヒロシさん、ねえ、ヒロシさんってば、そこで何なさってるのよ。お願い、こちらにおいでになって」

　暗がりの中からヒロシが、たったいま肩を顫《ふる》わせて吐いていたばかりなのに、また律儀にも例のウゥッという返事をたえだえに繰返していた。それでも立ち上がる気力はないようだった。窓の男はヒロシの困惑を喜んで、いよいよなよなよと女の声を張り上げて叫んでいた。だがそのうちにその声はふいにむくつけき濁声《だみごえ》に変り、「この野郎、俺の言うことが聞けねえのかよ」と叫んだかと思うと、いかつい影が窓明かりの中から身を躍らせてドサリと土の上に降り立ち、もの凄い勢いで畑の暗がりの中へ飛びこんでいった。

　アパートの前に立ち止まって見ていると、やがて二つの影がもつれあって窓のほうへずるずると動いていく。窓明かりに照らされて、少年の細い軀が窓のシキイを両手につかんで、ひきずり上げられまいと、尻から先に地面に坐りこんでいるのが見えた。階段を昇って部屋に着いた時には、もう隣の家から組みつほぐれつ転げまわる音、襖《ふすま》のめりめりと破れる音が伝わってきて、アパートじゅうがしいんと耳を澄ましている気配だった。まもなく取っ組合いは静まり、声にならぬ喘ぎが獣じみた激しさで続いた。興味津々と耳を澄ますあたりの静かさの中で、いかにも孤独な感じだった。そのうちに喘ぎは言葉らしい響きを帯びはじめ、段々にはっきりしてきて、「殺してくれ。そんなに俺が目障りなら殺してくれ」という叫びになり、ゲラゲラと男たちの笑いが湧き起った。しかし叫びはなかば真剣なかば芝居がかりのまま男たちの笑いを圧倒していき、いつのまにか、啖呵《たんか》とも詠嘆ともつかないひどい東北なまりの長台詞《ぜりふ》になった。なまりがひどい上に、少年特有の、喉の奥にこもった吠えるような発声なので、寿夫は一言半句も聞き取れなくて、同じ東北育ちの妻の礼子に、「おい、あれ、わかるか」とたずねたものだった。おもての騒ぎに無頓着そうに、畳の上に夕刊をひろげて読んでいた礼子は、寿夫に促されると顔をなかば起して耳を窓のほうへ向け、しばらくどこか遠くを見つめる目つきで聞き入っていたが、やがてなんとなく具合悪そうな粘っこい笑いを浮べて、「ヒロシ君、なかなか言うわね」とつぶやいた。そしてまた新聞に目を落し、いつまでも目の隅で笑っていた。

　それからというもの、少年は酒に酔うと年上の仲間たちを相手にクダを巻くことを覚えたようだった。クダを巻くといっても、しょせんは幼い虚勢を張るだけのことで、先輩たちを恐れさせるにはとうてい足らなかったが、それでも、どうかするとひどい東北なまりで勢いこんで際限もなく怒鳴り出すので、先輩たちは彼の虚勢を適当にサカナにしながらも、以前のようにしつこくはなぶらなくなった。その頃から少年の日頃の身なり態度もおいおい変ってきた。いつのまにか彼はサングラスをいつでもポケットに携えるようになっていた。そして肩をいからし、頤をぐっと引き、額を低く前へ突き出すような恰好で闊歩した。だがそんな恰好をつけても身のこなし全体がまだいかにも子供っぽくて、きつい目つきにたえず困惑の色が混じるので、先輩たちもそれを大目に見ているようであり、以前よりはいくらか遠慮がちな調子ではあるが、けっこう以前のように彼を使いまわしていた。畑ぞいの道で寿夫とすれ違うとき、少年は額を低く構えて寿夫の顔を下からグイとにらみつけ、それから上半身をあおるようにして、「オウッス」といからした肩の中から重々しくうなずいて見せる。しかしただの大学出の勤め人とはいえ、十以上も年上で、その分だけ何といってもしぶとい寿夫は、不良っぽい挨拶を送った少年の目をじっと捉えてそのまま彼に近づき、いきなりにこやかに笑いかける。すると少年は急に幼さを目もとにまる出しにしてぎごちなく頬を崩し、粗野のようで繊細な神経の顫えが、全身の動きをみるみる頼りなげにしてしまう。

老婆は溜息をついた。

「ヒロシ君も一緒なのかい。仲間が悪いんだねえ。しようがない人たちだよ。ゆうべも遅くまで呑んでいたのに」

なんでそんな事まで知っているのだろう。このあたりの殺風景な呑屋の婆さんというふうにも見える。そうだとしたらずいぶん勝手な言いぐさだ。しかし酒を売りながら、若いお客を相手に、酒なんかやめて早く家に帰りなさいと説教するオバさんもいそうである。無用心に開け放たれた玄関の扉からすぐ脇の部屋がまる見えで、畳の上に男たちの汗に汚れた肌着があちこちに脱ぎ散らかされている。襖は破れ目だらけで、いたるところにヌード写真がピンナップしてある。ちょうど玄関口からまっすぐ目に入る壁にはポスターかカレンダーか、どことなく野暮ったい感じの女優の顔が、清楚な微笑みをこちらに向けている。田舎のバス停脇の雑貨店の壁などからよく微笑みかけている、あんな顔である。

「誰もいないんだね」

老婆はもう一度確めた。そして寿夫のほうに向きなおり、すでに説教調で喋り出した。

「一所懸命に働いてるのはわかるけどさ、仕事のない時に、つまらない事して暇を潰すのは、感心しないことだねえ。つらくても、働いているうちはいい。暇な時がこわいのよ。若い人たちのことだから、おとなしく家にこもってテレビ見てるわけにはいかないだろう。はじめのうちはせいぜいパチンコかお酒、それぐらいならまあいいけど、段々に遊びなれてくると競馬競輪に手を出して、しまいには悪い女ときまっている。悪い女がまた酒や競馬や競輪の火をいよいよ煽り立てるのよ。あぶないねえ、あぶない。魔物が手ぐすね引いて待っている。郷里のおふくろさんが心配してるわ。暇な時、ぶらぶらしてちゃだめだよ。ほんとに心の楽しむことしてなくちゃあ」

ほかでもない寿夫にむかって話しかけている。寿夫は三十近くの妻帯者の皮肉な感慨を老婆に見て取られまいと顔を伏せた。はたから見れば、年寄りの説教の前で困惑して頭を垂れている若者の図である。

「心を楽しませるったって、自分ひとり楽しんでればそれでいいってもんじゃなし、そんなの、ほんとの楽しみじゃないのよ。自分も楽しんで、人も楽しんで、ホトケさまにも喜んでいただいて、ああ、いい事して過したなあって心から満足して床につく。それなのよ。そして明日からまたもりもり精を出して商売にはげむ。そうでなくちゃいけないの。誰でも心がけひとつでそうなれるのよ。そんな楽しみさえあれば、あんた、魔物のつけこむ隙なんかもうないわよ」

それにしても姿勢というものは奇妙なものだ、と寿夫は思った。はじめは形だけなのに、おいおいそれにふさわしい気持を内側に吹きこんでくる。あるいは、年寄りの前でうなだれる若者の姿勢というものは、大昔から幾代にも送り伝えられて来たもので、寿夫個人の年齢とか境遇とか物の考えとか、その程度の違いは押し流してしまう力をもっているのかもしれない。おもむろなる条件反射というやつか、老婆の語り口に心の隅のほうがやはりすこしばかり湿ってくるのを彼は感じた。

「あんたたちだって、いつまでもそんな浮ついた暮しをしてられるわけじゃないでしょうが。じきに飽きが来るわよ。もう来てるのよ。だからこそ、あんなすさんだお酒の呑みかたするんだわよ。自分の心の奥をじいっと見つめてごらん。ああ、誰かにすがりつきたいって願ってるのが自分でもわかるから。それを勘違いして、悪い女に狂ったりしてさ。あんたが心がけさえ改めれば、いいお嫁さん、ちゃあんと世話してあげるわよ。心のきれえいな娘さんがいっぱいわたしたちの集まりに来てるのよ。老いも若きもうちとけて、そりゃあ和やかなものよ。三日に一度、夕飯の後に集まって、円くなって……」

そう言いかけて老婆はふと用心深い目つきになって、寿夫の軀を隅から隅まで眺めまわした。言葉が跡切れた瞬間、彼は物足りなさを覚えた。ほのかな甘えが、手をひっこめられて宙をつかんだ。これは何者かというように、老婆は彼を眺めている。寿夫は自分の家の前でまるで自分のほうが闖入者《ちんにゅう》みたいに見つめられながら、ただ老婆を怒らせたくない、騙していたと思われたくないという気持から固くなった。その緊張が内側の皮肉な思いを押しのけて、ほんのつかのま、彼は老婆にたいして完全に従順な気持になった。すると老婆は満足そうに笑った。

「身辺を整理しなさいよ。ふらふらしてちゃだめよ」

警戒心は警戒心として、すこし離れたところから一視同仁に包みこんでしまう笑いだった。

「そう。あんたはすこし年くってるんだね。でも同じことよ。そうかい……。今日はほかに用事があるから、また話しに来るわね」

そう言って老婆は歩き出した。そしてすこし歩いてから振り返ってつけたした。

「ヒロシ君が帰って来たら、今夜の集まりに来るように言ってちょうだいね。タメになるお話がありますから」

それからもう一言つけ加えそうな顔つきをしたが、そのまま寿夫に背を向けて若々しい足どりで畑ぞいの道を陽に炙《あぶ》られながら遠ざかっていった。

遅ればせに腹の中で舌を出しながらアパートの屋外階段を昇って部屋にもどってくると、妻の礼子が居間の畳の上からしんどそうに目だけで彼を迎えて、溜息まじりにつぶやいた。

「あなた、どこかのお婆さんに、なんだかしきりに勧誘されてたわね」

開けはなたれた玄関口の扉から、生ぬるい風がダイニングキチンを吹き抜けてきて、居間の萌黄色《もえぎ》のカーテンを窓の外にむかって満々とふくらましていた。吹き通しの中で礼子は暑がりの白い軀を畳の上にひらたく横たえて、軽く立てた膝の下でワンピースの裾を風になぶらせている。そのまま軀を起して、頭をすこし窓のほうへ寄せれば、ふくらむカーテンの端から、いましがた老婆と彼の立っていたところがちょうど眺めおろせる見当だ。たしかこちらに斜め背をむけて立っていたはずだが、老婆の話に耳を貸しながら、上下四つずつの窓が色とりどりのカーテンを外にむかって一斉にふくらましているのを、なにか疎ましいもののようにぼんやり目の隅に留めていたような気もする。勧誘という言葉が耳ざわりだった。

「勧誘か。俺はね、会社で組合の分裂騒ぎがあってから、勧誘だとか説得だとか獲得だとかいう言葉にアレルギーになってるんだ。人を人とも思わないっていう言葉だよ」

「でも、この辺に人が来て、にこにこ話しかけてくれば、なにか勧誘しようとしてるのにきまってるのよ。外交員から、署名運動から、宗教団体まで、いろいろ来ること。よっぽど物欲しげで、軽はずみに見えるんだわ」

彼にたいするあてつけのようで、なにか他人からたやすく侮蔑される自分自身をやりきれない気持で見つめているような響きがこもっている。その響きに引きこまれて彼はつぶやいた。

「そんなものかね。家にこもっていても、うるさく勧誘されるもんなんだなあ」

「はやく御飯を食べてくれなくては、片づかなくて困るでしょう」

そう言って礼子は軀をゆっくり起して畳の上に横坐りになった。そして今にも立って台所へ行きそうでなかなか腰を上げず、家事の流れを滞らされた主婦の腹立ちを額にあらわしたまま、部屋の片隅を意味もなく見つめていた。すこし離れたところに寿夫は横になった。しばらくして礼子がたずねた。

「なに話してたのよ」

「うん、俺に嫁さんを世話してくれるってよ。ただし、心を入れ替えて、浮ついた暮しを改めればの話だ」

礼子が若い娘のように目で笑った。ちょうど塩加減のいい冗談だったようだ。

「しようのない人ね。会社を辞めたいなんて言い出すかと思うと、今度は新しいお嫁さんが欲しいなんて」

「なにも、こちらから頼んだわけじゃないよ。婆さんが勝手に思いこんだんだ」

「あなたもあなたよ。そんな話、黙って聞いているもんじゃないわ」

とくに気にさわった様子もない。礼子は呆《あき》れ顔で窓の外に目をやり、さっき彼が老婆の前でうなだれていたあたりを、《やってるわね》と言わんばかりにしげしげと眺めて一人で笑っていた。女が女の振舞いを眺めやる時の目つきである。彼はふと礼子が老婆のことをとうによく知っているような気がしてたずねた。

「何者だい、あの婆さん」

「そんな事、あたしが知るわけないでしょう」

憤然として礼子は彼の問いを撥ねつけた。潔癖そうな目が、不愉快なものを振り落そうとするように、部屋じゅうをいらいらと見まわした。だがそれから彼女はふいに平静にもどると、仰向けに寝そべっている夫のほうにすうっと顔を近づけてきて、すこしばかり色っぽい光をふくんだ目で笑いながらたずねた。

「心を入れ替えればって、どういうこと」

「うん、なんでも、暇な時間をつまらない事で過さないで、ほんとうに心の楽しむことをしろと」

「なあに、それ」と聞き返す声がすこし素頓狂になった。

「何はともあれ、集会に出て来いっていうことらしいな。集会に出て来れば、若い娘がたくさんいて、知り合いになれるって寸法だ。うん、考えてみれば、ずいぶん露骨な勧誘だな」

「男の人たちが、露骨なのよ」


思わぬところで女の戦線を張られて彼は妻の顔を見た。眉を顰《ひそ》めて礼子はまた窓の外に目をやっていた。男たちの欲求を一視同仁につつんでしまう老婆の目にひきかえ、こちらは癇症な拒絶の目である。しかし、お互いにどこかしら通じあうところがある。男たちをいっしょくたに見る女の目は、結局、どれも似たような表情を帯びるものだろうか。それにしても、そんな目を礼子はいつどこで得て来たのだろう。そう訝りながら、彼は妻の視線をたどって、畑にそって歩み去っていく老婆の姿を思い浮べた。

「しかし、見なれない婆さんだね」

意味もなく口をついて出た言葉だが、あの老婆についての、彼の素朴な感想だった。礼子は窓の外を眺めやったまま、ほとんど心外そうにつぶやいた。

「見なれないもなにも、あなたは朝出かけて夜帰ってくるだけでしょう。このアパートに住む人たちの顔さえ、ろくろく知らないでいるくせに」

そうきめつけると礼子はひとまず満足したらしく、横に投げ出していた足を引っこめて畳の上に正坐した。そして気むづかしい主婦の顔つきで「さあてと」と宙にむかってつぶやくと、近頃目立って豊かになってきた腰を上げた。

寿夫は仰向けのまま、明日からまた始まる勤めにそなえて、体力の回復の具合を測った。体力というよりも気力の回復が問題である。だいたい一週間も休むほどの病気ではなかった。月曜が早びけで、火曜から土曜まで通して五日も休暇を取ったことになるが、その休暇第一日目の火曜の朝には、四十度もあった熱はもう嘘のように引いていた。それでも火水木と三日間は、慣れない高熱の後で心身ともに弛みきって、ひねもす寝床でとろとろまどろみ過していた。それはいい。しかし木曜の夕方には、明日からまがりなりにも出勤できる程度には、体力は回復していたのだ。にもかかわらず彼はためらわずに妻に家主のところから会社へ電話をさせて、病後の回復が思わしくないからといって、金土とまとめて休暇を延長してしまった。

お蔭で、月曜に熱に浮されて家に戻って来てから、さっき老婆に話しかけられるまでのおよそ一週間、彼は妻以外の誰とも口をきかずに過すことになった。こんな事は、何年ぶりだろうか。五年前に二人してここに棲まうようになるその半年前まで、ここよりももっと都心に近い一間のアパートで、まだ学生の身分どうし、ほとんど誰にも会わずに隠《こも》っていた一年間、とにかく濃厚な、今から思うと汗の臭いに満ち満ちているような一年間、あれ以来である。一週間とまとまった無為も、あれ以来である。

事の始まりは月曜の朝だった。いつもの時刻に玄関口で靴をはいたとき、彼は言いようのない倦怠感に全身を襲われてタタキの上に立ちつくした。《休んでしまうか》と彼は何かはっきりしたものが倦怠感の中から出てくるのを待った。しかし頭痛も腹痛も何も現われて来ない。しばらく立っているうちに、倦怠感ははじめの激しさを失って、なにか醇化されたように軀の隅々まで細かく満ちわたった。額がなんとなく分厚くて、膝の筋肉が甘くたるんでいるような感じだった。そのまま彼は出かけた。

最寄りの駅まで二十分ほどの道のりを全速力で歩いて、満員の通勤急行に乗りこみ、二度乗りかえて会社に着くまでの間に、発熱はもう始まっていたはずだった。しかし夏の峠を越してきた軀で満員電車に押しこまれて人圧の中で息をこらしているつらさと、発熱の不快感というものは、本人にもそう感じ分けがつかないものらしい。会社に着いて冷房の風に肌をすうっとなぜられた時になって、彼はいっそく飛びに、もう満足に立っていられない自分に気づいた。

医療室に駈けこもうかと机にむかって思案しているうちに、誰に押されたわけでもないのに椅子からずるずると滑り落ちて、床に坐りこんでしまった。同僚たちがぞろぞろと寄ってきて、彼のまわりに輪をつくった。彼らはすぐには手を出さずに、落伍者を憐れみいたわる目つきで、彼にむかってしきりにうなずいていた。《そうだよ。あんたは疲れ過ぎたよ。限界だよ。休養の時期だよ……》分裂騒ぎの真最中には互いに目を吊《つ》り上げていがみあい、両側から彼をこづきまわしあった連中がうち揃って、ほとんど和気藹々《あいあい》と、床に坐りこんで立ち上がれない彼を見まもっている。やがて彼らは被保護者となった彼を賑やかに医療室に担ぎこんだ。

どれほど経ってか、白衣の若い男がベッドのそばから彼の顔をのぞきこんで、よその家で眠りこんでしまった子供を揺り起すような口調で話しかけていた。

「だいぶ楽になりましたね。さあ、起きましょう。暑さに負けただけで、心配はいりません。熱さましの注射しときました。車を呼びましたから、お家に帰ってぐっすりお休みなさい。それが一番。課長さんにも連絡しときましたから」

なんでこんなところに寝ていたのか、それをはっきりと思い出す前に、彼は反射的にベッドの上にきちんと起き直って、おそらく自分よりも年下の医者にむかって、丁重に礼を述べたものだった。

車の中で彼はまた熱っぽい眠りに落ちた。排気ガスの臭いと病熱の臭いが濃く融けあった。その中を、大きな車の影がひっきりなしに揺さぶりをかけて突き抜けていく。シートに深く沈めた腰の下には、速くなり遅くなり音もなく滑り退いていくアスファルトの黒く光る流れがあり、スピードの変るたびに、みぞおちのあたりから生《なま》温《ぬる》い吐気を誘い出す。彼は眠りに包まれながら刻一刻こらえていた。生ごろしの軀をベルトにのせられて、運ばれているような気持だった。

家に着いて玄関の扉を叩いたが返事がなかったので、彼は自分の鍵で中に入り、押入れから蒲団を引きずり落して、居間のおおよそ真中に敷き延べた。それから背広を脱ぎ捨て、肌着だけになって、誰もいない部屋の中を一度ぐるりと見まわした。妙に見なれない、よそよそしい感じの空間だった。しかしそれ以上立っている力もなくて、彼は道端に坐りこむ気持で寝床に転がりこんだ。

何のつもりか、出口のほうに頭を向けることだけに、最後の注意力をはらった。

どれほど経ってか、枕元のほうから妻の礼子が腰をかがめておずおずと近寄ってきた。そして彼の顔を遠くからのぞきこみ、手をすうっと伸ばして額に当て、「ひどい熱」とつぶやいた。その時にはもう、彼は自分の家ではなくて、どこか見知らぬ部屋に寝かされているつもりになっていた。礼子が駆けつけてくれた。買物籠を提げているところを見ると、買物の最中に夫の急病を知らされて、そのままタクシーで飛んで来たのにちがいない。そう思って彼はまた眠りに落ちた。

深い眠りをくぐってまた目を覚ますと、場所の意識はいよいよ混濁していた。白っぽい人影がひとつ、寝床のまわりでたえず立ち働いている。彼はまだ会社の医療室にいた。薬の臭いが不安に漂っている。コンクリートの壁をとおして、遠く近くで電話がひっきりなしに鳴っているのが聞える。すぐ外の廊下を、女の子たちが噂話をしながら遠ざかっていく。この前の騒ぎの話を楽しそうにしながら……。仲間たちの働いている真只中で寝ているのがつらくて起き上がろうとしたが、軀が言うことをきかない。曖昧に身悶えているうちにまた意識が暗くなり、白い人影がせわしなく彼のまわりを動きまわり、彼はその姿を目で追いながら、段々に、また車の中で眠っているような気になっていく。油を流したようなアスファルトの帯が、逃げ水を前方にゆらめかせて、どこまでもするすると滑り退いていく。どこまでも彼は吐気をこらえている。どうしても過ぎ去ろうとしない時間……。

それから彼はまた見も知らぬ部屋の中で、たまたま道端で見つけられ運びこまれて、誰かの好意でしばらく休ませてもらっていた。白い人影が相変らず立ったり坐ったり忙しく働いている。《目が覚めたから礼を言って帰らなくてはならないな》と思っているうちに、すでに然るべきところに連絡が取れたのか、彼を迎えに来た車が、彼の寝床のちょうど真下にあたるガレッジの中に鈍い音を立てて入ってきた。ふたたび、アスファルトの流れが彼を運びはじめた。

そんな事が一晩じゅう繰返された。ときには彼はいくつもの場所に同時にいるような気がした。すると彼はもうどこかにいるという確かな感じの支えをはずされて、途方もないひろがりの中に軀ごと放り出され、自分のコメカミの動悸を、ただひとつの頼りとして、心細い気持で聞いていた。動悸の音を細々と響かせて空間はどこまでもひろがってゆき、四方に恐しい深みをはらんだ。しかもその空間のどの部分も、それ自身は空虚でありながら、ちょうど大きな岩の中に封じこめられた紋様のように、永遠で、そのくせどことなく淫靡な相貌を帯びている。

翌朝、枕もとの窓が白むにつれて、彼は自分の居場所を取り戻していった。窓の明るさのふくらみに応えて、彼のすぐ傍《そば》で、腫《は》れぼったい、見馴れた顔が暗がりの中から浮んできた。天井板や柱が乏しい光を吸いこんで木目をなまなましく浮き立たせている。畳はすっかり日に焼けて、何人もの足に踏まれてところどころケバ立ち、長年吸いこんだ汗と倦怠のにおいを、ここに寝ている二人の体臭よりもひときわ濃く立ち昇らせている。彼は礼子と二人で、むかし棲んでいた古ぼけたアパートにいるように思った。旅先の宿に夜遅く着いて、女中部屋のようなところに押しこまれて朝を迎えたようにも思った。しかしそれはすでに分裂した場所の意識ではなくて、ひとつの場所の感情だった。夢うつつの中で、彼はようやく自分の居場所に落着いて安堵した。

それから、それから突然、彼はいつもの自分の家で寝ていることに気づいた。六畳の部屋とダイニングキチン。寝床からも見える清潔なステンレスの流しと洋服箪笥。濡れたところも、乾いたところも、いっしょくたに押しこまれた、寸分の遊びもない四角四面な住まいだった。天井は化粧板で、木目はあるけれどすこしも浮き立ちはしない。畳はこの春、家主が裏返してくれたばかりなのでまだ真新しい。フィルムが切れて、いきなり別の場面が出てくるような唐突さだった。その移り変りは何のニュアンスもふくまなかった。その事が一瞬、彼を不安にさせた。傍らの女の顔だけが、同じ表情でこちらを向いて眠っていた。

昼食を終えて居間の吹き抜けの中にまだ寝そべっていると、礼子が盆の上に桃を三つと、それに皿とナイフとアルミのボールをのせてやって来て、彼の枕もとに坐りこんだ。熱が引いたあと、最初に寿夫の喉を通ったのが、この桃だった。高熱に炙《あぶ》られて過敏になった口の粘膜をなだめるようにして、円く熟れた甘酸さが喉の奥へ流れこんでいった。あの時の桃の味のやさしさに、彼の軀は熱が引いて六日目になってもまだ甘えているらしく、ほかの食べ物をなんとも重苦しいものに感じて、三度の食事も半分とこなせない。いつでも早々にテーブルを離れて、寝そべって食後の桃を待っている。

礼子は揃えた膝の前にボールを置き、その上へ軀を傾けて桃をむいていった。よく熟れた桃は十文字に切れ目を入れて指先で薄皮をはがす。固い桃はナイフを浅く入れて思いきりよく動かす。彼がやると、薄くむこうと慎重になるばっかりに、かえって果肉が皮にべたべたとくっついてくる結果になる。皮をむきおわると、果汁を滴らせている桃に斜めにナイフを入れて、中の芯を避けながら果肉を切るというよりも削ぎ取るようにして皿に盛っていく。三つの桃のうち二つは夫の分、一つは自分の分という勘定だが、ひとつ皿に盛ったところから寿夫が寝そべったまま勝手に手を伸ばして食べていくので、礼子の食べる分がほとんど残らないことが多い。しかし自分ではそれほど桃に関心はないらしく、むきながらときどき一切れを口に含んで、味見するように食べるだけだった。

それは半月ほど前に礼子の郷里から箱につめて送ってきた桃だった。そのせいか、桃をむく礼子の手つきには、日頃の彼女の動作のテンポに比べて、いかにも家刀自《いえとじ》くさい重々しさが現われ出てくる。おそらく、礼子の母はこんな風にして子供たちに桃をむいて食べさせたのだろう。どうかすると、彼は自分がいま礼子の手によって、桃の実でもって病身を養われているような気になることさえある。もちろん病気で休んでいる間でも勤め先からは給料が出ているわけであり、その意味では彼のほうが妻を養っていることには変りがなかったが、しかしほかの食べ物をよく受けつけない軀で、妻のむいた桃を貪るように食べていると、《養われる》という言葉はもっと直接的な意味を帯びはじめる。

考えてみれば、結婚にせよ、かりに同棲にせよ、男と女がひとつ家に暮していて、男が外に出て稼ぎ、女が内にこもって家事を切りまわしていれば、女が家刀自らしくなってくるのに不思議はないはずである。しかし子供もなく、月々の給料のほかには管理する家財産もなく、祭るべき先祖の霊もなく、表も奥もない二間だけの部屋の中で、家刀自の姿をふいに意識するとき、彼はいつでも奇妙な気持になる。とくにこの一週間、ひねもす寝床でまどろみ過しては、ときおり目を覚まして部屋の中を飽きもせずに見まわしていると、しばしば彼は見なれたはずの妻の姿に、しげしげと目を注いでいる自分に気づくことがあった。

たしか火曜の午後、熱のひいた後のまどろみの心地良さからふと目ざめて見ると、礼子がダイニングキチンの食器戸棚の前にむっちりとしゃがみこんで、戸棚のいちばん下の物入れの中を一心にのぞきこんでいた。高熱の後で鋭敏になった彼の鼻に、味噌と醤油と酒のにおいと、なにか饐《す》えたようなにおいが、玄関口から居間の窓へ吹き抜ける風に乗ってほのかに伝わってくる。戸棚の奥にカビでも生えたのか、ゴキブリでも湧いたのか、礼子は気むづかしげに眉をひそめて、片手で戸棚の中のものをすこしずつずらしては、その奥のほうを透かし見ている。塵ひとつ見のがすまいとするように目の角度をほんの僅かずつ変えては見つめ、目をゆるめては溜息をつき、それほど奥行のあろうはずもない戸棚の前からいつまでも動かない。ただそれだけの姿から彼はしばらく目を離せなかった。

それから、同じ日か、その翌日か覚えはないが、礼子が調理台にむかっていると、玄関口で御用聞きの声がした。玄関口といっても、台所との境はたった一枚のカーテンであり、おまけに玄関の扉は風を入れるために開けっぱなしで、ときどき風にまくれ上がるカーテンの裾から、西日を受けて表に立っている御用聞きの若い男の姿が寿夫の寝床からも見えた。流しのところからでも、たいして大きな声も出さずに用事は片づけられそうなものである。それなのに礼子はハイと一声低く返事をしておいて、濡れた手をエプロンでていねいに拭き、鍋のふたをちょっと持ち上げて火加減を見て、それからおもむろに、わざわざテーブルの遠いほうの角をまわってカーテンのほうに向かった。おまけにカーテンの蔭でまたちょっと立ち止まって片手で髪を軽くなぜつけた。そしてカーテンの端のほうをほんの少しあけてすうっと外へ出て、すぐに後手でカーテンを閉じた。なるほど、日なたで待つ御用聞きの身になってみれば、こんな狭苦しい住まいでも、主婦はやはり奥のほうから出てくるものだ。静まりかえるカーテンのむこうの気配を一瞬うかがう御用聞きの気持を、寿夫は寝床の中からぼんやり思いやった。

木曜の夕方、彼はまた病み上がりの惰眠からとろとろと目覚めかけていた。すると西日の薄く射す玄関口のカーテンを軀で押し分けて、洗濯物を両腕に抱えた礼子が入ってきた。彼の視線を胸のあたりに勝手につきまとわせて、彼女は大股の歩みで彼のほうに近づいてきて、寝床のそばに坐って洗濯物をたたみはじめた。まだ陽のにおいのする白い肌着を、彼女は一枚一枚ていねいに皺《しわ》をのばしてたたみ、たたんだところから傍の箪笥の下から二番目の抽斗の中に蔵《おさ》めていった。洗濯物から抽斗へ、抽斗から洗濯物へ、すこしの遊びもなく移される妻の視線の動きを、彼は引きこまれるような気持で追っていた。肌着を蔵めるたびに、彼女は畳の上に坐りこんだ軀を腰のところから斜めに押し上げるようにして抽斗の中をのぞきこみ、蔵まり具合を確めている。その醒めた目は日日に繰返されることを、惰性からではなくて日々にあらためて確めているようだった。やがて礼子は肌着を蔵めおえると、正坐の姿勢のまま箪笥のほうへすこしいざり寄り、抽斗の中をもう一度端から端まで目をとおして、それからピシリと中に押しこんだ。その時、寿夫はふいに露悪的な気持になったものだった。《その肌着はどうせいましがたまで表の物干しで、よその家の洗濯物に混って、風に踊っていたばかりじゃないか》と彼は奔放に身をくねらせて風に飜っている肌着を、ことさらにどぎつく目に浮べてみた。ところが、いかにも奔放なものとして彼の目に映ってきたのは、窓の外で舞うシャツやスリップの類いではなくて、窓の内側で静かに坐っている主婦という存在のほうだった。

あの時、彼は妻のそばに寝そべっていながら、窓の外から他人の家庭の気配をそっとうかがう独り者の男の気持になっていた。どの窓の内にも一人ずつ女がこもっていて、こうして日常の事どもを真剣な目で見つめながら、もともと男よりも濃密な存在をさらに濃密に煮つめていく。ほとんど無制限に煮つめていく。その思いに彼はしばらく圧倒されていたものだった。

礼子はまた真剣なまなざしを、桃とナイフの上に注いでいる。彼はまた軽い戦慄を感じながらその目を脇から眺めていた。いま物に向けられているあの視線が、そのままの強さですうっとこちらを向き、物蔭に潜むようにして傍《はた》からうかがっている彼の視線と一直線につらなったら……。夫婦が日々に顔を合わせ、目を見かわしているということが、彼には急に理解できなくなった。

「なにを、じろじろ見てるのよ」と礼子が目を上げずに迷惑そうに言った。

「うん。腰のへんが、だいぶ円くなってきたと思ってね」と寿夫はあわてて答えて、口に出すとこんなものかと我ながら呆れた。

「バカねえ。病人のくせ」意外にも礼子は顔を赤らめた。

病人のくせ、と礼子は言った。桃ばかり食べていたり、老婆に若い者あつかいにされたり、妻をそばにおいて無責任な思いに耽っていたりするところを見ると、なるほどまだ病人である。寿夫の心身はもうしばらくこの状態のつづくことを欲していた。それほど忙しい時期ではないから、もう二、三日休みを延ばすことは出来ないことでもない。しかしこのままずるずると休みを延ばすのはやはり危険である。こういう心身の状態だからこそ、それは避けるべきだ。皿の上に残りすくなくなった桃を見て、彼は妻にたずねた。

「郷里《くに》から送ってきた桃も、もうなくなる頃じゃないか」

「とっくになくなってるわよ」

思いきりをつけるような気持で言ったのに、こうもあっさりと答えられて、彼の中でかえって未練がましい気持が動いた。

「そうか……。郷里の桃じゃなくて、店から買ってきてたのか」

するると礼子は真剣な目をナイフから離さずにまたあっさりと答えた。

「いいえ、同じ桃よ。ヒロシ君がもってきてくれたの」

口の中で桃の味が急に変ったような気がした。あの少年からもらった桃で、病み上がりの心身の甘えを養われていたとは、思いもよらぬことだった。濃いサングラスの蔭から、困惑した目が、妻のむいた桃を喰らって独り者めいた思いに耽っている男の淫らさを眺めている。

「やっぱり同郷人だったのか」

「そりゃあ、言葉を聞いてれば、わかるわよ」

「むこうも、わかるだろうか」

「さあ、どうかしらね」

礼子は窓の外にむかって笑った。奥深いところを、何も知りもしない人間にちょっと触れられた時の笑いだった。小学生の頃、クラスの女の子たちの前で、聞き覚えたばかりの卑猥な言葉を口にすると、彼女たちはふいに大人びた顔つきになって、そんな笑いを浮べたものだ。同郷人であるという事には、あの事と同じように、内密なものがあるらしい。

「だって、同郷人のよしみでもって来てくれたのだろう」

「違うのよ。あなたに、もって来たの。病気見舞いですって」

「おまえ、あの子に言ったのか」

「言いやしないわよ。あの子、見てたのよ。あなたがふらりふらりと帰って来るところを」

思わず彼は目をつぶった。あの時、畑のへりで冷房車から降りると、空から熱気が重く降りてきて、まわりの地面がまぶしく燃え出し、内と外から熱に炙られて視界がすうっと狭まった。痛いほど明るくて両端でいきなり暗く霞《かす》んだ視界、そのはずれに、誰か立っていただろうか。言われてみれば、左手のほうに、畑のひろがりの感じを背負って細い人影が、こちらをじっと見ていたような気もしてくる。一歩一歩が歯を喰いしばる思いだった。アパートがすぐ先に見えているのに、白く耀《かがや》く埃のはてしないひろがりが間にあって、いくら歩いてもたどり着けないような気がした。たしかあの時、この炎天下に、熱っぽい軀を家まで引きずっていかなくてはならないのがつらくて、いっそその道からついと逸《そ》れてしまって、吹き渡る風の中に気ままな心で立って眺めていたい、とそんな事を彼は願ったものだ……。

目を開くと、礼子がどことなく残酷な目つきでこちらを眺めていた。

「よっぽどひどい様子だったらしいわね」

「そりゃあ、四十度も熱があって炎天下をふらついていれば、人目に立つだろうよ」

だが礼子は逸されなかった。

「買物籠さげて畑ぞいの道を入ってきたら、あの子が畑のへりに一人で立って、変な顔してこっちを見てるのよ。睨みかえしてやっても、ドギマギはするんだけど、目を離さないのよ。正直いって、この子ったら……って思ったわ。すれ違って、階段を上がって、ドアの前で振り向いたら、まだ見ている。頤をぬうっと突き出して、困りきったような顔して見上げてるじゃないの」

その視線がまだ首すじにまつわりついているみたいに、礼子は眉を顰《ひそ》めて肩を強くよじった。それから、急に暗い声になった。

「わたしの郷里でね、どこかの家で不幸があると、近所の子供たちがよくあんな風にその家の前に立って、出入りする人たちをじっと見まもっていることがあるの……」

「よせやい。俺をホトケさま扱いにして」

「あなたはいつものように会社で働いているって、思ってたわよ」

「じゃ、誰のことを心配したんだい」

「郷里の両親のことを考えてちょっと……」

「ところが、中ではご亭主さまがぶっ倒れていたわけだ」

「びっくりしたわ」

そう低く押し出すようにつぶやくと、礼子はヒロシの話を忘れてしまったらしく、部屋の中で寝ている夫を見つけた時の話をまた始めた。これで何度目だろうか、話すたびに彼女は興奮で目を潤ませて、おかしなことに、彼を詰《なじ》る口調になる。そして言葉の抑揚にお里訛《くになま》りが透けてきて、隣の若い者たちの喋る調子とすこしばかり似通ってくる。

不吉な連想を払いのけて、礼子はドアに鍵をさしこんでまわした。ところが錠はたしかにまわったのに、把手《とって》を引くとびくりとも動かない。不思議に思って鍵を逆にまわして、ためしにまた引いてみると、ドアはすうっと手前に開いた。日頃あれほど注意しているのに鍵をかけずに出かけてしまったという思いが、まず彼女を動揺させた。玄関のタタキに男の靴が脱ぎ捨てられている。気味の悪いほど大きないかつい靴だった。片方は敷居の近くで底を上に向けてひっくり返っていて、もう片方はようやく部屋に這い上がりかけて力尽きたみたいに、上がりぶちにつま先かけて立っている。

それを見て礼子はとっさに、夫が家に帰っているということには思いつかなかったという。なにか言いたくて言い出せないような少年の目を思い出して彼女はハッとした。少年の見てる前で、何かがあったのかもしれない。誰かが彼女の家の鍵を堂々と明けて入って行ったのかもしれない。そう言えば最近、夫が酔っぱらって自分の鍵を落してきたので、家主に頼んで複製してもらったことがある……。

震え出した軀をじっと静めて、彼女はカーテンの端から中をのぞきこんだ。カーテンをおろした居間のほぼ真中に寝床が敷いてあって、ふだん彼女たちが寝ているのとは逆に枕をこちらに向けて、誰かがタオルのケットを山のように盛り上げてうずくまっている。顔は半分シーツに埋ってはっきりしなかったけれど、見も知らない男で、酔っぱらっているようだった。

「そう思ったら、なんですぐに一一〇番しに走っていかなかったんだよ」

何度も聞かされた話なのに、聞いているうちに寿夫は妻の身が心配になって、思わず口をさしはさんでしまった。

「それが……」と礼子はとたんにぼんやりした顔つきになって言った。「なんて言ったらいいのかしら。あたしたちの蒲団の真白なシーツに、見も知らない男の人が顔を埋めて寝ていると思ったら、なんだか人に言えないような気がして……」

寿夫は唖然として口をつぐんだ。

とにかく男から目が離せなくて、礼子はカーテンの蔭から長いこと見つめていた。それから、段々に、夫かもしれないと思いはじめた。どうやら夫らしい。軀から震えがすこしずつ引いていく。だけど、なにかもうひとつピィーンと来ない。すぐに走り寄って行けない。それでも、そうやって見つめてばかりいてもラチがあかないので、礼子は意を決して家の中に上がった。そしてそろそろと寝床に近づいて行った。ところが、シーツに頬を埋めて眠っている横顔をじっと見つめているうちに、段々にまた勘がおかしくなって、ふだん夫が目の前のこの顔に比べてどんな顔をしてるのか、感じ分けがつかないような、そんな空恐しい気持になって歩みを止めた。ちょうどダイニングキチンと居間との境のところだった。その時、寝床の男がいきなり大の字に返って、大きな頭を敷蒲団のへりから畳の上へぬうっとのけぞらして、枕もとに立つ彼女を逆さから見上げた。礼子はきゅっと軀をこごめて立ちすくんだという。

今でもその顔が目の前にちらつくように礼子は彼を詰《なじ》った。

「もう二度とあんな顔しないで」

「そんなにひどい顔だったか」

「いえ、ふだんと違った顔じゃなかったと思うわ。熱でとろんとしてたけど」

「ふだんの顔なら、どうしようもないじゃないか」

「あんな風に、だしぬけに、ぬうっと突き出さないでよ」

「警察で亭主の遺体を見つけたみたいだったろ」

「よしてよ。気味が悪い」

礼子は彼を睨みつけた。その目をはずして、彼は天井にむかって薄笑いを浮べた。やはり落着かない気持だった。礼子はとっさに彼の顔を見分けられなかった。しばらくの間とはいえこの家の中に、それも彼の寝床の中に、見も知らぬ男がうずくまっていた。なるほど夫婦という現実などはちょっと揺られると、案外頼りないものだ。それにしても、いったん夫の姿をそんな風に見つめてしまったからには、これからも事あるごとに、夫の姿の中に見も知らぬ男を見るようになりかねない……。

そんな事を考えていると、礼子がだしぬけにつぶやいた。

「あなたは薄情よ」

「なにが……」

「ヒロシ君はあなたのために、お医者さんのところに飛んで行ってくれたのよ」

それは初耳だった。医者が来たことは覚えている。ただ、あの時、そこが自分の家だということはもうはっきりしていなかった。

「彼に行ってもらったのか」

「ええ。あなたが口もきけない様子なので、もうびっくりしてしまっておもてに走り出たら、ヒロシ君がまだ畑のへりに立っていて、あたしの顔をまっすぐに見るの。まるであたしが出てきて用事を言いつけるのを待ってたみたいに。こちらが階段を駈けおりていくと、むこうも駈け寄ってくる。ついお里訛《くになま》りが出ちまったわ。話を聞くと、あの子、ものすごい勢いで飛んでいったわ」

彼はやりきれない気持になった。あの時、彼が病気への甘えからか、駈けつけた妻への甘えからか、口もきかずに喘いでいたばっかりに、礼子は動顚して何も確めずに飛び出していった。お蔭で、ヒロシは病人について何も知らされずに病院に駈けつけるはめになった。病院に着いて、病人の容態をたずねられたとき、おそらくヒロシは自分の目で見たとおりのことを、炎天下をふらりふらりと歩く隣の亭主の姿を、なまなましく伝えるよりほかになかっただろう。医者がどんな姿を思い浮べて、何を想像したか、わかったものじゃない。

「人の世話になってしまうもんだなあ」と彼は嘆息した。

礼子は意外に冷ややかな相槌を打った。

「そうよ。人をさんざん走りまわらせて」

「それは無茶だ。倒れてる本人が医者を呼びに飛んでいけるわけはないだろう」

「そんな事、言ってるんじゃないの」

「それじゃ、何だ」

礼子は用の終えたナイフをボールの中に放り出して、こちらに軀を向けた。

「あれは、いったい、何だったのよ。お医者さんが来た時の、もっともらしい挨拶は。いきなり蒲団の上に起きなおって。いろいろご迷惑をおかけしました。すっかり眠りこんでしまいまして。そこまでご配慮していただかなくても、自分で起き上がれましたのに……だって」

「そんな事、言ったのか」

「言いましたわよ。どういうつもり。あとは女房にやらせますから……だとか」

「ああ、あれか……」とあの時の事を思い出して、彼は笑い出してしまった。四十度の熱にうかされていても、第三者をなるべく巻きこむまい、第三者からなるべく自由でありたいと、まだ小心に取繕っている。取繕ったつもりでいる。ところがその間、ヒロシが見ている、病院に飛んで行ってくれる、桃を贈ってくれる。裏も表もあけすけだった。気の抜けた笑いが腹からこみ上げてきて、ふわふわと天井に昇っていった。礼子が険しい顔になった。彼は睨みつけられた子供みたいにあわてて言訳けをした。

「じつは、俺、どこかの病院に運ばれて寝てるつもりだったんだ。つまり、ほら、行き倒れだよ。そこへ、病院の手配で、お前が駈けつけてくれた。そう思ってたんだ」

「それでなのね」と礼子はいまいましげに彼を見おろした。「それで、さあ俺は帰るぞ、礼子、なんて言ったのね。一人でも帰るみたいな口ぶりなので、どこへ帰るのよ、ここがあなたのおウチでしょうと言ったら、やっぱり帰るなんて言って寝てしまった。馬鹿にしてる」

　風にふくらむカーテンの前で、礼子は折り曲げた膝を抱きかかえて黙りこんだ。膝小僧の上に細い頤をのせて、ときどき強く押しつけ、こすりつけ、畳の上の一点を見つめている。家刀自であることに疲れて、いきなり癇の強い娘に戻ってしまったかのようだった。子供部屋の隅っこにうずくまって、畳の上の蚊トンボを親指でつぶしながら、いますぐに家が燃え上がって、空がぱあっと赤く焼けて、皆死んでしまえばいい、それとも自分のほうが一人で遠くへ行ってしまおうか、とそんな事を考える少女の姿に似ていた。寿夫と暮しているうちについた胸や腰のふくらみが、いまでは彼女をただ鬱陶しがらせる重荷に見えた。寿夫は仰向けに寝そべったまま枕もとの礼子を眺めやっていた。そのうちに、彼は自分が仰向けの姿勢から頭だけを礼子のほうへ斜めにのけぞらせて、目をキョトンと見ひらいているのに気づいてハッとした。無意識のうちにその姿勢になじんでいたところを見ると、日頃からの癖らしい。その醜悪さを自分でもひしひしと感じて彼は妻に見られないように、そうっと頭をもとの位置に戻した。するとさっきからそれを待っていたように礼子は目を上げて、頤は膝小僧に押しつけたまま、こもった声でつぶやいた。

「あなた、あのお婆さんに頼んで、いいお嫁さん世話してもらいなさい」

彼は浅瀬をつたって逃げることにした。

「そう言われても、ヒロシ君じゃあるまいしな。こちらはもうオジさんだぜ」

礼子もそれで話を切り上げるつもりらしく顔を膝小僧から上げて、指先で髪をなぜつけながら、両膝を揃えて立ち上がりかけた。ところがそれから彼女はくぼめたみぞおちのあたりに軽く手を当て、彼の顔をちらりと見やり、一瞬ためらうようにしてから言った。

「知ってて言ってるはずなのよ、あのお婆さん。あなたがあたしの亭主だという事を」

「だって、婆さん、礼子の顔は知らないのだろう」

「覚えてる、と思うのだけど」

礼子は言いたそうな、隠したそうな、曖昧な顔つきになった。彼はふと嫉妬に似た感情に駆られて問いつめる口調になった。

「話しかけられたことがあるんだな」

礼子は否定しなかった。

「何も知らないような顔してたくせに」

「ええ、さきおととい、買物の帰りに、うしろからすうっとそばにやって来て、道々話しかけてくるの」

「何を言われた」

「ええ、それが……。あなた、あの日のお午頃ちょっと表へ出て、今日と同じようにアパートの前に立ってたでしょう。ほら、明日から勤めに出られるかどうか、体の具合を見るとか言って。どこかから、あの人に、見られていたのよ。あんたのご亭主、さっき畑のところに立っていたけど、なんだか病人みたいだったねえ。どこか悪くない。気をつけなくちゃいけないよ。そう言うのよ」

「それはそう見えただろうよ。なにせ病み上がりなんだから」

「ええ、だけどその後が厭らしいのよ。自分がむかし亭主に急に死なれて、身の置きどころがなくなって苦労した話を、ながながと始めるのよ。しんみりした調子で。ああいう人って、露骨ねえ」

呆れるのは彼のほうだった。被害妄想めいた気持にさえなりかかった。これでは、婆さんもヒロシも礼子も、この部屋でとろとろとまどろみ過していた彼をめぐって、まるで手をつないでいたようなものじゃないか。しかしその老婆が今日になって彼を独り者あつかいにしたのは、あれは何のつもりだろう……。なんだか剣呑な問いに思えて、彼はそれは口に出さずに、余命いくばくもないと見立てられた男らしく悪態をついた。

「ふん、それでは、不幸な未亡人の青田刈じゃないか。死神の相棒みたいな婆さんだ」

「なあに、それ」と礼子は一転して無邪気な声でたずねた。彼を見つめる目が、またどことなく色っぽい光を宿している。

「いいカモだと見ると、口から出まかせ言うんだよ。ああいう連中は」

「あなたも、あたしも、カモだったの」

「何か嗅ぎ当てるんだ。嗅覚をもってるんだ」

「そうね。あなた、病気してから、なんだかヒロシ君みたいに若くて、気ままで、危っかしい感じになったわ。さっき、あなたがあの人に何か言われているのをここから見たとき、なに言われてるか、ピィーンと来たわ」

「さてはお前も再婚の話をされたな」

　目つぶしのつもりで言ったのに、礼子は具合悪そうに下を向いて笑った。

「あたしの事としてではないのよ。ただ、夫に先立たれて望みを失った人が、集会に来るようになってからまた生甲斐を取り戻して、そのうちに仲間の一人と幸福《しあわせ》になったとか、そんな話を……」

「ひっぱたいてやれ」

「およしなさいよ。お年寄りの言うことでしょう」

「おまえは婆さんにいったい何を嗅ぎ当てられたんだ」

「だから、あなたがどこかへ行ってしまうかもしれないっていうことを」

「それは、俺に関することだろう」

「わたしには、あなたに関することのほかには、何もありません」

　二人は顔を見合わせた。どちらかがもうひと押し問いつめれば、お互いに心の内で犯したささやかな不実を、ささやかで案外に深い不実を、責めあうよりほかにないところまで来ていた。そこで二人はとにもかくにも十年間、少年少女に近い年頃から青春の出口のところまで別れずに来た男女の平衡感覚で立ち止まった。そして二人して老婆の姿を思い浮べた。

「女房をつかまえて、亭主が死んでしまうぞと言ったかと思うと、亭主をつかまえて、心がけを改めれば嫁さんを世話してやると言う」

「あたしたちを、たまたま同棲している仲ぐらいに見てるようだわね」

　寿夫は寝そべっていた軀を起して、妻と並んで窓の外を眺めた。暑苦しい野菜畑にそって、老婆の去っていった道が、もう黄ばみはじめた陸稲の穂のひろがりにむかって伸びていた。そのむこうに、街道へ抜ける舗装道路が畑よりも一段高く走っている。たまたま視界に車の影がなくて、道路が河の土手のように夏の光を浴び、水の流れと夏草の生い繁る気配をそのむこうに思わせた。二人して窓から眺めていることに安心して、礼子が窓の外にむかって喋りはじめた。

「もしかすると、あの人、あなたがあたしの夫で、あたしがあなたの妻だということ、よくは見分けがついてないのじゃないかしら。さきおととい畑のへりに立って風に吹かれていたという人だって、どこの男の人のことかわかりゃしないわ。あの人の話を聞いていると、なんとなく、自分がどこの誰って感じが薄くなってきやしない」

「そんなところがあるな」

「子供の頃、そんなお婆さんがいたわ。いつも近所を歩きまわっていて、ほかに人のいないところで出会うと、誰彼となく呼び止めてお説教するのよ。それが、ほんとうに誰彼の見分けがよくつかないらしいの。同じ人をつかまえて、ある時は夫婦の和合を説いたり、ある時は早く身を固めなさいって忠告したり、およそまちまちなことをそのつど言うんですって」

「一人一人の違いなんて、どうでもいいんだろうね」

「それでも、お説教される人は知らず識らず耳を傾けてしまうんですって」

「じっさい、われわれはいろんな人間を内側に抱えこんでるようだからな。しみじみと説かれると、心の中で動くものがかならずあるんだよ」

奇妙な自由感だった。

「でも、失礼だわよ」と礼子が眉をきゅうっと顰《ひそ》めた。

二人は顔を並べて畑ぞいの道をしばらく眺めていた。

礼子は仕事に立ち上がるきっかけを失ってしまったようだった。いつのまにか、二人とも仰向けにかえっていた。暑さが一段と増して、もう物を言う気力もなかった。吹き抜けの涼しさを分けあうかたちで、二人は頭を寄せあって軀を反対の方向へ投げ出した。そのため、睡気のために狭まりはじめた視野の中には、もうお互いに相手の姿はなかった。ときおり、カーテンが風をはらんでふくらむと、すこし風上に横たわる礼子の細い髪の先が畳の上を流れてきて、寿夫の耳のあたりをかるく撫ぜた。髪が汚れているような、耳のつけねに垢のたまっているような、生温《なまぬる》い不潔感があった。

——婆さん、いったい何を嗅ぎ当てたのだろう。

解けきってなかった疑問が睡気の中でふくらみはじめた。寿夫は畳から頭をすこしもたげ、のけぞらして、妻の姿を探った。日頃、枕もとに坐ってなにかをしている妻にむかって、ふと思いついたことを言う時の恰好だった。これだったのかと気づいて憮然《ぶぜん》としたが、さいわい礼子は畳の上に両腕を流して寝息を立てていた。妻に見られていないと知って、彼はわざと深く頭をのけぞらせて妻の寝姿をしげしげと眺めた。子供っぽい額と鼻すじと、寝息につれて上下する胸のふくらみと、ゆったり立てた膝が一線に重なって見えた。ワンピースの裾が膝からずり落ちて、柔らかに寄った布地の皺の中から、太腿の内側の蒼白さがのぞいている。と、礼子が視線を避けるように頰を畳に埋め、腰をひねって、立てた膝をそのままゆっくり左へ倒した。そして腕を小さく胸の前に重ねて、全身をゆるいくの字に折り曲げた。

その時、吹き抜ける風の中に、彼はもう長いこと忘れていたにおいを嗅ぎ取ったように思った。惰性になった接吻のにおい、軀の隅々まで細かく染みわたった汗と疲れのにおい。男女の隠《こも》っているにおいをはらんで、カーテンが窓の外にむかって苦しそうにふくらむように見えた。このにおいの中でやはりこんな風に横たわって、別れ話をする口調で、結婚生活を始める相談をしたことがある。下等動物が重なり合って、細胞液をひとつに融け合わせ循環させるような暮しだった。それが一年も続いて、煮つまった疲れをもうどうすることも出来なくなって、この暮しをいったんたたむ段取りをもう済ませてしまったところだった。

二人はあらためて夫婦として一緒に暮す相談をしていた。未練などというものではない。そんなやさしい余情さえ、とうに絞り取られていた。ただ、お互いに馴染みすぎた者どうしの濃い羞恥が残って、このまま別れてしまうと自分の片割れが、恥かしい片割れが自分から離れて一人で歩いていくのを、どこまでも想像で追ってうなされそうな、そんな不安に苦しめられていた。

半年ほど間をおいて、彼の就職が決まったら、住まいをあらためて世間なみの夫婦のかたちを取って一緒に暮そうということに、相談は落着いた。二人とも、それがそのとおりに行くとはなかば信じていなかった。ところが、いったん暮しを分け、それぞれの住まいから大学に出てきて、就職部の掲示板前の人だかりの中などで他人どうしの顔を合わせて軽く目でうなずきあうと、そのたびに、お互いを我身のように恥かしいものに感じる気持がますます強くなっていった。そしてそのうちに彼の就職が決まりそうになり、そのことでしばしば二人して物蔭にちょっと立ち止まって、状況をせかせかと報告しあうようになると、二人はいつのまにか近親者どうしのような目を陰湿に見かわして、事の成行きに一喜一憂するようになっていた。

あれから五年、人並みな新婚気分も倦怠期もない暮しを送ってきて、今では二人は人並みな夫婦になっている。妻の郷里からは四季の産物が届きさえする。

しかし年に一度か二度、子供のいる友人の家を訪れてドアを開けると、およそ違ったにおいが吹きつけてくる。なんとなく淫靡なにおいだなと彼は感じる。ところがそこで二、三時間すごして家にもどって来てドアを開けると、やはり同じことを感じる。「こいつは家庭のにおいというよりも、やっぱり同棲のにおいだな」と彼は酔った機嫌で不用意にも妻の前で言ってしまったことがある。「そんなこと言うなら、明日にでも出て行くかもしれないわよ」と礼子も浮れた調子で応酬したが、その前にすこし眉を顰《ひそ》めたようだった。

——婆さん、このにおいを嗅ぎつけやがったかな。

そう考えると、二人にたいする老婆の言動も、辻褄が合わないでもない。このにおいは、はたの人間の鼻で嗅げば、いつ切れるかわからない男女の関係のにおいだ。嗅覚だけ冴えていて、頭と目の耄碌している老婆が二人の中にまだかすかに残っているこのにおいを嗅ぎ取って、女にたいしては亭主は長くないかもしれないと言い、男にたいしては心がけを改めればいい嫁さんを世話するという。相手をよく見分けて筋道を立てるには目と頭がもう疲れていて、嗅ぎ取ったことをそのまま、出来あいの忠告の言葉の中にはめこんでしまうのだ。

そう言えば、このあたりのアパートは、この頃では若い男女の同棲にちょうど手頃なところなのかもしれない。たとえば二十をちょっと出たぐらいの職工でも、世帯をもって働き甲斐を覚えれば、こんな安給料ぐらいは稼げてしまうだろう。田舎から出てくる。都会に馴れて、転々と職を変えはじめる。どこかで出会う。お互いにこれ以上一人では生きられないと思いこむ。まわりに不義理をして飛び出す。届けを出そうにも保証人がいない……。

こういう境遇の若い男にとっては、世帯をもつということは、世間へのつながり方をまるで変えてしまうことになりそうだ。家に戻れば自分の女がいて、自分の巣がある。その巣と世間とは、最悪の場合、生活費を得るというただの一筋でつながっていればいいのだ。つまりただの勤め人になるだけのことだけど、田舎から出てきて都会に放り出された身にしてみれば、以前に比べて驚くほど明快で、驚くほど安定した関係であるはずだ。以前には、何もかもいっしょくたにして世間に求めてきたのだから……。

しかし誰にも頼らずに一緒になった男女は、子供でもなければ、離れるのにも誰の邪魔も入らない。すべてが二人だけにゆだねられている。単純に惚《ほ》れ合った男女なら、それに気づいてハッとしたら、もうおしまいだ。

——婆さん、きっと、いろんなケースを嗅ぎまわしてきてるな。

男があんな風に家の前に出て立っていれば、あそこはもう長くない。女が買物帰りにあんな後姿をして歩いていれば……。

あるいは、婆さんたちの集会に出て、婆さんたちの善意の洗礼を受けないかぎり、《くっつき》の男女はどれも道を踏みはずしている、と見ているのかもしれない。

つまり、声をかけてやらなくてはならないわけだ。いや、ことによると、あの婆さん、このあたりがまだ辺鄙な農村だった頃に土地の男女の結びつきを取りしきっていた神がかりの女の、そんなのが実際にいたかどうか知らないけれど、とにかくそんな類いの女の末裔で、年を取って嫁に粗末にされはじめたとたんに先祖の血が騒ぎ出し、若い男女の縁談を世話したり、ここに塒《ねぐら》だけを置いている勤め人の夫婦どもの暮しをのぞきこんでは、婚姻だろうと同棲だろうと、自分の追認を得られそうにもない夫婦がいはしないかと見張っていたりしているのかもしれない。

——それにしても、礼子のやつ、どんな後姿をして歩いていたのだろう。

婆さんを追い払わなかったことだけは確かだ。大学出の女の目でキイッと睨みつけて、取り澄ました物の言い方で答えれば、ああいう人たちは、こういう女が地獄に堕ちようが魔物とくっつこうが、それぞれ理屈があることだろうから、こっちの知ったことじゃないと退散するにきまっている。

礼子は黙って聞いていた。それも、呆れて口がきけなくてではかならずしもなさそうだ。

老婆と足なみを揃えて老婆の説教に聞き入っている妻の姿が、その表情の乏しい顔が彼を苦しめた。白く燃える土手の一本道を、二つの影が彼の窓を通り越して遠ざかっていく。ときどき二人はうなずきあっている。そのたびに彼は自分を遠い第三者のように感じる。まるでヒロシのような身軽な存在に。それでいて、彼女の一挙一動に密《ひそ》かに感応して、羞恥のような情愛のような濃い感情に苦しめられている。

彼はまた頭をのけぞらして妻の姿を見た。さっきと変らず礼子は腹をやわらかく折り曲げて、畳に頰を押しつけて眠っていた。その姿を目にしながら、彼の中でもうしばらく、二つの影が同じ足どりで歩みつづけた。礼子が老婆のほうへ顔を向けて何か答えている。何を言ったのか、礼子の口から聞いておかなくてはならない、と彼は思った。そして腹這いになり、彼女の汗ばんだ肩を指先でつついた。

「なに」と礼子は頭を起して、焦点の定まらない目を彼にむかって開いた。

そのとたんに、夢の思いから覚めたみたいに、礼子にたずねるべきことがはっきりしなくなった。思わぬ言葉が口をついて出た。

「おい、いつまでもふらふらしてると、悪い女につかまってしまうと、婆さんが言ったよ」

「そりゃ、ヒロシ君みたいな子は危いわよ」

「あの子のことじゃなくて、俺のことだよ」

「それじゃ、悪い女って誰、わたしのことかしらね」

そうつぶやくと礼子は目をつぶってウフフと笑い、軀をもうすこし小さく円めてまた寝息を立てはじめた。暑さがまた一段と増し、じっとり汗ばんだ二人の息をふくんで、カーテンの動きが重くなった。心地良さのあまり、彼も老婆の姿を思い浮べながら眠りの中に引きこまれていった。

——婆さん、いまごろ、またどこかの男か女をつかまえて、同じようなことを喋っているぞ。

汗まみれになって目をさますと、窓の外ではもう日の傾いた気配だった。部屋の中は薄暗くて蒸暑かった。風向きが変ったのか、窓のカーテンはじっと垂れて動かない。薄暗さのために奥行きをましたように見える台所のむこうでは、玄関口のカーテンが遠い出口のように薄赤く染まっている。まるで真昼間の部屋の中で抱きあって、そのまま眠りこんでしまった後のような重苦しい疲れがあった。

礼子は軀をまるめてまだ眠っていた。明日からまた勤めかと寿夫は溜息をついた。今は軀を畳の上に起す気力もない。起き上がって、そばで寝ている礼子を起せば、暮しは夕飯にむかって傾き出す。夕飯を終えて何となく過しているうちに、眠る時刻が来てしまい、目を覚ませばもう出勤三十分前だ。畳の上に平たく寝そべって、軀で時間の流れを堰き止めているような気持だった。

それでも部屋の中は刻一刻暗さをましていく。それにつれて戸外のほうが逆に明るく澄んでいくように感じられた。窓を開けはなしておいても、おもてから家の内が見えない時刻である。昔のつま隠《ごみ》の男女なら終日《ひねもす》閉ざしていた戸を開けて縁に出て、爽やかに暮れていく空を眺めあい、夕風の渡る野を歩いて、また夜の来るのを待つというところだろうが、妻の礼子はこの一週間の疲れのせいか、それとも気の抜けてしまったせいか、夕飯の支度にかかる時刻も忘れて眠りこけている。無心に眠っている姿を見ていると、日頃見なれた表情がすうっと消えて、まるで見も知らない女がいつのまにか部屋の中に入りこんで寝ているように見えてくる瞬間があった。抱き寄せたいという気持がかすかに動いたが、明日から始まる勤めのことを思うとまた憂鬱になった。

しばらくして彼は立ち上がり、妻を起さずに台所を抜けて玄関口に出た。サンダルをつっかけてから居間にむかって「ちょっと散歩してくる」と声をかけると、返事はなかったが、暗がりの奥でゆっくり寝返りを打つ気配がした。

もう明かりの燈っているアパートの窓々の間で、二階の窓のひとつだけがカーテンを襞《ひだ》深くおろして暗く静まっていた。一週間ぶりに彼は畑ぞいの道をたどっていった。遠ざかるにつれて、彼はむかし礼子のアパートから帰って行った時の気持を思い出した。礼子は彼を戸口まで送っていく気力もなくて、部屋の中の薄暗がりにぼんやり坐りついていた。その彼女の心をいろいろに忖度《そんたく》して苦しみながら、彼はやはり戸外の空気の中でそっと息をついたものだった。

陸稲畑の黄ばみかけた穂のひろがりにはまだ風が渡っていた。日はもう沈んで、淡く澄んだ空が高いところに秋雲を群れさせ、低いところに積乱雲くずれか、重い鉛色をうちにつつんだちぎれ雲を流していた。その雲の、真綿のように薄く引きのばされた端々だけがほの赤く染まる程度の夕焼だが、空の淡さを見つめて陸稲畑に目を移すと、その穂がたしかに赤い光をほのかにふくんでいる。自分の腕を見ると、病み上がりの艶のない肌も同じように赤い光を吸いこんで、赤銅色の逞ましさをあざむいている。畑にそって彼は歩いた。

しばらく行くと道の右手に住宅がまた密集して、田園風景を新興住宅地の雑駁さでたちまち圧倒してしまった。二階家の整然と立ち並ぶ一劃があるかと思うと、すぐその隣に、建ってからまだいくらもしてないはずなのにもう風雨に晒しぬかれた感じのマッチ箱のような家がひしめいている。広い庭のある家の塀の内を、寿夫たちの住んでいるようなアパートが、まるでのぞく位置にあることを自分で恥じているみたいに窓々にカーテンをおろして、ひっそりと見おろしている。だいたい、このあたりの住宅はバス道路から畑の奥のほうへ段々に展《ひろ》がって行くのではなくて、お百姓が業者に土地を売った順に、あちらにひとかたまり、こちらにひとかたまり、茸の群生みたいに生え出てくる。その時々の法令の改正を表わしているのか、床下の高さも家と家の間隔も区劃によってまちまちである。三年ほど前にさっそうと建った家が、まわりにもっとモダンな家が建ったばかりに、同じ人間を住まわせたまま零落してショボくれた感じになり、時代の軽薄さをしきりにこぼしているような、そんな風情のもある。

ところどころに、広いテラスを張り出した豪壮な邸宅が見られる。土地を売ったお百姓の家である。でかい標札を見ると同じ苗字が多い。気鋭の建築家にいいようにされたらしくて、露骨な意匠を着なれない礼服みたいに人目にさらしている。それでも都心のほうの金持の家と違って、高い塀をめぐらして人目を隠す取澄ましはなくて、洋風の低い柵や垣根からのぞきこむと、広い庭の中にムシロが敷いてあって、その上に農作物がひろげられていたり、スポーツカーのそばでニワトリが餌を啄《ついば》んでいたりする。

どの家も広いは広いなりに、狭いは狭いなりに、庭に草花の植えてあるのが、かえって何よりも生活欲の旺盛さを感じさせた。アパートの窓辺にも鉢植が並んでいる。寿夫は自分の家の窓辺に鉢植の類いの置かれたためしのないことに気づいて驚いた。彼も礼子もそういうことに関心がない。自分たち夫婦にはなにか伸び広がろうとする、旺盛に繁茂しようとする力のようなものが欠けているのではないか、と彼は考えた。老婆はそんなことも嗅ぎ取ったのかもしれない。

しかし道の右手の住宅地に背を向けると、世界はいきなり変ってしまう。夕暮の光の中に畑が昔のままの姿でひろがり、ところどころに屋敷林が黒々と立ち、暮れてゆく空にむかって、たえず西風にざわめいているような大枝を奔放に張りひろげ、藁葺き屋根を隠している。道の右手のお百姓の邸宅のあけすけさにひきかえ、こちらはまわりの生垣も背が高くて鬱蒼としていて、どこから見ても母屋か納屋の屋根しか目に入らない。年々歳々、自然の繁茂の内側へいよいよ深く埋もれていくような暮しだった。そのうちに日当りの悪いのが苦になって、あっさり樹を伐り倒して新しい邸宅に建てかえるのだろう。

百米《メートル》ほどむこうに立つ屋敷林と、それよりも左手のほうにさらに奥まって立つ屋敷林との間で、畑がすこし狭まってゆるやかな窪地に流れくだり、そこから這い上がって段々に広がりながら、夕靄《ゆうもや》にかすむ雑木林につらなっている。林のむこうへ田園風景がどこまでも続いて行くような奥行きの感じが、いつでも寿夫の視線を吸い寄せる。しかしその林のすぐむこうには小さな家が同様に建てこんでいるのを、彼はとうに知っていた。そこから彼は一本道を引き返しはじめた。片側にばかり目をやって、彼は柔らかな畑のひろがりに眺め耽った。彼の歩む方向に、陸稲の穂がまだ赤い光をかすかにふくんでいっせいに風になびいている。病み上がりの衰弱がにわかに出てきて、彼は陶然とした気持になりかけた。

一本道のむこうから若い男が五、六人どやどやとやって来た時には、寿夫はもうアパートの見えるところまで来ていた。見た顔だなとぼんやり眺めていると、男たちは《なんだ、この野郎》という目つきでそれぞれ彼の目を睨みかえしながら、アパートのほうへ折れて行った。いちばん後から彼にむかって「オウッ」と肩を揺ってうなずいた男を見ると、ヒロシだった。

「ああ、ヒロシ君」と寿夫は男たちの後から声をかけた。あまりにも馴々しい、まるであの老婆の声のように厭らしい響きだった。男たちが足を止めて振り返った。キョトンとした目つきだが、相手の出方を待って、揶揄か罵倒になって爆発しようとしている鬱積した力の顫《ふる》えがこもっていた。日焼のせいか、酒が入ってるせいか、皆、首すじまで赤かった。出がけに恰好よく着こんでいった派手なシャツは前をはだけてランニングシャツと腹巻きをのぞかせ、ズボンも裾をまくり上げ、靴下は脱いでポケットにつっこんでいる。片手に一升瓶の首をつかんでいる男が二人いた。出かけて面白いことはなかったようだ。

ヒロシが男たちのそばを離れて、肩をいからせて彼のほうに近づいて来た。《何か用か》と斜《はす》に構えて睨む目つきが、寿夫のすぐ前まで来ると、サングラスを掛けてないことを急に思い出したみたいに、幼なげになって波立ちはじめた。

「お午頃、どこかのお婆さんがたずねてきて、今夜の集まりに出てくれるように言づけていきましたよ」

いんぎんな口調で寿夫は言づけを伝えた。それから、「この前は、病院まで走っていってもらって……」と言いかけて、相手との親密さの距離が取れなくなって、意外にもしどろもどろになった。とたんにヒロシはスポーツ刈りの頭をぼりぼりと搔き出し、身の置きどころもない困惑の表情から、だしぬけに相談をもちかける口調で言った。

「あの婆さん……、困っちゃってんだよ、俺」

しかし寿夫の返事は待たずに、神経質そうに軀をゆらゆらと揺って仲間のところに戻り、それから彼のほうにむかって「すみません」と頭をひとつ下げた。「なんだ。なんなんだ」と仲間たちがたずねた。「なんでもねえよ」とヒロシが一人で腹を立てていた。

部屋の窓にはまだ明かりが燈っていなかった。玄関を入って奥に目を凝らすと、畳の上に礼子の姿はなくて、居間の片隅にぼうっと白くふくらむ光があった。礼子は簞笥にもたれてなにか陶然と坐りついていた。近寄って見ると、立てた膝を両腕に抱えこんで、ふくらましたワンピースの下から豊かな太腿をまる出しにして、暗がりの中に目をとろんと見開いている。寿夫の入って来たのにも気がつかない様子だった。

「おい、何してるんだ。電気もつけないで」と彼は前に立って上から声をかけた。

「ああ、いい気持だった。軀がとろけてしまいそう」と礼子はまだ睡気に重くつつまれた声でつぶやいた。

おもてで男たちが大声で話している。外にいるヒロシにむかって男たちが窓のあたりからかわるがわるでかい声を張り上げて、おい、ヒロシ、なに買って来い、あれも忘れんな、角の肉屋のほうがいいぞ、などと言いつけている。ヒロシはいつになく素直な弾んだ声で、よしきた、まかせておけ、千円も買えば足りるべか、などと答えながら畑にそって遠ざかっていく。酒盛りが始まる様子だった。礼子は膝小僧に唇を押しつけてその声に聞き入っていた。

その姿を見ているうちに、彼はむかし礼子から聞いた話を思い出した。

　十歳の時、夏の終りの、やはりこんな時刻だった。礼子は部屋の隅の箪笥にもたれていつまでも坐っていたことがある。大工が家に入っていて、庭から金槌や鉋《かんな》の音や、男たちの掛け声がひっきりなしに伝わってくる。離れの修繕か何かで、家の人はそのことで忙しくてかまってくれない。姉たちはさっさとどこかへ遊びに行ってしまった。それに、大工の中に背中に刺青をした男がいて、そんなもの生まれて初めて見たので怖くて、縁側の障子もぴったり閉めていた。そのうちに、日はだんだんに暮れて部屋の中が薄暗くなっていく。庭の仕事はなかなか終らない。姉たちはまだ帰ってこない。所在なくて、部屋の隅で膝を抱えてうつらうつらしはじめた。半分眠っていて、半分おきておもての物音を聞いていた。そのうちに、軀じゅうが何とも言えない気持になってきた。なんだか魂が、というより軀の感じが軀からひろがり出て、庭いっぱいになって、つらくなって、それからすうっと縮まって軀の中にもどってくる。おもての物音をつつんで、すうっと濃くなって入ってくる。そのたびに金槌の音だとか、男たちのだみ声だとかが、庭で立ったかと思うとすぐに軀の奥にこもって、びいんびいんと響き出す。するとすぐ軀じゅうが細かくざわめき出す。膝をじいっと抱えていなくてはいられない。と、またひろがり出す……。

　あの時、彼が生半可な知識から、「そいつは性感の最初の萌《きざ》しだよ」と言ったら、礼子は「そうかしら」とあどけない顔でぼんやり笑った。

　いまも彼女は円熟しかかった女のしるしを胸にも腰にもあらわしながら、眠りから覚めたばかりの子供みたいな顔を暗がりにぼんやり浮べている。

「いい加減に飯にしてくれよ」と寿夫はしばらくして妻を促した。

「そうね」と礼子はつぶやいて自分の膝をじっと見つめ、それから従順な獣のような腰をゆっくり上げた。


　夕食はすでに明日からまた始まる勤めの暮しに属していた。明日の朝、物をろくろく食べずに出かけなくてはならないことを考えて、寿夫は病み上がりの軀に甘えを許さなかった。食べようとすれば食べられる。結局、子供の偏食と同じことだった。二人はいつもより一時間ばかり遅くなった夕食を、いつものように台所でひっそりと向かいあってしたためた。夕食が終ると、隣ではもう酒盛りがたけなわだった。

礼子が台所で忙しく立ち働きはじめたのは、夕食の後片づけもとうに終って、九時を過ぎた頃だった。寿夫は居間のテレビの前に腰を落着けていた。今日の仕事はもう片づいたという様子で、しばらく彼と並んでテレビを見ていた。礼子もいったん彼女はちょっと何かを思い出したというふうに遠い目つきになって台所へ出て行った。また桃でもむいて来るのかと思っていると、彼女は台所で何やらがさごそとやり出して、いつまでも戻って来なかった。

夜の時間は、まどろみの中で過された昼間の時間よりも、造作なく流れていった。テレビの音と重なって、隣の男たちの酔声が聞えてきて、しかつめらしいテレビドラマをおのずと茶化していた。あの男たちと自分とで、いま同じ時間がどんなに違った濃さで流れているだろう。そんな事を思いやりながらも彼はやはりテレビから目を離せなかった。

「あなた、お風呂に入ってきて」という声にはじめてテレビから目を離して振り向いて見ると、台所はまるで大掃除の眺めだった。テーブルが片側に寄せられていて、床の上に米びつだの、醤油瓶や酒瓶やビール瓶だの、大小さまざまの罐詰やプラスチックの容器だのが、よくもまあこんな狭い台所に蔵《おさま》っていたものだと感心させられるほど賑やかに並んでいる。食器戸棚の下の扉が両側に開いて、がらんとした内側を螢光燈の明るさに晒していた。

礼子は濡れ雑巾を片手に、煤《すす》けた顔で台所の混沌の真只中に立ってうつむいていた。

「何してるんだ。こんな時間に」

「ええ、戸棚の奥がなんだかカビ臭くて」

まだそのにおいが残っているみたいに礼子は眉をひそめて、戸棚の前にゆっくりしゃがみこんだ。そして戸棚の中を雑巾で力いっぱいに拭き、手を止めて奥をじっとのぞきこんだ。その目のきつさにすこしばかり見すくめられた気持になって、彼はふと頭に浮んだことを、たわいもなく口にしてしまった。

「おとといか、さきおとといにも、戸棚の奥をのぞきこんでいたじゃないか」

「前々から気になっていたのだけれど、それほどでもないし、中の物をあけるのも面倒でしょう……」

「それなら、なにも今夜になって」

「残りの桃を冷蔵庫に移しておこうと思って戸棚を開けたら、気になってしようがなくなったのよ」

何かを取り上げられまいとする子供の口調だった。寿夫はテレビの前から立ち上がって妻のそばに行った。礼子は豊かな太腿で小さくしゃがみこみ、上半身を床の上へ低く傾けて、拭き終えた戸棚の内部を隅から隅まで気むつかしげに点検していた。それから彼女はほとんど未練そうな目つきで戸棚から軀を起して、床の上に展げられたものをひとつひとつ手に取って埃をぬぐい、戸棚の中にていねいに蔵《おさ》めはじめた。その作業がいかにも孤独に思えて、寿夫は妻の上から腰をかがめて手もとをのぞきこんだ。すると礼子はふっと目を上げて怪訝そうに彼の顔を見つめ、邪慳な声で言った。

「そんなところに立ってないで、早くお風呂を済ませてきてよ。毎日毎日、片づかなくて困るじゃないの」

風呂場はダイニングキチンから行って玄関口を右へ曲がったところにトイレと並んである。熱が引いてから三日目に、風呂に入ってくるように妻に言われたとき、そんな奥まったところがこの狭い住まいの中にもあったんだな、と彼は軽い驚きを覚えたものだった。病み上がりの一時的な若耄碌《もうろく》のせいか、それとも高熱が日頃の習慣の一部を洗い流してしまったせいか、それは五年前に礼子とはじめてこの家を下見に来た時に感じた驚きに似ていた。あの日、一時間近くかけて居間とダイニングキチンを隅々まで見まわして、さて帰ろうかと玄関口に出るまで、二人ともこの住まいの中に浴室があろうとは考えてもいなかった。玄関のわきにある水洗トイレを念のためにのぞきこんで、それからなにげなく並びを見ると、トイレの扉とほぼ同じ幅の扉がある。物置きでもついているのかと扉を開けたとたんに、淡いピンクの明るさが目の前にこぢんまりとひろがった。二人とも呆気に取られた。畳一畳ほどの細長い空間の中に、人ひとりやっと入れるほどのホウロウびきの浴槽と、ピンクのタイルを張った洗い場と、鏡つきの洗面場が、まるでホテルのミニチュア細工のように寸分の無駄もなくおさまっている。水道栓の位置も、ガス湯わかし器の位置も、ここより他に考えられないというようにぴしりと定まっている。窓のないかわりに、ガスの不完全燃焼を防ぐために、表に面した壁の上と下にそれぞれ細長い通風孔があって、どちらも人にのぞかれる位置でもないのに、鉄格子が細かくはめられて目隠しをしている。住まい全体のおおざっぱな造りに比べて、ここだけはじつに細かい神経が行き届いていて、なにか淫らな感じだった。

あの時、彼はたしかに柄にもなく《淫ら》という感じを受けた。その前に二人が暮していたアパートには、もちろん風呂などはなかった。はじめ礼子は銭湯に行くのを厭がった。軀つきが変ったのを見られてるような気がして厭だとこぼすので、以前のお前の軀つきを知ってる女なんかこの辺にいるものかと言ってやると、よけい厭がった。それでも日が経つにつれて彼女は銭湯通いに慣れて、同じアパートに住む女たちとかわらぬ恰好で洗面器を抱えて出かけるようになった。銭湯から戻って来た礼子の軀を、すぐに抱き寄せることもあった。すると素肌から銭湯のにおいが、薬湯のにおいとも大勢の汗のにおいともつかぬものが、ほのかに立ち昇ってくるような気がした。だがそれは二人の交わりの密やかさをすこしも乱さなかった。淫らなものは何もなかった。

それにひきかえこの風呂場には、《バストイレつき》のバスのように清潔で合理的で、その分だけ淫らなものがある、と彼はあのとき思ったものだった。そしてそんな淫らさを、日常生活の内側にもつということに、いくらか興味をそそられた。もちろんそんな感じは、いったん住みついてしまったら、消えるものだ。彼はもともと長湯が好きだった。勤めの身となってから、いよいよ好きになった。狭い湯ぶねの中で膝をかかえて、その日の神経にかかっている事どもをゆっくりほぐしては気ままに紡ぎ、何かを考えようとするでも知ろうとするでもなく、とにかく物が思えなくなるまで浸っている。妻の存在など思い出したこともない。

ところがいま入浴の気ままな快楽に浸ろうとすると、戸棚の奥をのぞきこむ妻の真剣な目つきが、寿夫の中でどうしてもほぐれない。自分の家の風呂に入って、自分のカミさんのことを考える奴もないものだと彼は苦笑した。しかしあの目つきに軽く揺がされた心の落着きが、わずかなところでどうしても取り戻せない。あんなことを三日も四日も気にかけていて、夜遅くになっていきなり、もう一日でも我慢できないというように働き出す。あの真剣さが、あの孤独に張りつめたものが、戸棚の掃除が終ればまた日常の立居振舞いの底に潜りこんで、圧力をかけられて流れていく。彼は湯ぶねの中で軀を小さくまるめて、台所の物音に耳を澄ました。瓶の触れあう音や床の上をひきずるスリッパの音に混って、それとほとんど変りのない鮮やかさで、隣の家や下の家の物音が伝わってきた。低く流れて時おり二言三言明瞭になる話し声、畳の上から立ち上がってのそのそと歩きまわりまたどすんと腰をおろす音、そしてあちこちで静かに湯を流す音、それらの音の中にともすれば紛れかける礼子の気配に、彼はすぐ近くにいながら、まるで遠い人間について気がかりな想像をめぐらすみたいに、湯の中でじっと膝を抱えて耳を澄ましていた。そして段々に自分のその姿を淫らなものに感じはじめた。いつのまにか彼は湯の音を立てまい、自分のここにいる気配を外に洩らすまい、妻にも聞かれまいと、身動きひとつするにもひっそりと気を配っていた。

とうとう軀も洗わずに湯から上がってくると、台所はきれいに片づいていて、礼子は疲れた顔で椅子に坐って、閉じた戸棚の扉を眺めやっていた。居間の境には襖が立てられていて、そのために台所はひとしお狭く、あらためて見まわすと真四角だった。「片づいたのか」と声をかけると、礼子は溜息をついて曖昧にうなずいた。そしてしばらくして、

「これ以上、片づけようがなくてね……」とつぶやいた。いかにも試みあぐねたというふうに軀の重みを椅子にあずけていたが、重たい瞼の下から戸棚を眺める目のきつさは前とかわりがない。「いい加減にして風呂に入って来いよ。もうすこし給料が上がったら、三間の家に引越すさ」と寿夫は礼子の肩に手をやって軽く揺った。されるままに頭をゆらゆらと揺って、礼子は戸棚からまだ目を離さなかった。そういう事ではなさそうだった。「いいから、もう風呂に入れよ」と彼はもう一度促した。しばらくして礼子はようやく立ち上がって、しまい忘れていた小物をあちこちに蔵めながら、しかたなさそうに風呂場のほうへ入って行った。

やがて風呂場から湯の音が聞えてくると、寿夫はなにかほっとした気持になって、いままで妻が坐っていた椅子に腰をおろして、煙草を一服ゆっくりふかした。それから立ち上がって、寝る時間までまたテレビでも見ようと居間の襖を開けた。そして息を呑んだ。

居間の電燈は消えていて、暗がりの中に二組の蒲団がきちんと敷かれている。その中に男たちの猥歌が重くこもっていた。狭い台所で礼子と話をしているうちに、彼の感覚もおのずと内に閉ざされて、外へひろがり出ていく力を失ってしまっていたのか、とっさに彼はその声の出どころをつかみかねた。主のいない寝室に、大勢の声だけが濃くこもっていた。

男たちは畑の暗がりの中にいた。耳を傾けているうちに、猥歌は止んで重ったるい酔声のやりとりとなった。誰かと誰かがしんねりと言い争っているのを、ほかの連

中が荒っぽい声で、まるで嗾《けしか》けるみたいに宥《なだ》めている。と、もつれ合う声と声の間から、誰かが、唐突として喉をしぼるように歌い出した。また猥歌だった。たちまち一同、今までのやりとりを放っぽり出して、それぞれすこしずつ調子のはずれたどら声で歌に和した。しばらくは歌うというよりも、てんで勝手に卑猥な思いを空にむかって吠えているという趣きだった。だがそのうちに男たちの節まわしがふっとひとつに合ったかと思うと、喉いっぱいの苦しげな怒号が柔らかにこもった声に変り、全体として淫猥なふくらみを帯びはじめ、ヒョイヒョイヒョイとうしろに突き出した腰を上下に揺って小手で舞うような調子になった。しかし長くは続かない。歌の文句をしまいまで知らない者が、出鱈目にがなり立てはじめる。たちまち歌は乱れて、やりどころのない鬱屈の叫び合いとなる。相手かまわず、事かまわずどなりまくる者。しみじみと口説きはじめる者。それに、長い奇声を発しながら畑の中へ走り出す者がいるらしくて、どさどさと柔らかな土を踏んで走る気配とともに、ひとつながりの甲高い声が遠ざかって行っては、ヒューンと弧を描いて戻って来る。その中で、仲間に負けじと野卑なことを叫ぼうとしながら、声がすぐに内にこもってしまって、ウオーッウオーッと曖昧な唸りを発しながら歩きまわっているのが、ヒロシのようだった。

寿夫は寝床に軀を平たく沈めておもての騒ぎに耳を澄ました。声はときどき遠くなって、むこう岸から上がる叫びのように聞えたかと思うと、寝室にいっぱいにこもってふくらみ、腰をヒョイヒョイヒョイと揺ぶって踊り出す。淫猥というよりも、むしろ陰気で滑稽で、物哀しいフグリまる出しといった声だった。猥歌のきれ目に、閉じた襖のむこうで湯を流す気配が、男たちの耳を憚るようにひっそり伝わってくる。

やがて猥歌が跡絶えて、しばらく苛立《いらだ》たしげな声が入り乱れて飛びかっていたが、そのうちにその中から、押しころした濁声《だみごえ》が闇の底を低く流れはじめた。それにつれて、ほかの声がひとつひとつ静まっていった。寿夫も思わず耳を澄ました。しかし説教めいた独特な節まわしのほかは、一言も聞き取れない。ときどき相槌や、先を促す声や、まぜっかえしてケケッと笑う声がはさまったが、すぐに話に引きこまれて黙りこんだ。しばらく一同傾聴の中で年かさの濁声が重々しく、なにか安心立命にかかわる重大事を嚙んでふくめて説いているように続いた。それから、感に堪えぬような若い声が上がった。

「そいつは、おめえ、ゴーカンでねえか」

「バカ言うな。そんなもんでねえ」と濁声がおごそかにたしなめた。

「押し倒したんだろうが」とまた別な声がせきこんだ調子でたずねた。

「ああ、引っぱたいて押し倒した」と濁声が泰然と答えた。

「ゴーカンでねえか」息を呑むような響きだった。

「違うな」と濁声が言って言葉を跡切った。一同の顔を見まわしている気配だった。

「違う。それから、俺は倒れてる女の足もとに土下座したんだ。そして頭を地面にこすりつけてよ、頼みこんだんだ、一生のお願いだから、やらせてくださいって」

「下手な芝居やんな。大事な時に」

「芝居なもんか。何のつもりか俺にもよくわかんなかったけどよ、くりかえし頭さげてるうちに、涙がボロボロ出てきやがった」

「女はどうしたい」

「頭をそうっと起してこっちを見てた」

「それで、何と言った」

「させてあげるわって」


男たちは静まりかえった。消えた言葉にまだ聞き惚れているような、淳朴な沈黙だった。沈黙が暗闇の底にうずくまる男たちの気配をかえって濃く伝えてくる。それから、

「ああ、頭にくるなあ」という悲鳴とともに沈黙が破れて、「嘘をつけ」、「嘘なもんか」と声が絡みあい、響きの乏しい笑いがたえず物狂おしく立った。「させて」、「させてあげるわ」と女の声を真似ながらどすんどすんと軀をぶつけあって、そのあげく「この野郎」と呻《うめ》きとも笑いともつかぬ声を立てて取っ組合いはじめるのもいる。そのうちに、

「ああら、ヒロシさん、あなた、まだここにいらしたの」と太い男の声がした。ウウッと、言葉にならぬ唸りを発してヒロシが答えた。すると男たちが競って女の声をつくってヒロシをからかい出した。

「どうしましょう。悪いことしたわ」

「ヒロシさんにはまだ早すぎるお話ね」

「そうよ。ヒロシさん、ドーテーなのよ」

「はやくお家に入って、オシッコしてお休みなさいな」

一息おいて誰かが素頓狂な声で叫んだ。

「あとで、おバアちゃんが行って、一緒にお床に入って

あげるわね」

「なろう」とヒロシが叫んで声の主に飛びかかったようだった。ヒェーッと男が悲鳴を上げたが、体力ではヒロシにだいぶまさるのか、悲鳴のあとからウヘヘヘと笑いが洩れた。

「ヒロシさん、およしなさいったら」

「みっともないわよ、あなた」

「お怪我なすったら、哀しいわ」

男たちが口々に嬌声を立ててヒロシにまつわりつくようだった。そしてしばらくなよなよと揉みあっていたが、そのうちに「やっちまうか」とドスのきいた低い声がしたかと思うと、ボソッボソッと砂袋を叩くような音が重なった。「なにしやんだ」とわめいてヒロシが地面に倒れた。地面の上で揉み合う気配が続いた。「やめろ。おい。変なマネすんな」と声が幼くなった。「ショーベン、ひっかけっぞ」とほとんど声変り前の叫びになった。懸命な抵抗を押えつける荒い息づかいの中から、たえず低い笑いが洩れた。

「ウアアア」と脳天に抜ける声がひと声あがって、男たちが四方に飛び散った。困惑の笑いが遠巻きにひろがった。そして「殺してやる。みんな、殺してやる」という叫びとともに血相変えて家の中へ走りこむ気配があり、それに続いてもう一人、「ヒロシ。おい、ヒロシ君」と呼びながらあたふたと駈けこんだ。「刃物はやめろ、な」、「今日という今日は、もう我慢なんねえ」、「クニのおふくろさんのことを考えろよ」、「あんた、おふくろによろしく伝えてくれよな」などというやりとりがきれぎれに聞えた。やがて、大声でうっとりと怒鳴り立てるヒロシを、低い濁声がしみじみと宥めながら、二人はまた家の中から出てきた。

それから後はヒロシの独壇場となった。ほかの男たちはいつもながらのヒロシの芝居がかった激昂に鼻白んでしまったらしく、もう逆わずにしかつめらしい相槌を打っていた。それでもやはりヒロシのことが心配なのか、あちこち歩きまわっては怒鳴りつづけるヒロシの後から、皮肉でもあるような、卑屈でもあるような相槌がぞろぞろと従いていく。しばらくしてヒロシの長い長い詠嘆が男たちの声をつつみこんで、畑にそって遠ざかって行った。そして遠くで泣き声のようになって、ふっと静かさの中に吞みこまれた。その時、

「ああ、しまった」と襖のむこうで、なにか取り返しのつかない手違いに気づいたように、礼子が哀しげにつぶ

やいた。

「どうした」と襖ごしにたずねても返事がない。起き上がって襖を開けて見ると、礼子は湯上がりの軀に白っぽい寝間着を着てテーブルのそばにつっ立っていた。

「ポリバケツのゴミ、捨ててくるのを忘れてたわ」

「そんなこと、明日の朝でもいいだろう」

「やることはちゃんとやっておかなくては、いけないのよ」

　そう言って礼子はいまいましげな目を、もう鍵をかけた玄関口のほうへやった。軀全体がひりひりと苛立っていて、手の出しようもない。台所の濡れたゴミは野菜畑のはずれにある共同のポリバケツに捨てて、まとめて清掃車に持って行ってもらうことになっている。

「隣の人たち、まだ騒いでいるかしら」と礼子は心配そうな声でたずねた。二人して遠くへしばらく耳を澄ましたが、声ひとつ立たなかった。またどこかへ呑みなおしに行ったらしい。

「とにかく俺が行く」と彼は寝室から出た。しかし礼子はまるで相手にしない。

「いいわ。捨ててくるだけじゃないの。捨てたあとのバケツをおもての流しで洗ってこなくちゃいけないの」

　そう言って礼子は夫の見ている前でくねくねと軀を動かして寝間着を足もとに脱ぎ捨て、肌着ひとつの軀をごめもしないで、昼間の汗にまみれたワンピースを湯上がりの肌に着こんで玄関口に降りた。

「おい、俺が行くって」と彼はうしろから声をかけた。

「いいわ。あなたじゃだめなのよ。すぐ戻ってくるから寝てて」と言って礼子は負けん気な顔つきで重いバケツを両手に抱えて出て行った。

　寿夫は寝床に戻った。聞き馴れたサンダルの音が窓の下にまわって畑にそって早足で遠ざかって行った。やがて遠くで、ターン、ターンとポリバケツのふちを打ちつけて底のゴミをあける音がした。それから物音が絶えて、あたりがまた闇一色の感じになった。その中からサンダルの音が響き出すのを、彼は寝床の中で耳をそば立てて待った。

　しかし足音はなかなか現われず、しばらくすると静さの地平から、男たちの声がざわめき出てきた。喧嘩とも歓談ともつかない太い声につつまれて、ときどき女の声がやわらかくふくらむのが聞えた。

　さっきまでとうって変った和やかな話し声が畑にそって戻ってきた。そして流し場のあたりで止まって、ひとりひとりお互いにはにかむように笑った。ヒロシの声がした。

「奥さん、そのバケツ、洗ってやるよ。おう、おまえ、これ洗ってこう」

「この野郎、したでに出ればいい気になりやがって」とやりかえす声がしたが、怒気はなかった。

「あら、悪いわ。独身の人にそんなことしてもらっちゃあ。恋人が見たら大変よ」と礼子の声がした。仲間どうし戯《ざ》れ合う調子だった。

「恋人なんかいないんだよ」と声がして、すこし哀しげな余韻を残して、水を流す音に紛れた。「いいから、奥さん、そこに坐っててよ」ともうひと声、水音の中から聞えた。

　大分たって水音が止むと、不器用に喉の奥にこもったヒロシの声がまた聞えた。

「ああ、奥さん、酒呑まない。呑めるんだろう。こないだ駅前のスーパーの屋上で亭主と生ビール呑んでたじゃない。ちょっとでいいから呑んでよ。今夜はいい機嫌になっちゃってんだ。おう、おまえ、茶ワンもってこう」

「ヒロシよ、おめえ、奥さんの前で一人でいい恰好すんなよ」

「バカヤロ。奥さんと俺はドーキョー人なんだぞ。ヘンなまねすっと、ぶっ倒すぞ」

「いばるなよ。おめえ、今夜は強えなあ」

「あたりめえよ」

　ぶつくさ言いながらも足音が軽くはずんで家の中に走りこみ、まもなく酒瓶と茶碗をチンチンと三拍子に打ち鳴らしながら出て来た。「俺に寄越せ」、「俺につがせろ」と競って瓶に手を伸ばす声がしたが、結局、「俺だ」と一声ドスをきかせてヒロシが瓶をふんだくった様子だった。

「すこしだけよ」と礼子が助けを求めるように言った。

「俺にまかしとけよ。さ、出しな」とヒロシの声がして、男たちは興味津々と静まりかえった。

　ウホーッと溜息のような歓声が起った。寝床から軀を起してカーテンのすきまからのぞいてみると、ちょうど昼間寿夫が老婆に話しかけられていたあたりで、礼子の白い姿が半裸の男たちにまわりを囲まれて石の上にゆったりと坐り、両手に湯呑茶碗をもって、茶の湯みたいな手つきで口もとにすこしずつ傾けていた。その真前でやはり半裸のヒロシが地面に片膝をついてその上に一升瓶を押し立て、手の肘をいかつく張って控えている。そして二人を取巻いて男たちが子供みたいに尻を低く垂れてしゃがみこみ、赤銅色の汗ばんだ背を小さくまるめて、礼子が茶碗を傾けるのを嬉しそうに見上げていた。

「ああ」と喘ぐような声を立てて礼子がようやく酒を呑みほした。「もう一杯」と求める声があった。「もうダメだ」とヒロシがおごそかに制した。

寿夫は窓のそばから離れて寝床の上に仰向けにかえった。窓の外ではヒロシが一人ではりきって、上ずった声で一座を取りしきっていた。男たちはお互いどうし穏和な声で喋っていた。そのうちにヒロシが急にしんみりとした調子になって口説きはじめた。

「なあ、奥さん。今夜は俺、奥さんにじっくり身上話きいてもらいたいんだ。考えてみてくれよ。毎日毎日、こんな獣みたいな野郎どもと暮してるんだから。こみ入った話なんかできやしねえよ」

そのとたんに、「この野郎、どこまでも図に乗りやがって」とどなる声がして、「キャア」と礼子が若い娘みたいな悲鳴を上げて飛びのいた。誰かが土の上に勢いよく転げる音がした。

「イテテ、いきなり後からどつきやがって。奥さんもひどいよ。俺の前から逃げちまうなんてさ」とヒロシがおどけた泣き面のありありと目に浮ぶ声でぼやいた。「可哀相に、抱き止めてもらえなかったな」と誰かが言って、陽気な笑い声がどっと湧き起った。礼子は恥かしそうな声で笑いに和していた。

笑いがおさまると、「それじゃ、おやすみなさい。ありがとうございました」と礼子の澄んだ声がして、「おやすみ」「おやすみなさい」と男たちが口々に答えた。不思議にやさしい声だった。礼子の足音が階段を昇りきってから、ようやく男たちは歩き出した。「させて」「させてあげるわ」と口癖になったやりとりがもう欠伸まじりに交わされて、ざわざわと家の中へ入って行った。

「帰りました」と玄関口で声がして、足音がそのまま浴室のほうにまわった。湯をつかう音がしばらく続いた。それから礼子は足音を立てずに出てきて、襖のすぐむこうでしばらく何かをしていたが、やがて台所のスイッチを切る音がして、一瞬濃く立ちこめた暗闇の中で襖が静かに開き、白い軀が流れるように入ってきて寿夫のそばに崩れた。冷たい水を浴びてきたらしく、肌がひんやりと締まっていた。胸から腰の線にそって手を滑らすと、酒くさい吐息が胸の奥から洩れた。

その時、窓の外の暗闇の底から、「ヒロシ君。起きてる、ヒロシ君」と低く呼ぶ声が聞えた。男たちの家はもう寝静まっていた。声は家のそばに近寄ろうとせずに、畑のへりのあたりからすこしずつ位置を変えて根気よく呼んでいた。眠っている人間を起せそうにもない小声だが、その密やかさはかえって、心の底に求めのある人間の眠りの中まで徐々に忍びこんでいくようにも感じられた。

「こんな遅くまで集会をやってるんだなあ」と寿夫は妻の耳もとでつぶやいた。

「そうね。熱心なものねえ」と礼子はいくらか皮肉に答えて軀を寄せてきた。

たるんだ喉を顫わせているみたいな不愉快な声が、繰返されるうちに段々にふくらみを帯びて、年齢の境を超えてやさしく、女らしくなっていく。いましがたの礼子の声がまだ窓の外の暗闇の中に漂って谺しているような、そんな幻覚に寿夫は当の礼子を片腕に抱きながらふっと引きこまれかけた。しばらくして、そっと表へ出て行く足音があった。

暗闇の奥で老婆のしきりにささやきかける声と、ウッウッとヒロシの不器用にうなずく声とが、長いこと細々と続いた。

それを耳にしているのかいないのか、礼子は夫の腕の中でうっすらと目を閉じていた。

行隠れ

『行隠れ』河出書房新社、一九七二年三月（一九七九年集英社文庫版により修正）

行隠れ

その日のうちに、姉はこの世の人でなかった。

　下の姉の婚礼の前日だった。十一月はじめの晴天のまだ蒼白く暮れ残る時刻に、姉は泰夫の部屋の窓を離れて庭から門へまわり、門のところでおそらくもう一度家の内の気配をうかがって、泰夫が従《つ》いて来ないことを確かめ、くぐり戸を開けて出て行った。その足でまっすぐに、家から一里ばかり離れた川べりの雑木林に向かっていた。

　その日、泰夫は婚礼を明日に控えて妙に気儘になった下の姉の思いつくままに、午前に一度、午後に一度、片道で一時間あまりかかる新居まで、人形だの、壁掛けだの、アルバムだの、すぐには入用とも思われない細かな品をダンボール箱に二杯ずつ運びこみ、まるで花嫁の雑役夫みたいな一日を送らされた。

　二度目の使いから戻った時には、とうに三時をまわって、植込みの蔭や軒端には秋の早い夕暮れが漂っていた。門を入って玄関の前から庭のほうへまわろうとすると、玄関の戸がなにか決まりがつかないというふうに開いて、下の姉と婚約者の堀内が寄り添って小声で話しながら出てきた。

　泰夫の前で二人は目でうなずき合った。それから泰夫のいるのに気がついて、具合の悪そうな笑いを浮べたが、目は逸らそうともしないで、曖昧な足どりになって前を過ぎていく泰夫の顔を二人して眺めた。泰夫は堀内に軽く会釈して二人の視線を脱れた。遠ざかる足が、早足になりかけた。「泰夫くん、ちょっと」と下の姉が呼び止めた。振り返ると、下の姉はふくらんだ旅行鞄をみぞおちのあたりに抱え、胸を子供っぽく反らして下腹をすこし突き出し、潤んだ目で泰夫に笑いかけていた。

「この鞄もって、兄さんをバスの停留所まで送ってあげて。いい子だから」首を左へかしげて、鼻にかかった声で言った。

この家にはなかった兄さんという言葉が、耳に粘りついた。堀内も戸惑った表情で、十以上も年下の泰夫にむかって、踵を合わせてかしこまって見せた。泰夫は黙ってそちらに近づき、どことなくうっとりと立っている下の姉の手から鞄を受け取ると、自分から門のほうへ歩き出した。堀内がそれに呼吸を合わせて、下の姉をおいて泰夫と肩を並べた。並んで歩くと背丈は泰夫と変りがない。下の姉はセーターの裾に両手をつっこんで、背をまるめて小走りに堀内の後ろから従いてきた。

門のところに立ってまだこちらを見ている明日の花嫁に二人してちらりと目をやって角を曲り、しばらく行ってまた角を折れ、あとはバス通りまで一筋につづく長い静かな路を並んでたどるうちに、二人の足なみはぴったり合っていた。泰夫は不快な気持になって、自分から歩調を乱して投げやりに歩いた。しかし十歩も行かぬうちに、二人の足音はまたひとつに重なり、鈍重な男臭さを路にそって響かせた。泰夫の大学の先輩にあたるので、堀内は自分の大学時代のことを、照れ臭そうに喋っていた。武骨な顔つきに似あわず、繊細な神経の持主だと泰夫は見た。しかしそうは思いながら、こうして足なみを揃えて歩いていると、何かのはずみに自分はこの男に殴りかかるのではないか、と怖れがくりかえし心を掠めた。

路の半分まで来た時、泰夫はむこうから買物籠をさげて近づいてくる姉の姿を目にとめた。不自由な右脚が地面を踏むたびに、細い軀が右肩から、道端に花でも見つけたようなやさしさで沈みかかり、それからゆるやかな流れに乗って起き上がり、淡々と前に進んでくる。不具者のぎごちなさも、不安に張りつめた表情も見られない。ただ、うつむけた顔がわれとわが身に困惑して、内へひっそり微笑んでいる。

子供の頃には、何をやっても男の子に負けない姉の敏捷さの秘訣がその脚にひそんでいるかのように、弟として得意な気持で見まもったものだった。近所の子供たちもこの姉には一目も二目も置いていた。姉がおもてで飛びまわる少女の時代を抜け出してしまった後も、強い姉の記憶はまだしばらく子供たちの間に留まって泰夫を助けた。自身が目覚め頃にさしかかると、泰夫は気持をつとめて姉から遠ざけようと努めた。家の中で姉の姿から目を逸らす時期が続いたのち、実際に姉から遠ざかった。しかしその時期もあまり長くはなかった。二十歳になるともう泰夫の気持は姉のもとに戻っていた。ことに近頃になって、下の姉の結婚の準備が進むにつれ、廊下や庭ですれ違う姉と目を見かわして微笑みあうことが、とみに多くなった。その度に、泰夫は自分がまだ二十歳の若さのくせに、まわりの人間たちの自己主張の頑なさに怖れをなして、早々に内に引きこもろうとしているように思えた。

二十歳の目であらためて姉の姿を見ると、姉はいつでも静かに不自由な軀を運んでいた。その姿の、はたの人間たちのために自身の存在に困惑しているような、それでいて自分を内側であるがままに守っているような、そんな表情が泰夫にとって、身近にありながら、懐しいものとなっていた。

堀内は目をまっすぐ前へ向けていたが、話に気を取られて、姉の姿にまだ気がついていなかった。しばらくしてようやくその姿を目には止めたものの、自分の明日の花嫁の姉だとはまだ見分けられなくて、健全な男が軀の不自由な女を目にした時の、あの淳朴な困惑を浮べて、視線を逸らした。それと同時に姉がうつむけた顔をゆっくりあげ、泰夫と目を合わせた。二人は微笑んだ。堀内も泰夫の微笑みを目の隅に感じて、近づいてくる女を怪訝そうに見つめた。それからあわてて笑いを浮べた。

「いよいよ明日ですね」姉は自分から声をかけた。

「はっ、よろしくお願いします」と堀内は五つも年下の姉の前でかしこまった。

「こちらこそ、斎子《きよこ》のことを、よろしくお願いします」

そう言って姉は堀内から泰夫のほうに視線を移し、「お送りするの」とたずねた。それから泰夫の目を深く見つめて、うなずいてみせた。なにか二人きりで話したいことがあるな、と泰夫は感じ取った。堀内もそれを察したらしく、すぐに狼狽から立ち直って、「それじゃ、泰夫さん、もうバス通りも近いことだから、このままお姉さんとご一緒にお家に戻ってください」と言って鞄へ手を伸ばした。どうしたものかと姉の顔をうかがうと、姉はまたかすかにうなずいたように見えた。

重い鞄を両手にさげると、堀内は急に脂ぎった顔つきになり、姉にむかってあらためて気をつけの姿勢を取った。

「明日は神妙に花婿の役をあいつとめますから、どうか式場ではなるべくこちらを御覧にならないよう、よろしくお願い申し上げます」

道化めかした態度には、かえって三十男のむくつけき意志があらわれていた。その前で姉は年相応に弱々しい感じになって、口もとに手をあてて苦しそうに目で笑った。

堀内は気をつけの姿勢のまま、上半身を勢いよく前へ折り曲げて一礼し、それから穏やかな表情になって泰夫に微笑みかけると、大股の歩みで遠ざかって行った。

その姿が角を曲って消えるまで見送ってから、姉と泰夫は歩き出した。姉は何も言わなかった。うつむけた顔に、微笑みの影のようなものが内側からひろがっては、はっきりとした表情となりきらないうちに消えた。泰夫は使い走りに費やされた一日のことをぼやきはじめた。

姉は黙って、哀しみか、それとも静かな歓びか、とにかく一歩一歩ゆるやかに軀を揺すりながら歩いていた。一歩一歩ゆるやかに軀を揺すりながら歩いていた。自足した様子だった。そのことに安心して、泰夫は一人で喋りつづけた。

「だけど、新婦の住まいってのは、なんだか変な雰囲気だよ。何もかもまっさらで、どうにでもして欲しいって顔していて、それに、何から何まで夫婦のためにあるんだ。そりゃあ、二人きりで暮らすんだから、当り前の話だけど、それにしても変な感じだよ。一人で鍵をあけて、居間まで荷物を運び入れたはいいけど、なんだか空巣してるみたいで息苦しくなってね、荷物置いてさっさと出てきてしまった。二度目に行くと、さっき置いてきた荷物が、もうそこの番人みたいな顔してこっち睨んでるのよ。斎子姉さん、新婚旅行から帰ってきて、居間の真中に汚ならしいダンボールの箱が四つ積んであるのを見て、顔しかめるよ、きっと。うん、そのほかは、いますぐにでも夕飯の支度にかかれそうな構えだった」

姉ははじめてはっきりと笑いを浮べた。そして泰夫の憎まれ口を封じようとするように、不自由なほうの脚を沈めながら、身を寄せてきた。

「疲れた……」泰夫の靴の先のあたりを眺めてたずねた。泰夫は思わずこっくりとうなずいた。

「おんぶしてあげようか」と姉はまたつぶやいた。そして冗談を言ったというふうもなく、また微笑みの影をひろげた。

ちょうど路は鉤の手に折れ、五十米ほどむこうでもう一度折れて行く手を隠していた。切れ目なくつづく高い石塀と石塀の間には、たまたまほかに人影はなく、夕暮れが降りていた。白い顔が瞼を深くおろして、泰夫の肩の高さに浮んだ。右足を踏みだすたびに、姉の軀は泰夫のほうに沈みかかり、佶屈《きっくつ》した動きをつつんでふくらむスカートの裾が、彼の左脚に触れて流れた。そして重い陰気な足音とともに姉の軀は地面に受け止められ、目を閉じた顔が遠くから来るうねりに乗せられて、つらい溜息をつくように、泰夫の肩のあたりにまた浮んでくる。そのたびに、泰夫はこの温みのひろがりを、抱き寄せてしまいたいという衝動を覚えた。抱き寄せてしまえば、堪えがたい反復は断ち切られる。姉の軀は不自由な側を泰夫の胸に支えられて、はてしない波の動きに揺られることもなく、平らかな流れの上を滑っていく。そして泰夫は泰夫で、そのおかげで、昔のように姉におぶわれて家に帰る気持になれる。二人はそのまま石塀の間を通り抜けた。

あの時、泰夫は姉の姿に平生と変ったものを認めたわけではなかった。

家の門を入って、二人は玄関の前で左右に別れ、姉は買物籠を片手に台所口へまわった。泰夫は庭にまわって縁側から居間に上がり、下の姉の閉じこもる部屋の前を通って自分の部屋に入った。階段の下を通り過ぎるとき、一足先に家に上がった姉がもう踊り場をまわって、上下に揺れる淡い影を灰色の壁に映しながら昇っていくのが見えた。

その時の姉の姿さえ、父と母と下の姉にとっては、すでに亡き姿だった。ちょうど美容院に行っていた母はともかく、姉の通った廊下と襖一枚隔てて明日の支度をしていた下の姉も、姉の部屋の並びの書斎にいた父も、姉の帰ってきたことに気がついていなかった。廊下を歩く足音も、階段を昇ってそして降りていった気配も、二人の記憶に僅かな痕跡さえ残していなかった。父と母と下の姉にとっては、正午頃、皆して出前の蕎麦をそそくさと食べて茶を呑み終ったあと、忙しい家族をかばって自分で茶碗を台所に片づけ、それからふっと勝手口から出て行った姉の姿が、最後だった。

泰夫の前には、姉はもう一度姿を現わした。

二階へ昇っていく姉の影を見送ってから、泰夫も自分の四畳半の部屋に引きこもって、畳の上に寝そべった。そして婚礼の前日の、家の中の静かさに耳を澄ましているうちに、二度の使いの疲れからまどろんだ。しばらくしてまどろみは浅くなり、明後日から始まる自身の旅行について、とりとめのない思いをふくらましていた。下の姉と堀内は明日ホテルで式を挙げたあと、同じホテルで一夜を明かして、翌朝の列車で奈良にむかう予定だった。泰夫も同じ日の午後の列車で、一週間の九州旅行に発つ許可を得ていた。相棒はもう今日の列車で発っていた。それとは別に、昨日のうちに、泰夫の女友達が相棒の女友達と一緒に、やはりそちらへ向かっている。姉の結婚式のことで忙しくてと言訳して、泰夫は旅先で相棒と落合ってから先のことは何もかもあなたまかせにしていたが、相棒はどこかで四人して落合う手はずをととのえているようだった。

さっきは物音ひとつしなかった隣の部屋で、明日の花嫁が旅行の荷物でも整えてるのか、ごそごそと何かを掻きまわしていた。もう一人前の主婦みたいになりふりかまわず働いているふうでもあり、聞きようによっては、まるで堀内がまだそこにいる密やかさが物音にいちいち潜んでいる。そんな矛盾した感じがこのひと月ばかり、下の姉のまわりに段々に濃く漂いはじめ、家全体の中にもそこはかとなく立ちこめ、泰夫は鬱陶しい気持にさせられていた。

しかし隣の物音が静まってみると、その鬱陶しいものは泰夫の軀の中にも、淀んでいるのがわかった。殺風景な部屋の真中に、毛布もかけずに横たわる自分の軀を、泰夫はもて余して、暗さが部屋の中に満ちてくるのを待った。夕暮れが濃さを増して包んでくるにつれて、枕もとの窓の曇ガラスが白々と宙に浮き出た。

しばらくしてその窓がそっと開いたのを、泰夫は耳にした。それから、誰かに眺められている気がして、枕元のほうへ目をやった。窓が細目にひらいていて、蒼白く澄んだ軒端の明るさの中に、姉の顔が静物のように浮んでいた。

「なに」と泰夫は小声でたずねた。

姉は悪戯っぽく笑った。軀を窓のむこうに隠して、顔だけこちらに差し出していた。ちょうどそんなふうに、夏の午さがり、姉は両親たちにも妹にも内証で、午睡中の泰夫を面白い遊びに連れ出しに来たものだった。

「なに」今度は隣の部屋を意識して、声をひそめた。明日の花嫁は相変らず密やかな音を立てて働いていた。泰夫は仰向けの軀を横にして、すぐにでも起き上がれる構えを取り、姉の合図を待った。

「風邪、引くわよ」と姉はつぶやいた。また静物のような表情に戻って、泰夫の軀を眺めた。泰夫は肌寒さを覚えて、横に向けた軀を小さく丸めた。ところが子供じみた恰好でちぢこまると、肩と言わず、腰と言わず、二十歳の成長した軀の醜悪さが、姉の目の下でかえってなまなましくあらわれた。ぎごちない仰向けに返って、彼は助けを求めるように姉の目を仰いだ。姉はすこし戸惑う表情になった。それから何か大きなものが窓から投げこまれ、白い毛布が泰夫の胸の上に落ちた。泰夫は急いで毛布をひろげ、立てた膝をもそもそと動かして皺を伸ばし、足の先まで包みこんだ。干場に出ていたらしくほのかに残る陽のにおいに口もとまで埋めて、また窓のほうへ目をやると、姉はまだこちらを見ていた。

「ありがとう」と言うと、姉は彼の胸もとあたりを見つめてうなずいた。泰夫は目を閉じて、わけもなく見つめられている具合悪さをこらえた。姉の凝視にさらされた白い毛布の下で、泰夫自身の困惑をよそに、軀がすぐに温もってきた。

どれほど見つめられていただろうか。そのうちに、具合悪さは安堵に変った。

泰夫はもう一度顔を窓のほうに向けた。顔をのけぞらすにつれて、全身がすこし左へよじれて、毛布をもわもわと波打たせた。すると白く静まった顔がこちらを見つめながら、微笑みとも顰《しか》め面ともつかぬ濃い表情に崩れかかり、その鼻先で、まるで別の手で動かされるように、曇ガラスがゆっくり滑って閉じた。姉の姿は白い影となって窓にいっぱいにひろがり、斜めに傾いては揺れ戻りながら、門のほうへ流れていった。

その時刻を、泰夫は姉の投げこんでくれた毛布にくるまって、胸騒ぎの影もなく乗り越えた。すっかり暗くなった部屋の中で目を覚ますと、隣では下の姉がまだ働いていた。居間に出て柱時計を見ると、六時半を過ぎていた。平生ならとうに夕飯の始まる時刻なのに、居間には誰もいない。おまけに、障子もガラス戸も開け放しで、秋の夜気が流れこんでいた。台所で母がきれいに結った頭をうつむけて夕飯の支度をしているのが、暗い廊下を通して見えた。庭の中のほうに薄明かりが流れ、父はまだ二階の書斎で仕事をしているようだった。縁側には洗濯物が庭から取りこまれたままになっていた。

姉が庭のほうから戻ってくる気がして、泰夫は誰もいない卓袱台《ちゃぶだい》の前に立って待っていたが、うすら寒さにいたたまれなくなり、洗濯物を両手でまとめて廊下の隅に押しやり、ガラス戸を締め、障子もぴったり閉ざした。障子紙が電燈の明かりを柔く受け止めて、部屋は居間らしい温みを取り戻した。泰夫は一人で卓袱台の前に腰を落着けて、内々の祝いの始まるのを待った。どうせ避けられないものを、自分から出向いて待つ気持だった。

下の姉が堀内という、去年の今頃はその存在さえ知らなかった男の妻となる。そのことで、世間並みの儀式が家の外で執り行なわれるのはかまわない。しかし家の中で、家族どうしで、儀式めいたものが交わされるのは、結婚を祝う気持はあっても、やはり堪えがたいことだった。だいたい、この家は三人の子供が成長してからというもの、儀式めいたものを行なう力を失ってしまっている。祭司たるべき父が、大人となった子供たちを目の前にすると照れてまともな口がきけなくなり、形式を守る役目をさっさと放擲《ほうてき》して、自分から姿勢を楽にしてしまう。それは父の優しさのしるしであり、ぎごちなく役目を守られるよりはましだと彼も思っていたが、しかし形式がまるでないとなると、血を分けあった者どうしが、暮らしの必要を超えた事柄のために、ひと所に集まって言葉をかわさなくてはならないということは、なかなか憂鬱なことである。父はおそらく大学では気さくな教師だろうけれど、肉親の間では気さくということはあり得ない。気さくさとは、つまり距離のことだ。肉親どうしも心の中では他人どうしに劣らず離れ離れの暮らしを送っているとはいっても、血のつながりというものは恥のつながりであり、お互いを我身のように恥じることであり、そこには気さくさの働く余地はない。

しかし姉は別だ、と泰夫は思った。姉だけは今夜この居間で気さくに振舞うことができる。

下の姉が堀内との交際を進めることになったのも、もとはといえば、姉のお蔭である。この三月のことだった。下の姉が堀内と見合いをしてきたその晩、家族五人は夕飯の後でこの居間に集まって、お互いに目をすこしずつ逸らしながら、ぽつりぽつりと言葉をかわしていた。下の姉の感想はあまりはかばかしいものでなかった。両親も両親で、日頃は娘たちをはやく片づけてしまいたいというようなことを口にしているくせに、こうしても平穏に流れていく暮らしの中にわざわざ変動を望まない気持もあるらしく、聞いていると、下の姉の返答を否定的な方へ否定的な方へと誘導していくみたいなたずね方をしていた。そうして言葉すくなに話すうちに、いつのまにか結婚というものが、外からのいかがわしい侵入者の相貌を帯び出したものだった。その前で家族五人はお互いに困惑でもってつながり合った。奇妙に揺がしがたい融合感だった。言葉も跡絶えた。下の姉は畳の上に肘をついて、傍にあった週刊誌をめくりはじめた。しばらくして母が卓袱台にこぼれた茶を拭きながら、「それじゃ、やっぱりお断りしようかね」ともう独り言のようにつぶやいた。すると下の姉が週刊誌に目をあずけたまま、「あら、どうして」とこちらも気のない調子でつぶやいた。なにかちょっとした計画が家族の間で曖昧に立ち消えになる時に、よく交わされるやり取りである。下の姉の言葉はただの気紛れなつぶやきとして、家族たちの腰の重い沈黙の中へ融けていきかけた。その時、さっきから黙っていた姉が悪戯っぽい笑いを浮べたかと思うと、下の姉を横目でにらみつけ、「斎子さん、あなたは」と言うなり、下の姉の肩を抱き寄せた。

「違うってば……」下の姉は姉の腕の中で身をくねらせて笑い出した。その時、風が流れこむみたいに、結婚という事柄が淀みの中に流れこんで、実現のほうへむかって動き出したのを、泰夫は感じた。

たしかに、あれがきっかけだった。たしかにあの時、泰夫は下の姉の結婚という変動に、爽やかさを覚えたものだ。縁談が進んでいく間、彼は二十歳の弟らしい感傷を覚えないでもなかった。しかし婚礼の日が近づくにつれて、平生はどちらかと言えば万事において幼くて騒々しいほうの下の姉が妙に落着き払ってきて、どことなく緩慢になった動作の端々に、眠たげに自足した表情を漂わせはじめたのに、泰夫は驚いた。もともと小肥りだった軀がふっくらと肉につつまれ、肌の色が透けるように淡い感じになった。繭をつくりはじめる蚕の感じを、泰夫はしばしば思い浮べた。自分と血を分けた女が、ほかの男のものになるという事実が、いままで考えてみたこともない陰気さで、のしかかってきた。堀内という人は鈍重な骨相をそなえているけれど、心は繊細そうな人である。しかし相手の人柄にかかわりなく、嫁入りとは一種の人身御供のようなものなのかもしれない。毛むくじゃらな狒々《ひひ》が山の中から呼ぶのに応えて、家の者の怖れをよそに、名ざされた娘のまわりに、静かな恍惚が漂いはじめる。そんな荒唐無稽な、浅ましいことを考えながら、泰夫は以前にたった一度だけ接吻をかわしてそれきり逢わなくなった女友達と、旅先でまた何かがあるかもしれないという思いに、軀をこわばらせていた。

姉の戻ってくるのが、しきりに待たれた。姉だけが、このひと月ばかりこの家を支配している結婚という怪物の、力の外に立っているように思えた。下の姉が奇妙な自足の雰囲気を身のまわりにふくらましていくにつれて、両親の立居振舞いはどことなく上ずってきた。なにか濃い感情に囚えられて呆然とした風がある。泰夫は泰夫で、下の姉の姿から目をそむけながら、自身の鬱陶しい思いに耽っている。それにひきかえ、姉は日ましに透明な、日ましに自由な存在になっていくように見えた。姉は結婚の準備を淡々と手伝っていた。旅行に着ていく服の相談をしてやったり、新居のカーテンの色を選んでやったり、家具を吟味してやったり、そして母が忙しくて気もそぞろな様子の時には、この家の主婦の役を勤めて日常の流れを守っていた。しかも、肉親どうしの感情から離れて一人で微笑んでいるようなところがある。

待つうちに、二階から足音が降りてきて、玄関の戸を開けて門のほうへ遠ざかった。そしてその足音が戻ったようにも思えないうちに、玄関がまた閉まり、父が夕刊を片手につかんで寒そうに部屋に入ってきた。

「祥子《よしこ》と斎子は」とたずねて父は泰夫の向かいに腰をおろし、新聞を読みはじめた。

「むこうの部屋でまだ明日の支度してるよ。祥子姉さんは、二階の部屋にいるんじゃない」と泰夫は答えて、いましがた足音が二階から降りてくるまでは庭のほうの物音にばかり耳を傾けていたことに、首をかしげた。

「いや、別に用はない」父は新聞にむかってうなずいた。居間に出てきても活字に目をやっていないと落着かないらしい。

「いま表へ出て行ったの誰、お父さん」しばらくして泰夫は気になってたずねた。

「いま出て行った……」と父は怪訝そうな顔を上げて、玄関のほうへ耳を澄ます目つきになったが、また新聞に目を落した。「ああ、夕刊を取りに行ったんだ。この頃、お前たち、取りに行ってくれないからな」

居間の二人の声を聞きつけたらしく、下の姉がいままで気持よく睡っていたみたいな腫れぼったい顔をして出てきた。そして敷居のところに突っ立って髪を撫でながら、

「お姉さんは」と粘っこい声でたずねた。

「まだ二階にいる」と父が答えた。

「あら、そう」下の姉はすこし素頓狂な声で言って台所のほうへ行った。

おかしなことに父の言葉によって、泰夫にとっても、姉の居場所は二階に落着いた。下の姉はすぐに母の手伝いをはじめた。きれいに結った髪がふたつ、台所でくるくる動きまわるのが、廊下をとおして居間からも見えた。

明日の花嫁が台所で働いているのに、姉たる者が二階の部屋にこもって降りてこない、という物憂い事態になってしまった。父も母もそのことで姉を責めはしない。

むしろ姉の気持をあらためて気づかうだけだ。いままでにも、結婚式の話をしている時など、両親の何気ない言葉の端に、姉への気づかいがいきなり不安そうにこもることがあった。そのたびに姉は遠くのほうへ目をやって、困ったように笑い、わざわざ自分から、跡切れた話をつないで両親の気がねを逆にいたわった。

それほど気のつく姉にしては、何という迂闊さだろう、と泰夫は姉のために心配した。これでは、姉の本当の気持がどうであろうと、妹に先を越された哀れさが、一度にあらわになってしまう。下の姉はどうとも思っていない。下の姉はこの人らしくおおらかに、とうてい姉と張り合えないと思いこんでいるものだから、いったん姉から祝福されてしまうと、あとは姉への気がねに煩わされる様子もない。しかし泰夫には、下の姉がどう思っていようと、甲斐甲斐しく働く明日の花嫁の姿が、それだけでおのずと、ここにいない姉にたいする示威になっているように思えて、台所の物音がしきりに耳についた。

卓袱台に皿が並びはじめた時、父がようやく新聞を脇に置いて疲れた目を上げ、「祥子を呼んできなさい」と命令した。泰夫はほっとして腰をあげた。

父の書斎と並んで、姉の部屋は扉を閉ざしていた。しかし閉じた扉でも、内に人がいるといないではそれとなく感じが違うものだ、とそんなことを考えながら泰夫は右手の指を軽く折り曲げて扉を叩こうとして、その時ふと、姉の部屋に入るのにかならずノックするようになってから、もうどれだけ経つだろうとまた考えた。

十二歳の泰夫はある夜遅く、浅い眠りから起き上がって、床板の表面にどこかからほのかに流れる明るさを頼りに、暗い階段をうつらうつら昇って行った。

黙って軀で扉を押して部屋の中に立つと、姉はちょうど脱ぎ取った肌着をあわてて胸に当て、右脚のほうへたえずゆらゆらと沈みかかりながら後ずさりしていき、襞《ひだ》取りの深い萌黄色のカーテンに背を埋めて、鎖骨のやさしく浮ぶ肩で息をついた。不自由な脚を後ろに隠し、今にもどちらかへ飛び退きそうな構えから、眉をひそめて泰夫の目をのぞきこんだ。その姿を泰夫はしばらくの間、なにか思いがけない人の振舞いに触れた気持で、呆気に取られて見まもっていた。それから、姉の目にかすかな憐憫の光が動くのを見て、身を翻して部屋から走り出ようとした。その時、逃げ道を遮るように、いましがた扉を後ろでそっと閉じた自分自身の落着きはらった手つきがなまなましく、姉の目で見たように醜悪に浮んだ。すこしでも動こうものなら、姉は嫌悪のあまり叫びを上げそうに思えた。途方に暮れて泰夫は金縛りの軀をそのまま前へ押し出し、よろけそうになってまた二、三歩ぎごちなく足を送り、部屋の真中あたりまで来て、我身をもて余して冷い床の上に坐りこんだ。そして姉にむかって両膝を揃えて、背を小さくまるめた。

しばらくして、姉の軀の揺れ動く気配が近づいてきた。床の上を重く踏んではひっそりと引きずる素足が伏せた目に入った。それから白い膝が目の前にいっぱいにひろがって、姉は泰夫の前にしゃがみこみ、彼の項《うなじ》に手をかけ、慰めるような嘆くような声でつぶやいた。

「こわい夢を見たんでしょう。いつのまにか、こんな大きな軀になってしまって……あなたをもう抱いて宥めるわけにいかないのよ」

そして右手で彼の背をさすりはじめた。手のひらが背になじむにつれて、胸を押えていた左手がゆるんで、肌着が胸もとからみぞおちのほうに集まった。やがて片膝を立てて肌着を腹の窪みにはさみこみ、両手を左右から彼の肩に当てがって、細い肩から胸のふくらみまであらわにしたまま、重々しい声でたしなめた。

「さあ、行きなさい。今夜のことは誰にも言わないのよ。これからは、ここに入ってくる時には、かならずドアを叩くのよ。はっきりと、二度叩いて、返事を待つのよ」

その命令は幼児の頃から持ち越された姉への甘えを矯めるのに覿面《てきめん》な効果をあらわした。はじめは、あの夜の恥しい振舞いを後から取り返そうとでもするように、泰夫は家じゅうに響きわたる勢いで扉を叩いて、出迎える顔を素早くうかがった。そのうちに、姉の部屋の扉を叩くということが、大人になった印のように誇らしく思われ出した。それから、部屋にいっさい足を踏み入れなくなった。ところが最近になってまた、姉の部屋の扉を一人前の男らしく、すこしおどけた調子で二度叩いて、用もないのに話をしに行くことに、楽しみを覚えはじめた。結婚の準備に忙しい家庭をよそに二人で部屋にこもって、「ここは御婦人の部屋だから早くあっちに行きなさい」と二言目にはからかわれながら、取りとめもない話をかわしていると、まるでもう一家離散と決まった家の中で思い出話に耽ってるような、奇妙な侘しさと気楽さがある。

もう安定した習慣の積み重なりを感じながら、泰夫は記憶を軽く押しのけ、あらためて扉を叩こうとした。ところが、その手はそのまま前へ伸びてノッブを把んだ。

真鍮の冷さを掌の中につつんで、枕もとから黙ってこちらの顔を眺めていた目を思い浮べ、目配せのようなものを感じた。そしてノッブを内側へゆっくり押した。

明かりのついてない部屋の、窓ぎわの机に、白い寛やかなローブみたいなものを身にまとった影が、細い背をこちらに向けて、顔をうつぶせていた。肩があの夜と同じに顫えていた。泣いている、と泰夫はとっさに思った。肉親の感情の昂ぶりに触れると、下腹から膝頭にかけて血の気がおもむろに引いていくような不安を、泰夫は覚える性質《たち》だった。ましてや、この姉が泣き崩れるところなど、物心ついてから、見たこともない。姉ではなくて、姉の姿をした魔性のものに家の中で出会ったみたいな、子供じみた怯えに、泰夫は一瞬、とらえられた。そのくせ、やめて、姉さんと胸の内で叫んでいた。

塀の外の街燈の光が、机から椅子にかけて、細く白く流れているだけだった。しかしそうわかった後も、机に向かって顔を伏せる姿は目に粘りついて残り、目を動かすにつれて半透明の影となって暗がりを滑り、それから消えた。

あらためて見まわすと、片づいた部屋の中はすっかり冷えきっていて、すこし前まで人のいた気配さえなかった。泰夫は扉口に立ちつくし、机や本棚や洋服ダンスの変らぬたたずまいを、そして姉の不在を、しばらく見つめていた。

「姉さん、いないよ」と居間に戻って馬鹿みたいな口調で伝えると、父と母が助けを求めあうように顔を見かわした。下の姉はちょうど両手に盆を支えて居間に入ってきたところだったが、泰夫の言葉を耳にして額にきつい皺を寄せた。そして卓袱台のそばに両膝をついて、腰のあたりに不貞くされた気持をあらわしながら、手つきのほうは殊勝らしく、盆の上の皿をひとつひとつ両手に取って、父の前、泰夫の前、母の席の前に置き、そしてためらうふうもなく姉の席の前にも置いた。

姉は日頃の姿に似合わず、自分の痛みを隠すことも知らずに長々と倒れ悶えている人間として、四人の前にあった。

「しょうがない奴だ」と父が低く呻いた。それきり四人は黙りこんだ。沈黙の中ですぐにひとつの確信に融け合った。姉は今夜の内々の祝いに加わるのを拒んだ。しばらくして四人は、それぞれ姉の姿を最後に見かけた時刻をたずねあった。夕方にはまだ家にいたという泰夫の言葉によって、姉は夕飯の始まるまでに戻るつもりのないことが、動かし難くなった。ちょっとそこまで買物に行ったのじゃないかしらという言葉さえ誰の口からも出なかった。

「きっとお友達のところへ遊びに行ったんでしょうね」

下の姉が、この日が普段と変った日ではないかのような口振りでつぶやいた。皮肉な響きが、すこしもなかった。泰夫は呆気に取られて顔を見た。とたんに、姉の不在を見つめていた三人の気持は、大事を明日に控えた下の姉のほうへ振り向けられた。泰夫の内側にあいた空洞も、どこか友達の家で話しこんでいる姉の姿によって、たわいもなく埋められた。下の姉は目をすこし潤ませて膳を整えていた。

それでも三十分ばかり、姉の戻るのを待つような待たぬようなふうに過して、晩餐は始められた。まず父がビールのグラスを差し上げ、顔を三人と姉の空席から等しくそむけて、「おめでとう。まあ、仲良くやってくれ。夫婦なんてものは、あまり変りばえしないものだから」と祝った。下の姉は両手を膳から引っこめて膝の上に置き、紅潮した顔をうつむけて、「ありがとうございます。ながながお世話になりました」と、明日の出がけにやればよさそうな挨拶を細い声でたどたどしく唱えた。それから、泰夫のほうを向いて、「泰夫くんも、ありがとうね」と頭を下げた。両親も泰夫もあわててうなずいて目を伏せ、皿の上のものをせわしなくつつきはじめた。

しばらくして父が卓袱台の上に視線を落したまま、下の姉にむかって堀内の勤めのことだの、新居の間取りのことだの、旅行の日程のことだの、自分のほうがよく知っているぐらいなことを、穏やかな関心をこめてたずねた。下の姉のほうも、いつのまにか膝を崩してどことなく成熟の感じの漂う腰でぺったり坐りついていたが、ときおり箸の動きを止めて、面接を受けている女子学生みたいな不器用な笑いを浮べながら、父の問いにひとつひとつ答えていた。しかしその問答もまもなく尽きて、四人はまた黙りこんだ。風が出てきて、門のくぐり戸が、姉が最後に出る時にきちんと締めて行かなかったらしく、長い間をおいて鈍い音を立てた。まだうっとりしている下の姉を除いて、三人ともそのたびに耳を澄ます目つきになった。耳障りな音だねという言葉が口にされずに、三人の上に吊りさがっていた。姉の気質からすると、いったん晩餐に加わることを拒んだからには、中途半端な時間には戻らないと泰夫は見た。おそらく食事が終ってしばらくした頃、駅から電話を掛けて泰夫を迎えに来させ、道々家の様子を聞き、着くとその足で妹の部屋に入って、明日の花嫁の気持を取りなしてくれるだろう。夕飯がすこしでも早く終ることを泰夫は願った。ところが見ると父も母も下の姉も、ことさらにゆっくりと箸を運んでいた。

誰かが物を言うと、その後で沈黙がその分だけ重くなる。静かな部屋に、四人の家族が揃って口を動かして物を食べる音だけが、切れ目なくつづいた。おもての風が戸の隙間から細く吹きこんできて、太腿の外側をなぜて通った。卓袱台の上は四人の体温と料理の熱がこもって、額が火照るほどだった。それでも姉が冷えて帰ってくるといけないから、食事が済んだら、石油ストーブの手入れをしておくか、と泰夫は考えた。

その時、くぐり戸がまた音を立てた。そして確かにひらいた。三人の箸が同時に止まった。すこし遅れて下の姉も耳を澄ます顔になった。足音が玄関に近づいて、そのあたりを歩きまわりはじめた。明かりをつけ忘れていたことが、取り返しのつかない失策のように、泰夫の頭をかすめた。足音はためらいながら、居間の北側の窓のほうに移ってきた。父が母に目配せした。

「山方さん」と女の声が窓の外でした。

「こんばんは、山方さん」と低く顫える声が姉の声に聞えた。外から、ここに集まっている家族にむかって、もう他人のように苗字を呼んでいる。母が立ち上がり、窓を開けて顔を闇の中につき出した。電燈の明かりが薄くひろがって、その中に姉と同じ年恰好の女が細く立った。

「あの、隣の者ですが」声が歯切れよくなった。

母が窓から小包みを受け取り、すこし蒼ざめた顔に愛想笑いを浮べて礼を言った。

「それじゃ、お寝みなさい。明日はお目出たでしたね」と声がして、足音が軽い小走りで遠ざかり、くぐり戸をゴトンと締めて消えた。

窓を締めてまた向かいあった時には、お互いにもう不安を覆い隠せなくなっていた。四人の箸の動きは早くなり、また変なことに驚かされないうちに早く夕飯を済ましてしまおうという焦りが、父にも母にもありありと窺われた。だがしばらくすると、父が伏せぎみにしていた顔をまともに上げて、家族の顔を順々に眺めた。

「祥子のことは心配ない。祥子は結婚することになってもしないことになっても立派にやっていける。あの子はな、お前たち二人よりも、普通の若い者よりも、はるかにしっかり自分を見ている。自分で見定めたことを、長い道をたどって実現していく子だ。あいつには、女のくせに飄々としたところがある。来年の四月からは、たぶん教壇に立つことになるだろう」

泰夫は唖然とした。何を言い出すかと思ったら、これでは、他人の人物評のようなものじゃないか。居間ではいつも曖昧な物の言い方しかしない父ではなくて、暇さえあれば二階の書斎にこもって読んだり書いたりしている学者が、ふいに居間の中に入ってきて、姉のことを喋り出したみたいな、場違いな感じがあった。しかしそれよりも泰夫を唖然とさせたのは、父の言葉によって、自分の気持がみるみる楽になっていくことだった。姉の姿が、肉親の感情の粘っこさを離れて、遠くに立つ輪郭正しい人の姿におさまった。父の言葉に眉をひそめながら、いったん荷をおろした背は、いままでの重さを二重にも三重にも感じて、楽をしたがっていた。人物評とはこんな働きをするものかと舌を巻いているうちに、両親と下の姉が、なごやかに話しはじめた。

「お姉さん、教壇に立ったら、きっと威厳があると思うな」

「どこに出ても、心が内を向いているからな」

「いつでも自分をしっかりつかんでいるのね」

「あんたたちに比べて、ずっと手のかからない子でしたよ。親がそばについていてなくても、一人で遊んでいましたものね」

「入学試験の時にも、普段とすこしも変らない顔で出かけて行ったな」

「参考書も持たないで、小さな手提げひとつさげて。それに蜜柑だったかしら」

「覚えてるわ。お台所に寄ったついでに、蜜柑を三つひょいと手提げの中に入れて」

「お前たちなら大騒ぎしてやることを、静かにやってのけるんだ」

三人して姉の行為と和解をつけようとしていた。

三人して姉の不思議な自由豁達さを思い出しあいながら、今夜の姉の行為と和解をつけようとしていた。

「お姉さんは、子供の頃から、強かったわあ」下の姉がつぶやいた。胸の奥から吐息のように洩れた声だった。その中に、嫁入りを前にした恍惚感がほのかに混っているのを、泰夫は聞き分けた気がした。そして不快な気持にさせられながら、

「走るのが速かったなあ」と自分も吐息まじりの声でつぶやいた。いったん口に出してしまうと、もう踏んばれ

ない。子供の頃の姉を懐しむ気持に、彼は流されていった。

姉は近所の男の子の誰にも負けずに敏捷に飛びまわった。右脚がたえず深く折れるので、走りづらそうな細い軀が、もどかしげに五、六歩片足とびに跳ねると、たちまち勢いに乗って、ほとんど上下に揺れもせずにするすると前へ滑り出す。それに遅れまいと、泰夫は歯を喰いしばって駈ける。そのずっと後ろから、下の姉が半ベソをかきながらころころと従いてくる。

「喧嘩も強かったわ。お姉さんが黙って近づいていくと、悪口をいっていた男の子が口をつぐんだもの」

「もう一言口走ると、頬打ちが飛んだものね。叩いておいて睨みつけると、でかい男の子でも引き下がったもんだよ」

「木登りも上手だったわね」

「好きだったな。いい木を見つけると、もどかしそうに走って行ったたっけ」

「木の上にいるほうが落着くとか言って」

「木の上なら誰にも負けないとか言って」

「すごく速く登っていくのね。脚を上手に使って」

「そう、独特な感じで……」

泰夫は口をつぐんだ。二人して姉の不自由な脚のことを、喋っていた。しかし幼い泰夫の心には、木を巧みに攀じ登る姉の右脚の佶屈した動きは、畳屋の職人の肘の動きと同じように、畏敬に近い気持を吹きこんだものだった。姉は枝から枝へぐいぐいと攀じ登って行き、ときどき片手で軽く幹を押えて身を乗り出すように振り返る。そして後からつづく泰夫にむかって、左利き独特な身振りで、あの枝をつかんで、その枝に足をかけて、と指図する。

「斎子姉さんは、いつでも木の下で二人の履き物の番をしてたっけね」

下の姉は首すじをなでられたみたいに肩をすくめて、甘え顔をして見せた。

ある日、幹をはさんで左右に張り出した高い枝の上に二人で坐っていると、姉が幹のむこうから軀を傾けてきて、頰ずりするように泰夫の耳もとに唇を近づけ、木の下からぼんやり見上げている下の姉にちらりちらりと目をやりながら、「あの子、いつでも、オシッコ洩らしそうな顔してるわね」とささやいた。

門のくぐり戸の音は相変らず長い間をおいて続いていた。父と母はやはりその音を耳にしているらしく、そのたびに身動きがとれないとでもいうような、つらそうな目つきになった。そのうちに、話は大学時代の姉の、奇妙な家出のことに移っていった。

姉が二十歳の夏だった。ある朝、姉は青いショルダーバッグをひとつ肩にかけて、「ちょっと、お友達のところに行ってくる」と言って出かけたまま、夕飯が済んでも戻ってこなかった。

「あの時は、お父さんもお母さんも、電話がかかってくるまでは、別にお姉さんのことを心配していなかったのよ」下の姉がこだわりのない調子で喋っていた。

「まさか、あんな遠くまで行ってるとは思わなかったからな」

「でも、お友達の家へ行くと言ったのは、嘘じゃなかったわけでしょ」

「後から考えれば、そうだが」

知らず識らずに、現在の上に架けられた危なっかしい橋を渡っている。過ぎた心配事を語りあって、今の心配を払いのけようとしている一家の団欒の光景が、いかにも奇怪なものとして目に映った。

「八時かっきりだったな。祥子のやつ、レストランのレジの電話の前で時計をにらんで、長距離の割安の時間がくるのを待っていたそうだ」

「テレビ番組のテーマソングが始まるのと同時ぐらいだったから」

その言葉が泰夫の耳に、あの夜、シンバルの音とともに騒々しくふくらみはじめた音楽に重なって、ちょうど彼の背後でひっそり呼びはじめた電話の響きを甦らせた。一人で黙っているのが不安になって、彼は自分から話の中へ飛びこんでいった。

「あれは、僕が出たんだ。交換が仙台から長距離だって言うんで、伊藤先生からだと思って、お父さんに電話を渡して居間を出たら、後ろでいきなりお父さんが物凄い声で……」

ヨシコ、お前、いまどこにいるんだ、と父は叫んだ。嗄《しわが》れた中に、女の甲高い叫びに似た響きをつつんだ、無残な声だった。父は受話器にすがりつくみたいにして、畳の上に小さく正坐していた。母がするするとその傍にいざり寄って、父の肩口から顔をつっこんだ。それを肩口から押しのけ押しのけ、父はまるで崖の縁に立つ人間に話しかけるように、ひそめた声を送っていた。その声も段々に間遠になり、うん、そうか、うん、とうなずくだけになり、気をつけてくれよ、な、と未練そうに言うと受話器を置いた。その受話器に母の手が伸びた。するとテレビの音の中から、ああら、お母さん、もう駄目だわよ、と下の姉の間伸びした声が響いた。父のほうがひくりと軀をすくめ、電話台にむかって大きな胡坐《あぐら》をかいて、膝を揺すり出した。

「電話のむこうが人の声でざわついていてな。祥子の声も消え入りそうに遠くて、おまけに、お母さんが耳もとでのべつわけのわからないことを口走りよる」

「それにしても、大変な取り乱し方だったわよ。お父さん、そんなにお姉さんが可愛い」

あの朝、姉は家を出たその足で上野まで行って急行に乗りこんだ。そして夕方に仙台に着いて、駅から電話で仙台に帰省中の女友達を呼び出し、一緒に七夕の街を見物して、駅前のレストランで食事をして夜行で帰ってきた。それだけだった。ただ不自由な脚で、淡々とまる一日の旅をしてきただけだった。

「あれはおかしな出来事だった。あとで祥子にいろいろ問いただしてみたけれど、やはり祥子が電話で話したとおりで、ほかに何もなかった」

「厭ですよ。聞えもしない汽車の音が耳について、一晩中眠れませんでしたよ」

「朝起きたら、空気があんまり爽やかだったので、遠くに行きたくなったなんてのは、素敵じゃない」下の姉が一人ではしゃいでいた。

「お前さんは、嫁に行くその日まで、無邪気な子だよ」

「あれはただの気紛れですよ。お父さんが甘やかすものだから」

次の朝、姉は土産をひとつ片手にぶら下げて、涼しい顔で庭に入ってきた。そして一時間ばかり父と書斎で話をしていたが、やがて秘密ありげな笑いを浮べて二階から降りてきて、廊下で立ち止まった泰夫のニキビ面をひょいとなぜて居間に入り、一人で何かを食べていたかと思うと、風とおしのいい壁ぎわに横になって、肘枕をついて寝てしまった。泰夫は何度も自分の部屋から用もないのに居間に出てきて、むっちりとうずくまって眠る姿に目をやっては安堵感を覚えてまた部屋に引っこんだ。

謂れもない安堵感に誘われて、泰夫は声をころして笑い出した。腹の底に淀んでいる不安を押し分けて、笑いがひとりでに湧いてきた。姉の戻ってこない夕飯時を平気で過しておいて、仙台からの声を聞いたとたんに、もう過ぎてしまった時間を巻き戻して安否を気づかいはじめた両親の周章《あわて》ぶりが、可笑しかった。離れた人間のことについては、人は何も知らずに過してしまう、その事自体がむやみに可笑しかった。

「なに笑ってるのよ、一人で」と下の姉が自分も笑いを含んだ目でたずねた。

「だってさ」と答えておいて、泰夫はわけのわからない上機嫌に乗って何か愉快な記憶が出てくるのを待った。

「ほら、あの晩、斎子姉さんたら、パジャマ姿でのこのこ居間に出て行っては、お父さんとお母さんを慰めようとして見当はずれなことを言って、叱られていたじゃないか」

「そうなのよ。ひょこひょこやって来ては、こっちが思ってもいないような不吉な事を口走って、ほんとに慰めにくるのやら脅かしにくるのやら。あんたのせいですよ、あの晩眠れなかったのは」

「じつは自分の心配をわれわれにそっくりあずけて、寝間に戻って行くんだ」

父も母も、下の姉を眺めて、どことなく物狂わしく目をゆらめかせていた。心ならずも宙を駈けているような、苦しげな表情だった。

下の姉は愛撫の言葉を受けたみたいに、目もとをほんのり赤くしていた。


「祥子には間違いはない。あの子は、自分の避けられないものをいつも見つめて生きているから、避けられるものの中へわざわざ自分から飛びこんでいくような軽はずみはしはしない」

そう言って父は腕組みをして自分の胸もとを見つめた。そしてつい真剣になってしまった言葉を、次の言葉で紛らわすかと思ったら、それ以上何も言わなかった。

風が止んだらしく、くぐり戸の音は、いつまで耳を澄ましていても聞えなかった。


書置きは泰夫の胸の上にあった。

姉はそれを毛布にくるんで、窓から泰夫めがけて投げこんで行った。泰夫は毛布を胸で受け止めて全身をつつみこんだ。毛布を内側からひろげる彼の手は、それに触れていたのかもしれない。そのまま書置きを胸に、眠りこんでしまった。

眠りから覚めて起き上がった時、書置きはまた毛布の中にくるみこまれたと見える。夕飯が終るとすぐに泰夫は自分の部屋に戻り、姉の電話を待つ間、僅かなビールと奇妙な上機嫌に酔った軀を休めようと、また毛布をかぶった。足早に差してくる睡気の中で肩口に寒さを覚えて毛布を引っ張り上げようとした時、手が胸の上の封筒の角に触れた。書置き、ととっさに感じ取った。旅に出るとあった。やっぱり、と泰夫は思った。驚きはなかった。確認を待つばかりのところまで来ていたような、そんな気持だった。

――旅に出ることになりました。斎子さんの結婚は、心から喜んでます。あの子は、幸せになれる人です。わたしの気持をくれぐれもあの子に伝えてほしい。あなたは、わかってくれるはずです。明日の結婚式には、咳がひどくて、家で寝ていることにしてください。式場で咳きこんでは、何もかも台無しでしょ。お父さんには、ごめんなさいと、書斎の前で何べんも頭をさげました。あなたは、花嫁とお母さんのことに気をつかってあげて。これは命令――わたしのことを思ってくれるのなら、わたしの代理人をつとめること。それで式が終ったら、あなたもどうか心配しないで、予定どおりあなたの素敵な旅に出発してほしい。旅先でお友達に待呆けさせては気の毒です。わたしは、斎子さんたちが新婚旅行から戻ってくる頃、家に帰ってきます。その前には、姿を見せないつもりです。恥しいから。

恥しいから、という言葉が姉の肉声となって、すこしかすれて響き、それに応えて泰夫の内側でも屈辱感が、痛みのあまり身をよじるように動きかけた。だがすぐに、何も知らずに寝過した人間の後悔が、心を洞《うつ》ろにした。

なぜ、あの時、すぐに気がつかなかったのだろう。姉はその場で彼に知れてしまってもかまわないと思って、毛布にくるんで投げこんだのに。投げこんでから、しばらく様子を見ていたのに。姉を引き止めるつもりはない。軽はずみに事を起すような人じゃない。ただ後をそっと追って門の外に出て、一言だけ自分の諒承の意を伝えておきたかった。そうすれば、姉の行為の孤独さはその分だけ減ったはずだ。

取り返しのつかない事を未練がましく嘆きながら、泰夫は毛布の下から身を起した。畳の上に立った時、姉はいつのまにか果しないひろがりの中を彷徨うのを止めて、どこか暗く奥まったところで横たわっていた。姿を思い浮べたわけではなかった。孤独な、あられもない仰臥の、投げ出された脚の感じが、自分の軀に乗り移ってきた。

恥しいから、とつぶやくかすれ声がまた聞えた。

階段のところまで来て、書斎に行ったものか、それとも台所に駈けこんだものかとしばらく迷ったのち、母の甲高い声に怖れをなし、泰夫は足音をひそめて二階へ上がって行った。

　書斎の扉をぞんざいにひとつ叩いて開けると、部屋の中は薄暗く、所狭く積んだ本に囲まれてスタンドが読みかけの洋書を中心に、蒼い輪を机の上にひろげていた。その光を暗がりに避けるように、父は壁際のソファーに寝そべって、左手の甲を瞼に軽く当てていた。

「祥子姉さん、また旅行にいっちまったよ」泰夫は扉のところから封筒を突き出した。父は深く沈めた軀を起そうとする様子もなく、ただ左手を目からすこし離してスタンドのほうへかざし、泰夫の手を怪訝そうに、ほとんど心外そうに眺めやった。

「それで、いまどこにいる」そのままの姿勢でたずねた。切迫した問いの響きはなかった。泰夫は黙って封筒を前に突き出したまま近づいた。父は陰鬱な目で泰夫の手を見やりながらゆっくり起き直り、封筒をしかたなさそうに受け取った。

　力なくゆらめく目が、行を順々にたどっていくのが困難らしくて、行から行へせわしなく飛んでは引っかかり、もどかしそうに前へ戻ろうとしては戻る箇所を見失った。しばらくしてようやく初めから終りまで読み通し、便箋をひろげた両手を膝の上に沈めた。それからまた便箋を目もとに近づけ、裏を返し、封筒を拾い上げて中をのぞきこみ、「これだけなのか」と泰夫を見上げた。

「祥子姉さんのことだから、心配ないと思うよ」と彼はさっきの父の言葉をくりかえした。

「祥子のことは信じている」父は息子の言葉の冷淡さにも気がつかぬ様子で、ひろげた便箋を両手で膝に押しつけながら、泰夫の足もとあたりを見つめた。

「しかし、時が時だ。花嫁の実の姉が式に姿を見せないのはまずい、まずいな。理由が立たんじゃないか。病気だと理由をつけても、先方や親戚どもの好奇心が、その場にいない祥子の上に集まってくる。出席して見られるほうが、欠席して人目を惹くより、あの子の為にもよかったのに。さしあたって、斎子をどう宥めて明日の式に臨ませるかだ」

　つぶやくにつれて父は背をまるめてゆき、口をつぐんだ時には、軀が急に小さく見えた。しかし泰夫は逆に楽になった。

「なんだ、そんなこと気にしているの」

「そう簡単なことではないのだ」父は一人で嘆くように

言った。「祥子一人のことで済みはしない。この家の内々のことで済みもしない。婚礼なのだ。なぜ、日頃たいして付合いもない親戚まで呼ぶのか、考えてみろ。それぞれ何年かぶりに集まった両家の親族が、花嫁を間にはさんで、お互いにもう本能的に、肌合いみたいなものを探り合うのだ。家族を除けばほとんどが初対面どうしで、これからも交際を続けるわけでもないのに」

「花婿もいるじゃないか」

「花婿は初めから終りまでむこう側の人間さ。花嫁は、婚礼の時にはどちら側の人間でもない。一人で間に立つのだ。だから祥子にしても、泰夫にしても、花嫁以上にこちら側の当事者なのだ。とにかくその場にいなくてはならないのだ。祥子は山方家の長女、お前は長男だ」

婚礼というものが、相手に隙を見せてはならない渡り合いのように思えてきた。ところが当の父をあらためて見ると、およそ語る言葉にふさわしくなく、そんな儀式の一方の頭《かしら》などとても勤まりそうにもない姿で、思いに屈する若い男みたいに腕組みをして、頭を深く垂れている。

「でも、そんなに人目を気にすることは、やっぱりないんじゃないの」泰夫は父の言葉のかけた呪縛から立ち直って、ことさらに若い者の口調で言った。「先方には関係のない事だと思うな。まず第一に祥子姉さんの事で、それから僕ら家族の事で、それ以外の何物でもないんじゃないかしら」

父は黙って頭を振った。泰夫はかまわず喋りつづけた。

「結婚式のことだって、斎子姉さんはなにも堀内家へ嫁入りするつもりはないんだよ。堀内さんも、堀内家の嫁に取るっていう意識はないと思うな。二人で自分たちの家庭をつくろうとしてるだけじゃないの。新居を見てきたけど、そんな感じだったな」

「それはかまわない。しかし結婚式というものは、二人だけのことじゃないのだ」

「そうかしら。僕はむしろ家族が立ち合うのも具合の悪いぐらいな事だと思うな」

「いいか、よく聞け。これはな、山方家と堀内家の式なのだ。そういう形式を取ったのだ」

「男と女が結びつくのに、そんな大がかりな形式を取るのは、恥しいことだと思うな。だって、秘め事だよ」

「結婚式だって一種の秘め事さ。披露宴とは違うのだ。だから、形式が要るのだ。お前はこの家の長男のくせに無邪気すぎる」

強い言葉を受けて、泰夫は父にたいして身構えた。わたしの代理人をつとめること、という姉の命令が、響きわたった。姉の代理人をつとめるとは、姉の行為を先方の人間たちや親戚たちの前で、いやまず家族の前で弁護することだと、泰夫はたちまち思いこんだ。

「お父さんとお母さんと斎子姉さんはそれこそ当事者なのだからそれでいいだろうけど、祥子姉さんと僕はそこまで結婚式に縛られるいわれはないと思うな。祥子姉さんは旅に出たかったんだ。ただもう婚礼の変な雰囲気から逃げ出したかったんだ。妹の婚礼に集まってくる人たちの前に姿をさらしたくなかったという気持、わかってやってもいいじゃないか。とにかく僕にとっては、祥子姉さんの気持がいちばん大事で、あとのことはどうでもいいんだ」

「そういう事を、言ってるのではない」父は腰をあげた。そしてふいにいかつい姿になって泰夫の前を通り過ぎ、窓ぎわの机にむかって立った。その後姿にむかって、泰夫は喋りまくった。

「僕は祥子姉さんの言いつけどおりにやるつもりだよ。祥子姉さんがひねくれ者なら、先方の人も親戚の人も、変なことを考えるかもしれないけど、姉さんはあのとおりこだわりのない、さっぱりした人だもの、そう思われてるもの。誰だって、こんなことまで想像しないよ。叔父さん叔母さんたちだって、いまでも姉さんのことお転婆娘だっていう頭があるから、姉さんが病気で来れないって知らされても、大事な時に鬼のカクランかなどと言って笑うだけだよ。僕らも余計な言訳なんかしないで、無邪気に笑っていればいいんだ。重っ苦しいことを考えないで、やってしまうんだよ」

机の前に立つ父が顔をこちらに向けて、なにか気味の悪いものを見る目つきで、泰夫の唇を見つめた。泰夫は自分の喋っていることの後暗さに気づいた。

「いい加減にしなさい」

「それじゃ、どうすればいいの」

父は泰夫の落着くのを待って切り出した。

「祥子のことは、つらいが目をつぶって、祥子自身にまかせる。お前も上ずっていないで、明日の振舞いのことをよく考えろ。いいか、式場では家族三人だ。祥子は家で寝ている。斎子は花嫁だから、もう動きが取れない。わたしとお母さんとお前の三人で、祥子の欠けた隙間をしっかり塞ぐのだ。先方にすこしでも妙なことを思わせてはいけない。花嫁が敏感に悟って動揺するから。いいな、お前はこの家の長男だ。家の女たちの評判を、拳をふるっても守らなくてはならない立場なのだ」

結局、同じことを言っている、という思いが、怯えを泰夫の中にひろげた。明日の婚礼が陰惨な悪事のように目の前にあった。

「お母さんを呼びなさい」父は机に向きなおり、スタンドの光の前で大きな影となって、また動かなくなった。それからもう一度、肩ごしにちょっと振り返って、まだ部屋にいる泰夫に、早く出て行くよう目で促した。

台所に行って、「お父さんが二階で呼んでいるよ」とだけ伝えると、母は「この忙しいのに」と眉を顰めながら、泰夫の顔つきから何かを察したらしく、険しい目つきで前掛けをはずして手をゆっくりと拭き、風呂場にまわってガスを止めた。「あなた、先にお風呂に入ってきなさい」と言って泰夫の前を通り過ぎ、静かな足どりで二階へ上がって行った。余計な感情をゆらめかせることもなく、父よりも容赦のない感じだった。この家の意志そのものみたいなその後姿を居間まで出てぼんやり見送ってから、泰夫はまだ滴の切れてないコップに水を汲んで一息に呑みほした。コップを流し台の上に置くと、軽い顫えが止まらなくなった。

長いこと、父と母は書斎にいた。まだ何も知らない明日の花嫁の、支度を急ぐ物音だけが、家の中に単調に続いた。

それから、足音が降りてきた。階段の途中で最後の打合わせをしているらしく、ささやき声の影が顫えた。卓袱台の前から背をのけぞらせて薄暗い廊下をのぞいていると、やがて二人は廊下に降りて左右を見まわし、居間からのぞく泰夫に咎める目をやって、明日の花嫁の部屋の前に立った。そして二人して甘ったるい微笑みを襖にむかって浮べたかと思うと、「入るよ」と父が猫撫声をかけて襖を開け、腰を屈め気味に部屋の中に入った。母が後ろから入って襖を閉ざした。それを見届けて泰夫は卓袱台の前から立ち上がり、足音を忍ばせて三人のいる部屋の前を通り抜け、自分の部屋に閉じこもった。そして姉の投げこんで行った毛布を頭からかぶった。

壁のむこうで父と母の低く押し殺した声が交互に切れ目なく流れた。「いいな、わかったな」とやたらに念を押しながら諭す父の声が、ふと戸惑いの響きをこもらせて跡切れると、母の乾いた声がすぐに後を継いだ。母の手短かな言葉は必要なことしか語っていないようだった。母の下の姉はまるで二人に入れ替り立ち替りひっそりと責め立てられているように、黙りこんでいた。何が何でも明日の式に笑顔で臨ませようという両親の意志が、よけい陰惨に際立った。しばらくして、

「あんまりだわ。お姉さん」と、目の前にいる姉に喰ってかかるような声が聞えた。「あたしがたまたま先になったからって、そんな仕打ちはないでしょう」

　とうとう花嫁の口から出てしまった。泰夫は下の姉に同情しながらも、その露骨さをうとましく思った。飛び出した禁句に弾かれて、父がせかせかと喋り出した。上ずった声が同じような慰め言葉を不器用にくりかえした。その声を押しのけて、ときどき声にならぬ喉の顫えがふくらんだ。嗚咽はどうかすると女の辛辣なふくみ笑いの響きを帯びた。そのたびに父の声はざわざわと高まって、叱りつけるような、哀願するような、時にはひたすら呪文を唱えて凌いでいるような調子になった。母は黙って控えていた。やがて嗚咽のふくらみは間遠になり、

「お姉さんをそんなに惨めにするなら、あたし、明日の結婚式はよすわ」と嘆く下の姉の声はもうなかば宥められていた。

「何を言う。お前が、花嫁なんだよ。お前のために、皆が集まってくれるんだよ」

「お姉さんの行く方がわからなくて、式場でどんな顔していたらいいの」

「お姉さんのことは、お姉さんを信じて、安心してなさい」

「でも、どこかで泣いていたら」

「お姉さんはね、誰よりもお前の結婚のことを喜んでいるんだよ」

「だったら、なにもこんな事」

「だから、恕《ゆる》しておやり。お前が幸せな花嫁になることが、いちばんの思いやりになるんだ」

「でも、先方の人や親戚の人には何て言うの」

「まかせておきなさい。花嫁は余計な口をきいてはいけない」

「彼にも黙っているの」

「彼のためにも、今は黙ってなさい。あとでかならず得心が行くようにしてあげるから」

「何も考えなくていいの」

「何も考えなくていい」

「でも、あたし、お姉さんのこと、心配だわ」

　その声が泰夫には、むしろ満ち足りた吐息のように聞えた。繭をつくりはじめた蚕を、彼はまた思い浮べた。

姉がどこを彷徨っていようと、下の姉は、父が言ったとおり、もう身動きが取れない。このまま、花嫁の自若さの中へ包まれていくよりほかにない。あとは父と母と泰夫が三人して身を寄せあい、恥しさと怖れでもって否応なしにつながって、晴れの式で後暗い秘密を守りあっていかなくてはならない。壁のむこうの三人は黙りこんだ。家の中はいかにも大事を明日に控えたというふうに静まりかえった。「わかったね」ともう一言ささやいて、父が部屋から出るのが聞えた。母は下の姉と一緒に留まったようだった。

その足で父は泰夫の部屋に入ってきて、毛布にくるまって寝ている泰夫の脇に中途半端な腰つきでかがみこんだ。興奮のなごりが、こころもち潤んだ目の中にあった。

「お前も思うところはあるだろうが、やはり明日の式だけは何とか無事に済まして、斎子を送り出してやりたい。何も言わずに、祥子が言ったとおりにやってくれ」

下の姉を説得した時の口調がまだ続いているのを、泰夫は不愉快に思ったが、泰夫の返事を待っている父の姿を見るとやりきれなくなって、不器用にいたわった。

「斎子姉さん、やっと得心してくれたようだね」

「斎子には、お母さんがずっとついている」

そうつぶやいて父は隣のほうへ目をやった。母親がついているから安心だというのとはすこし違った、孤独な響きを、泰夫はその言葉に感じた。

「僕は、祥子姉さんの言うとおりにするつもりだよ。祥子姉さんは、僕に、そう言い残して行ったんだから」

「そうか。有難う」と言って父は拒まれたみたいに泰夫の部屋を出て、書斎へ上がって行った。

しばらくして起き上がると、婚礼前夜の家の中には、もう身の置きどころもなかった。今夜のところは、為ることが何ひとつ残っていなかった。それなのに、今夜のうちに片づけておかなくてはならない事がまだ沢山あるような落着かなさをしきりに覚えて、泰夫はすっかり冷えきった家の中を、玄関口から居間へ、居間から台所へと意味もなく歩きまわった。下の姉の部屋にだけ、低い話し声が洩れて、家族のいる感じがあった。玄関の扉には、錠がおりていた。雨戸もすべて閉ざされていた。三度目に居間に戻ってきた時、泰夫は自分がこの家の戸締りを内側から見まわって歩いているような気がして、こんな事をしてるならいっそ早々と床を敷いて寝てしまおう、とようやく諦めをつけ、自分の部屋へ戻りかけた。

その時、意外なことに気づいて、足を止めた。

風呂がまだ済んでない。自分ばかりか、明日の花嫁もふくめて家族四人、もう十二時近く、一日が婚礼の日に移ろうとしているのに、まだ湯浴みを済ませてない。誰もそのことに気づいてさえいない。

家族四人がまる二日の汚れを肌にためたまま、姉に去られた虚脱感にひたって、肉親どうしの我身いとおしさにひたって、婚礼の前の夜更けを呆然と過している。泰夫は言いようのないふしだらさを感じて、大股の歩みで風呂場に行った。風呂はもうぬるま湯になっていた。

ガスに火をつけて居間に戻ってくると、勢いよく燃える炎のざわめきが家の静かさの底に低くこもって、晴れの日の前夜らしい賑わいをわずかにつくり出した。泰夫はまた卓袱台の前に腰をおろして、両膝を抱えて所在なさをこらえながら、風呂の沸くのを待った。いましがたの憤りに似た興奮が段々に沈んで、哀しみに変っていった。すくなくとも自分は風呂なぞに入らないで、先に寝てしまうべきだった。それなのに、自分はさめた湯に火をつけて、明日のために姉をこの家から最後に締め出すことに手を貸してしまった。

十五分ほどして湯加減を見て、泰夫は階段の踊り場のところまで行き、「お風呂が沸きました」と声をかけた。三声目に部屋の中からようやく返事があり、泰夫が自分の部屋に戻って寝床を敷いていると、父の足音が降りてきて風呂場のほうへ遠ざかっていった。隣の部屋の低いささやき声に重なって、湯を流す音がしばらく続いた。ところが十五分もして居間に出て行くと、湯の音はもう止んでいて、長湯好きのはずの父が台所で水を呑んでいた。それから父は浴衣姿で褞袍《どてら》を両手に抱えて居間のほうにやって来て、中に入って寛いで行くのかと思うと、廊下から泰夫の顔をのぞきこみ、「早く、休みなさい」と言ってまた二階へ上がっていった。

風呂場の中で服を脱ぎ終えた時、泰夫は怖れを覚えた。どこかで姉がまた静かに横たわっていた。暗い奥まったところで、不自由なほうの脚をかるく立てて、仰向けに横たわっている。鳥肌の荒く立った軀を、泰夫は不吉なもののように湯ぶねに運んでゆっくり沈めた。膝を両手で抱えてうずくまると、幾夜となくここでこうしてうずくまっていた姉の軀が、また乗り移ってくる気がした。幾夜となく彼は姉が風呂場の中でひっそりと、あまりにもひっそりと湯を使うのに、居間から思わず知らず聞き耳を立てていた。姉は右脚をひきずって風呂から上がってきて、居間に一人で坐っている泰夫と目を合わせると、羞恥とも嫌悪ともつかない濃い光を目にためて笑った。その姉がいまどこかで、あられもない姿で横たわっている。目をつぶり、吐気をこらえ、羞かしめに酔っているように口もとを歪めて、ひんやりと横たわっている。

そろそろと風呂場から自分の部屋に戻って、あとはもう寝るばかりになった時、泰夫はまた落着かなくなった。自分の手で敷いた寝床が、身を横たえ慣れない冷い床のように目に映った。その枕もとに坐って、彼は何かまだやり残していることはありはしないかと未練らしく思いをめぐらした。隣の部屋ではまだ話し声が細々と続いていた。そのうちに、明日の予定をもう一度確かめておく必要がある、と彼は立ち上がる理由に思いついた。

声をかけて襖を細目に開くと、夜遅く人のこもるにおいが温く流れ出てきて、服地やら反物やら毛糸やら、濃淡さまざまな色彩が六畳の間を所狭く埋めるその中に、下の姉と母が同じような年寄りじみた恰好で畳の上に坐りついて、二人してひろげた反物に額を寄せあって見入っていた。

もともと上の姉や泰夫ほど親を敬遠するたちではないので、この姉の部屋には、母の衣類を蔵めた古ぼけた簞笥が洋服ダンスと並んで押しこまれていて、全体に衣裳部屋めいた雰囲気がある。おまけに、この姉が安手の人形とか土産物の類いを、人からもらうといつまでも大切に飾っておくので、泰夫は女臭さと子供っぽさの入り混った雰囲気が好きではなくて、日頃めったにこの部屋には足を入れずにいる。

古い簞笥の抽き出しがどれも中途半端に突き出ていて、洋服簞笥の扉も左右に開きっ放しで、婚礼の前夜に、古い衣裳と新しい衣裳の、総ざらえと見えた。部屋の一隅が色とりどりの混沌から仕切られていて、そこに明日の支度が万端整ったというふうに並んでいるところを見ると、二人のしていることは、明日の式にはかかわりのないことだった。明日の式なぞとうに乗り越えて、その先の暮らしに属することだった。下の姉も母も敷居のむこうに立った泰夫にまだ気がつかない様子で、とろんとした目を布地に落し、中指の腹で模様の輪郭をたどって肌ざわりを賞味していた。夕飯の時にはわずかな物音も耳についたのに、今ではもう姉の不在は不在なりにこの家の中にすっかり落着いてしまったようだった。泰夫自身、書置きを手にした時から、もう表の気配には耳を傾けなくなっていた。

「やっぱり、渋すぎやしない、お母さん」

下の姉が睡気の心地よく滴る声で布地にむかってつぶやいた。

「これで派手なほうよ。もう一年もして御覧よ。顔つきも軀つきもずいぶん変ってくるから。いままでのあんたの身なりが、あどけなさ過ぎたのよ」

母の声のほうが若くて華やいでいた。

「そうかしら。でも、やっぱり別なのをもらうわ」

下の姉は欠伸《あくび》まじりに反物を母の手から受け取り、膝の上にのせて緩慢な手つきで巻き上げた。それからようやく、「まだ起きてたの。どうしたのよ」と、欠伸の後の潤んだ目で泰夫を見上げた。

「二人とも、風呂に入らないの」と泰夫はたずねた。

「あら、いやだ。忘れてた」と下の姉は両手を胸の前にまわして、軀が臭うみたいに顔を顰めた。

その姿から目を逸らして、泰夫は昼食の時にまだ姉のいる前で申し渡された明日の予定の詳細を、早口に復誦して聞かせた。下の姉がやんわりとうなずくにつれ、声が棒調子になった。

「はい、その通りよ。お願いね。それじゃ、早くお休みなさい」

そう答えて下の姉は睡気が過ぎて表情もままならない顔で、泰夫にむかって姉らしい微笑みを浮べてみせた。そして風呂に入る支度でも始めるかと思うと、平たく坐りついたまま軀を前へ傾けて、細い指先を畳にそって滑らせ、また別な反物を取り上げた。母は首をまわすのも大儀そうだったが、「これはどうかしら」という下の姉のつぶやきに、ひろげた反物のほうへ額を寄せた。襖をしめるまぎわ、二人の姿はどちらも年寄り臭く背をまるめ、どちらも目だけは睡気の中から円く開いて、親子というより姉妹に見えた。

寝床に入って明かりを消すと、姉の横たわる感じが、泰夫の中にあった。姉はすこし腫れぼったい、日頃の姉とも思われない女臭い顔を、暗闇の中に鈍く浮べていた。ひたすらな仰臥に、彼はつらい気持で感じ耽った。自分も右脚を軽く折り曲げて、内側から感じ取ろうとした。

しばらくして、内の暗さが外の暗さとつながって、洞ろにひろがりきった。泰夫は喘いだ。折り曲げた脚の太腿の、ただひとつ醜く融け残って、蒼ざめていく感じがあった。

気がつくと、泰夫は軀を固くすくめていた。姉は物のように横たわっていた。彼ともう何の交感もない物が、いまだに姉の目鼻立ちを取って、どこまでも無表情に横たわっている。その無表情さが、ときおりそのまま奔放な嘲弄をあらわしかける。

「姉さん」と泰夫は詰《なじ》った。声は手応えなく吸いこまれていった。それでも自分の軀の内側にまだかすかに残っている、ひっそりと横たわる感じに、独りぽっちで横たわる冷え冷えとした歓びにすがりついて、彼は表情を呼び戻そうとした。

　すると姉は瞼を薄く開いてちらちら顫わせながら、つらそうに、困りはてたように唇の隅で笑った。その笑いから、泰夫はふと、姉が裸でそこに横たわっているのを感じた。暗がりの中で、彼は目を大きく開いた。洞ろな怖れに凍えていた軀に、屈辱が血の色をして差してきた。見も知らぬ男の影が、堀内よりもむくつけき意志が、姉の白い軀の上を横切っていく。その影が滑っていくあとから、姉の細い軀は鈍くて哀しげなふくらみを帯びはじめる。それでも姉は目をうっすらと閉じて、嫌悪を口もとで押し殺しながら、泰夫と同じ顔立ちで微笑んでいる。泰夫は低い呻きを洩らした。屈辱がまた彼と姉を内側からひとつに結びつけた。

　屈辱は怖れを押しのけて、まるで生きることの陰惨な歓びのように、まるで生命そのもののように、泰夫の軀を満たした。

「姉さんのすることなら、何でも、僕は認めるよ。だから済んだら、早く帰っておいで」と彼はつぶやいた。

　姉はうなずいたように見えた。

嫁入り

眠りの中で泰夫は歌声を聞いた。悪い兆だなと思ったが、軀が動かなかった。歌声は眠りの内側から、蒲団に小さくうずくまる軀の内から、蚊の鳴くように細く、それでいて粘っこく昇ってくる。泣き濡れた子供の唇が、暗がりの中でひっそり歌っていた。われとわが声にうなされて、長いこと歌っていた。それから、金襴緞子の帯締めながらと、彼は歌の文句を聞き分けた。

どことなくむごい黒光りを放つ堅牢な道具がただひとつ置かれた、殺風景な部屋の真中に、下の姉が肌ざわりの冷そうな衣裳を幾重にも着せられて一人で立っていた。明日の式はドレスのはずだったがなと思い返せるほど夢は浅かったが、下の姉は泰夫のつぶやきに気を逸らされず、ひたすら何かを待っていた。衣裳の重さに負けて屈みがちの小柄な軀が、いまにも布の流れの中に消え入りそうに見えた。あどけない丸顔も目鼻立ちが見分けられなくなるまで、白粉を濃く塗りたくられている。それでもどうかすると、厚い布の重ねを透して、虐げられた軀の線が、醜悪な責具《せめぐ》を肩にのせられ膝を撓《たわ》めてこらえているように、あらわになりかかる。

——斎子《きよこ》姉さん、なんでそんな事、我慢してるの、と泰夫は部屋の外でせわしなく立ち働いている人間たちの耳を怖れて低い声をかけた。

——だって、あたし、お嫁に行くんですもの、と下の姉は童女のように答えて、衣裳の下で身をよじった。

羞かしめに酔った響きを泰夫はその声の中に聞き分けた。花嫁衣裳が急に毒々しい光沢を帯びて、白無垢のまま世の中のありとあらゆる猥雑なものへの歓びをひそかに漂わせ、小柄な軀を包みこんで、大勢の足に踏まれ薄汚れた畳の上へ流れた。

その時、自分のほかにもう一人、花嫁の姿を眺めている目があるのに、泰夫は気がついた。振り返ろうとすると、それよりも先に唇が近寄ってきて、生温い息が耳の内側で顫えた。

――あの子、いつでも、オシッコもらしそうな顔してるわね。でも、幸福《しあわせ》になれるわ。

――姉さんこそ、ゆうべはどこに行ってたの。誰と何をしてたの。式にはどうしても出ないつもりなの。

姉は笑みを浮べて首を横に振りながら泰夫のそばを離れ、不自由なほうの脚をほとんど動かさずに、漂うように歩んで部屋から出て行った。敷居を越える時にこころもち前へ屈めた軀の、腰のくびれがいつもより柔かな翳をふくらませていた。襟首の肌が透きとおるように淡かった。


式場に向かう支度が整うと、家の中は引越しまぎわの静かさに占められた。家じゅうの戸締りを終えて、家族四人は雨戸を閉ざした居間に何となく集まった。朝起きてから暇なしに働いてきた四人の動きは、そこではじめて跡切れた。モーニング姿の父と着物姿の母と、ホテルでドレスをつけるまで仮りに新婚旅行用のスーツを着た下の姉と、はじめての背広を着こんだ泰夫と、頭の天辺から足の先まで婚礼の出立ちを整えた四人が、昼間の電燈の下で、卓袱台を曖昧に囲んで立った。

父が卓袱台の上の一点を見つめて何かを言い出そうとした。三人は同じあたりに視線を集めて父の言葉を待った。

「あらためて言うまでもないことだが」と父は切り出して、押し殺された自分の声に自分で怖気をふるったみたいに、口をつぐんだ。言葉があるべきはずのところに、沈黙が臆面もなく淀んだ。遠くから近づいてくる車の音に四人は耳を澄ました。車は塀にそってスピードを緩め、門の前に停まった。警笛が短く三度鳴らされた。

「さあ、出かけるか」と父がすこし上ずった声で言った。母と下の姉が揃ってうなずいた。門のくぐり戸が鈍い音を立ててひらいて、足音が近づいてきた。

「山方さん」とぶっきら棒な男の声が玄関から呼んだ。

「はい、ただいま」と母の甲高いかすれ声が閉ざされた部屋の中に響いて、家族たちの怯えをあらわにした。父が固い動作で、まず自分から玄関のほうに歩き出した。下の姉が助けを求めるみたいに母の目を見やった。母は黙ってうなずき返して父の後に続いた。結局、花嫁の出がけの挨拶も忘れて、四人はそそくさと表に立った。泰夫が最後の戸締りをして玄関の鍵をポケットに入れた。

下の姉を間にはさんで父と母が後部の席に坐った。泰夫は大きいほうの荷物を車のトランクに入れてもらい、残り二つの鞄を両脇に抱えて助手席に乗りこもうとした。その時、姉はまだ戻ってくるかもしれないという思いが、不吉な予感のように頭をかすめた。その思いとともに、彼は荷物を両手にだらりと下げ、婚礼に向かう動きの外に立ってしまった。父がその姿に目ざとく気づいて、

「何してるんだ」とかすかな不安のこもる声でうながした。母と下の姉はもう車で走り去る女の姿になって、膝に視線を落していた。

「僕は後から行きます」

「どうして、そんな事をする。一緒に乗って行けばいいじゃないか」

「みんな一度に出払ってしまうより、まぎわまで誰かが残っていたほうがいいんじゃないかしら」

同じ思いが父の中でも動いたようだった。父は困惑の表情になった。なるほど考えてみれば、こういう未練にいったん心を譲ったら最後、為《や》ること為《な》すことにいちいちためらいがつきまとう。父の気持を察して、泰夫はつけ加えた。

「むこうに着いたらもう一度荷物の中を点検して、忘れ物があったらすぐに電話してください」

父は車の前方を見つめていた。姉をぎりぎりまで待つということについて、どうやら了解が成り立ったようだった。

「よし、いいだろう」と父はなに気ない口調で言った。「忘れ物があってもなくてもかならず電話をするから、それを待って、遅れずに駈けつけなさい」

「ほんとうは一緒に行きたいんですけど」と泰夫も調子を合わせた。「一家揃って、ひとつ車に押しこまれて式場に乗りつけるのも、なんだか貧乏臭いでしょ。助手席ぐらいは鷹揚にあけておかなくては」

あやうく今日の一家の禁句に触れそうになった。父がシートにもたれかかりながら、冷い目をちらりとこちらに投げた。

「いいから、遅れずにやってきなさい」

泰夫は母と下の姉のほうに目を移し、両手の鞄を見せてたずねた。

「この荷物、僕が後から持って行くけど、むこうですぐに入用な物はないかしら」

二人はきょとんと顔を上げて宙を見据えた。鞄の中味

がひとつひとつ頭の中に入っていて、それを一心不乱に点検している様子だった。しばらくして母が「はい、大丈夫」とつぶやき、下の姉が大きくひとつうなずいた。外側から勢いよくドアを締めると、二人はまた目を伏せて車の動きに身をゆだねた。

車は走り出して、すぐに滑らかな動きに乗った。そこまで見届けて泰夫は車に背を向け、門のほうへ歩き出した。流れの外に取り残されて、久しぶりに人心地がついた気がした。その時、車のスピードが緩んだ気配を背後に感じて振り向くと、停まりかけた車の中で下の姉が両親の間から小さな軀をこちらによじって、リアー・ウインドウを指先で苛立たしげに叩いているのが目に入った。反射的に、泰夫は鞄を両手に全力で走り出した。だが追いかける彼の前で、車はまたスピードを上げはじめた。両側の荷物に振り回されそうな苦しい姿勢から、ようやく目を凝らして車の中を見ると、今度は三人してこちらに軀をねじむけ、それぞれ「何でもない、何でもない」と片手を振りながら、不安そうな目つきでスピードに乗せられていく。車が角を回って見えなくなった時、泰夫は立ち止まって、軀じゅうが洞ろになっているのを感じた。

いましがた自分の手で最後に閉じたばかりの玄関の扉をまた同じ鍵で開けて、泰夫は両手に鞄を下げたまま、自分も含めて出払ってしまったはずの薄暗がりの中にしばらく立っていた。こうしていれば、この洞ろな軀で、姉の不意の帰宅を呼び寄せることが出来るとでもいうような、願いが密かに働いていた。しかし暗がりに目が馴染むにつれて夢は落ちて、洞ろさだけが残った。泰夫は靴を脱ぎ捨てて家の中に上がり、台所に入って冷い水を何杯も涸れた喉に流しこんだ。

それから居間に行って電燈をつけ、四人してぎごちなく見つめた卓袱台をもう一度ひとりで見つめ、無意味な反復に堪えがたくなって電燈を消した。そしてまた晦《くら》まされた目で廊下の暗がりを漂うように歩いて自分の部屋まで行き、明かりをつける気力さえ失った。花嫁の車に自分を積み残してしまったことが悔まれた。婚礼へ一途に傾いていく家族の意志の外へ立ってしまって、あと一時間ばかりは、あてのないものを待つよりほかに、為ることがなかった。

雨戸を立てた窓のほうに背を向け、柔かな明るさをふくらます壁に目をやって、泰夫は暗がりの中でしばらく物を思わずに立っていた。それから、壁の明るさの中に淡く緑が滲んでいるのに気がついて、また注意力を呼び覚まされた。目を凝らすと、それは無数の細かい緑から成っていた。濃い緑をした無数の細かい筋が、明るさの中になかば融けて、淡い半透明の緑をまわりにひろげている。その緑とまた半透明に重なって、壁いっぱいにひろがって時折ゆらめく薄い影は、どうやら泰夫自身の影のようだった。振り返って見ると、雨戸に節穴がいくつも開いていて、戸外の光をさまざまな長さで暗がりの中へ投じている。そのほかに、同じ節穴から、上向きにひろがってくる明るさがある。庭先の植木を叩いて反射してくる陽らしい。壁のほうに向きなおって、泰夫は緑のひろがりを淡いほうから濃いほうへ、濃いほうへと丹念に目でたどった。するとそのつらなりにそって、ほっそりと伸びる見馴れた枝振りが浮んできた。

泰夫の部屋の前にちょうど四角く射す陽だまりの中で、ひと月ばかり前のこと、姉が物置きから引っぱり出してきた背の高い腰掛けの上に華奢な針葉樹の鉢植をのせて、熱心に水をやっていた。

「それ、なに」と泰夫は窓から顔を出してたずねた。

「伽羅木」と姉は目を上げずに答えた。

「伽羅木って、なに」

「見たら欲しくなったので買ってきた」

「友達の家に行くつもりじゃなかったの」

「そうだったわね」

「待ってやしない」

「行くとは言ってないの」

姉は如雨露《じょうろ》をゆっくり傾けて枝の先までていねいに水をかけ、細かい針葉が濡れて光るのに、眺め耽っていた。右脚がスカートの中でやさしく折り曲げられて、伽羅木を見つめる軀の重みを自然に支えていた。

あれ以来、鉢植は姉にかまわれずに、日晒し雨晒しになって、泰夫の部屋の前に立っている。

壁の伽羅木の影に目を凝らすと、そのまわりに、ほとんど壁の灰色の中に紛れて、庭の土の色が薄くひろがっているのさえ見て取れる気がした。閉ざされた暗がりの中にもう一度影絵となって谺《こだま》する外の世界の柔和さに、泰夫は見入った。と、土のひろがりを横切ったものがあった。はじめ幻覚に近かった感じが、すこし遅れてやってきた驚きを境いに、たちまち濃い人の気配に変って、脚を静かに引きずりながら姉は伽羅木の前を通って居間のほうへまわり、閉じた雨戸の前で、濡れ縁に腰をおろした。そして庭にむかって頬杖をついて、泰夫の出てくるのを待った。

雨戸に手をかけた時にも、姉のいる気配は弱まらなかった。窓から頭を突き出し、外壁にそって左のほうへ目をやり、泰夫はわずかな影もなく秋の陽ざしを照り返す濡れ縁を見つめた。

夢想を支えきれなくなって、彼は光の中から頭を引っこめて雨戸を閉じた。伽羅木の影がまた淡く壁に映った。夢遊めいた振舞いがつづいた。まず閉じた雨戸に閂をおろし、ガラス戸も締めて錠をかけた。それから一部屋ずつ戸締りを確かめ、境いの襖や障子をいちいち立てた。襖を立てたとたんに、そのむこうで人のひそむ気配がふくらみ出すことがあった。そのたびにまた襖を開けて、姉の存在を思いの中から締め出しながら、まるですべてが思いと手の動きとの間合いにかかっているように、襖を慎重に滑らせていって、最後に思いきりよく締めきった。そうやって家じゅうを見まわって、いちばん最後に玄関の扉まで、内側から鍵をかけた。薄暗い玄関の三和土《たたき》に立つと、家の中は彼の存在さえもう知らぬように、人気《ひとけ》なくなった。

はじめ玄関に立った時と同じ姿勢で、泰夫は家の奥の静かさにむかって耳を澄ました。それから、旅から密かに戻ってきた気持になって、家の中に上がり、足音をひそめて階段を昇った。踊り場で軀の向きを変える時、右脚の膝が折れかかり、肩を右のほうへ傾けながら壁の蔭に隠れていく姿が、ほのかに乗り移ってきた。部屋の前に立って、彼はもう一度、この家の中に姉がいるはずがないことを胸の中で確かめなおし、扉を静かに内側へ押した。午前の光がレースのカーテンを透してひろがり、部屋の内側を四隅まで透明に満たしていた。

机や本棚や寝台を、彼ははじめて自由気儘に見てまわった。何もかも、いつもと違って、見られるままになっていた。

洋服簞笥の扉まで彼は開けて見た。すぐ目の前に、昨日の夕方二人して家に戻ってきたとき姉の着ていた明るい茶のワンピースが、すこし濃い目のカーディガンを肩から羽織って、彼のほうになかば正面を向け、腰をかるくひねって窓のほうを眺める恰好でかかっていた。布地の襞に宿る柔かな蔭に、彼は眺め入った。

気がつくと、服の胸のあたりに顔を近づけ、息を止めて、布地にこもるほのかな気配にだけ、控え目に感じ耽っていた。

寝台の端に腰をおろし、背をまるめて膝の上に頬杖をつき、これは命令——わたしのことを思ってくれるなら、わたしの代理人をつとめること、という書置きの言葉は、あれはどういう意味だろう、と考えているうちに、まどろんだらしい。大分前から階下で鳴っている電話の音に、彼は徐々に我に返って立ち上がり、階段を降りて行った。

電話の前にかがむと、泰夫はせっかく落着いた気持をまた乱されるのが物憂くなって、いまにも跡切れそうな呼び出しの音をもう三度繰り返させてから、受話器に手をかけた。

「ああ、泰夫か。何をしてたんだ」と父はたずねて、あとは声が出ないのを取り繕おうともしなかった。親戚の耳を憚《はばか》ってロビーにでも出てかけているのか、父のうしろから人のざわめきが、父を押しひしぐ波のように伝わってきた。泰夫もすぐには声を出せず、いま自分がこのまま姉であったら、そして姉の声を受話器に流すことができれば、父の気持をいっぺんに救えるのにと思った。

「忘れ物はなかった」彼は自分からたずねて、それでもって、姉の戻ってきていないことを知らせた。

「忘れ物はなかった」父は鸚鵡返しに答えた。言葉尻がすこしかすれて、泰夫の次の言葉をまだ待っていた。

「こちらも異状ありません」目をそむけて父の期待を突き放す気持で、泰夫は耳障りな言葉を口から押し出した。

「戸締りは、いいな」父のうしろで、人のざわめきがまた高まった。

「完全です」と泰夫は答えてから自分もつらくなって、「鍵はいつものように玄関の脇の植木鉢の下に入れておきますから」とつけ加えた。姉もその隠し場所を知っている。

「ああ、そうしてくれ」父はようやく納得したように低い声でつぶやいた。

「それじゃ、すぐに行きます」

泰夫は父の返事を待たずに受話器を置いた。そしてその音が父の耳もとで荒く響いたのを思いやって、父に受話器を先に置かせるべきだったと後悔したが、自分のほうもそれだけの余裕がなかったことは、受話器を握るかたちにこわばった手を見てわかった。

広いロビーの縁に立って、あちこちに四、五人ずつ固まって晴れやかに喋っている男女の姿を見わたした時、泰夫はなにか細密な点景から成る絵を見ているような印象を受け、自分がまだ夢想の薄膜の下に囚えられているのに気づいた。披露宴に参列する人たちが到着する時刻にはまだ間があり、式に参列する親族たちはどこか別室に入っているらしく、ロビーにはさいわい見知った顔はなかったが、もしもいま誰かに声をかけられたら、素早い応対はとてもできそうにもなかった。親戚たちと顔を合わせるまでに何とかしなくてはならないな、とかるい焦りを覚えながら、泰夫は親族控室のありかを示す矢印に従って、長い壁にそって歩き出した。しかし足もとの敷物に目を落して歩くうちに、人のざわめきは遠くなり、ガラス戸の外を走る驟雨のようになり、彼の心はまた気儘さの中に戻っていった。

壁が尽きると、矢印はなかったが、行く手に細い階段があったので、泰夫はかまわずに昇って行った。昇りきると、ロビーの明るさに馴染んだ目に、あたりが薄暗くなった。堀内家・山方家御親族控室と書かれた案内が壁にかかっている。彼はまた歩き出したが、目の前からますます薄暗く伸びていく廊下を見ていると、親戚たちの集まっている場所へ向かっているような気もせず、むしろ今の自分の気分にふさわしい場所へ踏み入っていく気がした。足音が立ったところからすぐに敷物に吸いこまれて、階下とうって変った静かさが壁と壁の間を領していた。しかしそれはただの静かさとも違って、ロビーと同じ賑わいが声にならぬざわめきとなって立ちこめている。泰夫は自分の心がやはりときめいているのを知った。

やがて行く手に壁の白さが浮んで、いまの道よりも大分広い廊下に出た。左手のほうがすぐに行詰りになるように見えたので、彼は右手のほうに道を取った。薄暗さには変りがなかったが、一歩ごとに奥に入って行くような密やかさはもう消えて、もっぱらどこかへ渡るための通路といった殺風景な雰囲気があった。自然に早めの足どりになってしばらく行くと、右側に並ぶ部屋の、一室の扉が開け放しになっていて、明るい光が廊下を末広がりに流れ、何人もの男女の笑い声が聞えた。手放しの高笑いだったので、どうせ従業員たちが空いた部屋に集まって談笑しているのだろう、と泰夫は勝手に決めて歩きつづけた。そしてその明るさの境いに足を踏み入れて、立ち止まった。

盛装した老若の男女に半円型に取り巻かれ、父がなかばこちらに背をむけて椅子に深くもたれかかり、寛いだ口調で喋っている。まわりに坐って、父の言葉にいちいちうなずいている男女は、見も知らない顔ばかりだった。

このまま蔭の中へ後ずさりしてしまいたいと思ったが、

もう遅かった。父は廊下で人の立ち止まった気配を感じ取って、ゆっくりこちらを向いた。そしてうなずきもしないで泰夫の顔を見つめ、それからついと視線を伸ばして、泰夫の肩ごしに廊下の暗がりをのぞきこんだ。言葉が跡切れたので、一同の注意が父の目に集まった。父はいくらか茫然とした顔つきをすぐには取り繕おうとしなかった。こんなところにいきなり姿を現わして父の虚を衝いてしまった自分に、泰夫は腹を立てた。

「ああ、泰夫さん。御苦労さま」と声がして、父を半円型に囲む訝しげな顔の間から、胸に小さな白バラをつけた堀内が中腰に立ち上がって、廊下にいる泰夫に笑いかけた。姉の顔をちらっと思い浮べて泰夫は腹を据え、扉の蔭に荷物をおろして父の脇まで進み出た。「おめでとうございます」と堀内の家族にむかって頭を下げ、新婦の身内が新郎の身内にそんな挨拶をするのも可笑しいのではないかと思いながら頭を起し、泰夫は目の前に並ぶ人たちの顔をはじめてまともに見た。

新郎を真中において、両親と弟二人と妹一人の、全部で六人の家族が、どれも顎骨の鈍く張り出した、気の優しそうな顔を並べていた。両親がまず、およそ違った目鼻立ちでありながら、顎の線だけは兄妹のように似ている。そして父親を中心において見ても、母親を中心においてみても、四人の兄弟の顔は、三十過ぎの堀内からまだ高校生の妹まで、気味の悪いほど似ていた。家族の両側には叔父叔母たちが父方は父方の、母方は母方の骨相を、人相などというものとはもう別なもののように、年の行った分だけ露骨に繰り返している。叔父叔母たちのつれあいたちまで、堀内家とは異質の顔だちのくせに、揃いも揃って重ったるくてどこか潤んだ感じの笑いを浮べて、血の濃さを際立たせるのに無意識のうちに協力しているように見えた。そして総勢二十人ばかりがにこやかに微笑みながら、目の奥にかすかな異和感をこもらせて一斉に泰夫を眺めていた。

「私どもの長男でございまして、ちょうど二十歳になります。図体ばかりで、何とも心細いかぎりで」父がいつもの人好きのする困惑の表情を浮べて紹介した。

「いやあ、なかなか御立派な青年で。うちのとは違って落着いておられる。先がお楽しみですな」堀内の父が目を細めて笑いながら、人を吟味しなれた目つきで、泰夫の軀を上から下へ眺めた。

「うちの息子どもはあまり楽しみでもないからね」堀内がまぜかえした。

「自分が先にいい嫁さんもらって、安全圏に走りこんでおいて、そういうことを言うのはフェアーじゃないな」堀内と取り違えそうによく似た次男が、物欲しそうな顔をつくって見せた。

「泰夫さんはお姉さんたちのことで目が肥えておられるから、お嫁さんを選ぶとき、困るでしょう」泰夫より年上の三男が椅子から身を乗り出して話しかけてきた。よほど打ち解けた話が、いままでかわされていたものと見えた。

「悪かったわね」末の妹が口走って、人目が集まったのを感じて、長い舌を出した。セーラー服を着て、まだころころした軀つきなのに、この妹がまたおかしなほど堀内に似ている。

泰夫の父をはじめ、男たちが椅子の上で肉づきのいい軀を揺すって笑い出した。女たちも帯に締めつけられた軀をそっとよじって笑いに和していた。泰夫は自分のことがきっかけだけに控え目に笑いながら、なぜ堀内兄弟たちがこんなおどけた物の言い方をするのかと訝った。聞きようによっては相手方の二十歳の一人息子をからかっているようにも思えたが、それにしては皮肉な響きがすこしもない。そうかといって、人前で兄弟睦まじく戯れ合っているという無邪気さもなく、四人ともお互いに視線を避けあいながら、まるでもっぱら泰夫たちや親戚たちへの気づかいから、沈黙をつくり出すまいと喋っているようなふうだった。ことによると堀内の兄弟たちは、上が三十過ぎで、中二人がそれぞれ二つ違いなのに、いちばん末の娘がまだ十六歳というすこし滑稽な家族構成を意識して、四人並んでいるところを新婦の家族に見られるのをつらがっているのかもしれない、と泰夫は思った。その思いはたちまち自分たちのことにはね返ってきて、後ろめたさが彼の顔から笑いを拭い取った。

さいわい、一同の笑いはまもなくおさまって、泰夫の固い表情は目立たずに済んだ。堀内が泰夫のほうへ近寄ってきて、いたわるような声でささやいた。

「お姉さんのこと、残念でしたね。泰夫さん」

「ええ、ふだん丈夫なものだから、かえっていけなくて。熱だけなら押して来るんですけれど、咳きこみがひどくて、やはり遠慮させていただきました」

もしかすると下の姉は堀内に打ち明けてしまっているのかもしれないと疑いが頭をかすめた。しかし、それならそれで、堀内にも中に入ってもらって、一緒にその場を取り繕っていくよりほかになかった。

「ほんとうに、残念なことでしたね」堀内の母が泰夫の言葉を耳にはさんで親身にうなずいた。「咳というのはつらいものでしてねえ。咳きこむまいと緊張すると余計に咳が出て。お家で寝ていなさるのがいちばんですよ」

その言葉に、同じような傷ましげな表情が、同じように顎骨の優しげに張った顔から顔へひろがっていった。かすかな疑惑が、重ったるく潤んだ目から目へ欹していくような気がして、それを見定めようと、泰夫はひそかに目を凝らした。疑惑は両親兄弟から叔父叔母たちへ、叔父叔母たちからそのつれあいたちへと遠ざかっていくにつれて、新婦の家族への遠慮から解き放たれて、世間並みなあからさまな想像となって真相に近づいていく。そのさまを思い浮べて、泰夫は姉が自分の手を離れて世間に引き渡されてしまったような気持になった。しかしあの人たちの前で、怖れを抱く必要はない。あの人たちの中では、姉は結局顔も姿もない存在でしかない。思い浮べられた途端にもう忘れられていく……。

「いやあ、大切な時に、とんだ鬼の霍乱《かくらん》で、お許し下さい」父がしきりに気の毒がる堀内家の人たちの気持を取りなすように、物にこだわらぬ口調で言った。昨夜、彼が父の前で口走って、父の眉をひそめさせた言葉だった。鬼という言葉が別な響きを帯びて耳についた。自分たちはいまどこにいるとも知れない姉の存在を悪魔のように怖れて、この場から締め出そうとしている。そう思った途端に、何もかも放り出してこの場から走り出してしまいたい、という願いが彼の中で騒いだ。しかし代理人の役目をすぐに思い出して、彼はつとめて伸び伸びとした態度で堀内にむかった。

「姉はとても口惜しがって、皆さんにくれぐれもよくお詫びしてほしいと申しておりました」

それから、堀内にすまないと思う気持からか、堀内家の親族たちの想像を封じたいという気持からか、それともただ怖れに駆り立てられてか、もう一言、余計な作り事をつけ加えた。

「そのかわり、御夫婦が旅行から戻って新居に落着かれたら、ぜひ一度、どこかに御招待したいとはりきっておりました」

「それは楽しみだな。その時は、泰夫さんもどうぞ御一緒に」堀内が答えた。

「あら、自分がオゴるみたいなことを言ってるわ」堀内の妹が素頓狂な声で言った。

「これ、はしたない。堀内の姫ともあろうお人が」下の弟がたしなめた。
一同が笑いに崩れた隙に、泰夫は一緒になって笑っている父の耳もとに顔を寄せて、花嫁の居場所をたずねた。

笑いがおさまりきらないうちに、泰夫は一礼して堀内家の控室を出た。扉の蔭に置いた荷物を拾って軀を起した時、廊下にそって三つむこうの扉のところで、和服姿の女がこちらに背を向けて、細い軀を滑りこませるようにして部屋の中へ入っていくのが見えた。後姿だけから、もう五年以上も会っていないのに、母方の末の叔母だとすぐにわかった。薄暗がりの中に身を潜めて、泰夫は扉が閉じられるのを待った。それから足早に堀内家の控室から流れる光のひろがりを横切って、山方家御親族控室と大きな貼紙のある扉の前を一息に通り過ぎ、部屋の内側から誰かが扉のノッブに手をかけた気配を感じてまた足を早め、廊下の角を曲りきった。

まだよそよそしい形を保っている新調の背広の下に、子供の頃と変らない汗と不安のにおいがした。このにおいさえ、自分はいましがたの扉の後ろにいる人たちと共有しているのだろうか、と泰夫はそんな事を考えながら、薄暗い廊下を急いだ。堀内家の人たちのことは、あれでほぼ片づいた。しかし山方家の親戚たちは、想像力なぞ働かせる間もなく、何かをじかに嗅ぎ取るだろう。嗅ぎ取って、おそらく何も言わない。思いもしないかもしれない。それだけに親戚たちにたいしては、本当のことは言えないにしても、堀内家の人たちにたいしてやったように、嘘をまた粉飾するわけにはいかない。本当らしさの陰影をつけない、無表情な嘘をそのまま前に差し出して、あとは黙っているよりほかにない。

自分とそれぞれすこしずつ似通った顔が、似通った骨相が、さっき堀内家の控室に入った時のように、一斉にこちらを向く瞬間を思って、彼は姉の代理人としての気負いがたちまち萎えていくのを感じた。閉じた扉の前を通り過ぎてきただけで、それだけでもう、目に見えない赤い触手のようなものに、みぞおちの辺を絡め取られた気がした。

それでも、父に教えられたとおり廊下をしばらく行って、左手に小さな階段を見つけて昇り出すと、両側から壁が近寄ってきて、空間はまた密やかになり、泰夫はとにかく今は一人でいられることの安堵につつまれた。一人でいる時間を出来るだけ長びかせるため、一段ずつていねいに踏みしめて、やがて階段を昇りきった。

花嫁の控室の扉を中指の節で軽く叩くと、内側で部屋を横切る衣摺れの音がして、「どうぞ」と母の低い声が聞えた。扉を開くと、臙脂の敷物の奥で柔かな白がふくらみ、そのむこうの大きな鏡の中に、黒い鞄を両手に下げた自分の姿が、見も知らぬ男のように立った。鏡を背に、もうヴェールを被った花嫁が、ドレスの裾を敷物の上に円くたっぷりひろげて低い腰掛けに坐り、膝の上に置いた花束に目を落していた。その視線が花束から離れて、扉のところに立つ泰夫の靴の先を見つめ、それから軀にそっておずおずと這い上がってきて、弟の顔を認めて蒼白く笑った。

その顔が、姉に驚くほど似ていた。ヴェールの淡い蔭の中から、珍しく気弱げな姉の顔が、泰夫を咎めて微笑んでいる。二人の姉が互いに似ているとは、いままで彼自身感じたこともないし、人から言われたこともない。啞然として眺めていると、微笑みはなにか自分をもてあましているような甘ったるい表情に変って、小肥りの下の姉が、白い繭の感じの中へうつむいた。

泰夫は鞄を扉の脇の壁ぎわに置いて、部屋の隅で椅子に小さく腰掛けている母にむかって荷物のありかを目で知らせ、花嫁のほうに向きなおって敷物の上に足を踏み出した。ところが三、四歩近づいた時、うつむいている花嫁を前にして足の置き場に戸惑い、思わず母のほうへ引き寄せられかけ、ちぐはぐな足どりになって立ち止まった。花嫁と母の中間あたりに目をやって、「きれいだね」と彼は不器用に讃《ほ》めた。すると母が気がかりな言葉を耳にしたように顔を上げ、花嫁の装いを上から下まで、どこか猛禽を思わせる気むずかしげな目で見まわした。

「高級品じゃなくても、やっぱり、誂えただけのことはあるわね。貸衣裳とは白さが違う……」

母は満足そうにつぶやいた。もう一人そこにいる女の家族に、無意識に話しかけている口調だった。

「そうね。一回きりのものって、いいものね」と泰夫は釣りこまれてつぶやいて、母と一緒にドレスを隅々まで見まわした。

姉がうなずきながら、遠ざかっていく気がした。

花嫁は二人の視線を軀に感じて笑いを口もとに浮べ、円くゆったりとひろがった下半身に比べて痛々しいほどきつく締めつけられた上半身を、また心もち前へ傾けた。

その時、泰夫は新調のドレスの白の中にかすかな汚れの感じがあるのを見て取った気がして、ひそかに首をかしげた。たしかに清楚な、静まった白なのだが、全体としてかすかに濁った感じがこもっている。ウェディングドレスを間近に見たのは、中学時代の先生の結婚式で受付をつとめた時と、従兄弟の結婚式に父の代理として出席した時と、これで三度目だったが、前二度の時にもやはり同じ印象に悩まされたものだった。これが新調だとしたら、ウェディングドレスの白とはこういうものなのか、と泰夫はその中に閉じこめられた下の姉の姿を眺めた。光沢のニュアンスをさまざまに変えた白糸でもって、細かな花模様がいっぱいに縫い取られている。しかしやはり一重の布でしかない。それなのに、見つめていると、布はまるで幾重にもレースを重ねたみたいに視線をあいまいに吸いこんでゆき、布地の下にある軀の感じに触れる前に、柔かく濁った光の中に紛らわしてしまう。ドレスの内側で下の姉の日頃の姿がどんなふうに在るのか、どんなふうに椅子に腰掛けているのか、それが全体の印象としてもうひとつ摑めない。くっきりと際立たされた腰のくびれを境いに、下半身は敷物の上までゆるやかに流れる白濁した明るさの中につつまれて融け、上半身は締めつけられて、よそよそしく瘠せ細っていた。いきなり露出する首のまわりの素肌の、すこし赤みのさした白さと、その肌に触れる素朴な真珠のネックレスが、花嫁姿に包み残された下の姉の素顔に見えた。

「堀内さんには、もう見てもらったの」

「今日はまだ会ってないの。何だか見られたくないわ。あの人、来てるかしら」

花嫁ははじめて泰夫にむかって口をきいて、冗談を言ったというふうもなく花束を見つめつづけた。

「下の控室で待ってるよ。いま会って話してきた。お父さんが、一緒にいる」

泰夫も大真面目に答えた。三人は階下の気配に耳を澄ます顔つきになった。男たちの高笑いが遠くから鈍い轟きとなってきれぎれに伝わってきた。重苦しい不安に、膝頭から力がまた萎えていきかけた。しかしここでこうして下の姉の姿を間近から見つめていることに、泰夫の心は和みはじめた。こんなふうに素直に見つめられていられることが、この姉の良いところなのかもしれないと、彼はめずらしく下の姉に優しい気持を抱いた。母も部屋の隅に寄せた椅子に腰掛けて、脇目もふらず花嫁姿を見つめていた。濃い親和の雰囲気が三人のまわりに降りてきて、階下に集まっている人間たちからも、いま頃この建物のどこかで準備されている儀式からも、つかのま遠く切り離した。この濃やかさは、花嫁が堀内に引き渡されるまで、保たれなくてはいけない。

姉の命令の意味が、おぼろげに見えてきた。

「それじゃ、僕はまた下に行って叔父さんたちのお相手をしてきます」

そう言って、泰夫は花嫁から目を離して扉のほうに向かった。今度は堪えられそうだった。扉のところで振返ると、下の姉が花束から顔を上げて、身動きを許さない白い繭の感じの中から、「泰夫くん、お願いね」とつらそうに言った。その顔がまた姉の顔と重なった。


親族控室に向かって階段を降りていく時、泰夫は同じ階段を昇ってきた時とは別人のように活力に満ちていた。心は依然として姉の不在に怯えているのに、血肉のほうは奇妙に奮い立っていた。姉の欠席についておかしなことを考えている様子の親戚がいたら、その傍に付きっきりになって、相手の疑惑の芽が引っこむまで喋りまくってやろう。そんな事さえ考えた。そしてなかば自分のものではないような、盲目的な意志を、おぞましく感じた。しかし姉は満足げにうなずいているようだった。

親族控室の扉を開けると、明け暮れ飽きるほど見馴れた感じの顔がいくつか、年月の薄膜を鈍くつけて、部屋の隅のほうからこちらを振り向いた。そして目を逸らしたものかどうか迷うように、泰夫の顔を眺めていたが、やがてどことなく恥しそうな粘っこい笑いを揃って浮べた。地方に在住する母方の伯父叔母たちだった。揃って顔を合わせるのは、疎開の時から、もう十何年ぶりだった。

「大きゅうならっせたの」と伯父が背広姿の泰夫を上目づかいに眺めた。その目にも、なにか見るも恥しいものを目の前につきつけられて困惑しているような、神経質なゆらめきがある。伯父よりも今では頭ひとつ分ぐらい大きく成長してしまった軀を、泰夫はもて余して、また姉のことを思いはじめた。

あの疎開の頃から、姉は活発な少女の時代を抜け出していった。村の子供たちが不自由な脚のことを露骨に揶揄しても、もう相手にしないで、侮辱に蒼ざめる泰夫を腕の下にかばって、叫びの中を静かに通り過ぎた。祖父の家には泰夫たちばかりでなくて、近くの都市で同じように焼け出された伯父叔母たちの家族も身を寄せていた。大人たちの何人もいる暮らしに、泰夫たちは生まれてはじめて触れた。薄暗い茶の間に、泰夫の母もふくめて、それぞれ一家の父親であり母親である兄弟姉妹たちが集まって、今から思えば空襲のおかげで親の家に押し戻された者どうし、ずいぶん投げやりな口調で世間話をしているのを、泰夫は子供心にも猥雑な眺めと感じたものだった。姉は大人たちと、ときには母とさえ顔を合わせるのを避けて、家の中の遠い隅で過し、口数がすくなくなった。そのそばに幼い泰夫はいつでもくっついていた。その下の姉は母が仕事をしていようと、叔母たちと噂話をしていようとかまわず、母にまつわりついていた。その母はいつも疲れきった顔をしていた。

あの時、土間のほうから茶の間の大人たちの円居にちらちらと物欲しげな目をやっていた瘠せっぽちの子供が、大きな図体に背広なぞ着て目の前に立っている。それを思うと、伯父たちの困惑がわかる気がした。血縁者どうしの、目出たい、という気持はもともとこんなものなのだろうか、と思った。

「建ちゃんや久子さんは、まだなんですか」と泰夫は沈みかけた自分を立て直して、都会育ちの青年らしくこだわりのない調子でたずねた。

伯父は一人前の大人を相手にする顔つきになって、娘の縁談がつい先日まとまったことを、その経緯もこまごまと織りまぜて報告しはじめた。お蔭さまで、という言葉に泰夫は固くなった。さいわい、その話をまだくわしく聞いてなかった叔母が一人いて、伯父にあれこれたずねはじめた。

その間に泰夫は完全に立ち直った。また活力に満たされた軀に、新調の背広がしっくり馴染んだ。従姉妹の縁談の話が尽きると、彼はあらためて話の中に分け入って、若い甥らしく適当に甘えたりおどけたりしながら、残り五人の伯父叔母たちに息子や娘たちの縁談のことを順ぐりにたずねていった。そして一座の雰囲気が若い親戚たちの縁談の話に和んだ頃をみはからって、姉のことをむこうからたずねられる前に、こちらから何気ない調子で切り出した。父がとうに欠席のわけを説明しているはずだったが、弟の自分がもう一度豁達な態度でそのことを語って見せる必要があると思われた。

「祥子《よしこ》姉さん、お洒落の支度を整えて張り切っていたのに、ゆうべ一晩中ひどく咳きこんで、今朝になってもまだ咳が止まらなくて……せっかく伯父さま叔母さま方に遠いところをお越しいただいたのに、お目にかかれなくて残念だ、くれぐれもよくお詫び申し上げてほしいと、そう申しておりました」

途中で、余計な嘘はついてはいけないと思ったとたんに、口調があらたまった。伯父叔母たちがまた疎遠な感じに戻って、泰夫の挨拶に軽く頭を下げて答えた。そして目を伏せて、それぞれ胸の中で物を思う表情になった。血縁者の沈黙に囲まれて、泰夫は自分の言葉が伯父叔母たちの心に暗い想像を掻き立てながら曖昧に落着いていくさまを思いやった。しばらくして叔母が目を上げて言った。

「喘息の血統やわ。やっぱりお祖母ちゃんの血を引いていなさるんやわね」

「わたしも、そうなのよ」

「わしんところの久子もや」

「兄さんは、この頃、どうなの」

話は一族の持病のほうへ移っていくようだった。式の始まる時刻がもう迫っていた。泰夫は目礼して伯父叔母たちのそばを離れた。

父はどこにいるかと見まわすと、奥の壁のところに、同じような頭恰好の、同じような禿上がり具合の兄弟三人が、椅子を並べて和気藹々《あいあい》と話していた。いましがたの母方の兄弟姉妹に比べても、さっきの堀内の家族に比べても、こちらは肉親の関係をもう卒業してしまったようなさばさばしたところがある。そうなるとお互いの軀つきがかえって似通ってきて、本人の知らぬうちに血のつながりの濃さをおもてに向かってあらわに示して復讐するものと見える。見比べるのも気がひけるほど互いによく似た頭かたちに呆れながら、泰夫は叔父たちの前に歩み出て、「御無沙汰しております」とていねいに頭をひとつ下げた。

「やあやあ、会うたびに男前になるようじゃないか」

「どこの花婿が迷いこんできたかと思ったよ」

二人の叔父は泰夫を見上げて笑った。父も笑っていた。泰夫は軀を軽くひねって、すこし離れたところで二人で話しこんでいる叔母たちのほうに顔を向け、

「叔母さま方、今日はお忙しいところを、わざわざお越しいただきまして」と我ながら浮ついた調子で見事に挨拶してのけた。

叔母たちはその声に驚いてこちらを向き、女子学生みたいなはにかみを目もとに浮べて、やんわりと頭を下げた。その姿に泰夫はふと血のつながりのなさを感じて、今日ここに着いてからはじめて気持が自由になるのを覚えた。

その自由感は、叔父たちのほうに向きなおった時にも消えずに残った。

「兄貴に似ず、なかなかもてるんだってな」

「そりゃあ、親父よりは。でも、とても人並みじゃありません」

「情ないこと言うな。うん、わが山方一族は、女のほうはなかなか美人系なんだがな」

「申訳ありません」

「なに、申訳ないのはお互いさまだ」

人ごみの中で投げやりにかわす会話と変りがなかった。言葉に呼び起される思いが、切れはしのまま次々にうしろへ切り捨てられていく。

「弟として、感想はどうだ」

「きわめて感傷的になってますよ」

「なあに、自分の未来の花嫁のことばかり思い浮べてるのだろう。予行演習のつもりで、花婿の立居振舞いをよく見ておくことだな」

「叔父さんたちは若かりし日のことを思い出して……」

「こんなに晴れやかなものではなかったな、昔の結婚式は」

あるいは、薄々と勘づいている叔父たちに、如才なくいたわられ、乗せられているのかもしれない、という疑いもあった。しかしそれもどちらでもいいように思われた。滑らかなざわめきに、泰夫はもう捕えられていた。両手を宙に差し上げて、なかば心ならずも、なかば自分から好んで、運ばれて行く心地だった。

そのうちに部屋の中の喋り声が、泰夫と叔父たちの陽気なやりとりを残して静まった。叔父たちが顔から笑いをおさめて扉のほうへ目をやった。その視線を追って振り向いてみると、母方の伯父叔母たちが神妙な顔を揃えて、閉じた扉のほうを見つめていた。扉の外を何人もの足音が静かに敷物を踏んで通り過ぎていく。新郎方の親族が式場にむかって出かけたようだった。低い咳ばらいが足音に混った。薄暗い廊下を、同じように顎骨の鈍く張った顔と顔が足もとに目を落し、低い天井の下にほのかな人熅《いき》れをつくって歩いていく。

足音は廊下を遠ざかってゆき、それからすこしざわめいて、さっき彼が降りてきた階段を昇っていくようだった。やがて静かさの中に吸いこまれて消えると、目の前の扉が軽くノックされて開き、和服を着た陰気な中年の女が一同の視線を集めて深々と頭を下げ、目を伏せたまま、耳障りな顫え声で喋り出した。

「本日はおめでとうございます。いよいよ御式の時刻が参りましたので、これからわたくしの御案内申し上げますのに従って、式場までお越し願います。つきましては、式場の前にお着きになりましてから、御式の厳粛さを損わずにそのままの順序で静々と中へお入りになられますよう、まず御新婦様の御両親様、御兄弟様、それから父方の御親族様、母方の御親族様と、一列にお続き願いとう存じます。それでは」

そう言って女はもう一度頭を深く下げ、やはり部屋の中の人間の顔を見ないで二、三歩あるきかけ、それからうつむけた顔をなかばこちらに向けて、早くしたらどうなの、と言わんばかりの目つきで促した。

一同はざわざわと立ち上がり、まず父が泰夫のそばを通り抜け、道をあけた親戚たちに両側から見まもられて、どことなく投げやりな足どりで扉のほうに向かった。新婦方の頭《かしら》としてもうすこし堂々とした歩き方をしてくれなくては困るな、と父の歩みを目で追っていると、叔父が後ろから肩に手をかけ、「おいおい、次は君じゃないか」と泰夫の軀を前へ押し出した。

父と泰夫の二人が後につくと、案内の女はあとはどうでも構わないというように、さっさと歩き出した。泰夫も親戚たちを振り返って見る余裕はなくて、左右にころもち揺れて進む父の背ばかりを見て進んだ。足音が暗い廊下に重く満ちて従いてくる。しっかりと腰を据えて歩いていないと、泰夫の足音だけがその中でひとつ、あどけなく浮き上がってしまいそうに思えた。いつのまにか、父の脚は重い荷を担いで土を踏みしめていく男のしぶとさを見せ、すこし外輪ぎみに、一歩ごと膝で弾みをつけて歩いていた。その足音に親戚たちの足音が背後からひとつに重なった。泰夫の歩みも、全体と融け合って、耳につかなくなった。

役割はひとまず果し終えた。親族一同の心がひと塊りになって式場にむかって流れ出した今となっては、姉の代理人として働く余地はもうない。自分も流れに融け入って、姉の加わらない儀式の進行に、黙々と従うよりほかにない。そのためには、多少の酔いが必要のようだった。

階段のところまで来ると、先導役の女がこちらを振り向き、お客たちが遅れずに従いてきているかどうかを確かめ、露骨に眉をしかめて、列がもっと縮まるのを待った。親族たちは足並みを乱されて軽くざわめきながら、背と胸が触れ合うばかりに近寄った。吐く息と樟脳のにおい、汗と香水のにおいが集まった。家畜の群れでも見るような女の目つきに辱かしめられて、泰夫の中で最後の支えが崩れ、自分から酔心地へ沈んでいった。女は面倒臭そうに背を向けてまた歩き出した。父がすぐさまその後に続いた。泰夫も目を深く伏せて、ただ導かれるままにどこまでも従いていく気持で、廊下よりも厚い絨毯を敷かれた階段に足を踏み出した。

「ほお」とどことなく好色な嘆息がうしろで起ったのは、まだ階段の途中だった。目を上げると、階段の上の薄明かりにウェディングドレスの静まった白さが、地から生い出たようにほっそり立っていた。衣裳が、その下の肉体の存在をつつむより、むしろいたいたしくあらわしていた。

姉が立っている、という思いがあった。酔いに囚えられて、見も知らぬ道を導かれるままにやって来て、そのあげく姉の姿に行き当ったという、最後の安堵の予感が胸の内にひろがりかけた。

頭の飾りが傾いて、蒼白い化粧の中から、下の姉の腫れぼったい丸顔が、階段を昇ってくる親族にむかって目礼した。「やあ、きれいだ、きれいだ」と泰夫のすぐうしろから叔父の声が花嫁を讃めた。花嫁はそれに答える表情も知らず、大人の衣裳を着せられた童女みたいに、ただ見られるままに立っていた。花嫁の両側には母と仲人夫人が小さく立って、召使いのようでもあり、いかめしい介添役のようでもあり、先導役の女にも劣らぬ陰気な目を足もとに落していた。女は階段を昇りきると、花嫁に軽く頭を下げてその前を通り過ぎた。仲人夫人が花嫁の手を取って女のすぐ後につき、母が父と泰夫の間に入った。姉を除いて、全体が隙間なくひとつにまとまった。

仲人と新郎新婦を間にはさんで両家の親族が向かい合わせに席につくと、烏帽子を被って祭壇の脇に控えた眼鏡の男が、唐突として両の頬を鞠のようにふくらまして笙《しょう》を吹き鳴らした。笙の音が高まるたびに、男は目をかたくつぶって律儀そうな顔をどす黒く充血させ、烏帽子の紐で両側から抑えつけられた眼鏡が、息苦しさのあまり浮き上がりそうに見えた。泰夫の目の前に一列に並ぶ堀内家の親族の中で、新郎の妹が烏帽子の男に負けず劣らず赤く充血した顔を伏せ、まだ少女の細い肩に力を籠めて、笑いをこらえていた。大人たちの顔は薄暗い部屋の壁にかけられた素朴な面のように、厚ぼったい表情になった。泰夫も同じ表情を顔に貼りつけて、ときおり身も世もあらず肩を顫わす少女を横目で眺め、つらいだろうな、消えてしまいたいだろうな、とぼんやり思いやった。

やがて泰夫は見る意志を失った。目を伏せると、笙の音はどす黒くふくれ上がる眼鏡面と何のかかわりもない境いで、沈んだ祭礼の気分をゆるやかに満ち干させた。音が止んでも、暗い満ち干の感じは残った。浅い眠りの中から遠くの喋り声を聞くように、彼は神主の祝詞《のりと》に耳をあずけた。役目に慣れた滑らかな声がときどき赤裸な響きになって何やら一心に訴えかけていた。言葉の切れ端が意味もわからぬまま飛びこんできて、内で重ったるく谺した。そのたびに、こんなふうにでもして呼びかけられなければ目を覚まさない毛むくじゃらな獣のようなものを、彼は自分の内に感じた。

祝詞の声が止んで目を上げると、堀内家の親族たちが祭壇のほうへ、揃って喰い入るような目を向けていた。とくに女たちの顔が、堀内の母も妹も叔母たちも、いつのまにか年齢の差を超えて、家のことにあたる女の険しさをひとしく表わし、新郎と新婦の一挙一動を揺ぎのない目で追っていた。たったひとつの顔の悪夢めいた反復に、泰夫は怖気づいた。しかし自分の並びでも、向こう側にひけを取らない力がひとつに固まって、やはり祭壇のほうへ息をこらしている様子だった。左右を見まわす自由はなかった。彼自身もここにこうして坐ったまま、その中に嵌めこまれていた。

両側から見つめられ、祭壇の前で新郎と新婦が神主の指図に従ってたどたどしい仕種《しぐさ》を繰り返していた。新郎はぎごちないなりに、柄にもないことをさせられる三十男の滑稽さを鷹揚に担って、かえって男臭い余裕を漂わせていた。それにひきかえ新婦はまさに人形みたいに無表情に新郎の振舞いに従っていたが、新郎のように仕種が儀式の中におさまりきらなくて、硬い身振りにすこし遅れて日頃の下の姉の素顔が身の置きどころに戸惑いながら、あどけなくあらわれてくる。二人の動作はぴったり合ったり絶望的にずれたりした。ちぐはぐになる度に堀内は鯱張《しゃちほこば》った姿勢のまま動きを止めて、滑稽さを自分のほうに引き受け、花嫁が従いてくるのを待った。下の姉は段々に堀内の動きに支配されていくようだった。

しかし眺めているうちに、泰夫は時間の感覚を失っていった。儀式の時間が参列者の熅《いき》れとともに狭い部屋の中に淀んで、新郎新婦の仕種も、進行のない、はてしない反復に見えた。何度か進行係の声に促されて、両家の親族も儀式に加わった。軀を固くして立つ一組の男女の両側で、血縁者たちが一斉に椅子をがたつかせて立ち上がり、そしてまた一斉に椅子をきしませて腰をおろす。何とも滑稽で陰気だった。

やがて新郎新婦は軀を向かい合わせた。下の姉がきまり悪そうな顔で片手を差し出し、堀内が腰をすこしかがめて神主の捧げる三方から指輪を不器用につまみあげ、大きないかつい左手を花嫁の手に添えて、右手で指輪を薬指にはめにかかった。花嫁の手の上げ方がすこし足りなくて、堀内の姿勢が窮屈になった。指輪と薬指がお互いに揺らいで、なかなか落合わない。堀内が困ったような笑いを浮べた。すると下の姉が面倒臭そうに手を堀内の胸の高さまで上げ、手首の力を抜いてあずけた。儀式の形に破れ目が入り、二人ともぎごちなさを去って、お互いにもう恥を分けあって口をつぐんでいる男女の濃い笑いを目に溜め、指輪は何なく薬指に落着いた。そのさまを、両側から、親族たちが鈍重な顔を並べて、まだ見まもっていた。

どこか遠くで時を過している姉の姿が、愉悦そのもののように、泰夫の目に浮んだ。

両方の親族がもう一度立ち上がって、新郎新婦を間に固めの盃を了えてまた席につくと、両側の席のあちこちから静かな咳ばらいが起って重なり合った。向かいの席の上座に堀内の父が立って、親族をひとりひとり紹介しはじめた。一家の主人の穏やかな、どことなく孤独な口上に従って、まず新郎の母、それから兄弟たちが順々に立ち上がって、気の優しそうな笑いを目もとに浮べて頭を下げ、肉づきのいい軀をつつましく椅子の上に沈めた。それに答えて、泰夫の並びで、新婦方の親族たちの頭がゆっくり揺れた。

末座の叔父叔母たちまで紹介が済むと、今度は泰夫の父が軀をなかば堀内家の親族のほうへ、なかば自分の親族のほうへ向け、手短かに挨拶を述べてから、左手を軽く母のほうに差し出して、「新婦の母すみ子でございます」と言い、母の坐りおわるのを待って、泰夫の肩のあたりに目をやって、にこやかに紹介した。

「新婦の姉の祥子でございます」

はっとして目をやると、父は一同の怪訝そうな表情をゆったりと受け止め、なにか一家のたわいない内幕話を晴れの席で披露するように、面映《おもはゆ》そうに喋り出した。

「じつは大切な日に風邪を引きまして家で休んでおりますが、新婦の新郎への好意をいちばん先に見抜いたのがこの姉でございまして、自分こそこの度の縁組をまとめるにあたって決定的な役割を果したといささか自負しておるようであります。今日のことにつきましては、晴れの日に出席できなかったかわりに、後日あらためて二人のために一席設けて、若い者どうし固めの式をやりたいと張切っております。新郎をはじめ御親族様方に、くれぐれもよろしくと申しておりました」

向かいの堀内家の人々の顔がこの式場ではじめてほころんだ。さっき泰夫の口からほとんど衝動的に飛び出した作り事が、父の口からもう一度繰り返されて、今ではもう動かしがたい約束となった。もしも姉が戻ってこなかったら、という思いがはじめて泰夫の頭を掠めた。

「次は長男の泰夫でございます」という父の声に、泰夫は竦んだ軀を母と叔父の間に真直に起して、立ち暗みをこらえながら、堀内家の人々にむかって頭を深く下げた。

あとは披露宴まで、時間は淀みなく流れた。

時間をとりとめもなく流してしまおうとするものが、泰夫の中にあった。

式場を出て、控室も引き払って、両方の親族がひと塊りになってロビーに降りてくると、披露宴の参列者たちがもう到着していて、明るい光のあちこちで話に興じていた。ここにはもう姉のことに関心を抱くおそれのある人間はいない。ここはもう外の世界だ。そう考えると、泰夫は張りの抜けた気持になった。

花嫁は仲人夫人と母にあずけられてまた控室にこもった。花婿はロビーに降りるとすぐに親族たちのそばを離れて、黒っぽい背広の集まっているところにまっすぐに歩み寄って、先輩や同僚にからかわれながら武骨な愛嬌を振りまきはじめた。両家の親族は隅のほうの椅子に二手に分かれて腰をおろし、明るいロビーの中をまぶしそうに見まわした。

知らぬ間に、泰夫は父と肩を並べて立っていた。

「花嫁はなかなか堂々たるものだったじゃないか、なあ泰夫」

「しくじりがなくて、よかったね」

「そうだ。万事順調だった」と父は日なたに坐る老人のたわいのない安堵を顔に浮べて、同僚に囲まれて頭を掻いている堀内の姿や、ロビーを横切って行く振袖姿に、うっとりと目をやっていた。その様子がかえって、ロビーの華やぎに心から加われない淋しさをあらわしているように見えて、泰夫は父を慰めようとしたが、何を言ってもその分だけ後暗さが増す気がして口をつぐんだ。そのうちに、父はロビーの中央のほうに重立った来賓たちの姿を見つけてそちらへ足を運び、丁重に参列の礼を述べてまわりはじめた。またしばらくして見ると、今度は同僚にでも捕まったらしく、同年輩の男たちを相手に急に若々しい顔つきになって、まるでもう一人の新郎みたいに、しきりに照れながら祝いの言葉を受けていた。

その父のすぐ近くで、新婦の大学時代の友人たちと覚しき若い女たちが、近寄って来そうで来ない新婦の父親の存在をあきらかに意識して、居心地悪そうに黙りこんでいる。華やかに立ち上がって祝いの言葉を述べようと待ちかまえている振袖姿が、所在なさのあまり、和服に馴染まぬ腰の線を無愛想にあらわしていた。あの線をウェディングドレスは誰でもひとしなみにつつみこんでしまうものかな、と泰夫はしばらく無責任に眺めていたが、代理人の役目がまだ終っていないのに気がついて、振袖姿の輪にむかって歩き出した。

図々しくもまっすぐ近づいてくる若い男を横目でにらむ振袖姿に向かって、「今日は姉のためにわざわざおいでいただきまして」と一人前な声をかけると、五人はあわてて笑顔を浮べて、まるで水槽に放たれた琉金みたいにひらひらと立ち上がり、裾の線を気にしながら口々に祝いの言葉を述べた。そこまではよかったが、挨拶が済むと、一人が相手の若さにようやく気づいて、「ヤスオさん、だったわね。ヤスオさん、ちょっと」と言って泰夫を空いた席にむりやりに坐らせた。五人とも立ち上がった時にくらべるとずいぶん無造作な腰つきで椅子に坐りなおし、香水のにおいの濃く漂う躯を一斉に泰夫のほうに乗り出してきて、遠くの堀内に目をちらりちらりとやりながら、根掘り葉掘りたずねはじめた。

「斎子、堀内さんのこと、すごく気に入ってるんでしょう」

「ええ、姉はちっとも口に出しませんけど、ときどき一人で、下を向いて笑っていたり……」

「あら、お熱いこと」

「姉のことで、僕のことじゃありませんので」

「そんなお熱で、ゆうべ、よくお休みになれましたこと」

「お蔭様で、早い時刻から寝間にひきこもって、心静かに休んでおりました」

「お式はもう済んだんでしょ。どう、落着いていた。あの人、すぐ顔を赤くする癖があるけど」

「いいえ、姉は白い顔をして、とても落着いてました」

「ウェディングドレス、似合ってる」

ドレスのことをたずねられ、五人の女にいっせいに見つめられ、泰夫は困惑のあまり、自分ひとりの幻想の中へ浮いていくのを抑えられなかった。

「ほら、蚕の肌が透きとおってきて、細い糸をまわりに吐いていくでしょう……」

「あら、イヤだ」と、いままで一言も口をきかずに伏目がちにしていた女が、ふっと顔を上げてつぶやいた。そして目もとをすこし赤くして、もとのにこやかな沈黙の中へ目を伏せた。

泰夫はいっそ自由な気持になり、もう一言つぶやいた。

「大事に向かう女の人は、弱々しさが、そのまま威厳になるものですね」

女たちは年下の男のかしこい言葉に、しかつめらしくうなずいていた。


仲人による新郎新婦の披露が終り、祝辞と乾杯も終って、食事が始まった。部屋の中は六十人ほどの人間が物を食べる音だけに満たされた。披露の儀式の固さがまだほぐれてなくて、参列者たちはレストランでたまたま同じテーブルに坐り合わせた客みたいに、それぞれ自分の前に置かれた皿にひっそりかかっていたが、その音がひとつに集まって、奇妙に力のこもった静かさとなった。

花嫁を見ると、控室で鏡を背に坐っていた時と同じ白い繭の感じがそのままここに運ばれて、人に見られる痛みをこらえているみたいに、皿の並んだテーブルの上へうつむいていた。堀内は大学時代の恩師という仲人のほうにばかり顔を向けて、大きな手でナイフとフォークを思いのほか器用に使いながら、控え目に談笑していた。

花嫁がすこしばかり見捨てられて見えた。と、花嫁のうしろから蝶ネクタイのやさ男が長い軀をゆったりと折って、耳もとから肩へ流れるヴェールに口を近づけ、なにやらしきりにささやきかけはじめた。花嫁が厚い化粧の下から不器用な笑いを浮べた。仲人夫人が花嫁のほうに顔を向けて、男の言葉に口添えをしている様子だった。

やがて花嫁はこっくりうなずいた。しかしうなずいただけで、やはり軀を前へ傾けたまま、身じろぎもしなかった。蝶ネクタイの男は冷やかな目で花嫁の項のあたりを見つめていた。それから面倒臭そうにまた腰をかがめ、花嫁をうしろから抱き竦めるように、右手をテーブルの上へ長く伸ばして、厚かましい目つきで促した。新郎は仲人のほうを向いてのどかに話していた。仲人夫人がまた一緒になって花嫁を口説いた。男の手が目の前から引かないのに困惑して、花嫁はとうとうテーブルの下から両手を出して、ナイフとフォークをたどたどしく握った。男は満足そうに後ろへ退いた。

花嫁は両手を短く差し出して、人目の前に置き去りにされた。放心したように見つめる目の下で、ナイフとフォークが動いた。フォークの先が細く開いた唇に近づけられ、花嫁は伏せていた顔をつらそうに起した。白い化粧に塗りこめられた顔の、目もとのあたりから、下の姉の素顔が透けて見えてきた。

参列者たちは隣どうしようやくほぐれて、賑やかに喋り合っていた。ときどき花嫁のほうを見やる目があったが、どの目も笑いにざわめいて、焦点を結んでいるようにも見えなかった。花嫁はさしあたり誰にも見つめられていなかった。親戚たちも、親戚たちの相手をしながら式場の雰囲気に気を配っている両親も、そちらへ長くは目を止めていなかった。泰夫ひとりだけが静まりかえって、人前で物を食べさせられている花嫁を遠くから見まもった。血のつながった者として、せめて自分一人ぐらいは見まもっていてやらなくてはならない。こちらに目を向けたら、うなずき返してやらなくてはならない。

——そうなの、あなたに頼んでいったのは、そのことなの、と姉がうなずくような気がした。

花嫁は腕をかたくつぼめて、手首だけでナイフとフォークを動かしていた。うつむけた額の翳の中で、手もとを見つめる目が、薄く閉じられているように見えた。そのうちに、両方の手首がもう堪えられないというふうにだらりと垂れ下がり、ナイフとフォークの先端が澄んだ音を立てて皿の上に沈んだ。細い頤が胸もとに引かれ、白い布地に締めつけられた上半身の、肩から胸の痛々しい線が、ゆるやかに波打っているのが遠くからもわかった。

右隣の堀内も、左隣の仲人夫人も、気がついていなかった。力を添える気持で、泰夫は見まもりつづけた。お色直しを境いに、それまで見えつ隠れつ泰夫に従いてきた期待が目の前に姿を現わし、夢想めいたところをすこしも減じないで、確信に変っていった。姉は今夜、披露宴が終ってからこの建物の中のどこかできっと彼の前に姿を現わす、と彼は考えはじめた。姉はいったん傷つけてしまった人の気持を取りなすのがうまい。その潮時と場所をよく心得ている。家族たちをこれほどの不安の底に突き落してしまったからには、その心を宥めるには、宴が終った後、洞ろな気持になりかかる家族の前に姿を現わすというやり方しかない。それには、いきなり両親や花嫁の前に飛び出していくよりも、まず泰夫ひとりに自分の存在をそっと知らせておいて、泰夫の手引きで、姿を現わす頃合をつかんだほうがいい。そのことを聡明な姉は承知のはずだ。おそらく、参列者たちが引きあげて、家族だけが後始末に残った時、泰夫がなにか口実を設けて家族のそばを離れて、人目に立たないほうへゆっくり歩いて行けば、姉は物蔭をつたって彼の行く手にまわり、いつのまにか彼のそばに寄って来て、自然に肩を並べて歩きながら、自分が過してきたまる一日余りのことを彼にだけ何もかも話すにちがいない……。

祝いの気分が泰夫の中にもようやく流れこんできた。赤い色の目立つ着物をきた花嫁と、照れくさくて顔も上げられない幸せな男の役どころを気さくに演じている堀内とを肴にして、若いほうの参列者たちが次々に立ち上がってスピーチをやっていた。先輩たちはことさらに世帯くさい言葉を並べ立て、婚礼の華やぎにすこしばかり水をさしておいて、エロチックなことにちらりと触れて男たちを喜ばせた。若い男たちは露悪的に喋って、かえって感傷的な戸惑いを響かせた。それにひきかえ女たちはあどけない常套句を並べながら、どこか露悪的だった。

式場のむこう側の端で堀内の三人の兄弟が見れば見るほど新郎によく似た顔を並べ、人目に滑稽に映るのをどうやら意識しているらしく、月並な冗談にもいちいちたわいなく喜んで見せて、新郎の脇役をつとめていた。その気の優しさが泰夫には好ましいものに思えた。堀内の兄弟たちに倣って、自分もスピーチの見えすいた伏線にわざとしかつめらしい顔で耳を傾け、話が落ちにくると肩を揺すって笑った。心が華やぐほど、怖れが濃くなり、そして期待が実現を引き寄せる、そんな気がして泰夫は祝いの気分に思いきり乗っていった。

宴が果てて、参列者たちは扉のところで新郎新婦と親たちの挨拶を受けてロビーに流れ出した。あちこちに二、三人ずつ曖昧に立ち止まって、すぐには帰ろうとしない人たちの顔に、かるい興奮の翳が流れていた。親戚たちがむこうから泰夫の姿を見つけて近寄ってきて、こころもち上気した顔で、泰夫にむかってあらためて祝いの言葉を述べた。堀内の家の親戚さえ何人か彼のところにやって来た。今日の婚礼の当事者として、慶びの内側にある人間として取り扱われていることに、彼は誇らしさを覚えた。そして家の中の賑わいにはしゃぐ子供の心にもどり、堀内の二番目の弟と一緒にロビーと車寄せの間をせわしなく往復して、参列者たちの帰りの世話をしてまわった。人の姿が段々にすくなくなって、ロビーが閑散としていくのにも、祝いの気分の深まっていく感じがあった。

戸外ではもう日が暮れなずみかけていた。新郎新婦は今夜は旅行に発たずに、同じホテルのどこか上のほうにある部屋に泊まることになっていた。いったい、家族やまだロビーに残っている友人たちとどんな顔をして別れをかわすのだろう、とひそかに気にしていると、いつのまにか二人の姿は見えなくなった。そしてもう部屋から出てこないのかと思っていると、しばらくして二人とも街の中を歩く男女と変らぬ身なりになって涼しい顔で戻ってきた。

二人を囲んで、背広姿の男たちと振袖姿の女たちがひと塊りになって談笑しはじめた。宴会場専用のロビーは今夜もうほかに使うあてもないらしく、従業員たちが遠い隅のほうから後片づけにかかっていた。だだっ広い空間に男たちの笑い声が重く響きわたり、それにすこし遅れて女たちの恥しそうな笑い声がふくらんだ。新郎新婦がまたからかわれているのかと思って耳を傾けると、堀内が自分の友人をひとりひとり指さして、妻帯者か独身かを、新婦の友人たちに当てさせていた。

やがて皆は新郎新婦と一緒に玄関のほうへ流れ出した。扉のところまで来ると、二人は立ち止まった。その前に友人たちがずらりと横に並んで、男も女も意味ありげに笑った。

「おい、一緒に行くか」と中の一人が言った。

「ああ、行きたいな」と堀内が真面目くさった顔で答えた。

下の姉は堀内の背になかば軀を隠すように寄り添って、下を向いて笑っていた。

それから、いきなり先手を打って深々と頭を下げた二人の前で、友人たちは一様に照れくさそうな顔をして、秋の日のまだ暮れ残る街の中へ送り出された。

新郎新婦と両方の家族だけが急に淋しくなったロビーの片隅にまた腰をおろして、疲れた者どうし、言葉すくなに語り合った。堀内の家族とはじめて膝をつき合わせる近さに向かいあっているのに、姉のことで身構える気はもう起らなかった。相手もどんより内にこもった目つきで坐っていた。堀内は妹のそばに、下の姉は泰夫のそばに坐り、二人とも役目を終えて、あとはそれぞれの家に帰って休むばかりというように、睡たげな顔を遠くのほうへ向けていた。係りの者がやって来て、両方の親たちが四人して清算のために別室へ入った。

堀内と下の姉は家族たちが帰るのを見送ってから部屋に引きあげるつもりのようだった。しかし清算が手間取るらしくて、両親たちはなかなか戻ってこなかった。兄弟どうし、もう話すこともなくなった。堀内の妹が椅子から立ち上がって、絨毯の上を一人で歩きまわりはじめた。まだ幼い固太りの脚が知らず識らずのうちに制服のスカートの裾をひらひらと舞わせて、ジャズの拍子を取っていた。それを兄弟五人してぼんやり眺めているうちに、ロビーの天井の明かりが奥のほうから横に一列ずつ消えてきて、やがて広々とした暗がりの左端にそって縦に一列、薄赤いランプが奥のほうへ続く道を示した。

「それじゃ、兄さんたち、ここでもうお別れにしましょう。僕ら、掃除の邪魔になると悪いから玄関のほうへ出て父さんたちを待ちますから」

堀内の上のほうの弟が、新婦に向かって言った。

二人は思いがけない事でも言われたみたいに顔を見合わせ、それからふいに男女の睦《むつ》びをあらわして、目で深くうなずきかわした。そして堀内は泰夫に、下の姉は堀内の兄弟に向かって甘ったるい笑みを浮べて、細長い薄明かりにそって歩き出した。

ほの赤く染って遠ざかる後姿を見送るうちに、祝祭の気分が泰夫の内側でまた濃くなった。姉はどこか近くの物蔭に身を潜めて、泰夫が一人で歩き出すのを待っている。泰夫たちの背後をまわってロビーへ忍びこみ、闇の底にしゃがみこんでこちらを見ている。とにかく、すぐに一人になる算段をしなくてはならない。おそらく、いま二人が歩いて行くほうに、自分も歩いていけばいいのだ、と彼は後姿を眺めながら、この明るさの中をどれぐらい遠ざかればこちらから目に立たなくなるかを測ろうとした。

すると三十米ほど先で、非常口を示す蒼いランプが赤い光の中へ薄くさしこむところまで来て、二人は足を止め、もう人目も届かないと思っているように、軀を向かい合わせた。下の姉が胸を近寄せ、堀内の目を見つめてささやいているのが見えた。それから、二人はこちらを振り向いた。

「泰夫さん」堀内が大きな声で呼んだ。声が暗がりの奥でもう一度谺した。「泰夫さん、持って帰ってもらいたい荷物があるんですけど、これからちょっと一緒に部屋まで来てくれませんか」

泰夫は返答に困った。二人は肩を寄せ合ってこちらを眺めていた。

「かまわないから、従いていきなさいよ。のちの参考になるわよ」堀内の妹が背を押した。

「泰夫さん、花嫁の弟か、花婿の妹なら、かまわないんですよ。その逆だと、ちょっとまずいけど」下の弟が愉快そうに口を添えた。

「ねえ、ねえ、大丈夫だってば」妹がまたささやいた。「兄さんと姉さん、これっきりお部屋に閉じこもるんじゃないのよ。すぐに街に出て、二人きりでお酒飲むんですってさ。花嫁さんをダッコしてお部屋に入るのは、それから後の話よ」

「そんな事、あの二人がするもんか」上の弟が苦笑した。下の姉の顔つきを見分けようと、泰夫は目を凝らした。

二色の光の混る明るさの中で、下の姉は戸惑いの翳もなく、ふっくらと笑っていた。そして泰夫の視線を捉えると、

「泰夫、おいで」と手招いた。泰夫は自然に足を踏み出した。

「行ってらっしゃあい。気をたしかにね」堀内の妹がうしろから小声で野次を飛ばした。

二人の後ろから、赤い光の中を歩いていくと、右手にひろがる暗がりに、泰夫と足なみを合わせて位置を移していく人の影があるように感じられた。堀内の兄弟たちの目を意識して、泰夫はそちらへ顔を向けずに、目の隅から視界を暗がりへひろげて、人のいる気配を漠と感じ分けながら歩いた。柱の根もとから、細い靴の先ののぞいている気さえした。突当りに小さなエレヴェーターがあった。姉がここで行く方を見失うのではないか、と彼は怖れたが、エレヴェーターの位置を示す文字板がくっきりと赤く浮いてた。

狭い箱の中に一緒に閉じこめられて、新婦の香水のにおいに悩まされながら、泰夫は針の動いていくのを思い浮べた。静まりかえったロビーの隅で、いかにも孤独な信号だった。結局、何もかも空しいのかもしれない、と思った。しかし八階で降りて、五、六歩あるいてから振り向くと、ちょうど下降の矢印が点いて、空の箱の前で鉄の扉が閉じるところだった。

そこからはもう人のやすむ領域だった。無表情に内と外を分けるいくつもの扉の間を、天井のところどころに

小さなランプを点して、狭い廊下が段々に暗く奥のほうへ続いていていた。足音は厚い敷物に吸いこまれて響かなかった。そのため、まるで見ることによってしか確かめられないというように、先を行く二人の後姿が奇妙な鮮明さを帯びた。腕がかるく触れ、柔かな蔭を寄せ合ってはまた離れた。下の姉の軀はもう白い繭の感じを拭い去って、襟首からもふくらはぎからも女臭さを発散させていた。それでいてその姿は、一歩ごとに足を前へ放り出すような歩き方といい、ときどき意味もなく左右を見まわす癖といい、ここ数年の下の姉よりも、子供の頃の姿にはるかに似ていた。この姉の姿さえ、自分がいかに見失っていたかに、泰夫は気づかされた。幼い頃明け暮れ見馴れた姿がいま薄暗い廊下で、去年の今頃はまだ見も知らなかった男と自然に寄り添って、腕の触れ合うのにも気がつかずにいる。眺めているうちに、前を行く新婦の姿と、後ろに潜む姉の姿とが、ひとつに重なりはじめた。大きな背をこちらに向けて、何を考えているのか、落着きはらった足どりで歩いていく堀内に、泰夫はまたかすかな屈辱を覚えた。それでも、二人の姉の姿が重なることに、家を出ていった姉の無事がかかっているように思えた。

廊下をつき当って右へ折れたすぐのところに、部屋はあった。堀内が鍵を取り出して扉を開け、慣れた部屋のようにひょいと手を伸ばして電燈のスイッチを入れ、「どうぞ」と泰夫を招いて入っていった。下の姉が廊下を歩く時と変りのない足どりで堀内の後につづいた。二人の姿が壁の蔭に消え、淡い芥子色の絨毯を敷きつめた部屋の片隅だけが見えた。絨毯が壁ぎわの真新しさから部屋の奥にむかってすこしずつ色褪せて、毳《けば》立っていくのがわかった。二人は静かに絨毯を踏んで歩きまわっていた。「そんなとこに立ってないで、入ってくださいな」堀内の顔が壁のむこうからのぞいた。

「僕はここで荷物をいただいて帰ります」泰夫は両足を揃えて、一歩も中に入らない構えを見せた。堀内が困ったような目を部屋の奥へ投げた。

「泰夫、入ってきなさい」と大きな声がして、下の姉が堀内の肩の高さから顔を差し出した。

「いいブランディーをさっき先輩からもらったんですよ、泰夫さん、ここで三人でちょっと呑もうよ」堀内がほんとに入ってきてもらいたそうな顔で口を添えた。

婚礼の後で三人で静かに酒を呑むという思いが泰夫の心を誘った。最後にもう一度祝ってもやりたかった。しかしこれ以上ここで時間を費やしているわけにはいかなかった。

堀内と下の姉は壁のところに顔を並べて、戸口の手前に突っ立って動かない泰夫を二人して眺めた。「それじゃ、そこで待ってなさい」しばらくして下の姉が顔を引っこめた。泰夫は堀内に目礼して戸口を離れ、一人で廊下を歩きまわりはじめた。

大分して下の姉が鞄を両手に部屋から出てきて、扉を後手に閉じると、懐しそうに泰夫に向かって笑いかけた。彼に見られて安心した様子で小走りで駈け寄ってきて、大きな荷物に振りまわされて左右によろけてはもどかしそうに笑いながら、力尽きて軀ごと前へ投げ出すみたいに荷物を足もとに置いた。

ネックレスと一緒に波打つ胸の素肌にちらりと目をやって、荷物のほうに腰をかがめた時、子供っぽい息づかいとともに、下の姉の唇が耳もとに近づいてきた。

「お父さんたち、もう家に帰ったかしら」

不安な響きを感じ取って、泰夫は思わず知らず、声をひそめて答えた。

「お姉さんの居場所、僕にはわかっているから、心配しないで。お父さんにもお母さんにも、堀内さんにも内証だよ」

「そうなの」下の姉は溜息をついた。そして泰夫の胸元に手を伸ばして、爪の先を細くとがらせた指で、弛んでいたネクタイを締めなおしてくれた。

「堀内さん、いい人だね」言葉が自然に口から出た。下の姉は顔を赤くして、「それじゃ、泰夫、あとのことお願いね」と彼の目を見つめると、また小走りに駈けていった。これで代理人の役目はようやく果し終えたと思いながら、泰夫は見送った。ところが部屋の前まで来て下の姉は立ち止まり、途方に暮れた後姿になった。扉はいったん閉じると内側から自然に錠がかかるらしく、いくら把手をまわしても開かないようだった。泰夫は助けを求められるのを待った。しかし下の姉はこちらを振り向こうともせず、額を扉に押しあて、そっと叩いた。三度目に扉が細く開いて堀内の影が見えた。その隙間を塞ぐように下の姉は身をくねらせて部屋の中へ滑りこませ、内側からゆっくり閉じながら、もう一度泰夫に向かって潤んだ目で笑いかけた。

扉の閉じたのを見定めて泰夫は踵を返し、歩き出した。姉のほうから先に見つけてもらおうと、目を伏せて歩いた。そうして長い廊下を一歩一歩たどっていくうちに、期待は前へ進もうとするもどかしさから解き放たれた。予感の濃さの中で時間の流れが淀んで、瞬間がふくらみ、まだ一人で歩いている自分と、もう姉と黙って肩を並べて歩いている自分とが、ひとつに融け合った。

しかしいつのまにかエレヴェーターの前まで来て、泰夫はまた一人で立っていた。

箱は一階で止まっていた。ボタンを押して、彼はロビーの暗がりの縁で矢印が上向きに変るのを思い浮べた。文字板の上を針が左から右へ静かに滑って、やがて重い物が崩れる音がして、目の前で扉がひらいた。

誰もいない箱の内側を眺めながら、泰夫はゆうべ姉の不在にうすうす勘づき出してから今まで、物狂いの中をひたすら走ってきて、ここでいきなり目を覚ました心地がした。

姉の行く方にほんの僅かの心当りもなかった。

旅立ち

　窓の内外のざわめきが静まって、列車が前へ押し出されれた時、重い人熅れの中から子供の泣き声がけたたましく立った。乗客たちは鈍い目を一斉にそちらに振り向けた。泰夫は窓ガラスに額を近づけて、ようやく流れはじめたプラットホームに目をやった。見送り客たちが甘ったるい笑いを口もとに浮べながら、ひどく張りつめた目つきをして、走り去る窓にむかって取りとめもない身振りを繰り返している。誰も彼も徒らにざわめき立てて、重苦しい瞬間がすこしでも早く過ぎてしまうのを待っている。瞬間は粘りつきながら、しかし確実に通り過ぎ、見送り連のほっとした顔が、並んで列車を待つ客たちの羨ましそうな顔が、ひと塊りずつ後ろへ送りこまれていった。

　予定どおり、十三時三十分の発車だった。泰夫は自分のありかがつかめない気がした。つい十五分前には、この時刻を列車の内で過すか外で過すか、まだ決着がついていなかった。曖昧な気持で通路に立った彼のすぐ脇で、中年の女が後ろのほうから仲間の手招くのを見て席を立ったか立たなかったかのほんの偶然、きわどい分れ目だった。坐れなかったら、おそらく、一昨日の晩から疲れのたまった軀が不安に屈して、列車を降りて家に引き返していただろう。

　そう考えると、結局ホームに留まって、憮然と頤を差し伸べてこの列車を見送っている自身の姿が目に浮ぶようだった。ここまでやって来て自分を積み残してしまった臆病さを自嘲する顔に、結局は発たなかったことの安堵がありありと見て取れる。現にここに坐っている自分よりも、はるかにしぶとい、はるかにふてぶてしい面がまえだった。思わず知らず窓の外に自身の姿を探す気持から、泰夫はもうかなり速度を加えて流れるホームの人込みを見わたした。

その時、売店の近くの人だかりを離れ、階段のほうへ歩んでいく、青っぽいコートを着た女の後姿が目にとまった。女は細い背をすっきりと伸ばして平静な足どりで歩いていたが、ふと何かを足もとに取り落したように右腰のほうから屈みこみかけ、顔を右にそむけ微笑むように見え、列車の動きにつれてまた人込みの後ろに隠れた。泰夫は窓ガラスに額を押しつけた。ところがちょうど女の姿の隠れたあたりに差しかかった時、親子五人の見送り客がいきなり彼に向かって笑いかけ、思わず目をわずかにざわめかせたその隙に、列車は一息に階段まで過ぎてしまった。すぐに軀をひねって振り向くと、もう腰のあたりまで壁のむこうに沈んで、深く顔をうつむけて階段を降りていく女の姿があった。右肩がまた優しく、われとわが身に戸惑いながら沈みかけるように見えたが、列車はホームを走り抜け、秋の午後の穏やかな空が窓にひろがった。

姉に似ていたわけではなかった。うつむいていたので顔つきはわからなかったが、軀つきからすると姉よりもよほど若くて、まだ泰夫と同じ二十歳ぐらいに見えた。それに、人込みの中に隠れてから、階段のところにまた姿を現わすまでの間合いを考えると、同じ青っぽいコートは着ていても、同一人物とはかぎらない。それにまた、ああいう青っぽいコートを着ている姉は見たこともない。外にたいして自分の存在をくっきりと際立たせるような色合いは、姉に似つかわしいものではない。

ところがそうして軽い気持の動揺をおさめようとしているうちに、泰夫はふいに、姉に似ている似ていないという感じ分けがつかめなくなった。あわててまた窓の外に目をやり、どれでもよいから街を歩く女と見くらべて姉の姿を取り戻そうとすると、ちょうど窓の外を通り過ぎていく国電のホームのへりに、同じような青っぽいコートを着た若い女がハンドバッグを前にだらりと下げて立っていた。女は列車の中の大勢の目に晒されているのにも気づかぬ様子で、起き抜けのような腫れぼったい顔をこちらに向け、何を見つめるともなく目を大きく張りつめて、無意識のうちに腰から下を小刻みに揺すっていた。その姿も滑り落ちていくまぎわ、姉にほのかに似通うものを襟元のあたりにふくらまして、泰夫の背後で姉の姿と鈍く重なった。


いつのまにか子供の泣き声は止んで、涙と涎のにおいのしそうな片言が母親の低い宥《なだ》め声に重なってきれぎれに続いていた。泣き声に誘い出された車内のざわめきも静まり、話し声が跡絶えがちになった。薄目をあけて見まわすと、さいわい泰夫の目の届く範囲に若い女の姿はなく、座席にありつけた客も、ありつけなかった客も、出発時の緊張を一度に弛められて、列車の振動にうつらうつらと身をゆだねている。窓の外に目をやると、列車はようやくスピードに乗り、通過駅のホームに立つ女たちの姿も男たちに混って流れ落ち、泰夫の中にわずかな印象をふくらます間も留まっていなかった。線路の遠く近くを歩む女たちの姿も、視界の中で半転してあっさり運ばれていった。

泰夫はまた目を閉じた。すると落着きの悪い軀に、それでも睡気が徐々にさしてくる気配があった。いったん列車が走り出してしまえば、このままでも行くところまで行く。頭を上げる気力が失せても、途中で下車する気力はなおさら生まれてきそうにもない。不安の中では、同じ姿勢をいつまでも取っていられる。

姉の行く方がわからないのに、眠りこんでしまうのか、と自責の思いが心地よくなりかけた胸をまたかすめた。しかし今度もまた姉の言葉を信じたのだ。信じたからこそ、いまこうして列車に運ばれている。

下の姉と堀内はゆうべホテルで過して、今朝がた誰の見送りも受けずに東京駅を発っている。泰夫の連れの岩村も一昨日、姉が家を出て行く四時間ほど前に、たぶんこの急行で九州に向かっている。その岩村の言うところによると、女たちもそのまた前日、二人連れ立って九州旅行に出発している。

姉だけが、違った方角に向かっているのだろうか。この列車は一昼夜走りつづけて、明日の午過ぎに佐世保に着く。そして明後日の朝、平戸の船着場で、泰夫は岩村と落合うことになっている。岩村はそれから二人してまたどこかで女たちと落合う計画を立てている。なぜ岩村が先に発ったのか、なぜ明日の夕方にはもう平戸に着く泰夫に、一晩宿で過して翌朝まで待たせるのか、その理由ははっきりしなかった。

「お前はね、お前は女のきょうだいがないものだから、女の子にそんなに夢中になるんだよ。俺なんか、家に帰れば二人の妙齢の姉上さまの立ったり坐ったりにのべつ悩まされているから、この上、鬱陶しくて……」

ある日、糸を弛められた人形という風情で喫茶店の椅子にぐったり身を沈めて、口だけは妙にいきいきと恋人のことをいつまでも喋っている岩村にむかって、泰夫は腕組みをしたまま言ってやった。

「そんなものかねえ。だから、お前は冷静なんだ。しかし、たしかに鬱陶しくもあるなあ、いやさ、自分自身がさ」

岩村は大きな目で泰夫の顔を見つめた。その声にたしかに羨望の響きがこもっているのを聞き分けて、泰夫は苦笑した。姉が聞いたら、何と言うだろう、と思った。

その姉がそれから四、五日して、泰夫が例によってすこしおどけた調子で扉を叩いて部屋に入っていくと、なにげなくたずねた。

「岩村さんて、泰夫より年上かしら。あなたに比べると、ずいぶん落着いた喋り方をなさるわね」

呼び出しが重なるので、岩村の存在が自然に姉の関心を惹いたらしい。それにしてもあの男が、姉が電話に出るとそんな口のきき方をする。泰夫は岩村の秘密をあっさり姉に売り渡した。

「そう、あの人がそんなにお熱なの」と姉は女の好奇心を顔に表わしかけたが、腕を膝の上でかるく組みかわして、「いやあね、あんな重々しい声して」とつぶやくと、肩をこころもち前のほうに竦めて目で笑った。言われてみれば、岩村という男は改まった口調で喋ると、瘠せこけた軀に似合わず、重ったるいバスになる。姉の嫌悪感が漠とわかる気がして、泰夫は余計なことを口走った。

「ああいう声の持主に、夢中になって想われる身になってみれば、ぞっとしないかもしれないね」

「あら、御婦人の感受性によく通じておいでだこと」

姉はいくらか癇の強い声で言うと、机に向かって両膝をきちんと揃えて腰かけなおし、その日はそれ以上泰夫の相手をしなかった。しかしそれ以来、姉がいつものように泰夫をなぶろうとして、女の子との付合いのことで探りを入れてくると、泰夫は岩村の《恋》のことを持ち出して、話を自分の上から逸らすことを覚えた。普段はなかなか逃げを打たせない姉だが、この話に限って、泰夫に逸らされるままに、やはりどことなく苦しげな笑いを目もとに浮べて、いつまでも黙って聞いている。あの重ったるい声は女性によほど強い印象を与えるものらしい、と泰夫はひそかに驚嘆しながら、話すたびに岩村を実際以上に恋にやつれた純情男に仕立て上げて姉を面白がらせた。

「きのう、あなたが街の中を歩いているのを見たわ」と姉が言ったのは、十日ほど前だった。姉は泰夫から鬱陶しそうに顔をそむけて、吸いかけの煙草を小皿にじわじわと押しつけ、指先でしつこく揉み潰した。

「どこで」と泰夫は身構えた。見られて都合の悪いことをいまのところ外でしている覚えはなかったが、とにかく自分が外で一人前に振舞っているところを、姉が人込みの中から、ひっそりと身を傾けて歩きながら見つめているという思いには、心疾《やま》しいものがあった。

「なんだかぎくしゃくと手を振って喋る人と並んで、もっともらしい顔して歩いていたじゃないの」

「ああ、岩村か」とつぶやく声が、姉の部屋にふさわしくないガサツな響きを帯びた。姉が気弱な表情になったように思えた。

姉に見られたのは、岩村と旅行の最後の打合わせを終えて喫茶店から出てきたところだった。岩村はついこの前まで泰夫に会いさえすれば西谷亜弥子のことを連綿と語ったのが嘘のように、事務的な口調で旅行の日程を泰夫に説明した。今度は泰夫のほうが下の姉の婚礼のことで気が重くて、すこしでも面倒なことに頭を使う気になれず、何を説明されても、「それでいい。まかせる」と返事をしていた。しばらくして、岩村は麻倉良子のことをたずねた。

「あれが岩村さん。もっと大きな人かと思ってた。あなたのほうが、よっぽどむさくるしいぐらいじゃないの」

姉は下を向いて笑った。そのとたんに泰夫の唇に、もうひとつの、固く閉じた唇の円みときつい輪郭が甦ってきた。顔を思い浮べたわけでも、軀の温みを思い出したわけでもなかった。ただ無表情にあずけられた唇の感触だけが、それだけがほかから切り離されて、無表情なまま粘りついてきた。一度だけだった。前後からふいに閉ざされた時間だった。二人は立ち上がって並んで歩き出し、建物の角のところまで来て、お互いに陰鬱そうな目配せをかわして黙って左右に別れた。それ以来、泰夫は徹底的に疎まれている。彼のほうも、陰気な少女めいた軀つきを遠くから見ると、唇を触れ合ったことがお互いにひどくあさましいことのように思えて、その記憶を一点に孤立させて封じこめていた。

気がつくと、泰夫は口もとに手をあてて、手のひらの中であの時の麻倉良子と同じように息を止め、唇を姉の前から隠していた。

姉は椅子の上で細い軀を左右にゆらゆらと揺すって、いつまでも一人で笑っていた。

岩村が電話をかけてきて、明日の昼の列車で先に発つから、後から追い駈けてきてくれと言い出したのは、姉のいなくなる前日だった。泰夫は居間の畳の上に新聞をひろげて読む姉のそばに坐りこんで、婚礼という儀式の鬱陶しさを訴えてはうるさがられていた。

「誰かと一緒なの」と泰夫は受話器へ声をひそめた。

「亜弥子はいまさっき麻倉さんと一緒に発ったよ」

「彼女たちとは、落合うことになっているの」

「彼女たちの来るところは知っている」岩村はぼんやりした口調になった。「たぶん行けるだろうけど、行けないかもしれない、とは言ってある。しかしその事は、まず二人で落合ってから、ゆっくり話そうや。それより、姉さんの結婚式はあさってだったね。済んだら、予定の汽車に乗ってまっすぐ平戸島まで来てくれないか。次の日の夕方にはもう島に着けるはずだから、その次の朝、九時に、いや十五分前に船着場で落合おう」

「それはいいけれど、それまで一人でどこを歩きまわってるんだ」

「はっきりした予定はないんだ。まあいいじゃないか」

「しかし大丈夫なのか。ちゃんと落合えるのだろうな」

「大丈夫なのか、はないだろう」岩村の声が真剣になった。「お前こそ、しっかりやって来てくれよ。汽車ひとつ間違えたら、それこそ大変だぞ。次から次に時間が狂って、半日ぐらい差が出来てしまう。頼むから、旅先で俺を宙に迷わせてくれるなよ」

「わかった。間違いなく行く」と泰夫は重々しい声で答えて、落合う場所と時間をもう一度確かめただけで受話器を置いた。


姉は重ねた両脚をゆるく折り曲げて左のほうに流し、右腕を畳の上にほっそりついて、新聞を読みつづけていた。岩村の奴、いったい何を考えているのだろう、と泰夫は姉にたいする言訳のように胸の中でつぶやいて、電話台の前から立ち上がった。そして姉にむかって婚礼前の家の雰囲気についてまた皮肉な感想をひとつも言って、その目をこちらに惹きつけようとして、姉の軀が静まりかえっているのに気がついた。新聞紙の一箇所にぼんやり目を注いで、姉は泰夫に上から見つめられるままになっていた。うなだれた項の蒼い肌に、透明なうぶ毛が貼りついて、背中のほうに流れていた。そのあたりに目をやりながら泰夫は声をかけるともかけぬともつかぬ足どりで姉の背のほうにまわり、腰の後ろに投げ出されたふくらはぎの白さに目を止め、自分の軀の醜悪さをにわかに意識してそそくさと部屋を出た。後ろで、姉がゆっくり膝を引き寄せて立ち上がる気配がした。

もう大分前に通り過ぎたはずなのに、山の上からこちらを眺めながら遠ざかる白い石像の姿が、薄く閉じた目の中にいつまでも残った。何を考えようと、何に思い当ろうと、引き返すにはもう遠く来すぎた。しかしこうも意志を欠いて運ばれるままになっていると、約束どおり旅先の一箇所で一人の人間と落合うということさえ、きわめて茫漠とした試みであるように思えてくる。

間違いなく行くという泰夫の言葉を耳にして、岩村は二日前に旅立った。女たちは、旅に出てから四日目になる。今頃はもう惰性になって、何番目かの周遊地を疲れた顔で歩きまわっていることだろう。家を出てから長くなる観光地めぐりの女の子はすぐに見分けがつく。毎朝宿の鏡に向かって化粧をしているのだろうが、それでも髪とか襟首がなんとなくむさくるしくなって、身のこなしにも、人目を構わない風がのぞいてくる。身につけているものもどこか着崩れてきて、全体としては清潔な身なりの、襟だとか袖口だとか靴下だとか、どこか一箇所に汚れが目立ったりする。

旅先で宙に迷わせてくれるなと岩村は言った。そのために、いまこうして列車に運ばれている。岩村と会ってすぐに同じ道を引き返してくるだけの旅だ。出がけに父にそう約束してきた。とにかく、一人で歩きまわっている岩村を、平戸島の船着場でいったん受け止めてやらなくてはならない。

しかし昨夜、姉が姿を現わさなかった結婚式場から、両親と一緒にタクシーで家に戻ってくる時には、明日の午後旅に立つという考えは泰夫の中に影もなかった。先に発った岩村のことを思い出さないでもなかったが、自分と落合えなくて旅先で宙に迷う岩村のことを案ずるには、泰夫の心はあまりにも、姉の行く方を見失った不安に捉えられていた。不安は姉を探すことへと彼をせき立てずに、逆に腰を重くした。泰夫と両親は狭い車の座席に並んで坐って、式場から持ち帰る荷物をそれぞれ後生大事に膝の上に抱えて黙りこんでいた。いつもならばそばに坐れと言われても助手席のほうにまわるのに、泰夫はその夜にかぎって、母を車の奥へ押しこむようにして乗りこんだ父のすぐ後に続いて、窮屈な座席に身をもたれこませたものだった。ときどき隣に坐る父と太腿の外側が触れ合って、不快な感触が生温く淀んだが、二人とも脚を引くのも物憂くて、車の動揺がまた引き離してくれるのを待っていた。

車が人通りのすくない裏路に入ると、泰夫は一人歩きの若い女の姿が視界に入ってくるたびに目を凝らした。車のほうに向かってくる女も、車と同じ方向に歩む女も、はじめはどちらとも見分けのつかない白い姿でライトのひろがりのむこうに浮び、足が地についていないように手繰り寄せられてきて、姉とは似ぬ姿をしばらくライトの中に留め、いきなり視界から消えてなくなる。その瞬間の勢いが、まるで女がライトの中に捉えられた屈辱から、決然と身を飜して歩み去っていくような錯覚を惹き起す。気がついてみると、父も前方から女の姿が近づいてくるたびに目を凝らしていた。二人の視線はひとつになって、手繰り寄せられてくる女の姿を追って前方から左のほうへゆっくり動いた。夜道を歩く若い女を親子二人して車の中から追っていると思うと、何ともあさましい気がして、泰夫は途中から何度も目を逸らしたが、しばらくすると二人の視線の動きはまた合っている。

家に着くと、泰夫がまず玄関の鍵を開けて真暗な家に入り、両親は玄関の外に並んで、明かりの点くのを待った。自分の家の中に手探りで這い上がり、壁のスイッチに手をかけてから、泰夫は玄関の前に待つ両親の、鈍くふくれ上がった影を眺めた。姉も下の姉もいないこの家がいつもの明かりの中にどんな姿を現わすのか、つかのま、想像がつかなかった。

明かりのついた玄関に両親はほっとした表情で入ってきて、長い旅から疲れはてて戻ったように上がりこみ、その足で二人して家の中をのそのそと歩きまわって部屋という部屋に電燈をつけ、婚礼の後片付をはじめた。一時間ほどの時間が難なく過ぎて、普段着に着がえて三人して卓袱台を囲んだ時には、姉の行く方をたずね合うきっかけが、また流れ出した日常の時間の中に融けて失われていた。両親は背をまるめて肘をついた。

「花嫁はあれでずいぶん落着いていたじゃないか」

「そうじゃなくて、あの子は大事な時にはいつだってぼうっとなってしまうんですよ。頭が働かなくなって、ただ言われたとおりに振舞っているものだから、端から見ると、落着いているように見えるんですよ」

堀内と二人きりで夜を過す下の姉の姿が頭に浮んだが、かすかなざわめきも掻き立てずに過ぎた。婚礼が無事に済んだことを、泰夫は感じた。下の姉と堀内のことはすでに婚礼という儀式のむこうにおさめられて、泰夫の想像を拒んでいた。泰夫も昨日までと違って、儀式の一線によって、自分自身のほしいままな想像から守られていた。しかし姉の行く方については、彼の想像に軛《くびき》をかけるものが、何ひとつない。今度は姉を探さなくてはならぬ番だった。今夜のうちに出来ることと言えば、姉の知人たちのところに順々に電話をかけて、心当りをたずねるということよりほかにない。しかし、それはひた隠しにしていた姉の家出を赤の他人に知らせてまわることになる。一日中取りつづけていた防禦の構えから、三人ともまだほぐれていなかった。それに、姉は帰ってくるとはっきり書き残して行った。

無言のうちに三人は姉への信頼を寄せ合っていた。沈黙の質がすでに昨夜と違うことに、泰夫はしばらくして気がついた。昨夜も沈黙は重苦しくなりがちだったが、しかしあれは嫁入りを明日に控えた下の姉を内側にかばって家族四人して生温く淀みあう沈黙だった。普段姉もいる時には、家族五人は自分たちの内側に深くわたることについては、事柄の一端を口にするだけで、あとは肉親の直感力の前でことさらに喋るのを恥じる気持から、曖昧に流してしまう。それにひきかえこの沈黙には、ただ言葉が跡絶えているだけという洞ろさがある。

いつのまにか父は畳の上に横になって肘枕をついていた。母は卓袱台に頬杖をついて、疲れて血色の冴えない顔を厚い手のひらの中に埋めていた。泰夫は壁ぎわのところまで後ずさりして、壁にもたれかかって脚を長々と前に投げ出した。三人とも、疲れた軀つきが妙になまなましく見えた。

母が頬杖の上から父の顔を探るように見やって乾いた声でたずねた。

「あれは、ほんとうは何だったんです。あの祥子の家出は。お父さんには、何か打明けているんでしょう」

「あれか……」父が肘枕をついたまま泰夫の顔をちらりと見て、具合の悪そうな笑いを浮べた。「あれは、お前、祥子の言ったとおりさ。ほんとうに友達のところに行くつもりで出かけたんだよ」

「男の友達でしょ」と母が父の笑いを冷やかに受け流してたずねた。

「女親はすぐにそれを嗅ぎ当てる」父はまた泰夫の顔つきを確かめ、母のほうに目を向けた。「しかし仙台のは、たしかに女友達だ。お前が変なふうにこだわると思って黙っていたが、最初は、本郷あたりに下宿している男友達に逢いに行ったのだ」

「男の下宿まで、行ったんですか」

「それだから女親は困る。何でもないのだ。玄関先で呼び出してもらって、二人で上野の公園のほうに散歩に出かけたのだそうだ。暑い盛りにならないうちに、家に帰ってくるつもりだったたんだよ」

「それがどうして仙台まで行ったんです」

「うん、それが……」と言いかけて父は迷う顔つきになった。母は父の口もとから目を逸らさずにいた。

「それが、公園の中を歩いているうちに、物蔭でいきなり接吻されたらしいのだ」

「いやだわ、朝っぱらから。何でもないことはないでしょう」

「悪い子ではない。祥子のことを本心好いていたらしい。祥子も、不愉快じゃなかったと言ってた」

父は泣き笑いのような顔をして煙草をくわえた。泰夫は麻倉良子の顔を思い浮べた。あの陰気な少女みたいな顔に、どうして唇を近づける気になったのかわからなかった。しかし姉が接吻されたことについては、奇妙なことに、安堵感が先に立った。

「ところが、また並んで歩くうちに、彼が祥子の軀のことで何か言ったらしいのだ。無神経なことを口走ったわけではないらしい。気の配り方がじつに濃やかで、臆病なぐらいだったそうだ。それがかえって、祥子の神経にさわってきたのだな。しばらくは黙って聞いていたが、祥子の言うには、軀じゅうをなぜまわされているような気がしてきて、さよなら、と言ってずんずん先に歩き出したのだ」

「あとを追ってきたんですか」と母が眉を顰めた。

「一所懸命あやまっていたということだ。しかしそうなったら、祥子の奴は、若い男の手には負えるものじゃない。返事もしないで、電車の切符を買って駅の中に駈けこんだ。それで地下道から国電のホームに上がったつもりで、気がついたら、列車が停まっている。男はまだ諦めずに追ってくる。引き返して顔を合わせるのも厭で、そのまま長い列車に沿って歩いているうちに、発車のベルが鳴り出して、祥子の奴、それを耳にしたとたんに、ここで振り切ってしまわないとどこまでも従いてこられると、追いつめられた気になったのだ。それで、発車のぎりぎりまぎわの列車に乗りこんでしまった」

「ばかなことをする。それに、なにも仙台まで行かなくても」

「ホームに立って見送っている男の姿を見たら、ほんとうに遠くまで旅をしたくなったと言った。検札にまわってきた車掌に、仙台まで、とつい言ってしまったら、引き返す気をなくしたとも言っていた。ずっとデッキに立って、夢中になって表の景色を眺めていたそうだ。変り映えのしない景色だけどな、あの線は」

三人は一緒になって低い声で笑っていた。男のほうを振り向きもせずに、人込みの間を縫って速足で歩いていく姉の姿が、泰夫の目に浮んだ。それは何かに追われてあたふたと逃げていく後姿ではなくて、手下の泰夫を後ろにつきまとわせて、泰夫が遅れようとかまわず走りまくった勝気な少女の姿だった。まわりを往きかう人間たちも、癇の強そうな若い娘のまっしぐらに走る勢いに無意識のうちに道をすこしよけるだけで、その姿を見つめはしない。

ところがその足がふいに重くなり、急ごうとすると軀が左右に心ならずも大げさに揺らぎかけ、姉はしかたなく歩みをゆるめ、陰惨な姿となって人目を悩ます自分自身の軀に困りはてて、内へむかって微笑んでいる。

さっきから反対側の窓の光を受けて、薄く閉じた瞼の裏がほのかに青く明るんでいる。目を開けてみると、雑誌などに読みふける乗客たちの頭のむこうで、窓の四角い明るさを水平線がくっきりと一筋に切って、列車の横揺れにつれてゆるやかに上下していた。その線に抑えつけられた水の重量感が神経にこたえて、泰夫はまた目を閉じた。そしてたえず濃淡を変える明るさに伴われて物を思いつづけた。思いはまどろみと紛らわしかった。

夜明けに、泰夫は寝床から起き上がって走り出した。夢というほどの持続はなくて、熟睡した軀の中を掠めて過ぎた衝動の影のようなものだった。門の外に走り出たなと思って、すぐにまた眠りの中に引きずりこまれ、朝まで眠りつづけた。

二階で扉がひらいて、父が階段を降りてくる。泰夫は目を覚ました。足音は廊下から居間のほうへまわって聞えなくなった。その時になって、いましがた開いたのは父の書斎の扉ではなくて姉の部屋の扉ではなかったかと、泰夫は思いはじめた。二つの扉は一間と離れずに並んでいる。しかし中学に入る頃から、二階の扉の音を下の部屋から気にかけがちだった泰夫には、左右どちらの扉がひらいたかは、ほぼ聞き分けがつくつもりだった。足音のほうは、これは間違いなく父の足音だった。

寝床から起き上がると、軀の感じが昨夜とは違っていた。疲れは熟睡に誘い出されてかえって重くなっていたが、全身がこれ以上の静止を厭がっていた。また三人して卓袱台のまわりにべったり腰を落着けて、不安の疼きを言葉で嘗めあうみたいに喋って過すのは、考えるだけでも堪えがたかった。両親が昨夜と同じなら、一人でも動き出さなくてはならない。もう外聞を憚ったりしないで、姉の手帳を探し出してあちこち電話をかけて、心当りをたずねてみよう。しかしその前に、両親とまたひとしきり辛気臭いやりとりを交わさなくてはならない。自分の興奮にはずみをつけるために、泰夫は勢いよく床を上げ、畳の上に散らかっているものを押入れにおしこみ、窓をいっぱいに開けはなった。

ようやく清々しくなった部屋の片隅に、壁に寄せかけて、薄茶色の小さなボストンバッグがもう旅立つばかりになって置かれてあるのを、泰夫は二日ぶりに目に止めた。一昨日の朝、下の姉の結婚式の支度に巻きこまれないうちにと、用意万端整えておいたのを、夕方に姉の姿が見えなくなってから、婚礼の一日をはさんで今の今まで、すっかり忘れていた。思わず知らず泰夫は鞄の前にしゃがみこみ、珍しいものを眺める恰好になった。姉が家を出て行くつもりでいるとは夢にも知らぬ時にやったはずなのに、鞄はほとんど鞄の形を留めぬほど乱暴に押し縮められて、握りの手も無理やり折りこまれ、隅に小さく片寄せられている。薄暗がりに寝そべって旅のことを思っている自分自身の姿を、泰夫は見た気がした。毛布を窓から投げこんだのは、あれはやはり、その醜い軀をわたしの目から隠せという意《こころ》だったのだろうか。

書置きの言葉が力を失った。もしも姉が、もしもはじめに予定したよりも遠い旅に出たとしたら、あの寝顔がその責めを負わなくてはならない。外側に求めるつもりだった心当りが、内側から不快にふくらんできた。疚しい心当りそのものである彼自身が、この家の中でただ坐して待っているだけでは、姉の行く方は知れるわけがない。ほかならぬ彼が、探しに行かなくてはならない。しかし、どちらの方角に向かえばよいのだろう。投げこんでもらった毛布に心地よくくるまって、後を追わなかったばかりに、足音に耳さえ澄まさなかったばかりに、門を一歩出たらもう見当もつかない。

物が思えなくて、泰夫は居間に出てきた。父はちょうど縁側にしゃがみこんで、ゆうべ夜中に雨が降ったらしく黒く濡れた庭を眺めていた。もしもあの時、父が卓袱台の前に坐ってこちらに顔を向けていたら、泰夫は結局旅に出ないことになっていたかもしれない。庭を眺め耽る父の広い背中の表情のなさが、泰夫の口から言葉を誘い出した。

「僕、やっぱり九州まで行ってきます」

一時の気紛れをちょっと言ってみる口調になった。九州という言葉が耳にしらじらと響いた。父が何も言わずにいるのを、泰夫は不許可と取った。そして当然と思った。

「友達はもう発ってしまっているんです。あさっての朝、平戸で落合う約束してるので、これから発たないともう間に合わない」とほとんど惰性から彼はもう一押しした。そして父がこちらを振り向くのを抑える気持で、「もう連絡のとりようがないんです」とつけ加えた。

父は振り向かなかった。約束の船着場まで連絡の取りようは、あちこちに問い合わせれば、ないはずはない。こちらから連絡が取れなくても、岩村はどうしても気になって先に行けなければ、むこうから長距離電話をかけてくるだろう。

「友達に会って話をして、すぐに引き返してきます」

父の背にかすかな困惑がひろがったように見えた。岩村と落合ってまたここに引き返してくるまでに、一人で潜り抜けなくてはならない時間の長さが、泰夫を圧倒しかけた。行って引き返してくるだけでも、列車で二泊、それに岩村が朝の九時などという早い時刻を指定したので、どうしても宿で一泊しなくてはならない。旅館で過す夜も、列車の中で過す夜に劣らず彼を遠くまで運んでいき、眠りの中で往路と復路の接ぎ目が微妙にずれてしまうかもしれない。

父は庭のほうを向いてまだ黙っていた。段々に、泰夫は自分たちがこうして姉の不在について話していることに気がついた。ほんとうに姉を信頼しているなら、彼は予定どおり旅立つことについて、こんなことわり方をする必要がない。ましてや、わざわざ九州まで行って、すぐに引き返してくることなぞない。旅のことを口にすべきではなかった、曖昧なまま家に留まっているべきだった、と後悔された。父はあきらかに、彼が自分から引きさがるのを待っていた。あるいは、彼が姉への信頼をきっぱり表明して旅に出て行くのを待っていた。二人は無言のうちに、姉への信頼の強さをお互いに探りあっていた。

そのうちに彼はふと、こうして父の背を見つめながら後ずさりして部屋から出て行く気持を思いやった。父の背の沈黙にはたしかにそれを誘うものがある。自分の部屋に寄って鞄を拾い上げれば、この恰好でもすぐに旅に出られる。玄関の扉が開く音がしても、父はまさか彼がその足で旅に出ていったとは思わないだろう。

「平戸、だったな」父が庭のほうを向いたままはじめて口をきいた。「それで、宿は取ってあるのか」

「ありません」

「友達はどこに泊まるんだ」

「だから、それがわからないんです」

「そんな処まで行って、宿無しになったらどうする」

「この季節ならふらりと行っても泊まれるそうです」

「疲れはてた顔をした若い者が一人でふらりと行って、泊めてもらえるだろうか」

父の背中がまた庭を見つめる表情になった。しばらくして、泰夫は父の思いが自分と同じ方向をたどっているのを漠然と感じ取った。

姉ならどんなに疲れていても、宿の玄関口に立てばしゃんと軀を立て直して、宿の人にむかって爽やかに微笑んで見せることができる、と泰夫は自分自身に言い聞かせた。それでも、宿に向かってひと足ごとに肩をゆらりゆらりと傾けて歩んでいる姿が、しきりに目に浮んで彼を悩ませた。疲れのあまり、姉はわれとわが身に困惑して微笑む余裕さえ失って、腰の線も鈍くふくれ上がり、埃まみれの顔を無表情にうつむけて、ただもう我身を運ぶことに没頭している。その姿には、日頃の姉には見られない盲目的な、どこか獣じみた生命力がこもっている。

砂地のひろがりを、姉は暗い海のほうから登ってくる。その姿を、宿の女中が玄関の内側から、怯えと好奇心の入り混った目で眺めている。

連れ戻しに行かなくては、と泰夫の中で屈辱感が叫び立てた。それから、奔放になりすぎた想像を徐々におさめながら、考えた。ただの想像にしても、こんな無残な姿で歩きまわらせておくわけにいかない。そのためにも、自分も旅に出て、姉の姿と自分の姿をひとつに重ね合わせてしまわなくてはいけない。息子もわけのわからない旅に出ていると考えれば、父の気持はかえって楽になるかもしれない……。

父がこちらを振り向いて、額に深い皺を寄せて泰夫の顔を眺めていた。何が何でも我意を通そうという顔つきで突っ立っている自分に泰夫は気がついた。しばらくして父はまた庭のほうに目をやった。

「明日、平戸の宿に落着いたら、かならず電話をしなさい」

残酷な感じのするほど明瞭な声だった。

立木の蔭や家の軒下に夕暮れの気配が集まっている。列車は海を見え隠れにして走っていた。海はとうに輝きを失って、黒いひろがりのところどころに赤みのかかった紫を流してうねっていた。

こちらに背を向けて父が何を考えていたか、旅立ってしまった今では、知っても甲斐のないことだった。ただあのきっぱりした口調は、今から思うと、父には父の心当りがあったように感じさせる。父は父で、姉の行く方を探しはじめる。その際、泰夫の存在は不要であるばかりか、もしかすると邪魔にさえなる。そう父は庭に向かって思案したあげく判断したのかもしれない。すくなくとも、泰夫という緩衝地帯もなくなれば、父と母の間で、姉のことについてもっとあからさまな言葉が交わされる。

家を出てから電車の中でも固く組んでいた腕が、列車が走り出してから二時間以上も経つのに、まだ解けなかった。

海が徐々に左手から迫ってきた。やがてコンクリートの防波堤に守られた道路を隔てて、列車は海とほとんど同一の水平上を走るような感じになった。黒い水が窓いっぱいにうねった。泰夫の中でも、気儘にうねりひろがるものがあった。うねりは八方へふくれ上がり、揺れもどり、岸も沖も波頭の重なりの向こうに沈めて、位置とか方角とかいうものを恣意のものに感じさせた。求める力さえ強ければ、どこででも落合える。そんな奔放な自由感に、泰夫はしばらく心をゆだねていた。

それから、姉の声が久しぶりに、直接語りかけてきた。

「泰夫、あなた、たまにはお父さんの書斎にも行ったらどうなの」

見も知らない男に黙って背後に立たれたように、姉は机の前から振り向いて泰夫の顔を見つめ、ノックに答えた声とおよそ似ない重苦しい声でつぶやいた。大きな辞書の上に張りつめた視線を走らせている姉の邪魔にならぬよう、足音を忍ばせて後ろにまわって、窓ぎわの円椅子に腰をおろし、姉の仕事にきりのつくのを気長に待とうとした矢先だった。

「邪魔ならまた後でくる」泰夫は椅子から腰を上げた。すると姉は左足で床をかるく押して軀を椅子ごとこちらに回し、泰夫に坐るよう目で促した。そして右脚をスカートの奥に引いて、神経質そうに両手でセーターの裾を膝のほうに伸ばしながら、軀を泰夫のほうに傾けてきた。

姉になぶられる時の例で、泰夫は頰を曖昧に崩していた。

「あなたたちの家でしょう」姉はしばらくして溜息まじりにつぶやくと、窪めたみぞおちにかるく手を当てて上半身をゆっくり押し上げ、段々に眉を顰めて、父の書斎との境いの壁のほうに目をやった。

「誰の家かって言えば、親父の家だろうな。でも、僕の家じゃない」と泰夫は姉の言葉に呼び覚まされた不快な感情を払いのけた。

「跡取息子よ、あなたは」

「そんなもの、今の世じゃ通らないんだ」

「通るもなにも、この家の中には、男はお父さんとあなたしかいないのよ」

「女が家を継いでもいいじゃないか。現にこの家だって、女たちのほうが堂々としているもの」

「それじゃ、斎子さんの堀内さんに、お婿さんとなってこの家に入ってもらいましょうかね」

そう言って姉は顔を横に向けた。堀内と下の姉が居間でくつろいで茶を吞んでいるさまが、目に浮んだ。泰夫は姉にまつわりつく気持になった。

「僕はね、僕は何となく、この家が姉さんのものであるような気がするんだ。親父やおふくろがいなくても、この家のことは考えられる。僕自身のいないこの家も想像できる。だけど、姉さんのいないこの家は、ちょっと想像がつかないんだ」

「この部屋は、あたしのものよ」と姉は肩を小さく竦めた。

「親父もこの家を姉さんに継がせるつもりらしいよ」

「余計なお世話よ」と姉は気弱な表情で言った。いつもと逆に自分のほうが先手を取っていることに泰夫は気がついた。

「でも、親父の蔵書は、僕にとっては一文の値打ちもないものね。姉さんが継いでくれなければ、親父が死んだら売り飛ばしてしまうよりほかにない。親父の執着ぶり見れば、さすがに寝覚めが悪いや。それに、これだけの本をもって、姉さん自身、どこで暮らすのさ」

「あなたは、どうするつもり」

「僕はひきつづき下宿させてもらうかな。姉さんの結婚する相手にもよるけれどね。姉さんが独身のままなら、姫君の忠臣というところだな、給料取って姉さんを養うよ」

「なに言ってるのよ。しっかりなさいよ」と姉は泰夫の言葉を払いのけて、少女めいた感じになった細い軀を椅子の上で苛立たせた。「あなたも、お父さんも、あたしのことをいったいどう考えてるの」

「どう考えてるって」

「あたしはいずれ出て行く人間よ」

そしてまだだらしなく頰を崩している泰夫に目をやると、溜息をついて軀を横に向け、椅子の下に引いていた右脚を左脚の上に組み、剝き出しになった膝小僧を揺すりながら、宙にむかって嘆き出した。

「この家には、お仏壇があるでしょ。お父さんも、泰夫も、仏さまの前に坐るのが好きではないわね。お母さんはまめにお参りしてるけれど、お仏壇の前で手を合わせると昔のつらい事ばかり思い出すと言うし、斎子さんは、あの子は問題外、堀内さんと一緒にこの家に暮らしたってだめよ。叔父さん叔母さん方がいらしてお仏壇にお参りなさる時、お参りが済むまで傍に坐ってお伴しているのは誰。いつでもあたしでしょう。ほんとうは、泰夫、あなたの役目じゃなくて。まだお下げしてた頃から、あたしの役目になってるのよ。お墓参りに行くのも、お父さんとお母さんとあたし、お母さんとあたし、泰夫とあたし、いつでも組み合わせが違うけれども、あたしはいつでも行くことになってるのよ。いつのまにかそうなっていて、誰も不思議がりやしない。お父さんなんか、若いのに感心な娘だなんて、あちこちで触れまわっているらしいわ。あたしだって、仏さまのお守りなんか、お線香のにおいなんか、辛気くさくていやよ」

なぜ姉がそんな事を言うのか、あの時、泰夫にはわからなかった。ただ悪意のようなものを彼は姉の言葉のうちに感じた。姉の悪意を、思ったわけではない。そうではなくて、お仏壇とか仏さまとかいう言葉それ自体が、どこか陰気な説教を思わせる口調それ自体が、日頃はそんな事をすこしも言わない姉の口を借りて、泰夫たちの生き方について底意地の悪い感想を述べているような、そんな気がしたものだった。

ところが今、その声は実際に耳にした時よりもはるかに姉の肉声らしい響きを帯びて、何もわからない泰夫にむかってしきりに嘆きかけている。遠く近くなる嘆き声を耳の奥に宿したまま、泰夫はまた物が思えなくなって、列車の運行に身をゆだねた。列車は海辺を離れてかなり大きな駅に着いてしばらく停まり、駅を出ると隧道《トンネル》をくぐってもう一度左手に重いうねりをひろげ、それきり海を見捨てて夕暮れの中に走りこんで行った。

平地を抜けて、山が両側から迫り出すと、夕暮れは急速に濃さを増した。声は耳の奥でくりかえし響いた。姉は細い軀をよじって訴える少女の姿に変った。為すべもなく、窓の外の景色を眺めているうちに、視界が壁に遮られて、列車はまた隧道に入った。泰夫の内側を、轟音が甲高く走り抜けた。隧道を出ると、もう夜の中に沈められた谷の上に、暮れ残る空が遠い海のように、谷とかかわりのない時間のように明るくひろがった。この時刻だったな、と泰夫は思った。空の明るさと重なって、家の仏壇の前で手を合わせる姉の姿が浮んだ。

姉は右脚をかばいながら、両膝をゆっくり折って畳につき、仏壇に向かって背をほっそりと伸ばして正坐する。そして両手を胸もとで合わせ、蒼白い滑らかな項をのぞかせて頭を深く垂れる。合わせた手を胸に強く引きつけているので、うつむけた顔の鼻と唇が指先にかすかに触れるぐらいになる。それに、合わせた手の小指がいつでも薬指からすこし離れて、全体の姿のどことなくあどけない感じをそこに集めて細かく顫えている。仏壇に参るというよりも、仏壇の前に我身を置いて、我身の中へうつむいているような姿、子供の頃からすこしも変らぬ姿だった。

子供の時から見慣れた姿が、気がついてみると泰夫よりもはるかに年下になって、まるでたえずざわめいて年を取っていく家族の間で一人で仏壇を守ってきたように、そこに留まっていた。

姉が信心深いわけではない。仏壇の前に坐る回数も、お参りの簡略なことも、泰夫や下の姉とそう変りはない。立居振舞いの重々しさということでも、両親にはかなわない。父は仏壇の前に近づく時からもう腰つきが定まって、客に向かって正坐して挨拶する時と同じ男臭さを顕わし、合わせた手を仏壇のほうへ差し向ける。母は畳の上にぺったり坐りこんで、仏壇の中や前を神経質に片づけてから、ふうっと溜息をついて愚痴を言いかけるみたいに目を閉じる。しかし二人とも結局、仏壇の前にやってきて、坐って手を合わせて、また立ち上がって出ていくということでしかなくて、拝むのも動作の流れの中にある。それにひきかえ姉は仏壇の前に坐ると、それまでの動きから切り離されて、もう長いことそこにそうして坐っているような静まった姿になる。

あれも脚の不自由なせいだろうか、と泰夫はつぶやいて、濃い感情に満たされかけた。

家族は線香のにおいを嫌っている。燈明も火の用心からなるべく点さないようにしている。まれに下の姉がどういう気紛れからか、普段はろくろく仏壇の前に坐らないくせに、燈明に火を入れて線香を立てることがある。するとと父も母も泰夫も線香のにおいを居間から敏感に嗅ぎつけて、下の姉をそれとなくたしなめる。しかし姉が線香を立てた時には、別に命日でも何でもなくても、家族は何も言わずに、線香のにおいのほのかに漂う中で自然に話をしたり物を食べたりしている。親戚の者たちがやって来ると、姉は言われない先に客を仏壇の前に案内し、座蒲団のそばに両膝をついて、遠くから細い軀を不思議に柔軟に伸ばして燈明に火を入れ、膝でいざって脇にしりぞく。そして小さく坐って、お参りの済むのを待っている。

父は今でも姉の殊勝な心がけをあちこちでたわいなく自慢しているらしい。

「しっかりなさいよ、泰夫くん。そんな事では女の人に頼りにされないわよ」

姉は大きな図体をいたずらに晒して突っ立っている泰夫に見切りをつけたらしく、いつもの馴合いの口調に戻って、歌うようにつぶやいた。そして脚を組んだまま軀を机のほうによじって、抽き出しの中をごそごそと探りはじめた。背をまるめて右から左からのぞきこむたびに、泰夫の目の前に置き去りにされた脚がひとりでに女臭いふくらみを帯びて、ゆるく重ね合わせた膝の蒼白い肌をのぞかせた。大分してから姉は煙草の箱を右手につかんで軀を起し、細くまるめた唇に煙草をつんとくわえて、マッチの火を遠くから煙草の先に持っていった。酒はいいが煙草はよせという父をだしぬいてやろうと、ひと月ばかり前に姉に煙草を吸わせたのは泰夫だったが、もう自分で買い備えるようになっていたとは思わなかった。まだかすかに顰められた眉の下で目が濃い光をゆらめかせた。泰夫はふと、姉がなにか思いがけない秘密を打明けるような気がして見つめた。姉は顔をそむけ、吸いかけた煙草を小皿の上にじわじわと揉み潰しながら言った。

「きのう、あなたが街の中を歩いているのを見たわ」

「あれが岩村さん。もっと大きな人かと思ってた。あなたのほうが、よっぽどむさくるしいぐらいじゃないの」

そう言って姉は組んでいた脚をほどいて、両足で床をリズミカルに押して椅子を左右に揺すりながら、膝を見つめて長いこと一人で笑っていた。

列車はまた平地に出て、もう夜につつまれてしごく気楽な感じで走っていた。さっきまで泰夫のまわりをたえずざわめき流れていた時間がいまでは窓の外へ遠ざかったように、暗い畑のひろがりの向こうを家の灯がゆっくり流れ、窓の内側には疲れに濁った時間が淀みはじめた。

姉はいつまでも細い軀を揺すって、苦しげな目つきで笑っている。泰夫はさっきから、窓ガラスに映る自分自身の姿に悩まされていた。なるほど恋にやつれたとでも言いたくなるようなむさくるしい男が傲然と腕を組み、ときどき目を半眼に見開いて天井から窓のほうをおもむろに見まわしては、なにか口の中で重々しくつぶやくふうをしている。うつむいて笑っている姉の頭に手を当てて、その笑いを自分の胸に押しつけてしまいたいという衝動を泰夫は覚えた。すると姉はいちはやくその気配を察して軀を遠くへのけぞらし、目の中に嫌悪の光をこもらせながら、いつもの馴合いの口調でたずねた。

——泰夫、あなた、ほんとうは何しに行くの。

——岩村と落合って、すぐにまた引き返してくるだけだよ。

——嘘を言いなさい。

——ほんとうは、姉さんを探しにきたの。

——よしてよ、そんなむさくるしい姿で追いかけまわすのは。

——追いかけはしないけれど、どこかでぱったり出会うかもしれないよ。

——あなたの顔なんか、旅先で見たくもないわ。

——黙ってすれ違うだけでいいや。どうせ姉さんは誰かと一緒だものね。

——なに言ってるの。あなたはどこの女の人に逢いに行くの。

——良子のことは、何も知らない、唇しか知らない。

——ヨシコさんて言うの、その方も。

姉は気色悪そうにつぶやいた。窓ガラスの中で泰夫もひどく眉を顰めていた。そのまま二人は互いに目を逸らした。しばらくして姉がまた笑い出した。

——何を笑ってるのさ。

——髭が生えてるわよ。

窓に映る顔を見ると、不機嫌そうに閉じた唇の上がなるほど薄黒く隈取られている。口もとをなぜると、細かい髭の手触りがあった。

——いつから剃ってないの。

——うん、昨日も今朝も剃り忘れた。枕もとから姉さんに見られた時のままだよ。

——いやあね、姉の結婚式に髭も剃らずに出るなんて。

そんな髭面をして花嫁さんを見てたの。

――しかたがないよ。姉さんのことを心配している間でも、髭は伸びるんだ。

窓ガラスにまた目をやると、窓の中の男は頤を心地よげにしゃくり上げて、口もとをなぜまわしている。あわてて姉に見つめられて、泰夫は手の動きを止めて口もとを覆い隠した。そして良子は彼の腕の中から背を引き離すと、手のひらの中で生温い息をついた。そしたように口もとを手で覆い、茂みの奥を見つめて肩で息をついた。泰夫もいつのまにか釣られて口もとに手をやり、あの時にも同じ硬い髭の手ざわりに我ながら怖気をふるったものだった。あの時にも、良子の目から見れば、こんなふうに口もとをなぜまわしていたのだろうか。

姉の気配は傍から消えていた。また口もとをなぜまわす顔の中を、家の灯が段々に数を増して通り過ぎていく。やがて両側から街の家並みが近づいて、列車は夜の空を断ち切って広い駅の構内に滑りこんだ。

明るい光の中を大勢の人間たちがざわざわと動いていた。そのさまを物珍しい気持で眺めているうちに、泰夫の軀の中にふいに何かがほぐれて、食欲が動き出した。思うよりもはやく泰夫は腕組みをほどいてむっくり腰を上げ、列車に乗りこんでからはじめて脚で立った。そして窓を開けて冷い空気の中に頭を突き出し、左右を見まわして弁当売りを見つけ、「弁当」と自分でも思いがけないほど太い声で呼んだ。弁当売りはすぐにその声を聞きつけて近づいてきた。

隣の窓で客につかまってしまった弁当売りに身を乗り出して金を渡し、ようやく弁当を受け取ると、泰夫のすぐ脇から茶色い皺だらけの手が一所懸命に伸びた。泰夫は黙ってその手に自分の買った弁当を渡してやり、振り向きもせずに代金を受け取って、もう向こうへ歩き出した弁当売りをまた一声で呼び止めた。それから茶を売る男を探して長いホームに沿って左右を見まわしているうちに、ベルが鳴って列車はまた走り出した。窓を締めて弁当を膝に坐りなおすと、向かいに坐るお百姓風の老人が壁に掛けた魔法瓶をおろし、茶を外蓋についで黙って泰夫のそばに置き、内蓋にもついで自分の脇に置いた。長いこと目に馴染んでいて、今はじめて見る顔だった。

食べ終えた時には、二人はうちとけた口調で喋っていた。もう四時間以上も、向かいに坐る泰夫は傲然と腕組みをしているし、隣に向かいあって坐る男たちは会社の噂話をしたり週刊誌を読んだりして結構退屈をしのいでいる。お蔭で慣れない沈黙を強いられていた老人はほっとした表情で泰夫に年のことや学校のことを月並にたずねていたが、そのうちに何の前置きもなしに、東京で世帯を持っている息子のことを話しはじめた。老人のくだくだしい身上話だった。しかし何の縁もない人間とこんな時に、こんなところで話しこんでいるのが、今では泰夫にとって不思議に心地良く、まわりくどい老人の話し方にも親身に相槌を打って、ただ老人の喜ぶのを見て自分も喜んでいるうちに、二時間という時間がたちまち経ってしまった。息子夫婦の家で過した何日かの後味が快いのか哀しいのか、老人は自分でもよく感じ分けがつかないらしく、息子のことについてやたらに矛盾することを喋りまくったあげく、胸につまったものを行きずりの若僧相手でもとにかく一度はおろせたことに上機嫌になって、身内の若い者にたいするように泰夫に指図して網棚から大きな鞄をおろさせ、中から四合瓶を取り出して泰夫の顔を見て笑った。しんみりした物言いになった老人からあれこれ説教を聞かされながら、魔法瓶の蓋で差しつ差されつしているうちに、また一時間ほどの時間が難なく過ぎた。まだこの先長いこと坐っていなくてはならないことを嘆いて、老人が大きな欠伸をついたのを潮に、泰夫はトイレに立った。

用を足してまた車室に入ってきた時、黄色い光に照らされて目の前に細く延びる空間が、宙に浮んでひと所で気ままに揺れているように見えた。泰夫は自分の中で時間の断層が出来たのに気づいた。家を出てからひたすらに彼を運んできた時間は、いま彼がその中に立っている時間と、もはやかならずしもひとつづきとは感じられなかった。それをまたひと筋につなげるか、断たれたままにして置くかは、いまここに立つ自分の振舞いひとつにかかっている。姉がそこから迷い出ていった境い目を、泰夫は探り当てた気がした。姉もどこかでこの断層を感じて立ち止まった。自分のいない部屋が思い浮ぶ。泰夫の寝顔が、父の顔が浮ぶ。しかしどれも徒らになまなましく、鬱陶しいほどなまなましく浮ぶだけで、引き止める力を不思議に欠いている。ほとんど試すような気持から、姉は一歩を踏み出してそれを背後に置き残してみる。それは置き残されるままに留まっている……。

あわててその後姿を追って足を踏み出すと、姉の細い軀にまつわりつこうとする自分自身の姿が醜く目に浮んで、にわかに酔いがまわってきた。傾く床に足を取られ、危く倒れそうになって息をついている間に、姉の後姿はまっすぐに遠ざかった。毒々しいものの混る孤独感の中に泰夫は取り残された。ただの酔漢にすぎなかった。通路に立つ客はもう一人もなく、両側の座席はきっちり四人ずつ塞がれて、寝苦しい夜に向かって運ばれていた。もうなかば眠りにつつまれたその静かさの間へ泰夫はあらためて足を踏み出し、床がわずかに傾くたびに大きくよろけ、二、三歩ごとに眠っている客の頭の上へ手を伸ばして座席の背にしがみつき、まるで手足の淫らなほど長い動作魯鈍の猿のように、心ならずも大げさな身振りで進んだ。

右脚が軀の重みを受け止めながら、ときおり意地の悪い表情で折れ曲りかかる。すると泰夫はまた毒々しい気持になって、折れかかる脚に軀をのめりこませていった。子供の頃からあれだけ大切なものに思っていた姉の軀にたいして、ほかならぬ自分がいま、自分のこの軀がいま、誰よりも露骨な嘲弄者となって醜くよろけまわっている。しかし気狂いじみた嘲弄の底に、まだ姉を求める気持があった。自分はこうしてよろけまわりながら自分の軀の中に姉を呼び出そうとしている。姿を現わそうとしない姉を力ずくで、血のつながった軀に訴えて、姉を怒らせても呼び出そうとしている。先を行く姉の腰に抱きついていくような屈従への衝動が、よろけるたびに泰夫を駆り立てた。

しばらくして泰夫は息を切らして立ち止まった。そしてひたすら休息を欲して、自分の座席を探した。

重く淀む眠りのすぐ外側で、闇が前方からごうごうと迫ってきては、泰夫の軀を宙に掬い上げて通り過ぎていく。軀の輪郭の感覚がしつこく目覚めて残り、意識がほのかに蒼く点っていた。ときどき背や腰の痛さが意識を人の寝息に濁った車内につなぎもどす。しかし目をあけてあたりを見まわす間も、想念はすこしも動かなかった。闇のざわめき流れる方向がたえず変るような気がした。いましがたと正反対の方向に泰夫の軀は運ばれている。しかしとにかく顔を向けているほうへ、前のほうへ運ばれていることには変りがない。それ以外には何の目安もありはしないのだから、正しいほうに向かっているとか、反対のほうに向かっているとか、段々に道から逸れていくとかいうのはどれもこれも根も葉もないことだ、と眠りの中に点った意識がぼうっとふくらんで、泰夫はまだ物を思っていることを知る。

ありとあらゆる方角に運ばれたあげく、その一点の意識も消えた。次に物を思いはじめた時、かなり長いこと眠ったという感じが軀の内にあった。泰夫はまだ目をつぶって眠りの薄皮に包まれていた。レールの音がはてしなく続く雨垂れの音のように流動感を失っていた。腋の下や膝の裏や股の内側が汗ばんで、重苦しい興奮をわだかまらせている。姉に疎ましく思われているな、と泰夫は感じた。

「紅茶を入れなさい、泰夫」と姉はしかし低く掠れた声で命令した。

部屋に留まっていてもよいという暗号だった。部屋の片隅の小さなテーブルの上に、いちいち階下《した》まで降りていかなくても済むように、魔法瓶をはじめとして茶の道具がひととおり揃えてある。泰夫が隅に行って不器用な手つきで紅茶を入れているその間、姉は椅子の背に肩のあたりまでもたれこんで、両脚を揃えて敷物の上に流し、泰夫の一挙一動を物珍しそうに目で追っている。その視線を首筋や肩に感じるたびに、泰夫は自分がわけもなく姉になついている薄汚い獣であるような気持に悩まされ、さすがに女の手で清潔に片づけられた茶碗や皿に、黒いもののうっすらと生えた太い指で触れている自分の手を、姉の目から隠そうとする。すると今度は姉の目にまともに晒された背が気がかりになる。

ボーイのような物腰が、いちばん戸惑いがすくないということを、いつのまにか習い覚えた。つとめて余計な動作はしないようにさっさと茶を入れ、姉の望む角砂糖の数もわかっているので聞かずに入れてしまい、壁ぎわからテーブルをもうひとつ運んできて、姉が伸ばした脚を引き寄せるのを待ってその前に据え、それから腰をくるっとひねって無造作な手つきで茶碗を両手にひとつずつ、テーブルからテーブルへゆるい弧を描いて移す。すると姉はうなずいて腰を上げ、ほとんど軀を傾けずに歩んで本棚の前に行き、そこで肩を落して、まるで泰夫に強いられて泣く泣くしているような後姿になり、隅のほうに積まれた画集を一冊一冊どけて、その後ろの窪みからウイスキーの瓶を取り出す。

そのくせ椅子にまた腰をおろすと、姉はテーブルに片手で重い頬杖をつき、もう片方の手で瓶をひょいと傾けて高いところから派手に注ぎこむ。紅茶がなくなると、底に砂糖の沈んだ茶碗にまたウイスキーを思いきりよくついで、憂鬱そうな目で泰夫にも茶碗を差し出すように促す。二人とも酔いが顔に出ない体質なので、茶碗を唇につけて傾けあっているさまは、ひと休みして茶を啜っているところとすこしも変りがない。ただ酔いがまわると、姉の軀は見るからに柔かくなり、腹をすこし突き出し気味にして椅子の背からずり落ちそうにもたれかかり、スリッパを足で遠くへ押しやりながら、胸で深い息をつきはじめる。唇の色がいつもより濃くなったように見えるほかは、顔にはすこしも赤みが差さないのに、襟元からのぞく肌が薄赤く染まって汗ばんでいる。ほとんど口もきかない。ときどき泰夫に向かって眉を顰めて、「においがこもったわね。窓をすこしあけたら」とつぶやく。そして泰夫が窓をあけてきてまだいくらもしないうちに、「なんだか肌寒いわね」と言ってまた立たせる。泰夫は円椅子にもたれがないものだから、背をまっすぐに伸ばして姉のそばに控えている。

そんなふうにしているうちに、姉の唇の下に面皰《にきび》がひとつ熟れているのを、目に留めたことがあった。白く締まった肌の中で、ぽつんと一点酔いを集めて、奇妙に奔放な感じだった。「なによ」と姉が睡たげに目をこちらに向けた。「ニキビ」と答えて泰夫は自分の唇の下に手をやって、そこにも赤いふくらみがあるかのように中指の先でなぜた。姉も中指を唇の下に当て、泰夫の指の動きを眺めながら、面皰のまわりを指先でさすりはじめた。

薄暗くなり出した部屋の中で、二人は黙って顔をつき合わせて、そっくり同じ手つきで、そっくり同じ型をした頤をいつまでも撫ぜていた。

ある日、二人でまたウイスキーを呑んでいると、部屋の扉が控え目に、すこしおどけた調子で叩かれた。姉は椅子の上に軀をまっすぐに起して、脱ぎ捨てたスリッパをつま先にひっかけると、テーブルの上から瓶を取って後ろに隠し、泰夫に茶碗の中のものを呑みほしてしまうように目で促し、もう一度ノックを待ってから爽やかな声で返事した。

細目に開いた扉から父が白髪混りの頭を差し入れ、泰夫を見ておやという顔をした。

「祥子、お前また俺のあの辞書、黙って持ってきてるだろう」

「あの辞書って、どの辞書でしょうか」

姉は涼しい顔で父の目を見つめかえした。父は具合悪そうに目をそらし、薄暗い部屋の中を見まわした。そして本棚に寄せた円椅子の上に置き去りにされた大判の分厚い辞書を黙って指さした。泰夫は父のために立ち上がろうとした。すると姉の手が後ろから腰にまわって、バンドを押し下げるようにつかんだ。笑いをこらえているらしく軀をときどき走る顫えが、手から伝わってきた。二人は揃って曖昧な笑いを浮べて父を見上げた。

「困るじゃないか」父はつぶやいて、敷居をのっそりまたいで部屋の中に入ってきた。姉の顫えが止まった。着物の背を寒そうにまるめて父は円椅子のところに行き、中腰にかがみこんで辞書を繰りはじめた。姉は右手で泰夫のバンドをまだつかんだまま左手でテーブルに頬杖をつき、手のひらの中から顔をひょいと本棚のほうに向けて、そんなところでも辞書を引くことにすぐ没頭してしまう父の姿を、しげしげと眺めていた。しばらくして父は「そうか」と一人でうなずいて辞書を閉じ、まだ没頭の名残りが蜘蛛の巣みたいにかかる顔つきで扉のほうに歩み出し、三歩ばかり進んでから「おうっ」と低い声を洩して歓めいた姿で立ち止まり、引き返して辞書を腕に抱え上げた。

後生大事に辞書を抱えた姿が扉の向こうに隠れてから、大まじめな顔がまた部屋の中をのぞいた。二人は闖入者を迎える目つきで見上げた。「おい、酒のにおいがするぞ」と父は言った。そして相変らず怪訝そうに見ている二人に向かって、恥しそうに笑ったかと思うと、また元の仏頂面に戻って扉を締めた。

その途端に泰夫は力いっぱい引っ張られて、あやうく椅子ごと姉のほうに倒れかかりそうになった。あわてて軀をもとに戻すと、今度はその力に引かれて、姉が軽々と泰夫の中にもたれこんできた。姉はすぐにバンドを離して、両手を泰夫の膝について軀の間隔をあけ、頭を垂れ、声をころして笑い出した。細く伸びる背中が、ブラウスの下から浮き出た花車《きやしや》な骨の突起をかすかによじって悶えていた。息の顫えが手の甲にかかり、甘ったるい酔いのにおいが髪のにおいと混って昇ってきた。一度、姉は頭を起して泰夫の肩ごしに隣の書斎のほうを眺めやり、眉間にきつい縦皺を寄せて、こみ上げてくる笑いをこらえていたが、また顔を伏せて笑いに揺すぶられるままになった。泰夫の膝に支えられた上半身の顫えと奇妙な対照をなして、腰は遠くで椅子の縁に慎ましく支えられて静まっていた。テーブルの下で右足がスリッパを見失って、敷物の上を親指の先でたどたどしく探っていた。

しばらくして、ふと戸惑いから解きはなたれて、泰夫は姉の軀を見おろしている自分に気づいた。

こうして見ると、この膝の中におさまってしまいそうな可愛らしさだな、と胸の中でつぶやいた。

それと同時に、右手が細い背に伸びていた。温い顫えが手のひらにかるく触れたとたんに姉は笑いを止め、ひと息こらして、頭を起した。蒼白い顔が目もとに薄く血の色を浮せ、彼の下で仰向いて止まった。そして目の光を内におさめて、見つめられるままになった。覚えのある感覚の中へ、泰夫は吸いこまれかけた。

唇がほんのわずかに左へそむけられた時、泰夫は我に返った。そして静まりかえった背に置き残された自分の手の始末に戸惑った。姉は左手でそっとその肘のあたりをつかんで自分の背中から離させ、彼の膝の上に置かせた。お互いの間で目に立たぬよう、二つの手はほとんど協力しあうように動いた。それから姉はひょいとはずみをつけて軀を自分の椅子の上に戻し、眉間に皺の跡のうっすら残る顔で疲れはてたように笑い、いつもの声で命令した。

「あなたも、出て行きなさい。ここは御婦人の部屋よ」

目をあけてはならない。目をあけて、まわりで眠っている人間たちの姿を見たら、この記憶はとうてい担いきれない。微妙な釣合いでようやく支えられている重みだった。

あの後、自分の部屋に戻ってきて、泰夫は姉が死ねばいいと思った。姉を憎んでいたのでも、姉の軀を憎んでいたのでもない。姉も彼が死ねばいいと、そう願ってくれてもいい、と考えることもできた。

姉は死んでいるかもしれない、という思いが泰夫の中ではじめて点った。目をあけるとたちまち怖れに取り憑かれそうだが、眠りの薄膜につつまれていると、不安がほの明るくふくらむだけだった。

だがその時、軀の重みをかけて笑いに悶えていた姉の手の感触が泰夫の膝にじかに甦ってきた。泰夫は息をひそめてその感触をこらえた。とたんに、このような存在感をこの膝の上に残している人間がどこかで消え失せてしまうということが、とうてい考えられなくなった。それどころか、このような濃い羞恥を自分と分けあった軀がいまどこか自分の思いも及ばないところをさまよっている。自分の見も知らないもう一人の人間に、その羞恥の中に踏みこまれるままになっているかもしれない。そう思うだけで彼の気持は姉の行く方を求めて、長年馴れ親しんだ羞恥のつなぎ止めどころを探して、四方八方にさまよい出ていった。

その感触の内側から、長いことかかって、もうひとつの手の感触が浮んできた。良子も、この膝に手をついていた。困りはてた後ろ手を彼の右膝について、無表情な唇をあずけていた。ほんのわずかな境い目だった。何でもない話が跡切れて目が会った時、自然に流れ過ぎてい く間よりもほんのわずかに長く、良子は眺められるままになっていた。その放心の中に、泰夫は吸いこまれた。背中に手をまわすと、良子はその感触から脱れようとして細い背を反らし、眉をかすかに顰めて、まるで笑っているような、真上から注ぐ夏の陽をまぶしがっているような顔を彼の目の前に仰向けた。

姉はほんのわずかに早く唇を左へそむけた。

低い話し声が通路を抜けてたしかに外へ流れ出ていくのを耳にして、泰夫は目を覚ました。列車は夜中の閑散としたホームに停まっていた。いましがたホームに降りていった人影も見当らなかった。腕時計を見ると、一時半を回っていた。東京駅を出てから、自分のいる場所と時刻をはっきり確かめたのは、これがはじめてだった。結局、何もかも空しく思われた。この駅で降りて次の上り列車で引き返しても、姉を探すということでは、姉を探すことにならないということでは、平戸まで行くのと同じ事だ。むしろ用もない駅で下車してしまって、せっかく積み重ねてきた時間を列車とともに走り去らせ、しらじらとした気持で待合室のベンチに腰をおろすほうが、自分を姉に重ね合わすことになるような気がした。

「降りようか」と泰夫は眠りこけている乗客たちの間で声に出してつぶやいた。もう何時間も黙りこんでいたために、細く掠れた声が、姉のつぶやく声に似ていた。その時、発車のベルもなしに、列車が動き出した。次の駅でもどこの駅でもと思い直しながら、彼は流れ落ちていくホームを眺めやった。

「いるな……」と泰夫は待ち構えていたようにつぶやいた。

白いコートを着た女が、はるか先の方をまっすぐに歩み去る姿のまま、ホームの流れに手繰り寄せられてくる。ここでは、ほかの人影もないから、紛れようも隠れようもない。女にたいして奇妙な自由感を覚えて、泰夫はゆるやかな列車の動きに合わせておもむろに目を凝らした。すると、夜の遅さを全身で意識してひたすらに歩む後姿が、いきなり支えをはずされて左右によろけた。

酔っているようだった。気のほうは確からしく、傍らを滑っていく列車から顔をかたく斜めにそむけて、一心に足を送っている。だが何歩目かごとに脚が空足を踏んで折れ、軀が前のめりに崩れかけ、そして起き上がると、その背に奔放な表情が差してくる。胸にハンドバッグらしきものを抱きしめ、伸ばした背から力を抜いて、女は窓の内側に坐って運ばれていく人間にたいして自分の気ままさを哀しく誇示するみたいに、ひと所で足を左右に細かく踏みながら、軀をゆらりゆらりと揺すった。

やがて女の姿は速度を加えて泰夫のほうに吸いこまれてきた。と、女は右足からまたつまずいて、膝をなかば折ってみぞおちを抑えるような腰つきで屈みこみ、肩ごしに顔をこちらにあげた。視線が会って、女は内にこもりかけた目を、泰夫に向かってひっそり見開いた。窓ガラスを隔てて間近から見つめあった時、瞬間がふくらんだ。

女は酔いのにおいのしそうな唇に濃い笑いを浮べたかと思うと、その唇を泰夫に向かってつんと突き出した。「また逢えるかもしれないわね」と唇が泰夫を嗤っていた。

落合い

木の枝のざわめきに、重い羽音が頭のすぐ上でふくらんだかと思うと、背後から吹きつのる風に乗って黒い影が目の前をまっすぐに滑って遠ざかり、尾根を離れて入江の上に浮んだ。鳶はベンチに坐る泰夫のちょうど目の高さに留まり、気流の逆巻きと戯れるように、ひろげた翼をゆらりゆらりと傾けていたが、やがて水平に落着くと、尾を左右に細かくひねりながら、雨もよいの空へ押し上げられていった。

見おろしていると距離感の麻痺しかける深さに、両側から山に抱き取られて、小ぢんまりとした入江が空の色と変らぬ暗い水を淀ませ、細かい灰色の波を一面に立てている。海は入江からひろがり出るとすぐに対岸の長い海岸線に遮られ、左手にわずかに沖を望ませ、細い水路となって右のほうへ伸びている。南に向かって奥まっていくようなその水路を目でたどるうちに、泰夫はようやく岩村の計画に思い当った気がした。

姉が姿を隠してからまる三日経って、四日目の朝になっていた。

「それにしても、岩村の奴、どこに隠れているのだろう」

自分の在りかを掴めない心細さが独り言になって出た。宿を早く出すぎたため、岩村と船着場で落合う時刻まで、まだ一時間近くあった。入江と山の間にへばりついているようなこんな狭い町の中で、昨日の夕方から今まで、岩村の影も見かけないというのは奇妙だった。岩村も、探しているはずだ。それともどこか丘の上に立って、同じように海を見おろしているのだろうか。

船の動きの跡絶えた入江を、漁船が一隻ゆっくりと出ていく。風の合間に、入江をはさんで向こう岸の山から細々と谺してくるひとつながりの音が、その船のものらしかった。静かさをたった独り、気ままに分けて進んでいく姿に、泰夫はなんとなく気味の悪さを覚えて見まもった。船は長いことかかって入江を出て右に向きを取ると、もう水のひろがりの中になかば溺れた灰色の影となり、その進行も見定めがたくなり、靄の中へ融けこんでいった。その影を一点の気配になるまで見送るうちに、泰夫はふと、両手をみぞおちのあたりで固く組みかわしている自分に気がついた。指のつけ根が互いに柔かな肉の中へじわじわと喰いこんでいく。蒼ざめた、不吉な手つきだった。

今朝がたも同じような手つきをして、海に面した宿の、二階の部屋で目を覚ました。見慣れない空間が白い光を畳の上に流して、寝床のまわりに浮びあがってくる時刻だった。重苦しい眠りから徐々に目覚めて、胸の上で指と指とを固く組みかわして仰臥している自分に気づいた。高い天井に向かって目を見ひらいて、ゆるくあけた口で息をついていた。長いこと板床にじかに置かれていたように、軀の節々が冷くこわばっていた。しかし内側には、下腹からみぞおちにかけて、暗い快感があった。

両手を組みかわしたまま、泰夫はこらえていた。指のつけ根の柔かな肉をいよいよ痛めつけようとする衝動を通して、夢の内容が浮びかけた。船影はすでに失われていた。雨が肩を叩いて降り出した。とにかく岩村と無事に落合って一刻も早く家に引き返さなくてはならない。泰夫は立ち上がって海に背を向けた。

雨風をまともに顔に受け、駈け足になって丘を下っていく間、前のほうで濃く集まり淡く透ける林の間から、もうひとつむこうの丘の中腹に立つ灰色の塔が見え隠れした。十字架が塔の先端の細さにくらべて大きすぎてこちらに傾いているような、そんな落着きの悪い感覚に悩まされながら、泰夫は足を止めずに丘を駈け降り、石造りのアーチの小橋を左手に眺めて、平橋から海ぞいの道に出た。

岸壁のゆるい湾曲にそって目をやると、船着場が入江をはさんですぐ近くに見え、白い船が二隻小さな桟橋に泊まっていた。船のまわりには人影がうごめいていたが、岩村らしい姿は目を凝らしても見当らない。それでも、船の待合室の蔭か、あるいは船そのものの蔭から、こちらに向かって張りつめた視線がある気がした。海ぞいの道はちょうど数えるほどの人影しかなく、船着場からの目にさらけ出され、ほんの五、六歩もあるけば、地元の人間とは違う足どりが、岩村の目につきそうだった。

一方的に見られて近づいていくという思いに、泰夫はふいに堪えられなくなり、海岸通りを横切って小路へ入った。

間口の狭い二階家が壁と壁を押しつけて両側に並んでいる。階下の店のほうはそれぞれ当世風に改装されているのに、二階のほうはおそらく昔のまま、板壁も雨風に晒しぬかれて、天井の低さを思わせる狭い窓を、暗く閉ざしていた。海への眺めは遮られていたが、家並みのすぐ裏手に立つ丘のつらなりを見ると、小路は入江の湾曲に忠実にそって船着場のほうへ向かっているようだった。泰夫はまた目的のある足どりで歩いていた。歩みをゆるめてはならない。歩みをゆるめるとたちまち、何しにこんなところを歩きまわっている、という非難が襲いかかってくる。すこしの無駄もなく行って引き返してくるだけの旅なのだ。こうして歩いているのも、駅の待合室で改札を待っているのと変りがない。この小路も、見も知らぬ土地のままに留まっていなくてはならない。なぜと言って、自分はほんとうはこんなところにいてはいけないのだから。しかし約束の時刻まで、まだ三十分もあった。

石垣にそって右へ折れると、雰囲気が変って、山の湿気があたりに立ちこめた。船着場にまっすぐ向かう足どりを変えずに、泰夫は歩みつづけた。道はまもなく丘に向かい、低い石段となった。土の中になかば埋もれた石段を何段か登って、顔を上げると、前方に仏寺の建物が三宇、ゆるく反った瓦屋根をのせて、雨の中で身を寄せ合っていた。その向こうに天主堂が十字架をつけた先端をのぞかせているのに気づくまでに、さらにほんの僅かの間があった。全体の三分の二ぐらいを隠して、かなり遠いところに立っているふうにも見えたが、こちらをのぞいている部分は輪郭が妙にどぎつくて、まっさきに目に入らなかったのが不思議だった。しかし見つめていると、根もとから切り離されて宙にかかっているようなその姿は、寺の建物のたたずまいのつくりなす自然な遠近感から、鮮明なまま、ともすれば脱落しかける。

石段を登りきるとゆるい坂道になり、石垣が続いた。ところどころから羊歯の類いの吹き出す石垣の上にはさらに低い土塀がめぐらされ、上塗りの漆喰がなかば剝げ落ちて、内側の壁土が湿気を含んでいた。ぬかるみに二列に並べられた敷石をたどって登るにつれ、石垣はかえって高くなって、寺の建物がまずそのむこうに隠れ、十字架だけが土塀の上に見え残り、それも先端の避雷針だけになり、やがて雨に煙る空だけになった。

目標をはずされて、足どりが投げやりになった。右手にまた石段が現われ、山門に続いていた。見上げると山門のむこうに四角い堂と鐘撞《かねつき》堂のような建物が並んでいる。しかし正面から眺める離れ離れの姿には、もう何の感興も起らない。ほんのしばらく歩みを止めただけで、泰夫は通り過ぎた。視界がまた閉ざされて、道は崖の間を登っていた。左手の崖には丈の高い竹が爬虫類めいた感じで並び、右手の崖には曲りくねる根を土の中からのぞかせて闊葉樹が茂り、両側から天井をさしかけている。薄暗さの中に沢の香りが漂っていた。

しばらくして寺の境内を見おろす崖の上を、ズボンの裾まで濡して枯草を踏み分けながら、重苦しい気持で歩いていた。それと気づいた時には、足もとにひろがる墓地の風景はすでに目に馴染んでいた。文字の消えかかった無数の古い墓石が、苔や羊歯を養う黒っぽい土とほとんど変りのない表情で、雨の中に並んでいる。あちこちに立つ五輪塔も風化されて、ただ円みのある石を無造作に重ねた姿に還っていた。新しい墓がところどころに混って、この地方の風習か、金文字を鮮やかに彫りこまれているのがかえって不気味に映った。見まわすと、彼の立っているところもやはり墓地の一部らしく、立ち枯れた草の至るところから大小形さまざまの墓石がのぞいていた。

不思議な心賑わしさがあった。気の滅入りそうな風景なのに、眺め耽っていると、雨に濡れたコートの下に肌の温みが集まり、どこか子供っぽいその心地良さと重なって、暗い力が下腹から膝頭へ、みぞおちから胸へひろがってくる。たしかに見たことのある風景、覚えのある感覚だった。重くざわめく軀を崖の縁にそって運びながら、歩むにつれて墓石と墓石が重なりあい離れあい、そのたびにあらたに陰気な賑わいが湧き出る感じをたよりに、泰夫は記憶を探った。しかしそれを探り当てる前に、ざわめきがふと恍惚感に変りかけ、彼は足を止めた。そして鞄を小脇に抱え、両手をみぞおちの上で固く組み、崖下の風景に見入った。右足が泥水に沈んでいき、雨が無数の墓石と彼をひとつに包んで煙《けぶ》りはじめた。

振り向くと、すぐ後ろに天主堂が全身を顕わして立っていた。同じ高さに立つとそれはもう寸のつまった模型のような印象しかあたえない。折返し点に来たのを泰夫は感じた。そして天主堂に背を向け、墓地を越え、瓦屋根の二列に並ぶ小路の上を越え、海を眺めやった。島の両側から二筋に伸びる尾根と、対岸の丘のつらなりとに円く閉ざされて、入江は山あいの湖のように静まり、漁船のエンジンの音を低くこもらせていた。腕時計を見ると、約束の九時十五分前を、ちょうど回ろうとするところだった。

自分の姿のとうとう現われなかった船着場を、泰夫は思いやった。これで岩村も自分も縛を解かれて迷い歩き出す。岩村は亜弥子と二人きりになる。置き残されて、良子も迷い歩き出す。

姉はもう長いこと迷い歩いている。自分も同じように迷い出ていきさえすれば、不安はたぶん消え失せる。消え失せないにしても、いままでとは違った質のものに、もっと透明なものに変るかもしれない。

娘に続いて息子まで家を出たきり戻ってこない。ひたすら歩いているかぎりは、恥しさに堪えられそうだった。

しかし今は、今はここに立ちつくしていたかった。立ちつくしているだけで、時間が宙へ押し出していく。

大きな樹の蔭から老婆が境内に現われ、呆気に取られた顔で傘を後ろに傾け、崖の上に立つ泰夫を見つめた。雨に濡れるままになってこちらを見ている老婆が気の毒で、視線をほどくために、泰夫はまた崖の縁にそって歩き出した。振り返ると、老婆はまだ泰夫の姿を目で追っていた。迷う様子を見せると呼び止められそうな気がして、彼は足を速めた。

坂道に出た時には、また目的のある足どりになっていた。やはり海に向かって下っていくよりほかになかった。歩むにつれて、まるで軀の動きでしか物を思えないみたいに、速足が駆け足に変り、狼狽がひろがってきた。雨に洗われた敷石の上で、靴の底にこびりついた墓地の泥がときおりぬらりと滑って足を掬いかけた。そのたびに、墓場で転ぶと不具になる、と子供の頃から聞かされた迷信が浮んだ。坂を下りきって小路に出た時には、通行人の目を惹くほどの走り方になっていた。

最初の角を右に折れ、家と家の間から海ぞいの通りに走り出ると、ちょうど目の前で岸壁が通りと直角の方向へ湾曲しきって、遊覧船の泊まる栈橋までまっすぐに水を切っていた。右から来た車を一台やり過し、泰夫は道路を渡って岸壁の縁に躍り出た。栈橋と泰夫のちょうど中間あたりで、岩村は道端に積まれた石材の端に腰をおろし、鞄を大事そうに膝に抱えて入江のほうへ目を向けていた。

栈橋のほうに小走りに駆けていく観光客の姿があり、

船は出発まぎわだった。

おかしな怖気に取り憑かれ、泰夫は岩村に気づかれる前にこの姿が消えてしまうことを願った。しかし足のほうは勢いに乗って、すこしでも早く岩村のそばにたどり着いて安堵したそうに、もどかしげに泥を蹴立てていた。岩村の手前で岸壁の上から漁船を見おろしていたゴム長の男が足音を聞きつけて、胡散臭そうな目をこちらに向けた。それにつられて岩村も顔を向け、大わらわに走り寄ってくる姿をぼんやり見つめ、それから痩せこけた軀をふわりと起した。照れ隠しにうなずいて見せると、岩村は潤んだ目でうなずき返し、糸を引かれた人形みたいに左手をひょいと伸ばして船のほうを指さしたかと思うと、堰き止められていた力を一気に落して駈け出した。話をする閑はなかった。

乗客たちは雨を避けて下の船室に閉じこもっていた。誰もいない甲板に立って二人は船尾にひろがる水を眺めた。細かな波の動きのひとつひとつが、水面の塵を揺するのと同じに、甲板に立つ軀にじかに働きかけてくる。乗るつもりのなかった船に乗ってしまった落着きの悪さを紛らわすために、泰夫は自分の遅れてきたことを棚に上げて岩村を責めた。

「船に乗るつもりなら、もっと早く落合うようにしておけばよかったのに」

「そうだったなあ。危いところだった」

岩村は安堵の気持をまる出しにしてつぶやいた。積み残された自分がまだそこに坐っているかのように、岸壁のほうに目をやって、弁解しはじめた。

「島のことでは、いつでも思い違いをするんだ。大きさはわかっていても、どこからでも見渡せる小島という頭がどうしても残るんだな。朝起きて海辺に出れば、お互いにすぐ見つけられると思うじゃないか」

「いつ着いたの……」

「昨日。ほんとうは明るいうちに着いて、旅館を片端からまわって探し出すつもりだったのだけど、バスを一台のがしてしまってね。着いた時にはもう真暗だった。雨は降り出すし、それに、山が三方くろぐろと立ってるだろう。中腹のあたりまで家の灯が点々と這い上がっていて、町の広さがつかめないんだ。そのかわり今朝は早く宿を出て、あちこち探しまわったよ。どこに、いたんだ」

「あそこだよ」泰夫はちょうど入江の向こう岸に小高く

立つ山を指さした。それから入江の線にそって視線を右のほうに移し、丘の中腹に天主堂と寺が小さく埋めこまれているのを目にしたが、そちらのことは言わずにいた。

「なんだ、ずいぶんはずれのほうに隠れていたんだなあ。あそこまでは、行かなかった」岩村は惜しむように山を見上げた。

「でも、無事に落合えてよかった」泰夫はつぶやいていた。

船尾が水を押し分けて進みはじめた。盛り上がった水がうねりひろがり、入江を横切って向こう岸に寄せ、つながれた漁船を揺すった。それから船は後退を止めて舷側で水を押しやり、入江を囲む風景が、天主堂と寺が宙に浮き上がりぎみに左へ回り、岸壁が船と平行になって、荒い波になぶられ、ふいに支えをはずされたように流れ出した。甲板はうねりに取り囲まれた。やがて船尾から一筋の淡緑色の渦が生まれると、岸は左右に揺れながら段々に弧をしぼり、また入江の風景へまとまって遠ざかっていった。

「おい、この船、どこへ行く」

「佐世保の近くだよ。着くのは十二時」

出帆の弾みを声にあらわして岩村は答えた。対岸から列車で行くよりも一時間以上かかる。しかし落着いて計算してみると、佐世保で予定の急行にまだ間に合うことがわかった。二日にわたってひたすら列車に運ばれてきた気持からすると、この悠長な遊覧船で行っても列車で急いでも結果は同じになるということがすぐには信じられなかった。しかし岩村の言う時間に間違いはなかろうから、こうなると急ぎの旅の中で思いがけなく三時間近くの気ままな船旅を恵まれたことになる。ほっとして甲板の上で背を伸ばし、あらためて水のひろがりを見渡すと、船はちょうど岬をまわるところで、入江が右のほうへ流れ去りながら、ゆっくりと口を閉じていった。

山の上を吹き渡る風はどうやらここまで降りてこないらしく、海面は船の起すうねりのほかは波らしい波も立てずに、細かい雨を受け止めている。それでも甲板の上に立っているとコートの湿り気が肌まで通ってきた。二人は温みを求めて船室へ降りた。

こんな日にはどうせ客もすくなかろうと思いながら船室の扉を押すと、中から甲高い笑い声が溢れ出てきた。船室は年配の女たちの一団に占領されていた。婦人会の旅行でもあるらしく、どれも二人にとって母親に当るぐらいの女たちが、縦に三列に並んだベンチのあちこちに、まるで授業の始まる前の生徒たちみたいに何人かずつ固まって、大きな声で喋っていた。二人が扉口でためらうと、女たちは次々に顔をこちらに向けて、軽い好奇心のこもった笑いを浮べた。「そんなところに立ってないで、入りなさい」と扉の近くに坐っている女がどことなく皮肉な目つきで声をかけた。それに続いて、「恥しがることはないでしょう」と野次が後ろのほうから飛んで、女たちは笑いこけた。

笑いの間を歩いて、船室の中ほどまで来た時には、女たちはもう二人に興味を失い、仲間どうしまた額を寄せあって話しこみはじめた。中央の列にまだあいているベンチを見つけて泰夫はコートを着たまま腰をおろした。船窓がちょうど目の高さになり、そのすぐ前を水がしなやかなうねりを打って、甲板の上から眺めた時よりも一段と速さを加えて流れていくのが見えた。ひたすらに滑る水の眺めに誘い出されて、睡気が細糸を引いて流れはじめ、人熅れに触れて、濡れたコートの下で肌が火照り出した。無事に落合えて救われたのは、岩村よりも自分であるような気がした。

脇を見ると、岩村はまだベンチのそばに立って、女たちの真只中で瘠せこけた軀に大きな腕を組み、貧相な鶴みたいに頤をつんと上げて、船中の賑わいを見わたしている。

「どうしたんだ。坐れよ。先はまだ長いんだぞ」

岩村は傲然と腕を組みかえて、大きな声で答えた。

「ここはうるさいな。一等船室に移ろうや」

「ここで沢山じゃないか。贅沢言うなよ」

女たちの耳を怖れて、泰夫はあわてて岩村をたしなめた。さいわい、女たちは話に夢中で岩村の言葉を誰ひとり聞きとめぬ様子だった。

「いや、やっぱり一等がいいな。これぐらいの贅沢はいいさ、この際」

今度は低い声でつぶやいて、岩村は鼻すじに皺を寄せてまた女たちを見わたしていたが、ちょうど大きくあけた口から金歯をのぞかせて笑いこけている色の白い小肥りの女を目に止めると、「先に行って手続きしてくるから、後からゆっくり来てくれ」と言うなり背を向けて、大股の歩みで船室を出ていった。まもなく亜弥子と落合おうとしている岩村の、女たちの高笑いを厭う気持は、泰夫にもわかった。しかし雨に濡れた軀を人熅れの中に沈めていると、そんな嫌悪の感情さえ呑みこんで、女たちの話し声の間でどんより淀んでいくものがある。しばらくして腰を上げた時にも、せっかくの心地良さを乱されたことへの軽い腹立ちがあった。ゆっくり階段を昇って甲板に出ると、四方にひろがる水がいまでは目につらく映った。勝手がわからなくて船尾のほうでうろうろしていると、「こっちだ、こっちだ」と声がして、岩村が舷側のほうから苛立たしげに手招きしていた。

　甲板の中央あたりにしつらえた真四角な釣籠《ゴンドラ》のような船室には、ほかに客もなかった。なるほど一等の体裁をとって、赤いビロードまがいの布を張った二人掛けの座席が両側の窓にそって四つずつ並び、椅子の背には薄汚れたカヴァーが形ばかりにかけられている。窓にもカーテンが取りつけてあり、黄色く焼けたレースが無造作に左右に引かれてたばねられていた。二人ははじめてコートを脱ぎ、通路をはさんで左右に、それぞれ二人掛けの席を一人で占領した。肘掛のところにレヴァーがあるので引くと、座席の背が後ろに倒れた。岩村も倣って軀を深く水平に近く沈めた。寝そべって眺める窓から船の手摺りも、近くで波立つ水も消え、遠い水のひろがりがすぐそこから平らかに満ち、その中を形さまざまな島がすこしずつ異った弧を描いて横切っていく。雨は降りつづいていたが、海面からさしてくる柔かな明るさが四角い船室を隅々までひたしていた。目を薄く閉じている岩村の姿が、水のひろがりの中に漂った。泰夫も目をつぶって、ようやくその事をたずねた。

「この船の着くところまで、来てるのだろう」

「たぶん、来てるだろう」

「相談の上じゃないのか」

「日程は合わせてある」

「それなら、落合うことになるじゃないか」

「それはわからないさ。われわれだって、この船に乗っていなかったかもしれないのだから」

「現に乗ってしまっているんだから、いいじゃないか」

　泰夫は苦笑した。頰をゆるめると、軽くつぶった瞼の中で、柔かな明るさがどこまでもひろがっていった。こんなひろがりの中に漂っていながら、たった一人の女と無事に落合うことにこれほど心を傾けていることが、滑稽に思われた。

「こちらはいいけど、あちらはどうかな」と岩村がつぶやいた。「旅に出ると一日一日が長いだろう。出発前の打合わせなんか、段々に霞んでいく」

　投げやりな口調だが、声には物思わしげな響きがある。薄目をあけて眺めると、肩から力を抜いて寝そべる軀が、みぞおちのあたりに両手を重ねて、その下で深い息をついていた。

「間違いなく来るよ。日程を端折ってでも、駈けつけるさ」

「そうはいかない。麻倉君もいることだし」

「俺が一緒だと知ってるのか、彼女は」

「旅をしている間に話しておくと」

「それなら、まず、来ないな」

岩村が座席の背から軀を起して窓のほうへ顔を向けた。その頭のむこうで島がひとつ近づいてきて、窓一杯に立ちはだかり、斜めに滑ったかと思うと、惚けた表情で半転して遠ざかっていった。

「悪いことをしたらしいね」

「何でもないんだよ」

岩村の優しさに泰夫は戸惑った。

「君たちこそ、どうしてそんな回りくどいことを」

「そういう事ではないんだ」

「四人で落合って、どうするつもりだ」

「それは、別に考えていない」

「しかし西谷君とは、そんないい加減な約束をしたわけじゃないんだろう」

泣き顔のような笑いを浮べて、岩村は額を窓に近づけた。こちらに置き残された軀が、なにか忿懣《ふんまん》やるかたなしに一人で苛立っていた。小さな島が次々に姿を現わして、遠く近くを流れた。船はときどき狭い入江の奥にまっすぐ突っこんでいくような向きを取ったかと思うと、しばらくして岩がちの島と島の間を抜けてまたひろびろとした水路に出た。

「二人だけになるのは、好きじゃないんだよ」

岩村がつぶやいた。それから、追いつめられた子供みたいな顔をこちらに向け、油気のない髪を荒っぽく掻きむしっていたが、泰夫に向かって頤をしゃくり上げると、笑い出した。

「ほんとうに、性に合わないんだ。女の子と二人だけというのは」

「何を言ってるんだ、いまさら」

「とにかく約束どおり落合えれば、それでいい。あとは、お前と一緒に旅を続けるほうがよっぽどいい」

岩村は右手をぎくしゃくと動かして言い放った。電話で姉が耳に止めた重ったるい声だった。

「嘘をいえ」泰夫は岩村をなぶってやりたいという気持を抑えられなかった。「それなら、こんな一等室に閉じこもる必要はないだろう。どのみち、こんなところにいるのが間違いなんだ。自分の気持など大事にしないで、下の船室の小母さんたちのところに留まっているべきだったんだ。まずお前自身が、大勢の人間のあいだに紛れ失せてしまわなくてはいけないのさ」

「お前はときどきわけのわからないことを言うから困る」

姉にまた見つめられていた。嫌悪をこらえて笑っているようだった。

「かならず来るよ。お前が一人で勝手に考えていることと、それは別なんだ」

「来ると思う」と岩村は気楽そうな姿勢に戻った。「麻倉君も一緒だろうな。亜弥子はこちらが二人だと知っているから、一人では来ないはずだ」

言おうか、言うまいか、泰夫は迷った。言ってしまえば、この船旅もたちまちまた東京へ引き返す軌道に乗ってしまう。言わずにいれば、この行く先の曖昧な時間はまだしばらくこのままに保たれる。自分の気持がまだ摑めなくて、ひと思いに摑む気力がまだなくて、泰夫はとりあえず冗談半分に言った。

「麻倉君をまっすぐ東京まで送り届けてもいいよ」

「二人でどこかへ行きたいというのなら、かまわないが」

「いや、じつは旅行できない事情が生じてね、それを言いに、平戸までやって来たんだよ。明日じゅうに家に戻りたいんだ」

言うべきことを言ったはずなのに、我ながら、気紛れをただ口にしているみたいな調子だった。岩村が平たく寝そべった恰好から目をこちらに向けて、横顔を見た。これでは、岩村を宙に放り出しに、わざわざここまでやって来たようなものだった。岩村の目を見ないようにして、泰夫はつぶやいた。

「家に病人がいてね」

「おふくろさん」

「いや、姉だよ」

船旅が目標を失った。岩村は座席に背を深く沈め、左腕を肘掛けから長く垂らした。泰夫の中でも、張りを失って崩れていくものがあった。二人は揃って煙草を取り出し、湿っぽい船室の天井に向かって煙をやたらに吹き上げながら、組んだ脚の先を船の横揺れにまかせた。その姿はかえって、馴れた道を通って女たちに逢いにいく男の投げやりな姿に似ていた。この船の走っている限りは、女たちに逢いにいく旅だった。船はわざわざ岩がちの岸にすり寄り、岩に囲まれて深く淀む小さな入江の奥をのぞかせて、また別な島のほうに近づいていく。島の現われては滑り退いていく眺めに、今ではいちいち徒労感がつきまとった。

雨が止んだらしく、後ろの甲板のほうが人の声で賑わい出した時にも、二人は座席の背にもたれていた。気がつくと、泰夫のすぐ脇の窓に大きな顔が二つ並んで船室の中をのぞきこんでいた。女たちは甘ったるい笑みを浮べてゆっくり顔をひっこめた。白い手拭いを肩に当てたぽってりした着物姿が小走りに甲板のほうに逃げていった。船は細長い島と島の間を走っていた。またすぐに沖に抜けるのかと思って眺めていると、両側から岩と松林が寄ってきて、前方右手に小さな岸壁が見えた。

船の停まったのを感じてからようやく腰を上げ、コートを引っかけて甲板から降りていくと、桟橋への降り口は女たちでいっぱいだった。女たちは順々に船を降りるのももどかしそうに軀をたえず小刻みに揺すりながら、先を行く仲間が船と桟橋との隙間をまたぐたびに、その腰つきをいちいち冷かして興じあっていた。足を踏み出す間合いをつかみかねて大きな尻を後ろに引いたまま取りとめもなく笑い出す女があって、その後ろから、家で留守をしている亭主を引き合いに、きわどい野次が飛んだ。道を遮られて二人は薄暗い階段の中途で女たちの通り過ぎるのを待った。

桟橋から岸壁の上に出た時には、女たちは小旗をかかげる男に導かれて、広場を観光バスのほうへ歩いていくところだった。間の抜けた顔を二つ並べてその姿を見送ってから、二人はあたりを見まわした。それらしい姿は見当らなかった。二人の目は自然に女たちのほうに戻った。女たちはバスのところにたどりついて、円く輪をつくった。そのすぐ左手に、いままで女たちの蔭になっていたらしく、ベンチがひとつぽつんと現われ、亜弥子と良子が並んで腰をかけ、こちらを見まもっていた。

目をひっそり見ひらいて、身じろぎもしなかった。岩村が片手を曖昧に上げてぎごちなく足を踏み出した。泰夫も後に続いた。その途端に女たちは静かな姿を崩して手を取りあい、肩を寄せあったかと思うと、身をくねらせて笑い出した。青っぽいコートを着た亜弥子が肉づきのよい軀を小さな良子の膝にもたれこませて、息もたえだえに笑いこけていた。その肩を左手の指でしきりにつついてたしなめながら、良子も目を伏せて苦しそうにしていた。白衣のような感触のコートが子供っぽい軀つきをすっぽり包みこみ、細い首を、高い立襟が円く締めつけていた。

亜弥子がまず立ち上がって、まだ笑いの残る顔で泰夫に向かって頭を下げ、岩村の目をやや深く見つめてうなずいた。岩村は顔を後ろに引くようにしてぞんざいにうなずき返し、良子のほうを見て目礼した。良子もしかたなさそうに腰を上げ、岩村と泰夫の間あたりに向かって投げやりに頭を下げた。

「ずうっと御一緒」と亜弥子が遠くから首をかるくかしげて泰夫にたずねた。

「いいや、この船の出るまぎわまで、お互いに居場所も知らなかったんです」

「いやだわ、どうしてそんなことを。それで、東京からまっすぐいらしたの」

「姉の結婚式があって、ぎりぎりまで出られなかったんです」

「あら、それはお目出とうございます」亜弥子は物慣れた調子で言って岩村のほうに向き直った。

「あなたは、どこにいたの」

「北のほうをまわっていた」と岩村はきまり悪そうに答えた。

「山方さんと一緒にまっすぐ来ればよかったのに」

「最短距離ばかり取っていては旅にならないだろう」

「一人で旅行して何が楽しいの」

亜弥子は眉をしかめた。岩村がまた泣き顔のような笑いを浮べた。良子はいつのまにか一人でまたベンチに坐りこんで、入江のほうを眺めていた。

「それより、君たちのほうはどうだった」

「素敵だったわ」亜弥子の声がたわいなくなった。「宿が思ったよりきれいで、食事もわりと良かったの。それに、乗物の連絡がとってもツイていて、お蔭であちこち思いきって足を伸ばせたわ」

「女の子の旅行って、そんなものだ」岩村はようやく余裕を取り戻し、いくらでも喋りつづけそうな亜弥子の前を通り過ぎてベンチのところに行き、大きなスーツケースを見おろした。

「でかい鞄だね。こんなのを下げてよくあちこち歩けるものだな。何が入ってるの」

岩村が鞄を開ける手つきをしたので、亜弥子はそばに寄ってその手を押えた。

「そりゃあ、女性にはいろいろなものが必要なんですよ」

そう言いながら亜弥子は自分で鞄の蓋を開け、岩村の目を背で遮って中からハンドバッグを取り出し、閉じた鞄を岩村の手に渡した。二人は自然に肩を並べて歩き出した。二人に背を向けられて泰夫もしかたなく良子のそばに寄ったが、まだ入江のほうを眺めやっている良子に声のかけようもなくて、脇に置かれた鞄に黙って手を伸ばした。良子は左手で鞄を膝に引き寄せて泰夫の顔を見上げた。

「いやですね、こんなところで顔を合わせるなんて」

「僕のほうは、はじめから知っていた。でも、すぐに姿を消す。この鞄、僕が持つよ」

しばらくためらってから、良子は鞄を泰夫のほうに押しやり、ベンチに両手をついて腰を上げた。「重いでしょう」と、鞄を下げて歩き出すと、後ろから声がした。「なるほど重いね」と泰夫は振り向いて答えた。良子は咎めるように見つめ返し、「それ、もってあげる」と言って泰夫の小さな鞄を奪い取り、それきり、また口をきかなくなった。

四人は広場を意味もなく歩きまわり出した。いつのまにか岩村は亜弥子から離れ、大きなスーツケースを下げて一人でぎくしゃくと先を行き、亜弥子は泰夫たちに加わって昨日までの旅行のことを楽しそうに喋っていた。振り向いては話しかける亜弥子に気のない返事をしながら、良子は後ろにさがっていった。気がついてみると泰夫は亜弥子と肩を並べて岩村からも良子からも遠く離れ、ただ旅行のことを喋っているだけなのに、込み入った話をする男女の姿になって、足もとを見つめて歩いていた。

「良子さんは、山方さんとどことなく似てないかしら」

亜弥子が良子のほうを振り返って小声で言った。泰夫は亜弥子が本題を切り出すのを待った。すると亜弥子は硬い足どりになって、いままでは平気でまたぎ越していた水溜りをひとつひとつおずおずと避けはじめ、そのうちにすこし大き目の水溜りの前に両足を揃えて立ち止まった。

「船の中で何のお話してたのかしら」

そうつぶやいて、亜弥子は腰をかるくひねり、ふくらはぎの汚れを見まわした。その白い項に向かって、泰夫はささやいていた。

「麻倉さんと、この先の計画はないんでしょう」

見も知らぬ男の前で、不自由な右脚を軽く折り曲げて後ろへ隠し、苦しげな目をうつ向けている姉の姿が浮んだ。

「ええ」と亜弥子はうなずいて顔を赤らめたが、目もとにふくらむ笑いを隠そうとしなかった。

「僕はここからまっすぐ東京に帰らなくてはならないので、麻倉さんさえよければ、送り届けますけど」

亜弥子は返事をしないで、火照った額を海のほうに向けていた。ずっと先のほうで岩村がまた依怙地な鶴みたいに首を伸ばして、海を眺めていた。良子は泰夫の鞄を左右にゆらゆらと振りながら一人気ままに歩いていた。

四人また何となく最初のベンチのところに戻ってきて、さっき泰夫たちの到着した桟橋に、もうひとまわり小さな白い遊覧船の泊まっているのを眺めた。「海に出てみたいわ」とつぶやいたのは良子だった。この近くだけをまわる船らしく、街からちょっと遠出にきた身なりの男女が雨の日なのに幾組も、日よけをかけわたした甲板のベンチに腰かけて船の出るのを待っていた。

良子の言葉に呼び起されて、島の近づいては遠ざかる徒労感が泰夫の中にひろがった。岩村も耳に入らなかったふりをしていた。四人して海に出たところで、ここに淀んでいるものが流れ出すわけではない。亜弥子も黙っていた。良子の言葉はどうやら独り言として黙殺されるようだった。横目で見ると、良子自身、何も言わなかったみたいに亜弥子と並んで船を見ていた。泰夫は女たちから目をそむけてまた海のほうへやった。その時、女たちのほうから柔かな咳ばらいが聞え、息の顫えがふくらんでいく気配がした。まさか良子が泣き出したのでは、と振り向くと、亜弥子が良子の左肩に両手ですがりつき、軀をふた折りにして笑いこけている。

「この人ったら、いつもこうなんだから」

亜弥子は細い肩を前後に揺すった。良子は揺さぶられるままになって、気のない笑いを浮べていた。ひとしきり笑ってから、亜弥子はすこしばかりヒステリックに紅潮した顔を泰夫のほうに向けた。「旅行している間じゅう、くりかえしこうなのよ。何を見てもつまらなそうな顔してるから、いい加減にして次のところへ行こうとすると、もうバスの出る時刻が近くなってから、あの先のほうまで行ってみたいわとか、ちょっとつぶやくの。それが、一度言い出したら、この方、こう見えてもなかなか聞かないんだから。お蔭で、どこでも最後のところがあわただしくて、なんどバスの時間をあきらめて、なんど胸の中で予定を立てなおしたかわかりゃしない。この人、もうその日の予定なんかどうでもいいっていう顔で悠然と歩いているの。そのくせ、いつでも発車ぎりぎりに間に合うの。おかしな勘をもってる人だわ」

声は弾んでいるのに、目がときどき笑いから離れて、亜弥子は軀を右のほうへ傾けて良子の視線を背で遮り、岩村が泰夫の背に隠れる角度を取って、泰夫の目をのぞきこんだ。さっきの誘惑にたいする返事のようだった。

「それじゃ、切符を買ってこなくては」

そう言って泰夫は良子の鞄をベンチの上に置き、切符売場のほうへ走る構えを見せて、亜弥子のほうへもう一度目をやった。亜弥子は小さくうなずいた。だが駈け出そうとした時、桟橋の降り口あたりでベルが鳴り出し、泰夫は船に乗りこむのがどちらの組なのか判断がつかなくなった。足がとまどいかけたのを見て取って、「わたしが行ってきます」と亜弥子が走り出した。

後姿がしばらく行くと静かになり、発船までの間合いをよく心得ているふうに、ベルの音の中を落着いた足どりで遠ざかっていった。腰をかがめて切符売場の窓口をのぞきこむ横顔が、岸壁の下の水面から反射してくる光を受けて蒼白かった。長いこと窓口に向かって何かを確かめていた。それから代金を払って切符を受け取るのが見え、亜弥子は窓口を離れて、鳴りつづけるベルにすこしも急かされずに、顔をうつむけてしばらく歩み、それから小走りになり、段々にまた初めの大わらわな駈け足に戻り、苦しそうに眉を顰めて笑いながら泰夫のそばに走り寄ると、切符を二枚だけ、岩村にも良子にもはっきりそれとわかるように泰夫の手に渡し、「さあ、急いで」と掠れ声で促した。

泰夫はベンチから鞄を持ち上げ、良子の背に手をやって軽く前へ押し出した。手が背に触れた瞬間、良子は肩を前へすくめたが、しかたなさそうな駈け足になった。岩村たちも駈け出した。入口に立つ女に切符を渡して桟橋に降りた時、ベルの音が止み、後ろから続く足音が絶えていた。乗船口のところで振り向くと、岩村と亜弥子は岸壁のへりからすこし退いて立ち、訝しげに見やる切符切りの女に向かって、亜弥子が頭をそっと横に振った。右手が岩村の肘を後ろから強く握っていた。岩村はまた泣き顔のような笑いを浮べて、こちらを見ていた。

「それじゃ、麻倉さん、さよなら。ありがとうね」と亜弥子があどけない表情で首をかしげた。

良子はうなずき返しもせずに亜弥子の顔を見つめ、それから視線をすうっと下へ逸らして笑いながら、自分から先に船の中へ入った。

甲板に上がると、船はもう桟橋を離れ、岩村と亜弥子はこちらに背を向けて並んで歩いていた。ベンチのあたりまで来て二人は足を止め、岩村が鞄を膝に支えて屈みこみ、亜弥子が岩村の胸のあたりに頭を寄せて鞄の中を探っていたが、やがて背を起して歩き出した岩村の頭の上で、亜弥子の手から青い傘がぱっと開いた。

来る時には徐々につぼまって、ようやく岸壁にたどり着いたように感じられたのに、出る時には別のコースでも取るのか、入江はみるみるひろがって後ろのほうに押しやられていく。泰夫は船べりに立って、舷側から押し退けられる水のしなやかなふくらみを見つめた。良子も同じ水のうねりを見つめていた。あの唇だった。

「まさか山方さんが一緒に来るとは、思ってもいなかったわ」

目がまた、自分のことも相手のことも恥じているような薄笑いを浮べていた。

見覚えのある島影が現われ、三つ四つとまとまりあって左のほうへ半転していく。舷側のほうから、雨が斜めに吹きつけてきた。日よけの下に逃げこもうとして、泰夫はまた良子を見た。良子はベンチの端のほうに小さく腰をかけ、船の進むにつれて重なり合っては離れていく島どうしの動きを一心に眺めていた。景色に見入っているというよりは、むしろ見慣れないものの動きをいつまでも追っているような、冷く醒めたものが目にあった。そばに近寄りにくい気がして、泰夫は吹きつける雨にコートの襟を立てただけで、船べりに立ったまま声をかけた。

「僕は今夜の急行でまっすぐ帰るけど、君はどうする」

「一人でも帰れます」

「一人で旅をつづけるつもり」

そうたずねて、泰夫は冷やかに自足した夢遊のような旅を思った。ときどき足を止めてあたりの風景を物珍しげに見まわし、それからまた周囲への関心を失って、自分の歩みに、自分の存在にひたりこんでしまう……。

「まっすぐ家に帰ったほうがいいと思うよ」

「そうね、一緒に帰ろうかしら」

ちょうど沖を流れていく島を追って良子は顔をこちらに向け、泰夫の軀に眺めを遮られて、ベンチから伸び上がるような恰好をしながら答えた。

「船室に入ろうか」泰夫はいくらか途方に暮れた。

「そうね、雨が降ってるわね」良子はあっさり立ち上がった。見ると髪からコートの肩にかけて、彼に劣らず雨をかぶっている。ほかの二人連れたちも手を携えてざわざわと船室に走りこんでいくところだった。

満員の船室の隅のほうにあいた席を見つけて、良子を窓際に坐らせ、自分もその隣に坐ると、はじめて近寄せあった軀の間に、湿っぽい温みがすぐに集まった。

「臭いわあ」と良子が頰から首すじのあたりを小さく折ったハンカチで拭きながら、よく透る声で言った。何人かが振り返って良子の顔を見た。冷い雨に晒されていた肌が人熅れに触れてふっくらと火照っていた。それにしても傍若無人なことだなと呆れかえりながら、泰夫は自分も息を深く吸いこんだ。潮の臭いのほかは別に際立った臭いもないように思えた。

「違うわよ」良子はハンカチを鼻にあてて彼を見た。

「着替えをしてないんでしょう」

「そう言えば、結婚式の朝から替えてないな」

「結婚式って、誰の。ああ、お姉さんのね。自分のみたいに言ってる。それで何日目、今日で」

「四日目になるかな。でも辛抱してもらうよりほかにないよ。どうせ、これから汗臭い汽車の中で二十四時間も過すんだから」

「二十四時間も、一緒にいるの」良子は溜息をついてハンカチを鼻から離した。

率直な嫌悪の表現に、泰夫は感嘆した。良子はハンカチをコートのポケットにひょいと押しこみ、構わない横顔を彼の目にさらして、窓の外の水の動きに見入った。昼の感触がまた甦りかけた。しかしそれは良子を求める気持とはならずに、もう互いに求め合う必要もないような親密感となって淀んだ。良子が彼のあずかり知らぬ旅をしてここまでやって来たことさえ、奇妙に思われてきた。泰夫はふいに、何でもよいから良子自身のことをたずねてみたい、ただあからさまにたずねてみたいという衝動に駆られた。

「その白いコート、何だか変だね」

「白じゃないわよ」良子はうるさそうに襟に手をやった。

「そうかなあ。それに、大きすぎないかしら。小さな女の子が新婚さんの衣裳を着てるみたいだ。白衣を着てるようにも見える」

「あたし、趣味が悪いのよ。趣味っていうのは、人にどう見られたいかと言うことでしょ。あたし、こう見られたいって気持、ないもの」

「それにしても、五日も旅行しているのに、ちっとも汚れてないね」

「昨日まで、夏みたいなお天気だったでしょう。コートはずっと鞄の底。買ったばかりなの」

「真新しいコートで花嫁さんの介添役だね」

「雨が降ったから着たんでしょ」

「西谷さん、今朝は念入りにお化粧してただろう。香水の濃かったこと」

「ゆうべっからよ」

「ゆうべっから……」

思わず聞き返すと、良子は傾きのない座席の背に少女めいた軀をぺったりとつけてもたれこみ、人の脂で黒く汚れた背板に頭をあずけて笑った。

「教えてあげようか」良子は唇をゆっくり動かして、笑いの中から彼の顔つきを見まもった。一方的に観察されぬよう、泰夫も見つめ返した。彼の視線をまともに受け止めて、良子の目は揺れ動きもせず、張りつめもせず、ただお互いを恥じるような笑いをくりかえしひろげた。唇を合わせた時に劣らぬ接触感があった。


「それに比べると、岩村の奴、ずいぶんむさくるしい恰好をしてたなあ」泰夫は目を逸らした。

「なにと比べてるの」と良子は泰夫を追いつめかけたが、すぐにその事に興味を失ったように顔を前にもどした。

「あんなに秘密めかして何が楽しいのかしら。見え透いてしまっているのに」

「僕のことも、旅行中にほのめかしていたはずだよ」

「あの人、何かをほのめかし出すと、なんだか甘い声になるものだから、こちらも聞く耳をもたなくなってしまうのよ。旅行の間じゅう、それればかりを待ってたわ。昨日の晩になって、いよいよ明日だなとわかったけれど、今朝の出がけになっても、まだ言い出さない。おかしいなとは思ったけど、とうとう最後まで従いてきちまった。まさか、もう一人、来るとはね」

目にはとくに腹立ちの色も見えなかったが、細い指が苛立たしげに、膝の上にのせた泰夫の鞄のチャックをいじっていた。きつく引いた頤のすぐそばでコートの立襟のスナップがひとつはずれて、襟の角が柔かにめくれていた。黙って手を伸ばしてそれを留めてやれば、何かが違ってくるかもしれない、とそんなことを思いながら、泰夫はただ眺めていた。しばらくして良子はその視線を感じて、頤をいよいよ強く胸もとに引きつけ、陰気な少女の表情にこもりかけたが、ふいに頭を起すと、「男の子って、旅行に着替えをもってくるのかしら」とつぶやいてチャックを開け、「ああ、ある、ある」と顔をそむけて遠くから鞄の中をのぞいた。

「襟がはずれてるよ」泰夫はようやく教えた。

「ありがとう」と良子は首をほっそりと伸ばし、左手の中指で垂れた襟の角を押えて、その指先を白い首すじに立てるようにしてスナップを留めた。「うふふ、似合わないでしょう」と左の頬をゆがめて笑った。

「うふふ、似合わないでしょう」また同じことを良子が言い出したのは、それから一時間も経って、駅の近くの喫茶店の、薄暗い席に向かいあって坐った時だった。良子は椅子に浅く腰をかけ、胸を反してコートを両腕から抜きながら、腰を右のほうにひねって、手触りの柔かそうなセーターの胸を遠くの照明に向かってゆるく差し出して見せた。

「厭な色でしょう」とまたつぶやいた。そして薄明かりの中で色彩をはっきりつかみかねて泰夫が眉を寄せていると、胸をゆっくり左右に回して、光線の当る角度をすこしずつ変えた。紫、それも赤みのかなり濃くかかった紫だった。

不快な印象が粘りついた。唇のほかには厚みのない小さな顔のどこか発育不全めいた蒼白さと、陰にこもる紫色の熱っぽさが、細い首に吸いつくようにすぼまった襟を境いに、お互いをひどく嘲弄的に際立たせあっている。

「厭な色だとあなたも思うでしょう。旅行の間、亜弥子さんがとても厭がってね。朝起きてこれを着ると、憂鬱な顔して怒るの。着替えてくるまで口もきいてくれない。もう真剣に憎んでるの」

「それで、毎朝わざと着てやったのだろう」

「わざとではないのよ」良子は冗談には乗ってこないで、重い声で答えた。

「あたし、ぼんやりで、叱られてもすぐ忘れてしまうほうなの。朝起きて、睡い目でだらだら身支度をしてるでしょう。亜弥子さんが、鬱陶しそうにこっちを見てるの」

「毎朝、そうなの」

「どうしてかしら。家を出る時に着てたせいかしら」

「旅の間、よっぽど喧嘩したらしいね」

「そうでもないの。朝の起きがけだけ。このセーターのことだけ」

「今日はなぜ、脱がされなかったの」

「出がけに亜弥子さんが鏡台の前に坐りこんで、あんまり熱心にお化粧しているもんだから、上からさっさとコートを着てしまったの。どうせ雨だからコートは脱がないし、どうせ別れてしまうんですもの」

良子は悪戯っぽく笑って泰夫のほうに向きなおり、胸をくねくねと動かしてコートを腕から抜き取った。そしてふた折りにして脇に投げ出すと、「お腹が空いたわ」と言って、泰夫の差し出したメニューを両手にひろげて熱心に眺め出した。

「君、黙って家を出てきたんじゃない」泰夫は思わず声に出してたずねていた。

「まさか……」良子は顔をなかば上げて眉を顰めた。

向かいあって食事をしている間じゅう、ああ、こんなところにいる。こんなところで物など食べている、という叫びが泰夫の中でくりかえし起った。見つけた者の驚きと、見つけられた者の恥しさが、同時にふくらんだ。

それからまた一時間後に、二人は東京にまっすぐ向かう軌道をはずれて長崎行の普通列車に運ばれていた。雨が窓に強く吹きつけて表の眺めを閉ざし、乗客のまばらな車内は、まるで雨の中に意味もなく立っている待合室のように感じられた。良子は泰夫の隣で窓際に軀を小さくまるめて眠りこんでいた。

「あたし、長崎に行きたいな。ここまで来て、素通りして帰ってしまうのは惜しいわ」と、食事を終えてやっと寛いだ時、良子は独り言のようにつぶやいた。「そんなに浮れていると、家に帰れなくなってしまうから」と泰夫は良子の気紛れをまぜ返して、それでやり過したと思った。ところが大分してから、同じ言葉が同じ調子で繰り返された。見ると、良子はさっきつぶやいた時と同じ恰好で、そのままずっと息を止めていたみたいに宙を見つめていた。

結局、泰夫が鞄から時刻表を取り出して調べたあげく、十五分後の汽車でここを発って、長崎に着いたら三十分と間をおかずに上りの急行に乗りこむ、という馬鹿げた妥協案をしかたなしに出すと、良子は意外にあっさり、「それでいい。駅前に立って街を見まわすだけでいい」と承知した。

あれほど泰夫を避けていた良子が、旅先で彼のすぐ傍に背を小さく丸めて眠りこけている。腰のわきが触れあって、湿っぽいコートを透して温みを通わせあった。躯の重みの一部を彼にあずけ、窓枠の縁に右手の指先をかるくかけ、列車の振動にもほとんど頭を揺すらなかった。泰夫のほうも、とにかく良子を自分の傍に引き止めたという安堵にひたっていた。しかし行く先が、またあやふやになっていた。むこうに着いたら良子はまた何を言い出すかわからない。一人で行くと言われれば、彼はやはり思いきりの悪い犬となって後から従いていくだろう。良子はどこにでも、もともと自分にふさわしい場所なぞありはしないというふうに腰をおろして、すぐに自分の存在に耽りこんでしまう。顔さえ見合わさなければ、彼の存在にも悩まされないだろう。寒さを避けて身を寄せあっても、それ以上求める気持は動きそうにもない。ただ、そうして良子と並んで時を過している間、彼の乗っているはずの列車が、彼を積み残して遠ざかっていく……。

洞ろなものが泰夫の中を走り抜けた。その洞ろさと張り合うように、泰夫の躯は隣に坐る良子の存在を感じてざわめき出した。ほんの束の間だった。すぐに心地よい萎えが全身にひろがってきた。萎えは道端に坐りこむ子供の甘えに似ていた。良子の指先が窓枠の縁から離れて、腰がすこし深めに寄りかかってきた。前よりもはっきり感じ取れる重みを脇で支えていると、姉の行く方についていて、はじめて思いを凝らすことができる気がした。姉の姿はまだどこかで静まりかえって、いっこうに浮んで来ようとしなかった。良子が目を開かず、この時間が外へ流れ出さず、いよいよ淀んでくれることを、泰夫は願った。

長崎に着くまでに泰夫もかなり眠って、雨天の薄暗さが夜に移ったのも知らずにいた。列車がもう構内に入ってから二人は同時に目を覚まし、黄色い電燈の光の中でお互いの腫れぼったい顔を眺めあった。そして泰夫は良子の鞄を、良子は泰夫の鞄を自然に片手に下げて歩き出した。そのまま改札口を抜け、駅舎の外へまっすぐ出て、目の前に立つ丘を並んで見上げた。

「海はどこにあるの。これでは、山あいの町じゃないの」

良子は案内役をなじるような口調で言った。言われて見ればなるほど、丘は日の暮れとともに昔の山の本性を顕わしていざり寄ったとでもいう姿で、車や市電の往きから駅前の賑わいを間近から圧している。尾根の連なりを左右にたどってみても、丘の沈むところから、柔かに襞を重ね合わせてもうひとつの丘が起り、いっそう黒々と立ちはだかり、山地が海へ開けていく気配はすこしも感じられない。谷間から、家の灯が密集して中腹へ這い上がっていた。

「まわれ右して帰ることになるのかしら」良子がまたつぶやいた。歩道の際から身を乗り出して、広場を次々に走り出していく車を、きかぬ気な目で追っていた。

「一人で行かせるわけにいかないからなあ」

とにかくその言葉を良子の口から言わせないために、泰夫は先まわりをして、どちらにでも取れるように答えた。良子はちょうど右のほうへ走り去っていく車を見送りながら目の隅で笑った。細い軀に精気が苛立たしげに差してきて、軽く浮した右足の靴の先で敷石を叩いていた。

「心配しなくてもいいのよ」しばらくして彼を慰めるようにして言った。「明日の朝にはちゃんと汽車に乗って帰りますから。明け方までやっている喫茶店はこの街にもあるでしょう。一晩ぐらい、おもてを歩きまわっていても過せるわ」

泰夫は尾根のつらなりをまた右のほうへたどった。丘と丘とが暗く重なり合うあたりで、雨もよいの夜空がほのかな赤みを、赤みのかかった紫色を帯びているように見えた。繁華街らしかった。鈍重にまとわりつく気持になって、彼はまだ車を目で追っている良子の、立襟に締めつけられた首すじに目をやった。

「どうしたの」と良子は首をすくめ彼を見上げた。「それからすこし気の毒そうな顔をして言った。「あなたとなら、大丈夫よ。今度は、あんな事をさせないから」

車に乗ってしまってから、二人は行く先がないことに気づいた。「まかせるわ」と良子は小声で言った。運転手がそれを聞いて二人のことをどう取るだろうか、など と余計な気をまわしながら、泰夫はいくつか知っているはずの名所をいそいで思い出そうとしたが、どれひとつとして浮んでこない。しかたなしに、「いちばん賑やかなところ」と言うと、良子が低い声で笑い出した。運転手は黙って車を出した。

良子はすぐに笑いをとめた。横目をつかって見ると、座席にもたれずに背をまっすぐに伸ばし、目鼻立ちの奇妙に浮き立った顔を前に向けていた。全身の静かさの中に、なにか押しころされた動きがある。目をそっと下のほうに移して見ると、膝の上で彼の鞄の脇腹あたりを両手で掴んで、指の爪を交互に立てていた。

やがて車は丁字路にさしかかって右へ折れた。そこで意味もなく左右の感じを見定めておいて、泰夫は見まわすのをやめた。すでに前方から、暗い空の下に集まる賑わいが見えてきた。良子がまっすぐに立てていた上半身を前へ傾けた。車は一息に都会の明るさの中に走りこみ、目抜きらしい四つ角を左へ折れたところで停まった。泰夫が料金を払っている間に、良子はさっさと歩道に上がり、小さな鞄を下げて人の流れの中を気ままに歩きながら、思いがけぬところに現われた都会の賑わいに目を奪われていた。

それから三時間ほど経っても二人はまだ、はじめに車を降りた地点からいくらも隔ってないところを歩きまわっていた。ゆっくり歩いても一時間もあれば回れてしまいそうな繁華街の内側から、一歩も外に出ようとしなかった。

大勢の客でごったがえす鳥料理店の広い座敷に二人は上がりこんで鍋をつついていた。毳立った畳に良子は横坐りになって膝の上にハンカチを広げ、しかつめらしい顔つきで箸を動かしていたが、ときどき横坐りの恰好から細い背をいっぱいに伸ばして、遠くで騒ぐ男たちをしげしげと見つめては泰夫を困らせた。

食事が済むと、良子は縦横幾筋にも走るアーケードの両側に並ぶ店にいちいち興味を示した。それも、土産物店のようなところではなくて、洋品店や靴店など、身につける品を商う店の前に足を止め、真剣な目つきになって中に入っていく。そのたびに泰夫は良子の重い鞄を下におろして、店の内からも外からも目に立たぬ物蔭に身を寄せたり、隣の飾り窓をのぞきこんだりして、良子の出てくるのを気長に待った。

どれも小綺麗な店の明るい光の中に立つ良子を見ると、真新しいコートに身を包みこんでいても、ほかの客たちに比べると、足もとをはじめとして、全体に疲れとも汚れともつかぬものが漂っているのがわかった。店の人間もそれを見て取るのか、それとも人の言葉に耳を傾けそうにもない我の強さを感じ取るのか、大抵は良子を一人にしておいた。

良子のほうも店の人間を気にする様子もなく、品物を次々に手に取ってきつい目つきで見つめていた。身につけるものへの関心の濃やかさは感じられなかった。むしろ関心の冷たさから、自分の中で気紛れが頭をもたげるのを待っているというふうに見えた。

「なんだか、二人とも明るいところをちっとも離れられない蛾みたいだわね」と良子が人通りの真只中で両足を揃えて立ち止まった時、腕時計を見ると、九時をもうだいぶ回っていた。

「こうして歩きまわっていても、宵の口を過ぎれば、宿なしは宿なしね。どう、深夜喫茶は見つかった」良子は彼を見上げ、疲れの薄膜のかかった顔で笑った。

「腰を落着けてしまうにはまだ先が長いな」泰夫は途方に暮れた。

「道端に坐りこむの」良子は目を細くした。

「お茶でも飲みながら考えることにしよう」泰夫は良子の背に手を当てて前へ押し出した。押されるままに良子は背をのけぞらして面白そうに歩いていたが、やがて両足で軽く跳ねて彼の先に立ち、またきつい目で今度は喫茶店を選びはじめた。

裏小路に入ってようやく良子の目にかなった喫茶店に落着くと、良子の疲れが一際目立った。

「どうするつもり」良子は呑気そうな声でたずねた。

「ここで出来るだけ粘って、追い出されたらまた歩きまわるさ」

「それから」面白半分に問いつめる口調だった。

「駅の見当に向かって歩いていけばいい」

「お天気はどうかしら」

「降らないようだね」

「そう、傘はあるわよ」

良子は腰を浮して棕櫚の鉢植の蔭から週刊誌を取り出し、両脚を無造作に組んで、遠くに立つスタンドに向かってページをめくり出した。それきり顔も上げずに、スタンドの光を受けてほとんど赤に近くなったセーターの胸に頤を埋めて、大きく開いた目で睡気に逆いながら、取りかえ引きかえ読みつづけた。


結局、追い出される時刻よりも早く二人は店を出た。そして来た時の記憶を逆にたどって、薄暗い裏小路を何度か折れてしばらく歩き、もうそろそろ賑やかな通りに出てもよさそうな距離まで来た頃、見覚えのないところに深入りしていることに気づいた。

「お店の前から逆に歩いていたのじゃないかしら」良子があたりを見まわしながら言った。

泰夫もその事を思い出しかけていたところだった。ところが良子と一緒に立ち止まったとたんに、勘の流れが断たれて、たどり返すことができなくなった。

「いま来た道、覚えている」

「あたし、そういうこと、まるで駄目なの」

そのまま二人はまっすぐに歩き出した。四つ角にさしかかるたびに左右をのぞきこんで繁華街の明るさを探したが、右も左も、変らぬ暗さを奥に向かって宿して静まっていた。路の両側に立ち並ぶ商店も表を閉ざし、どれも同じように映った。

「いよいよもって見馴れない感じになっていくようだね」

「見馴れないもなにも、はじめて来た土地でしょう。ついさっき一度だけ通ったか、いまはじめて通るかの違いだけじゃないの」

「それは大きな違いだよ。一度でも見たことのある物はやっぱり表情が優しいもの」

「さあね。でも、あたしには同じこと。何でも素通りしてしまうから」

言葉をかわしながら二人は四つ角をひとつ、左右も見ずに通り越し、それきり明るさを探すことをやめて、いつのまにか前方に立ちはだかる丘に向かって歩いていた。

街の中心から遠ざかりつつあることはもう明らかだった。だがしばらくして泰夫はその丘が自分たちにとって見馴れないものではないことに気がついた。明るい人通りを歩きまわっている間も、それは見え隠れに二人につきまとっていた。何度となく二人は知らぬ間に賑わいのはずれまで来て、急に淋しくなっていく路をゆるい足どりで歩きながら、その度に家々の屋根の上から、遠近を無視して黒々とのぞく影に目を惹きつけられた。それは輪郭よりほかにない影でありながら、すぐまわりの人の暮らしの風景よりもはるかに重い存在感をもって内へ静まり、その濃さに吸い寄せられて、雨もよいの空の闇さえ透けてくるように見えた。そのたびに良子はどこか茫然とした姿で立ち止まり、白い頤をそちらにゆだねるように伸ばした。

良子は頭を垂れて淀みのない足どりで歩いていた。泰夫もまっすぐに歩む惰性から離れられなかった。自分よりも重い存在にただ惹き寄せられていくようなたわいなさがあった。自分たちが男と女であることも、もはや取るに足らぬことに思えた。やがて二人は丘の膝もとに入りこんで、かえってその引力から自由になったようにまた気ままな足どりに戻り、細い格子のはまった間口の狭い二階家の並ぶ小路を歩いていた。足音のよく響く敷石の道に、ときどき森の下生えの陰湿なにおいが流れこんでくる。丘はすでに眺めとしてではなく、家々の屋根のすぐ上からのしかかる重みとしてであった。

二人はゆるい坂道を上がって、小路を左に折れながら、右手の角からすこし奥まったところに丘の闇を背負って一風変った寺の門の立っているのを目に止めた。「赤く塗ってあるわね」と良子がつぶやいて通り過ぎた。二人はすでに門に背を向けていた。しばらく行くと、「たしかに、赤だったわね」と良子がたずねた。たずねておいて、門のほうを振り返ろうともしない。「色盲かい、君は」と泰夫は答えて、覚束なくなって後ろを見た。暗がりの中にもう融けこみかけた小路の奥で、街燈の光に照らされて、たしかに華やかな色彩がふくらんだ。しかし見つめていると、色彩は輝き出る力を失って、暗闇のさまざまな濃淡の中のひとつのように、ただ闇と異って熱っぽい感じで内にこもった。「赤だよ、やっぱり」と泰夫は答えた。良子は返事もしないで、今度は道の右手に現われた黒っぽい門に目をやっていた。

良子に倣って見上げると、門のむこうに石段が白く浮び、左に折れて登っていくのが見えた。石段の上にはもうひとつ門が立ち、そのむこうは中腹の闇に呑まれていた。その闇の奥を見つめながら、良子が心残りのような顔で通り過ぎた。門のくぐり戸がこの時刻に細目にあいているのを泰夫は目に止めた。だいぶ散漫になってきた良子の軀に、どこか一点、依怙地に張りつめたものがあり、剣呑に思われた。道はやがて右に折れて、闇の重みに真上からのしかかられる感じになったかと思うと、すぐに鉤の手に左へ折れ、また同じような寺の門の前に出た。良子がまた石段を眺めやった。泰夫も門のくぐり戸に目をやって通り過ぎた。今度は閉ざされていた。

しばらくして、二人は高い石垣にそって歩いていた。ところどころ石垣の縁から大木が曲りくねった枝を差し出し、暗い空の下に、鬱蒼と茂る葉を支えていた。石垣が切れるとまた寺の門が現われ、その向こうで丘が中腹から無数の樹冠を湧き立たせて、遠く平地のほうからさしてくる光をほのかに白く照り返しながら、空の暗さと紛らわしくなる高さまでかなりの勾配で傾き上がっていた。良子はもう顔を上げずに膝を曲げぎみにして歩いていた。足音が柔かに地面を引きずっている。限界が来たのを泰夫は見て取り、どこかの旅館を叩き起して良子一人を押しむことを考えはじめた。

「また寺の多いところだね」泰夫はつぶやいて、もう長いこと切れたままになっている話の糸口をつなごうとした。

　声が洞ろに響き、良子は傍にいなかった。振り向くと、石垣の間から白いコートが吸いこまれていくところだった。

　石垣の切れ目まで駈け戻ってきた時には、白い影はもう泰夫の目よりもはるかに高いところで、闇の中になかば融けかけていた。このまま置いて行ってしまったらどうだろうと、そう思うそばから、この一瞬をやり過したら今度は良子を探しに遠くまで迷い出なくてはならないと、怖れがひろがってきた。弾みをつけて暗がりの中に飛びこみ、足もとの具合も確かめずにやみくもに駈け上がっていくと、白い影がかなり上のほうでふくらみ、彼の足音を聞きつけて歩みを速めたらしく、また闇の中へ吸いこまれた。我ながら獣じみた荒い息づかいと重なって、遠くで細い息の顫えるのが伝わってきた。坂道はいつか狭い石段に変って、段の細かい刻みがたえず足の動きを狂わせた。それからいきなり、すぐ目の上でこちらに背を向けて立つ良子の姿に、行き当った。彼の近づくのを待って、肩が顫えていた。喘ぎと聞えたのは押しころした笑いだった。間を一息に詰めて泰夫は良子と同じ段の上に並び、左腕を伸ばして良子の肩をつつみこんだ。腕の中で良子はまだ笑っていた。

　気紛れを先に封じてしまおうと泰夫は良子の胸をこちらに向かせた。良子は逆わずに泰夫のほうを向き、彼の胸板に両手を当てがって顔を見上げた。

「この前のお仕置きをしてやる」

　そう言って円くつぼめた唇を泰夫の顔の前に突き出した。泰夫は右腕に力を入れ、拒み抜かれるとわかっていながら、細い軀を胸に引き寄せた。眉をかすかに顰めて息苦しさをこらえ、良子は彼の目を見つめつづけた。たえずきつく刺してくるその視線から目をわずかに逸らして、みぞおちのあたりで合わさった軀どうしのやさしさに訴えるように、泰夫は唇を近づけた。その時、もう目をつぶった彼の鼻先で、笑い声がけたたましく起ったかと思うと、引き寄せられるままになっていた柔かな背に力が走り、良子は肩を左右に振って軀の間隔をあけ、左手を彼の胸に当てて力いっぱい押しのけた。

「わたし、左利きだから、こうなったら強いのよ」勝ち誇った声で叫んで、顔を右へそむけた。しばらくそのまま左腕を突っ張って、とうに迫る気をなくした泰夫の胸を押していたが、そのうちにそむけた顔で何かを眺める感じになり、石段の下のほうの暗がりに向かって、まるで誰かがそこに立ってこちらを見ているとでもいうように、頤をしゃくって見せた。釣りこまれて目を凝らすと、闇の底から、一面に物の形が鈍く浮びかかり、陰気な賑わいが湧き上がってきた。塔婆の影がまず闇の中からほっそり傾き、五輪塔の輪郭がふくらんだ。見まわすと、二人の立つ細い石段を残して、広い斜面は右も左も、上も下も、見わたすかぎり石の影に占められていた。

呆気に取られて眺めている隙に、良子は彼の腕を肩からほどいて、肘のあたりをかるくつかみ、彼を促して石段を昇りはじめた。石段はかなりの勾配で尾根の近くまで続いていた。そしてその両側に、大きな得体の知れぬ灰色の箱が段をなして積み重ねられていくように、四角い石囲いが一列に立ち並び、角の線をくっきりと浮き立たせていた。振り返って見ると、下のほうにも同じような囲いが石段をはさんで左右に所狭く並び、そのひとつひとつが内側に墓石をおさめて、ところどころに花か供物か白いものをふくらまし、塔婆をさまざまに傾けていた。だが上を向いて歩いているかぎり、囲いは墓石を内に隠し、蔦などを壁に這わせて、穏やかな表情をまもっている。その静かさを次々に背後の陰気な賑わいの中へ送りこみながら、二人は昇った。しばらくして良子がたずねた。

「あなた、こわい」

「こわくはない。ただ、ただ……」

「ただ、どうなの」

「来てはならないところに来ている気がする」

「こわいのと、同じじゃないの」

しかし怖れはいまにも陰惨な表情を取って溢れ出そうで、微妙な釣合いで堰き止められ、不思議な懐しさの感情にくるみこまれていた。夏の午さがりに、長い塀の間をゆっくりたどっていく気持と、似通うところがあった。

「いま、ここで、一人きりになったら、まわりの眺めが一変するかもしれないね」

泰夫は石囲いのつらなりを見上げてつぶやいた。肘をつかんでいる良子の手の温みを感じた。良子が足を止め、肩で息をつきながら、彼のそばで頭を後ろへのけぞらし、暗い空に向かって目を細めた。

「いま、ここで、一緒に死のうか」

そう言って、彼の両肩に手を当てて自分のほうへ向かせた。そして目をつぶって、唇を薄くひらいた。瞼をちらちらと顫わす目が、まだ彼の顔つきを観察しているようだった。

引きこまれかけて、泰夫は顔をそむけた。良子は噴き出した。頭がまた宙にのけぞり、それにつれて、柔かな腹が押しつけられてきた。それから笑いが跡切れ、彼の肩から手を離し、軀を二つに折るようにして屈みこみ、石段の上に腰をおろした。

「あなたもここに坐りなさい。時間はまだたくさんあるから」

並んで石段の上に腰を沈めると、目の下に陰気な賑わいがひろがり、すぐ両脇の石囲いが黒々と立ち、目に見えない背後の静かさまで、同じ賑わいの気配に満たされた。石段は冷く濡れていて、その上にじかに腰をのせていると、墓地を覆う湿気の真只中にしゃがみこんでいる心地がした。それでも、重みを取り除かれたふくらはぎの内側から、痺れに似た感覚が染み出して甘くひろがってきた。家並みは足もとに低くうずくまり、瓦屋根のひとしきりひしめくその向こうにはもう別の丘が尾根を伸ばし、さらに街の右からも左からもまた別な丘が黒い塊りを押し出している。空は全体にほのかな赤みをふくんで、尾根の輪郭を気味の悪いほどくっきりと浮き立たせていた。その赤みがときどき尾根の背後で濃さを増してくるように感じられた。

「疲れただろう。君だけ旅館で休んだら」泰夫は良子の軀への関心を口にしていた。

「旅館は嫌いなの」良子は彼の関心を拒んだ。「いくら清潔な部屋でも、いままで見も知らない人たちが大勢寝とまりしたかと思うと、薄汚い気がしてね。だから、旅行は好きじゃない」

二人は黙りこんだ。目の前の風景がただ単純な怖さを吹きこんでくる。このままここに坐っていれば、いくら良子に拒まれても、また良子の軀のことを口にしはじめると彼は感じた。横目で見ると、良子は膝の上にのせた鞄に額をうつむけ、険しい手つきでチャックを左右に滑らせていた。その姿に泰夫の関心は鈍くまつわりついた。

その時、「これ、なによ」と良子が大きな声でたずねて、鞄の口を両手でひろげ、冷やかな目で中をのぞきこんだ。見つけられて都合の悪いものはないはずだが、泰夫は思わず腰を浮して手を伸ばした。良子は鞄をのぞきこんだまま背を向け、手の先をちょっと突っこんだかと思うと、三本の指でウイスキーの小瓶をつまみ出した。

「こんなもの飲むの、あなたが」と良子は心外そうに言って鞄を脇に放り出し、指先で瓶の蓋をあけて鼻を近づけた。そして左の手のひらをすこし窪めて、化粧水を扱うみたいな手つきで瓶を傾けて二、三滴落し、口もとに持っていった。

「なんだ、すこししか飲んでないのね」それからもう興の冷めた顔で瓶を目の上に差し上げ、夜空に透した。

「そんなこと言うけど、飲んだことあるの」泰夫は良子を挑発していた。

「ない。いえ、あるわ。一度、いえ二度。なに言ってるの、何度もあるわよ」

ことさらに無邪気な言葉で良子は自分の気紛れを煽り立てていき、瓶を両手で握って口に当て、固く結んだ唇に押しつけながら泰夫の顔を眺めやった。そして、「よせったら」と泰夫が言うのを待って、まず目をつぶって眉をきつくしかめてから、思いきり瓶を傾けた。瓶の内側で鈍い音が立って、白い喉がふくらみ、もう一息こらえて良子は「いやあ」と悲鳴を上げて顔を横に向け、こぼれ出る液を首すじに浴びて、瓶を握った手を軀からいっぱいに遠ざけた。

「水、水を持ってきて」と喘ぐ軀の荒々しさに泰夫はけおされて、笑い出すどころか、ただぼんやり眺めていた。

「薄情だわね。こんなに苦しんでいるのに、水を持ってこないなんて」良子は息がおさまると、まだ手の中にある瓶をいまいましげに見た。

「お墓の花差しにたまった水しかないよ、ここには」

「それでもいいから、持ってくるべきよ」

「飲むつもり」

「苦しければ、お墓の水だって、飲むわよ」

声が甲高くなって、目が輝き出した。あわてて瓶を奪い取った時には、良子はまた口にふくんでいた。背中を叩いて吐き出させようとすると、頰をふくらましてその手をのがれて、遠い空の赤みのまさるあたりを眺めながら息を整えていたが、いきなり手肢を縮めて口の中のものを飲み下し、そのまま軀を二つに折って胸の焼けるのをこらえた。

顔を上げた時には、気紛れの光はもう目から消えていた。「美味しくないものね」と良子は疲れきった顔で笑った。何か言って、良子の疲れをいたわってやりたいと泰夫は思った。しかしいたわりを口に出すと、良子の軀への関心が際限もなくふくらみ出すような気がして、彼は何も言わずに、自分も瓶を口につけてウイスキーを胃の中に流しこんだ。瓶の中に残る甘酸っぱいにおいが唇の感触を思い出させた。

「ここは湿っぽいわね。山の中だからかしら」と良子はつぶやいて、一人で石段を降りはじめた。

二人はまた小路の中に迷いこんだ。寝静まった家々の間で、今では丘の影はもう惹きつけなかった。二人は足の向くままに角を次々に折れて歩いた。腕時計を何度見ても、針が十二時をまわりきらずにいる。歩くにつれて酔いがまわって、意識も淀みはじめた。良子は投げやりにひきずる足音を家並みの間に柔かくこもらせて、ある時は泰夫の前を、ある時は後ろを陶然と歩いていた。ときどきその足音が跡絶え、見ると、良子は路の真中に棒切れのように立って、軀の重みを踵のほうにかけ、細い首の上で頭をゆらゆらと揺すっている。顔をのぞきこむと、目を薄く閉じて、赤くふくらんだ唇を夜気にあずけていた。

ときどき、酔いに狭められた視界の中から、良子の姿が消えてしまう。そしてしばらく遠い足音になってどこかに漂い、それからまた彼のすぐ傍を歩いている。その繰り返しには、奇妙な喜びがあった。

やがて二人は家の間を抜けて、古びたアーチの小橋にさしかかった。目にはそれほどと映らない橋のふくらみが、渡り出すと疲れた足につらくこたえ、真中まで来ると、平面の連続感が失せかけて、宙に浮んでいるような気持になった。川は立て込んだ家の間から流れてきて、家並みの裏手から汚水を集めてドブの臭いを立てていたが、街なかの川にしては早く、清冽な感じさえあり、橋の下で軽くさざめいてまた家の間の暗がりの中へ流れこんでいく。橋を渡りきって二人は水に映るアーチに目をやり、川にそって上手のほうへ道を取った。振り向くと、一重だったはずのアーチがいつのまにか二重の眼を暗がりにあけていた。首をかしげながら前に向き直ると、行く手で、さっき渡ったのと同じ一重のアーチがふくらみ出した。良子の足音が彼のまわりから消えていた。知らぬ間に支えをはずされ、段々に歩きづらくなり、それからふっと立ち止まるような気持で振り向くと、だいぶ後ろのほうで、良子は川に向かって小さくしゃがみこんでいた。

「喉が裏返しになりそうなのに、何も出やしない」駈け寄ってきた泰夫に向かって、良子は蒼白い顔を上げ、快活な声で嘆いた。喉の奥がひゅうひゅうと音を立てた。

「笛を飲みこんだみたいね」良子は恥しそうに笑って、片手を額から目に当ててまたうつむいた。それでも、泰夫が上から屈みこんで背をさすろうとすると、その腕に両手でしがみついてきて、立ち上がろうとする。目をつぶった蒼い顔がいやいやをしながら、彼の胸にぶら下がるようにして腰をもち上げ、頭の重みを彼の肩にあずけて自分から歩き出した。

「これで二度目なの。この前はお母さんの、お通夜の時。まだ百カ日も済んでやしない。叔父さんがいい年をして、思い出話をしては涙を流して、盃を差し出すの。四つか五つ、もっとかしら。それから部屋の隅っこに引っこんで、男の人たちがなんだか陽気になっていくのを、長いこと黙って見てた。お線香と煙草とお酒のにおい。なんであんなことするのかしら。血のつながった者どうし、円くなって、顔を赤く火照らして。我慢できなくなって、台所にでも行ってようと、部屋を出たの。そして縁側に立って庭のほうに何とはなしに目をやったら、やっぱりこういう雨もよいの夜でね、お隣との境いの垣根に、大きな白い花がひとつぱあっと咲いている。目の迷いよ、もちろん。でも、花が咲いているなって思ったら、もう駄目。目がくらくらと来て、土のにおいが胸に流れこんできて、気がついてみたら、縁側のへりにしゃがみこんで、庭に向かってポンプみたいに吐いてた。あれは、滑稽なものね。自分の軀じゃないみたいに、上げてくる。気持のほうはすっかり無責任に静まりかえって。このまま心臓まで吐き出せれば、楽な死に方だと思った。吐くだけ吐いてしまったら、台所からサンダルをつっかけて庭にまわって、水流して、土かぶせて、それから二階に上がって、お母さんには悪かったけど、朝まで寝てしまった」

生彩のない顔の中で、唇だけがいきいきと動いて、母親の通夜の失態を喋っていた。酔いのにおいを発散する軀が、不愉快な記憶に重くなったように、生温くもたれかかってきた。ふいに気がかりになって彼はたずねた。

「百カ日というと、お母さんの亡くなったのは、この夏だね」

「そうなるわね」と良子は笑った。「あなたに逢った日の、三日あと」

「それで、あの後も、避けとおしたんだね」

「病人のこと考えていたら、いきなり接吻されたんだもの」良子は容赦なく答えた。「間もずっと唇が変だった。お通夜に吐いたのも、そのせいよ、きっと。いやあね、奥の部屋で仏さまがまだ祭壇のむこうに寝てるのに。縁側にしゃがみこんで吐いていたのを、じつは皆、部屋の中から見てたのよ。顔を揃えて見てたんだわ。その場はお互いに見ないふりする。そのくせ、あとになって、仏さまはやっぱり良子に腹を立てていたんだわなんて言ってるのよ、女たちが。いやあね、悪口を言うのはその時の気分だからかまわないけど、それがちゃんと本人の耳まで入ってくるんですものね。そりゃ、お母さんとはひどい喧嘩したのよ。あの子、気狂いだって、こぼしてたもの」

軀がまたきつい輪郭を取り戻していくようだった。足音も固く鮮明になってきた。道は流れの音の高くなる川にそって、立て込んだ家の間をどこまでも続いた。

まもなく二人は大通りに出て、交叉点のむこうに白く立つ大きな石の鳥居を眺めた。

明け方までまだかなり時間が残っていた。二人は足並みを揃えて交叉点を渡り、大鳥居をくぐって参道に入った。小さな鳥居をさらにいくつかくぐると石段があり、そこで二人は足を止めた。意味もなく段の数をかぞえてみたが、小刻みに重なっていく幅の広い段をたどっているうちに、こちらに突き出た角と、むこうに引っこんだ角との濃淡の区別が怪しくなって、数えるのをやめた。

「何段あるだろうね」泰夫は石段に背を向けた。

「そうね、何段あるかしらね」良子も彼に倣った。

二人が立っているところも最初の大鳥居よりはかなり高く、そのむこうで街がまた暗い山地の入り組みに還って、谷筋にそって家の灯を集めていた。泰夫はようやく疲れを覚え、ここで良子がしばらく腰をおろして話の相手になってくれれば、その分だけ歩きまわる時間が節約できるのに、と顔色をうかがう気持になった。良子は彼の後ろで靴の踵をゆっくり踏み鳴していた。それに重なって、「いつ、むう、なな……」と数える声が聞えた。振り向いてみると、十段ほど上で良子はこちら向きに立ち、そのまま足を後ろに引いて、昇っていくところだった。

「そんな風に数えていたら、きりがないじゃないか」泰夫は徒労感におそわれた。

「限りのある段でしょう。こうやって一段ずつ昇っていけば、後ろ向きでも、いつかは天辺に着くわ」良子はまた一段軀を押し上げた。一人でつぶやくようなのに、奇妙に透る声だった。

「いいから降りておいで。ここに並んで坐ってしばらく休もうよ。さっきと違って、どこもかしこも石を敷きつめてあるから、湿気もないし」

その声が嘆願の口調になっているのに気づいた時には遅かった。石段の上で良子が肩を竦めた。目にまた気紛れの光が動いた。しばらく眺めてから、泰夫はいっそ自分が良子よりも上へ駈けあがって、一人でどこまでも昇っていく良子の喜びを濁してしまうよりほかにないと考え、石段に向かって突進した。鞄が急に重さを増し、足がもつれた。

彼の近づくのに合わせて、良子は足音も立てずに漂うように後退りしていく。彼を見おろす目に、愉快そうな観察の表情があった。それほど行かぬうちに、意外なことに、泰夫は息切れをきたして立ち止まった。良子も足を止め、最初と変らぬ間隔から、静かな声で申し渡した。

「あなたは、わたしが天辺まで行って戻ってくるまで、そこでおとなしく待ってなさい。わたしが天辺のあの門のところで好きなだけ遊んで、それから飽きて降りてくるまで」

言われて見上げると、石段は昇るにつれ暗がりの中から白く浮き出して、自然な連続感を失っていき、その天辺に門がもう別な遠近の中にあるようにくっきり立っていた。良子の姿があの異った遠近の中へ入りこんでいくのを、ここで手をこまねいて見送っていることには、やはり堪えられそうにもなかった。それに、道が門のところで行きどまりになっているとはかぎらない。門は閉じていても、くぐり戸が、暗闇の奥へ通じているかもしれない。

困りはてた顔つきのまま、泰夫は良子に向かってまた突進した。良子はやはり同じ間隔を保って泰夫の目を見やりながら、右脚をすうっすうっと後ろに引いて昇っていく。こちらに荷物の重さがあるとはいえ、さっきまで彼の肩に頭をあずけていた良子を思うと、信じられない敏捷さだった。また息切れをきたして、泰夫は足を止めた。

「待っていれば帰ってくるけど、従いてくるなら、かならずまいてやる」

うつむいて息苦しさをこらえる頭の上で、良子が叫んだ。そちらもさすがに息苦しそうだったが、息切れがかえって陽気に弾んだ響きを声にあたえていた。目を上げると、下唇を嚙みしめて、ゆらゆらと燃える目でこちらを睨みつけている。いい加減に仲直りを求めるつもりで、泰夫は足もとの鞄を指さした。

「君の鞄を質に取ってあるんだよ」

「取られたものは、捨てていく」

「金がないと困るだろう」

「誰かに貸してもらいます」

その言葉に、泰夫は屈辱を覚えた。それは我身の屈辱として、生温く潤んだ触手みたいにみぞおちのあたりに巻きつきながら、もう一方の触手で、旅先で無一文になって一人で歩いていく良子の後をどこまでも恋々と追っていく。そして良子の受ける屈辱と紛わしくなっていく。それから、良子の下げている鞄の中に自分の有金の半分近くが入っていることを思い出して、たわいもなく安堵につつまれた。

「なに笑ってるの」甲高い声が頭の上から降ってきた。泰夫は今までどおり思いきりの悪い犬となって良子に従いていくことに心を決めて、鞄のほうに手を伸ばした。

その手が思わず知らず、鞄をそっと引き寄せる感じになった。それにつれて、低く沈めた軀が力をためて走り出す構えになった。良子は目ざとくそれを見て取って、右脚を後ろに引いて上の段につまさきを軽くかけ、泰夫に向かって息をこらした。なかば見竦められて、泰夫は動かずにいた。しばらくしてかすかな怖れが良子の目に動くのが見えた。重心が徐々に右足のほうに移され、全身の釣合いが硬くなり、左足が心細げに下の段に置き残された。それに誘い出されて、泰夫は足を踏み出した。

二人はまるで協力しあうみたいに同じ間隔を保ってじりじりと昇っていった。何か声をかけなくてはいけない、声をかけてこんな緊張は破ってしまわなくてはいけない、と焦りながら、彼の軀は静まりかえった。軀の内と外の静かさに怯えて衝動がふくらみ出す気配があった。やがて良子が後ろに引いた足で段の角を探り当てそこねて右によろけかかり、あわてて身を立て直そうとして左にまた大きくよろけるのが、ひどく緩慢な動きとなって目に映った。それと同時に泰夫は良子のよろけるほうへ石段を斜めに踏み上がって間隔をつめた。すると良子は後ずさりを忘れ、昇ってくる泰夫を避けて、同じ段の上を横へ小刻みに動いた。その隙に泰夫はまた近づいた。

手を伸ばせばコートの裾に届きそうな近さから、泰夫は背を伸ばし、これ以上追いつめないというしるしに、全身から力を抜いて見上げた。良子は石段の縁に身を乗り出してきた。

「その顔、なに」と叫んでくるりと背を向け、コートの裾を翻して石段を勢いよく蹴って伸びた右脚の、膝の裏の蒼白さが目に焼きついて、細い軀が天辺の門に向かってまっすぐに押し上げられていった。立ちつくして見上げていると、右足を踏むたびに右へ沈みかかり、そのたびに遠くから来るうねりにあおられるようにふわりと左へ揺れ戻ってまた進み、やがてひときわ濃く角の線を浮き立たせている段に差しかかり、足のほうから地に吸いこまれて見えなくなった。

足音がしばらく響き残って、消えた。ようやくはっとして目を凝らすと、天辺の門までひと続きに見える石段の、ちょうど良子の姿の消えたところに、たしかに区切りがあって、そのこちらとむこうで遠近感が急に変っている。その間にかなり広い踊り場が隠されているようだった。だがいくら待っても、良子の姿はその先の石段の上に現われない。あるいは踊り場から左右に抜ける道があるかと思って、泰夫は石段を昇り出した。また深くなった静かさの中で石段を控え目に踏むたびに、鈍い足音と重なって、はるか上のほうでもうひとつの足音が細く立ち、それから柔かく地を引きずるのが、聞える気がした。だが泰夫は目を上げず、ことさらに耳もそばだてず、自分を嫌って一人で昇っていく存在との、奇妙な融合感にひたった。

思ったとおり広い、石を敷きつめた踊り場に出て見上げると、そこから一気に傾き上がる石段の上に人の影はなかった。天辺の門の中で太い柱が濃い蔭を奥に宿している。そのあたりに良子は身を寄せてこちらを窺っているようだった。しかしそれ以上、泰夫は良子を追いかけようとしなかった。静かさが極まった。その極まる感じから、泰夫は同じ静かさが旅の間じゅう遠く近くからたえずつきまとっていたことを知った。

これほど濃い気配が人を欺くとしたら、姿を隠した人間と、いったい何をたよりに、つながりを結んだらいいのだろう、と泰夫はつぶやいて、石段に向かって敷石の上にじかに腰をおろし、大きな胡坐をかいて坐りこんだ。

大分してから、笑い声が左のほうでふくらんだ。脇へ伸びる長い石垣のはずれに良子は腰からもたれかかって、顔をこちらに向けていた。

安堵の気持をまる出しにして近づいていくと、呆れ顔で彼を迎えた。

「何を探してるのよ。一度も左右を見まわさないで」

「上のほうに昇っていかなかった……」

「誰が。ずっとここにいて、見てたわよ」

「上のほうで足音がしたがなあ」

「自分の足音の谺でしょ。自分の足音を追っかけてたのよ」

顔を痛そうに顰めて、良子は足もとに目をやった。右足が地面からかるく浮いていた。黙って見ていると、良子はその足をひょいと泰夫のほうに蹴り上げ、足首からことさらに奇妙な角度に捩ってゆらゆらと揺すって見せた。

「あなたから逃げ出す時に挫いてしまったようよ」なにか物めいた感じで垂れる足を熱心にながめていた。

良子を部屋まで連れていく間、泰夫はまるで自分自身の事ではなくて大勢の男たちの行為の、形だけを踏んでいる気がした。今となっては一部屋に閉じこもっても、良子を抱きしめることは出来ないということを、躯はとうに納得して、ざわめきも立てなかった。良子もその事には安心しているらしくて、導かれるままに、小さな生欠伸をしきりにつきながら、疲ればかり目立つ躯を運んでいた。右足は歩くのに不自由なほどでなかったが、それでも良子がそちらの足を引きずっていると思うだけで、彼の気持は萎えた。

女中が立ち去ると、良子は部屋の真中に進み出て、コートを腕から抜き取りながら、気むずかしい顔つきで部屋じゅうを点検しはじめた。ベッドの仕切りに淡いピンクのカーテンが掛っているのを、しばらく眺めていたが、その傍に行って隙間から中を冷やかな目でのぞきこんで、荒っぽい手つきでカーテンを左右に引きあけ、それぞれ両端に小さくまとめた。それから、開けひろげになったベッドの上に揃えて置かれた浴衣を指先でつまんで戸棚の中へ放りこむと、枕元の水差しと灰皿とスタンドを次々に取り出してテーブルの上に移し、しばらく紫色のセーターの胸に頤を押しつけて考えこむ様子をしてから、枕をどういうつもりか足もとのほうに移して、寝床の上下を変えた。それが終ると泰夫のほうに顔を向け、「濡れたコートはそっちにかけて。鞄はテーブルの上などに置かないで」あとはしばらく命令形でしか物を言わなくなった。

良子に言われて浴室に行ってシャワーを浴び、肌着だけを取り替えて出てくると、良子は間をおかずに浴室に入った。ほんのしばらく水の音が聞えたが、あとはひっそり身を動かす気配しかしなくなった。その間に泰夫はわざと騒々しい音を立ててテーブルと椅子を片隅に寄せ、壁ぎわに自分の寝る場所をこしらえはじめた。やがて良子はスリップ姿で、たしかに右足をかばいながら出てきて、部屋の隅に行って着替えを鞄の中にそそくさと押しこみ、あらわな両腕を胸の前に組んで泰夫の作業を眺めた。枕まで置いてから、泰夫は上にかけるものに困った。コートでもかけるよりほかになさそうだったが、一日中軀をつつんでいた湿気の下で、また夜明けまでうずくまるのかと思うと気が重かった。何かいいものはないかと、部屋の中を控え目に見まわすうちに、良子の手で乱暴にたばねられたカーテンが目に止まった。「考えたわね」と良子が低い声で笑った。ところが彼が立ち上がると、また命令が飛んできた。

「およしなさい。ピンクのカーテンにくるまっているところなど、考えるだけで気色が悪い。余計な心配しないで、ベッドで寝なさい」

すこしの和みもない口調だった。

「知らないぞ」と泰夫はかまわずカーテンをはずしにかかった。

「それなら先に寝るわよ」良子はベッドの奥に、壁にぴったりそって身を横たえ、毛布を頭からかぶった。冷い壁の前で白っぽい毛布を細長くふくらまして、頭の形から、胸に置いた手の形から、立てたつまさきの形まではっきりあらわして動かなくなった。


しばらくして頭が起きて、毛布の下で腰をすこしこちらに捩った。

「そんなところで寝るなら、部屋から出て行ってよ。いつむっくり起きて入りこんでくるかわかりゃしない。あなたは、離れていると、かえって襲ってくるくせがあるから。そばにいれば、何もさせやしないわよ」

良子から出来るだけ離れてベッドの端に、ズボンをはいたまま横たわると、真暗闇の中で枕がさわさわと鳴って、良子が顔をこちらに向ける気配がした。暗闇にようやく馴れてきた目で見やると、良子は頬を枕に埋めて、泰夫の横顔を面白そうにながめていた。彼が横目を使ったのを見て、毛布の端がそっとこちらに投げてよこされた。泰夫はほんのすこし良子のほうに寄って、毛布に腰を半分ぐらい包みこんだ。その時、毛布がついと引かれて、彼の軀はまた外に投げ出された。

「臭いわね。着替えはしたんでしょう。昼間から身につけていたものはぜんぶ脱いできなさいよ」良子は遠くから息をひそめて言った。

肌着だけになって戻ってくると、良子は片手で毛布の端をかるくつまんで彼を招き入れた。二人はそれぞれ枕に頰を埋めて、珍しい生き物を間近にしたように眺めあい、そこから顔だけ近づけて唇をかるく合わせ、お互いの中で嫌悪が動き出さぬよう、息をこらしあった。お互いに、唇に粘りついた不快な記憶を、新しい感触で宥めているようなふうだった。

しばらくして良子の唇が徐々に強く押してくるのを泰夫は感じた。軀はやはり遠くで静まっている。それが自分にたいしてどんな表情を取っているのか、すこしもわからないもどかしさから、彼は手を伸ばした。すると良子はきつく結んだ唇をいよいよ強く押しつけてきて、力いっぱい彼の軀を押しのけ、その反動でくるりと枕の上に仰向けに戻った。泰夫の左手は良子の右手を摑んでいた。

「これ以上、寄せてくると、あたし、吐くわよ」良子は低くつぶやいた。それから、言ったら吐くわよ。吐くと耳馴れぬ言葉を口にした。

「死穢《しえ》、死穢って言葉、知ってる」残酷なほど歯切れのよい声だった。

「ほら、この手、冷くて湿っぽいでしょう。男の人たちとお嫁さんたちを部屋から追い出して、看護婦さんと二人でお母さんを拭いたの、この手で。お化粧もしてあげた」

それきり黙りこんだ。天井に向かって目を見ひらいているようだった。たしかに冷くて、冷いましっとり湿っている手だった。しかし泰夫は怖れから、かえってその手を離せなかった。

そのまま二人は身じろぎもせずに暗がりに並んで横たわっていた。

白い姿が彼を導いて、曲りくねる洞窟の奥へ速足で進んでいく。さっきまで傍で寝息を立てていた良子のように見えたが、岩の角を曲って先を見通す時には、その姿はもう次の角を曲りきったところで、スリップの裾のひらめきと、つかのま置き残される右脚の蒼さのほかには、遠く近くたえずひたひたと岩を踏んで歩む素足の音しかなかった。

道はやがて狭まって、天井も身を屈めて歩くほど低くなり、苦労して暗がりを進むうち、足音が絶えた。静かさの中に残されて、彼は不安におそわれかけた。その時、目の前がぽっかり開いて岩室となってひろがった。見覚えのある空間だった。勝手知った気持で見まわすと、左手の岩の壁に濃い紫色のカーテンが垂れ、その中で赤い光がふくらみ、人の横たわる気配があった。

　ここまで、やって来れば、と安堵のつぶやきを洩して、彼の軀はようやくざわめきに満たされた。だがカーテンをあけてのぞくと、寝床は抜け殼だった。人の温みがまだ残っている。しかし見つめているうちにその感じも薄らいでいき、寝床の表面が柔かみを失って冷く滑らかになり、むごい業の行なわれる寝台に見えてきた。足音が細々となって遠くを走っていった。

　その音をたよりに幾度も角を折れ曲って走ったあげく、ようやく白い姿を今度は真正面にとらえた時、道は急な坂となって一直線に昇りはじめた。後姿はほとんど足を動かすともなく遠ざかり、やがてはるか高みに半円型に割れた薄明かりの中へ吸いこまれた。足音にまた見捨てられた不安を紛らわすために彼は歯を喰いしばって走りつづけ、意外に早く洞窟の中から抜け出し、雨もよいの夜空が赤くひろがるのを目にした。

　岩棚のようなところだった。空に向かってスリップ姿の女が縁に立ち、右脚をゆるく曲げてつまさきを頭ほどの岩の上にかけ、肩まであらわな腕を大きく組んで下を見おろしていた。素肌のひろげる甘酸っぱいにおいの中まで彼は近づいて、懇願の言葉をかけようとして、横顔をのぞきこんでみたいという誘惑にかられた。すると女は顔を左にそむけ、拒絶のけわしさとうらはらに、優しい声でつぶやいた。

「ここなら、いいわ」そして豊かな腕をゆったり伸ばして、岩棚の下を指差した。

　目の前にひろがる光景に、彼は息を呑んだ。赤紫の熱をふくんで垂れる空の下に、大きな擂鉢型の窪地が黒く濡れた土をためて横たわり、草ひとすじ根づかぬその斜面のいたるところに黒土が円く盛り上げられている。土饅頭か小さな防空壕を思わせる盛土は擂鉢の縁から底まで幾重にも輪をなしてひしめき、そしてその下に裸身の男女がそれぞれ一組ずつ、みぞおちのあたりから下を土の中に埋められ、肌の色を白々と浮き立たせてからみあっている。吹き上げる風に乗って、男女入り乱れた声にも、大勢の読経の声にも似たざわめきが、運ばれてきた。目を凝らすと、斜面を底のほうへたどるにつれて、男も女も軀がどす黒くふくれ上がり、鼻や口から濃い粘液を流しながら、それでもお互いにいよいよいとおしげに緩慢な動作で身をくねらせあっている。さらに底のほうでは、もう雨風に晒しぬかれて、ぽってりとふくれ上がったまま石膏化した男女たちがありとあらゆる恰好で抱きあって、目鼻立ちもほとんど消えた顔に、安堵とも羞恥ともつかぬ表情を、それだけを留めていた。

風がまた吹きつのり、女たちの嗚咽が波のように高まった。それと同時に、風の中で濃くふくらむにおいがあった。泰夫は胸の前で手を組んで指と指とをかたく喰いこませた。目の下の光景が叫びとなり、においとなり、湧き立ちはじめた。立ち昇ってくる賑わいに応えて、内側から熱く押し上げてくるものがある。それを押えつけるために、泰夫は軀を小さく屈めて、指のつけねの柔かな肉が痛むまで、じわじわと両手に力をこめた。

「どうしたのよ」

良子がシーツの上に白い肘をついて、心ならずも泰夫の胸の上にのしかかるようにして、苦しそうな目つきで顔をのぞきこんでいた。窓の外でひどい雨の音がして、部屋の中は白い光に満たされていた。

「手をゆるめてちょうだい」

良子が右手の先をちょっと動かして訴えた。気がついてみると、泰夫の左手は良子の右手を自分の胸の上まで引き寄せて、細い指の間に、節くれ立った指を喰いこませていた。

力をゆるめられると良子は彼のすぐ脇にゆっくり仰向けに返り、枕をはずしたまま、胸で息をついた。

窓の下を仕事に出かける男たちの太い声が通り過ぎていく。足音が軽い拍子を取ってずんずん遠ざかっていくのに、声が雨の音の底からいつまでもはっきり響いてくる。急な坂道を降りていくらしかった。

毛布の下で太腿の外側の素肌がかすかに触れ合って生温く顫えた。蒼白く透けて出てしまいそうな、いかにもふくよかで虚弱な生命の感触だった。

夢語り

姉が家を出た夜から七日目の朝に、泰夫は予定より二日遅れて旅から戻った。

夕暮れの車窓から眺めた雨上がりの空がそのまま夜行列車について西から移ってきたらしく、澄んだ早朝の空気の中に、濡れた地面のにおいが漂っていた。いつもの角を折れて細長い小路に入ると、両側に並ぶ家々の戸口から、早い勤めに向かう男たち女たちが、それぞれ自分の出てきたところを晦まそうとするようにふらりと気まま らしい姿で現われ、まだ睡気の残る顔をうつむけ、神経質にポケットの中をたしかめたり髪をなでつけたりしながら、足早に彼のそばを通り抜けていく。そのたびに泰夫は素肌の感触を呼びさまされ、すぐそばでふくらむ赤の他人のにおいに、煙草や香水や寝息のにおいに、身をすくめかけた。

ひと足先に家に戻っているはずの姉の前に、この軀をまともにさらす時のことが気がかりだった。ひと目で姉は何もかも見抜いてしまう。何気なく見上げる目がしばらくしてあいまいに逸らされ、胸のあたりを斜めに撫ぜて、苦しそうな薄笑いの中へうつむけられる。

路はやがて石塀につき当って右に折れ、すこし先でまた鉤の手に折れて行く手を隠していた。あの角を曲ると家が見えるな、と泰夫は陰鬱な気持でつぶやいた。

切れ目なしにつづく石塀と石塀の間には、あの日と同じように人影がなかった。前後から切り離された静かさの中で、泰夫は自分の足音を耳にした。家のすぐそばまで来ていながら、良子と並んで歩きまわっていた時と、すこしも変らない足取りだった。そこにはいない良子の足音がまつわりついてくる。彼の足音もそれにまつわりついていく。お互いに存在を際立たせあうまいとして、かえってぴったり重ね合わせていく。

良子は石塀にそって角を折れ、細い路地に入っていった。角のところからのぞきこむと、もう男のことなど念頭になさそうに、奥に向かって並べ置かれた石をひとつひとつ、音を立てずに踏んでいく後姿があった。突当りに、周囲からひとまわりもふたまわりも大きな家に背を向けられた恰好で、古ぼけた家が立っていた。罅《ひび》割れた漆喰の壁の一部と、小さな、生彩のない窓がひとつだけ見えて、階下はほとんど手前の生垣の家に覆い隠され、二階が半分ほどのぞいていた。生垣の端まで来て良子は立ち止まり、軀をゆっくり右に向け、腰をすこし後ろに引いて勝気な目つきで家の中の気配をうかがいながら、そのまま足をそろそろと運んで生垣の蔭に消えた。

玄関の戸を三度静かに叩く音がして、それからかなり間をおいてドアがひらき、柔らかな女の声がふくらんだ。「なにしてたの」と聞えたような気がした。

鉤の手に角を曲りきって、泰夫は自分の家を目にした。家は見なれない姿を現わした。いや、日ごろ見なれた姿よりも、もっと深い記憶からくる姿だった。重い爆音の下で、まわりの家々の吹き上げる炎に赤く照らされて静かに立っていた影を、彼はそこに見た。夏のおわりに母の里から引きあげてくると、ひろびろとひらけた焼野原の端に、黒く煤けた家が一軒立ち、その前で父が風に吹かれていた。幼い泰夫の背丈ほどに茂った夏草のあちこちから、焼トタンの低い屋根がのぞいて、炊事の煙が草の穂の上に流れていた。

考えてみると、あの頃からつい最近まで、彼の少年期を通じて、いつでも近所のどこかしらに大工が入っていた。遊び場だった空地のへりに縄が張られ、葉鶏頭の燃える庭の地面からいくらも床の上がっていない小さなトタン屋根の家の、その真南をふさぐようにして、いかめしい木骨が立つ。それから何年かして、高校からの帰り路に、取り壊された塀の一劃から中をのぞきこむと、立派な母屋の蔭に、つぎはぎだらけの屋根をのせた小さな離れが、まるで恥かしい尾骶骨のように、木組をさらして改築を待っている。

そうして改築や建増しを重ねて、いまではけっこう閑静な住宅街のたたずまいを見せている。建増しが早い時期に止まってしまって、あまり立てつけのよくないモルタル壁の家を外側だけはいかつい石塀で囲いこみ、すぐ内側に植木など茂らせ、戦前からある家のような構えをおもてに向かって見せているのもある。その間にあって彼の家だけが、空襲の時に焼き払われた塀を建てなおしただけで、それさえもうところどころ破れはじめたのを取り繕う気力もなく、近火に炙《あぶ》られて黒く焦げた板壁などをさらしている。

家の近くまできて、小綺麗な家々の間にはさみこまれたこの陰気な顔つきを目にとめるたびに、泰夫はすべてにたいして若年寄りくさい悪意に満ちた気持になる。こういう家から出ていって、おもてで二十歳の男らしく気ままに振舞って、また何くわぬ顔で戻ってくる自分自身が、何よりも胡散臭く思えた。あちこち破れが目立って、すこし傾いでさえいる塀や、いつでも埃をかぶった感じの二階の窓が、彼を責めはじめる。なにか肝心なことが、この家の中で、為されぬままになっている。しかし、それがなにかと考える気力も起ってこない。そのかわりに、彼は自分がおもてでしてきたことをいちいち皮肉な目で眺め出す。

門の前に着いた時には、泰夫は良子のことまで、冷めた気持で考えていた。あの家は、どんな家だろう。そう古い建物でもなさそうだ。あれも焼野原にわりあい早い時期にさっそうと建って、それから急速に古ぼけていった家だろうか。そんな感じがする。一、二年の間にたちまち四方から大きな家に囲まれてしまう。中に住まう人間はまわりの眺めに日々に辱かしめられながら、囲いこまれてしまったことの一種の居心地良さに馴染んでしまう。内向して入り組んだ虚栄心が、その家独特の暮しの趣味となる。

「あたし、趣味が悪いのよ。趣味っていうのは、人にどう見られたいかと言うことでしょ。あたし、こう見られたいって気持、ないもの」

蝶番《ちょうつがい》のきしむ音がどこか遠くでもう一度暗く谺した。姉のいなくなった夜の、家族揃っておもての気配にいちいち耳をそばだてた不安が甦ってきた。自分自身その気配となって、泰夫は軀を小さくこごめて敷居をまたぎ、後ろに置き残された右足をかばうように引き寄せ、戸をていねいに閉じた。そしてその動作によって、たわいもなく安堵した。

結局、何も起らない。妹の婚礼の前夜に黙って家を出ていくとは、はたから見れば異常な振舞いだが、家族は、花嫁もふくめて、姉の行為を直感的に理解して、信頼している。姉も家族が自分を信頼していることを知っている。とうに言葉を失って重苦しく淀んだ信頼の中から、家族の誰も抜け出せはしない、この家には何も起りようがない。彼だけが勝手な夢想に駆られ、父に約束した帰宅の日を二日も遅れて、ほっつきまわってきた。

疲れにつつまれて、泰夫は玄関にむかって足を運んだ。そして初冬に近い朝の冷気を感じながら、夏の早朝の庭を歩いている心地に引きこまれた。艶かしく濡れた土の上に、なにか甘くて陰気なにおいが漂っている。白いワンピースを着た姉が庭の真中に低くしゃがみこんで、寝の足りない腫れぼったい顔をして鉢植の葉を一枚一枚指先でなぜている。眺められるままになっていた。しばらくして暗いにおいが姉の軀をつつんで昇ってくる気がして、あたりを見まわすと、風上の地面に蚊取線香が置いてあって、白い煙が土の上を生き物のように這って、沈めた腰のほうに流れ寄っていた。

玄関までの、たった十歩ほどの間だった。家の中で人があわただしく立ち上がって歩き出したのを、泰夫は感じた。しかしそれを気にとめるでもなく足を運びつづけ、どこかしらで、物も思わず淵をまたぎ越していた。玄関に立った時には、細い格子のはまった磨りガラスのむこうに両親が立って自分を待ちうけていることを、すでに知っていた。

戸を開けると、地面に漂っていたのと同じにおいが冷えた顔をつつんだ。玄関の薄暗がりの中に白い煙が濛々と立ちこめて、戸口から流れこむ空気に湧き返った。式台の上に父と母が見ぬ間に背丈の縮まった姿で立って、大きくひらききった目をこちらに向けていた。やつれた顔がそれぞれ違った風に、同じひとつの面立ちを、浮き立たせている。泰夫もいつか表情のなくなるまで目を見ひらいて、父と母をかわるがわる見つめかえしていた。その顔にも、同じ面立ちがあらわれているのが自分でもわかった。肉親どうしが同じ面立ちをまともに向けあっていつまでも見つめあっていることの不吉さに、彼は怯えた。それでも目を弛めることはできなかった。

「祥子姉さん……」しばらくしてようやく言葉が口から出た。

「帰ってきている」父が低い声で答えて目をわずかに逸らした。そして彼が物を言おうとすると、何度か深くうなずいて見せた。

居間には姉の姿はなかった。自然にまた探す気持になって部屋の中を見まわしていると、父が背中に手を当てて隣の仏壇の間のほうへ押しやった。境いの襖がなかばあいていて、その蔭から白い蒲団の裾がのぞいている。思わず泰夫は父の手を肩で払いのけた。一瞬、襖のむこうに横たわる姿を目にした気がした。掛蒲団を細くふくらまして、胸に置いた手の形から、奇妙なふうに立てたつま先の形まで、軀の線をくっきり顕わして静まりかえっている。敷居のところまで来て、泰夫はかがみこんだ。しかし部屋の中には座蒲団が二枚、疲れはてた皺を寄せて並べられてあるだけだった。父がまた後ろに寄ってきて、彼の肩の上から片手を部屋の奥のほうへ差し伸べた。

「さあ、お線香を上げてやりなさい」

見馴れた仏壇の奥を大きく塞いで、白布につつまれた箱が正面に置かれ、香炉からゆらめき昇る煙を部屋の中のほうへゆっくり押しやっていた。

泰夫は膝を揃えて敷居の上に坐りこんだ。屈辱感だった。不自由な右足をかばいながら、困りはてた顔で、醜怪な箱のほうに引き寄せられていく姉の姿が、執拗につきまとって離れなかった。

「そんなところで泣いていないで、そばに寄っておやり」

父のささやく声に我に返ると、泰夫は涙を流さずに、ただ肩をふるわせていた。立ち上がろうとしない彼のそばを通り抜けて父が部屋の中に入り、仏壇のずっと脇のほうに、軀をなかば彼のほうに向けて正坐した。それに続いて母も腰をかがめて部屋の中に入り、父の並びに小さく坐った。二人は揃って彼を眺めやりながら、聞かぬ子をあやすような笑いを目に浮べた。

目もとで笑いながら、息をひそめて、彼の立ち上がるのを待っていた。自分がいま、姉のためにとは言わず、仏壇に向かって正しく振舞わなければ、両親の気持を宙に迷わせることになる。

両親に見まもられて仏壇に近づいていく間、泰夫は自分自身から離れて、姉の死からも離れて、いままで何度となく繰り返された振舞いそのものになっていくような遠い気持になった。仏壇の前に坐ると、手は子供の頃に習い覚えたとおりひとりでに動いて線香を取り、燈明の火を移して香炉に立て、白い箱に向かって鉦を鳴らした。聞き馴れた細い陰気な響きがいままでは姉を呼んでいた。胸もとで手を強く合わせ、顫える指先に鼻が触れそうになるまで、頭を深くうな垂れると、後ろで泣き声が起った。

いまはじめて姉の変りはてた姿にすがりつくような声だった。声を背にして、泰夫はひたすら合掌の形にすがりついていた。両親は彼の帰りを待っていた。彼が仏壇の前で手を合わせるのを見て、ようやく人心地がついて涙に暮れている。その間のことを何も知らずに歩きまわってきた彼は、まだ両親の哀しみの形でしかなかった。

しかし合掌は長くは続かなかった。それ以上続けると、それ自体が物狂わしい振舞いになっていきそうな、そんな境い目があった。つらい気持で泰夫は頭を起して仏壇の前を離れ、両親のところまで後ずさりしてきて母の隣に坐った。父は母のむこうに大きく正坐して、頭をまっすぐ上げたまま目を潤ませていた。三人は並んで仏壇を眺めるかたちになった。

口をきかなくてはならなかった。姉の死について、言葉でたずねなくてはならない。しかしもっとも恐しいことはすでに沈黙のうちに、ただここにこうして親子三人並んで坐っているだけで、通じあっている気がした。その前で言葉が萎えていく。二人の顔を見ないようにして、泰夫は口を開いた。

「祥子姉さん、いつ……いつ、帰ってきたの」

我ながら、おぞましい物の問い方だった。しかし父は自然にその言葉を引き取った。

「昨日の夕方、お母さんと一緒に、家に連れてきた」

安堵の響きが、細くかすれた声にこもっている。父の気持を思いやる余裕もなく、彼は言葉のまやかしに怖気をふるった。それでいて自分も安堵の感情になかば巻きこまれて、同じ昨日の夕方、帰りの夜行列車の窓から眺めた雨上がりの空の安らぎを思い出していた。三日来の雨雲を押し分けながら、淡く澄んだ青が暮れていく。良子も座席の背にもたれて空に見入っていた。帰り道になって、お互いにようやく和んだ時間だった。

「どこまで、行ってたの」はじめにたずねようとした事と、違った事を口にしていた。

「川むこうの、雑木林だった。よく一緒に散歩に行っただろう」

どこかで戸が重い音を立てて締まった。姉の温みが、まだそこいらに残っている気さえした。川むこうの雑木林と言えば、歩いて一時間ほどしかかからない。

「いつ」はじめの問いがやっと口から出た。

「家を出て、その足で林に向かっていた」

「それじゃ、あの晩のうちに……」

たずねる前にもうなかば察していた事が、いざ口にしようとすると、呑みこみようもない大きな塊りに変っていた。急に毒々しい気持になって、まるで論破すれば事実が消えるとでもいうように、彼は父に迫った。

「その足で林に向かったなんて、誰が見てたの」

「わたしたちは一昨日、朝から夕方近くまで警察にいたのだよ」父が眉をひそめた。

「祥子はね、四日も冷い部屋に寝かされていたのよ」母が涙声で言った。「無縁さんになりかけていたのよ。家族がこんな近くにいながら」

同じ感情のうねりが軀の中を走り抜けた。しかし何を叫ぼうと、たちまち洞ろな嘲笑が谺してくるように思えた。うねりに置き残されて、彼は父と二人して、畳の上にうずくまって泣いている母の背を見まもった。

「われわれは、何も知らずにいたのだ」

「僕らは、ほんとうに、何も知らなかったのだろうか」

父がけわしい顔をこちらに向けた。

「それはどういうことだ」

「今の今まで知らずにいたのに、知ってみると、いままでずっと心の隅で……」

「浮ついたことを言うんじゃない」父は払いのけた。

「祥子は死んだのだ。わたしたちは何も知らずにいた」

「知る知らないということは、そんなに境い目のはっきりしたことでは……」彼は口ごもった。

父はもう仏壇のほうを向いて取りつく島もなかった。あらためて横顔を見ると、やつれがまた目についた。頰の肉が落ちたせいか妙に細長く見える頤や、輪郭のひときわきつくなった鼻や唇が、しかしいましがたまで取りとめもない哀しみを漂わせていたのが嘘のように、感情をすこしも表わさずに、ただ神経を剝き出しにして黙りこんでいた。

二人の間で、母が声を立てずに背を波打たせていた。この母に比べると、ずいぶん薄情な言葉をかわしていたことになる。しかし、何も知らなかったということについては、母は父よりもきっぱりとその立場を取るだろう。手を背に当てて宥めなくてはと思ったが、どこか陶然とした身悶えとたちまち一筋につながってしまいそうなのが怖くて、泰夫はそのむこうに坐る父と同じ恰好で腕組みをしていた。

七日間の自分の振舞いが、まるで姉を無から取り戻そうとする呪術めいた振舞いに思えてきた。姉の遺骨を目の前にしながら、まだその名残りがかすかに彼をつつんでいた。自分は姉の死についてまだほとんど何も知らずにいる。ほとんど何もたずねずにいる。

「お父さんたちは、何をしてたの」後ろめたさから、彼は小声でたずねた。

「お前が出ていってから、わたしたちも祥子の言葉を信じて待った」と答える父の声がまたどこか茫然とした取りとめのない調子に戻っていた。「しかしお前は、あれだけはっきり約束していったのに、戻ってこない。お母さんと二人で、もう一晩祥子の帰りを待って、警察に行った」

「すぐにわかったの」

「すぐにわかった。思いがけないことだった」

「ずいぶん、近くだったね」

「川ひとつ越えて県が違えば、遠い土地も同然になることがある。遠い近いは、あてにならない。係官がそう言っていた。慰めるつもりだったのだろうが」

「なぜ身元がわからなかったの」

「身元をあらわすようなものは、何ひとつ身につけていなかったのだ」

「旅行者の恰好だったからね」

「女はほんとうは身元そのものなんだ。一日でも家に帰らなければ、家族が騒ぎ出す」

家の男が二人して、姉のことをすでに第三者の言葉で語っている。姉はもしかするとそれを見越していたので、身元のしるしを徹底的にはぎ取って、雑木林に向かったのかもしれない。

「あの川のあたりでは、女性の無縁仏が多く出るのだそうだ」

「それで、祥子姉さんには、会えたの」

言葉がまたしても死を紛らわそうとして、かえって際立たせた。父が頭を荒々しく斜めに振った。母が顔を起した。

「だから、泰夫の帰ってくるまで……」

「いまさらそれを言って何になる」

父が母を押しとどめて、それから独り言のようにつぶやいた。

「これでいいんだ。泰夫も祥子の前で静かに手を合わせたじゃないか」

白い箱を見つめて、泰夫は目に浮んできた姉の死の面立ちをこらえた。父が口調を改めて申し渡した。

「わたしたちだけで昨日のうちにお骨にしたことについては、お前もわかってくれると思う」

それだけだった。しかし、勝手な旅をしていた間にも、こんなふうにして父の手でかばわれていたことを泰夫は知らされた。面目なさが口をついて出た。

「早く帰って来ればよかった」

「わたしたちだけで、沢山だ」

父が我を忘れてつぶやいた。姉の死の姿がつつみきれなくなって、三人の前であらわになり、それきり、三人は口をつぐんだ。

なぜ、死んだのだろう、と問いが喉の奥で凍りついていた。

母はもう軀を座蒲団の上に引き起して、つらい充足感のために身動きが取れないというふうに、丸く小さく坐りついていた。気がついてみると、父も彼も、母を間にはさんでそっくり同じ恰好で背をまるめていた。座蒲団に沈む腰の肥満した感じが、家を出て川に向かった姉の瘠せこけた姿にたいして、おのずと嘲弄になっているように思えた。こうして姉の死の前でまたひとつながりの感情の中に淀みはじめる自分たちが、姉を死に追いやった原因にほかならなかった。原因である者がなぜ、とたずねることはできない。

しかし、たずねなくてはならない、と泰夫は思った。自分がなぜ、とたずねるのは厚顔無恥にひとしいことだけど、それでもこの恥知らずなまでに重く淀む感情を揺すって、姉の死のことを三人で話さなければ、姉は浮ばれない。

意を決して、丸めた背を伸ばすと、両親はすぐに感じ取って、老人めいた緩慢な動作で顔を上げ、怪訝そうに彼を見つめた。その途端に、喉の奥が顫えて、泰夫は自分でも思いがけない言葉を口にしていた。

「斎子姉さんは、どうしたの」

「斎子も、もうじきにやってくるよ」父が彼の心細さを宥めるように答えた。

「さっき電話で知らせてやったばかりなんだよ」母が口を添えた。

三人はまた黙りこんで下の姉の到着を待った。線香が尽きそうになると、父が仏壇の前に進み出て新しいのに火をともす。やがて、それが泰夫の役割になった。煙が部屋にこもらぬよう、線香を二本だけにして、その一本が灰となりきるのを待って、火をともしにいく。それでも、雨戸を閉ざした部屋の中に煙はすでに濃く立ちこめ、戸の隙間から射しこむ朝の光の条を這い上がって、おもてへ流れ出ていく。においはもう鼻に馴染んで感じ取れぬほどになっていたが、ときおりあらたに立ち昇り、胸の奥まで分け入ってくる。そのたびに、生身の暗さを泰夫は感じた。生身の暗さにまつわりつき、それをつつみ隠そうとして、かえってあらわすにおいだった。

仏壇の前に坐って線香をともすと、横たわる姉の姿が浮んだ。たったひとつの表情にこわばって、眺められるままになっている。眺めるという行為を自分から投げ捨てようとするように、泰夫は白い箱に向かって一心に手を合わせた。

家の外を、勤めに出かける人たちの足音がひっきりなしに通り過ぎていく。男と女の足音が聞き分けられた。朝の空気の中にうっすらと漂うにおいの中を、大勢の見も知らぬ男女が横切っていく。心の底に何を呼びさまされるのだろう、と彼は耳を傾けた。近くの家で表戸を勢いよく締める音がして、張りのある足取りが道に流れ出たかと思うと、咳きこみ出した。恰幅のいい軀をまるめて咳に揺すぶられている姿が目に浮び、咳きこみながら足取りは乱さずに塀の外を過ぎ、段々に気まならしい声になって遠ざかり、角のあたりまで行って跡絶えた。朝の光を照りかえす雨戸の内側で、白い煙につつまれて電燈の光の中に坐りついている自分たちの姿が、世にもおぞましいものに思えてきた。しかし三人だけでは何をするはずみもつかない。下の姉が来て仏壇に参ったら、まず雨戸をあけよう。それが唯一の救いのあてのように、彼は胸の中でくりかえした。

細かく顫える二すじの煙を見つめながら、いつのまにか、軽い放心状態に引きこまれていた。時間の前後の感覚がゆるんで、彼はまだ何も知らずに、石塀の間を家に向かって歩いている心地になった。いくら歩いても石塀は尽きない。あたりから切り離された静かさの中で、どこまでもうつらうつらと足を運んでいた。それから、両親がそろって頭を起した。彼自身、ほとんど同時に頭をもたげた。奇妙な戦慄が走り抜けた。しばらくは何も聞き取れなかった。かすかな音をたぐり寄せるように、両親は宙に目を凝らしている。やがてそれは塀の外にさしかかり、聞き馴れた足音となった。耳で聞き分けるよりすこし早く、不快なまでの肉体感となって押し入ってくる足音、肉親の足音だった。くぐり戸が音を立てると同時に、両親が立ち上がった。自分が帰ってきた時にもこんなふうに聞き耳を立てられていたのだなと思いながら、泰夫も腰を上げて、感覚のなくなった足をそろそろと動かして玄関へ出た。

小柄な軀が玄関の敷居のむこうに立って、寝惚けて部屋から出てきた子供の顔でこちらを見上げ、堀内に背を押されておずおずと入ってきた。三和土の上で下の姉はまた立ち止まり、まだ落着かぬ目つきで、式台の上に並んで立つ三人のむこうを見まわした。

「お姉さん……」

「待っているよ。はやく行って、お線香を上げておやり」父が潤んだ声で言った。するとむごい言葉を聞いたように、下の姉の目は痛々しく見ひらかれ、やさしげに見おろす父の視線をのがれて、母の顔を見上げた。

「お母さん、斎子がさきに結婚したのが悪かったの」下の姉は顔もおおわずに泣き出した。母がすぐに式台から降りて下の姉の背を後ろから抱きかかえてた。父が腕組みをして頭を垂れた。堀内がそっと敷居をまたいで、ガラス戸を後ろ手に締め、三和土の隅に目を伏せて立った。泰夫は柱に背を押しつけて、下の姉は泣きつづけた。家の奥のほうに顔を向け、下の姉の嗚咽に揺すぶられるままになっていた。自分の内で鬱屈していたものが、下の姉の胸の奥から、混り気なく溢れ出ていく。日頃この姉にたいして抱きがちな皮肉な気持は静まっていた。この姉がいなくてはいけない。この姉がここにいて思いきり泣いてくれなくては、自分の哀しみは怖れの下でこわばってしまう。泣き声に、身を屈して聞き入っている心地だった。


やがて下の姉は母に宥められて声を静め、コートを脱がされ、母の肩につかまって式台に上がった。そして居間のほうに向かいかけて、泰夫の顔を懐しそうにのぞきこみ、泣き濡れた目で微笑みかけた。

「泰夫」赤くふくらんだ唇がつぶやいた。

「泰夫もついさっき帰ってきたところなんだよ」母が教えた。

「泰夫、あなた」ともう一度、しみじみと話しかけるようにつぶやいて、下の姉は軀をこちらによじり、すこし洞ろな目つきになって彼の顔をもっと近くから見つめた。その中から姉のまなざしが差してくる気がして、泰夫も見つめかえした。と、腕がついと伸びて彼の胸ぐらをつかみ、襟を締めつけてきたかと思うと、額にきつい縦皺を寄せた顔が目の前に迫って、甲高い声で叫び立てた。

「泰夫、あなた、嘘をついたわね。あたしを騙したわね。お姉さんの居場所わかっているから心配しないでと言ったのは、あれはなに。わかっているなら、ここに連れてきなさいよ、ねえ、お姉さんを呼んできてよ。お蔭で、あたしはあんたの出まかせを信じて、今朝の今朝まで、安心しきっていた。わかる、ねえ、わかるの、それがどういうことだか……」

襟が首すじに喰いこんできて、血管が熱くふくらんだ。肉親の怒りにまともにさらされて、全身で蒼ざめていきながら、泰夫はそれでも、下の姉の肌から昇ってくる甘酸っぱい香りをひっそり嗅いでいた。

「祥子姉さんも、それを望んでいたんだ」

泰夫は温く顫える両脇に手を当て、下の姉の軀をそっと押し戻した。下の姉は彼の目をあらためて深くのぞきこんだ。その目の奥で、何かが融けていく感じがあった。泰夫は思わず頰をゆるめた。そのとたんに、頰打ちが飛んできて耳もとで弾けた。涙の膜のかかった目の前から、下の姉の姿も両親の姿も遠のき、まるで彼のほうが気狂いじみた振舞いに出たかのように、啞然とした顔を並べてこちらをうかがっていた。

「あんたの顔なんか見たくない」下の姉はまた母の肩にもたれこみ、居間へ運ばれていった。父も黙ってその後についた。堀内が脱ぎ捨てられた靴をきちんと揃えてから式台に上がり、「泰夫君、一緒に行きましょう」とささやいて彼の腕を取った。

「ごめんなさい」と言うのがようやくで、泰夫は堀内のそばをすり抜けて自分の部屋に逃げこんだ。

襖を閉じると、薄暗がりがまだ姉の死を知らずにいた時のまま、ひんやりと淀んでいた。泰夫はあぐらをかき、しばらくこらえていたが、我身を支えきれなくなって、畳の上に横に倒した。居間のほうで鉦が二度鳴って、下の姉の嗚咽がふくらんだ。男のささやく声がときどき混った。泰夫は膝を引き寄せた。まだ着替えずにいる服から、夜汽車のにおいと、肩にもたれて眠っていた良子の髪のにおいが、集まってきた。畳にそって手を滑らせれば、すぐそこで息をひそめている肌に触れそうな気さえした。打たれた頰が火照り出した。姉の不在がひろがり、あくまでも無表情に、下の姉の嗚咽を響かせていた。

身をもてあまして居間に出てくると、堀内と父が卓袱台に向かいあって静かな声で話していた。話は大方尽きたようで、慚愧の気持をほどほどに洩して詫びる父の言葉を、堀内は最後まで言わせずに引き取って、自分の理解を控え目に語っていた。一人で部屋にこもっている間にまた大事なことがひとつ片づけられたことを泰夫は知った。

つとめて二人の顔を見ないようにして居間の隅をまわって仏壇の間に入ると、暗い電燈の下に母と下の姉がしょんぼり坐って、ほっとした目で彼の顔を見上げた。

襖を隔てて男たちの声が細くなり、言葉がほとんど聞き取れなくなった。しばらくして、「それでは、私、いったん失礼して堀内の家まで行って、両親に直接その旨をよく伝えてまいります」と堀内が言うのが聞え、「そうですか、あなたからも、じきじきお話ししていただければ……」と父の声がまたしばらくぼそぼそと続いて、「泰夫」と呼ぶ声がした。最後に長男の自分を混えて話すこともあるのかと思って居間に入ると、堀内が腰をかがめてこちらにやって来て、泰夫にちょっとうなずいて仏壇の間に入った。

「雨戸をあけてくれ」父は普段の用を言いつけるのと変らぬ口調で言った。

うしろで堀内と下の姉が低い声で喋り出した。

「あたしたちの家にも寄るの」

「なにか持ってくるものはあるかな」

「さあ。今夜と明日は、ここに泊まることになるわね」

しばらくして母の声が聞えた。

「お通夜とお葬式に着るものは、こちらに置いてあるわよ」

「そうだわね。必要なものがあったら、泰夫に行ってもらうわ。あなた、気をつけて行ってね」

その声を聞いて泰夫は居間の雨戸をあけにかかった。するとと父がとめた。

「むこうの部屋からやってくれ。電話をかけなくてはならないから」

居間からいちばん遠い自分の部屋に舞い戻って、薄暗がりの中でまず旅の間身につけていたものを肌着から着替えているうちに、堀内が父に送られて玄関に来て、また二言三言、言葉をかわして出ていった。しっかりした大股の歩みが門をくぐって塀の外へまわり、何人かの足音に混って遠ざかった。家の内側にあのように戦々兢々とつつみ隠されていた秘密が、いま初めておもてへ流れ出ていく。いろいろな言葉がある。家族どうし話す言葉、家族が家のことを他人に話す言葉、他人の家の事件を話す言葉。堀内はいまどんな言葉で姉の死のことを、この家のことを考えているのだろう。父と話していた時とも、下の姉と話す時とも違う、まもなくむこうの家に着いて両親と話す時の言葉とも違うはずだ。できれば引き止めたい気持で、泰夫はその足音が聞き分けられなくなるまで耳で追い、ズボンのベルトをきつく締めなおし、雨戸に手をかけた。居間のほうで受話器を取り上げる音がした。

姉の死が、父の口からも外へ流れ出ていく。電話口で憮然として聞き返している叔父の顔が目に浮んだ。いつもは慣れた手で、つっかえながらもすぐにあく雨戸が、戸袋のところで敷居から斜めに浮き上がったまま動かない。泰夫はやっきになって戸を叩いた。そしてその音も電話を通して叔父の耳もとに鈍く、執拗に響いているのを想った。

——泰夫、あなた、たまにはお父さんのところに行ったらどうなの。

姉の声が耳の奥で響いた。

——こういう時こそ　お父さんのそばにくっついていて、物の言い方をちゃんと習っておかなくては駄目じゃないの。こういう恥しいことを他人に伝える時の、あのぞっとしない物の言い方を、ほかの誰が教えてくれるの。あなた、男でしょ。いずれそれを身につけなくてはならないのよ。

手を止めて泰夫は耳を澄ました。ことさら雨戸を叩かなくても、言葉はほとんど聞き取れなかった。ただ、ところもち甲高くかすれた老人の声が哀しみをすなおに表わして、それでいて乱れるふうもなく、相手の驚愕をかえって宥めるように穏やかに事柄を伝えているのがわかった。こんな事柄をどうしたらあんな調子で話せるのか、見当もつかなかった。ほとんど怖れに近いものを、彼は覚えた。

部屋から部屋へ、ゆっくり時間をかけて窓と雨戸をあけてまわり、ようやく居間に戻ってくると、父はもう電話をかけおわり、卓袱台に一人つくねんと向かって煙草をふかしていた。隣の部屋では母と下の姉がさっきとすこしも変らぬ恰好で、睡気の薄膜につつまれた顔を仏壇のほうに向けていた。

「雨戸をあけますよ」と泰夫は声をかけて、最初の雨戸を勢いよく引くと、午前の光が容赦なくさしこんで、電燈の明かりが褪せ、白い煙が天井に押し上げられた。くたびれた着物の背中に陽の光をまともに浴びながら、父は卓袱台にうつむいて煙草をふかしつづけた。仏壇の間から、母と下の姉がそろって蒼白くむくんだ顔をこちらに向け、目をしょぼしょぼと動かした。煙が軒の下にこもり、廂をまわりこんで、微風に吹きちぎられていく。裏の垣根ごしに、隣の若い主婦がもう洗濯を終えて、真白な肌着を強い陽ざしに向かって一枚一枚掛けていくのが見えた。

外の明るさの届かない仏壇の中で、白い箱が繻子の光沢の上に燈明の火影をゆらめかせて、四角い質感を無表情に浮き立たせていた。

婚礼の前日に、奇妙に似通った一日だった。あらわに開いた淵の上にかろうじてかかって、日常の暮しがそれでも崩れ落ちようとしなかった。

雨戸があけはなたれると、母と下の姉は立ち上がり、仏壇の間と居間をはじめとして、客の目に触れるところを丹念に掃除しはじめた。箒をもって立ち働く女たちの動きにあおられて燈明が揺れるのを、泰夫は眺めていたが、掃除の邪魔になって、叩《はた》きを持たされ応接間へ追い払われた。父はときどき母を呼び寄せて、さらにあちこち電話をかけていた。掃除を終えて障子をまた閉ざした居間に集まると、いままで部屋全体が埃をかぶったままになっていたことがわかった。父が余計な言葉は費やさずに通夜と明日の葬式の段取りを説明し、親戚には話せることはすべて話したこと、通夜の時刻まで弔問は遠慮してもらったこと、近所の人にたずねられたら旅先で急死したということ以上何も言わずにいること、と順々に心得を申し渡した。一時間ほどしたら葬儀屋がやって来るというので、四人は台所からありあわせのものを運んで、線香のにおう中で食事を済ませた。

黒い背広を作業服のように着こんだ中年の男がまもなくやってきて、きびきびした動作で家に上がり、家の者に向かって手短かに悔みを述べると、勝手知ったふうに、線香のにおいの漂ってくる部屋のほうに中腰で歩み寄った。襖のところで男はおやと足を止め、伏せていた顔をまともに上げ、職業的な関心のこもる目で部屋の奥をのぞきこんでいたが、やがて仏壇の前に進み出て、家族の誰よりも堂に入った恰好で手を合わせた。「事情がありまして、通夜も葬儀も内々に済ましたいと思いますので、ひとつよろしくお願いします」と父が言うと、葬儀屋はうなずいて、「手続きのほうは、それでは、もうお済みでございますね」とたしかめ、鞄の中から祭壇の見本写真を取り出した。

葬儀屋が帰ると、時間は通夜に向かって傾き出した。外の風に吹きこまれて、内と外がつながってしまったように、四人してまた卓袱台を囲んでも、姉への思いは内に集まってこなかった。しばらくして父がまだやらなくてはならないことがあると言って、二階の書斎に上がった。母と下の姉が卓袱台にもたれこんで、睡たげな声で通夜のことを喋っていた。「それじゃ、見てみようかね」と母がつぶやくと、二人は重い腰を上げ、一週間前まで下の姉が使っていた部屋に入った。箪笥の抽き出しがあいて、着物をひろげる気配に混って、婚礼の前の夜と同じ、低い話し声が細々とつづいた。

一人残されて泰夫は線香の火を守る役となった。障子に映る秋の日が、正午を過ぎると、急に濁っていった。卓袱台の前に小さく坐りついて日の移ろいを眺め、ときどき我に返って仏壇の前に行き、新しい線香を立てて手を合わせると、その手つきはもう切羽つまったものを失って、指の先から姉のしぐさが乗り移ってくるような懐しさがあった。しかしそのたびに、姉の嘲弄を感じて、彼は頭を起した。

父がときどき書斎から階段の途中まで降りてきて母を呼んだ。一度は下の姉も上がっていった。泰夫だけが呼ばれずにいた。

——そんな事でいいの、泰夫。あなた、そうしているのが、居心地がいいんでしょ。

——仏壇を守るのは僕の役目だと、姉さん、自分で言ったたろう。

——それは守り方が違うの。そんなふうに坐っているのは、家の娘の役目よ。家の男のやり方を知らなくてはいけないのよ。

郵便屋が玄関口から声をかけて、小包みを置いていった。地方に住む母方の親類から来た結婚祝いだった。

陽ざしがすでに夕暮れの色を帯びはじめた頃、葬儀屋が今度はジャンパー姿で若い者を一人連れてやって来て、手垢で汚れた櫃をいくつか運びこみ、泰夫と父の目の前でてきぱきと働きまわって、たちまち祭壇をこしらえあげた。

「こんなふうになりますが」と仕事熱心な声に言われて仏壇の間に入ると、色彩は使っていないのに妙にけばけばしく賑わう祭壇の中央で、いつのまに引き伸ばしたのか、黒いリボンに飾られた姉の大きな写真が豆電球の燈明の間から、首をすこし右にかしげて笑っていた。今年の春、庭で撮った写真の、顔のところだけ引き伸ばしたものだとすぐに見分けがついた。両親と下の姉と婚約者の堀内が庭にいた。泰夫は空の翳り具合を見ながらカメラの絞りを合わせていた。そこへ姉が遅れて縁側から降りてきて、不自由な足もとに目を伏せて泰夫のほうに近づきかけ、そのとき強く降り注いできた陽ざしを浴びて心地よさそうに顔を上げた。泰夫はカメラを向けた。くっきりと四角いファインダーの明るさの中で、二重にぶれた半透明の影がひとつにまとまり、姉は軀を固くして立ち止まり、右足を沈めぎみにして、たしなめるように笑いかけた。

しかし引き伸ばされた写真を見ると、こころもち右にうつむけた顔から、すでに笑いが引いていくところだった。唇も頬もまだ笑いをふくらましているのに、目の光はもう内にこもっていた。瞼を細く顫わせているような左の目に、斜視の感じさえ漂っている。なぜ父はこんな写真を選んだのだろうか、と泰夫は訝った。

「両側に生花がないのは淋しいですねえ」と葬儀屋は帰りぎわにもう一度祭壇を眺めて惜しそうにつぶやいて、父から注文を取っていった。父がまた書斎に上がっていくのと入れ違いに、下の姉が隣の部屋から寒そうに腋を縮めて出てきて、普段と変りのない調子で酒屋に注文の電話をかけはじめた。

半時間ほどして、さっきの葬儀屋の若い者とも違う男が生花を届けてきた。生花には堀内の父親の名札が添えてあった。書斎に上がっていってその旨を伝えると、父は書きかけの手紙から疲れきった目を上げて、気むずかしそうに考えこんでいたが、「これをポストに入れてきてくれ」と、机の隅に重ねた手紙を渡した。全部で五通あって、どれも地方にいる母方の親戚に宛てた手紙だった。

縁側から庭にまわって、「手紙出してきますから、お線香、たのみます」と隣の部屋に声をかけて通り過ぎると、下の姉が窓から顔を出して、「泰夫、あたしも行くから、待ってて。一緒におそばでも食べてこよ」と呼び止めた。台所にまわって買物籠片手に小走りに出てきた下の姉と門のところで落合って、泰夫は夕靄の漂いはじめたおもてに出た。

戻ってくると障子を閉ざした部屋の中はもう薄暗くなっていた。祭壇の両側には生花がふたつずつ並んで、不快なほどみずみずしい艶とにおいを燈明の光の中にひろげていた。向かって右の生花には堀内家の名札が、そして左の生花には、いつ届いたのか、父方の叔父たちの名札が立っていた。

生花の勢いのはざまに埋められて、姉の写真は遠くから笑っていた。すでに祭壇の向こう側に立つ、死者の顔だった。

枕もとから姉に寝顔を見つめられたのとほぼ同じ時刻だった。新しい線香に火をともし、泰夫は祭壇の前に正坐して時間の過ぎるのを待った。台所で母が一人で忙しく立ち働いていた。

しばらくして母が濡れた手を拭きながら居間にやってきて電燈をつけ、暗がりの中で一人で祭壇に向かっている泰夫を眺めていたが、やがて彼のそばに寄りそうように坐って、やや乱雑に立てられた線香をていねいに灰の中に埋めなおし、もう一本の線香に火を点してその中途あたりを、そこだけは姉に似た細い指でつまみながら、「お母さんのお里ではね、こうしてお線香を折って灰の上に置くのよ」とつぶやいた。そしてその線香をそのまま折らずに立て、冷い水に赤らんだ手を姉の写真に向かって合わせた。

「お母さんがここにいるから、あなたは雨戸を締めてちょうだい。それが終ったら、もう背広に着替えてきなさい」

家の外も暮れきった頃、両親も泰夫も婚礼の式場に向かう前に集まった時と同じ出立ちになって、やはりがらんとした感じになった居間に集まり、親戚たちのやって来るのを待った。

親戚たちは姉の思い出をすこしばかり語って早目に引きあげた。

父方の二組の叔父夫妻と、堀内の両親と、それに堀内も加えて全部で七人、婚礼の席で顔を合わせたばかりの人間たちが、自分たちを欺いていた家族四人を前にして、なごやかに生前の姉のことを思い出しあって過した。それぞれ家に着いた時に玄関脇の応接間に父としばらくこもって、あらためてややくわしい話を聞かされたらしく、誰ひとりとして姉の死の事情について触れようとせず、そちらにつながっていきそうな言葉も慎重に避けながら、話を切らすこともなかった。堀内の両親も自分たちの知らぬ昔の姉の話に、にこやかに耳を傾けていた。

「こうして集まって、何ということもない話をして過すのが、いちばんの供養なんだよ」叔父が泰夫にささやいた。

「気をつかっていただいて、申訳ありません」泰夫は小声で詫びた。

「なに、所詮はお互いさまだ」叔父は遠くに向かって目をむくような顔つきをした。「それに、哀しみは、哀しそうな顔ばかりしているわけじゃない。ま、どこの家でも暮らしは人には言えないことの上に立っている。おもてで人のかわす言葉というのは、そういったもんだ」

泰夫は頭を垂れた。しかし叔父が今度は下の姉に向かって大きな声で、

「斎子ちゃんはお父さんお母さんに早く初孫の顔を見せてあげるんだな。泰夫は、なくなった姉さんに劣らぬ嫁さんをこの家に連れてこなくてはいかん」と言った時には、泰夫は何もかも承知で形を守りあっている大人たちの間で、自分一人だけが形を背負いきれなくなってくずおれてしまいそうな気がした。しかし姉の行く方知れずをひた隠しにして婚礼に臨んだ家族四人には、いまさら叔父たちや堀内家の人たちの前でくずおれる資格もない。それに父の言葉を通して、親戚たちはこの家の者たちの取ろうとしている態度を察して、それに合わせて振舞ってくれている。

父と母は叔父の言葉にすなおに慰められていた。下の姉は蒼白い顔をほのかに染めて笑った。気がついてみると、泰夫自身、頬を泣き笑いのように崩していた。

一時間ほどして堀内の両親が立ち上がってもう一度仏前に参った。父と母も祭壇の脇に行き、焼香の終るのを待って丁重に礼を述べた。四人が畳に手をついて深々とお辞儀をかわしている間に、泰夫も親戚たちの後ろをまわって母の脇に坐り、控え目に頭を下げた。堀内の父がそれを目に止めて、泰夫に向かってもいかめしく両手を畳について礼を返した。泰夫は思わず額が畳につくまで頭を深く下げてかしこまった。それと同時に、後ろでざわざわと居ずまいを正して、叔父たちが堀内の父に向かって礼を述べた。夫妻が父に送られて居間を出るまで、叔父叔母四人、当事者の顔を並べて居ずまいを崩さなかった。

堀内も下の姉につき添われて仏前に参ったあと、あらかじめそのように話がついていたらしく、両親について玄関口に出た。下の姉は堀内家の三人と一緒に三和土に降りて、堀内がコートを着るのを、不器用に身を寄せて手伝った。そのさまを両方の親たちが可憐なもののように眺めていた。その間、居間のほうで叔父たちの声が絶えているのを、泰夫は一人で気にしていた。

下の姉に門のところまで見送られて、堀内家の人たちは帰っていった。居間に戻ると、叔父叔母たちは祭壇の見えるところにてんでに楽に坐り、姉の写真を見上げていた。そのまま家族を混えて、今度は叔母たちを中心に、なごやかな話がつづけられた。また小一時間ほどして、「祥子のことだから、本来なら、われわれも朝までここにいたいのだが、兄さん、この際、やはりあなた方四人だけのほうがいいだろうね」叔父がはじめて、この通夜が普通のものではないことを口にした。

「祥子ちゃん、きれいだわ。とても信じられない」叔母が写真に向かってつぶやいた。

叔父叔母たちは一人ずつ祭壇の前に出て手を合わせた。足音が門を出て塀にそって遠ざかっていく間、泰夫は式台の上に立って、もうそれが習い性となったみたいに耳を澄ました。叔父たちはおそらく夜道に出てようやく寛いで、姉の死について、世間なみの言葉で喋りあっているにちがいない。しかし今では、それを思うとむしろほっとして力の抜けていくのを泰夫は覚えた。家の中で背広を着ていることが急に堪えられなくなった。父に借りた上等の靴下を通して踏む式台の感触がいかにも冷かった。振り向くと両親も彼の後ろに立っていた。下の姉だけが台所に入って後片づけに取りかかっていた。

玄関に鍵をかけ、普段着に着替えて、四人は後片づけの済んだ居間にまた集まった。姉のいつも坐るところには下の姉が坐り、いつもは母と下の姉が丸っこい体を寄せあって給仕するところには母がひとり坐って、四方が一人ずつ塞がれた。

親戚たちを相手にしていた疲れが沈黙を自然にしてくれた。寒い夜道から戻ったばかりのように、四人はお互いに目のやり場に気をつかうことも忘れて、熱い番茶を啜っていた。父と母が話をかわしはじめた。

「近所の人は来ませんでしたね」

「誰かにたずねられたのか」

「いいえ、葬儀屋の出入りするところぐらいは見ていただろうと思って」

「たとえ目にしても、なかなか気がつかないものだ」

「女は、すぐに気づくものですよ」

「お経の声は聞えただろうな。明日になったら、それとなく確かめに来るだろう」

「今夜、来てもらっても困るけど、明日も知らずに過されたら、それも困りますね」

風が出て、門のくぐり戸が長い間をおいて鈍い音を立てた。

居間と仏壇の境いの襖が、半分だけ引かれていた。白い煙がその縁にまつわりついてゆらめいている。それを眺めるうちに、泰夫は読経の時の気持を呼び覚まされた。僧侶は葬儀屋に劣らず活力に溢れた軀を祭壇の前に据えて、馴れた念仏を唱えながら写真を見上げ、経典をひろげると、衣の下から太い腕を伸ばして鉦を勢いよく叩いた。喉をしぼって最初の声を押し出すと、それはもう目の前に坐る男とかかわりのない声と感じられた。他家の葬式の時には、殊勝に坐りつく軀の底からいきなり気狂いじみた笑いを誘い出しそうになる、それと同じ声が、泰夫の中にまともに押し入ってきて暗くふくらんだ。

声は死者に訴えかけていた。ここに留まらずに遠くに去ってくれるよう、生者のことは生者にゆだねてくれるよう、ひたすら訴えかけていた。声は僧侶の人格とは別なところから昇ってきて、それでいて霊の声ではなくて、肉体の存在をまともに響かせていた。生者の怖れと求めが剝き出しにされ、それ自体が訴えとなっていた。読経の勢いに揺すられて線香の煙が写真の前で揺れ、姉は眉をかすかにひそめて笑いながら遠ざかっていくように見えた。

読経というものは、呼び出しておいて立ち去らせる働きをするものらしい。あの時には、姉の死はたしかに目の前にあって、立ち去ってほしいと訴えなくてはならぬほど重苦しくのしかかっていた。しかしこうして家族四人顔を合わせていると、姉の死はまた摑みがたく漂いはじめた。姉はまだ行く方知れずのままさまよい歩き出した。このままでいれば四人は七日前の夜と同じ話をはじめるかもしれない、と彼は思った。気味の悪い反復だが、しかし彼にとって忌まわしい思いでもなかった。

いつのまにか、両親と下の姉は姉の姿を最後に見た時のことを話していた。

「お勝手でお茶の後片づけしてたわね。あんた、今のうちに美容院に行っておいで、と言ったら、このままでいいわ、お母さんこそ早く行ってらっしゃいと笑っていた」

「サンダルをつっかけて台所口からおもてに出ていったな。居間から廊下へ出た時、ちょうど三和土に降りるのが見えた。その姿を見て、なにか用を思い出したんだ。呼び止めようとしたら、出ていった」

「あら、それはおかしいわ。二階へ上がっていったんだわ。ほら、お父さんが上がっていく時、ちょうど二階から降りてきたところで、階段の下ですれ違ったじゃないの。お勝手から出ていったのはそれからよ」

「それは覚えていない。お前の記憶違いじゃないか」

「紙袋みたいなものを腕にかかえて、下を向いて一人で笑ってたわ」

「だとすると、台所から出ていくところは、わたしは見てないことになる。いや、たしかに見た。どこから見たのだろう。お前はどこから見た」

「さあ、やっぱり廊下かしら。だったら、あたしもすれ違ったことになるわね。とにかく、お父さんと入れ違いに階段のところから出てきて、なにか腕にかかえてお勝手から出ていったのが、あたしにとって最後よ。なんだかとっても楽しそうに見えたのよ。お父さんのは、そのまた後かしら」

「いや、わたしはあれからひと仕事終るまで降りてこなかったはずだ。しかしそうなると、階段の下ですれ違ったのが、わたしにとって最後になるわけだが。泰夫はなにか覚えているか」

もっと後で姉に会っている泰夫にとって、その間の記憶にはたいした意味もなかった。それでも、そこにすべてがかかっているかのように考えこむ父の顔を見ていると、おそらくわずか五分ぐらいの間に限られた姉の跡を、それだけをどこまでも微に入ってたどっていきたいというもどかしさに、感染されそうになった。そうやって夜明けまで、何もかも忘れて、その時の姉の確かな存在にかかずらっていたかった。

「最後最後っていうけれど、皆、その後も、祥子の姿を見てたんですよ」と母がたしなめた。「あたしも、見た気がしますよ。あれから居間で家計簿を調べていたら、庭に煙が流れてましてね。人影が煙の中を行ったり来たりしてたようでした。ああ、誰か焚火してるなって思っただけで気にもとめなかったけど、今から考えると、泰夫は斎子の新居に荷物を届けに出かけてたし、斎子は隣の部屋で箪笥の中を掻きまわしてたし、もちろんお父さんじゃないでしょう」

「そうよ」下の姉が引き取った。「おそば屋さんが容れ物を取りにきた時にも、お勝手に出たのは、お母さんじゃないわね。あの時にはもう美容院に行ってたものね。あたし、ちょうどやってきた彼と応接間で話をしていたけど、たしかに誰かがお勝手に出てお金を払っているのを聞いた覚えがあるわ。でも不思議ね。お茶を出すために応接間とお勝手の間を何度も往復したのに、顔を合わせなかったなんて」

「あれからまだ四時間ほど、祥子はこの家の中にいたんだ」と父がつぶやいた。「それすら、知らずに過してしまった」

「そうなのよ」下の姉がまた引き取った。「晩のお料理の材料だって、お姉さんが夕方に表通りまで買い物に行って……」

やや間をおいて、三人は泰夫の顔を眺めた。下の姉が卓袱台の上に置いた腕をこちらににじり寄せた。

「あんただけね。最後まで姿を見てたのは」

「最後まで見てたわけではないよ」泰夫は逃げ腰になった。「それに、僕だけじゃない。堀内さんも一緒だよ」

「彼も一緒」下の姉がひるんだ。「ああ、彼の鞄をもってバス通りまで送っていく途中で出会って、二人で帰ってきたんだわね。彼のほうがあたしよりも後まで姿を見てたことになるわ。それで、どんなだった」

「どんなって、それは、いつもとすこしも変らなかった」

そう答えて泰夫は自分が嘘をついたのか、正直なところを言ったのか、感じ分けがつかなかった。下の姉が優しげな声で追い討ちをかけてきた。

「それじゃ、なに言ってた、あなたに」

「さあ、変ったことは言ってなかったよ」

「そんなことはないでしょう、泰夫、よく思い出しなさい。あなたには、何か言ってるはずよ。もう行くばかりの人だったのよ」

「ああ、堀内さんに、斎子のことをよろしくお願いしますって」

睨みつける日の光が曇った。肉づきのいい小さな手が卓袱台の縁をきつく摑んで顫えた。

「最後に姿を見たのはいつ」

「もう暗くなりかけていた。庭から窓を細くあけて、毛布を投げこんでくれた」

「それから、どっちに行った」

「門のほうへ歩いていった」

「それで、あなたは何してたの」

泰夫は口ごもって、詰問者の顔を見つめた。

「ばか」下の姉が間近から怒鳴りつけた。「なぜ、後を追いかけないの」

「だって、まさか旅支度をしているとは、まさか、そのまま行ってしまうとは……」

何も知らずに過してしまったという思いには、死の感触があった。生きながらの死だった。騒々しい感情に駆られて動きまわる自分の、一部分がどこかで闇の中に息もせずに横たわっている。

「何も変ったところはなかったの。ねえ、誰も、何も、気がつかなかったの」

下の姉がひとり顔を起して、口を閉ざしている三人を見まわした。あの夜のうちにたずね合うべきことだった。今となってはあの日の姉のどの表情も、つぶさに思い浮べようとすると、冷い拒絶をあらわしかける。黙殺されて、下の姉は目を大きくひらいたまま涙を流した。

「あたしのせいでしょう。皆、やっぱりそう思ってるんでしょう」

「お前のせいではない。何度言ったらわかるんだ」

しかしそれ以上、父は慰めようとしなかった。しばらくして下の姉がもう誰に問いかけるともなくつぶやいた。

「お姉さん、どうして、死んでしまったのかしら」

「わからない」父の声も独り言に近かった。「いつものままの祥子だった。子供の頃から身近に感じていたのとすこしも変らなかった」

「あんな悲しいことを胸にしまって、一緒に寝起きしていたんですねえ」母が溜息まじりにつぶやいた。非難の調子に驚いて目をやると、小さく丸めた軀をゆらゆらと前後に揺すりながら、濃い疲れの翳の中から恨みがましい目で、横に崩した膝を見つめていた。

「誰にも知られないで死んだのは不憫だわ。だけど、あの子も、ずいぶん容赦のない子だねえ。これでは何のため、苦労して産んで育てたかわかりゃしない。一生一度の晴れの日の前に、斎子も可哀相よ」

死者の理不尽さにたいして一歩も後に引こうとしない頑固さが軀にあった。泰夫は目をそらした。

「あたしのことは、かまわないの」下の姉が鼻声になって、濡れた頬を赤らめた。「お姉さんがこんな事になってしまって、人並みに新婚生活を楽しもうなんて思わないわ。彼もわかってくれてる」

父が卓袱台に肘をついて、その言葉にうなずいていた。母と下の姉にとっては姉の死はもう動かしようもないものなのに、父と自分はまだ姉の死そのものを心の底で摑みきれずにいる、と泰夫は思った。しかし彼が何も知らずに歩きまわっていた間、父は姉の死とまともに対面していた。

「お父さん、祥子姉さんは、どんなだったの」

「心配しなくてもいい」父はまた彼を拒んだ。そして母のほうをいましめるように見やった。

「あれはもう祥子ではなかった」

残酷なほど明瞭な言葉だった。顔が内側からこわばっていくのが自分でもわかった。母と下の姉を見ると、二人とも血の気のない顔をなまなましく電燈の光に浮べていた。子供の時に見つめた祖母の臨終の、息苦しさに締めつけられて笑っているような面立ちが浮き出て、二つの顔はお互いに不気味なほど似ていた。

「そんなの厭よ。やめて」下の姉がその顔をきょとんと上げてつぶやいた。

「やっぱり、帰ってくるまで待たなくてはいけなかったんですよ」母がつぶやいた。

「死んだ人の顔は、しっかり見せておかなくては」

「俺はあの時のお前を見て……」と言いかけて父は首をけわしく揺すり、下の姉と泰夫に向かって言った。

「今夜はもうよそう。これから先ずっとこうして顔をつき合わせて、祥子のことを思って過すことになるのだから」

　下の姉が泣き疲れた目でうなずいた。この姉がもう家の娘ではないことさえ父が忘れていることに泰夫は啞然としたが、やはり父の言葉にその場の重苦しさから救われ、席を立って祭壇の前に行った。四本の線香がすっかり尽きて灰になっていた。ゆっくりと手を合わせて居間に戻ってくると、線香のにおいのまた漂いはじめた中で、三人はうつらうつらと黙りこんでいた。さむざむとあいた卓袱台の一方を自分の軀で塞ぐと、泰夫も自然にその沈黙に融けこんだ。

「お父さんとお母さん、ゆうべから一睡もしてないんでしょう。今夜は泰夫とあたしでお姉さんのお守りをするから、二人は朝まで休んでちょうだい」

　見ると、下の姉は畳に膝をついて軀をすっきり起し、卓袱台にもたれかかるようにしている両親に微笑みかけていた。父も母も、そのすすめを断る気力も尽きたというふうに、疲れはてた顔にぼんやり笑いを浮べていた。

　夜明けに交代すると言って両親は居間を出ていった。柔かな足音が寝支度のために歩きまわるのがしばらく聞え、それからふっと坐りこんで動かなくなったように消えた。居間の中から徐々に温みが引いて、風が雨戸を揺するたびに、冷い空気が畳の上を流れてきて太腿の外側を撫ぜて通り、すこし遅れて門のほうでくぐり戸が音を立てた。

　下の姉は毛布を肩から腰に巻きつけ、座蒲団の上に丸くうずくまって、雑誌を読んでいた。泰夫は煙草を立てつづけにふかし、襖のむこうを何度ものぞきこんで線香の長さを確かめ、神経質に動いて気詰りを紛らわしていたが、やがて畳の上に胡坐をかいて動かなくなった。下の姉がときどき雑誌に目をやったまま腰をかるく浮して、背からずり落ちかけた毛布を巻きつけなおした。そのたびに、言いようのない充足感がその軀から発散してきた。

大分して、腫れぼったい顔が起き上がり、生欠伸を嚙みころして言った。

「ああ、一時をまわったかしら。泰夫、濃いお煎茶入れてこない。夜明けまでまだまだ長いわ」

今夜はこの姉に仕えるいわれはありそうだった。泰夫は台所に行き、深夜の静かさを気にかけながら湯を沸してきて、厚手の湯吞みに茶をいっぱいについで雑誌の脇に置いた。「あら、すまないわね」と下の姉はだるそうに身を引き起し、湯吞みを両手につつみこんで溜息をしきりについて茶を啜っていたが、飲みおわると、座蒲団の上に本式に横になり、毛布を肩まで引き寄せた。すぐに肘枕が崩れ落ち、ひろげた雑誌に頰を埋めて横目でどんよりと彼を見上げた。

「お通夜で寝てしまうのは悪いかしら。そばにいてさえあげれば、何をしててもいいんだわね」

昼の隅がザラ紙に触れて心地良げに動いた。それから下の姉は腰をすこしくねらせて顔をこちらに向け、とりとめもなく笑ううちに、焦点の定まらないのに苦しむ目を閉じ、寝息を立てはじめた。

ようやく一人になって胡坐をかきなおすと、軀のすぐそばから静かさがどこまでも水平にひろがっていき、その遠い果てから奔放なざわめきが湧き起ってきた。いまのところ家族は皆、肉親のうっとうしいまなざしをおさめて、目をつぶっている。そう思ったとたんに、良子のことが頭に浮んで、払いのけようもなくなった。両膝に手を当てて、太腿を撫ぜる風のうすら寒さに感覚を集めて、泰夫はこらえた。そうするうちにざわめきはまた引いていき、寄せ合った素肌の、かえって寄るべない感触の記憶だけになり、最後には、互いに触れ合うのを避けて窪めあったところに集まる暗い温みの、ほのかな感覚となって淀んだ。

下の姉が目をあけ、何かを探す手つきで畳の上に起き直って、毛布を胸もとに搔き寄せた。「ああ、お姉さん」と言葉が口から洩れた。重苦しいうたたねから覚めて安堵した人間の、意味もないつぶやきに過ぎなかった。

「お線香、見てくるわね」下の姉は毛布を背中から滑り落して立ち上がり、前こごみに歩いて仏壇の間に入った。ふっくらとした後姿が祭壇の前に坐って殊勝に手を合わせた。それから大儀そうに腰を上げて祭壇に脇を向け、あいまいな立姿になって何かを考えこむ顔つきをしていたが、畳の上の物を片づけながらストーヴのそばに戻ってきて、座蒲団をもう一枚つなげてその上にまた横になった。

「あなたも横になりなさい。その恰好じゃ、明け方までもたないわよ」

言われるままに泰夫はすこし離れたところに仰向けになった。下の姉は目を薄くつぶって肘枕の上で頭をとろとろと揺すっていたが、そのうちに粘っこい声で喋り出した。

「お姉さんには、小さい頃、あれでずいぶん意地悪されたものよ。やさしい顔して近づいてきて、こっちが笑いかえすと、いきなり両手で胸を突くのよ」

その記憶はなかったが、言われてみれば、突き飛ばされて転がる丸っこい軀が目に浮ぶようだった。きょとんとした顔で地面を転がって、埃だらけのズロースで坐りこんでべそを掻きはじめる。

「笑ってるけど、あんたも一緒になってあたしをいじめたのよ。鞠をかかえておもてに立っているでしょ。お姉さんが、斎子、斎子ちゃんって猫撫声出して近寄ってくるの。取られまいとして抱き寄せると、手がさっと伸びてきて、軀をどうまわしても取られてしまう。鞠を差し出してあたしをおびき寄せておいて、ひょいと泰夫のほうに投げるのよ。泰夫も泰夫で、いつもはぼんくらなくせにお姉さんと組になるとすばしっこくなって、憎たらしいったらありやしない」

「そう怒らないで、昔のことでしょう」と泰夫はまぜかえそうとしたが、下の姉がなかば無意識にやはり姉への恨みを口にしているのを感じて、気持を取りなすことにした。「だけど、斎子姉さんこそ、祥子姉さんにはずいぶん可愛がられていたんじゃないの」

「それはそうね」下の姉はあっさり認めた。「十ぐらいまで一緒に寝てたものね。あなたがまだお母さんにくっついて寝てた頃よ」

「ああ、覚えてる。斎子姉さんがおネショするんで困って、姉さんこぼしていた」

「いやだ。泰夫にはそんなことまで言ってたの」

顔を赤くしながら、下の姉は肘枕の上から見つめ返した。

「お父さんとお母さんにはたいてい内証に始末してくれたのよ」

「あんなもの、どうやってこっそり始末できたのさ」

「ふふ、あなたがいま寝てるあの部屋よ。あの押入れの隅に、厚い湯上がりタオルを一枚、お姉さんが隠しておいてね。朝になると濡れたところにそれを当てて畳みこんじゃうの」

「そんなことで乾くかしらね」

「やめてよ。夜中によくお姉さんの肩を揺すぶって起してねえ。今度やったら、おシメあてるよって、お姉さん、うっとうしそうな顔をして言うのよ。いやあね、あんた、子供の頃から、それを知っててあたしを見てたの」

そう言って下の姉は目をつぶり、またとろとろしはじめた。物を言うのと、まどろむのと、境いのはっきりしない心地だった。しばらくして朦朧とひらいた目が泰夫の顔を見つめてたずねた。

「泰夫、あんた、お姉さんに死なれて、これからどうするつもり」

「どうするつもりって、なんだか、この家にいられないみたいなこと言うじゃないか」

「そういうわけじゃないけど。でも、なに話して暮らすんでしょうね、あなたとお父さんとお母さん」

またまどろみの中に沈んでいく様子だった。ここで眠られてしまったらたまらないという思いが泰夫の中で動いた。この家の中から二人の姉がいなくなる。

「どう、斎子姉さん、堀内さんとこの家に来ない」

「いやよ、新婚早々。お父さんとお母さんは、喜ぶでしょうね」

「一年先でもいいや。いずれ僕が出ることにして」

「何を言ってるの。あたしは長男のところにお嫁に行ったのよ。あなたも、この家の長男でしょうが。好きな人ができたんでしょ」

肘の上にあずけていた頭をちょっと起して、下の姉は覚めた目で彼の顔を眺めた。なぜ、こういうことを、顔まで見て確かめなくてはならないのだろうと、泰夫はその視線を避けて仰向けに返った。さいわい下の姉はすぐに頭を沈めた。そして天井に向かって声をひそめて喋り出した。

「どうだか知らないけど、もしほんとに好きな人がいて将来一緒になるつもりなら、お父さんお母さんには可哀そうだけど、この家を出ることを考えなさいよ。何と言って、その人をお姉さんの前に坐らせるつもり。その人、どんな気持で朝夕お仏壇の前で手を合わせるかしらね。あなた自身、それを見てどんな気持になると思う」

すこしばかり気の毒そうな響きになった。一瞬、下の姉にたいする筋違いの激昂がたぎり出しそうになって、泰夫は身を固くした。

「この家の中じゃ、あなたがつらいでしょ」下の姉の声はすでに彼を慰める調子になって、また柔かな睡気につつまれた。「いまのうちに、この家を売ってもっと郊外に新しい家を建てる話をお父さんにもちかけなさい。考えてみれば、この家のお仏壇のお守りをちゃんとできるのはお姉さんだけだったのよ。この家の行く末のことでは、あなたではなくてお姉さんを頼りにしてたのよ、あたしも。そのお姉さんが自分でお仏壇に入ってしまったんだものね」

「それは僕らの勝手だったんだ、姉さんにしてみれば」

「あなたとお父さんのね。でも、お父さんがいちばん打撃を受けているみたいだわ。話し相手になってあげなくてはだめよ。それだけはお願いよ」

「斎子姉さんはいつ帰るの」

「お葬式が済んだら、あさってにはもう帰らせてもらうわ。まだ片づけも済んでないんだもの。いざ住んでみると、前もってやっておいた整理なんか、みんなやりなおしよ」

この姉との話は尽きた。結局自分の中に押し戻され、恥しさを抱えこんで横たわっていると、はじめはぼんやり目に映っていた天井の白っぽい染みがやりどころのない気持を惹きつけて段々に鮮やかに浮きあがり、淫らに曲りくねる線を中心から幾重にも壁のほうに向かって押し出し、うねうねと動いていくように見えてきた。それでいて、全体としては長年厭きるほど見馴れた陰気な表情を頑なに保っている。この家の恥そのもののような顔つきだった。

考えてみると、いままでに何度か、雨が降るたびにこの染みを気にして過した時期があった。雨漏りというほどのことではない。第一、この上は二階である。ある日、居間に入ってくると、畳の上が一点かすかに濡れている。そんなことが雨の日ごとに繰り返されて、何回目かによようやくはっとして見上げると、天井の染みが急に濃さをまして、見馴れぬ形で浮き出ている。半日に一粒滴り落ちるかどうかのごく緩慢な浸蝕でしかない。ひと月ほど同じ状態が続いて、一度外壁の羽目板を徹底的に点検してもらわなくてはと家族が話しはじめる頃、雨漏りはいつのまにか跡絶えて、天井の染みも寝転んで見上げなくては目につかぬほど薄くなり、豪雨にも長雨にも濃さを増すことはなくなる。それが三年ほどの周期で繰り返される。

見馴れるということの奇妙な内容を泰夫は思った。そのつど染みの形がすこしずつ違い、滴の落ちる箇所もそれにつれて移動する。そのつど家族は初めてのことのように染みを見上げて、階下の天井にどこからどう雨が流れこむのだろうと、落着かぬ顔で話しあう。建物のどこかが罅割れして、雨水が天井裏をつたって居間の上まで浸入してくるという思いには、建物と自分が一心同体となって崩れていくような重苦しさがあった。ことに、漏電の火災が遠く近くで相次いだ時期には、明日にでもこの染みが火を吹き出すような不安に圧迫された。しかし大工を頼む余裕はあの頃にはなかった。父が天井裏に這い上がるには、雨漏りはあまりにも緩慢だった。雨が流れこんでいるのではなくて、天井のあの部分がなにかのはずみで異常な吸湿性を帯びるのではないかという説も、父から出された。そんなわけで、しばしば鳥の翼をひろげる形になる染みの下で、いつもよりすこし声をひそめて喋ったり物を食べたりしながら、不安のほうも外へ流れ出ずに内に染みこんでいった。経済的な余裕ができてからも、それが家族の習い性となった。どうやら万事につけて。

　何度か揺れ動いたあげく、染みは目の前でやはり見馴れた姿に落着いた。いつも変らぬ顔つきが天井から見おろし、その陰気さがかえって睡気を誘い出す。条件反射のようなものだった。傍らで下の姉がもう健やかな寝息を立てていた。目の疲れのせいか、空間が隅々までひとしく硬質の透明さを帯びて、天井がかすかな麻痺の感覚を呼び覚ましながら遠のいた。はるかに遠くで、染みがまだはっきり見えている。その鮮明さがつらくて目をしばたたくと、十年一日の顰め面が、今度は息が詰まりそうに近くからのしかかってくる。「お線香……」という思いがときどき頭をかすめ、においの失せた空虚な冷気が肌を撫ぜて流れた。いつのまにか泰夫は胸を硬くすくめていた。その硬さが、すでに眠りだった。柔かなひろがりもなく、冷気とじかに触れ合う眠りだった。

　大分して、耳もとに生温い息の吹きかかる感じがした。誰かが耳に口を寄せてささやこうとしている。息の顫えがなかなか声になろうとしない。異様に張りつめた目の、偏執めいた光があった。

　軀の内側から生じた幻覚でしかないことは、眠りの中に囚えられた意識からもわかった。人の影もなく電燈の光をさむざむと浴びてひろがる畳を、ゆるくつぶった瞼の間から眺めてさえいた。にもかかわらず右手がその畳の上を、這いまわっている。まず脇のほうをゆっくりと行きつ戻りつして、それから肩の後ろへ伸びて、枕元をたどたどしく探った。現実の動作だった。

「泰夫……」と息がようやく声になった。なにか口にするのも恥しいことを言い出そうとする響きがあった。右手を枕元から引き戻して、泰夫は耳をゆだねた。息はまた言葉を失ってもどかしげに顫えた。同じように生温い戦慄が肌をくりかえし走った。

枕元からすこし離れた畳の上に姉は白い浴衣の膝をつき、腰を浮せて上半身を低くこちらに傾け、顔をのぞきこむでも、肩に手をかけるでもなく、唇だけそっと耳に押し当てていた。

「泰夫、ほら、良子さん」と唇のふくらみが耳の線にそって動いた。それだけの言葉を流しこんで、姉は静まりかえった。それだけの言葉に、まるで世にも淫らなことをささやかれたように、こわばった軀が内側から細かくざわめき出した。

「姉さんは、あの子のことを口にしてはいけない」

「なぜ、いけないの……」

物狂わしい目つきになって、姉は唇を耳にひしひしと押しつけてきた。そしてみぞおちに力をこめてこらえている泰夫の耳の奥に、笑いとも嗚咽ともつかぬ熱い息をしばらくふくらませていたが、やがてその息を止め、別人のようにしわがれた声をきれぎれに押し出した。

「知らずにいたの、泰夫。姉さん、じつはあの子と、あなたよりも、濃くつながっているのよ。あなたが、ほら、あの子のからだに触れていた間も、冷い部屋の中から、ほら」

そう言って姉は唇を離し、遠くから白い膝を揃えて寄せてきて、すぐ枕もとに老婆の姿で端坐した。

長いこと、枕元から濃い影に見おろされて、泰夫はこわばった手足を緩慢に動かしていた。

目をあけた時、「泰夫、良子さんがあたしに会いに来たわ」という言葉が耳に残った。泰夫と同時に、下の姉も苦しそうに上半身を起し、遠くに耳を澄ます顔つきになった。

風の中で門のくぐり戸が蝶番を軋ませてゆっくりひらき、家の中の気配をうかがうようにしばらく静まり、敷居を重く叩いて閉じた。その音がもう一度泰夫の中で暗く谺した。怖れはしかし、一瞬あらわになった生命の感覚と、同じ音を響きかわした。

玄関の前の暗がりに立って、襟にきつく締めつけられた細い首を伸ばし、勝気な目で忌中の札を見上げている良子の姿が、目に浮んだ。

大きな胡坐をかいて自分の軀を見つめる泰夫から、下の姉が気疎そうに目をそむけて、毛布を腰から背に巻きつけた。

聖

『聖』新潮社、一九七六年五月

一

そのお堂の前を私は一度は通り過ぎた。

背中の荷物の重みに足を急かされ、立ち止まるでもなく、暗い格子の奥へ目を投げるでもなかった。

竹筒の中で黒く腐れた花、ぼろぼろに崩れてまだ白い米の飯、これも供物なのか小石で押えられた黄色い野球帽などの、何とはない陰惨さが、むしろ目をそむけさせた。最終の夜行で帰るつもりなら、あまり道草を喰っていられない時刻でもあった。いったん晴れかけた空に、山から寄せる黒雲の動きが激しく、通り雨がまた来そうな気配があった。

しばらく行って私はしかし振返った。雨風に晒しぬかれた、間口奥行きともに一間ほどのお堂の脇に、一歩下がって寄りそうように、同様に古ぼけてはいるが頑丈そうな掘立小屋が、板戸も板張りの窓も久しい表情で閉ざして、腰高の夏草の中に立っていた。その裏手はすぐに川で、川向うには低い山が迫っていた。

あれなら、雨露を十分にしのげるな、と私は思ったものだった。そして一瞬、どこか浮浪者めいた目つきで、そこになにかうまい当てでもあるように、小屋を見つめた。身辺にいささか問題があるとはいえ、都会に帰れば家もあり親もある二十四歳の学生としては、唐突な思いつきだった。もう一日二日帰りたくないという気持はあった。旅館に泊まる金はない。しかし四日もつづけて山の無人小屋で寝た後で、わざわざ何の変哲もなさそうな麓の掘立小屋をこじあけて、もうひと晩過していく気はなかった。

道の反対側は遠く本流の土手まで田畑が続いて、実りかけた稲が夜来の風雨でところどころ押し倒されていた。

道の百米ほど先になだらかな岡が盛り上がり、農家が一軒大きな藁葺屋根を黒々と差し上げ、そのむこうに村が隠れているようだった。高圧線のつらなりの先へ黒雲が流れ集ってやがて平らかにひろがり、地平から何本も突き出す工場の煙突のけむりと柔かな灰色に融けあって、街のそう遠くないことを感じさせた。そのまま私は道を歩きつづけ、岡のそばを通り過ぎた。村はやはり見えなかった。

私はその四日前にそこからすこし北にあたる麓の温泉から山に入り、まず表尾根をほぼまっすぐ北へまる一日歩き、それから西へ折れて裏尾根に入り、三日かかってちょうど半円を描くようにして南へもどり、その朝、県境の山を西から東へ越えてきた。このあたりの山はどれもそれほど高くはないが懐が深く、裏尾根ともなれば頂上近くまで原生林にびっしり覆われ、八月末のやや季節はずれの時期のせいもあって、二日目からまる三日というもの私は人っ子ひとりにも出会わなかった。前の晩に高湿原状の尾根の小屋でようやく泊まり合わせた中年の男は、これからひとりで裏尾根に入る予定だと言い、夜更けまでときおり梟のような鳴き声を運んで吹きつける雨の音の中で心細そうに、いい年をして単独行などをしたがる性分の度し難さをこぼしていたが、朝になっても雨の止みそうな様子もないのを見ると、「こいつはいけません。安楽に行きましょうや。ああ、極楽だ、極楽だ」ともう湯につかるようなしぐさをしながら、広い高湿原を西の温泉場へ下って行った。

私も安楽に行きたかったが、温泉で休む金も覚束ないので、男から不用になった非常食の袋をひとつ貰って雨の中を東へ登りにかかり、展望もきかないので足もとばかり見つめて一時間ばかりで頂上まで這いあがり、そこでいきなり髪の毛がほんとうに宙に向かってザワザワと逆立ちはじめたのに度胆を抜かれ、雷鳴を背に、転げるように駆けてたちまち東の谷へ降りてしまった。そこまでは雷に追われたとはいえまず順調だった。

沢ぞいの道を行くと、昨夜の雨のせいで至るところ山が崩れ、音もなく滑る濁流の中へ土砂を末広がりに押し出していた。山から沢へ道を塞ぐ土砂のスロープの表面に、まだなまなましい釣合いの緊張がこもっているように見えた。三箇所目の崩れのところで、低くねじくれた松の木が根ごと押し出されて異様に赤い枝を濁流のすぐ上へ静かに差しかけているのを目にした時には、私は子供みたいにしゃがみこんでしまった。四つ這いに木のところまでそろそろと寄って、傾いた幹の下をくぐったものか上を乗り越えたものか、私はしばし全身で思案した。結局、背中の荷物が邪魔になって下はくぐりきれないと見て、根もとのほうに足をかけ、体重をゆっくりのせると、根がずずっと動き、そして止まった。目をつぶって、私は背後の濁流を思った。つかのま、流れとひとつになった。その瞬間、真白になった頭の中へ、漂流の切株みたいに、《五月雨を集めて早し》と有名な句がぽっかり浮び、私はひとりで暗い声を立てて笑い出した。永遠が私の身体《からだ》を借りて笑っているような、身の毛のよだつ滑稽さだった。

それきり恐怖心が麻痺して、私は四時間あまりのあいだ、何箇所も何箇所も崩れた土砂の上をほとんど無造作な足取りで渡った。何度目かに、渡りきったとたんに背後で鈍い音がして、ひと抱えほどの土砂が気紛れのように滑り出し、友を呼んで気楽にずり落ち、最後まで私の足跡をふたつだけくっきりつけて水の中へ沈んだ。池に石を投げたのと変りのない波紋が円くひろがり、そのまま流された。私ははっともしなかった。

あれは危かったな、と考えはじめたのは、谷の出口のようなところにある登山者相手の店でラーメンを啜っている時だった。ちょうど表尾根のほうから何組かのパーティーが降りてきていて、N市まで出るバスが不通になったと騒いでいた。途中でバス道の橋が流されたので八キロほど下流の町まで歩かなくてはならないという。

せめて橋の落ちた地点までバスが来てくれればいいのに、と総勢十人ばかりが口々にバス会社の怠慢を罵りながら、寄合世帯の陽気さでぞろぞろと川の左岸を一時間も下ってくると、なるほど、右岸へ渡る長さ二十米ほどの木の橋が桁をはずされて真中からきれいに落ちていた。左手から、河床は深いが幅の狭い支流が直角に近い角度で向きを変えて流れこんでいたが、こちらにかかる粗末な釣橋のほうは無事なのが、おかしいようなものだった。

その橋を渡る時、私は流れの中に妙なものを見た気がした。ちょうど橋の下のあたり、流れが浅瀬にかかって逆巻くところで、それは水の中から押し上げられ、私のほうにまともに顔を向け、一瞬、髑髏《しやれこうべ》のように見えたのだが……。

落ちた橋を眺めながら砂防工事の話などをしていた連中が、いつのまにか、来年に迫ったオリンピックの為にあちこち掘り返されて日に日に様子の変っていく東京の街の話を、冷やかなような見物人の口調ではじめていた。

橋を渡りきると私は急に左の足首に痛みを覚えて、そちらへ気をそらされた。道端に腰をおろし、山靴を脱いで調べると、やはり山崩れのところで無理な足の運びをしていたせいか、足首が腫れていた。その間にほかの者たちはてんでに畑の畦をたどり、本流の土手に上がるとおのずと一列になって歩き出した。先のことを考えると難儀だったがこうしていてもしかたがないので私もすぐに立ち上がり、畦道へ入ったものの、一歩ごとに柔かくめりこむ土が足首をよじるように苦しめるので取りあえず外へ出て、畑をはさんで土手と平行につづく石ころ道をしばらくたどることにした。

片足を引きずる歩きにもやがて慣れた。道の左手には夏草が茂り、そのすぐむこうの低い山の根にそって川の流れる音がした。さっき釣橋で渡ったのと同じ流れだったが、私はいつのまにか川の上下を取り違え、本流と並んで街まで下る流れをたどっているつもりになっていた。歩くにつれて右手の田畑が広くなり、土手道が遠くなり、その上を一列に歩む人影が雨もよいの空の薄明るさの中にくっきり浮び、平野を斜めに横切る高圧線と同じ方向へ小さくなっていくのを、気にも止めずにいた。そしてお堂の前も通り過ぎた。

しばらくしてあたりがまた薄暗くなり、私は足もとに目を落して歩きながら、川の音がいよいよ急になってこちらに落ちてくるふうに聞えるのを訝っていた。それから顔を上げて、左右から近づく低い山を見まわし、自分が平野に背を向けて枝谷のほうへ歩いていることに気がついた。強い雨が降り出した。

身を翻して私はいま来た道を駆けもどりはじめた。そしてたちまち、痛むほうの足を今度は完全にひねってしまった。

奇妙な焦《あせ》りが取り憑いた。痛みに顔を歪めながら、私は立ち止まることができなくて、ひどい跛を引いて雨の中を走りつづけた。どこまで走るのか、それさえもはっきり考えていなかった。

掘立小屋を目にした時、私はようやく自分の目的に思い当った。しかし駆け寄ってみると、川上のほうに向いた板戸には大きな錠がかかっていた。道に向いた板の窓に手をかけてみたがびくともしない。さらにお堂との間を抜けて板戸と反対側へまわると、そこにも、腰をかがめなくては入れないような低い戸があって、小さな錠がついていた。いつのまにか、お堂の陰に隠れるかたちになって、私はその扉を夢中で揺すぶっていた。それから手を止めて、諦められぬ気持でお堂の裏側のほうを振向き、まったく同じような潜《くぐ》り戸が板壁の下隅近くにあるのを目に止め、思うよりも先にそろそろと近寄った。

手をかけてそっと引くと、戸はあっさり外へひらいた。私はリュックサックを地面におろし、まず身ひとつ中へもぐりこんだ。正面の格子から雨天の柔かな光が滲んで、さほどの暗さでもなかった。入ったところは履物を脱ぐだけの狭い土間になっていて、腰の高さに床があった。あまり厳めしい御本尊でも困るので、床に手をついて奥をのぞくと、目鼻立ちの風化しかけた石の地蔵さんが六体、三尺あまりの背丈で、壁の前に無造作に、顔をおおよそ正面に向けて、まちまちに並べ置かれていた。床には不思議に埃が積っていない。総じて外から見たほど陰気ではなく、それに、意外に暖かった。私はリュックサックを引きずりこんで戸を閉め、前にまわるのはさすがに罰当りと思って、奥の壁ぎわに七つ目の地蔵さんみたいに腰をおろし、膝を小さく抱えた。

その前に、私は借りる場所が場所だからいちおう型どおりのことはしておこうと手を合わせかけて、止めた。馴れぬしぐさというよりも、なぜだか、妙に身についた、しかも芝居がかったしぐさに思えたのだ。

朝から雨の中を平気で歩いてきたくせに、なぜあんなに夢中になって屋根の下へ入りたがったのか、もうわからなかった。濡れた身体は内から火照って寒さを覚えなかったが、動きを止めると左の足首がかえって疼いてきた。

眠りこむ直前に、地蔵堂と掘立小屋と、斜向かいにひっそり閉じている二つの潜り戸が、つかのま鮮かに浮んだ。誰か、毎朝毎晩その道を通いなれた者がいたような、そんな気がした。

目を覚ますと、お堂の内外が同じ暗さになっていた。頭痛と寒気がして、熱が出はじめていた。異様に太く感じられる左足を引きずって格子戸に近寄り、顔をつけてのぞくと、まだ暮れきってはいない畑に雨が静かに降りつづき、一面に暗い空の、土手の向うの地平のあたりが赤っぽい光をふくんでいた。N市のある方角だった。しかしそれ以上立っているのもつらくて、私はリュックサックから寝袋を出して地蔵の前にひろげ、懐中電燈と水筒とウイスキーの瓶と、今朝がた山小屋で男に貰った非常食の袋を枕もとに放り出し、熱さましを口にふくんで水で呑み下すと寝袋の中へもぐりこんだ。格子からいくらか風が吹きこんできたが、この程度の小屋ならいままでに何度も泊まったことがある。袋の中が温まるとすぐに眠りが降りてきた。

夜中に、地蔵の顔が薄明りに照らされて、揃ってこちらを見おろしていた。昼間よりも目鼻立ちがだいぶ蘇っているな、と思っているうちに、闇の中に消えた。私はむっくり起き上がり、もう勝手知った気持で懐中電燈もつけずに土間に降り、潜り戸から雨の中へ出て、掘立小屋の裏の夏草に向かって小便をした。それからまた寝袋にもどって仰向けになると、にわかに空腹を覚え、枕もとに手を伸ばして食い物の袋を胸の上に取った。袋の中にはチーズがあり、クラッカーがあり、チョコレートがあり、あの男の好物か、辛子をきかせた甘酸っぱい漬物が一口ずつ銀紙にくるんだのもあり、なにやら強壮剤めいた大蒜臭い粉の包みまであった。仰向けのまま私は暗がりの中で手当り次第に袋から口へ放りこんでは、枕もとの水筒とウイスキーをかわるがわる取って口につけ、そして腹が満ちるまで食って、眠ってしまった。

しばらくして、私は目をひらいた。下腹が固くなっていた。地蔵の顔が六つまた浮んで、はっきりこちらを見おろし、足もとのほうへ流れるように消えた。同じことが何度かくりかえされた。薄明りはたしかに格子から差してくる。最初は気配ほどの明るさが、急に六つの顔を浮き立たせ、それからすっと薄らいで斜めに滑り落ちる。

遠くを走る車のライトではないか、と私は思った。N市から来る道路がどこか二、三箇所でこちらをまっすぐ向いて、すぐにまた折れる。こんな時刻にしかし仕事の帰りでもあるまい。女と寝たあとで、ひとりで夜道のハンドルを握っている……。

地蔵はたしかにこちらを見ていた。昼間はおおよそ正面を向いて無造作に並べられただけのように見えたが、じつは微妙な配慮があるようだ。それも、六体の視線が格子の外で拝む人間にではなく、ここでこうして寝ている人間の、胸から下腹に集まるようになっている。誰か、わざわざこんな工夫をした男がいる。誰か、ときおりここでひとりで寝た男がいる。妙に身近に感じられた。

それにしても、こんなところで、なぜ恐がらないのだろう、と私はまだ下腹を固くしたまま自問した。ゆうべは仲間がいたが、おとといの晩も、その前の晩、そのまた前の晩も、山中のたった一人の小屋の中で、すこしも恐がらなかった。暗闇の中で野鼠どもが寝袋のすぐまわりをごそごそと這いまわっているのを、同じように身近に感じていた。

以前はそうではなかった。以前はたとえば冬の空に欅の大木が鋭く顫える枯枝を無数に分けているのを見るだけで、一人の女への情欲が足もとから地をひろがって、幹を昇って、細い枝先のひとすじひとすじにまで突き上げていくような、そんな衝動を覚えたものだが、今ではこんな場所がふさわしい。

固くなった男根を握ってみても、以前とは違う表情がある。昼間この地蔵堂の前を通り過ぎて、ふっと掘立小屋のほうを振向いたあの目つきと、よく似た表情だ。

たしかに芝居がかったところはある。しかし芝居がかりと言うには、ときおりあまりにもなまなましい、鈍重な促しだ。我身のこととしては思いも寄らぬほど陰気な存在に、しきりに成ろうとしている。

目をつぶるとあたり一面が、命ある物もない物もおしなべて、あまねく苦悶している感じがある。同じ苦悶の予感がこちらの身体の中にもあって、それで周囲と釣合いが取れ、それで恐くない。ゆうべも、おとといの晩も、その前の、そのまた前の晩も、そうだった……。

目を覚ました時には、太陽はもう長い庇の上へまわり、揃って穂を起した稲の上に光が重く注いでいた。蟬がうつけたような声で鳴きしきり、時計を見るともう正午に近かった。まず覚えたのは空腹だった。寝袋をくるくるとまるめ、紙袋と水筒をつまむと、私は潜り戸を抜け、日の光を求めてお堂の前へまわり、水筒を花立ての脇に置き、紙袋をかかえて食事にかかった。足首にまだかすかな痛みが残っていた。その具合を試すように私は食いながらお堂の前を行きつ戻りつ、喉が渇くと水筒をあおり、目のくらみそうな正午の光の中を長いことうっとり歩いた。歩くうちに上着を脱ぎ、登山シャツも脱いで、汗で黄ばんだランニング一枚になった。足もとは編上げ靴の紐も結ばずにずるずると引きずっていた。

小さな釣橋を見つけたのは、空になった水筒を片手に、お堂の左脇から夏草の間へ分け入っていくかすかな踏跡らしいものを、なんとなく目でたどっているうちにだった。長さ二間あまりの簡素な橋で、両岸に立てた木の枠から荒縄で釣って薪を足場にわたし、危っかしく見えたが、下は一間ほどなので、私はかまわずに渡った。渡りきった近くで崖に岩が露出して、湧き水が落ちていた。

なるほどこれがあの小屋の水場か、と私は喉を潤おし水筒もいっぱいに満たし、それからふと、山の中ではあるまいしたかが掘立小屋の水場のために橋を吊るのも大げさに思えて、左右を見まわした。右手のほうは崖がそのまま河原まで落ち、左手のほうは山と河原の間に半円型の窪地があって、夏草を茂らせていたが、ほんの三十米も先でまた崖に絶たれていた。

しかし時間はふんだんにあった。私は水筒を片手に茂みの中へぶらりと歩き出した。地面が足にふっくらとこたえ、爪先で掘ってみると肌理《きめ》の細かい豊かな黒土だった。草茫々の荒地だが、どこか畑を歩くような感触があり、畝のような起伏もかすかにあって、傷めた足首からかえって鈍い疼きを誘い出す。ふいに蹴つまずきかけて、見まわすと、草の中に頭大の丸い石が、なかば土に埋もれて、やたらに転がっていた。

しばらく行って、二日つづきの雨の爪跡か、土が扇型にけずられて草もろとも河原へ押し出されているところまで来た時、私はその縁にしゃがみこんだ。夏草に視界が閉ざされて、黒い露わな土と抜けるように青い空だけになると、誰もいない山の中を引きずってきた陰気な存在が、ここにきわまった気がした。

蟬の声のほかには遠くでバイクの音だけがのどかに響く静かさの中で、男たちの哮《たけ》りと、女の呻きを、私は記憶とも幻聴ともつかず耳の奥に聞いた。そして土がちょうど河原へ流れ落ちるあたりに、丸い素焼の破れ瓶《がめ》のようなものが転がっているのを、眺めていた。その正体に気がついて驚く前に、まじまじと見つめてしまっていた。

紛れもない髑髏だった。ほかにも沢山ある気がして、私は土の上をくまなく見まわした。その時、釣橋がわさわさと揺れ出し、顔を上げると、白っぽい寝間着のような服を着た若い女が橋の中途に立って、手すりから半身を乗り出し、恐いほど美しい、なにか勝ち誇ったような顔で、こちらへ目を凝らしていた。

とっさに私は茂みの中へ潜りこみ、女が橋を渡ってくる早さに合わせて橋のほうへ這い寄り、そして女が渡りきって私のいたほうへ草を分けて行ったのと入れ違いに、草むらから出て橋をそっと渡りはじめた。岸に着いて振向くと、女の注意の逆をついたのが成功したらしく、姿は見えなかった。ところが小屋の角まで来てまた振向くと、女はこちらを睨みながら橋に足をかけるところだった。そのまま私はお堂の裏から走りこんで寝袋とリュックを地蔵の後ろへ隠すと、片手で潜り戸をしっかり押えて土間にしゃがんだ。お堂の前に上着とシャツを置いてきたことに気がついたが、もう遅かった。ただもう、問いつめられたくない、諦めてむこうへ行ってほしい、の一心だった。

足音はやがて表にまわり、格子の光の中に白い顔が浮んだ。表も開くのだ、と私はいまさら気づいた。

「いるんでしょう。出てきなさいよ」

それから格子に額を押しつけるようにして、顔をすこし斜めに向けるようにして、眉をきつく顰めた。

「隠れてもわかるわよ。ああ、このにおい、ウイスキーとニンニク……」

二

恐れ入りましたというしるしにひとつ咳払いをして、潜り戸から寝袋とリュックサックを供の犬みたいに引張って外へ出ると、女はもうお堂の角のところに、私の上着と登山シャツを胸に抱えて立っていた。街なかでもよく見かけるような顔で、橋の上で恐いほどの美人に見えたのが不思議だった。なるほど色は白く、頤はほっそりと締まり、目鼻立ちもすっきりしていたが、全体の造りがもうひとつのところで、さいわい、美人とはなっていない。

「学生さんね、東京でしょう」

新しい使用人でも見る目つきだった。私はしゃがんで寝袋の片づけにかかりながら、学生なら、お堂の中で寝た罪は重くなるだろうか軽くなるだろうか、と変なことを考えた。

「山の中に、何日入っていたの」

「五日前から」

「心配だわねえ、お父さんとお母さん」

親まで引合いに出されることはない、と私は仏頂面をしてリュックの中身を土の上へあけ、寝袋を底に詰めこんだ。

「あなた、両親、いないの」

呆気に取られて目を上げると、女は探るようにこちらを見おろしていた。私と同じぐらいの年頃だが、私と違って、自分の役割を、自分一個のものではない利害を、すでに心得ている顔だった。困ったものを見てしまったな、と私は川向うのことを思い返しながら、わざと荒い口のきき方に出た。

「ピンピンしてますよ」

「そう、家で待ってるわね」

つぶやく声に、軽い失望の響きがあった。私はかまわず荷物の整理をつづけた。

「それなら、こんなところで道草してては駄目じゃないの」

「親は知らないんだ。一緒に暮してはいないんで」

「そうなの、一人でいるの……でも、もう帰るんでしょう」

「ああ、金がもうないから。一宿拝借しましたが、都合により、お賽銭は置いてきません、悪しからず」

詰め終えたリュックをひとつ勢いよく叩いて中のものを落着かせ、私は女のほうへ手をぬっと伸ばした。女は私の上着を抱えたまま、肩をちょっと逃すようにしたかと思うと、

「聞いてもらいたい話があるんですけど」

かすれた声で言って私の脇を小走りにすり抜け、掘立小屋の潜り戸の前へ腰をかがめ、鍵をあらかじめあけておいたものらしく、すっと中へ消えた。

三度呼ばれてから私も入ると、小屋の中は川のほうの板窓が棒で外へ押し上げられて明るく、意外に清潔だった。真中には小さな炉まで切ってあって、炉端の二方に藁の筵が敷かれ、女は窓を背に足をゆったりくずしながら、膝の両側でワンピースの裾をそっと押え、ちぐはぐな感じで坐っていた。

「わたしも、去年までずうっと東京に出ていたの」

笑いかけるのをはずして私はお堂と同じ狭い土間から
また小屋の中を見まわした。小屋の奥、じつは表戸のほうにあたるわけだが、そこも一畳ほどの土間になっていて、右手にカマドがあり、左手には薪もすこし積んである。外からは小屋全体がお堂と同じぐらいの大きさに見えたものだが、人がふたり、男と女が中にいても、狭苦しさはあまり感じない。外見の倍も内におさまる不思議な空間に思えた。

「誰か住んでいたの」

「もう十何年も空家よ。なぜ」

「いや、きれいになってるから」

「二、三日前にわたしが大掃除しといたの」

「誰か住まうの」

「いえ……何してるの。早く上がりなさいよ」

私はのっそり炉端に近寄った。女は私の足もとに目をやっていたが、私が隣の筵に腰をおろして胡坐をかくと、いたわるようにつぶやいた。

「そのからだで、よく山に登るわね」

「こう見えても、しぶといんだ」

「そうなんでしょうね。で、子供の頃から、悪いの」

「なにが」

「足が不自由、なんでしょう」

「不自由……昨日挫いたばかりさ」

「あら、そうなの。それにしては板についてるわねえ」

笑いで紛らわそうともしない。憮然として私は煙草を取り出した。よほどひどい恰好で逃げていたものと見える。蟬の声がようやくまた耳に聞えてきた。

「君は誰」

「ほら、お堂の前から屋根が見えたでしょう、あそこの娘」

「畑仕事をするの」

女は黙って白い滑かな掌を、舌でも出すようにちろっとこちらへ見せた。そして閉じた窓のほうに向かってひとりで笑っていたが、その笑いがすこしずつ私のほうに向いてきた。

「なんで逃げたの」

「追いかけるからさ」

「逃げるから追いかけるんじゃないの」

「水を汲みに行ったんだよ」

「見たんでしょう」

「ああ……川下《しも》のほうでも見た。流れていた」

「ちょっと水が出ると、あれだから」

何事でもないような口調だった。自分からはたずねないことに私は決めた。女もしばらく黙っていた。

「お墓なのよ」

「ああ、昔のね」

「いえ、わたしの子供の頃まで」

「無縁さんのお墓、行倒れとか」

「村のお墓よ。村の人は、みんな、あそこへ行ったんだわ」

「火葬……」

「土葬だったの」

「お寺は」

「お寺さんはあそことは関係ないの」

「どうして」

「どうしてって、ここの習慣よ」

「しかし、ひどいじゃないか、あんなに荒れ放題にして」

「そういうものなのよ、あそこは、昔から」

柄にもなく、義憤が全身にひろがりかけ、すぐに空恐しさに変った。何も知らずに、私は大勢の死者たちの上へうずくまって、陰気な夢に耽っていた。あの土も、あの草も、死者たちの身体《からだ》だった。橋の上から半身を乗り

出していた美女の恐い顔が、炉の灰の上に目をやってい
る女の背後の明るい窓から、こちらをまた見ているよう
な気がした。息苦しくなって私は自分から切り出した。
「話というのは」
「二、三日、ここにいてくれません」
「この村に、何のため」
「いいえ、この小屋に。わたしのお祖母さんが、死にそう
なんです」
「医学部の学生ではないんだよ」
「もう二、三日で死ぬの」
「何をさせるつもり」
「この小屋にいてくれればいいんです。わたしの家の二
階の窓から、朝晩、姿が見えればいいの。退屈なら、昼
間は山登りに行ってもかまいません、街に出て遊んでき
てもかまいません。お金もあげます、御飯もお酒も運ん
できます。人助けと思って、お願い、このとおり、後生
ですから」
　声が細いままに高くなり、女は胸の前でぴったり手を
合わせ、私の目を見つめた。私は途方に暮れて黙りこん
だ。身体のほうは女の哀願にひとりでに反応して、肩で
息をついていた。自分みたいなものは、拝まれると、獣
になってしまう……。
「手をおろしてくれよ」
「聞いてくれます」
「だから、まずわけのほうを」
「ええ、さっきお堂の前で、袋からなにか食べながら、
行ったり来たり」
「ああ、朝飯だったんだ」
「お祖母さんが見てたんです、二階の機場《はたば》の窓から。と
きたま、窓のところまで這い出してくるんです」
「それで、なにか……」
「ヒジリさまが来た、と騒ぎ出して、聞かないんです。
昔と今がもうわからなくなっていて」
「ヒジリ、というのは、行ないすました坊さんのことだ
ろう」
「いえ、ただの乞食、流れ者よ。お経のひとつも読むよ
うになるけど」
　女の口調が急に侮蔑的になったのに驚いて、私は思わ
ず身構えた。昨夜のお堂の中のことが、頭をかすめた。
たしかに、誰かが昔そこに居た、感じがあった。
「この小屋に住みついていたな」
「もう十何年も前ですけど、最後の人は」

「最後、というと、昔から何人も」

「どの人も住みついて十五年目ぐらいに村から消えるんです。次のが流れてくるまでに、どうしても何年かあくので、死ぬに死ねない時期なんですって、お祖母ちゃんが言うには」

「何をさせたの、その乞食に」

「ふだんはお地蔵さまとお墓のお守り」

「それで、飯にありついたわけか。しかし、なんで、それがヒジリなの。ほかに、何をするの」

「死ぬと、みんな、お世話になったんです」

「それは、お寺さんの役目だろう」

「そのあとの世話なの」

「そのあと……」

「最後に村から岡を降りて、この道をやって来て、お地蔵さまの前からヒジリさまにおぶわれて、釣橋を渡って行ったんです、みんな。わたしも子供の頃に見ました」

「その乞食も、足が悪かったんだな」

女が笑いかけて目を伏せた。つられて私も目を伏せ、夏の真っ昼間に、炉の火を見つめあう形になった。男も仕事に関しては、女が肉体を求められるのと変りのない、あからさまな求め方をされるものなのだろうな、と私は考えた。しかしこの女の要求が、たとえば水を汲んでくれ、薪を割ってくれ、というのとそうそう変らないことも、漠と感じ取れた。実際に、女の前でこうして口をつぐんでいると、まるで難儀な力仕事を急に頼まれて、疲れのことやら、外の暑さ寒さのことやら、お駄賃のことやら、あれこれ迷いながら、断わるか断わるまいか、身体と相談している男に似ていた。それから、仕事の後で届いた酒を呑んでいる男の姿が目に浮んで、私は顔を上げた。

「まさか、担がせるつもりではないだろうね」

「まさか、いまどき。市の火葬場がちゃんとあるわよ、ここも市なんですよ」

「それなら、ヒジリさまも用なしじゃないか」

「石油で灰にされるのでは、死ねないって、お祖母ちゃん、泣くんです。ほんとうに死ねないみたい」

「しかし、どうするつもり」

「ヒジリさまが川を渡してくださる、とだまして、死なせてあげたいんです」

「罪な話だな」

「このままで死なせるほうが、罪じゃないの。それに、あなたが現われて、半分は真実《ほんと》になりかけたし」

「冗談じゃない。こちらはただの罰当りだよ」

「同じことよ、この小屋に住んでいた人たちだって」

「いや、ただの乞食ではなかったろうな、それは。こちらは、人が死ぬということさえ、あまり考えないようにしているほうだものね」

「そうでもないわよ。最初、お祖母ちゃんに言われてあなたを見にきた時には、じつはアルバイトとして頼もうと思っていたの。草刈とか何とか適当な理由をつけて、二、三日ここに泊まらせようかと。窓から見て、小屋に人のいる様子があればいいんだもの。だけど、橋の上からあなたを見た時、ああ、あの人なら、わけを話しても気味悪がらずに引き受けてくれる、と思った」

　私は自分のなりを見た。上半身は汗の黄色く染みたランニングシャツ一枚で、肩などは擦れば垢が縒《よ》れそうに見えた。そっと隠す気持で、女の膝のそばから登山シャツを取って着こみ、ボタンをはめて裾をズボンの下へ入れようとしたが、女の存在が意識されて、ベルトがゆるめられなかった。裾を出したまま私はまた灰の上に視線を落した。

　しかし、恰好というものには奇妙なものがある。あまりにも突飛な申し出なので、じつはまだ我身に引き寄せて考えることもできずにいるくせに、恰好そのものは、あきらかに、おそらく、もったいぶった承諾の返事しか出ない。いま口をひらけば、おそらく、もったいぶった承諾の返事しか出ない。

　結局、私は思いなおした。女の頼みを聞いて、この小屋に留まったら、自分が何をやり出すか、正直恐かった。事が事だけに、他所者として、これ以上深く聞き出したくもなかった。詫びなくてはならない気がして、筵の上に正坐しなおすと、女は膝を崩したままこちらを見つめた。

「申しわけないけど、やっぱり帰ります」

「そう……誰だって、こんなこと、厭だわね」

「いや、そうではなくて、あなたたちを、結局は侮辱することになるのが、厭なんだ」

「そんなことないわ、立派な人助けよ」

「もしもお祖母さんに正体を見破られたら、どうするつもり」

「お祖母ちゃんは、窓からあなたの姿を長いこと見てたのよ。拝んでいたわ」

「これは、ますますいけない」

「そう、お祖母ちゃんに何と言おうかしら。いよいよ往生できるって、あんなに喜んでいたのに。いっそアルバイトだと思って割り切ってくれませんか」

　気持がぐらつかないうちに、私は腰を上げた。そのとたんに、右へ床を踏み抜く感じで倒れかかり、道側の窓の枠に手をついてようやく立った。胡坐をかいていても、無意識のうちに女から逃げる方向へ体重をかけていたらしく、右の爪先から、泣きたくなるような痺れがふくらはぎにひろがってきた。女が冷やかに見上げていた。

「あんたの言うこと、心がやさしいようでやさしくないわね。ただ居ることが、人助けになることがあるのよ。何を考えていても、どんな気持でいても、同じこと」

　そう言うと女は疲れはてた顔つきになって腰を上げ、服の裾から藁をはらった。私はまだ歩けないし、目のやりどころもないので、手を窓にあてて押し上げ、外を仔細らしくのぞいた。稲穂の中に腰まで埋まり、中年の男と女がゆっくり歩いて畑の真中ですれ違うところだった。

　女がそばに来て、私が窓を降そうとすると代って片手をあてて細目に支え、午後の光の中へ暗い目を凝らした。

「変な話を聞かせて悪かったわね。わたしも、こんな変なことに夢中になって。もう関係のないことなのに。わたし、秋になったらまた東京に出るんです。お祖母ちゃんがいなくなるから、今度はもう帰って来れないわ。両親もいないし」

　それから、すこし間をおいて、ふいに名乗った。

「サエ子っていうの、ほんとうはサエ」

　片手で宙に書くのを見ると、佐枝と読めたが、しかしいま頃になって、なぜ名前のほうだけ教えるのか、合点が行かない。あるいは婆さんのほうの名前で、薄情者の頭の隅にちょっと刻みつけておいてやれと思って教えたのかもしれない、と私は思った。

「ああ、最後にお祖母ちゃんの願いを叶えてあげてから出て行きたかったなあ。この一年ほど、誰にも相手にされないどうし、年の違いなんかなくなって、ほんとに村の娘どうしみたいだった。死んで行くところがわからないというのは、考えてみればひどいことだわ。川向うなら川向う、と目に見えてなくてはね。渡してくれる人のことも、わかってなくては」

　相槌を求められたが、私は黙りこんでいた。しばらくして女は溜息をつくと、もう世間話でもする顔でたずねた。

「昨日はどこから来たの」

「朝のうちにS山を越えて来たのだけど、谷ですっかり手間取ってね」

「雷が鳴らなかった」

「すぐ背中で鳴りやがった。ここまで聞えたの」

「三十ぐらいの男の人に会わなかったかしら。赤い帽子をかぶった眼鏡の人。シャツも赤くて、ああ、リュックは薄いオレンジ」

「ああ、あの男かな。食べ物を一袋貰ったよ、お堂の前で食べていたやつだ」

「いやだわ、その人、死んだわよ。昨日の朝、西の高原のはずれで雷に打たれて。今朝の新聞に顔がのっていたわ。おとつい、どういうわけか、このお堂の前を通って行ったの」

「同じ男だか、わかるものか」

「今日のうちにS山を越えて小屋に入ると言ってたけれど。いい年をして、なんて照れていたわ」

「話しかけたんだな」

「お祖母ちゃんが窓から見ていて、聞いて来いって言うもので」

女は窓をそっと降して目を伏せた。胃の底から冷いものが押し上げてきた。

「通りがかりの単独行の男を、誰彼かまわず」

「誰彼かまわず、じゃないわ」

「死相の表われていそうな奴を、狙っていたな」

「死相……何を言うのよ」

女の目に同じ恐怖が剝き出しになった。それに誘われて、思わず手が伸び、横つらを張るような勢いで、私は女を抱きすくめた。女は腕の中でくねくねと暴れたが、ふいに静かになり、胸をあずけたまま、まだあいている裏窓のほうを眺めやった。つられて目をやると、ちょうど窓の正面に、川向うの窪地が山から河原へ傾く深い鉢となって、昼下りの光の中でも翳っているように見えた。

その隙に女は私を押しのけて土間に飛び降りた。ああ、外へ走り出されて、触れまわられる、と私はぼんやり考えた。

ところが女はそこでくるりとこちらを向き、腰をゆっくり沈めて後ろ手で潜り戸の閂をおろすと私から遠いほうの床へ上がり、私を睨みながらじわじわと壁にそって横歩きに裏窓のところまで行き、光を背にして、橋の上と同じ美しさになったかと思うと、窓を支える棒に手をかけた。

「村の女に手を出した流れ者は、殺されるんだ」

窓がバタンと降り、小屋の中が真暗になったとたんに、炉の上のあたりから、棒を力まかせに振り回す気配が迫ってきた。頭の高さを狙っていた。私は低く身構えて呼吸を測った。そして頭の上で闇がひゅんと唸ると同時に、炉を飛び越えて女に躍りかかった。

板窓の隙間から差しこむ光が薄赤くふくらむようにして、目が暗がりに馴染んできた時には、私は筵の上に女を押し倒していた。女は炉の中に片足を落して、灰を力いっぱい踏んばっていた。私は隅の壁へ飛び退いた。

「冗談だよ、何もしやしないよ。君だって、なにも殺すことはないだろう」

藁と灰をかぶった、老婆のような頭が起きて、こちらを見た。汗まみれの顔から胸へ、そして下腹に、目が止まった。ズボンの股座《またぐら》がふくれ上がっているのを、私は片脚を浮せて隠そうとした。しかし女は目を逸らそうとしなかった。

「お祖母ちゃんが死ぬまで、ここにいてくれるわね」

三

表の板窓を棒で押し上げ、家の方角をちょっとのぞいてから、女は土間に降りて、こちらを振向いた。聞いておかなくてはならないことがまだある気がして、私は身を起した。

「なにか必要なものはあるかしら」と女が先にたずねた。

「いや……煙草が、なくなりそうだな」それしか私は思いつかなかった。

女はうなずいて、潜り戸へ腰をかがめ、足音がやがて小屋の裏手を静かに駆けて行った。小屋のだいぶ先で、草むらから道へ出たようだった。私は筵の上に胡坐をかいた。

小屋の隅に私を釘づけにしておいて仰向けになった女を、私はいったんは避けたのだ。深くつぶった瞼の、目尻がこめかみのほうへ鋭く釣りあがり、気狂いじみた意志をそこに集めているように思えた。私はそばに寄って、「よしてくれよ」と手を貸して身体を起させた。暗がりの中で二人は並んで炉の上へ頭を垂れ、荒い息をつきあった。そのうちに、お互いの息がいつまで経っても静まりそうにもないのが急に切なくなって、私は肩をまた抱き寄せた。女は唇をあずけていたが、やがて胸をゆっくり押しかえした。いつのまにか私は懇願していた。女は目をつぶったまま、最後まで首を横に振っていた。

女はうつむけになり、藁の中に頬を埋めて動かなくなった。かける言葉がなくて、私は耳もとに口を寄せて名を呼んだ。いましがたまで、誰を抱いているのかわから

なくなりそうな空恐しさから、胸の中でくりかえし呼びかけていた名前だった。ところが、

「佐枝」と声に出して呼んでしまってから、私ははっとして顔を引いた。サエ、とむきだしの響きがした。ひょっとすると、やっぱり老婆の名前ではないか、死にかけている婆さんの名前を呼びながら孫娘を犯していたのではないか……。

息をこらして女の顔を、血の色の斑に浮いた生白い肌を見つめていると、だいぶしてから細い頤がかすかに動いて、うなずいた。

「佐枝、可愛い名前じゃないか、誰につけてもらったの、誰にそんなに可愛がられたの」

安堵感から私は熱くなって、ふだんならとても口につきそうにもない言葉をささやきかけた。

と、女は肩をふるわせはじめ、泣き出したのかと思ったら、低い喉太な笑いを洩らして仰向けにかえり、私の手を胸の上に取って、掌をからかうように爪の先でもてあそびながら、喋り出した。

「おかしな名前だったのよ。お祖母ちゃんがつけてしまったのを、みんな、刈入れで忙しかったものだから、漢字にごまかされて、おかしさに気がつかなかったの。六番目の子でしょう、男の子ならと貰い手が外で待っていたぐらいだから。この名前のことでは、小さい頃に、さんざんからかわれた……」

サエモン、サエモン、と男の子たちは佐枝の姿を遠くから見かけさえすれば、挨拶みたいに、ひとしきり囃し立てた。最後にはかならず、卑猥な野次が口から出まかせに飛びかう。佐枝も男の子に負けずに腕白だったので、まっすぐに駆けて行って、逃げ遅れた子の頭を叩いたりした。川の中へ突き落したこともある。憎まれてはいなかったのだ。

サエモンというのは、この小屋に住まう乞食の、ふだんの呼び名だった。ふだんは乞食も乞食、三日に一度ほど村の中を歩きまわって家々の庭に立ち、汚がられ、罵られ、からかわれ、わずかな米や豆や残り物をもらって命をつないでいた。ことに、年の行った女たちが何人か寄っているところに来ると、かならずと言っていいほど、お前さん、なかなかいい男前じゃないか、若い頃にいい目を見すぎたんだろう、何人孕ませた、というようなことから始まって、どぎつい言葉でからかわれた。男たちのほうは怒鳴るほかは相手にもしなかったが、ときどきサエノカミと呼んで、変な目つきで笑った。

ヒジリさまと呼ばれるのは、村に瀕死の重病人が出た時だけだった。病人が今日明日の命と言われるようになると、その家の女が朝夕、酒やら飯やらを地蔵堂の前に運ぶ。古着の類いなども持っていく。身なりの改まったサエモンは昼間っから呑んだくれて、小屋のまわりをふらついたり、お堂の前で大の字に寝そべったりする。村の中まで聞えるような大きな恐しげな声で独り言をいうようになる。お堂の中から黒ずんだような声の読経が聞えていたかと思うと、いきなり奇声を発して猥歌をうたい出したりする。ひとりで暴れまわっていることもある。しかし誰ももうサエモンとは呼ばない。女たち子供たちは素直にヒジリさまと呼んだ。男たちはなるべく名を口にしないようにしていたが、しかたのない時は、やっぱりヒジリさまと言った。

病人の家の女のほかは、誰もお堂のあたりへ近寄ろうとしない。ヒジリのほうも村の中には入って来なかった。万が一入って来そうな時には、棒でもって追い返すのだという。サエモンはいいが、ヒジリは村の中に入ってはならない。そうこうするうちに、一夜明けると、ヒジリは一日じゅうただ呑んだくれていたように見えたのに、まるで目に見えない者の仕業のように、橋へ続く道が、草を刈り取られて、きれいにあいている。不思議に、病人が息を引き取るのに、遅れたことがない。

村の中には昔から村の寺があり、寺には坊さんがいて、立派な墓もある。川向うから村の中に移したわけでもない。村には、だから、墓が二箇所あったことになる。遺体を葬るのは川向うの墓のほうだったが、ここは単に《川向う》と呼ばれ、墓石もなく、サエモンヒジリのほかは誰も釣橋を渡って足を踏み入れようとしなかった。棺桶はまずいちばん近い道から村の外へ出て、村のへりをまわって佐枝の家の脇のあたりからなだらかな坂を下り、お堂の前におろされると、男たちはヒジリさまヒジリさまと大声で呼びながら後も見ずに駆けもどる。しばらくして、酔ったヒジリがお堂の中から経をとなえながら、ふらりふらりと出てくる。

どうかするとヒジリが長いこと姿を現わさないことがあり、それはその家がどれぐらいヒジリの機嫌を損ねているかによると言われた。その間、その家の者たちは佐枝の家の近くの物陰に隠れて、手の出しようもなく、ヒジリさまのおでましをいまかいまかと待っている。この時ばかりは、心からヒジリさまに、常日頃の無礼をあやまり、お慈悲を願うという。ひどい時には、棺桶が半日もお堂の前に置きざりにされ、小屋からは大きな鼻唄などが聞え、その家の娘がとうとう狂ってしまって、なにもかも差し上げますからお許しください、と小屋めがけて走り出し、男たちに組み伏せられたこともあったという。しかしヒジリのほうも、度を越すと、後難《あと》が恐かった。四十九日も明けると、その家の者たちでさえ、サエモンにたいしてあまり神妙ではなかった。しかしまた、サエモンをなぶるにも、おのずと手加減というものが、日頃からあった。お互いにその時その時の仕打ちはたいてい忘れるという、習慣みたいなものがあって、ふつうはそれでうまく行っていた。

川向うでは、埋葬の場所に、河原石をひとつ置くだけだという。サエモンヒジリのための、目印だった。広くはない場所なので、サエモンヒジリはそのつど、古い順から掘り返して、新しいホトケのために地面をあける。遺族にとっては夢でしか見たことのない場所だが、誰でも、そこを知っているような気になっていた。月々の地蔵さんの二十四日と、それから新仏の命日に、村人たちはお堂に参って供え物をあげ、サエモンを養った。そのほかにも、あまりなまなましい夢を見ると、お堂の前まではやってきた。しかし墓参りはもっぱらお寺のほうへ行き、死者の霊はそちらに来ると考えられていた。貧しいながらにお寺さんには金をかける土地だった。

大昔からそうやってきた。ところが、この前の戦争が始まって、出征した若い者の遺骨がひんぱんに戻ってくるようになると、村の者たちはようやく困りはじめた。最初のうちはしかたなしにいままでの戦死の例に倣って、サエモンに酒と飯を届け、型どおりに遺骨を川向うに渡して骨を埋葬させていたが、そのうちに或る日、憲兵が村に乗りこんで来て、村の長老たちが集められ、英霊にたいして、かかる蛮風、ときびしい叱責を受けた。それ以来、戦死者の遺骨は寺の墓におさめられ、病死人たちもおいおい市の火葬場でお骨にされて、川向うへは行かないようになった。それでも戦後二、三年まではサエモンの姿が見かけられ、橋を渡されるホトケもあった。しかしサエモンが村から消えて、七、八年も経つと、そんな風習が村にあったことさえ、人は忘れたようになった。

佐枝も知っているその最後のサエモンは当時まだ四十前の、足のすこし不自由な男で、ふだんは乞食としか呼びようもないみすぼらしさだったが、ときたま畑のへりに立って風にじっと吹かれている姿などを見ると、肩幅なども広くて逞ましく、なかなか彫りの深いきびしい面相をしていた。代々のサエモンたちは村に流れて来る時にはたいてい三十にまだ間がある年齢で、四、五日小屋に泊まってから行ってしまうのもあるが、頼まれもしないのにお堂のまわりの草刈りなどを始め、これ見よがしのところがあると、かならず住みつくようになる。そして十何年も居つづけて、ホトケを何人も渡し、よそ者ながらここにすっかり根を生やしたと思われる頃になって、とつぜん姿を消す。すると一、二年のうちに、新しいのが流れてくる。

ただ偶然に流れ着くのでもなさそうに思える節があった。地蔵さまが招くので、道が自然にここへ着くのだ、と有難がる者も女たちの中には多かったが、男たちの中には、この地方を渡り歩く乞食連の間になにか秘密の連絡があって、あきが知らされ、元締が腰を落着ける時期に来た乞食を送るのだ、と信じる者もいて、それがまたそのことを蔑みながら有難がっていた。たしかに、どこで身につけてくるのか、ヒジリになる下地が乞食にはそなわっていた。川向うの掃除を始めるのもやはり頼まれるより先だし、村の者がしばらく無視するふりをしていても気長に続けている。死体は恐がらないし、扱いにも慣れているふうだし、仮名つきの阿弥陀経を渡しておくと、ひと月とたたぬうちに、堂々たる声で唱えるようになる。

姿を消すというのは、じつは追い出されるのだった。ふたつの場合があった。ひとつは、ときたま、年まわりのせいだとか流行病《はやりやまい》のせいだとかで、死人が続く時期があって、ヒジリがサエモンにもどりきる暇がなくなる。村人たちも、お寺さんよりもサエモンヒジリのほうを、地蔵の手下として頼みにするようなところが出てくる。子をなくした親たちがことにそうだった。供物が増え、ヒジリは顔がまるくなり、押出しがなにやら立派になり、説教めいたことを口にするようにもなる。普通はそれだけで終り、ヒジリは前よりもいくらか大事にされるようになるだけで、もとのサエモンに返る。ところが、十四、五年目という時期にはなにかあるらしい。もともとそういう使命を帯びて来たのだ、と言う者たちもあった。お寺さんとは違う役目をよく心得ているはずのサエモンヒジリが、死んだ人たちのためにこのお堂と小屋を地蔵寺《でら》にしたい、と願い出るのだ。

それですぐに面倒が起るわけではなかった。正規の寺にするわけにはいかんが、と村の大人たちは寄り集って気長な相談をくりかえす。サエモンヒジリの申し出をもっともと思う者も多くて、風向きはサエモンヒジリにたいしてそんなにも悪くない。お堂の中からは日夜静かな読経の声が聞える。お寺さんが村の長老たちのところに膝詰談判に来るが、長老たちはほどほどに聞き流し、その後もべつに変ったことは起らない。しかしそれがひと月もつづくと、村人たちはサエモンが物乞いにも来ないで行ないすましているのを何となく憎みはじめ、まるで死人の出るのを待っているようだ、とふだんなら冗談にも言わないことを口にするようになる。長老たちも、いい加減に悟ってもよさそうなものを、と眉をひそめはじめる。そして或る日、酔った若い者たちがいきなり、長老たちの制するのを振り切る形で、小屋へ押しかける。

もうひとつは、女だった。中年の女たちにからかわれるままに目をしょぼつかせていたサエモンが、村の女と関係してしまう。ヒジリとして、有難がらせ、誘い寄せるのではない。女のほうが、頭の狂った女が小屋へ駆けこむのだ。村にはよく気狂い女が出て、村のうちそとを一人でふらふらと歩きまわったりすることがあったが、それを家の者に知らせて連れもどさせる時に、《サエモンのところへ行くといかん》という決り文句が昔からあったそうだ。

こちらの間違いが起るのもやはり居ついてから十何年か経って、サエモンがサエモンなりに落着き、川ぞいに細長い畑を拓いて芋やら豆やらをつくり、身なりもそれほど汚らしくはなくなる頃だという。こちらの場合も、すぐに追い出されるわけではなかった。村人たちはサエモンを責めないで、これもなにかの因縁だ、という顔をしている。女のほうは家の者たちに、頭から水を何杯もかけられたり、細帯でからだじゅう鞭打たれたり、さんざん折檻されたあげく、納屋などに押しこまれる。それでも二度三度と、家を抜け出して小屋へ走る。そんな時にも、自然に縄がほどけたとか、錠がひとりでにはずれたとか、神がかったようなことをささやく女たちがいたが、それは後日になってけっしてサエモンのためにはならなかった。男たちのほうは相変らず、見て見ぬふりをして待っている。サエモンにとって無事平穏なこの状態は、女に妊娠のしるしがあらわれるまで続く。或る日、若い者たちが酔って小屋へ押しかける。

どちらの場合も、サエモンはやはり多寡をくくっていたようで、大変なことになったと気がつくと、怯えて口もきけなくなる。まずお堂の裏へひっぱり出されて半殺しの目にあわされ、それから急いで身支度をさせられ、追い銭などをすこしいただいて、釣橋のところから川へ突き落される。そして若い者たちに岸の上から見張られて、深いところでも膝までしかない流れの中を歩いて下って行かなくてはならなかった。河原へ上がろうとすると、石を投げつけられる。そうやって村のいちばん外の境、つまり本流との合流点にかかる釣橋のところまで来て、やっと向う岸へ這いあがる。村の田畑を汚さずに出て行けということらしかった。一夜明けると、若い者たちは後悔したような顔をする。大人たちも、サエモンヒジリがいなくなって誰がホトケを川向うへ渡す、などと若い者を叱りつける。しかしこんなやりとりも、仕来りの一部のようなものだった。

最後のサエモンヒジリの消え方は違っていた。この男は終戦の年にはもう十何年目かになると言われていたが、村が急速に火葬へ変っていったので、年々乞食臭くなっていた。右足をすこし引きずっていることもあって、子供たちは姿を見ればもう卑猥なことを叫び、馬鹿にしきっていた。それでも、終戦直後にも高齢の老人が二人、本人のたっての遺言により、ヒジリの手で川向うへ渡された。お堂の前に棺桶を置いて、兵隊帰りの屈強な若者が三人、顔を真蒼にこわばらせ、坂道をあたふたと駆けもどってきたのを、佐枝は覚えている。それにひきかえ、まもなくお堂の扉を押しひらいて、半分ほどになった濁酒の一升瓶を片手にもうろうと出てきたヒジリは、背筋がまっすぐに伸び、不自由な足の動きさえ尊いぐらいの貫禄だった。

このサエモンが、ふだんは目を骸骨のように落ち窪ませてふらふらしているうちに、ちょうどその頃N市の先のもっと大きな都市からこの辺の村までオート三輪で入りこむようになった闇屋の連中と、いつのまにか親しい口をきくようになり、荷の積みこみなどを手伝いはじめ、ふた月ほど小屋に姿が見えないと思ったら、或る日、まんまるな顔でオート三輪の助手台に腰かけてもどってきて、闇屋の手下としてきぱきと働き出した。それから十日ばかり村に一人で残り、小屋に隠した闇物資を毎日すこしずつリュックサックに担いで近辺の村をまわっては米などに換えて小屋に積み上げ、退屈すると小屋の前でチョコレートやガムをこれ見よがしに食べ、子供たちを誘い寄せてはからかって、村の者たちに憎まれていた。

最後のサエモンも村の女を、これはしかし白昼堂々と連れて出て行った。気狂いではなかったが、いかれた女だった。最後の日に、サエモンは庇のばかに長い帽子に、足首の上まで来る編上げ靴、これも進駐軍放出のジャンパーにだぶだぶズボン、女には真赤なロングスカートをはかせ、二人腕を組んで村の中をのし歩いたあげく、オート三輪の荷台に並んで乗りこみ、焼玉の音の中で、「ヘエイ、ジョー、ウホホホオ」と奇声を発して女の肩を抱き寄せ、それきり行ってしまった。

「死ぬに死ねない時期なんだわ」と佐枝は声を落して、我身のことのようにつぶやいた。「昔は長くてせいぜい三年、それでも死人はやっぱり出た。川向うへ渡さなくては往生できないので、次男三男で、いずれ村を出て行く若い者に、ヒジリをさせました」

村から葬いが出そうになると、急いで経の一節を覚えさせ、小屋に入らせる。川渡しの時には別人のようにやつれ、物凄い顔になってお堂から現われる。呑めないはずの者でも酔っている。それからまた三夜、穢れ落しに小屋にこもって帰ってくるわけだが、誰でもすっかり無口になっていて、川向うのことは親兄弟にも話さない。どうかすると長患いをする。

十六、七の少年だったので、昔は川渡しの後で、ホトケを出した家に若い嫁がいればその嫁と、いなければ誰か村の若い嫁と一夜、という仕来りがあったそうだが、それは形だけのことで、実際には金で礼を済まし、年の行った青年が町の遊郭へ連れて行く。それでも、寝たという噂はしばらく流れた。しかしそれも仕来りをなぞった擽《くすぐ》りみたいなもので、当人たちも笑ってすませた。ちょっとした楽しみでさえあった。近い時代になってからは、市の学校へ通う者の中で、成績が良くて家が豊かではなく、どちらかというと人とうまくやっていけない性質の少年が、上の学校へ行かせるという約束で、ヒジリに選ばれた。ホトケを担いだ者たちは、みんな、東京あたりで偉くなった。

ヒジリが身ごもらせた子たちも大切に取り上げられ、きまってきれいな赤児だったので、町へ貰われて行った。こちらがまた、あまり良いところへ行ったはずもないのに、不思議に出世した。だから、この村にゆかりのある成功者で、村にぜんぜん顔を出さずにいると、あれはヒジリをさせられたか、ヒジリの子か、どちらかではあるまいか、などと冗談に言われた。小さな村にしては成功者がわりあい多い村だった。

「帝大に行った者、早稲田を出た者、慶応とかいう塾を出て偉くなった者……」

胸の上でつかんだ私の右手の指を順に折っては伸ばし、

まるで一人ずつ思い出しているように、佐枝はうっとりつぶやいた。唖然とした気持がきわまって、私はその顔を見つめた。去年までずっと東京にいた女が、いくらなんでも、あの大学をただの塾のように言うとは、ひどすぎる。

「いったい、どこからどこまでが、君の見たことなの、君自身の話なの」

「ええっ」と佐枝は聞き返し、昼寝の最中に声をかけられた女みたいに、どんよりこちらを見つめ、それから照れくさそうに、しかし目は逸らさずに笑った。

「いやだわ、あんまりお祖母ちゃんの話相手ばかりしてたものだから、すっかり移ってしまって。ぜんぶ、お祖母ちゃんのなの。お祖母ちゃんだって、ぜんぶがぜんぶ自分で見たことみたいに話していたわ。おかしい、ねえ、白髪でも出てないかしら」

そう言って髪へやりかけた手を私はつかんで顔を近づけ、それ以上笑わせまいとして、唇を合わせた。女の唇に、長話しの味がした。何代にもつながる女たちの長い長い話の、においがするような気さえした。

「もう一度なの」女の息が熱くなった。

「しかし、家のほうが、心配だろう」

女は髪から藁を払いながら、蒼く光るような目で、閉じた表窓のほうを長いこと見つめていた。

「大丈夫とは思うけど。そうね、じゃあ、帰るわね。御飯は暗くならないうちにもって来ます」

小屋の外で足音が消えると、あれはどういう女なのか、どういうつもりなのか、結局何を話したのか、またわからなくなった。

四

日の暮れる前に佐枝の運んできた夕食は、山盛りの丼飯に、五つ切れほどにしたカツ、それにキャベツを刻んだのと赤いスパゲッティと飾りのパセリを添えて、大学近くの蕎麦屋などで出す定食と変りのない献立だった。

「何を食べてもらったらいいのか、わからなくて」と佐枝は膝をついて四角いアルミの盆を炉端に置き、香りの濃い味噌汁を小鍋から給《つ》いで、ふっと目もとを赤くした。盆の上には土瓶と小さな魔法瓶と、デザートの桃まであった。茶をいれると佐枝はもう一度家まで走って、まもなく片手に石油ランプ、もう片手に一升瓶を下げ、息を切らして土間に立った。そして上がって喋っていくのかと思ったら、かるく頭を下げて出て行きかけた。

「すこし居てくれよ」と呼び止める声が、思わず恨めしげに、卑しげになった。潜り戸へ腰をかがめたまま佐枝は振向き、肩のあたりを固くして、私の顔を見た。

「夜は困るんです」

ひとり黙々と飯を食ううちに、小屋の中は暗くなっていった。ランプを点けずに、私は我身の卑しさを、ひたすら口を動かすことに集めていた。板床の縁に置かれた一升瓶が窓の薄明りを鈍く映し、その瓶と私の唇だけが、濡れて暮れ残っているように感じられた。

ときどき、荷物をまとめて夜道を逃げていく自分自身の姿が目に浮んだ。そのたびに、腰のほうはかえって重くなった。明日になれば女がまたやって来る、そして私の本心を問いただそうともしない。それにまた、街の定食と変りのないこの飯が妙に美味くて、久しぶりに飯らしい飯にありついたような哀しさを、からだの芯にかすかに顫えさせた。

盆の上のものを残らず平らげ、一升瓶を摑んで来て、なみなみと注いだ茶碗を口まで運んで何気なく上り口のほうへ目をやると、瓶のあったところに、煙草の《新生》が五箱と、それから数珠と、経の本らしいのが、そっと忍ばせた感じで置いてあった。どういうつもりだろう、と私は首をかしげただけで、酒を口に運びなおした。そのまま、いまさらランプに火を入れるのも面倒で瓶の首を片手から離さず呑みつづけ、陰にこもった酔いがやがて急にまわって、暗闇の中で歌でも出そうな機嫌へ変りかけた時、自分で自分が恐くなって、寝袋の中へもぐりこんだ。

「またずいぶん呑むんだわねえ」

舌打ちするような声に目をさました時には朝になっていた。頭が他人の物みたいに重くて、ちょっと浮しただけで目眩が起り、土間に立つ顔をはっきり見ることもできなかった。着のまま寝たはずなのが、知らぬまにあたりに脱ぎ散らし、肌着だけになっていた。

ほんの一瞬、そこにいるのは佐枝ではなくて、母親はいないと言っていたから姉か兄嫁か、とにかく一家の主婦が佐枝の軽はずみを知らされて、どんな男だかのぞきに来た、という気がした。実際に佐枝は昨日よりも声が太くて荒く、なにやら腹立たしげに喋っていたが、早口でしかも訛りがひどくてすこしも聞き取れず、私がもう一度頭を起して酔眼を見ひらくと同時に、くるりと背を向けて行ってしまった。

足もとのほうから漂ってくる飯と味噌汁のにおいに悩

まされながら私はとろとろと眠りつづけ、正午頃になって起き出し、河原に降りて顔を洗い、そんな役目のあったことを思い出して小屋とお堂のおもてを行きつ戻りつしはじめた。しかしサエモンヒジリの話はもう遠く感じられ、岡の上からのぞく窓の静かさを眺めていると、老人は昨晩のうちに息を引き取ったように思われた。もう帰ってもいいわよ、と佐枝が言っていたような気もしてきた。

面目ない気持で私は小屋にもどり、これで帰るにせよ朝飯はいただいておこうと、冷えきった盆を炉端に運んでその前に坐りこんだ。その時、小屋の裏手から足音が近づき、佐枝が布巾のかかった盆を両手に、にこやかに入ってきた。

「気分はどう。あら、食べられなかったの」と佐枝は私の前から朝飯の盆を手早く下げ、まだ湯気の立つ昼飯を置いて、また目もとをすこし赤らめた。そして私が箸を取ると、後ろの壁ぎわにしりぞいて、食べ終えるのを待つ顔で、板床に膝を崩した。私はぶっきらぼうにたずねた。

「容態は、どうなの」

「ゆうべっから、衰弱がまた進んだみたい。今夜が峠かしら」

「それなら、ここに居てくれなくてもいいんだよ」

「そう、ありがとう、それじゃ行くわね」

本心感謝したような口調で答えて、そのまま立ち上がる気配もないので、しばらくして振向くと、佐枝は看病疲れした顔を盆の上へうつむけて、冷えた飯をぼんやりつついていた。

「家の人はこのことを承知なの」

「いいじゃないの、そんなこと」

「こちらはいいけど」

「お祖母ちゃんのことでは、家の者にいまさらとやかく言わせないわ」

そう言って佐枝は朝飯の丼を手に取り、私と同じように食べはじめた。

「わかってるだろうけど、僕はただ君と寝たくて……」

「いいのよ、それでいいのよ」

「君は、お祖母さんのためなんだろう」

「あなたは、わたしにだけ、やさしくして」

それから、おもての窓のほうを向いて、つぶやいた。

「お祖母ちゃん、あなたがここに来ていることを、忘れていないのよ。意識がもどると、そのことばかり心配している。御飯をお持ちしたかとか、お酒は切れてないかとか、機嫌良く酔ってござるかとか。佐枝さん、ヒジリさまのことをお願いしますよ、とか。佐枝さん、と呼ぶのよ、わたしのこと」

老人が佐枝のことをさん付けで呼ぶようになったのはその春頃からだった。佐枝さん、佐枝ェさん、と二階から若い娘みたいな調子で呼ぶのをはじめて耳にした時には、佐枝は病人が甘えているのか、皮肉でやっているのか、それともいよいよ頭がおかしくなったのか、と考えたぐらいで、あの頃はまだまだ冷やかな気持でいた。

老人のほうも、前の年の秋に佐枝が四年ぶりに戻ってきた時には、孫娘の顔も見分けられずにいた。枕もとに坐って挨拶したら、どなたさまですかと聞くので、兄を引っぱってきていろいろと話してもらったけれど、本気のような惚《とぼ》けているような顔で、ああ、どこそこの末の娘さんが手伝いに来てくれましたかなどと言って、一向にわかってくれず、あれこれ思い出させようとすると、しまいには馬鹿にするなと怒り出すしまつだった。兄嫁と、十三を頭にする三人の甥っ子たちが顔を出して、遠慮もなく大口をあけて笑っていた。佐枝もとうとう笑い出してしまい、そんなことよりも、自分が東京で財布の底をはたくようにして買ってきた土産の品物が、すっかり現代風になった家の中で、ひどく野暮ったく田舎臭く見えることに、がっかりしていた。

しばらく一緒に暮した人と別れて、東京の生活に行き詰り、身体《からだ》もこわしがちだったところを、ちょっと優しげな兄の手紙に誘われて、まず心身を立てなおそうと戻ってきたのが、たちまち病人の世話を押しつけられることになった。病人といっても老衰のようなもので、佐枝の来る前にも風邪をこじらせてもう今日明日と医者に言われたことが何度かあり、近在の親類たちが呼び集められ、枕もとで涙を流しあったこともあったそうだが、そのつど老人は一夜明けるとけろりと元気になり、待たせて気の毒だがまだ往生するわけに行かないなどと憎まれ口を叩くので、親類たちは喪服の包みを手にぶつくさと帰って行った。

佐枝が来てまもなくにもそんな騒ぎがあり、今度は親類が呼び集められるようなことはなかったけれど衰弱が長く続き、おかげで佐枝は東京へ帰りそびれ、そのうちに老人にも家の者にも頼られて、抜けられない身になっていた。たまにやって来る近在の兄たち姉たちも、四年前に啖呵を切って飛び出したはずの佐枝がいつのまにか家にいて病気の祖母についていることを、不思議がりもしなかった。ばかばかしい気はしたが、しかし東京へもどる気力も、まだ十分に回復していなかった。それにまた、祖母が死んだら、なにがしかまとまった金を貰う約束が兄との間にいつのまにかできていた。そんなわけで、祖母の死ぬのを待っているような、このままもうしばらく居たいような、そんな気持で佐枝は過していた。

「佐枝、東京じゃあオリンピックの準備は進んでいるかい、新幹線はまだかい」

衰弱からやや回復すると老人は佐枝、佐枝とうるさく呼ぶようになり、彼女が末の孫娘であることも、あしかけ五年も東京に出ていたこともちゃんと知っていた。来た時のことを佐枝が責めると、わかっていたけど、魂胆が知れないので、わからないふりをしていたなどと澄まして答えた。佐枝が階下の居間で兄や兄嫁と話しこんでいると、眠っていないかぎりかならず、用もないのに大きな声で、来るまで呼んでいる。そのくせ、階下の話の雲行きの怪しい時には黙って聞いていて、佐枝がむっつりと二階に上がってくると、眠っていたのが薄目をあけてニタニタ笑ったりする。食事はゆっくりゆっくり、あれこれ手間を焼かせながら、けっこうたくさん平らげる。着替えや下の始末をさせるのにも、細かい順序を言い立てて、無視するとテコでも動かない。用事は小出しに言いつけて、階段を何度も往復させる。

「病人の世話のまずい女は、道理で、男も逃げ出すわけだよ」

佐枝もときには頭に血が昇って、怒鳴りつけそうになることがあった。老人はすばやく孫娘の顔色を見て、蒲団の下で亀の子みたいに手足を縮め、キョトンと目を見はる。そのたびに、佐枝はどういうものか、自分にはいまのところこの祖母の世話のほかに為ることがない、この家にも東京にも為ることが何ひとつないことを思い出す。朝から晩までふんだんにある時間を考えると、怒りも萎えてしまう。

そのうちに佐枝は病人とすっかり調子を合わせられるほどに気長になった。気のきかない子だね、と老人はことごとに言った。うるさい年寄りね、と佐枝も負けずに言い返した。そんな中にも馴れ合いが混ってきた。二階と言うよりも屋根裏に近い昔の機場《はたば》に、佐枝は自分の蒲団を運び上げて老人と並んで寝た。夜更けに寝つかれない老人がかまってもらいたくて、ウンウン唸り出すことがあった。佐枝は片目をあけて相手の顔色を確め、「お祖母ちゃん、そんなお芝居してると、ほんとに悪くなるから」と、悪意のない調子で言えるまでになった。老人はすぐに唸るのを止めて、「お前、東京で何人、男と寝た」などと案外なことを話しかけてくる。「百人」と佐枝は半分眠ったまま答える。

春になって老人はまた風邪をひき、咳に苦しめられた。二、三日して喉が嗄《か》れて、地声が出なくなった。そして佐枝さん佐枝さん、と甘えつきはじめた。裏声のような高く細くふるえる声で、どうかすると、年の感じがはっきりしなくなる。厭味な呼び方だと家の者たちは言った。息が苦しくて、さすがに気が弱っているのだ、と佐枝は思った。しかし咳がおさまって元気になっても、老人は佐枝さんとしか呼ばなくなった。

たしかにそれを境に衰弱が進んだ。床の上に起き直らせてみると、身体がひとまわり小さくなったように見えた。夜には寝息に混って、かぼそい呻き声が自然に洩れた。しかし食欲はそんなにも衰えず、兄や兄嫁にたいして小意地の悪いことは相変らずだった。佐枝にたいしては、わがままをいっさい言わなくなった。

「佐枝さん、あなただけが頼りよ」最初はそんな言い方だった。佐枝のほうも、いよいよ子供に返っていく祖母に、最後に頼られている、というだけの気持だった。晴れた日には、老人が外の景色を見たがるので、佐枝は蒲団を窓に掛けて、そこにもたれかからせ、自分もそばに坐って、午前の陽を浴びる畑やお堂や、川や山を一緒になってうっとり眺めた。

「佐枝さん、あなた、この頃、綺麗になったね」或る日、そう言われて、佐枝は相手の顔を見た。「お祖母ちゃん、お世辞なんか言わなくても、ちゃんとやってあげるわよ」と言うと、老人はちょっと面目なさそうに下を向いた。

「佐枝さん、忙しいのに、ほんとに悪いね」と、また或る日、老人にねぎらわれたのを、佐枝は今度は何となく気に留めた。それから数日して、

「佐枝さん、元気になったら、こちらからもお手伝いに行きますからね」と、下の始末をしてもらった後で老人がそう言った時には、佐枝はさすがにこれはと思って、階下に降りたついでに、兄にささやいておいた。

頭がおかしくなったのでもなかった。兄たちにたいしては、耄碌したふりをしながら、ご先祖さまのはしくれをこう粗末にするようではお前たち親子の将来《さき》は知れてる、などと冴えた厭味を言う。それにひきかえ佐枝は感

心な子だ、とその時には佐枝を呼びつけにし、孫娘であることを忘れてはいない。ただ、二人だけでいる時、佐枝さん佐枝さんと呼びかけながら、ふっと別人と話しているつもりになるらしかった。年寄りの地声が柔かになり、すこしふくみ声になり、若やいだ感じになる。言葉づかいも土地の言葉そのままでなくて、ちょっと改まり、ちょっと澄まし、それでいてしみじみうちとけた調子がある。話の端々から察すると、どうやら娘時代にもどっていて、同じ年頃の娘が見舞いか手伝いに来てくれていて、話しこんでいるつもりのようだった。言えばすぐに気がつくのだが、悲しそうな顔をするし、いちいち問いただすのも面倒なので、佐枝は相手が疲れて話にとりとめがなくなるまで、気長に相槌を打っているようになった。そうしていると、心にもなかったような優しい言葉がかけられるし、それにつれてほんとに優しい気持になっていくのが不思議だった。階下の家族たちはそんな二人の親しさを気味悪がって、佐枝を憎み出すしまつだった。

佐枝と兄夫婦との仲はやがてすっかり悪くなった。結局は金のことだった。老人が、自分名義の財産と形見の品をすべて佐枝に渡すと言い出した。老人の財産といってもたいしたものがあるとも思えなかったので、佐枝は兄たちの前で「半分いただくわ」などと呑気なことを言っていたが、兄たちが急に用心しはじめたふうなので、老人に聞いてみたら、三、四百万まとまった預金が老人名義になっていて、その通帳と印がいつも大事に枕の下に敷きこんだ汚い風呂敷包みの中に入っていることがわかって、吹き出してしまった。佐枝の欲しいのは、東京へもどって生活の足場にせめて静かなアパートを借りるための金と、当座一、二カ月の生活費だけで、あとは働けば固くやっていける自信もあったし、それに、百万もの預金を抱えて女ひとり細々と暮すなどというのは、思い浮べるだけで気味が悪く、なにか良くないことに見入られそうで厭だった。ところが或る晩、老人が寝ついてから、兄に呼びつけられ、病人の心弱りにつけこんで欲をかいてはいかんぞ、と高飛車に言われて、依怙地になった。お金は一銭もいりませんから、お祖母ちゃんのことについてはとやかく言わないでください、お祖母ちゃんはあたしのものよ、と佐枝は大声で怒鳴りつけて階段を駆け上がり、老人を抱きかかえて長いこと泣いた。

兄の言葉に、結局、欲を呼びさまされたことになった。欲とは佐枝にとって、この家とすっかり切れて東京で独りで暮していく心細さ、と同じことだった。せめて五十万でもあったらよほど心強かろうと佐枝は思うようになり、二、三日して兄たちに折れて出はじめた。老人に頼られるようになってから、この家の中で小姑みたいな勝手な振舞いをしていたことも、反省しかけた。ところがその矢先に、お前が来てから家の中がふしだらになっていかん、と兄に言われたのがきっかけでまた大喧嘩になり、佐枝は二階へ駆け上がって老人を揺り起し、お祖母ちゃん、皆に嘘をついて悪かったけど、わたしに五十万だけ、お嫁入りの支度のかわりに下さい、わたし、アルバイトでお祖母ちゃんの世話してるんじゃないのよ、早く死ねばいいと思っている人からお金を貰いたくないわ、お祖母ちゃんのこころざしを下さい、と下に聞えるような声で掻き口説いた。今度は兄嫁も怒り出し、階段の上と下で罵り合いになり、

「うちは本家よ、長男のまた長男だよ」

「あんたは何よ、他人じゃないか」

それきり二人ともろくに口をきかなくなって、炊事も食事も洗濯も別々になった。

「佐枝さんにぜんぶ上げますよ」と老人はこれも階下に聞えよがしに言った。二十万も貰えれば上々だと佐枝は早々に見切りをつけていたが、老人が生きている間は、誰にも口を出さすまいと思った。せめてその間は老人に遺産相続者と思われていたかった。そのほうがまた、なまじの金を手に入れるよりも、東京で暮す心の支えになるような気がした。

「佐枝さん、もうたくさん遊ばせてもらったで、そろそろ帰らせてもらいたいんです」と或る晩、寝ていた老人がつぶやいた。

「お祖母ちゃん、そんなに急がないで、ゆっくりしていきなさいよ」と佐枝も釣りこまれて変な答え方をした。

「ほんとうは、もう帰りたいんですよ」と老人は切なそうにくりかえした。傘がなくて帰れない夢でも見ているのか、と佐枝は思った。梅雨時に入って、毎日のように雨が降っていた。通り雨が過ぎると、水源から短い川はたちまち濁流が岸を嚙み、あちこちで小さな山崩れが起った。夜になると沢音は家の軒まで近づいて、暗闇全体が流れ落ちるように聞え、今では寝ていても覚めていても絶えずかぼそい呻きの混る老人の息が、よけいに痛々しく感じられた。

「死ぬに死ねないんだよ」としばらくして老人はまたつぶやいて、あの晩はじめて、川向うの墓のサエモンヒジ

りの話をした。佐枝は自分自身が子供の頃に見たはずのことも思い出せなくて、そんな風習がこの村にあったことを、ただあさましく思った。お祖母ちゃんをそんなところへ行かせはしない、と言ったりした。すると老人は恨めしそうに言った。

「焼場は厭だ。鉄の扉がしまって、中でごうごう音がして、ああ、厭だ。ゆっくり土になりたい。土になって川へ流れるんだよ。ヒジリさまが、あんばいしてくださる」

それ以来、夜になって強い雨が走り、沢の音が近くなるたびに、老人はそのことを話した。同じことをくりかえしくりかえし、懐しそうに喋った。それにつれて佐枝は自分でもすこしずつ思い出し、自分の見たはずのない事まで、老人に話されると記憶が動くような気がしてきた。そして話し疲れた老人が泣き寝入りみたいに小さくなって眠ってしまったあとも、生温い背などをさすりながら、流れの音に耳を傾けていた。ときどき、山の崩れる音が鈍く聞えた。

佐枝の祖母は子供の頃から、梅雨時になると川向うで毎夜鬼火が燃えると聞かされていたが、十八の年になるまでついぞその光景を見たことがなかった。或る晩、雷まじりの驟雨が通り過ぎて、表が静かになったので、祖母は首まわりの汗をぬぐいぬぐい機場の雨戸を開けた。雲はまだ切れていなくて、細かい雨が降りつづき、畑から山にかけて一面闇だったが、その闇の奥の、ちょうど墓地の方角に、ほのかに白い感じがある。目をこらすうちに、扇の型の、播鉢を半分に切ったような型の、明るさが見えてきた。隈なくうっすらと、細かい土肌の感じで、光るともなく光っている。と、その全体がゆっくり滑り出し、心もち明るさを増して鉢の底に集り、いきなりはっきりと蒼くなったかと思うと、堰を切ってずるずるっと押し出した。うねりを打って走る川の面が浮んで、蒼い土砂の滝を受け取った。水の中でもかすかに光って一尺二尺流れ、次から次に、闇の中へ送りこまれて行った。川下《しも》のほうでも、何度か、ぼうっと光った。

五

その夜はじめて、流れの音が耳についた。前の晩にも、お堂で寝た晩にも気にならなかったのが不思議なほどの近さだった。四日も山の中で急流の音に馴染んだ耳には、平地の夜の静かさの一部にしか聞えなかったのだろうか。風の音に掻き消されるたびに、およそさまざまな方角から、さまざまな音色で、また吹き上げてくる深山の谷の叫びにくらべると、ここでは妙に陰気臭く、ひたひたと八方へ地を這ってひろがりながら、寝ている人間の身体まで平らかな川床へ均《なら》していくような、脱れがたさがある。

佐枝はその日は話をしただけで帰った。私も聞くだけで疲れて肘を枕にまどろんだ。そして日の傾く頃に汗まみれになって目を覚まし、水浴びを思い立って河原へ降りた。女と寝たような後味が昨日よりもかえって濃く残っていた。肌着と登山シャツを石鹸でさっと洗って、重石をつけて川床に沈め、身体にも石鹸を塗りたくって浅瀬の真中で仰向けに流しながら脇を見上げると、すぐ上手から、土砂の押出しの跡が迫ってきた。私は立ち上がり、流れの中に足をよたよたと送って川上へ逃げ、釣橋の下あたりで身を沈めなおした。頭のところで分かれた水が胸の上でまた合わさって下腹を撫ぜ、背の下に潜りこんで腰を掬い上げ、冷く固くなった脚の線を爪先までぴったりなぞっていく。水面のきらめきと同じ高さから川下のほうを見ると、いましがた川床に沈めた青いシャツが長い袖を表面に浮せ、腹を開いてくねくねと動いていた。

「今夜らしいわ」暗くなりかけてから佐枝は緊張した顔つきでやって来て、丼飯と生卵と味噌汁だけの夕飯を私の前に置くと、自分でランプに火を入れ、窓から家のほうをためつすがめつ眺めていたが、やがてランプを自在鉤に吊し、機場の窓明りがなくなるまでこれを消さないよう、板窓も開けておくよう言いつけて土間へ降りた。私はあわてて念を押した。

「何もしなくてもいいんだね」

「酔って唄でもうたってくれるといいんだけどねえ」

小屋の隅に片づけた数珠と経のほうへちらりと目をやってから、佐枝は最初に出会った時と同じ、こちらの人物を値踏みする目つきになり、それから、この人ではやっぱり駄目だと言わんばかりに首を振って出て行った。期待に沿いたい、と子供っぽい欲求が一瞬、私の中で動いた。

しかし酒が入ると私はまたもっさりした気持にもどった。考えてみれば私は佐枝に頼みこまれる前に、老人にたまたまサエモン乞食と見まちがえられることによって、役目はもう果してしまった。それ以上、何ができるわけでもない。見も知らない老人がいま死にかけている、その孫娘と私は一度だけ交わった、孫娘のこしらえた飯を食った、一緒にも食った、それだけのことだ。

　酒がまわりきったところで飯を腹いっぱいに詰めこむと、睡気がもう降りてきて、私はひろげた寝袋の上にうつ伏せに倒れこんだ。眠ってはいけないと戒める声がした。そのつど私は尻を起し、額を板床に押しつけて睡気をこらえていたが、大の字なりに寝そべっていたというヒジリの姿を思い浮べて、手もなくつぶれてしまった。

　だいぶして、佐枝が顔色を変えて駆けこんできた夢を、私は見た。何人かの足音が坂道をいそがしく下ってくる。さあ、早く、潜り戸からお堂へ回って、と佐枝はせかせた。お数珠と鍬を忘れないで、とも言った。約束が違うじゃないか、と私は恨めしい顔をした。なに言ってるのよ、あんたなんかいまお葬式があるからここにいられるんじゃないの、やるべきことをやらないと、私と寝たことで、叩き出されるわよ……。

　あいた窓から秋めいた風が吹きこんで、背中が冷えきっていた。起き上がってのぞくと、機場の明りはまだ点っていた。酒を茶碗に一盃あおって私は土間に降りた。いかにも、為ることのありそうな物腰だった。夏草の中で長々と小便を垂れているうちに、小屋の前から大声のひとつも出せそうな気がしてきた。おおい、佐枝ェ、こっちへ来いよう、一緒に寝ようよ……それでいい、それが功徳だ。そんなことを大まじめに考えながらお堂の前に出てみると、機場の燈はいつのまにか消えていた。

　老人の容態が今夜のところは落着いたので、佐枝は明りを消して、老人と枕を並べて身を横たえたところにちがいない。そう思ったとたんに、流れの音が耳についてきた。板窓をおろしても、音はいっこうに弱まらなかった。私は炉端に坐って一升瓶をまた引き寄せた。

「お祖母ちゃん、なんでそんな不人情なことをしてきたの、この村は」と佐枝も最初はまるで捨てるような埋葬のしきたりを不可解に思って、たずねたという。

「なにが不人情なものか」と老人は笑った。「いっぺんに灰にしてしまうほうが、よっぽど薄情じゃないか」

　ホトケがすっかり土に還ってしまうまで、生き残った人間はホトケを忘れない。七七日だとか何回忌だとか、お寺さんの言うこととはあまり関係がない。畑の土を掘りかえすたびに思い出す、水を汲むたびに思い出す、寝床に入って手足を、縮めるたびに思い出す。

「でも、大切なのは魂でしょう」

「魂なんか、あるものかね」

意外にも老人はあっさり言ってのけた。ひとりひとりの魂などというものがあって、いつまでもいつまでも死なずにいるとしたら、この世の煩わしさがいよいよこんがらがって、どうしようもない。魂もないし、地獄極楽もありゃしない。有るのは生き残る人間だけだ。生き残った人間が故人のことを思い出す。いつだか故人が思ったことと同じことを思う、同じ気持になって同じことをする、同じ恰好で立っている。それから死んでしまう。作物が実って枯れて、また芽を出して、去年と同じように風に吹かれているのと変りがない。だから自然に、ゆっくり、土に還さなくてはいけない。

「それなら、ちゃんとしたお墓の下に埋めればいいのに」

「あそこは立派な墓ですよ」

「お寺のほうでは、いけないの」

「あそこの広さは、知ってるだろう。すぐ満員になってしまうよ」

「それなら、せめて村の中に」

「そんな余った畑地が、村の中のどこにあるね」

あまり簡単明瞭な答えに、佐枝は呆気に取られた。考えてみれば、なるほど、この狭い村の中に、死んだ人のために取り除ける地面なぞありはしない。寺の境内も広くない。川向うも狭い。いちいちホトケのために地面を仕切っていったら、三代と持ちはしない。サエモンヒジリは埋葬のたびに古いほうを掘り返して窪地のほうへ浅く移す。そして大雨が土砂ごと川へ押し流す。

「でも、渡すぐらいは、家の者がしたらいいのに」

「誰も足を踏み入れないほうがいいんだよ。だいいち、みんなが行くようになったら、やれ、ここはうちの墓だの、やれ、うちのご先祖を掘り返しただの、悶着が起るにきまってる」

「ヒジリさまというのは、それだけの役目なの」

「立派な役目じゃないか。有難いことだ」

「だって、地獄も極楽もなければ」

「お寺さんとはまた別なんだよ」

その有難さを説明しようとしてか、老人は自分の十八の頃まで村にいたという、先々代のまた先代にあたるサエモンヒジリの話をはじめた。このサエモンは昔は百姓だったと自分で言い、前のサエモンたちの耕した畑の跡にすぐに目をつけて二年ばかりで立派な畑にもどし、村にはほとんど迷惑をかけなかったので好かれていたサエモンだったが、居ついて十年あまり経った夏のこと、七日ほど前からぱったり姿を見せなくなり、小屋の窓も閉ざしきりになった。黙って出て行った、と村の者たちはまず思った。追い出すのはいいが、逃げられるのは面白くない。ところが、小屋をのぞきに行った若い者が駆けもどってきて、死んでいるという。これは考えてみれば今までにも有りそうなことだが、とにかく記憶の届くかぎり前例はない。サエモンは死ぬ者でなくて消える者のはずだった。そうは言ってもホトケをそのままにしておくわけにもいくまいから、ここはやはり村の誰か若い者にヒジリになってもらうよりほかにないか、それにしても身内のホトケでも厭がるのに流れ者を担がせるわけに行くものだろうか、と話は堂々めぐりになった。そこへもう一人、小屋から駆けもどってきて、生きている、と言う。また一人、確めさせにやったところが、重病らしくて、死人みたいな顔をしているが、まだ息はある、目もひらく。それなら、いまのうちに村の外へ運び出そう、といきまく者もいた。ちょうどその時刻に、村の或る家の老人が厠で倒れて息を引き取った。

そうとなればいよいよ、すぐにでも瀕死のサエモンを運び出してヒジリの代わりを小屋へ入れなくてはいけない。衆議はそう一決しかけたが、しかし村の若い者にそんな仕事をさせぬに越したことはないから、サエモンがほんとうにもう物の役に立たないかどうか、もう一度確めようではないか、という意見が最後のところで通って、村の長老が二人、使いに立った。老人たちは小屋に入ると、筵にくるまって寝ているサエモンの枕もとにしゃがみこみ、こんな時にまわりくどいことを言ってもしようがないので、もういけないか、とたずねた。葬式か、とサエモンは目を見ひらいた。老人たちはうなずいた。それでは死ねん、とサエモンはむっくり起き直った。そして老人たちに板窓をあけさせ、飯はいらんから薄い粥を炊くようにホトケの家に言ってくれとことづけ、ぼんやり突っ立っている老人たちに、早く出て行けと身振りで命じた。

大丈夫かと危ぶむ者もいたが、日も暮れかけたので、一同は通夜と葬式のしたくに散った。まもなく酒と粥の土鍋と、それと毒消しの袋がお堂の前に供えられ、土鍋だけが奥へ消えた。翌朝の土鍋もすぐに消え、ヒジリの姿は見えなかったが、ホトケの家の者たちは胸をなでおろした。ところが川渡しの時になって、若い者が三人、一人が先に立ち、二人が前後を担いで、棺桶をお堂まで送り、ヒジリの名を大声で呼びながら引き返したあと、お堂の前をよく見ると、昼に供えた土鍋がどうやら手つかずのままになっていた。いつまでたってもヒジリは現われない。言わんことでない、とホトケの家の者たちは騒ぎ出す。ホトケはもう地蔵堂まで来ているのに、小屋の中ではヒジリが死んでいる、こんなひどいことはない、どうしてくれる、と泣きつかれて、さっきの長老の一人が腹を立て、それなら俺が担ぐと言い出す。お前さんがいま穢れてしまって、お宮のことに手を出せなくなったら、誰が祭の指図をする、ともう一人の長老がたしなめる。そうこうするうちに、日のもう傾きかける頃、ヒジリはようやくお堂の扉を押しひらいて出てきた。骸骨みたいに細った身体に頭ばかりがでかくて、腹の袋がだらりと垂れ、まるで絵にある餓鬼の姿だが、階段を降りようとして、酒のとなりに置いてある毒消しの袋に目を止めると、傲然と脇へ蹴落した。「ああ……」とホトケの家の女が細い声を立てた。

　しかし棺桶に背を入れて、ヒジリは動かなくなった。とうてい持ち上げられそうにもない衰弱のしかただが、いまさら端からどうすることもできなくて、一同ただ見まもっていた。と、ヒジリは棺から背を離して立ち上がり、お堂の階によろよろと坐りこみ、酒の瓶を引き寄せて二口三口あおり、残りは肋の浮いた胸へどぼどぼとかけた。それから棺に背を入れ直し、また長いこと動かずにいたが、そのうちに、「南ア無」と掛け声もろともまっすぐに立ち、つかつかと釣橋に向かって歩き出した。その時にもう手を合わせる者がいた。ましてや、ヒジリが向う岸で鍬の重みに振りまわされて何度もよろけ、倒れ、泥にまみれながら、とうとうホトケを土の中に返し、窪地のほうのあんばいもして、最後に水場で長いことうずくまりこんで息を整えてから、静かな足取りで釣橋をもどってきた時には、泥人形みたいな姿に、みんな、みんな、手を合わせた……。

「有難いというのは、まず、そういうことなのね。そればかりでもないのだろうけど」

　そう締めくくると佐枝は壁ぎわから私のそばに寄ってきて、とうに空になった昼飯の丼に、私のと自分のとに茶を給《つ》いだ。どういうことなのか、私ははっきり摑めなかったが、昨日この佐枝に手を合わされたことを思い出した。ついでに、ふた月ほど前まで同棲していた女の母親に、どうか娘と別れてほしいと目の前で手を合わされたことまで、つい思い出してしまった。そして荒っぽく茶を啜りながら、あの時はまだ、佐枝を抱き寄せるきっかけをうかがっていた。

「厭なことを引き受けてくれるということだ、結局」

「何があっても、そのことでは、頼りになるということね」

「有難く見せようともしたのじゃないか」

「そういうことにたいしては、村の者は昔もなかなか冷淡だったんですって」

その次の代のサエモンヒジリが、村にやって来た当初の頃には、そんなふうだったという。乞食はやっぱり乞食で、食うや食わずのありさまで村に流れ着き、しばらくの間は一所懸命に物乞いをしてまわっていたのだが、十日もして村の者たちからサエモンとして認められかけ、貰いも順調になってくると、やることがいちいち勿体らしくなってきた。坊さん崩れではないのだが、どこかで見よう見真似に覚えてきたのか、それとももともとそういう性質なのか、物腰物言いが坊主臭く、川向うの墓の事情も知っていたようで、体力がもどるとさっそくお堂を潔め、まわりの枯草などを払い、墓の掃除を始めたはよいが、大声で経を唱えながらやる。村の者が足を止めて見ていると、すぐそれに気がついて、声を一段と尊げに高める。後になって、声がでかくて息の続くのが取柄と言われた男である。そのうちに、村の中を物乞いでなくて托鉢みたいな恰好で、生木の杖をつき、どこで手に入れたのか鉦など静々と打ちながら、小柄の胸を張って歩くようになった。乞食扱いをすると、受け取らないことはないが、肩をそびやかして哀しげに去っていく。やってござる、と村の者たちは面白がりながら、だんだんに施しを減らし、しまいにはどこの家も出さなくなった。坊さんは村に一人でたくさんだという。

あいにく老人たちが元気で葬式も出なかった。しかしサエモンは頑張った。力ずくで村人の心を捉えにかかった。夜がやや更けるとお堂の中から朗々とした読経の声が流れ、夜明けまで、村人たちは眠りが浅くなるたびに、夢うつつに声を聞いた。村の反対側の、つまり表のはずれの家でも聞えた。あのお堂は大昔に旅のお上人が建てられた時、中の声が村じゅうに響くよう工夫されたのだ、としたり顔に言う者もいた。うまくなるものだな、とちょっと聞き惚れたように耳を傾ける老人たちもいたが、一心だが芝居がかっている、とつけ足すことを忘れなかった。朝夕には川向うの水場で素裸になって垢離《こり》を取っているサエモンの姿が見受けられたが、これには村人たちはまるで冷淡で、サエモンが身を潔めて、手前の役目を何と思っているんだ、とさえ言った。

それでもサエモンの頑張りはまだ続いた。食べ物の貯えも底をついたようで、昼間ときおり見かける姿は流れ着いた時よりもやつれ、経を読む声もようやく細くなりかけたが、サエモンは声の衰えを補うためにいまではお堂から畑の中まで出ばって、畦をあちこち歩きまわり、家の中に人の気配の動くのを感じ取るとここを先途と喉をしぼった。経というよりも、もはや呪文のようなものだった。しかし誰ひとり恐れる者も気味悪がる者もなく、うるさいと窓を開けて怒鳴る者さえなく、みんな、足もとをすっかり見抜いた顔で聞き流していた。サエモンのほうも畑の中まで出て来ながら村の中へは入れずにいた。

結局、半月目ぐらいにサエモンはすっかりもとの乞食にもどり、腰をかがめて村の中に物乞いに来た。どこの家でもその日はたいそう気前がよくて、サエモンをからかいながらも、ふんだんに施したという。なにしろ、先代が消えてから、もう三年近く経っていたのだ。

そのサエモンは後になってもとかく勿体らしく振舞いたがったが根はごく気のいい男で、或る時老人がからかって、どうしてあの時お上人をやめてしまったのだとたずねたら、じつはあの最後の晩、もう精根尽きはてかけて畑の暗闇の中に立っていると、目の前の家で機場の障子窓がさっと開いて女の人の影が立ったので、さては経の力が胸に通じたかと声を懸命にはり上げたら、女の人は大きな欠伸をひとつついて障子を閉めてしまった、それを見て明日は物乞いに行こうと思った、と答えたそうだ。

「それが、お祖母ちゃんなの。お祖父ちゃんを養子に迎えて一年目ぐらいですって。サエモンさんは先々代にあたるわけ」

「先々代ね」ちょっと気がかりになって私はたずねた。「すると、先代というのは」

「闇屋になってオート三輪で出て行った人よ、十五年前に」

しかつめらしく答えて佐枝は丼から冷めた番茶を啜った。私も大まじめな聞き手の顔をほぐせなかった。たしかに、先代と呼ぶよりほかにない、と言えば言える、それにしても……。

もしもあそこで佐枝が私の困惑に気がついて、照れくさそうに笑っていたら、たぶん、私も照れ隠しに佐枝を抱き寄せていた。戯れめいたものが、だんだんに、熱っぽくなっていったにちがいない。

　男女の交わりなどというものは、互いに恥を塞ぎあうためのものだ、と一升瓶の首をつかんで傾けると、茶碗半分も行かないうちに、いきなり空になった。ふた晩で一升もあけたことになる。信じられない思いで瓶の底をひとつ叩いたとたんに、卑しい気持がいちどきに湧き上がってきた。あの女をもう一度抱いてしまっていればよかった、あれが最後の機会になるかもしれないのに、と私は空の瓶に両手でもたれこんで、死に近い老人のそばでやすんでいる孫娘の肉体に、苦笑のゆとりもなく焦《こが》れた。

　ランプを消して寝袋の中に横たわると、川の音が近づき、まわりの闇が流れる感じになった。川の中でしたように、私は手足をややこわばらせて流れに身をあずけた。

　しばらく眠ったあと、私はいきなり上半身を起した。そして闇の中で目をキョトンと見はって、物も思わずにまた仰向けにかえり、すこし経ってから、老人はやっぱり死んだなとつぶやいた。息を引き取ったら機場などに寝かしておくわけはない。階下の座敷へ運んだので、窓明りが消えたのだ。しかし、ホトケが枕の下に大事なものを敷きこんでいる場合には、いちばん近い身内が全員集るまでは床も動かさないというぐらいのものだ、そう兄に厭味を言われたと、そう佐枝は言っていた。

　だがひと寝入りして、私はまた上半身をひょいと起し、闇の中へ経と数珠を探るような手つきをした。小屋の潜り戸を抜けて、お堂の潜り戸の中へ入って行く自分自身のもっさりした歩みが、まざまざと感じられた。お堂のおもてに重いものが降ろされ、人が私の名を呼んで駆けて行くのが、聞えた気がした。ヒジリさま、と呼んでいた。とても起きていられないような恥かしさにおそわれて、私は眠りの中へ逃げこんだ。

　ところがまたしばらくすると、上半身がひとりでに撥ね起きて闇の中に坐った。妙な硬さが、唐突さがあった。まるで魔物が飛びこんだみたいだな、と私は陰気な声を立てて笑い出した。枕元に守り刀でも置かねばならんな、とつぶやいて、すぐに眠ってしまった。

六

「苦労しているようにも、見えないけどねえ」

　佐枝が空の一升瓶を抱えて、むさいものを棒の先でつつくような恰好で、枕もとから顔をのぞきこんでいた。

床に置かれた朝飯のにおいがきつくて、私は目をまたつぶり、横向きにまるくなった。「さめないうちに食べなさいよ」と素気なく言って佐枝は出て行った。早足で遠ざかるのを耳で追いながら私はふと、東京のアパートで、返事もせずに出かけた女の足音を二日酔いの寝床から、コップに水ぐらい汲んできてくれてもよさそうなものにと聞いている心地になり、そのまま眠りこんだ。老人のことはすっかり忘れていた。

正午頃に起き出して見まわすと、数珠と経の本が小屋の中から消えていた。その点はさすがに見切りをつけたようだな、私はまずは胸をなぜおろした。まもなく佐枝が、腹を立てている様子もなく昼飯を運んできた。

佐枝はまた手つかずの朝飯の盆を下げて私の斜め後ろの壁ぎわに坐りこみ、昨夜の老人の容態を話すうちに、もそもそと冷飯をつつきはじめた。昨日とまったく同じだった。私のほうも昨夜はあれだけこの女の肉体に焦れて、昼間抱き寄せてしまわなかったことを悔んだくせに、こうして別々のほうを向きあって飯を食っていると、いまさっきまで一緒の床にいたようなけだるさを覚えた。

老人は宵の口までは息苦しそうで、意識もぼんやりして、いよいよ今夜かと心配されたが、八時頃になると呼吸が楽になり、気持良さそうに目をひらいて湯ざましを求め、佐枝と二言三言喋ってからすやすやと眠ってしまった。佐枝はそれから階下へ降りて、風呂場で老人の汚れ物を洗って自分もしまい湯に入り、二階にもどって来るともう十時近く、私への合図に部屋の明りを消しておくのを忘れていたことに気がついた。すぐに電燈を消して窓からのぞくと、小屋の窓はまだあいていて、ランプの光が洩れている。夜風はだいぶ冷いし、気の毒なことをしてしまった。うたた寝でもして待っていて風邪をひくといけないから小屋まで知らせに走ろうか、と佐枝は思ったそうだが、湯上りにもう寝間着をきているし、小屋ではまた酔っているだろうし、行けば朝まで帰れなくなりそうだから、と迷っているうちに、小屋の中で大きな頭の影がゆらゆらと動いて窓が降りたので、ほっとして床についた。

「惜しいことをしたな」

「困るのよ。夜は、待たれていると思うと、落着かなくなるから」

「こちらは、いずれ、二階の明りが消えるまで待つんだから、な」

「今夜からは忘れずに消します」

「いつまで、待たせる……」

自分で驚いて私は言葉を呑みこんだ。老人が死ぬのを、私はけっして待ってはいない。昨夜も、待ってはいなかったつもりだ。それなのに不満の表情がひとりでにひろがっていく。黙々と飯を掻きこんでいる、その肩から背にかけて、ことに濃くあらわれているのが自分でもわかった。佐枝も黙りこんだ。箸の動きも止まったようだった。改まった佐枝の口からまた哀願の言葉が出て来そうな気がして、私はもう恥かしさを覚えた。しかし案外なたずね方を佐枝はした。

「あなた、もう帰らなくてもいいの」

飯を食っている最中には苦笑もできないものだな、と私は変なことを考えた。

「お役目御免とあらば、即刻帰りますよ」

「いえ、困るのよ、帰られては。でも家で騒ぎ出しやしない。考えてみたら、あなた、行方不明でしょう」

「ふだんから行方不明みたいなものだからな」

「ふだんから……東京に家のある人が、そんなことって、あるかしら。あたしみたいなのが東京へ出た場合ならともかく」

「それよりも、ここにおける小生の役目がまだあるのかないのか、それをはっきりしてもらいましょうか」

「葉書を一本、出しておいてくれない。女の人のところでもいいから」

「いやしないよ、そんなの」

「嘘を言わないの。同棲していたんでしょう。ほら、そうして御飯を食べているところを見ても、何となくわかるわよ。馴れた感じだもの」

思わず背を固くしたのがいけなくて、私は背後からすっかり見抜かれた気持になり、聞かれるままにぽつりぽつりと正直に答えていた。行方不明は大げさだったが、私はもう半年も親の家に顔を出していない。そのうち四カ月は女と暮していた。あとは二カ月ほど、同じアパートで、一人で暮している。親たちは私がまだ女と同棲していると思っている。

相手は東京育ちの、私のところと同じような家の娘で、やはり学生で、まあ違和感のすくないどうしが手近にくっついたようなものだったが、三カ月も過ぎると、飯の時に目をわずかずつそむけあうようになった。そのうちに、アルバイトをふやしたことを口実に二人は暮しの時間をそれぞれずらしあい、食事もどちらかが先に済まして、相手が食べている間、隅で黙りこんでいることが多くなった。

倦怠期というのともすこし違う。床に入ると女はむやみと物をたずねるようになった。それも、あなたにはこういうぞっとしない癖があるけど、というような批難から始まって、私の育ちのことをこまごまと聞いてくる。最初の頃の、お互いの過去を愛撫しあうみたいな甘さはまるでなくて、うっすらと眉をひそめているが、目はちょっと淫らなぐらいに光っている。その後できまって興奮して求めた。それから、胸をはだけたまま眠ってしまう。私のほうは寝つかれなくて、女のそばから何度も起き出してはウイスキーをあおる。朝になると、女は今日もいつのまにか二日酔いになっている私に腹を立てて、つんけんした足取りで家を出て行く。私はおかしなことに、この暮しを維持しているのは大半自分の働きであるのに、女の住まいに泊まりこんで朝まで迷惑をかけているみたいな気になる。

そんなことをくりかえしているうちに、或る日、二人がたまたま揃って家にいると、女の母親がたずねてきた。四カ月前にはいやに高慢な女で、家柄のことなどを口にしていたので、私としても娘をさらって行ったことで格別心の痛みも感じていなかったが、暮れかけた戸口から腰を屈めて入ってきた姿は別人のように老けこんで、狭い四畳半の隅に小さくかしこまって私の顔をぼんやり眺め、何を言い出すかと思ったら、「私どもの家も近頃は悪いことつづきで……」と際限もなくこぼしはじめた。

あまり悪いことが続くので、日頃はそんなことに関心もなかったのだけれど、知人の懇意にしている《神さま》に、すすめられて見てもらったところが、先祖の祟り、それもいちばん新しい霊の祟りと出た。いちばん新しいと言えば、八年前に亡くなった姑のことになる。たしかに姑の在世中には、人には言えない軋轢がさまざまあった。自分もずいぶん泣かされて、相応の言い分もあるけれど、故人の恨みはやはり恐しい。そこで主人に相談してみたが、主人は長男のくせにいっこう本気になってくれない。しかたなしに自分一人で汽車に乗って、いまは人まかせにしてある地方都市の主人の実家まで行き、お墓の掃除をしてお経も上げてもらってきた。血のつながっている主人や子供たちが平気でいるのに、血のつながりもない自分が一人でやきもきしているのも、心細いものだった。そして家に帰ってきて、しるしを心待ちにしていると、主人に関してむずかしいことが二つ三つたちまち解決したので、やれ嬉しやと思っていたら、あとがはかばかしくない。そこでもう一度《神さま》のところへ行ってお伺いを立てると、今度はお狐が浮んだ。

そこでまず女の母親は私に向かって手を合わせた。お狐が娘さんのしたことに不承知で、それで家族全員に災いを及ぼしている、と《神さま》は言われる。狐などに縁のない生活なので、妙なお告げだな、と考えながら帰るうちに、電車の中でふと思い当ったことは、主人の実家の庭の隅に小さなお稲荷さんの祠があって、娘が子供の頃に、夏などに遊びに行くと、その祠の前をことに好んで、花やら水やらをせっせと供えていた。その姿を姑が或るとき縁側から眺めて、あの娘は親たちと違って、どんなにお屋敷さまに気に入られていることだか、とつぶやいていた。

もちろん、あなたが悪いわけではないのです、と母親はもう一度手を合わせ、それきり下へおろさなくなった。あなたはちっとも悪くはないのだけれど、じつはあなたの生年月日やら御本籍やらを勝手に調べさせてもらって、もう一度お伺いを立ててみたら、青年自身の運勢は大変によろしいし、誠実な人とはわかるのだが、なにぶん娘さんとの相性があらゆる点で家にとって凶と出ている。家の守り神であるお狐はそのことを忠告しようとしておられる。このままにしておけば娘さんはむろん家全体に災いがじわじわと降りかかってくる。火難の相まで出ている。とりあえず二人を引き離しなさい。その上でまた二人を一緒になさるおつもりなら、それなりのお祈りもいたしましょうが、このままでは失礼ながら面倒は見きれません、ときっぱり申し渡された。

何のことはない、結局家の諸悪の根源とされて拝まれている私は、むろん馬鹿臭くなって反論した。狐の祟りなら、この自分にまっさきに降りかかりそうなものじゃないか、とも挑んだ。すると女の母親は私の肩の後ろのほうへすっと目をやり、あなたにはあなたの御本家の守り神がついているので、わたしどもの家のお狐には手が出せないのです、と恨めしそうに言う。

たしかに田舎に本家はあって、狐ぐらいいるかもしれないが、本家の三男坊の、そのまた三男坊のところまで、手を回しきれるものじゃない。私はうんざりして女のほうに助けを求めた。すると、それまでどういうつもりか母親の顔を無表情に見まもっていた女が私に目配せして部屋を出た。「あんなふうだから、今夜のところは一緒に家に帰るわ。二、三日したらもどってくる」と女はドアの外で私に耳うちした。私はほっと息をついた。今夜は久しぶりで一人で眠れる、と思ったものだった。

「で、どうなったの。もどって来なかったの」

佐枝はそうたずねて、私が背を向けたまままうなずくと低い笑い声を洩らしたようだったが、しばらくして近寄ってきたのを見るとべつに面白がっているふうでもなく、昨日と同じように空の丼に番茶を給いで、やれやれというう目つきで暑苦しい表窓のほうを眺めながら肩で息をついた。

「神さまだとか、お狐さまだとか、すぐそうなんだから、東京の人は」

「ああ、東京の人間はね」と私は相槌を打って、それから、おやと思った。

「あたしも、東京に出て一年目に、東京育ちの男の子とちょっとあってね、いまから考えると無邪気なもんだけど、一緒になろうと思ったのよ。そうしたら、向うの家で、神さまにお伺いを立てられてしまって、最後には男までその気になるんだから」

「ここらには、そういう迷信はないの」

「まあ、ないわね、N市のほうは盛んみたいだけど。叔父叔母たちがN市に出て商売してるんだけど、そういうことを熱心に話すようになるのね。あれも町の人間になったな、と死んだ両親が本人の帰ったあとでよく笑っていたわ。兄や姉たちも近頃そうだわ。ふた言目には、時代が変ったと言うくせに」

「お稲荷さんは、あるんだろう」

「村のお宮がそうだけど、でも、違うのよ。どう違うって、たとえば、わたしが東京で最初につとめた月販デパート、六階建ての細長いビルの屋上に、お稲荷さんが祭ってあるの。その屋上から見わたすと、あちこちのビルに同じようなのが祭ってあるのよ。大通りの斜向かいにある商売敵のデパートの屋上でも、正一位の幟がひらひらしているじゃないの」

「ビル工事の時に、祟りを恐れて屋上に移すとか」

「同じ土地の中で、そんなにあちこち、勝手に祭るというのが、わからない」

「まあ欲得ずくの信心なんだろうね」

「でも、おかしいの。高校を出たての女の子が店いちばんのハンサムとできてしまってね、相手が気の多い人なもんだから、心細くなったんでしょう、雨の日に屋上に上がってお宮の前で一所懸命に手なんか合わせているのよ。わたし、たまたまそれを目撃して、副主任さんに笑って話したの。三十過ぎの女の人。そうしたらその人、血相変えて階段を駆け上がって行くじゃない。何事かと思って従いて行ったら、この人もお宮さんの前で一心不乱に手を合わせているのよ。どうでもいいけど、お宮さんとしては、どうしたらいいの」

「そう言われれば、たしかに困るね。しかしそういうことは、この村にだってあり得るだろう」

「村のお宮には、一身上のことはお願いしないものなの。家内《いえうち》のことでわずらわすのもいけないの」

「それじゃ、何を祈るのさ」

「村全体の暮しにかかわることとね。祈るというより、ご機嫌伺いに行くのよ」

「でも、たとえば、たとえば安産を祈ったり、子供の成長を祈ったり」

「それは一身上のことではないわ。豊作を祈るのと同じ、村全体のことよ」

「金儲けや色恋のことは駄目か」

「お宮さんの知ったことじゃないわ」

「しかし、一身上のことでよくよく悩んだら、夜中にこっそりお願いに上がるということはあるんだろう」

「聞いたことはないわね。東京では、何度も見たわ。男の人と毎晩のように逢って、暗いところをただ歩きまわって過した時期が、あったもんだから。暗い境内で女の人がいつまでもじっと手を合わせていたりするのね。なんだか見るからに執念深くて、独りぽっちで、あれは気味が悪い」

たった独りで墓守りをして暮す男のほうは気味が悪くはないのだろうか、と私は訝りながら、ややいら立たしげに喋る佐枝に、思わず知らずまた相槌を打っていた。習い性みたいな相槌だった。

「君も、そうやって手を合わせたことがあるんだろう」

「まさか、このわたしが……でも、今度東京へ出たら、わからないわ」

佐枝は土瓶を手に取って二人の丼の上にかわるがわる傾け、冷えた番茶の残りを等分に給いだ。私はふと自分の居場所がつかめなくなった。ここは佐枝の村の、サエモン小屋で、私の真後ろには昔の村人の骨が埋まっているると、頭ではわかるのだが、全身がどこか別の場所に坐りこんでいる。どこだか思い出せないが、とにかく都会だった。とにかく、もう飽き飽きするほど馴れた場所だった。親の家でもないし、女と暮したアパートでもなし、わざわざ訪ねて行くところ、退屈するとわかっていながらつい足を運ぶ部屋だった。

話が途切れると午後の暑さがいっそう身にこたえるというふうに、佐枝は白い脚をぐったり崩して、深い息をつきながら茶を啜った。思い出し笑いのようなものが顔にひろがっては消えた。同じことを考えている気がして、私はたずねようとした。ひと息早く、佐枝が声を立てて笑い出した。

「手を合わせるって、そりゃあ、合わせられないわよ。こんなことがあったの。あなたが話したから、わたしも恥を話すけど」

そう言って、佐枝はしばらく声をころして笑っていた。

「男の人と一緒に暮していたことは話したわね。その人と暮すようになる前のことなんだけど、逢うたびに、すぐにその、ホテルへ連れて行かれるのよ。こちらは話したいことがたくさんあるし、ゆっくり食事もしたいのに。お酒をね、三本ばかり、わたしのお酌では間に合わないぐらいの速さで呑んでしまって、料理を突つき散らして、御飯を掻きこむと、もともと東京の人にはめずらしく口下手な人なので、もう間が持てなくて、大きなからだで切なそうに貧乏揺すりなんかして待ってるの。店を出ると、腕も組ませてくれなくて、黙って先に立って大股に歩き出すの。まるで子供みたい。わたしもそれが嬉しくて従いて行くわけなんだけど、いつでも同じ家で、おまけに、女中さんに顔を見覚えられたのかしら、いつでも同じ部屋に通されるのよ。で、あなたはどうせ知ってるんでしょう、わたしはそこしか知らないんだけど、こう、玄関から暗い廊下をちょっと抜けると、橋がかりのところへ来て、下は白い砂利を敷いた庭で、狭い池に錦鯉が泳いでいて、池のむこうにちょっと植込みがあって、石燈籠などが……いえ、ぜんぶ家の中よ、橋のすぐ下から青いライトがぼうっと差していて……厭だわ、こんなことを話させて、知ってるくせに」

佐枝は笑いころげて、上半身を私と反対側の床にうつ伏してしまった。あまり苦しそうなので、私はちょっとあわてて背をさすった。

「ありがとう、やさしいのね」と佐枝は笑いをふっと止めて背を起し、髪を後ろへ撫でつけると、なにか生まじめな目つきになって話をつづけた。「わたし、いつもいつも見てたわけじゃないのよ。ただね、そこを通るといつでも、そのう、まず先に女中さんが行くわね、それから男の人が行くわね、あの女中さん、どう考えてるのだろう、この人、ゆっくり食事もしてくれないで、いったいどういうつもりなんだろう、とそんなことを考えて、橋のたもとで足を揃えて立ち止まってしまいそうになるの。それが、或る晩、同じことを考えながら池のむこうをぼんやり見てたら、植込みの陰に小さな祠があって、白い瀬戸のお狐がのぞいているのよ。わたし、厭アな声を立てて笑い出した。彼はギョッとして振向く、女中さんは顔をしかめる、あそこまで来て喧嘩する人もあるらしいわね。いったい何事だ、と彼が蒼くなって私の胸ぐらをつかむの。わたし、いまから考えると気狂いよね、ただお稲荷さんのほうを指で差して笑いこけていた。あの人、ようやく祠に気がついて、何と言ったと思う、《馬鹿、罰が当るぞ》だって……」

悲鳴みたいな声を立てて佐枝は背を小さくまるめこみ、今度は私のほうに倒れこんできた。片腕で背を抱きしめると、肩のあたりが固くなり、一昨日炉端に押し倒した時と同じ匂いが髪から襟首から昇ってきた。両手が私の膝を力いっぱいに摑んで、そこだけなにかひっそりと爪を立てている。うつむきこんだ頤に私はそっと手をかけた。顔が起き上がり、眉間に深い皺を寄せて目をつぶり、ふくらんだ唇をこちらへ向けた。ところが私が顔を近づけかけると、佐枝は薄目をあけて、ぷっと吹き出し、またうつむきこんでしまった。どこかへ迷い込もうとする男の手を頤の下へ押えこもうとして、顔がいよいよ固くうつむき、唇に触れた人差指をかるくくわえた。糸切歯が喉の顫えを伝えた。しばらくして、手の甲に生温いものが落ちた。

驚いて手を引くと、佐枝は座敷から立つみたいな妙に静かな物腰で立ち上がり、表窓のところへ行って外を眺めた。その背がやがて肩からまたせつなそうに顫えはじめ、困ったことになったなと思ったら、甘たるく火照った笑顔がこちらを向き、私の目をしげしげと眺めながら、壁に背を寄せて出口のほうへ忍び足で歩き出した。

「おい、忘れもんだぞ」と、手ぶらで潜り戸から走り出かけたのを私は呼び止めて、二つ重ねにしたアルミの盆を土間のほうへ押しやった。佐枝は耳まで赤くなって、盆をしどろもどろに受け取り、「すみません」と小声に謝って出て行った。

足音はすぐに消えた。私は全身汗まみれになっているのに気がついて、手拭いを下げてふらりと外へ出た。そして顔から胸からやけにこすりながら川向うの山を見上げ、ひとつあそこへ登って佐枝の村を見おろしてやろうか、と考えた。

その佐枝がだいぶ向うの夏草の中にまだ立っていて、

私が振向くと同時に、身をすくめるみたいに笑って逃げて行った。

一度もう寝ているのに、と私は首をかしげた。今夜もどうせ後悔するぞ、とも思った。

七

最初の仕事は、身の必要のために、穴を掘ることだった。

お堂に泊まった夜は別として、小屋の暮しは四日目を迎えた。そのあいだ、佐枝の運ぶ飯を喰らい、佐枝の話を聞き、昼間抱きそびれたことを夜になると悔み、日に一度ずつ、道のほうからの目はむろん、誰が居るわけでもない川向うからの目も自然に避けて、夏草の中に適当な場所を探さなくてはならなかった。そのつど別の見当へ歩き出すのだが、そうして見ると両側から草深いところも限られたもので、いつでも同じあたりに行き着いてしまう。しばらくでも小屋に腰を据えるとなれば、この先まだ何度、同じ悩みをくりかえすか知れない。

「スコップを持ってきてくれないか」と、その朝、まだ湯気の立つ飯に箸をつけた時、私はふいにそのことを思い立って、こっそり出て行きかけた佐枝を大きな声で呼び止めた。この家の飯の味にも舌が馴染みはじめたものだな、とかるい驚きを覚えたのと、ほとんど同時のことで、神経に病む暇もなかった。佐枝はまた背を固くして、しどろもどろに振向いた。どうせ寝ているだろうと思って来たところが、今朝は私がもう炉の前で胡坐をかいて待っていたので、不意を打たれた気分になってもいたのだろう。それにしても、昨日からどうも様子がおかしい。

「鍬ならそこにありますけど」

何に使うともたずねないで、佐枝はカマドの上あたりの天井を、子供みたいに指差した。墓掘りヒジリの鍬か、と私は天井の梁にさかさに掛けられた埃まみれの鍬を見上げたが、そう言えば花咲爺も誰も、穴は鍬で掘るものだったな、と妙なことに感心させられた。都会育ちの私でさえ、子供の頃には庭の穴掘りに鍬を使ったものだ。しかし鍬だけでどうやって、狭くて深い穴から土を掻い出していたものやら、それが思い出せない。

「スコップ、持ってきますね」

むつかしげな顔を見て、佐枝は駆け出して行った。

何年ぶりかの土仕事にすっかり夢中になって、気がついて見たら、夏草の間に太腿までの深さの穴を掘ってしまっていた。いったいいつまで居るつもりなのだ、と私は呆れ返って地面に尻をついた。穴の前後に盛り上げた土は、用を足すごとに、ひと掬いずつ中へ落していく。これだけの深さなら、人ひとり、一年以上もちそうだ。サエモンたちはどう始末していたのだろう、と私は掘り返された土の黒さに見入った。長年居つくつもりならばもっと深い穴を掘って、雨の日も風の日もあろうし、冬場もあることだから、まわりに囲いをつくって筵をさし掛ける。年月が重なるにつれ、底がだんだんにあがってくる。ひょっとしたら、それを見て、このあたりを耕してみる気になったかもしれない。畑は二年も放っておけばもとの草地に返ってしまう、百姓は二年も外をうろついていれば百姓を忘れてしまう、百姓を知らない流れ者は肥えた土の上で五年も暮していても、ほかに貰えるあてがあれば、耕すことに思いつかない、と佐枝は一昨日、老人みたいな説教口調で言っていた。

その佐枝が、昨日身上話の後で抱きすくめられかけてからというもの、私の前に出ると変にどぎまぎするようになったのは、わけがわからない。一度はなかばこちらの力ずくとは言え、その場かぎりの感じで身をまかせ、その後も私のことをしょせん無縁の者と見る様子で、親しむともなく寛いでいた佐枝が、まるで男と深くなるまぎわまで来て先々のことで急にためらい出した女のような、どこか追いつめられた不安を見せはじめた。逃げながら振返って、なにやら濃い笑いを浮べる。しかしそれで佐枝が私にとって近くなったのか、いっそ遠くなったのか、感じ分けがつかない。

夏草の中に坐りこんだまま背を伸ばすと、風に割れる穂の間から、畑のむこうになだらかな岡と、佐枝の家の藁葺屋根と、その真中に深く刳りぬかれた窓が、岡の上の一軒家のように見えた。四日前にはじめて小屋の前を通りかかった時には、長い山道を歩いて来た人間の感覚でもって、小屋から家までの距離を百米と目測したものだが、こうして繁みの中から午前の澄んだ光を通して眺めていると、あれは遠いのか近いのか、端的な距離感さえ摑みがたい。あの窓から、老人は小屋の前を歩く登山姿の私を目に止めて、サエモンヒジリの到来と手を合わせた、そういう距離である。お堂の中から、サエモンヒジリの読経の声はあの家まではっきり聞えた、いや、村の向うはずれの家まで届いたという。しかし村は佐枝の家の屋根を除いて、影も形も見えない。

その村全体を、私は昨日、裏山の中腹からこの目で見おろしてきた。傾きかけた夏の陽に照らされて、村は何ひとつ隠さず、目の下に横たわっていた。しかし私の目は何ひとつ摑めなかった。村の何かを見た、という印象は残らなかった。佐枝は相変らず、私にとって、見も知らぬ村から飯を運んでくる女に留っている。

昨日はしかも、佐枝の姿が草の中へ消えた後、まっすぐ山へ登ったわけではなかった。どのみち係わりを持つつもりのない、係わりの持ちようもない他所の暮しを山の上からのぞきたがる、そんな好奇心に私はうとましさを覚えて、いったんは小屋にもどり、午後の残りをやり過すために寝そべった。私の居場所はこの小屋であり、私の相手はこの小屋にやって来る佐枝であり、小屋の中に居るかぎり佐枝は私と同じ都会の人間、《東京の女》にすぎない、と考えた。

ところがしばらくして私は筵に残る女の、いましがたの欲情したような笑いの匂いに身をもて余して、ふらりとまた小屋を出た。村のほうへ行くわけにはいかない足が、ひとりでに釣橋のほうへ向かった。橋が鈍く軋み出した時、私は大股の歩みで墓地を目指している自分に、さすがにうすら寒さを覚えたが、水場の岩の下に立った時には取っつきを探す登山者の、もっともらしい目つきになっていた。

暑苦しい灌木が低い尾根まで一面に繁るかなり急な斜面の、ちょうど例の窪みの上にあたるところが、なるほどそこだけ木を根づかせずに滝のように崩れ、ひとすじ細い溝となって中腹まで喰いこんでいた。斜面へ降って土に吸いこまれきれない雨水が、流れ集って落ちる道すじにあたるようだった。ひょっとしてサエモンがそのうえ、根づきかけた木を抜いたり土に鍬を入れたりして、崩れやすいよう、《あんばい》したのかもしれない。あの溝をたどって行けば途中繁みに邪魔されない分だけ楽だ、と私は考えたが、やはりそれは憚られて、まず水場の岩に取りつき、その上から灌木の間を四つ這いに登って行った。

五分も登れば村を見おろすにはたくさんのはずだった。しかし私は振向くきっかけがつかめなくて、ただ登りつづけた。黒い湿りをしっとり帯びた肌目の細かい下土に両手両膝をつく恰好が、息をこらすみたいに滲み出る額の汗が、なんとも暗かった。それに、筵に残る甘い匂いを吸いこんだ時の興奮がどうにもおさまらず、手足を動かせば動かすほど下腹が重苦しくなり、山へ登りながら村の女の床へ這って行くような、やましい緊張に締めつけられた。サエモンは山の上から村を見おろすことなど、考えもしなかっただろうな、と咎める声がしきりにした。

たとえ薪を取りに山に入っても、見おろしはしなかったろうな。たとえ目に入っても、しげしげと眺めはしなかったろうな。下から見つけられないよう、とくに気づかっただろうな……。

灌木のいくらか透いたところまで来て、私はようやく手足の動きを止め、振向いた。墓地はさいわい山懐に隠れ、流れのほとりに、白茶けた板葺屋根がふたつ、鶏小屋ほどの大きさに並んでいた。そこから石でも投げれば届きそうな距離に、十何軒一列、それぞれ南を向いて、左へ岡を段々に下るかたちで、どれも同じ、重い目深な笠みたいな、地にじかに伏せられたみたいな、厚ぼったい藁葺屋根が、横の間隔をぎっしり詰めて集っている。広い平地をすこしでも惜しんで、狭い山裾へ競って這いあがり、日の光を等しく分けあって寄り添っている。ゆったりとひらけた風景の中でたった一列ながら、妙に迫力のある、妙に陰気な賑わいのある密集で、小屋からは佐枝の家の屋根しか見えないのが、信じられなかった。

平地へ下りきったところに、岡へ這いあがりきれなかったかたちで、また十軒ほどの屋根がひと塊りに集り、その前から熟れかけた稲が一面に、どれがどの家のものともつかず広がって、鳥追いのテープが斜めに捩れては捩れもどりながら赤や青や銀色に輝き、その真中をひとすじ細い流れと、砂利を敷いた車道が、並んで本流の橋のほうへ走っている。その方角へ視線を伸ばすと、橋向うの稲田のへりからちらほらと、いやかなりの数で、東京の郊外にあるような住宅が現われ、おやと思ったとたんに、意外な近さから、N市の密集が目に飛びこんできた。街は全体として、中心へざわざわっと灰色に盛り上がって行くような感じがあり、目抜きのデパートの屋上に、大売出しのアドバルーンも見えた。呆気に取られて私は視線をもどした。

村は深く黙りこんでいた。小屋の中で私がどこか心の隅に思い浮べていたような、山村でもなければ、谷あいの村でもない。都会の侵蝕に同じ平面でさらけ出されている。しかし村はますます村であり、私の目に何ひとつ、関心の手がかりをあたえなかった。小さな密集の迫力だけが、ひきつづきじわじわと身に伝わってきた。川向うの墓のことも、サエモンヒジリのことも、結局はあの密集と同じことなのかもしれない、と私は漠と考えた。ほとんど庭ごとに軽四輪がフロントグラスを光らせているのが、わずかな手がかりのようにも感じられたが、やはり何も教えてくれなかった。物の紛れようもない明るさの中で、佐枝の話した村の稲荷さえ、ありかがわからない。そのうちに、佐枝の家の屋根に、あるはずの窓が見当らないことに私は気がついて、途方に暮れてしまった。

右手のほうに、四日前の朝がた私が雨の中を越えてきた、あの山から続く太い尾根が傾きかけた太陽を背負い、幾重にも波を打って、山地の重みを押し出そうとしていた。と、その重みがふいに平地に遍くみなぎって飽和したように、目の前にひろがる稲の穂が黄金色に燃え出し、次第に白味をまして輝きわたり、女の髪のように乱れゆらめきはじめた。畦のところどころに立つ木の、樹冠もまぶしい髪をゆらめき立たせた。空の青はむしろ輝きを失って、太陽をぽっかり、恥そのもののように、白く浮ばせた。私は目をそむけ、後向きに下りはじめた。

水場の岩の上まで降りて村のほうを眺めると、家々はもう岡の陰へ沈みこんで、佐枝の家がまた一軒家の姿を見せ、その深い藁葺屋根の真中に、機場の窓がくっきりとあいていた。そう言えば、山の上から人間の姿が見えなかったな、と私は思った。田で一人ぐらい働いていないわけはない、庭に一人ぐらい出ていないわけはない、目が見なかっただけのことだ。そう言い捨てて岩を降りかけた時、西日の翳りかけた潜り戸の前で、膝をこごめて左右を見まわしている佐枝の姿が目に入った。思わず私は灌木の中に隠れ、息をひそめて繁みづたいに墓地へ降り、村を見おろしに行ったことはやはり悟られたくなくて、釣橋を渡らずに川を横切り、手足でも洗いに行っていた顔で佐枝の前へ出た。

「お夕食、中に置いときました」と佐枝はまた目もとをすこし赤らめて迎えながら、私がむっつりと近づくにつれて小屋からすこしずつ離れ、やがて苦しさのあまり笑い出すような、そんなふうな小走りになって、夏草の中へ消えた。

深く掘りすぎた穴をすこし埋めて、釣橋の下で昨日の山を見上げながら水を浴び、小屋にもどって待っていると、やがて佐枝が昼飯の盆を両手で支えて、興奮したような面持ちで現われ、土間のところでちょっとためらう素振りを見せてから、勝気に目を伏せて上がってきた。そして黙って盆を私の前に置くと、腋に挟んでいた小さな包みを両手に持ち替え、いつもの壁ぎわに今日は膝を揃えて坐った。

「お祖母ちゃん、どうだい」

「わたしの顔をもう見分けられなくなってしまってね。午後から、下の座敷に移されるの」

「それじゃあ、すぐ行かなくては」

「わたしはもういいの。行ってもしかたがないから、ここに居るわ」

投げやりな声に驚いて、飯を口に運びかけのまま振向いて見ると、昨日そこでけだるそうに冷飯をつついていた時とは目立ってやつれた顔が、膝の上をぼんやり眺めていた。馴れぬ場所に坐らされた女の子にどこか似た姿が、私の視線を感じてつぶやいた。

「ゆうべ、よく眠れなかったの」

「そうだろうな」

「いいえ、自分のことを考えていたのよ」

拒まれた気持で私は飯を二口三口搔きこみ、それから、今朝は目のまわりにあんな隈をつくっていなかったがな、と思い出してもう一度横目で見た。片手が汚い風呂敷包みを水落《みぞおち》へ押しつけるようにしてしっかり握り、もう片手が、ゆうべ小屋に迷いこんできた大きな蚊トンボを二本の指で床に押えこんでいた。

「家で喧嘩をしてきたな、そうだろう」


「いやだわね、ここまで聞えたの」

「聞えやしないけどさ」

「機場などで息を引き取らせては可哀相だから座敷に移すと言うので、いまさら何よって大声で怒鳴ってやった」

「また、よく怒鳴る人だな」

「お祖母ちゃんがもう何もわからないでは、しょうがないしね。あなたのことまで言われたので、もう面倒になって、知りませんって、飛び出してきた。最後には台所で、あなたの御飯をつくりながら、やりあっていたんだわ」

口の中で飯の味が変った気がした。これは、結局のところ、家から盗んだ、盗み出させた飯だ。死にかけている老人のためになにがしかの役を果しているその報酬として、家から黙認された飯ではなくて、女が関係のできた男のところへ勝手に運ぶ飯にすぎない。しかしそれがどうした、そんなことは先刻承知で食ってきたはずではないか、と私は意地になって飯を搔きこんだ。後ろで、まるで息を詰めて私を見まもっているように、佐枝は身じろぎの気配も立てずにいた。男と女が、これから寝るために、ここにいる。その前に男が腹ごしらえをするのを、女が後ろで待っている。そのための飯だ、そのための飯にすぎない……。

しかし丼が半分もあかないうちに、私はそっと箸を置いてしまった。情ないことに、緊張のあまり、飯が喉を通らない。佐枝が目ざとく気づいて声をかけてきた。

「どうしたの、どこか悪いの」

「朝食を食ったもので、腹が空かないんだ」

「そうね、一日中小屋でじっとしているんですものね。お茶をいれましょう」

そう言うと佐枝はそばに寄ってきて、水落をちょっと窪める恰好で膝を折り、しおらしく坐った。そして魔法瓶から土瓶に湯を注いで、しばらく静かに揺すりながら葉のほぐれるのを待ち、茶を給ごうとして、茶碗のないことに気がついて手を止めた。昨日も一昨日も、それぞれ食べ終えた丼で茶を呑んだので、今日もついそのつもりで、茶碗を忘れてきたものらしい。

「困ったわね」と佐枝は私に目を向けて、土瓶を宙に浮せたまま、助けを求めるように笑いかけたが、私が笑い返すと、目を潤ませてそむけた。かるく笑い返したつもりが、いっそう重たるい懇願の顔になっていた。三日前と同じことの繰返しになりそうだった。しかし私が膝へ手を伸ばすと、佐枝は土瓶をゆっくり置いて、両手をまた水落へ、なにかをかばう手つきでやり、窓のほうを見た。

「表は明けといてね」

「どうして」

「窓が降りていると、中で何をしているか、わかってしまう」

「人が通るだろう」

「あいていれば、どうせ、のぞきゃしないわ」

私は膝から手を引っこめた。あいているからのぞかれないとも言えるし、のぞかれるとも言える。その辺の微妙なところは、きっと土地に住む男女にしか、わからないことなのだろうが、それにしても、たまたま誰かに見られるのは大したことではない、と言わんばかりの響きが、佐枝の言葉にはあった。それでいて、窓の降りた小屋の中に男とこもっているのを、遠くから見られることをまず厭がる。こういうことで、これだけ感じ方の行き違う男女が抱き合うということも、また途轍もないことに思われた。

二人は別々に黙りこんで、午後の暑さに白く濁り出した空を眺めあうかたちになった。しばらくして、どうせ抱き寄せずにはいられないものならこうしていればますます醜悪になるだけだ、と私は思って、ほかのことのように立ち上がり、裏窓のところへ行って、日なかでも黒く翳って見える川向うの窪みへ目をやってから、三日前に佐枝がそれを手に本気で私に殴りかかってきた突っかえ棒をはずした。その佐枝はいつのまにか私の置いた箸を手に取って、炉の灰をていねいに均《なら》しながら、私のこぼした酒で凝まった灰をつまみ出しては、もう片手の指先でほぐしていた。片側の窓が降りただけで小屋の中は穴蔵の雰囲気になり、ひときわ鋭くなった表窓の明るさと、一枚隔てられた。私は佐枝のそばにぼそっと立った。佐枝は箸を片手に私を見上げ、首をすこしかしげ、困りはてた笑いを浮べた。

「閉めたかったら、閉めてもいいわよ」

どうでもいいような声だったが、しかし表窓が降りると同時に、一瞬赤みを帯びたような暗闇の中から、深い喘ぎが起った。炉の縁をまわってほんの二、三歩の道を、いまにも脳天を殴りつけられそうな気持で這うように来て、ようやく探り当てると、佐枝は膝を揃えて坐ったまま、床の上にうっ伏して、肩から背を波打たせていた。

「昼は黙って帰しておいて、毎晩、小屋で待ってるんだもの、じいっと待ってるんだもの。ゆうべは、とうとう眠れなかった」

どうやら笑っているようなのを、私は抱き起して唇をふさぎ、胸を重ねながら筵の上に押し倒した。右腕が首のまわりにきつく搦んできて、胸の喘ぎをこらえていた。しかしどこかしら一点、静まりかえったところがある。どこか妙だなと感じているうちに私はふと、左腕がひっそりと遠くへ、私から逃げるみたいに伸ばされているのに気がついて、腋から二の腕にそって探った。手の中に、さっきの包みらしいものを、佐枝はしっかり握りしめていた。離させようとすると、その手を小刻みに左右へ逃がし、しまいには包みを握ったまま私の背へまわして、両腕ですがりついてきた。声が静かに立って、包みが背から滑り落ちるまで、手離さずにいた。

家の者に背負われて階段を降される老婆の、蒼い小さな足が、興奮の中をくりかえし横切った。

「結婚してくれるわね」と、汗でひとつに融けた身体を離した時、佐枝は甘えも恨みも混らない声で、自明の約束事のように言い、返答に困ってまた抱き締めようとした私を押し止めて、小屋の外へ耳を澄ます目つきをしていたかと思うと、いきなり私の肘をつかんで撥ね起きた。

「さっ、起きて支度して」

一瞬、結婚の支度のようにも聞えたが、遠くから、足音が近づいてきた。

「あの女が探しにきたわ。すぐに表の窓をあけて、何喰わぬ顔で外を見ていて。あたしは来たけどすぐに出て行った、町まで行くって急いでいた、とそう言うのよ。いいわね、何もあずからなかった、と答えるのよ」

そうささやくと佐枝は例の包みと下ばきをまとめて床から拾い上げ、表窓のすぐ下へ行って壁に背をぴったり寄せ、膝を抱えこみ、早くあけるよう、鋭い目で促した。

八

もうひと声急かされて、板窓を押し上げたのがちょうどの間合いで、白く照りつく一本道を小屋の手前でしばらく隠す夏草の端から、意外なことに、洗いざらしの花模様のワンピース姿が現われた。こちらの目の疚しさのせいか、むきだしの二の腕が太く逞ましいわりに生白く、顔だちも年は行っているがほっそり整って、私は一瞬、《あの女》と言ったのを佐枝の兄嫁と取ったのは早呑みこみだったか、これは町の女ではないか、と思った。しかし、歩き方が違っていた。すこし前屈みに腰を入れ、左右にゆったりと調子を取り、小走りにはけっしてなりそうにもない歩き方だった。

「佐枝、来てますか」兄嫁は立ち止まり、そちらも不意を衝かれた様子で、ぼそっとたずねた。こちらの存在をつい認めてしまったかたちだった。

「さっきまで居ましたけど」私も声がたどたどしく掠れた。「あの、いつも、お世話になりまして」

足もとに隠れた佐枝がふくらはぎをかるくつねった。兄嫁は私の挨拶を聞き流して、畑を見わたした。

「なにか、持って来ませんでしたか」

「なにも、持って来ませんでした」

「バカ」と佐枝が指に力を入れた。

「それなら、いいんですけど、なにもあずからないでくださいよ。佐枝の得にはならないことだから」

溜息の出そうな声で、兄嫁は釘を刺した。そしてこの男にはこれ以上用はないというふうに、もとの道を引きかえしかけ、思い出したように振向いた。

「ほんとうに、東京で佐枝とまた、この先長く暮す気持が、おありなさるのですか」

たじろぎを見せぬよう、私は深い息を入れて、これはどうしたことだ、と佐枝の肩に手をやった。

「あなたと同棲してたことになってるの、お願い」と佐枝はささやいたきり、あとは身動《みじろ》ぎもしなかった。前の女との、いちばんうっとうしかった、殺したいほどうっとうしかった時間を私はちらっと目に浮べ、兄嫁に向かって、重々しくうなずいた。

「よく辛抱なさる人のようだね」と兄嫁はこちらの顔をまともに見ながら、大きな声で独り言につぶやいて、それから妙な笑いを浮べた。「それならそうと、佐枝もつまらない芝居をしないで、はじめから素直に言えばいいのに」

おそらく今日になってはじめて、大喧嘩のはてに私のことを引き合いに出されて、佐枝は兄嫁たちの前で結婚のことを口走ったのにちがいない。男を変えたと思われるのが厭で、前々から暮していた人だと偽り、いったん離れているが今度はきちんと一緒になるつもりだとひろげてしまい、後に引けなくなって、自分でもそのつもりになった、どうやら、そんなところらしい。

「そんなに大事な人を、こんなところに置いて、どういうつもりなんだか。どうせまた一緒になるから、いいようなもんだけど」

兄嫁はまたひとりで笑った。やかましい小姑の、みっともない色恋沙汰に照れているという以上に、なにやら、見るのも考えるのも、恥かしい、といった感じがふくまれている。私は探りを入れてみた。

「ご老人は、いかがですか……僕は、もう帰ったほうが、いいんでしょうか」

佐枝が私の左脚を両手で取って、胸に抱えこんだ。兄嫁は眉間に皺を寄せた。

「佐枝はなんと言ってますか」

「病人の、その、最後まで」

「話したんですね」

「おおよそのところは」

「それじゃ、居てください」

あっさり言い捨てて兄嫁は歩き出した。しかしすぐにまた立ち止まり、ちょっと考えこむようにしてから、迷惑そうな顔をこちらへ向けた。

「昔のことなんですよ。土地の者でも、もう忘れているんですよ。何でもない事なんです。お祖母ちゃんも、今頃になって、そんなことを思い出さなくてもいいのに、死ぬまで厭味なんだから。佐枝までが、何も知らないくせに」

そして憤然として立ち去りかけて、ふっと気がゆるんだみたいに、暗い目であたりを見まわした。

「ここの田畑がどうにか持っているのも、わたしの働きなんですよ。兄弟たちが手伝いに来てくれるわけでなし、すぐに休みたがる主人と二人きりで、狭いといってもこれだけの田畑を毎年毎年」

言われてみると、他人事ながら、照りわたる陽の重さが、女と交わったばかりの身体にじかにこたえた。

「二人だけで、耕すとなると、これは広いなあ」

「向うの村では、ろくに耕さないで、売る時期を待っている農家もありますよ」

なるほど、裏山にまで登らなくても、窓から目を凝らせば、本流の土手の向うに、赤やら青の屋根が幾棟かずつこちらへ寄せてくるのが見えた。

「東京なら、これだけの地面に、二、三十世帯は暮しますものね」

「わたしも、東京で、主人と二人きりで暮したことがあるんですよ」と相手の声が柔らいだ。「一年足らずで、主人の両親が続いて亡くなったので、呼びもどされてしまいましたけど。呼びもどされたと言っても、それは主人のほうだけで、わたしはよっぽど一人で残ろうと思ったんですけど、なにしろ食糧難の時代でね」

そう言って佐枝の兄嫁はゆっくり腰を曲げ、畑のへりの雑草をむしりながら、しゃがみこんでしまった。

「わたしも実家がもとは農家でしたから、馴れた暮しなんですけど、ここのお祖母ちゃんが偏屈でね、いまだにわたしのことを嫁と認めてないんです。息子の嫁じゃなくて、あなた、孫の嫁ですよ。ご先祖のことを自分で取りしきって、わたしをご法事からはずそうとしたり、小姑を順ぐりにけしかけていびらせたり。ようやく小姑が片づいて、ホトケさまのお世話もわたしがするようになったかと思うと、そんなのはこの村のやり方じゃないとか言って、昔の妙なしきたりは持ち出す、自分の葬式はああしろこうしろと難題は吹きかける。そこへ佐枝がもどって来て、二人して、まるでこの家の主みたいな顔して……変なものですよ、お祖母ちゃんと佐枝は、わたしのことを、この家を壊す張本人のように言うかと思うと、主人とほかの兄弟たちは、わたしが疲れて土地を売る気になるのを待っているんですから。子供たちはもう色気づいたみたいに、わたしの泥まみれの恰好を恥かしがるし、ご先祖と血もつながっていないわたしひとりが、どういう意地を張っているんだか」

話すにつれて、身体《からだ》がいよいよ地面に低くまるくなり、目つきがどんよりすわり、佐枝の兄嫁は黙りこんだ。逞ましい中年女に、目の前に坐りこまれ、放心されて、私は子供っぽい怯えから佐枝の肩を探ったが、その佐枝はたしかに私の左脚を抱えこんでいるのに、どうしても手に触れてこない。こちらの女にも、窓の外と同様に放心しているような静かさがあった。しばらくして外の女が一段と低い、草の上を渡る風に紛れてほとんど聞き取れないぐらいの声でつぶやき出した。

「あの人も、ほんとうは、この村で、大きな顔を……知っている者は、たいてい、死んでしまったからいいようなもの……わたしも、他所者だから、よくは知りませんけど……佐枝は、その話を聞いて、どういうつもりなんだろう……娘の頃に、小屋の者と……」

私は窓から身を乗り出した。とたんに佐枝が、ふくらはぎに嚙みついた。痛さに顔を歪めたのを、佐枝の兄嫁は私が怒り出したと取ったらしい。冷やかな目をやりながら、逃げるように腰を伸ばした。

「佐枝に、聞いてくださいな」

今度は立ち止まらなかった。いったん夏草の陰に消えた姿がやがて白い一本道にまた見え、ワンピースは着ていても、重い荷を背負う足取りで、ゆるい坂をゆっくりゆっくり登って行った。

振向くと、佐枝はあんがいしおらしく、包みをまた膝の上に抱えこんで、炉のむこうでうなだれていた。私は黙ってその向かいに胡坐をかいた。しばらくして佐枝が上目遣いに私を見た。

「ここに居る間は、結婚するつもりでいてくれませんか」

「それは、かまわないけれど」

「後のことは、家の者にはわかりませんから」

「小屋の者と一緒に村を出て行った、ということになるんだね」

たずねまい、と私は思った。一緒に暮すよりほかに、たずね方は、ありはしない。しかし佐枝は自分のことではなくて祖母のことを弁解した。

「お祖母ちゃんは、小屋の人と、そんな関係ではなかったんです」

「噂、なんだろう」

「いえ、一度だけ、昼間ほんのしばらく、小屋の中に一緒にいたんです。でも、何もなかったんです」

「人は信じてくれないのだろうな」

「サエモンさんは、ほかの女の人とできてしまって、村を追い出されたんです」

「妊娠したの、その人は」

「ええ……それが、お祖母ちゃんも、そのことを聞くと寝こんでしまって、お腹が、大きくなってきたんです」

たずねまい、とまた自分を戒めた時には、私は佐枝自身の過去を問い詰めるような構えで、佐枝の目をまともに見つめてしまっていた。佐枝は苦しそうにうつむいて、黙りこみそうになったが、私はいつまでも目を逸らさずにいるので、しかたなく炉の灰に向かって喋り出した。

佐枝の祖母も、サエモンの子を孕んだその娘も、十八の歳で、お互いに大の仲良しだった。サエモンは、今から十六年前に闇屋のオート三輪に乗って村を出て行った最後のサエモンから数えて先々代、二十年近く村に居ついた声のでかいサエモンを間にはさんで、重病の身で立派にホトケを渡したあの男だった。

あれがおそらく最後のお勤め、と村の者たちは有難がり、哀れがりもしたが、男はまもなく病いを生き延びた。それにひきかえ村のほうではそれから一年あまり、流行《はやり》病《やまい》ということもなく、死者が続いた。老人が死に、子供たちが死に、壮健な男たちが急死する。ヒジリがサエモンにもどる暇もなく、お堂への供物も絶えなかった。しかし男は朝昼晩と、それからときには夜更けに、お堂の中で静かに経を読むほかは、お上人みたいな振舞いをするでもなく、お堂を地蔵寺にしたいと申し出るでもなく、相変らず慎ましく、自分で自分の畑を耕して暮していた。三日に一度は腰を低くして村にお貰いに来ることも、怠らなかった。

こういう時はとかく、ただ有難がってしまう者と、むやみに用心しはじめる者と、二手に別れがちなものだが、この男については、村の者たちは誰も等しく、安心して良く言い、頼りにもしていた。梅雨期に入って大雨がうち続き、川向うがひんぱんに崩れるようになると、平年はともかく新仏の多かった年には、ホトケを送った家だろうとなかろうと、村人たちは落着かなくなる。しかし大雨の日には、サエモンヒジリが一日じゅう川向うの山腹を、上へ下へ、右へ左へ歩きまわる、その蓑笠姿が雨煙りを通して見えた。それでも夜になって、あまりひどい雨がくりかえし走ると、新仏の家の者がたまりかねて、甲斐もないことなのに、提燈を下げて、ふだんは昼間でも近づかない川岸まで見に行くことがあった。提燈の光を投げると、滝のように流れ落ちる土砂の、すぐ脇の小高い巌の上に、サエモンヒジリが半裸泥まみれの姿で立って、鍬を片手に、崩れぐあいをじっと見守っている。お頼み申します、と遺族は草の陰から手を合わせて、それで安心して帰ってくる。お不動さんのようだった、などと後で言う。

そのサエモンヒジリを平気でからかうのが、その娘と佐枝の祖母だった。十八と言えば今と違って、ふつうは嫁入りの年頃だったが、二人とも村では裕福な家の一人娘で、親は甘やかすし、村の次男三男やそこの親たちが機嫌を取るので、自然思い上がったところがあった。ことに佐枝の祖母の友達のほうは顔も美しく、からだも大きく、若い衆と大声で渡りあって負けない気の強さをもっていた。この娘が、どういうものか、サエモンの顔さえ見れば、目をどこかむごく輝かせて、からかいにかかる。年の行った嫁たちのように、卑猥なあてこすりをするわけではない。しかし相手を一人前の《男》扱いにしておいて、困らせ、最後にはいびるやり方は一緒だった。そのサエモンは四十過ぎの年相応に分別臭く、サエモンとしての分を守ってむさくるしく振舞っていたが、よく見ると、なにか若い坊さんのように青々した感じの、美男と言ってもいい顔立ちをしていた。

佐枝の祖母はそのサエモンにべつに悪意はなかったし、先頃はじめて、墓の土が蒼く光りながら川へ流れるのを見たりしたので、いつでも最初は気が進まないのだが、一緒になってやっているうちに調子に乗ってしまう。サエモンは腹を立てるでもなく、卑屈な笑いを見せるでもなく、ほんのわずか困りはてたような表情を浮べるだけで、やられるままになっている。それでいて、落着きはらった憎らしさは感じさせず、村人にからかわれる乞食の哀れっぽい物腰はちゃんと守っている。どこまで乞食なんだ、と友達はそのことにまた腹を立て、しまいには気狂いみたいに焦れて燥《はしや》いで、逃げるサエモンにしつこくつきまとう。近づいてはならない小屋の前まで追いすがって、サエモンが中に入ってしまうと、すこし離れたところから土塊れなどを窓へ放りこみ、佐枝の祖母があわてて止めることもあった。

村の者たちは二人の振舞いに眉をひそめもしたが、面白がって眺めてもいた。文句のつけようのないサエモンヒジリだが、やはり、時には惨めに扱われるところを、見る必要があった。

梅雨明けの頃から、佐枝の祖母の友達は一段と美しくなり、考え深そうになり、サエモンの姿を見ても自分からはしかけなくなった。しかし無関心になったわけでもなく、例によって分別臭く物を貰って歩く姿を、憎しみの静かにこもる目で眺めていて、サエモンが貰いを済ませて小屋へ引き返しかけると、しばらく黙って後をつけ、相手が振向くと同時に、佐枝の祖母をそっとけしかける。佐枝の祖母はほんとうはサエモンのことなどどうでもよかった。ところがサエモンはとたんに逃げ足になる、友達は息を走らせて背を前へ押し出す、それで、自分でもわけがわからず、犬みたいに、サエモンに追いすがる。

サエモンもそれまでと違って、佐枝の祖母に前へ回りこまれると、怯えを目にあらわすようになった。それが無残で、佐枝の祖母はよけいにむごい気持になってしまう。友達ほど口が達者でないので、すぐに手が出た。貰ったばかりの米を地面に叩き落して、サエモンが四つ這いになって拾い集めている間に、豆のほうを、サエモンが足を踏み入れてはならないことになっている畑の中へ、あけてしまったこともある。その間、友達はまるで自分がいじめられているみたいな目つきで、つらそうに見ている。それでまた佐枝の祖母はよけいに気持が荒んで、ますます手ひどくサエモンをなぶりながら、胸の中で、こんなことをしてはいけないのだ、こんなことをしてはいけないのだ、とくりかえし思った。

この人は、村で立派な役目をはたしている。村になくてはならない人間なのだ。村の大人たちも子供たちもこの人をからかうけれど、それはきまりきった習慣みたいなもので、約束みたいなもので、程というものがおのずとあって、誰もこんなに夢中にならないし、この人もこんなには惨めたらしくならない。これは約束にはずれている、道にはずれている……。

だいぶしてから友達が近寄ってきて、頼みこむようにしてやめさせる。佐枝の祖母はほっとして引き下がり、サエモンは最後にかならず友達と、お互いに恨めしそうな目を見かわして、そそくさと小屋へもどる。あなた、近頃、どうしたの、と友達はいつでも先手を取って、心配そうに佐枝の祖母の顔をのぞきこむ。目に涙をためていることもある。

三日に一度、サエモンが村へ出て来る時刻になると、友達がそのつど美しく張りつめた目で何とはなしに誘いに来るので、同じことがくりかえされた。村の者たちは二人の振舞いを遠くから目にしていたが、続いていた葬式もようやく跡絶え、心配な梅雨も明けたので、サエモンがサエモンにもどったぐらいにしか考えていない様子だった。佐枝の祖母は、もしも村から葬式がまた出て、サエモンがヒジリさまとして振舞い出したら、と考えるとさすがに恐くなり、友達を避けはじめた。友達もしばらくはよけいにつきまとったが、やがて誘いに来なくなった。

そして夏も盛りを過ぎた。或る午後、佐枝の祖母は二階の機場で暑苦しい午睡からじきに目覚めて窓の外を眺めていた。すると小屋のだいぶ上手のほうで、久しく顔も見せていない友達の姿が畑の作物の陰から、白い一本道をすばやく横切り、こちらを一度鋭く振向いて川端の草むらの中へ消えた。そのあたりで村の男女が昼下がりによく媾曳きをする。媾曳きの男女しか、足を踏み入れぬ場所でもあった。サエモンにのぞかれるな、というからかい方もあった。さては、と村の若い男たちの顔をいろいろと思い浮べていると、まもなく小屋の窓の内側が、急に暗くなったようなふうに、目を惹きつけた。子供の頃、大人の目を盗んで小屋の窓から中をのぞいたら、裏にもうひとつ窓があいていて、川向うの山崩れの跡が、手に取るように近く見えたものだった。この暑い昼なかに、裏の窓が降された。そう考えると、あとは狂ったような蟬の声しか耳に入らなくなって、佐枝の祖母はあいたままの表窓を見つめた。

だいぶ経ってから友達はさっきの草むらの中から顔を出し、まず道の左右を見まわし、それから機場の窓の様子をうかがって、こちら側の畑へ転がりこんだ。それと同時ぐらいに、小屋の窓の内が今度ははっきり明るくなり、サエモンの顔がのぞいた。

連日、同じことがくりかえされた。日に日に友達は大胆になって行くようだった。同じ刻限になると佐枝の祖母は午睡から汗まみれになって身を起し、今ではあたりを見まわしもせずに草むらへ消える友達の姿を見送り、ぽつんとあいた小屋の表窓を、息をこらして見まもった。そして小屋から帰る友達の姿が無事にこちら側の畑に隠れると、我身のことのようにほっとして、しばらくは起き上がることもできなかったが、夜は眠れなくなった。聞くところによれば、サエモンとの事が露見すると、家の者はやっきになって女を閉じこめようとするが、村の者たちはしごく冷淡で、一度起きてしまったら、これも因縁だから、止めても無駄だなどと言いながら、待っている。女はかならず孕む、そしてサエモンは叩き出され、る。生まれた子はすぐにどこかへ貰われて行き、女は腑抜けのようになって、町へ働きに出されるか、二束三文で人買いに渡される。どこでどうなるか、知らないけれど、町の縁日などに行くと、旅芸人がいて、芸の達者な連中に混って、何も出来なくてただ厚化粧をしてぼんやり立っている女がいる……。

或る日、友達は一本道に現われなかった。いつもより一段と深い静かさの中で、佐枝の祖母はふいに友達の因果が哀しくなって立ち上がり、階段をそっと降りた。サエモンに会って、あの娘は狂《こ》っているのでどうか放してやってほしい、今のうちにどうか出て行ってほしい、と頼みこむつもりだったが、それで願いを聞いてくれるものならあの娘のために、どうされてもいい、とそんなことを考えていたから、はや尋常ではなかった。一本道を横切る時には、照りつける日の中で目が暗くなり、自分が自分だか、あの娘だか、あやしくなっていた。

「サエモンさんは、ここでこうして……」

まだ閉めたままの裏窓を背に、佐枝は白い膝をちょっと開いて、胡坐をかく真似をして見せ、背中を低くまるめて、両腕を炉の前へ長く、陰気な猿みたいな姿でまわした。サエモンはちょうど、午前《ひるまえ》にどこかの家で貰ってきた芋を前に山盛りにして、口をもそもそと動かしながら、土気色にこわばった顔で振向いた。ああ、もういけない、という顔だった。

「お祖母ちゃんは、そこへ、しゃがみこんでしまったの」

例の包みを胸に小さく抱きしめて、佐枝は土間の隅へ、自分自身の背後に隠れようとするように、目をやった。

九

サエモンは二度と振向かなかった。最後までひと言も口をきかず、蒼ざめた顔で、ひたすら芋を頬張っていた。佐枝の祖母は土間の隅に小さくうずくまり、やっとの思いで細い声をしぼり出して、どうかあの娘のためにすこしも早く村を出てほしいと訴えたが、サエモンがそのたびに肩で荒い息をつくのを見るうちに、自分の手にはとても負えない獣を、知らず識らず隅へ追いつめているような、空恐しい気がして黙りこんだ。

いっそ後ろに回って、あの窓の突っかえ棒をはずして、いまのうちに、撲り殺してしまおうか、と一方ではそんなことも考えた。いまなら、サエモンは最後まで逆らわず、最後まで振向かず、たった一撃で、声もなく前へ倒れて動かなくなる、自分は裏山に登って、首をくくる……。

しばらくの間、サエモンと二人きりで、裏山の蟬の声を聞きながら、佐枝の祖母は遠い遠い、まるでもう川向うに埋められているような気持になった。それからはっと我に返り、まだ一所懸命に芋を食っているサエモンを残して、小屋を走り出た。それだけのことだったが、あわてて小屋のすぐ脇で草むらから飛び出したところを、何人かに見られた。

その夜さっそく佐枝の祖母は父親に納屋へ呼ばれ、細く束ねた柴の笞を片手に、厳しく問いつめられた。後から考えると不思議なことに、その時にはうしろ暗い気持がまるでなくて、サエモンの小屋に行ってましたとあっさり答え、それがどう取られるかにも頭が及ばなかった。たちまち柴の笞で、息もつけなくなるほど、背中を叩かれた。それでも佐枝の祖母は恐れずに、なぜ信じない、と怒り狂って父親にむしゃぶりついた。実の娘の言葉が、信じられないのか、と金切り声で叫んでは、暗い納屋の中をあちこちへ蹴転がされた。やがて父親は一歩譲ったふりをして、それでは何しに小屋へ行った、と見るも穢らわしそうにたずねた。答えに詰って佐枝の祖母は下を向いてしまった。あとはわれながら強情に、父親が薄気味悪くなって手を止めるまで、じっと叩かれるままになっていた。

その夜は錠をおろした納屋の中に転がされ、翌日から二階の機場に押しこめられた。遠い親戚筋にあたる中年の女が昼夜そばに付き添って、手洗いに立つ時にも、しまい湯に入らせられる時にも、後生大事そうに従いてきた。もう一人、その女の死んだ亭主の甥にあたるという、身体はでかいが智恵の薄そうな若い男がまただいぶ先の村から作男として呼ばれ、日ねもす階段のすぐ下の板間に、ぼんやり膝を抱えて坐っていた。

食事も別で、そのつど機場に運ばれた。父親は朝晩に一度ずつ階段の途中まで黙って様子を見にきた。佐枝の祖母はこの時とばかり、なぜ信じない、なぜ信じないとわめいたが、父親はけわしい顔で聞き流し、一歩も近づいて来なかった。母親の目には憎しみさえ見えた。いちばん甘かった祖父までが、悪い噂の立った村の女を見るのと同じ目で眺めていた。

それでも佐枝の祖母はしばらくのお仕置とぐらいに考えて、友達のためにおとなしくしていた。ところが四日目の午後のこと、付添の女がつい居眠りをはじめ、階下には人の気配もないので、ちょっと外の空気を吸って来ようかと足音忍ばせて階段を降りると、柱の陰から例の男がぬうっと現われ、妙に甘たるい笑いを浮べながら、抱きすくめようとするように腕を伸ばした。佐枝の祖母は身を翻して階段を駆けもどった。するとその音に目を覚ました女がひどくあわてた様子で階段の下の男を叱りつけ、佐枝の祖母の腕を取って無理やり坐らせると、めったな考えは起さないでほしい、もしも家の者の留守中に、もしも娘が小屋へ走ろうと暴れて、どうにも手に負えない時には、どんなことをしてでも止めろと言われている……親たちも承知だから、自分も目をつぶらなくてはならない、とおどした。

佐枝の祖母は親たちの覚悟をようやく知って、女にいろいろと問いただした。あの晩、父親は包丁を手に納屋へ引き返しかけて、母親に泣きつかれて思い留まった。その母親は仏壇の前に坐りこんで、この家に嫁に来て二十年、たった一人の子供しか産み育てられなかったことを、涙ながらにご先祖に詫びた。祖父は、これもなにかの定めだと言ったきり、冷静な目つきになってしまった。翌日にはもう、噂は村じゅうにひろまった。

親たちは薄情なわけではなかった。娘の言葉を信じるも信じないもの事柄ではないのだ。サエモンの小屋から出るところを見られたその時から、すべては村にとってすでに事実であり、あとは当の気狂い娘が孕むのを待つばかりのことだった。親たちと言えども、その点では、別の考え方をするわけにはいかない。ただし、娘が二度と小屋へ走らなければ、そして孕まなければ、事実は事実でなくなる——佐枝の祖母の親たちも、結局、そこにすがりついた。娘を厳重に閉じこめて、さいわい月のしるしを見たら、その証拠を村の者に見せて、すぐさま遠い親類のところへあずけてしまい、サエモンの代が替るまで、どうせ遠い将来《さき》のことでもあるまいから、待てばよい。

村では通る理屈だった。しかし、そんな都合よく行ったためしはない、と祖父がまず、溜息をついて頭を振った。一度小屋へ走った女は、いくら閉じこめても、孕むまで何度でも走る。サエモンのことは、そういう定めになっている。でなければ、誰があんな乞食を恐がったり有難がったりする……。

村の者たちは親たちの空しい足掻きを、ことさら白い眼で見るわけではないが、気の毒がって見ぬふりをしていた。親たちのほうが人を避け、自然、村八分に近くなる。

佐枝の祖母は自分もやはり村の女だけに、そう言われれば、親たちの態度が呑みこめた。いっそここでほんとのことを打明けてしまえば、村の者にはすっかり信じてもらえないにしても、疑いは自分と友達と二手に分かれ、親たちはわが子のほうを信じて気持がずいぶん楽になるだろう。しかし自分がこのままこらえていれば、いずれ無事におさまることでもある。サエモンはまだ気がつかぬらしく、村に貰いに来ているというが、そのうちに噂を耳にはさんだら、きっと自分から姿を消してくれるだろう。

しかしそう覚悟をきめると、今度は友達とサエモンのことが、自分がこうしている間にもまだ続いているのではないかとまた心配になり、次の日の午後、佐枝の祖母は親たちに頼んで友達を呼んでもらった。向うの家で出すだろうかと親たちは首をひねったが、友達はすぐに飛んで来て機場に駆け上がると、階下の親たちにも聞える声で、自分は信じている、きっと疑いを晴らしてあげる、と言って手を取った。どうやって助けてくれるのかわからないけれど、秘密を守り通してよかった、と佐枝の祖母は涙がこぼれた。やがて親たちは上の和やかな様子に安心して納屋のほうへ出た。付添の女も友達に頼んで、ちょっと用を足しに下へ降りた。その隙に佐枝の祖母は友達の手を握って、あんた、まさか、今でも、と小声にたずねた。安心なさい、というこころで友達は首をかすかに横に振って、こちらをやさしく見つめ返していたが、そのうちに目がけわしくなったかと思うと、逆にこちらの両腕を摑んで、二の腕から順々に肩へ首すじへ、撫ぜるようにしながら爪を立て、あんた、寝たんだろう、と低い嗄《しゃが》れ声をくりかえし押し出した。顔は微笑んでいた。

それからというもの、佐枝の祖母は毎日、昼下りになるとそのつど人をやって、心細くしているのでぜひ来てほしいと友達を呼ばせた。人目に触れずに小屋へ通うとしたら、まず、人がきびしい日盛りを避けて家に引っこんでいるこの刻限しかなかった。向うの親たちはことのほか佐枝の祖母に同情して、使いの者が行くと、娘にたずねもしないで承知してくれた。佐枝の祖母はどこも悪くはなかったが床を延べさせて寝間着姿で横になり、下で友達の声がすると、この暑さに掛蒲団を頤まで引き上げ、身も心も傷ついた様子をした。友達は相変らずやさしく、こちらを自然に病人扱いにして、良くなったら一緒にあれもしよう、これもしようと、二人とも村に残れるようなことを言って慰めた。佐枝の祖母はそれに安心させられながらも、つい、どこか変ったところはないかと友達の身体をひっそり見まわしてしまう。思いはすぐに伝わって、友達は赤ん坊をあやすように微笑みかけながら、蒲団の下に手を入れ、あんたこそ、と肌の柔かなところを指先でじわじわとつねった。後に青痣が残るほどだった。

同じことが毎日くりかえされた。友達を小屋へ行かすまいの一心で、佐枝の祖母はこらえた。ここまで苦しめられたからには、もはや意地だった。せつない心持だったが、しかしあの頃までは、気はまだ確かだった。

しかし七日目に、その娘の祖父が日照りの道で倒れて、今日明日の命となった。葬いは田植えと同じ村全体のいとなみで、病人の先の見えた場合には、まだ息のあるうちから、仕来りに通じた老人がそれとなくその家に出入りして、臨終の時からのことを指図する。ところが、考えられもせぬ事がそこで起った。世話役の老人が、とりあえず酒と飯を地蔵堂の前に供えてサエモンヒジリに挨拶しておくようにとすすめると、そこの当主、つまりあの娘の父親が断わった。川向うへ渡すつもりはない、だから、サエモンの力は借りない、と言うのだ。

あんなむごい、棄てるような葬り方は、もう我慢がならない、と言う。なるほど先祖代々の仕来りではあるが、村の者は皆、自分らの親もそのまた親もそのまた親も、そのことでは絶えず心の底で、すまない、空恐しいと思いながら暮してきたではないか。それだもので、この貧乏な村が、ホトケの供養にたいそうな金をかけて、仏壇やらお寺の墓に一所懸命参っているが、じつは、ホトケの霊は川向うを大勢でふらついている、いや、まだ土の下に閉じこめられている、と感じているではないか。ホトケのことを思うと手足を伸ばして眠れない気持ではないか。大雨の日には山崩れの音に夜昼耳を澄まし、乞食などに手を合わせるではないか。女の気が狂うとかならず川向うへ招き寄せられるではないか。自分はホトケのそばで暮したい。家の裏手の狭い空地に、自分の家だけの墓をつくって、朝夕身近に参るつもりだ……。

日頃は人一倍仕来りにはやかましい男である。気が狂ったのではないかと世話役の老人は仰天して、村の重立ったところへ駆けつけた。村長も困惑して村長のところを何人か家に呼び集めた。佐枝の祖母の家からは、本来なら祖父が長老の一人として行くところだったが、その祖父はすでに孫娘の穢れを自分から認めたかたちで、父親を代りに出した。父親もこんな時だけに気がすすまなかったが、しかし村八分にされたわけでもないので、しかたなしに出かけた。

呼び集められた村の大人たちにとっては、反論も何もない、ただ考えられないことだった。家の裏手と言うが、ここいらは坂を下って村の田と地続きではないか、水がそのまま田へ流れこむではないか、と怒る者はいた。家のすぐ裏手にホトケが埋まっているとなると、そこの家の者はお宮の祭に加われるものかどうか、と首をかしげる者もいた。そんな狭苦しい葬り方をしては、かえって生涯手足を伸ばして眠れないではないか、と嗤う者もいた。しかしそんなことを考えている暇もなかった。さしあたって困った事態が生じる。もしもそこの家が代々の仕来りをないがしろにするとなると、村は葬いを手伝おうにも、やり方がわからないので、細かい作法のひとつひとつがすべてホトケを川向うへ渡すことにつながっているので、手伝いようがない。まあ、日頃の人情から、めいめい勝手に悔やみに行くことになろうが、それでは村で葬いを出したことにならない。村八分の時でさえ、火事と葬いは別だというのに、これはえらい事だ。いやそれよりも、サエモンヒジリをどうする。知らせなくても、送りの鉦が鳴れば勘づく。葬いが川へ降りて来ないとなると、この村ではもう生きられない。ここは、代々続いたサエモンヒジリとして、黙っていまい。何をしでかすか知れない。サカリがついて、いつ追い出されるかと、気の立っている時でもあるから……とそこで男たちは遠慮するようなしないような目で佐枝の祖母の父親の顔を見て口をつぐんだ。しばらくして村長が目を上げ、まあそんな具合だから、病人の家には黙ってサエモンに届けるものを届けて、それからあそこの親爺を説き伏せても遅くはなかろう、それにしてもあの男、どうしてそんな気になったのだろう、と締めくくりをつけ、一同、仕事を手分けして散った。

こうして日暮れ前には、裏山の蜩しぐれに混って、静かな読経の声が機場まで聞えてきた。佐枝の祖母はいつもの友達を待つ恰好のまま、悪い知らせを聞いた時からぼんやり床に臥せていたが、ふいに起ったヒジリの声に、ほっと涙ぐむ気持で耳をあずけた。自分が抱かれたその男の背に、自分の祖父が負われて川を渡されるのを、手を合わせて見送らなくてはならない……そう考えるとただ恐しく思われたあの娘の因果が、経の声に宥められて、いまではただ哀しいばかりになった。これで、二人とも諦めるだろう。ヒジリさまは、もうサエモンではない。このお勤めを済ましたら、ヒジリさまのまま、きっと村から出て行く。

深い艶を芯につつんで寂びた声だった。ああ、いつものヒジリさまよりも、何倍も尊い、と佐枝の祖母はせつなく聞き惚れていた。魂の中へ流れこむ声が、やがて魂を柔かな夕空へひろびろと誘い出していくように感じられた。そのまま長いこと経って、しかし、目がひとりでにかっと開いた。サエモンの姿が見えた。怯えたようにせかせかと芋を頬張りながら、しぶとく坐りこんでいる。その穢《むさ》い腰が、読経の声の中から、じかに浮んだ。腰つきが卑しくなるほど、声は尊げになる。声が清くなるほど、卑しさは臭った。けだもの、とつぶやいて佐枝の祖母は床の上に身を起した。いまにも立ち上がって走り出しそうな勢いだった。とたんに声はぱったり止み、見まわすと、窓の内も外も薄暗く、部屋の隅から付添の女が心配そうにこちらを見ていた。何を考えていたのか、自分でわからなくなって、仰向けに返ったあとも、暗がりの中で、目はしばらく見開き放しだった。

夕飯には箸をつけられなかった。すると、母親が上って来て、近頃ではやはり女親だけに娘の潔白が薄々わかったらしくちょくちょく来るのだが、今夜はいかにも所在なさそうに、付添の女を台所へやって床のそばに坐りこみ、病人の家から起った騒ぎのことを話した。寄合いのあと、或る家でさっそく飯を別のカマドで炊いて酒と一緒に地蔵堂へ届け、一方、村長と重立った二人が病人の家を訪れたが、主人はどうしても言うことをきかず、やがて遠くからサエモンヒジリの読経の声が聞えてくると目を吊り上げて怒り出し、村八分もかまわない、自分らは親娘三人だけで立派に暮して見せる、狭いとは言え田も畑もあれば墓をつくる地面もある、墓掘りでも作男でも婿でも必要とあれば他所から呼ぶ、と大声で怒鳴り出すしまつなので、村長たちはいったん引きあげ、さいわい病人がもうしばらく持ちそうなので、夕飯の後であらためて説得に出かけるつもりでいる。

佐枝の祖母の父親は寄合いからなにか気落ちした様子で戻り、おおよその経緯を母親たちに話したあとで、ぽつりとひと言、あの男の言うことはもっともだ、とつぶやいた。それを祖父が聞き咎め、声をひそめながらの親子喧嘩になった。村より家が大事だ、と父親が言うと、村あっての家だ、と祖父は目を剝いてまくし立てた。昔の飢饉の時のことを思ってみろ、まわりの村では餓死者《うえじに》がごろごろ出たのに、この村からは死人ひとり出さなかったのは、何のお蔭だ。村全体がひとつ家族になって、残った田を守ったからではないか。いざとなれば、あの家の田もこの家の田もあったものではない、家ごとに立てこもった村は共倒れになった、ここはサエモンさえ生きのびた……。

そりゃあ、別々に暮すと言っても、田植えの時には一軒だけ別に水を引くわけにもいかんし、と父親がつぶやいて引き下がった。

夜が更けかけてから佐枝の祖母はまどろんで、まもなく暗闇に立つ声にうなされた。裏の畑の縁にそって、行きつ戻りつしながら、吠えていた。そのたびに蒲団の中で身体が固く締まり、乳房が痛いほどになった。汚い褌をしめた大入道が夢に浮んだ。その後ろから、綺麗な着物をきた若い娘が、大徳利を胸に抱え、蒼白くうつむいて従いていく。大男はひと声吠えるたびに、毛むくじゃらの腕を娘のほうへ伸ばす。娘は徳利を恥かしそうに捧げて出す。そのうちに、目の前の闇がすっと明るくなり、

「今夜は、サエモンが騒ぐな」

階下で父親の独り言が聞えた。ヒジリさまと言わなかった、とつぶやいて佐枝の祖母は目を覚まし、遠くに声を聞いた。小屋の前あたりで、酔って怒鳴っている。寝間着姿の父親が階段の途中まで昇ってきて、顔をのぞいていたが、やがて小声で付添の女の名を呼び、今夜は寝ずにいてくれと頼んだ。女は睡そうに身を起し、蒲団の上にまるく正坐した。例の男も呼ばれたようで、大きな坊主頭の影が、父親の足音が奥へ消えたあとも、階段の降り口の天井に映っていた。

犬の遠吠えのような声が長い尾を引き、いかにも消え入りそうになって、また冴々と天に昇った。訴えるように、くりかえしていた。死人の出そうな晩には、夜更けから明け方まで、何度か声を出して存在を知らせるのがサエモンヒジリの務めだったが、それにしてもしつこい。ときどき、喉をしぼる叫びが畑の中をまっしぐらに突進してくる。それでも、声の見当からすると、こんな時でも畑を穢すことをおのずと憚かって畦道を踏みはずしていないようだった。或る近さから、それ以上は進めなくなり、そこで地団太踏む感じで、ひときわ太い、やぶれかぶれの胴間声を張り上げる。

しばらくして声は遠のいて読経に変った。静かな声だが、夕方とは違う、と佐枝の祖母はとっさに感じた。夕方よりも、ことさら尊げで、どこか恨みがましい。ときどき呪文のように急になり、わざとらしく身を揉む感じで、甲高く脳天へ抜ける。人を威しつける調子があった。

ヒジリの役目をないがしろにされかけていることを、

知っているな、と佐枝の祖母は思った。しかも誰も知らせるはずのないことを、どうやって知ったのだろう、とそっと頭を起し、正坐したまま前へ崩れて眠っている女のほうを見た。それから、《あの子、この恐しい晩に、闇に紛れて、小屋へ走ったな》とつぶやきながら、立ち上がった。

足音に振返った男を睨み据えながら、佐枝の祖母は歩みをゆるめず階段を下り、呆気に取られている男のそばをすばやくすり抜けて裸足で土間へ降りた。表戸の閂を抜いたところで一度、庭から出たところでもう一度、肩口からすうっと振向いて、追ってくる男を立ちすくませ、いきなり畑の中へ飛びこむと、読経の声を目指し、作物を蹴散らしてまっしぐらに走った。かえって男を誘い寄せることになったと感じた。わたしのこの足も、いままでは畑を穢す、とそんなことも考えた。男は主人の畑をやはり荒しかねてか、畑ぞいの遠道を駆けていた。家の者を呼び起しもせず、尻をからげて大わらわに、でかい身体を坂道にはずませている。甘えたように上ずった息づかいが伝わってくる。捕まったら、今度は草の中へ引きずりこまれる。逆らう力もきっとない。あんな男をやさしいと思うかもしれない。その前に、お堂の中へ、走りこまねばならない。

しかしお堂の前へ飛び出したところで、右手の道から追いついた男に、腰紐のうしろを摑まれ、重い汗の臭いが被さってきた。

「けだもの」と佐枝の祖母は叫んで、そのまま男をずるずると引きずり、胸も太腿もあらわになって、お堂の段に片足をかけた。男は息をころして腹から呻いた。格子の中から、落着きはらった読経の声が流れていた。

「けだもの、けだもの」格子に向かって、佐枝の祖母は力の限り叫んで手を伸ばした。すると声は一段と厳かになり、ひと息置いて、ようやく正体顕わして狂い出した憑き物を一気に祈り落そうとするように威丈高になった。

「けだもの、けだもの、けだもの」佐枝の祖母は後足で男の股座《またぐら》を蹴り、男がたじろいだ隙に段を這い上がり、格子を両手につかんで、顔を押しつけた。

サエモンは六地蔵に向かってではなくて、格子へ、村のほうへ顔を向けて経を唱えていた。そして女の顔が目の前に迫り、「この、けだもの」ともう一度つぶやいて格子を嚙むと、自信に満ちた上り調子の途中で、はっと声を吞みこんだ。

十

両手を耳の高さに上げ、宙に格子を摑みながら、佐枝は炉の上へじわっと身を乗り出し、声をひそめてもう一度くりかえした。

「地蔵さんに尻を向けて、お経を唱えていたのよ。誰も知らないことだわ」

「なるほどね」と私は相槌を打って目をそらした。じつは自分自身、さっきから佐枝の話を聞きながら、村のほうへ顔を向けて経を唱えるサエモンヒジリの姿しか思い浮べていなかった。サエモンとすれば、ここはもう、村が相手ではないか。ましてや、女が狂ったように駆けてくれば、そちらへ身構えもする。いや、もしかすると、昔からどのサエモンヒジリも、いつもいつもその向きで経を唱えていたのかもしれない。佐枝の祖母がのぞいた秘密とは、結局そのことかもしれない。

「しかし、お祖母ちゃんはどうなったの」

そちらのほうが私には気がかりだった。たとえ女がまた男に捕まって、格子から引きはがされ、草むらへ引きずりこまれようと、サエモンはただ静かに読経をつづけるだけのように思われた。

「だから、何もなかったと言ったでしょう」佐枝はもとの姿勢にもどって、両手をまた膝の包みの上に置いた。格子の中で声が止むと男はたちまち後ろから飛びかかってきて、佐枝の祖母がどうしても格子から手を離さないので、声を立てないでくれ、声をたてないでくれ、と猫撫声で口説きながらその場で着物を剝がしにかかった。そこへ父親が駆けつけ、とたんに意気地がなくなってうろうろしはじめた大男を一撃で地べたへ撲り倒した。男は頭を抱えこんで後向きに草むらの中へ這いこんだ。佐枝の祖母も段の下へ蹴落され、立ち上がると、際限もなく頰を張られた。その間、格子の中からは咳ひとつ立たなかった。

坂道をずるずると引きずられて家へ連れもどされる時には、佐枝の祖母はもう夢うつつだった。次に気がつくと井戸端に這いつくばって、頭を低く押しつけられ、冷い水を何杯も何杯もかけられていた。四つ這いのまま見まわすと、頭を押えつけているのはなんと例の大男で、父親が桶を持ち、母親と祖父と付添女がまわりから見おろしている。皆、ひと言も口をきかなかった。佐枝の祖母も、いよいよ首でも斬られるみたいに全身が冴えかえって、冷さも覚えなかった。実際に、後で聞いた話では、水を勢いよく叩きつけられても、目を大きく開きっぱなしだったという。

納屋の暗闇の中へ放りこまれて錠をおろされると、佐枝の祖母はようやく自分の落着きどころを見つけ、自然に筵にくるまって土間に横たわった。しばらくして遠くからサエモンヒジリの悟りすました読経の声が聞え、それに答えて胸の奥から重い呻きが押し上げてきたが、睡気で金縛りになったように目も口も開かず、頭も起すに起せなかった。

翌日から佐枝の祖母は心が昏くなり、そのかわりに、餓鬼のような空腹に苦しめられた。母親か付添女の運んでくる飯をすっかり平らげ、しばらく夢も見ずに眠って目を覚ますと、もうじっとしているのも恐しいような空腹を覚えて、納屋の戸を力いっぱい叩きつづけ、誰かが食べ物を持ってくるまで止めなかった。そうして食べては眠り、眠っては食べ、ほかのことには、自分を閉じこめた家の者にたいしても、ときどき聞えてくるサエモンヒジリの声にたいしても、心がまるで動かなかった。我身の汚した藁の中で平気で眠り、素手で食べ物を口に運ぶ娘を見ては、両親もさすがに家に留めることはあきらめ、せめてあの家の葬いが済むまではあさましいことが起らないよう納屋に閉じこめておこう、と二人して涙を流したという。

しかし佐枝の祖母はその日、もう一度小屋へ走りかけた。ちょうど夕暮れ時でサエモンヒジリの声がさっきから聞えていたが、佐枝の祖母はべつに気にも留めず、母親の運んできた夕飯にかぶりついていた。それで母親は油断したようで、娘を土間の隅へ追い立てて、汚れて臭う筵を取りかえながら、娘のことが不憫でつい啜り上げた。そのとたんに佐枝の祖母ははっと正気に返った感じで、そばに転がっていた薪を手に摑むと、飯を頰張ったまま獣のような身のこなしで外へ走り出た。その日は結局、畑へ飛びこむ前に、たまたま通りかかったよその男たちに組み伏せられてしまい、両手で土を掻きながら、口から飯粒を飛ばしながら、小屋に向かって、殺してやる、殺してやると叫んでいたが、小屋の声がいつのまにか止んでいるのに気がつくと、ただもう心細くて、助けて、助けてと誰にともなく泣いて訴えているうちに、また心が失せていった。

前日と同様、佐枝の祖母は井戸端に四つ這いに押えつけられて頭から水をかぶせられたが、やはりまばたきひとつせず、飯を食い終えた者のように口をもそもそと動かしていた。それから手を離されると、自分からのっそり納屋のほうへ歩き出し、ふいに内股をすぼめて立ちつくした。

野良帰りの村の者たちが何人も表に立って眺めていた。父親は勝ち誇って、泥と汗と月のしるしに汚れたずぶ濡れの肌着を庭の柿の木の枝に高く掛けた。

その夜中、両親が提燈を下げて枕もとに立ち、佐枝の祖母を両側からやさしく抱きかかえて母屋へ連れてもどった。雨の降りそうな暗闇の中に沢の音が高く、サエモンヒジリの一心不乱な読経の声が聞えた。風呂場で母親に身体を洗われている時にも、新しい寝間着を着せられて機場でふかふかした蒲団に寝かされた時にも、空から降るように聞えていた。両親と祖父は枕もとに坐って、いろいろと詫びるようなことを言っていたが、あの娘の祖父がいまさっき息を引き取ったということのほかは、佐枝の祖母の心に留まらなかった。

まるひと月、正気はもどらなかった。サエモンの相手はじつはあそこの娘だとわかった、と何度言われても、佐枝の祖母は頭から受けつけず、呆れたような笑いさえ浮べて、そんなことはあるものか、サエモンの相手はこの自分なんだから、といまさら言い張った。そのほかの点ではこれと言っておかしな振舞いはなく、ただ異常に大喰らいで、食っては眠りながらすこしずつ痩せていくので、何かが身に憑いているのではないかと親たちは心配した。サエモンは村から叩き出された、と教えてやると、嘘をつくもんではない、声が聞えるではないかと笑う。そのくせ、今では見張りもないのに、小屋へ走ろうともしなかった。狂った頭の中にも、親たちの話は徐々に染みこんでいたものと見える。最後に頭の割れそうなつらい二、三日があって、正気にもどった時には、佐枝の祖母はあらましのことを呑みこんでいた。

事実が明らかになったのは、あの娘の祖父が息を引き取ったその直後だった。ホトケをそのまま、枕の向きも変えず線香も焚かず、床に寝かせておいて、村の大人たちはいよいよ急な膝詰談判にかかった。サエモンヒジリの読経の声は恐いほどに澄みかえっていた。土間の暗がりでは葬いの世話役連が黙って控えて合図を待っていた。臨終のその時から、すべて前例にないことになるので、やりようもわからないのが主人の弱みだったが、それでも主人は牛のように押し黙って、落ちそうにもなかった。そのうちに、娘が手で口を押えて土間から庭へ走り出た。そして軒の下で涙を流して吐いているのを、大人たちの一人が目に止め、そこまで考えたわけではないが、なんとなく勘が働いて、父親にたずねた。とたんに、母親がくずおれて、すべてを打明けてしまった。

しばらくして村長がうなだれている親たちに、血のつながりもせつないが、土地のつながりはなおさらせつない、水に区切りはつけられない、一軒だけ離れて暮し続けられるものではない、と穏かに申し渡して、土間に控える世話役連に目配せした。父親も一礼して立ち上がり、喪主として働きはじめた。

川渡しも型どおり行なわれ、サエモンヒジリはじつに堂々と振舞った。覚悟はもうできていると誰もが思い、最後のお勤めにたいして惜しまず手を合わせた。初七日の夜、酒に酔って小屋へ押しかける若い衆たちも、あのサエモンのことだからきっと身支度をすっかり整えて戸口まで出迎えるだろうと考えて、喚声もあげずに坂道を下っていった。ところが、サエモンは旅支度こそまわりに揃えていたが、男たちがどやどやと入ってくるのを見ると、床にぺったり尻をついて、木偶みたいに腑抜けてしまった。とても撲るどころではない。若い衆たちは皆で手を取り足を取り支度を着けさせ、怯えて立つこともできないのを樽みたいに担ぎ上げて、岸まで運んで河原へ転がした。サエモンは撥ね起きるや、いままでの足萎えが嘘のように自分から流れの中へ駆けこんで膝まで水に漬かり、誰ひとり石など投げつけようともしない岸に向かって一所懸命手を合わせ、腰を屈め屈め浅瀬にそって逃げて行った。こんなものかと若い衆たちは首をかしげながら村に戻り、大人たちに報告すると、大人たちは嗤いもしないで満足そうにうなずいた。良いサエモンだったという評判はすこしも損われなかった。

例の娘は産の近づくまで親の家に留まった。佐枝の祖母は正気に返ってから八カ月あまりというもの、物もろくに考えられず、ただ日を数えて暮した。何事でも暮しの決まりをきちんきちんと守っていないと、自分で自分がわからなくなりそうなので、親たちの目にはすっかり良い娘に戻ったように見えた。そうして冬を越し、春も過ぎ、田植えも終えた頃、或る暮れ方のこと、はちきれそうな腹をした例の娘が親に付き添われて、べつに恥入る様子もなく、かえって晴々とした顔で村を出ていくところを、佐枝の祖母はたまたま野良から見かけて、あの娘はやっぱり気狂いだ、可哀相だが村の水を産湯に使わせるわけにはいかないと大人たちは言っていたな、とそんなことをぼんやり考えながら家に戻り、その夜は疲れて早く床に就いたが、重苦しい眠りにくりかえしうなされ、翌朝になると腹が固くせり出していた。

親たちはとっさに混乱をきたし、やはりサエモンの子を孕んでいたかと血相を変えたが、そんなことはあり得ないことにすぐに気がつき、今度はいくらか余裕《ゆとり》を見せて、それでは誰の子だと問いつめてきたが、そのうちにまた、つい先日たしかに月のしるしが娘にあったことを母親が思い出すと、家族三人、娘と一緒に途方に暮れてしまった。また表情がなくなって、どこからどう見ても腹ぼてと変らぬ様子で日ねもすだるそうに寝ている娘を中心に、外にたいしてはひたすら人目を恐れ、内ではただただ不思議がり、息をひそめて結末を待つ日が続いた。ひと月ほどして、例の娘が身寄りのところで男の子を安産したという知らせが村まで届いた。ひと晩、佐枝の祖母はまた重い眠りにうなされ、翌朝、腹はだいぶ小さくなっていた。

「それから、ほんとうに半日のうちに、すっかり元どおりになってしまって……」

我身のことのように、佐枝は細い腹をなにやらしみじみと撫ぜた。

「どういうことなの」

「友達に、負けたくなかったんでしょう」

そして水落を左右から静かに押し上げるようにして、手で暖めるようにして、目を薄くつぶった。ついさっき寝たばかりのことを私は思い出して、かすかな狼狽を覚えた。そのままの恰好で佐枝はまたつぶやいた。

「そのあと、三年も、次のサエモンさんは来なかった」

「ああ、お上人振った男ね」

「あれは、最初の日に村の者が有難がりすぎたの」

「待っていたんだろうね」

「大雨の日に来たの、湧いたみたいに」

「来た早々、ホトケさまを守ったわけだ」

「それもあるけれど、大水を防いだの」

「大水を……」

「昔はあそこが一度に大崩れすると川がふさがってね。本流が落合いから逆流してきて、土砂の堰にぶつかって、あっという間にひろがってしまう。山崩れをあんばいするというのは、そういう意味もあったの」

「なるほど、そういう役目があったのか」

疑問がようやく解れかけた思いで、私は膝を乗り出して話の続きを待った。佐枝はまだ腹を押えて目をつぶり、どこかうっとりと考えこんでいた。話はまだまだ続く。

私がたずね方を知らないものだから、佐枝は祖母から聞いた話を、聞いたとおり長々と、聞いたとおりの情をこめて、次のサエモンのことからまた次のサエモンのことへ、そうして自分自身のことにたどりつくまで話しつづける。そんな気がして、私は脚を組み替え、腰を深く落着けなおした。と、佐枝は目を剝いて、腹立たしげに口走った。

「あたしも、妊娠したことはあるんだわ」

そして立ち上がり、例の包みを私のリュックサックの中へ押しこむと、

「あずけたわよ」と言って昼飯の盆を両手に取り、呼び止める暇もなく小屋を出て行った。

暗くなっても佐枝は夕飯を運んで来なかった。私は足音が消えた時からもう待っていた。昨日までのように、ひとりになった安堵感の中から肌恋しさがおもむろに頭をもたげてくるような待ち方ではなく、話の最中にちょっと座を立った相手を待つのと同じだった。すぐにでも戻ってくる気がして私は中途の話をひとりでこねまわすのも厭で、そうかと言ってほかのことへ頭をそらすこともできず、しかたなしに仰向けに倒れこんで、短くなった日が暮れていくのを、吸いこまれるように眺めた。夕飯のことも、佐枝の肉体のことも、その時は思わなかった。ただ話の続きを待ちながら、いつのまにか眠った。

目を覚ますと、日はすっかり暮れていて、私は暗闇の中で空腹を覚えた。考えてみれば昼飯もろくに食べていない。そして佐枝と交わり、佐枝の兄嫁に嘘をつき、それから佐枝の長い話を暮れ方まで聞いた。おそらくその間に、家では病人の容態が変ったのにちがいない。となると、佐枝は朝まで現われそうにもない。小屋には酒のほかに食い物がなかった。

空腹にはまるで別の生き物のような実在感が、生温い不安のにおいがあった。しかし私は大きな伸びをしてまた目をつぶった。私はけっして少食な男ではないが、まる一日以上物を食わずにアパートで寝てすごすことはよくある。たいていは人嫌いの病いをもてあました時だ。ありとあらゆる人間が、自分もふくめて、旺盛すぎて堪えがたく感じられる。何とはなく物を見る人の目つきがどれもこれも粘っこく、偏執狂めいて見え、それをまた端からしげしげと見ている自分の目がよけいに気味悪い。そんな時、食欲のほうも衰えるのをさいわいに絶食してとろとろと眠っていると、周囲をだしぬいているような、

自分自身をおもむろに罰しているような、つらい快感がある。今はその病いが起きたわけではないが、佐枝から聞いた話は、私にとってやはりすこしなまなましすぎた。佐枝の祖母たちの物狂わしさのために、自分がここでこうして空腹の衰弱にひたる、これもひとつの釣合いだ、と私は馴れた床に就くみたいに、背をひときわ平たく沈めて、夜の流れに耳をあずけた。

だがまもなく私は風にあおられたみたいにふわりと闇の中に身を起し、板床に両手をついて、これはどうしたことか、と首をかしげた。紛れもなく、空腹に怯えていた。たかがひと晩のことなのに、喰うあてがないと思うと、焦りが全身にひろがった。身体の節々が甘たるく萎えて、かすかな顫えがひそんでいた。私は四つ這いになって、首を低く伸ばし、狭い小屋の中を見まわした。重い爆音ののしかかる防空壕の、真暗闇の息づかいが、自分からすこし離れた暗がりの中に聞える気がした。芋をひしひしと喰らうサエモンの横顔が目に浮んだ。それと同時に、ずむずむと読経の気配に似た幻聴も起って、なにやら尊げな戦慄が、降りてくるようだった。

ホトケの出ようという晩に小屋へ飯を運んで来ないとは、なにごとだ、と私は別人の声で呻いた。そしてはっとして息を呑んだが、恥かしさはいっこうに追いかけて来なかった。

ランプを点けなくては、と私はマッチを探った。機場の窓が明るい間は小屋の燈を点しておく、という約束があったはずだ。なるほど、こちらが約束を怠るなら、佐枝としても、小屋へ飯を運ぶ義務はない。

天井から低く下がるランプに火を入れて外をのぞくと、機場の窓は障子を閉ざして、電燈も消えている様子だが、ほのかな明るさを内にふくみ、その明るさがたえず人影に動くようだった。病人はたしか今は座敷のほうに寝かされている。佐枝たちは階下で死の床のまわりを歩きまわっているらしい。窓に向かって私は頭を揺すって見せた。餓鬼の大頭が小屋の板壁に揺れ動いて、遠い障子の上でも、影のまた影がゆらりゆらりとうなずくように感じられた。酒と米の飯をいきなりふんだんにあたえられて、かえって一度に爆発する飢えの、ほとんどおごそかな戦慄が、ひょっとしてサエモン乞食の気をヒジリへと触れさせたのかもしれない、とそんなことを私は身体で漠と予感した。

私は炉端にもどって佐枝を待った。しかし腰の坐る間もなくまた空腹に責められ、しばらく手を膝に突っ張ってこらえていたが、腹の底から血の引いていくような悪寒におそわれると、一升瓶を引き寄せてあおりはじめた。あまりにも豊醇な匂いに驚いて逆らう胃袋の中へ力ずくで押しこむように、口の隅からこぼしこぼし咳きこんでは呑み、吐気をだしぬいては呑み、たちまち三分の一近くあけたあげく私は息が切れ、膝の間に立てた瓶に両手でしがみついて、なぜ呑んでしまった、なぜこれしきの空腹をこらえられない、と底なしの衰弱感の中へ浮んだ。

その支えをいきなり横からはずされて炉の中へ顔から突っこみそうになり、両手を灰について間一髪止まったとき、私はその場にそぐわぬ緩慢さで、私に押し倒されて炉の灰を力いっぱい踏んばっていた佐枝の足を思い出して、ああ、報いだなと思った。

「さあ、早く食べて」と佐枝は起き直った私に手の灰を払う暇もあたえず、竹の皮にひとつ無造作にくるんだ大きな握り飯を押しつけた。炊立ての甘い匂いが鼻の奥でふくらむと同時に、目が眩みそうになって私は飯にかぶりついた。ひと口胃袋の中へ入ったとたんに、空腹の極限が来たみたいに、全身から汗がさあっと噴き出し、膝がとめどもなく震えた。しかし戦慄はもう消えていた。

半分以上食ってからようやく顔を上げると、佐枝は胸の前で両手をきつく合わせ、指と指を食いこませ、目を宙に据えて私の前をせわしなく行きつ戻りつしていた。

「どうしよう、どうしよう」とつぶやきが洩れた。

「死んじまったの」と私は白痴みたいにたずねて、手の灰にすっかり汚れた握り飯を夢中に食いつづけた。

「いいから、食べてしまいなさい」と佐枝は払いのけ、いよいよ苛立たしげに歩きまわっていたが、やがて炉の向かいに立ち止まり、眉間に深い縦皺を寄せて、あらためて吟味する目つきで私を見おろした。

失望の色がくりかえし目に浮んだ。私も顔を上げ、残りすくなくなった飯を貪りながら、おのずとまた佐枝の意を仰ぐ恰好になった。

最後のひと塊りが口に消えると、佐枝は深い溜息をついて、ひょいと私に物を投げてよこした。灰と飯の粘りつく手をとっさにひろげて受け取って見ると、ぼろぼろになった経本と数珠だった。私は泣き面になった。満腹した身体は、ただ意気地がなかった。

「勘弁してくれよう」

「さあ、すぐにお堂に入って」

「何もできやしないよ」

「大きな声ぐらい出せるでしょう、あんただって」

「そういうことには縁のない人間なんだよ」

「いまさら、何を言う」

脳天に抜けるような声で叫んで、佐枝は裏窓の突っかえ棒を両手で高く振り上げた。

「どういうつもりで、家の飯を食ってたんだ。どういうつもりで、孫娘を抱いたんだ」

剣幕に圧倒されて私はそろそろと後ろへいざりながら中腰に立ち上がり、無意識のうちに経と数珠を握りしめ、左右に唸る棍棒に追われて、また飛びかかるよりほかにないなと思いながら、いつのまにか土間の隅へ落とされ、そこでもう一度手を合わせんばかりに嘆願したが、佐枝は黙って一升瓶を渡すと、棒の先で私を潜り戸から押し出した。

十一

何かが駆け抜けて行く。目に見えない群れが、谷の奥から押し出され、洞ろな哮りをあげながら、村を一気に駆け下って行く。

そんな切迫感をたしかに肌に覚えて目をひらくと、お堂の外はひどい朝焼だった。風かと思われたが、空は低く滞って、沢の音が夜よりも近く、草の穂が赤い光に濡れたように垂れていた。格子を摑んだ両手の甲も、毛穴を醜くひらいて、赤く染まっていた。その手をすぐ鼻先に見ながら、私はしばらくの間、格子とこの汗まみれの身体がどこでどう繋っているのか、はっきり感じ分けられなかった。

思案させられた末に、腕を前へかるく押すと、手は鷲摑みのかたちのままようやく格子から離れた。指が内側から白くこわばって、わが手ながら重たく、なにやら執念深く、掌を返すとひとりでに膝の上に沈んで、今度は奇怪な印でも結ぶ恰好になった。空の一升瓶が床に転がり、胸から腹にかけて、零れた酒と汗で下着が肌に粘り付いていた。数珠と経が隅へそっと遠ざけられていた。

声はとうとう出なかったな、と私はほっと息をつくかたわら、佐枝の失望を思った。昨夜は私がお堂の裏戸をくぐるまで、佐枝は棒の先で私の肩から背を小突いていた。男女の戯れのすこしも混らない、けわしい力だった。私はひとまず逆らわぬことにしてお堂の暗がりの中に立ち、佐枝の足音が遠ざかったようなのを待って、潜り戸を押した。戸は手に重くかかり、どうやら外から棒をかっているようだったが、力をこめるとずるずると半開きになった。とたんに小屋の脇から黒い影が躍り出し、ばたばたと駆け寄ってきて、体当りする勢いで戸をおさえた。

「出ると殺すよ」と佐枝は呻いた。それから足音が静かにお堂を離れ、すっかり聞き取れなくなり、しばらくすると今度は川の方角から、深い息づかいがゆっくり近づいて来て、なにか重いものを戸の前におろし、また川のほうへ降りて行った。一瞬、何者かが佐枝と入れ違いに川向うからやって来て、戸の前に河原石を積んで、私をお堂に閉じこめようとしている、と冷いものが背すじを走りかけたが、まちがいなく佐枝だった。匂いでわかった。石をおろしてひときわ深い息をついたとき、覚えのある甘い匂いが、怒った時も潤んだ時も同じ興奮した佐枝の匂いが、戸の内でもほのかにふくらんだ。膝が萎えたようになって、私は闇の底にしゃがみこんだ。

佐枝はさらに三度も河原まで往復した。足音は殺していても、肩で息つく感じが、石を運んであがって来る道も空身《からみ》で降りて行く道も、はっきりとたどれた。河原で手頃な石を探している間も、沢音の中から細々ながら感じ取れた。夜には地を覆うさざめきの中で、不思議に掻き消されず、かえって柔らかに際立って、人の独り居る気配を伝えてくる。その息にやがて喘ぎが混るようになった。闇に隠れて力仕事をする男のような太い喘ぎだった。そうして石を四つも積んだところで佐枝はとうとう息切れをきたして、私同様にしゃがみこんでしまったらしく、地面の低さから消え入りそうな呻きがしばらく聞えていたが、そのうちに、「これでよし」と嗄れた声でつぶやくと立ち上がり、小屋の脇からいつもの夏草の間を遠ざかる息づかいが、やはり道へ出るまでたどれた。

なんという執念だろう、と舌を巻いて私もお堂の中で立ち上がった。だがそのとたんに、戸の前にうずくまる姿が足元に残ったように、自分自身の気味悪さをまじまじと眺める気持になった。戸一枚向うで喘ぐ佐枝に、最後まで、ひと言も声をかけずにいた。佐枝はおそらく祖母をぎりぎりのところで裏切るまいとして、臨終の時にせめて形だけでも私をお堂にこもらせようとした。そんな心を私はたずねようともしないで、怖気《おじけ》を剝き出しにして、隙があれば逃げ出す構えで黙りこんでしまった。おそらくお堂の中の黙んまりに佐枝は逆に追いつめられて、いっとき静かに気が触れ、戸の前に石をひとつまたひとつ積んだ。しかし、私がここで形だけでもサエモンヒジリの役を果せば、格子の内から一声でも叫べば、なにもかも正しくなる。

目をおそるおそる奥のほうへやると、ちょうど遠い車のライトがお堂の中を斜めに掃き、まず右端の地蔵の顔が浮んで、妙な笑いを目もとにふくませてうつむいたかと思うと、続いて五つの顔が順々に苦笑して目を伏せながら暗がりの中へ紛れた。思わず卑しげに私は頭を下げた。そしてまた土間にしゃがみこむと、両手で戸をしゃにむに押したが、戸はびくとも動かなかった。黙々と石を積む佐枝の姿を想って、私は精を洩らしそうな焦りに取り憑かれた。

しかし諦めて立ち上がった時には、私は暗闇の中でへらへらと笑っていた。そして腰を屈めて、奥へ向かってまた卑しげな挨拶の手つきをちょっと見せたかと思うとすばやく床に這いあがり、表の格子戸を念のために押して、やはり開かないことを確め、地蔵のほうへ顔を斜めに向けて坐りこんだ。その身体《からだ》が、闇の中から地蔵の苦笑が浮ぶたびに自分もしどろもどろに苦笑しながらだんだんに横向きになり、しまいには数珠と経をできるだけ遠くへ押しやって、すっかり格子のほうに向いてしまった。

それでも最初は小さくかしこまっていたのが、やがて一升瓶を引き寄せて大胡坐をかいた。瓶からじかにあおっては、喉から胸もとをだらしなく濡らしながら、私は背を丸めて顔を低く突き出し、格子から機場の窓のほの白い気配をうかがった。何をするつもりもないくせに、やり方をしきりに思案するような、もっともらしい顔つきをしていた。

じつは今夜にかぎって、暗闇の中に独り居るのが恐かった。同じ闇の中で、いま人が、私と肉体の繋りのある女の血縁が息を引き取ろうとしている。背中から、目鼻の消えかけた地蔵たちに見られている。そのまた後ろでは、黒い土が濡れた口をひらいている。いやそれよりも、闇の中でときどき顔が、私の顔が、格子に鼻を寄せてひとりでに笑うのだ。最初にこのお堂に泊まった夜には、笑ったりはしなかった。

怖気の正体は恥かしさだった。恥が怯えを呼んで、どちらがどちらともつかなくなり、互いにただあらわに、感情につつまれず剝き出しになっていく。何も知らぬくせに、何も出来ぬくせに、女の昏乱につけこんで、こんなところまでずるずると這入りこみやがって、どうするつもりだ、と私は怯えた。それでいて相変らず、酒を瓶からあおっては臨終の明りに向かって、恥じ入っているような、図々しいような、顰め笑いをくりかえしていた。

そのうちに私はふと、無意識に芝居がかった動作をはじめている自分に気がついた。酒の瓶をゆっくり脇に置いて腰を入れなおし、両手を膝に重ねて目を薄くつぶり、ときおり白眼を剝きながら、いまにも数珠を引き寄せ、格子に向かって一礼して、習わぬ経を声高に唱えそうな様子だった。実際に数珠のあるほうへ伸びかけた手を私はあわてて腹に押えこんで、小さく丸まりこみ、冗談、冗談ですよ、と陰気な声で笑い出した。声がお堂の中でふるえるたびに、沢音の奥から、川向うから、大勢の嗄れ声が湧き上がるような気がした。しかしこうしている分には、こんな萎えた笑いは、畑を越えて臨終の座敷までは、さいわい、気配も届きやしない。

物を思うまいと、前へ固く這いつくばり、私はしばらくぼんやりした。崩れきった気持だったが、ひとまどろみしては朦朧と目をひらき、一升瓶の首を摑んで引き寄せる時だけは、まるで別人のように、まるで人に見られているように、背がしゃんと伸びた。しかしあたふたと迎える唇が酒の半分近くを零してしまうので、胸もとはもう肌着まで染み通っていた。酔いは胃の底で重いとぐろを巻いていた。

その酔いがふいに全身を突き抜け、私はむっくり頭を起した。「さあて、はじめるか」とつぶやいた。そして残った酒を一気に呑みほすと大儀そうに溜息をつき、両手を床について格子のすぐ前にじわりといざり寄り、馴れたような目つきで、機場の窓をもう一度のぞいて、胡坐を組みなおした。

ひきつづき、人に見られている感じがあった。しかしひとり勝手な振舞いの後暗さは消えていた。力仕事とすこしも変りがない。ひとりで恥じてざわめくことこそ、はなはだしい場違いだ、という気さえした。

造作もないことだ、と私は感じた。あの女のやり方は正しかった。今夜は誰が叫ぼうと、何を叫ぼうと、川向うの一面闇から立つ唯一の肉の声となって、人の心に染み通る。

――おおい、サエモンだあ、ここは真暗だあ。息がつけない、出してくれ。頼む、出してくれ。

そんな叫びを私は想った。訴えというよりは、むしろ陽気な、名告《なの》りのようなものだった。

――おおい、悪かった、助けてくれ。こんなに暗いとは、知らなかった。

赦しを乞いながら、怪しげな燥《はしや》ぎがおもむろに、舌なめずりする感じで押し上げてくる。

――おおい、サエモンだあ、墓掘り乞食だ。ここは何もないぞ、土と水と闇しかないぞ。仏もあの世もない、人塊も幽霊もない。どいつもこいつも、俺に担がれて、埋められるだけだあ。お前らの最後の重さは、お前らの初七日は、二七日、三七日、四七日のあんばいは、俺だけがよおく知ってるぞ。

陰気である必要はない。独り居る物狂わしさを叫べばよい。死の息に触れた者たちの、胸の内にそれぞれ潜む叫びを、あらわに叫び立てればよい。剝き出しであればあるほど、今夜はホトケたちの黙んまりの中で、ありがたい……。

――おおい、恐いか。恐ければせっせと耕せ、せっせと種を播け、今夜は畑がよく肥えているぞ。ほうれ、ほうれ、手が伸びたか、裾が割れたか、どの家もこの家も賑やかなことだ。明日は何食わぬ顔で悔やみに行くか、何食わぬ顔で川渡しに手を合わせるか、ホトケが土に埋まったら、晩にはまたはじめるか。サエモンが川向うに墓穴をひとつ掘るたびに、女がひとり孕むのは、どういうわけだあ。

腰が浮いて、両手が格子を摑み、揺すぶり、叫びのすぐ背後から沢音がひときわ高く起って、ひろびろと村へ吹き寄せていく。

――おおい、穴から穴へ生まれ変るかあ。穴から穴へ、ご先祖を送るかあ。送れえ、送れえ、サエモンさんがよくよく耕してくださるぞ。サエモンさんが鍬を入れる、お前らが種を播く。サエモンさんは子作りさまだ、男神さまだ、お前らの親父さまだ。川向うは、よおく見ろ、おふくろさまだあ。

さまざまな叫びを私は想いながら、声には出さずに、ただ感じ入っていた。ここにこうして独り坐って、日頃は物を投げてよこす村じゅうの人間たちと、重みがすっかり釣り合う、そんな夜が実際にあった。人の死ぬ静かさの中で、唯一の男根みたいに叫び立て、生温い寝床の中から揃って耳を傾けられる。そんな夜が実際にくりかえされた。声が闇に立つたびに、それに促されて、暗く融け合った力が川向うの土から、地を潜って一人一人の肉体へ、ひと息ずつ通うのを、我身に感じた者もいたにちがいない。土塊れのように抱き合った男と女もいたにちがいない。

しかしひとたび村の女と通じてしまったサエモンの叫びには、おそらくそんな力はなかったのではないか、と私は考えた。一人の女のための叫びは、村の生命全体にたいする叫びにくらべれば、恐れも情欲もしょせん濁って弱い。その分だけきっとよけい荒々しく、よけい尊げになる。しかし村の中で、一人の女は聞き分ける。ほかの者たちも、我身ひとつの不安から騒いでいるのをそれとなく感じ分ける。憎しみに気が触れて駆け出す女はいても、生命の循環を肉体に想わせるような叫びではない。

私はもちろんそれ以下の者だ。山からふらりと降りてきた都会人で、女の肉体に引き止められて、女の現実離れした思いこみにつけこんで、しばらく居坐っているのにすぎない。臨終の夜に人の心に染み入る叫びなど、私自身の中にあるわけもない。不安な情欲を小出しに消耗させて過す身には、ひとりの女のために、村全体を相手にここを先途と声を張り上げる力すら、鬱積していない。

しかしここでこうして、根気よく格子に目を寄せて待っていると、その馴れたみたいな姿勢そのものが、私自身のものではない叫びを、後暗さのない芝居がかりを、保証してくれる気がした。人に見られている感じはまだ続いていた。人に見られているので恥かしくない、人に見られているので恥が始末に悪い粘りを引かない、ということを私は久しぶりに思い出した。そして待ってさえいればいずれ叫べるような、形だけでもサエモンヒジリの役目をいずれ果せるような、そんな安心感を惜しんで、いつまでも黙りこんでいた。

しかしかなり経って、格子から吹きこむ風に酔いがいくらか醒めるにつれ、錯覚は徐々に引いて行き、人に見られている感じも消えて、私はまた柄にもない役を恥じながら、俺が叫んだところで佐枝にとって何になる、と考えていた。臨終の人の耳にはどうせ届かない。家族は、こんな夜に佐枝の男が酔って騒いでいると眉をしかめるだけだ。村の者たちは、声を耳にしてもおそらくお堂の方角さえ想わない。祖母の願いを形ばかりでも果すことがこれからの暮しの、心の支えになると佐枝は言っているが、これは村にたいする絶縁の宣告ではないか。東京から男を呼び寄せて、実家を避けて小屋に泊まらせる、そして村人に忘れられたサエモンヒジリの役を勤めさせる。これは、現在の家と村にたいする二重の拒絶ではないか。いずれにせよ、村人相手でなく、一人の村の女のためでさえなく、もう都会人となって村を出て行く女のために、叫ぶことになる。

それでも叫ばなくてはならない、と私は思った。錯覚も芝居がかりも消えてしまった今こそ、佐枝が私にしてくれたことのために、それだけのために、一声でもよいから叫ばなくては、私はただ佐枝を恥かしめたことになる、佐枝の祖母をも恥かしめたことになる。

何を叫んだらいいのだろう、と私はようやく真剣に思案した。今では、哀れなことに、自分の内に現にあるものしか叫び立てられそうにもなかった。しばらくして、

——佐枝、佐枝ェ……という叫びを、私はようやく小声で胸の中から引っぱり出してきた。さっきまで夢見ていたサエモンたちのにくらべれば無残なほど貧相な叫びだったが、今のところ、叫ぶほど切実なものと言って、それしかなかった。

——佐枝、佐枝ェ、と私は機場の窓に向かって呼んだ。しかし喉の奥が細くかすれただけで、声は出なかった。くりかえし試るうちに、実際に全身で佐枝の存在に焦れ出し、佐枝の名を呼び立てずにはもう一瞬もこの暗闇の中にいられないような気持へ追いこまれ、口を大きくひらいて絶叫するまでの勢いにはなったが、そのつど臨終の顔が目に浮んで、畑の闇の重さが迫って、声がわれながら気色の悪い喉鳴りを立てて押し殺された。私は格子に両手でしがみついて額を擦りつけ、もどかしさに身をよじった。たしか、涙を流した。そして疲れて眠りこんでしまった。

ひどい朝焼だった。閉じこめられていることに堪えられなくなって、潜り戸に何度も肩を打っつけ、とうとう頭から土の上へ転がり出た時には、汗まみれの額に触れる空気までが、微熱を帯びているように感じられた。黄ばみかけた夏草が朝とは思えぬほどくたびれて見えた。樹々の幹は薄赤く炙られて、こうして見ると、どれも谷の上流のほうへ、西の方へかすかに身をよじっていた。樹冠はどれも夕方より暗く、沢の音は山の内側から響き出るように重かった。格子戸にはたしか鍵がなかったのではないか、と私はその時になって思い出した。内から指を伸ばせば、おそらく、錠は簡単にはずせた。サエモンヒジリがお堂の前へ姿を現わせないようでは、何の甲斐もない。ひょっとすると佐枝は昨夜、私がお堂の中に留まっていられないものなら、せめて正面から格子戸を押し開いて出てきてほしい、せめてそれだけの型は踏ませたい、そう思って潜り戸の前に石を積んだ。ひょっとすると私は表から出られることを先刻知っていた……知っていながら、閉じこめられていた、のかもしれない。とにかく、佐枝に合わせる顔はこれでいよいよなくなった。佐枝が祖母の死を知らせに来る前に、いっそ逃げ出

そう、と私は決心した。

五日前の夕方にお堂の前を通りかかった登山者の姿にもどって、大きな横長のリュックサックを背に小屋から畑沿いの道に出た頃には、朝焼はおおかたおさまって、空一面に黒雲が低く流れ、湿り気をふくんだ風が谷から平地へ吹き渡っていた。私は五日前の道をしばらく引き返し、やや太い畦道を見つけて、今では畑の中へすこしでも足を踏み入れないよう気を配りながら、本流の土手へ向かった。人の姿は見えなかった。あたりはまだどんよりと薄暗く、雲の切れ目がところどころ焼け残って、手の甲を見るとほんのりと赤く染まり、どうかすると、人影のなぜだか跡絶えた暮れ方の風景の中をたった独り落ちのびて行くような、落着かぬ気分になった。アパートの住所と呼出し電話の番号を書いて炉の前に置いてきた紙切れが、佐枝への唯一つの繋りとなった。連絡してくるだろうかな、と私は心細さを覚える一方で、都会へ紛れこんで二人きりでこの村のことをいつまでもぼそぼそと話す気怠さ、やがて言葉も尽きて黙りこむ憂鬱さを想った。そのうちに、佐枝からあずかった包みがまだリュックサックの中にあることに、気がついた。

そのまま私はしかし畦道を歩きつづけた。最後に女から金でも騙し取ったかたちで逃げ出すのが、この五日間の私としてはまことにふさわしい結末であるような気がした。中身の通帳から住所がわかるだろうから、N市に着いたら送り返せばよい。一日でも半日でも佐枝たちに、そんな小悪人だったと思わせれば、後々までそんな見当の人間として佐枝たちの記憶に落着くだろうし、私の気持もかえって始末がつきそうだ。わざわざ住所などを書き置いてきたことが残念で、私は舌打ちした。それから、しかしこれは死んだ人が寝床の下に暖めていた物じゃないか、とつぶやいて足を止めた。押し倒された佐枝の、温い息の顫えが、耳朶に蘇った。もう土手のすぐ手前だった。

小屋の中で、佐枝は朝飯の盆を膝の前に置いて、私の残した紙きれを心外そうに見ていた。

「大切なものを、あやうく持って帰っちまうところだった」

私は照れ隠しにふらりと入り、リュックから取り出しておいた包みを放り出した。

「困るわ、困るわよ、あなた」と佐枝は包みを膝の上に取って大きな目で私を見上げた。

「まだ済んではいないのよ」

そう言えば、色模様のムウムウのようなのを着ている。私ははぐらかされた気持で土間に突っ立った。最初の日と同じ言葉が口から出た。

「悪いけど、やっぱり帰るよ」

「何を言うの。早く荷物をおろしてよ」

「居ても物の役に立ちやしない」

「いまさら帰られたら、私の立場はどうなるの」

「だから、居なくなったほうが、立場は良くなるじゃないか」

「あなたが平気で小屋にいるので、兄も兄嫁も気味悪がりはじめてるのよ」

「そうだろう」

「それで、私のことも恐がりだしたの」

「なぜ……」

「なぜって……あなたは、ヒジリさまだもの」

「俺はそんなものじゃないさ、わかってるだろう」

「お祖母ちゃんが、昨夜っからまた、あなたのことを譫言にいうの。わたしの顔を見分けるの」

「やめてくれよ」

「昨夜は、賑やかにしてくれて、ほんとに有難う。お祖母ちゃん、手を合わせて涙を流していた。皆もとうとうわたしに一目置いたわ」

「叫んだ覚えはないけど」

「叫んでござる、とお祖母ちゃん、うっとりしていた」

「佐枝は、聞いたのか」

「わたしは、お祖母ちゃんと一緒よ、ほっとして涙がこぼれた」

「家の人たちは……」

「兄も兄嫁も、駆けつけた兄弟たちも、皆小屋のほうへじっと耳を傾けていたわ」

　私は息苦しくなって床の縁に腰をおろしてしまった。佐枝が寄ってきて、背中の荷物を上手におろさせるとすばやく炉のほうへ押しやり、火照った頬を肩に埋めた。声が潤んで昨夜と同じ匂いをふくらませた。

「さあ、朝御飯を食べてね。今日は、お堂から橋まで、草を刈ってちょうだい」

十二

　草刈を終える頃、雨が降り出した。村の目を避けて私は橋のほうから刈り進み、途中何度も鎌を握ったまま眠りへ引きこまれかけながら、どうにかあと一列、背の高い草を刈り取ればお堂の脇へ抜けるところまで来て、草の陰から病人の家のほうをまたのぞいた。

病人が息を引き取る時刻に、不思議に遅れたことがない。振向くとなるほど、馴れぬ自分の仕事というよりは、目に見えぬ者の仕業のようにすっきりとあいた草の道の奥に、川向うの窪が今日は一段と黒く、湿りをふくんでひらいていた。水浴びに降りる時の道、とは違っていた。橋からお堂の右脇へ、勝手な目分量で刈り進んできたつもりだったが、そう言えばかすかな踏み跡を、どうやら佐枝が昨夜石を運んで踏み分けた跡らしいものを、たどっていた。心よりも、作業のほうがよほど不可思議なのかもしれない。作業だけが大きな自然の満ち干とひそかにつながっていて、無意識のうちに感応しながら、促しもするのかもしれない。そう考えたとたんに、しかし、鎌を持つ手がどうにも動かなくなった。

まず、風がしばらく息をひそめ、草の穂がやがて低く騒ぎはじめた。ざわめきは遠く近くで一斉に起り、方向もなく、過ぎもせず、それぞれその場で内からおもむろにふくらんだ。それから、お堂の中の目覚めぎわに感じたのと同じ力が肌に迫り、突風だなと空を仰いだとたんに、大粒の雨が顔を叩いた。草の穂が伸び上がり、渦に巻きこまれかけて地に押し返され、川向うの山一面に繁る灌木の葉が狂ったように裏を返して川上《かみ》へうねりを打ち、洞ろな唸りがもう一波、本流との落合いのほうからさあっと沢を遡ってきたかと思うと、崩れも窪も雨に掻き消された。鎌も手もたちまち濡れて光り、傷口から血が流れ出した。

村の方角もお堂のすぐ前の畑から雨煙りに閉ざされた。私は草を割ってむっくり這い出し、鎌を力強く握りなおして、残った株をひと摑みずつ根もとからていねいに刈りはじめた。後暗い焦りが消えた。迷いのない手の動きに合わせて、いつのまにか重たるい鼻唄が、激しい雨の音の中へ洩れていた。道があくと、ここも水の路だったのか、濁流が鎌の跡を正確にたどって勢いよく落ちた。満足した気持で私はそこを離れた。

小屋の前まで来たとき、雨の中から佐枝が傘もささずに昼飯の盆を胸の下へかばいながら現われ、私を見ると頬を赤くして小走りに寄ってきた。土間の中で二人は濡れた胸を自然に寄せて、お互いの生温さを訝るように唇を合わせた。床の上で、雨に洗われた鎌の先が丼の縁にわずかにかかって、白い飯の中へ滴をしたたらせていた。しかし二人は熱い息をつきあうところまで来て自然にまた身を離し、佐枝は鎌をひょいと取り除けると盆をそのまま炉の前に運び、私はリュックからタオルを出して一本を佐枝に投げた。

　首まわりから胸の奥まで拭き終えると佐枝は短か目の棒をどこからか取り出して、両側の板窓を半分におろし、吹きこみをふせいだ。私はカマドのそばから、いつのものやら埃まみれの柴の束を運んできて、山でやる要領で、円く組んだタキギの下の灰を窪めて固形燃料の罐を入れ、アルコールの炎が赤く燃え移るのを待って、柴の先で罐を外へ引き出した。芳しく乾いた香り、鼠の小便と教えられた臭い、およそさまざまな匂いが一度にふくらんだ。

「へえ、できるのね」と佐枝が隣りの座に腰をおろし、額を炎のほうへ近づけた。

　まもなく、服から湯気が昇りはじめた。佐枝は私に昼飯をあてがって、今夜はたぶん来れないだろうからと夕飯の包みを炉端に置き、火をぼんやり眺めていたが、そのうちに、家のほうが心配なようなことを言いながら何となく包みをほどいて、大きな握り飯の片方を端から指先でくずして食べはじめた。昨夜から一睡もしていないので胸が重くて、お膳の前に坐る気にもなれなかったけれど、雨に打たれたらお腹が空いてきた、と笑いもしないで握り飯を引き寄せ、もう片手をしきりに私の皿へ伸ばすので、山で使った箸を湯で洗って渡してやると、同じ皿からつつき、同じ椀からかわるがわる吸い、口をひもじそうに動かしながら、とろんとした目つきになった。

　雨は小屋をつつみこんで宙へ押し上げるような勢いで降っていた。天井では幾重もの染みが濡れたともなく濃く赤く浮き出していた。柴の火がたえずゆらめき上がり、佐枝の後ろの板壁に男のような太い影が、何事かを一心不乱に唱える様子で、上へ下へ揺れ動き、ときおり斜め上からもうひとつ、やはり身を揉む感じでかぶさってくる薄い影と、つかのま絡み合って舞った。病人はもう手足の先から冷くなりかけているのだろうか、と私はひたすら喰う佐枝の赤い額を、なにか恐いもののように横目で眺めながら、自分も額を火照らせて飯を掻きこんでいた。

「ああ、疲れた」と佐枝が残った握り飯をつつみなおして溜息をついたとき、私も息をころして交わった後のような疲れを覚えた。雨の音は遠のいて、うつけた静かさの底を、沢の音が滑っていった。

「そろそろ、帰っていなくては」と私は佐枝を促した。

「そうね、行くわね」と佐枝は答えて、両手を床についで立ち上がりかけたが、その腕がだんだんに折れて、前へうつ伏せに崩れ、尻を上げたまま、寝息をつきはじめた。その息がしばらく止まり、頭がなかば起きて、床をつらそうに見つめた。

「家じゃあ休めないのよ」そして片手で裾を整えて、髪をちょっと掻き上げると、本式に横になってしまった。肘枕の上から、眠りの薄膜のかかった目が笑いかけた。

「ちょっと眠るから、来ないでね」

「寝過してしまったら、どうする」

「ぜんぶ、無駄になるわね」

「大事な時に男といた……」

「そうなったら、ここからまっすぐあなたのアパートへ連れて行って」

「もうすこしのところで、一生、悔いが残るじゃないか」

「お願い、ほんのすこしでいいから、眠らせて。お祖母ちゃんは待っていてくれる」

目蓋が降り、私が背を揺すぶるうちにも、寝息は深くなった。あたりの静かさがひときわまさった。私はひっきりなしに柴を折っては火にくべた。小屋の外へつい耳を澄ますと、全身の神経がひとりでに、まるで病人の細い息まで聞き取ろうとするように、はてしもなく張りつめそうになる。こうしてみると今までは、暗闇の中に独り居る時でも、畑の向うで佐枝がたえずいらいらと動きまわっていて、私にとってあたりがすっかり静まりかえるのをさまたげていてくれた。今は手を伸ばせばすぐにでも抱き寄せることはできても、遠くへ呼ばうことはできない。呼べば、病人へじかに呼びかけることになりかねない。佐枝は腰をゆるく折り曲げて、目蓋を長く深く落し、唇はうっすらと開いて、ときおりわななかせた。それがつらくて泣いているふうにも見えて、私は手を伸ばして指先で触れてみた。すると腫れぼったい顔がかすかに笑って、「やさしくしてね」と唇の端で指をかるく噛み、すぐにまた寝息を立てはじめた。私は唖然として手を引き、太目の柴を頬杖みたいに灰についた。雨の音がまたおおいかぶさってきた。

「佐枝さん、佐枝ェさん」と雨の中から、腹立たしげな女の声が聞えた時には、燃えつきた灰が薄暗さの中で白々と浮いていた。佐枝は撥ね起きて、怯えたような顔を私に向けた。しかし二度三度と呼ばれるうちに、目が憎々しげに光ってきた。

「何を気狂いみたいに呼んでいるんだか。小屋にいるとわかっているのだから、用があるなら、来ればいいいんだ」

「容態が変ったのではないか」

「そんな声なもんか。いまのうちにわたしと話をつけたがってるんだわ。さっきも枕元でやりあってきたんだから。病人に物を言わせようとして、肩なんか揺すぶってるのよ」

「あの声では、行かないと、むこうからやって来るぞ」

「来やしないわよ。小屋の中で一緒に寝てると思ってるんだから。厭らしい、遠くから呼んだりして」

兄嫁はさらに何度か、だいぶ力のなくなった声で、ほとんど哀しげに佐枝を呼んだ。佐枝は炉端に坐りなおし、魔法瓶から自分ひとりの茶碗に白湯をついで、美味そうに啜った。髪が細かい灰をかぶり、顔肌もかさかさに乾いて、ひと眠りで十も老けたように見えた。目にもまるで潤いがなかったが、しかしあの甘い匂いが、全身からまたはっきり昇っていた。そう言えば最初の日に、恐いほどの美人にお堂の外へ迫られた時にも、同じ匂いが格子から漂ってきたものだった。白湯を口に運ぶ手がやがてすこしずつせわしくなって、肩から首すじに怒りがあらわれ、眉の隅をひきつらせながら目が大きくすわって、あきらかに家のほうへ、これからまた始まる諍いのほうへ、心がしいんと向かっている様子だった。立ち上がるなと感じて私はたずねた。

「今夜もお堂に入るのか」

「そうね、お酒もなくなってるし、その時にはまた呼びに来るわ」

「何もせずに、寝て待っているぞ」

「とにかく、明りはつけておいて。通帳はまたリュックの中へ入れたわよ」

宙に目をやりながら佐枝は膝を揃えて立ち上がった。そして目ばたきひとつせず食器を手早くまとめると、静かに張りつめた、床を擦るような足取りで土間へ降りた。そのままこちらを振向かずに潜り戸へ腰を屈めたのを、私は呼びとめた。

「おい、どうするつもりなんだ」

「どうするつもりって」

「すぐにでも連れて行く用意はあるんだよ」

「そう、ありがとう、あてにしてもいいのね。安心して喧嘩ができるわ」

そう言って佐枝はまた出て行きかけたが、今度は中途半端なところが見えた。私は問いつめる口調になった。

「だから、ほんとうのところ、どうしたいんだ」

「それが、自分でもわからなくなってしまっているの」

「お祖母ちゃんの願いを叶えたら、すぐに出るつもりなんだろう」

「兄嫁までが、村を出ると言いはじめてるのよ」

目つきが心もとなげになり、佐枝は小屋の中をせかせかと見まわした。

「兄はもともと街に出て商売をやりたがっているし、ほかの兄弟たちも取り分を期待しているし、そうなればここも東京と一緒よね、わたしだって、要求してもいいと思うの」

「それなら、サエモン乞食よりも弁護士を呼べよ」

「ほんとうは兄嫁さんに頑張ってもらいたいのよ。お祖母ちゃんの後は彼女でしょう。兄は駄目なの。彼女が、いっそわたしを無一文で叩き出してほしい。そこまできびしいところを見せれば、兄もほかの兄弟たちも、土地を売ることはあきらめるから」

「それならまた簡単じゃないか」

「そう思って、そう仕向けるのだけど、あの人のほうが投げやりなことを言い出すものだから、お互いに言うことが逆に逆になって、何が何やら、もうわけがわからない」

「兄嫁さんは、僕らが東京でまた、またね、一緒に暮すと思っているようだよ。それで、いいじゃないか」

「好きかどうかでは、決まらないことなのよ。どんなふうにこの村を出ることになるかに、よるんだわ。もしも土地を売ったその取り分を手にして出るようなことになったら、わたし、若いのにお金のことしか信じない女の人がよくいるでしょう」

「ああ、また一緒に暮す必要もなくなるわけだ、お互い」

「あなたのことは、ほんとうに頼りにしているのよ。あなたが黙ってこの小屋に居てくれるから、黙って受け容れてくれるから、こんな昔のことに一所懸命になれるのよ。あなたが居てくれなければ、いくらお祖母ちゃんの願いでも、お祖母ちゃんはもう満足にわからないんだから、わたし一人っきりの思いこみになってしまうわ。こんなふうに頼って、暮したい。でも、わたし、あの家の娘でしょう、小姑でしょう、財産分けということになったら、どんなに欲の張ったことを言い出すか、自分でもわからない。勝手なことばかり言うけど……」

言葉につまって佐枝は胸の前に両手で支えた盆の上へうなだれた。薄暗がりの中でこちらに横向きに立つ影の、うなじの線がおかしいほど長かった。空の丼の中へ涙を受けるみたいな恰好で、やがて細く啜り泣く声が聞えてきた。騒ぎ疲れて道の左右もわからなくなった子供の、ただ哀しい、ただ寄辺ない、混り気のない泣き声だった。

「おおい、泣くなよ」と私は思わず一人勝手に迫っていたことを恥じて、遠くへ呼ぶみたいに声をかけた。「喧嘩の前に、意気があがらないじゃないか。思うとおりにやれよ、いくらでも待つから。お祖母ちゃんが息を引き取るまではここで待つ、あとは東京のアパートで待つ。身ひとつで追い出されたら、来いよ。金が大事な女になったら、なったでいいじゃないか。その時は、東京で夕飯をおごって、おしまいにするさ」

「それじゃあ、頼りにしていてもいいのね」

佐枝は一変して顔を輝かせ、しなやかに戸を潜って出ると、雨の中からもう一度こちらをのぞいて、なにやらひどく勢いこんでうなずいて見せた。私は曖昧にうなずき返して、両膝に重い手をついた。あんがいしっかりしてるんだ、と背がひとりでに穢《むさ》く丸まった。さあて仕事と思い思い、ずるずると坐りついているような気分だった。

思いついた仕事は、火の気のなくなった炉端に寝袋をひろげて眠ることだった。まだ五時前だったが、小屋の内外は夕暮れと変らぬ暗さになり、衰えなくなった風雨の音が睡気を誘い出した。山崩れをあんばいすることなどはできもしないので、眠るよりほかに為ることもなかった。それでも、今夜こそ何かが起るから、今のうちに寝ておかなくてはならないと、急かされる感じがあった。

暮れても目を覚まさない時の用心に、ランプに火を入れて、窓の高さに吊した。板窓は半分に降されているし、畑の上には雨煙りが立ちこめているから、どうせ無駄な約束事ではあったが、しかし小屋の中にこもった光が狭い出口に絞られて、かえって濃く闇の中へ差すこともありそうに思えた。雨の勢いの変るとき、霧がわずかに透けて遠くをつかのまのぞかせることもある。病人と家の者の前からひと息入れに機場へ上がる佐枝の目に、たまたま、止まるだろうか。止まれば、おそらく、佐枝はその瞬間のために、小屋の中の男と都会で暮す気になるだろう。偶然の目配せに促されれば、自分で自分を、身ひとつで追い出されるよう、また夢中になって追いこむことだろう。なるほど、好きのどうのということで決まるのではない……。

眠りは深い目覚めに似て、仰向けに横たわる身体の、ひたむきな重みの感覚に伴われていた。その上を雨がひっきりなしに走り、沢の響きが高くなり低くなり、音色と方向がたえず微妙に変るのも、聞えていた。

長いこと経って、赤い光が目蓋の上で乱れ動き、はっと思ったとたんに、油煙の臭いが気管に押し入ってきた。たちまち咳きこんで目をあけると、真黒に煤けたランプの火屋の中で小さな炎がとろとろと揺れて、ちょうど消えるところだった。私は寝袋から転がり出し、壁に立てかけた長い棒を探り取って半開きの表窓を押し上げ、炉に足を取られて灰まみれになりながら裏窓も開き、やっと小屋を抜ける風の中で、窓にもたれこんで喘いだ。

雨は止んで、深い鉢の型にこちらへ傾きかかる川向うの窪が、蒼く濡れて光っていた。灰色の葉裏の波の中へ細く切れこむ崩れも、上から下までひとすじ蒼く光り、水を静かに滑らせていた。釣橋も、小屋の前の夏草も、地面もあまねく蒼かった。目を小屋の中へ返すと、四角い明りが炉端にくっきりと落ちて、人がそこに坐っているように見え、表窓のすぐ外から、畑とも水ともつかず平らかな輝きが、遠く落合いのあたりに立ちこめる銀色の靄まではるばる見わたせた。沢音が甲高く冴えていた。

あとは佐枝が知らせに来るのを待つばかりだった。私は床に膝をついて、まず寝袋を畳みはじめた。そしていつのまにか身のまわりの物を順々にリュックの中へ詰め、帰り支度をしていた。佐枝の返事がどちらでも、病人が息を引き取った以上は、この小屋に一刻も留まるわけにいかない。その後の役目は、かりにも果せるように思ってはならない。佐枝と話したら、すぐにN市に向かってバス道を夜ぴいて歩こう、と私は心に決めた。アノラックまで着こんで、佐枝の残した握り飯を食べ終えると、ちょうど夜半を回った。しかし腰のほうは、まだ何かがここで起ることをあてにしているように、しぶとく坐りついていた。

小石がぱらぱらと転がり出した時から、私はその気配をそれとなく身に感じていた。山全体がごく緩慢に、内から一寸ずつ沈む感じで、前へずり出してきた。しかし私はまだ沢音のほうへ耳をあずけて、無数の声がその中に潜むようなのを、そしてときおり一色の声が歌うように表われかけるのを聞きながら、なるほど、お堂の中に人が居るという意識が聞く者の心に濃くありさえすれば、沢音の中から肉の叫びはいつでも響き出るわけだ、と一人でうなずいていた。

重い地鳴りが小屋の上へのしかかり、ひと息おいて、床が地の底からずうんと突き上げられた時も、私は相も変らず静かな窓を眺めながら、落着きはらった動作で立ち上がった。山靴の紐をおおよそに結んで潜り戸からまぶしいぐらいの月明りの中へ出ると、いつもの倍の幅に深くえぐられた崩れの中から、生まれたての獣のように濡れた肌を光らせ、根から傾く灌木を背に脇腹に運び、なまなましい土砂の流れがすでに墓場をすっかり呑みこみ、こちら岸まで高く押し出して、まだもわもわと動いていた。堰止められた濁流が、まだ無事な釣橋の下で、川上へ向かって長い渦を巻いていた。ふいに川下のほうで、喚声が湧き上がった。退路を断れて、私は思わず村へ向かって走り出した。

畑はそれでもおのずと避けて坂道を半分までひと息に駆け上がり、いまにも靴が脱げそうで、いまにも追いつかれそうで、足の萎える気持でそろそろと振向くと、のどかに照りわたる月の光の中で、落合いのほうから、河原幅いっぱいの濁流が先頭を高く逆巻かせ、銀色の鎌首をもたげ、向かいから来る流れを順々にたぐりこんではふくれ上がりながら、土砂の堰のほうへ音もなく寄せていた。さらにその後ろからいくつもの波頭の逆巻きが、互いに前に行く者の尾を呑むかたちで、背をねっとりとうねらせ、滑らかに光らせ、続いていた。

私はまた走り出した。しかし佐枝の家の脇へ坂を登りきるところまで来て、足を止めた。重く淀んだ湿気の中に、線香の匂いが漂っていた。そして人の集っている気配が、大勢の興奮の匂いがあった。足音をころして近づくと、西に回りかけた月の流す濃い陰の中に、黒っぽい服に長靴をはいた男たち女たちが二十人ほど、こちらに背を向けてひと塊りに立ち、何かに見入っていた。喉の奥が涸れたような、ほとんど敬虔な声が聞えた。

「表から先に水を冠るとはな」

「いよいよ、売り払う時が来たか」

「いや、水の出るところは、嫌われる」

「そうでなくても、水気のおおい土地だわ」

「また米を作るよりほかに、ないだろうかね」

振返ると裏もいつのまにか一面に水に覆われ、ところどころで稲の穂がゆるい流れになびいて揺れていた。水はすでに低くなった河原へ引きはじめていた。

「裏も水が出ました」と私はぼそっと声をかけた。

村人は揃ってこちらを向き、声の主には目も呉れず、どれも同じ、男も女も紛らわしい無表情な顔をして、もう自明のことのように裏の出水を見わたしながら、私のそばをぞろぞろと通り過ぎ、家の裏手にまたひと塊りに集って動かなくなった。

人のいない縁側の半開きになった障子から、小さくひっそりとふくらんだ蒲団が見え、川の方角へ向いた白い枕上から、線香の煙が誰にも見守られずに立ち昇っていた。あの人のために、小屋に留まっていたんだな、と私は庭越しにひとりで手を合わせかけた。と、それを戒めるように肘のあたりをそっと摑む者があり、振向くと、ついさっき列の真中で腕組みをしていた女の顔が、佐枝の顔が私の肩にひんやりと寄り添って、やはり大きく開ききった目で、前に立つ村人たちと同じ方向を見つめていた。

川向うの窪地は土砂の中に埋もれ、釣橋も斜めに捩れ傾いて、お堂と小屋だけが、格子の前の供物も押し上げられた窓も変らぬ姿で、水明りの中に立っていた。

村の女と通じたサエモンヒジリたちのくりかえし見た夢を、目覚めながら見ているような、空恐しさが背に降りてきた。

解説――「夢は終ることがないように、言葉も終るすべを知らない――夢のなかでは」

朝吹真理子

装幀をみると、たしかに「古井由吉」という人名が書かれてあるのだけれど、いったいどんな人物なのかが、著者紹介をみても年譜をみても近影をみても、実体がよくわからない。『山躁賦』や『仮往生伝試文』を読むたび、ほんとうに生きた人間の手によって書かれた作品なのかをあやしく思う。

山手線の駅構内で読もうと、病院の待合室で読もうと、熊野の温泉旅館の休憩椅子、目黒川沿いのカフェ、瀬戸内海のフェリー乗場、大学図書館の脇、浴室、トイレ、布団のなか、そこに流れている「現在」とはまったく別の時間が小説からのぼってくる。じつにまともな言葉で書かれてあるようでいて、読むそばから不安定で無秩序な世界へと連れて行かれてしまう。しかしそれもまたまぎれもない「現在」として、読む人の身体のなかを流れてゆく。

古井由吉の小説は、かつて書かれた作品であるという実感がない。いつまでも読んだときの感覚が過去のものとならず、小説のなかの「現在」はいつまでも「現在」のままある。作品個体としての時間の経過がない。おそらく、明日も百年後であっても、いつだって書かれてあるのは「現在」でしかない。

小説のなかで「私」と称している人のことも、読んでいるうちにわからなくなってしまう。人は簡単に人でなくなってしまうらしい。小説のなかにいる「私」なんて、どこにもいないのではないだろうかと思う。「私」が一貫した意志を持ったひとりの人間である制約などほんとうはないのだから、「私」は誰でもなくていいのかもしれない。

あらすじ、起承転結、そうした辻褄をあわせて読もうとすれば、即座にはねかえされる。言葉に拒否される。時制はすぐにほどけてしまう。晴れたり曇ったりするだけの、女の襟首のにおいがふとよぎるだけの、思い出す「現在」があるだけの、未来にむかう「現在」があるだけの、ひたすら苛烈な体感がある。反復によってどんどん白くなる。同時に、目の前がみえなくなって真っ黒になってしまう。時制なんてものは簡単に失われる。もとから時制なんてもので人間のようなだらしない生きものの思考を仮止めしてみても、結局、何かを捉えることなどできないのだろうと思い知る。

*

私は一度だけ「古井由吉」を見たことがある。二〇〇六年の夏の夜だった。当時大学四年生だった私は、新宿三丁目のバーで古井由吉がホストをつとめる朗読会があることを知った。ゲストは吉増剛造。大学院試験を控えていたにもかかわらず、私は吉増剛造の詩に惹かれっぱなしで寝ても覚めても彼の綴る言葉ばかり読んでいた。「吉増剛造」もまた、作品を読むたびに、固有の肉体を持った人物のようには思えず、荒木経惟による著者近影もじつに幽霊的だった。

この世に生きているのかどうかあやしいふたりのすがたをみたい、というちょっとした好奇心で、朗読会場までおそるおそる出かけたのだった。毎晩夜十時ごろには就寝していたので、新宿アルタ前の人数の多さやチカチカ光る表示灯にまごつき、方向音痴なこともあって店に着くまでさんざん迷った。会場に到着したとき、朗読会は既にはじまっていた。店外まで人はあふれて、熱気と、声を逃したくないという聴衆の妙な静けさとがまぜこぜにただよっていた。もののにおいがたくさんした。蒸した夜だった。そっとなかをのぞくと、バーのカウンターで、ぎょろっとした眼光鋭い男性がゆっくり文章を読み上げていた。それが古井由吉だった。朗読会が終わるとたんに酒場らしいくだけた雰囲気になって、贈りもののシャンパンもあけられ、店先にテーブルとイスをだして飲み食いする。煙っぽい埃っぽい賑やかさだった。お酒を飲む人々をぬけて店をでた。奇妙な沼地に足を踏み入れてしまった気がしていた。生がほんとうに漲っているときは、それと同量の死もまた迫っているという気がした。生きた人の声をきいたのか、家に帰る途中からわからなくなってしまった。

「古井由吉」とは誰なのだろうかと背表紙をみるたびに思う。対称的な字面の一点一画すらほどけてゆきそうで、個人名のようには思えなくなってゆく。「古井由吉」は匿名の人々の声の集積でできているようにも思える。四文字が、おおきな卒塔婆だとか、墓碑銘のようにみえる。

＊

古井由吉の小説は、書かれていないことばかり記憶に残る。「杳子」「妻隠」から現在の作品に至るまでそれはかわらない。書かれた言葉によって書かれていないところを読み手に届けているように思える。

著者自身も、松浦寿輝との対談で、「言語に関しては表現そのものが表現ではないんじゃないか、表現したときにこぼれ落ちるものがしょせん表現じゃないか」（「「私」と「言語」の間で」、『色《しき》と空《くう》のあわいで』講談社）と語っている。

小説の略図や説明を意識すると、もののかたち、人々の行為、風景、物音、気配、すべての流れが寸断されてしまう。何かはっきりとした出来事があるのかと問われるとよくわからなくなる。読んでいる最中にだけ小説は流れていて、目を離したとたんにどこかに行ってしまう。繰り返し読むのだが、遅延しているかと思うとするすると時間が経っていったりする。ひとたびも安心できない。気がついたら事が運ばれてゆく、その「流れ」しか古井由吉の小説にないのかもしれない。それは苛烈で怖ろしいことだと思う。

＊

古井由吉は吉増剛造との対談で、小説に流れる時間や出来事の有り無しについて語っている面白いくだりがある。

古井　例えば昼下りから夕方までの時間を書く時、これは小説の場合、その間に出来事がなけりゃいけない。外からのものでも内部のものでも出来事があってこそ、それに沿って書いて行ける。でも出来事のない、無事の時間ね、その無事の時間を摑んでみたい気持ちがあるんです。無事の時間を摑むと、異った時間がうらはらに現れ出るんですね。（中略）ぼくらが時間を生きたと感覚するのは何か事があるときなんですね。事がないと死んでるのね、時間が。それではしかしちょっと合わないなと思ってね、事がない時の方が多いんだもん。事がない時間というのをないがしろにしすぎてると思うのね。昔は事がなくても共通に時間をこしらえてくれたわけ。正午《ひる》になるとサイレンがなるとか、暮になると豆腐屋がくるとか、日没には鐘が鳴るとか。共通の時間がなくなって時間がそれぞれ個人に委ねられると、事のあるときだけ時間を感じて、事のない時間がおろそかになる。

吉増　それはひじょうにいい話だな。それを聞きながら一つ思い出していたんだけど、古井さん、ちょうど欧州から戻ってカフカ論を書かれたでしょう。それをいま思い浮かべたけど、カフカの有名な『変身』という作品があるでしょ。あれはまあいろいろ言われるけどぼくが一番好きなのは終り方が好きなんですね。終りは、虫になった人が死んじゃってからなんですね、それでまあほっと安心してみんなで郊外電車に乗ってピクニックに行きますよね。あそこがいま古井さんがおっしゃったのと同じで、カフカはやっぱりすごいなあと思うのは、あそこは何でもない普通の時間を生かすでしょう。あれはやっぱり本当に、あいつと言ったら悪いけれども、いいところですよね。

古井　あれは面白いんですよね。事がある内は時間が流れないんですよ。不穏当な言い方だけども、事が片付くと、つまり虫が死ぬと時間が流れて、その証拠にハイキングの電車の中で親たちが娘を見て、ああそろそろ結婚が近いなあ、と初めて時間を感じるんです。

吉増　そうなんですね、だから確かにカフカがあの作品がうまくいって好きだった理由が分りますね。残していいといったのね。

古井　無事と有事を逆転させた人ですよね。事があるときは時間が流れない、事がなくなってから時間が流れる。まさにそうですね。

（吉増剛造「魔のさす場所　対話古井由吉」、『打ち震えていく時間』思潮社）

静けさ、平穏さ、何事もないような出来事、そのかさなりで、小説のなかの日常生活の時間に、もうひとつの時間をひらく。それは言葉ではないところにある。物音がたえずしていて、不穏で、事もなく時間が流れる。凄絶だと思う。

人前でものを飲み食いできない杏子がショートケーキを頰ばるときの「静かな音」、桃の果肉が寿夫の弱った喉を通りぬけるときの濡れた感触。目で読むのではなく、言葉の背後にあるくにゃくにゃした生理が、読む人の身体のなかに入りこむ。杏子の表情はわかるのに顔立ちを想像することはふしぎとできない。彼女の体臭や軀の肉付きは想像することができる。性的な交わりが深くなるごとにふくらむ腰まわりや、「薄い膜みたいに顫えて、それで生きていることを感じてるの」と身をよじるときの肩や乳房、毛穴、口のにおい、書かれていないはずの光景ばかり読んでいるときに感触として迫ってくる。

「妻隠」を読んでいると目に音が流れこむ。アパート一室にきこえたりただよったりする気配の音がこの小説のすべてだというような気がしていた。外と内の境界に音がはいりこむ。その音によってかえって間仕切りの内側が盛り上がり、空間が浮き立って、外と内とをかえって強く隔てているようにも思える。女が男と生活する空間がたしかにそこにあるという気がした。野菜畑のはずれにあるポリバケツまで妻の礼子がサンダルをつっかけて歩くときの音、ヒロシがバケツを洗う水音、礼子の夏の記憶、金槌、男のだみ声。ただ流れる日常の様子であるからことさら不穏に思える。萌葱色のカーテンの揺れる音。ホウロウびきの浴槽、ピンク色のタイルが張られた洗い場、がらんとした部屋に点く蛍光灯の明るさ。白い軀。老婆の声。台所にただよう、味噌、醬油、酒のにおい。真夜中、戸棚の奥を拭き掃除する礼子のすがた。「無事」のなんということのないはずの気配が濃霧となって、読み終えてなお身体にまとわりついている。何もないことの不穏さが、読む側にはみだしてきてしまう。

「夢は終ることがないように、言葉も終るすべを知らない——夢のなかでは」

病床の瀧口修造が武満徹に宛てた書簡の結びを、古井由吉の作品を読みながら思い出した。

古井由吉の作品は、終わりのなさだけを読み手に残してふいに終わる。小説の「現在」は宙吊りのまま、目の前から失われて、作品の外に放り出される。現実の「現在」がどっと流れはじめる。それで途方にくれる。

古井由吉自撰作品

一

2012年3月20日　初版印刷
2012年3月30日　初版発行

著者／古井由吉

発行者／小野寺優

発行所／株式会社 河出書房新社
東京都渋谷区千駄ヶ谷 2-32-2　郵便番号 151-0051
電話(03)3404-8611(編集)　3404-1201(営業)
http://www.kawade.co.jp/

装幀／菊地信義

組版／株式会社 キャップス

印刷所／株式会社 暁印刷

製本所／大口製本印刷 株式会社

ISBN978-4-309-70991-8

Printed in Japan

古井由吉自撰作品　全八巻（＊印既刊）

一＊

『杳子・妻隠』『行隠れ』『聖』　［解説：朝吹真理子］

二

『水』『櫛の火』　［解説：平野啓一郎］

三

『栖』『椋鳥』　［解説：角田光代］

四

『親』『山躁賦』　［解説：佐々木中］

五

『槿』『眉雨』　［解説：保坂和志］

六

『仮往生伝試文』　［解説：堀江敏幸］

七

『楽天記』『忿翁』　［解説：島田雅彦］

八

『野川』『辻』「やすみしほどを」（『やすらい花』より）
［解説：町田康］